鷗外白描

佐々木雅發

鷗外白描

鷗外白描　目次

I

II

III

＊

I

「舞姫」論――うたかたの賦――

一　「舞姫」前夜

これまで多くの「舞姫」論が、「舞姫」前夜の鷗外の心象風景を描くところから始められている。それは早くドイツ滞在時のナウマン論争に窺われる、鷗外のヨーロッパ近代の〈自由と美〉への感動や憧憬にはじまり、(1)にもかかわらず、すでに帰国の途次、帰ってゆく故国がまだその〈自由と美〉を当分は現出しえないであろうことへの諦観や絶望(2)――。そして帰国直後のいわゆる〈エリス事件〉。さらに西周等の仲介による海軍中将赤松則良の長女登志子との結婚とその破綻。(3)加うるに軍医医局内での軋轢と奮闘。(4)が、ことにもエリス（エリーゼ・ヴィーゲルト）来日と帰国への一連の経緯は、まさに「舞姫」の実相と虚相、その虚実皮膜を窺うがごとき、興味尽きない出来事といわなければならない。

鷗外は明治二十一年九月八日早朝、フランス船アヴァ号で横浜に入港する。が、その直後、鷗外を追ってエリスが来日する。

鷗外の妹小金井喜美子の回想(5)によれば、鷗外は帰国した八日の晩、早速父親にドイツで〈心安く〉した女が後を追ってくるかも知れないと打ち明けたという。〈ただ普通の関係の女だけれど、自分はそんな人を扱ふ事は極不得手なのに、留学生の多い中では、面白づくに家の生活が豊かな様に噂して唆す者があるので、根が正直の婦人だから真に受けて、「日本に往く」といったさうです。踊もするけれど手芸が上手なので、日本で自活して見る気で、「お世話にならなければ好いでせう」といふから、「手先が器用な位でどうしてやれるものか」といふと、「まあ考へて見ませう」といつて別れたのださうです〉。

〈まさか来はすまいと思ふのが八分〉という両親の期待は外れ、二十四日の早朝母親は小金井家を訪ね、エリスがいま〈築地の精養軒に居る〉ことを告げる。小金井を頼ったのは、喜美子の夫の良精がかねてドイツに留学し、その女と不自由なく話しあえる唯一の親族であったからである。

小金井は早速エリスを精養軒に訪ねる。〈「どんな様子の人ですか」〉という喜美子の問いに良精は、〈「何小柄な美しい人だよ。ちつとも悪気の無ささうな。どんなにか富豪の子の様に思ひ詰めて居るのだから。随分罪な事をする人もあるものだ」〉。〈随分罪な事をする人〉とはエリスを〈唆〉かした者を指したのであって鷗外ではない。

以後良精はエリスの翻意を促すべく、〈毎日〉精養軒に通い、鷗外の弟篤次郎もまた毎日のようにエリスを誘い出して東京の街を案内する。ただ鷗外だけは〈時間の厳しいお役所の上、服も目立つので〉、精養軒に出向くことは絶えてなかったという。

《かれこれしてゐる中、日も立つてだんだん様子も分つたと見え、あきらめて帰国仕様かといひ出したさうです。そこで日を打ち合はせてお兄い様もお出になり、色色と相談していつの船といふ事もきまりました。それがきまつてから忙しいので二三日間を置いて、又精養軒へ行つて見ましたら、至つて機嫌よく、お兄いさん（篤次郎）と一緒に買い物したとて、何かこまこました土産物を並べて嬉しさうに見せたさうです。手仕事に趣味のあるといふ人だけに、日本の袋物が目にとまつて種種買つたさうでした。其無邪気な様子を見て、

「エリスは全く善人だね。むしろ足りない位に思はれる。どうしてあんな人と馴染になつたのだらう。」

「どうせ路頭の花と思つたからでせう。」

帰国ときまつて私はほつと息をつきました。旅費、旅行券、皆取り揃へて、主人が持つていつて渡したさうです。》

《十月十六日午後に築地へ往き、落合つてお兄い様とエリスと三人連れで横浜へ着きますと、お兄いさんが早くからすつかり用意して待ち受けてゐられました。夕食後には一緒にそこら散歩して、馬車道、太田町、弁天通などへも往つたさうです。翌朝早く起き、七時に艀に皆乗り込んで、仏蘭西本船まで見送つたのです。人の群の中に並んで立つて居る御兄い様の心中は知らず、どんな人にせよ、遠く来た若い女が、望とちがつて帰国するといふのはまことに気の毒に思はれるのに、舷でハンカチイフを振つて別れていつたエリスの顔に、少しの憂ひも見え無かつたのは、不思議に思はれる位だつたと、帰りの汽車の中で語り合つたとの事でした。

エリスはおだやかに帰りました。人の言葉の真偽を知るだけの常識にも欠けて居る、哀れな女の行末をつくづく考へさせられました。其間お父様やお母様は、いくら親友でも賀古（鶴所）さんも相談に入れ様となさらず、お兄いさんは若いし、まだ浅い交際ながら主人に何事をも打ち明けて相談をなさいました。もつとも主人は其話で賀古さんに逢つては居りましたけれど。

誰も誰も大切に思つて居るお兄い様にさしたる障りもなく済んだのは家内中の喜びでした。》

さらに付け加えれば、喜美子は他の回想で(6)、

《それが片付いて私の宅へ礼にお出になりました時、「ほんとにお気の毒の事でした、妊娠とかの話を聞きましたが」、「それは後から来ようと思ふ口実だつたのだらう、流産したとかいふけれどそんな様子もないのだから、帰つて帽子会社の意匠部に勤める約束をして来たといつて居た。いや心配をかけた宜しくいつてくれ」。私との話は

たゞそれだけでした。》

とも話している。

ところで早く、平野謙氏はこの喜美子の回想に触れて、〈数え年二十三歳から二十七歳までヨーロッパの「自由なる風」にあたって、その間花々しいナウマン論争さえ展開したことのある鷗外も、たちまちにして昔ながらの濃密な家族制度の雰囲気に、ただわが身のためによかれと案ずる人々のかもしだす日本の家庭的エゴイズムに、十重二十重にとりかこまれなければならなかつたのである。科学・芸術の領域に十分な抱負と蓄積をもつて帰つただろう鷗外は、ほとんど一介の悔い改めた極道息子にもひとしい地位にたたせられたのである。この西洋と日本との目くらむような落差、そのまんなかにもだして佇立した鷗外の胸中に形成されていつたものはなにか。帰朝から結婚にいたる半カ年間に鬱積していつたものを、いま私は読者の前にとりだしてみせることができない。しかし、鷗外がそこにひとつの屈服を、屈服せざるを得ぬ自我をはつきり意識したことだけは疑えぬ〉と言い、「舞姫」成立の背後にはこのエリス問題の経緯がたたみ込まれており、そこに〈若き日の鷗外の血が流れていた〉と言う。(7)

そしてこの論を踏まえ、その後数々の「舞姫」論が書かれるのだが、さらにそれらを踏まえながら三好行雄氏は次のように言っている。

《鷗外の実生活の場で、豊太郎の悲劇はすでに解決している。あるいは、作家は、もしそう呼んでよければ、家や陸軍との妥協や屈服による保身の道を確立していた。実生活上の危機はすでに回避され、しかし、危機を回避したことによって疼く作家主体の心情だけが残る。そうした状況のなかで「舞姫」は書かれた。つまり、ざわめく心情を中和し、敗北と挫折の痛恨を処理するために書かれたのである。》(三好氏前掲文)

しかし笹淵友一氏は、〈「舞姫」の主題が、自我の感情的解放と、これを阻む封建性との相剋から生れた近代自我の悲劇にあるといふ一般の理解は、動かしえないものである〉としながら、(8)あらためて喜美子の回想を検討しつつ、〈一体鷗外はエリス来日事件によってどれほど傷ついたのか〉、〈エリスとの絶縁そのものがどれほどの痛みを鷗外に与えたのか〉と問うている。(9)

無論、〈鷗外は弊履のようにエリスを捨てようとしたわけではあるまい〉。「妄想」にある〈「白い、優しい手」がエリスの手である可能性はかなり大きいと思う。したがってエリスの牽引力がなくなっていたわけではない〉。〈ただ文化的にもドイツとは隔絶した状態にあった当時の日本で、しかも軍人としてエリスとの同棲生活がつづけられないことぐらいは初めから見極めがついた筈であり、ことに出世欲も強かった鷗外である。日本に帰って家族や陸軍の圧力を実感してみた上ではじめて決断を迫られるような迂遠な問題ではない。帰国に当ってエリスに示した鷗外の態度はそういう認識の結果だ。したがって彼はエリスとの関係に終止符を打ったつもりであったろう〉。(10)もとより望みと違って帰国する〈女のあわれさは、人の群の中に並んで見送った鷗外の心にしみたにちがいない。しかしそれは鷗外の自我の悲劇とは全く別個の感情である。それにもかかわらず鷗外の自我挫折論が常識化するのは、恐らく「舞姫」の悲劇的印象――それが真の悲劇を形成しているかどうかは別として――による。いいかえれば一種の私小説的読み方に知らず識らず影響された結果ではないかと思う〉。

（そしてこうした見方は、「舞姫」のテーマを〈自我の目ざめを経験した近代の日本の知識人は、しかも単なる個人の自由とか、婦女子の愛とかにおぼれ切ることなく、なかんずく婦女子の愛などという私情にひかれることなく、そういう迷妄を克服して、あくまでも国家有用の人材として、現実的に生きるべきだという決意あるいは主張だったと思う〉とする関良一氏の意見と、(11)どこかで通底するように思われるのだが――。）

さて、蒲生芳郎氏はやはり喜美子の回想を検討しながら、エリスを〈愚かな女と片づけ〉、ただただ〈お兄い様にさしたる障りもなく済んだのは家内中の喜びでした〉と書く妹達に、どれほど鷗外の心中が判っていたかと言う。

そして、〈世界の果て、国の名さえもちかごろ聞いたばかりの極東の島国まで、単身、長い船旅をあえてしたうら若い娘の愛を疑うわけにはゆかぬ〉とし、〈エリスをこうも思いつめさせたものは、鷗外の愛だったに違いない〉と推し量る。(12)

しかし〈にもかかわらず、帰ってきた鷗外は、石のように冷たい沈黙で、追って来た女を追い返した。それは、鷗外の不実な裏切りであったのか、それとも止むをえざる「屈服」であったのか〉。〈状況の指示するところ、ベルリンを立つにあたって、鷗外がエリスに愛の断念を語ったことはまず間違いない。なんとかして来日を思いとどまらせようと説得にも努めたにちがいない。しかしその説得は、エリスのすべての希望を絶ち切るほどにきっぱりしたものではなかったのではないのか〉。〈結婚はともかく、エリスをいったん東京に迎えることはできぬものか、懸命にエリスの説得に努めながらも、その鷗外の胸に、時としてそんな迷いのかすめる瞬間があったのではないか〉。

しかし鷗外は〈石のように非情な沈黙を守る〉。〈とすれば、鷗外はだれに説得されてエリスを追い返したわけでもない。愛は断念するしかないと、われみずから覚悟したから、無益な未練——われひとともに惑わすだけの無益な未練を口にすまいと決心したのではなかったか。未練がなかったのではなく、ただ、父母に打ち明けるまでに、つまり四年ぶりの日本の最初の夜までに、迷いはきっぱりと克服され、愛は断念されていたのではなかったか〉。〈とすれば、鷗外の内部で血は流れた〉。〈鷗外は、去りゆく青春そのものへの愛惜と痛みとに耐えながら、遠ざかるエリスの船を見送ったに違いない。それが、ただちに、「家や陸軍」に対する鷗外の「妥協や屈服」、あるいは「敗北や挫折」と結びつくかどうかということになれば、話はまた別だが、ともあれ、エリスを見送る鷗外の胸に、ある種の痛みが疼いたであろうことは、そのことだけはおそらく間違いない〉——。

さらにこれより先、成瀬正勝氏は小堀桂一郎氏の、鷗外はエリスの来日をむしろ(13)〈黙認するような態度〉、〈日本での彼女との再会に淡い期待すら抱いていはしなかったか〉という論を踏まえつつ、〈鷗外は親が許せばエリスと結婚するつもりで帰ってきたのだ〉と言っている。(14)成瀬氏は喜美子の回想にたいするに森於菟や小堀杏奴の回想を駆使し、鷗外の心奥に、青春に発し生涯住み続けた女性(エリス?)の面影があったと語る。そしてなによりも、家族達がエリスを説得して帰国させるのに四週間もかかったこと、そこに鷗外のエリスへの未練、執着、そして苦悩が潜んでいたという。

が、いずれにしても鷗外は〈石のように非情〉にエリスを追い返す。

鷗外は十月十四日付賀古鶴所宛に次のような書簡を送る。

《御配慮恐入候(中略)明後日御話ハ承候而モ宜敷候又彼件ハ左顧右眄遑ナク断行仕候御書面之様子等ニテ貴兄ニモ無論賛成被下候儀ト相考候勿論其源ノ清カラザルヿ故ドチラニモ満足致候様ニハ収マリ難ク其間軽重スル所ハ明白ニテ人ニ議ル迄モ無御座候》

非情冷徹な文面と言わざるをえない。かくして鷗外の〈迷いはきっぱりと克服され、愛は断念され〉ていた?いや、それとも仮面の下で、依然心情の痛みや疼きは治まることなく続いていた?

しかし、ここでこれ以上の穿鑿は止めよう。あるいはこの時、鷗外は実の所どうしていいか判らなかったのかもしれない。そしてこれを言うなら鷗外はこの時、ただただ〈なりゆきにまかせていた〉のかもしれない。あるいは〈なりゆきにまかせるほかなかった〉のかもしれない。

さてこれより約一年後、鷗外は「舞姫」を著す。名も同じくエリスといい、ドイツで〈心安く〉なった女との愛と別離。しかし鷗外は一体どんな思いをこれに託していたのか――。

この時のことも、小金井喜美子は回想している。〈其中に舞姫をお書きになりました。ちらちら同僚などの噂にのぼるので、ご自分からさつぱりと打明けたお積でせう。その頃私の覚えてゐる事をお話ししませう〉。(15)

《年の暮近く私が千住の家へ行つて居ます時、叔父さん（篤次郎）が車で上野の家からかけつけて、私の居るのを見て「来て居たのか丁度よかつた」、「何かあつたのですか。」心配さうな顔を見て笑ひながら「何、あの舞姫の事を今度兄さんがお書きになつたから、まつ先に皆に聞かせて呉れといふお使ひに来たのですよ、お父さんは往診の御留守だつて、じやあとにしてさあさあ集まつて下さい、勧進帳もどきで読み上げるから」、何でも芝居掛りになるのはいつもの癖でした。

「石炭をばはや積み果てつ中等室の卓のほとりはいと静かにて熾熱燈の光の晴れがましきもやくなし。」中音に読み初めたのを、誰も誰も熱心に聞いて居ました。だんだん進む中、読む人も情に迫つて涙声になります。聞いてゐる人達も、皆それぞれ思ふ事はちがつても、記憶が新らしいのと、其文章に魅せられて鼻を頻にかみました。「嗚呼相澤謙吉の如き良友は世に又得難かるべし、されど我が脳裏に一点の彼を憎む心は今日までも残れりけり」。読み終つた時は、誰も誰もほつと溜息をつきました。暫く沈黙の続いた後、「ほんとによく書けて居ますね」といひ出したのは私でした。お祖母様（峰）はうなづきながら、「賀古さんは何と御言ひになるだらう」、「何昨夜見えたので読んで聞かせたら、己れの親分気分がよく出て居るとひどく喜んで、ぐづぐづ蔭言をいふ奴等に正面からぶつつけてやるのはいゝ気持だ。一つ祝い酒をご馳走にならうと又夜が更けました」。

それが春の国民の友に出て評判がよいものですから、今迄の何か心の底にあつたこだはりがとれて、皆ほんとに喜んだのでした。》

あるいは鷗外は、あのエリス事件の家族達を巻き込んだ顚末を、あらためて絵解きしつつ、いわばひそかに懺悔、弁明を綴っていたのか(16)。しかしあの時、鷗外に懺悔し弁明すべく、いわばどんな心の一分があったというのか。鷗外はただ〈なりゆきにまかせていた〉、あるいは〈なりゆきにまかせるほかなかった〉のではないか。

とすれば鷗外に出来る事は、ただそうあったようにあった、そうあらざるをえないようにあったと書くことだけではなかったか。

だから差し当たり、なんの意味もない無用な試み――。しかしそうだとしても、人間はそうして〈言葉〉を綴ることによって、人間であり、人間であるしかないと、いまはひとまず言っておこう。

エリスが帰国してから一ヶ月ほど、西周を主賓として鷗外の帰朝祝賀会が催され、それを機に西からの結婚話が急速に進められた。そして鷗外は明治二十二年三月、海軍中将男爵赤松則良の長女登志子を娶る。文部大臣榎本武揚を伯父に持つこの権門の娘との縁談は、しかし不幸にも長く続かず、翌年九月には早くも破局が訪れる。「舞姫」執筆の頃すでに鷗外は離婚を決意していたという。

〈貧しい一家を興すすべての望み〉を鷗外にかけていたその両親、そして〈役について昇進の階を上り初めようとする〉鷗外に対し、〈上司の御覚えばかりを気にしてゐた老人等〉にとって、それは願ってもない縁談だった（「父の映像」[17]）。が、それに対し、〈前後から察するに父は只投げやりに両親の意に任せたやうに見える〉[18]。

〈投げやり〉な結婚?! あるいはそれほどまでに鷗外の胸には、ポッカリと空洞があいていたのかもしれない。

（序にいえば、あるいは乙酉会へのデスペレートな反噬、挑戦も、その心の空洞に発する、いわば自暴自棄的なそれであったのかもしれない。）

二 「舞姫」委曲

では「舞姫」とは一体どんな小説か。[19]

《石炭をば早や積果てつ。中等室の卓《つくえ》のほとりはいと静にて、熾熱燈の光の晴れがましきも徒なり。今宵は夜毎にこゝに集ひ来る骨牌《カルタ》仲間も「ホテル」に宿りて、舟に残れるは余一人のみなれば。

　五年前の事なりしが、平生《ひごろ》の望足りて、洋行の官名を蒙り、このセイゴンの港まで来し頃は、目に見るもの、耳に聞くもの、一つとして新ならぬはなく、筆に任せて書き記しつる紀行文日ごとに幾千言をかなしけむ、当時の新聞に載せられて、世の人にもてはやされしかど、今日になりておもへば、穉き思想、身の程知らぬ放言、さらぬも尋常《よのつね》の動植金石、さては風俗などをさへ珍しげにしるしゝを、心ある人はいかにか見けむ。こたびは途に上りしとき、日記ものせむとて買ひし冊子もまだ白紙のまゝなるは、独逸にて物学びせし間に、一種の「ニル、アドミラリイ」の気象をや養ひ得たりけむ、あらず、これには別に故あり。

　げに東に還る今の我は、西に航せし昔の我ならず、学問こそ猶心に飽き足らぬところも多かれ、浮世のうきふしをも知りたり、人の心の頼みがたきは言ふも更なり、われとわが心さへ変り易きをも悟り得たり。きのふの是はけふの非なるわが瞬間の感触を、筆に写して誰にか見せむ。これや日記の成らぬ縁故なる、あらず、これには別に故あり。》

　こうして「舞姫」は帰国の途次、〈セイゴンの港〉に停泊する船の中で、太田豊太郎がベルリンに滞在した五年間を追想するところから始まる。が、それにしても豊太郎はひどく鬱屈し、官命を蒙りドイツに向かった五年前の希望と自信に満ちた様子と変わり、また目に見るもの耳に聞くものすべてを記して新聞に寄稿した時と違い、買い求めた日記帳も〈まだ白紙のまゝ〉という。そして豊太郎は以下その鬱積の理由を次々にあげてゆくが、それはまた〈あらず、これには別に故あり〉と否定してゆく。(20)

《嗚呼、ブリンヂイシイの港を出でゝより、早や二十日《はつか》あまりを経ぬ。世の常ならば生面の客にさへ交を結びて、旅の憂さを慰めあふが航海の習なるに、微恙にことよせて房《へや》の裡にのみ籠りて、同行の人々にも物言ふことの少きは、人知らぬ恨に頭《かしら》のみ悩ましたればなり。此恨は初め一抹の雲の如く我心を掠めて、瑞西《スヰス》の山色をも見せず、伊太利の古蹟にも心を留めさせず、中頃は世を厭ひ、身をはかなみて、腸日ごとに九廻すともいふべき惨痛をわれに負はせ、今は心の奥に凝り固まりて、一点の翳《かげ》とのみなりたれど、文読むごとに、物見るごとに、鏡に映る影、声に応ずる響の如く、限なき懐旧の情を喚び起して、幾度《いくたび》となく我心を苦む。嗚呼、いかにしてか此恨を銷《せう》せむ。若し外の恨なりせば、詩に詠じ歌によめる心地すが〳〵しくもなりなむ。これのみは余りに深く我心に彫《ゑ》りつけられたればさはあらじと思へど、今宵はあたりに人も無し、房奴《ばうど》の来て電気線の鍵を捩るには猶程もあるべければ、いで、その概略を文に綴りて見む。》

〈ブリンヂイシイの港〉を出てより〈早や二十日あまり〉、しかし豊太郎は船室に籠り同行の人々に言葉も交わさずに過ごす。それには〈人知らぬ恨に頭のみ悩ました〉ということがあったという。

それは旅の〈初め〉、おそらくベルリンを発った頃、〈一抹の雲の如く〉豊太郎の心を掠め、その後〈瑞西の山色をも見せず、伊太利の古蹟にも心を留めさせず〉、そして〈中頃は世を厭ひ、身をはかなみて、腸日ごとに九廻すともいふべき惨痛をわれに負はせ〉、やがて〈今は心の奥に凝り固まりて、一点の翳とのみなりたれど〉、しかしかえって、あらゆる時にわたりあらゆる事をめぐって想い起こされ、〈我心を苦む〉という。[21]

そして豊太郎は〈いかにしてか此恨を銷せむ〉という。〈若し外の恨なりせば〉。しかし〈これのみは余りに深く我心に彫りつけられたれば〉――。

（ただこうして見ると、豊太郎はたしかに自らの鬱懐の因を承知しているといえる。早々といえば、それはエリスを裏切り棄てたことに他ならない。しかし問題はそのこと自体ではない。問題は豊太郎がエリスをどう棄てたのか、どんな風に棄てたのかに関っている。そしてそれこそがこの小説全篇の、真の主題であることを確認しておこう。）

《余は幼き比《ころ》より厳しき庭の訓《おしへ》を受けし甲斐に、父をば早く喪ひつれど、学問の荒《すさ》み衰ふることなく、旧藩の学館にありし日も、東京に出でゝ予備黌に通ひしときも、大学法学部に入りし後も、太田豊太郎といふ名はいつも一級の首《はじめ》にしるされたりしに、一人子の我を力になして世を渡る母の心は慰みけらし。十九の歳には学士の称を受けて、大学の立ちてよりその頃までにまたなき名誉なりと人にも言はれ、某《なにがし》省に出仕して、故郷なる母を都に呼び迎へ、楽しき年を送ること三とせばかり、官長の覚え殊なりしかば、洋行して一課の事務を取り調べよとの命を受け、我名を成さむも、我家を興さむも、今ぞとおもふ心の勇み立ちて、五十を踰えし母に別るゝをもさまで悲しとは思はず、遥々と家を離れてベルリンの都に来ぬ。》

　さて手記は早速にも豊太郎がなぜ〈ベルリンの都〉に来たのか——選ばれて官命を蒙り、希望と自負に満ちて故国を発った所以が端的に記される。豊太郎はまさに〈国家有為の人〉、〈国家有用の人〉として、勇躍〈ベルリンの都〉に立ったのである。

《余は模糊たる功名の念と、検束に慣れたる勉強力とを持ちて、忽ちこの欧羅巴の新大都の中央に立てり。何等の光彩ぞ、我目を射むとするは。何等の色沢ぞ、我心を迷はさむとするは。菩提樹下と訳するときは、幽静なる境なるべく思はるれど、この大道髪の如きウンテル、デン、リンデンに来て両辺なる石だゝみの人道を行く隊々《くみぐ》の士女を見よ。胸張り肩聳えたる士官の、まだ維廉《ヰルヘルム》一世の街に臨める窓に倚り玉ふ頃なりければ、様々の色に飾り成したる礼装をなしたる、妍《かほよ》き少女《をとめ》の巴里まねびの粧したる、彼も此も目を驚かさぬはなきに、車道の土瀝青《チャン》の上を音もせで走るいろ〳〵の馬車、雲に聳ゆる楼閣の少しとぎれたる処には、晴れたる空に夕立の音を聞かせて漲り落つる噴井の水、遠く望めばブランデンブルク門を隔てゝ緑樹枝をさし交はしたる中より、半天に浮び出でたる凱旋塔の神女の像、この許多《あまた》の景物目睫の間に聚《あつ》まりたれば、始めてこゝに来しものゝ応接に遑なきも宜《うべ》なり。されど我胸には縦ひいかなる境に遊びても、あだなる美観に心をば動さじの誓ありて、つねに我を襲ふ外物を遮り留めたりき。》

豊太郎は〈この欧羅巴の新大都〉、ベルリンの華やかな光景に目を瞠らざるをえない。豊太郎はその一々を生き生きと写しとる。しかし〈我胸には縦ひいかなる境に遊びても、あだなる美観に心をば動さじの誓ありて、つねに我を襲ふ外物を遮り留めたりき〉という。つまり〈模糊たる功名の念と、検束に慣れたる勉強力〉はいささかも揺らぐことなく、一意目標を目指すのである。

《余が鈴索《すゞなは》を引き鳴らして謁を通じ、おほやけの紹介状を出だして東来の意を告げし普魯西《プロシャ》の官員は、皆快く余を迎へ、公使館よりの手つゞきだに事なく済みたらましかば、何事にもあれ、教へもし伝へもせむと約しき。喜ばしきは、我が故里にて、独逸、仏蘭西の語を学びしことなり。彼等は始めて余を見しとき、いづくにていつの間にかくは学び得つると問はぬことなかりき。

さて官事の暇《いとま》あるごとに、かねておほやけの許をば得たりければ、ところの大学に入りて政治学を修めむと、名を簿冊に記させつ。

ひと月ふた月と過す程に、おほやけの打合せも済みて、取調も次第に捗り行けば、急ぐことをば報告書に作りて送り、さらぬをば写し留めて、つひには幾巻《いくまき》をかなしけむ。大学のかたにては、穉き心に思ひ計りしが如く、政治家になるべき特科のあるべうもあらず、此か彼かと心迷ひながらも、二三の法家の講筵に列ることにおもひ定めて、謝金を収め、往きて聴きつ。》

そしてすべては順調に運ぶ。が、やがて大きな関門が豊太郎を待ち受ける。

《かくて三年《みとせ》ばかりは夢の如くにたちしが、時来れば包みても包みがたきは人の好尚なるらむ、余は父の遺言を守り、母の教に従ひ、人の神童なりなど褒むるが嬉しさに怠らず学びし時より、官長の善き働き手を得たりと奨ますが喜ばしさにたゆみなく勤めし時まで、たゞ所動的、器械的の人物になりて自ら悟らざりしが、今二十五歳になりて、既に久しくこの自由なる大学の風に当りたればにや、心の中なにとなく妥《おだやか》ならず、奥深く潜みたりしまことの我は、やうやう表にあらはれて、きのふまでの我ならぬ我を攻むるに似たり。余は我身の今の世に雄飛すべき政治家になるにも宜しからず、また善く法典を諳じて獄を断ずる法律家になるにもふさはしからざるを悟りたりと思ひぬ。

余は私《ひそか》に思ふやう、我母は余を活きたる辞書となさんとし、我官長は余を活きたる法律となさんとやしけん。辞書たらむは猶ほ堪ふべけれど、法律たらんは忍ぶべからず。今までは瑣々たる問題にも、極めて丁寧にいらへしつる余が、この頃より官長に寄する書には連《しき》りに法制の細目に拘《かかずら》ふべきにあらぬを論じて、一たび法の精神をだに得たらんには、紛々たる万事は破竹の如くなるべしなどゝ広言しつ。又大学にては法科の講演を余所にして、歴史文学に心を寄せ、漸く蔗《しょ》を嚼《か》む境に入りぬ。》

「舞姫」を論ずるほどの人がかならず触れるように、ここに早くもその主題の一つ（あくまでも〈一つ〉）が開示される。いわゆる近代的個我の覚醒――〈きのふまでの我ならぬ我〉、〈所動的、器械的の人物〉の殻を脱ぎ棄て、〈奥深く潜みたりしまことの我〉へと目醒めてゆく経緯[22]。

が、それはまた豊太郎に、はじめて周囲との齟齬、軋轢を齎す。目醒めた個我は、やがて豊太郎を〈活きたる辞書となさん〉とした母や〈活きたる法律となさん〉とした官長、つまり家および官僚社会、とはこれまで豊太郎がなんの疑いもなく帰属していたものとの対立、葛藤へと導くのだ。

（ただし豊太郎の〈辞書たらむは猶ほ堪ふべけれど〉という母への思いに、いささか触れておかなければならない。言うまでもなく豊太郎のこれまでの精励は、すべて母を慰め母を喜ばすためのものに他ならない。〈某省に出仕して、故郷なる母を都に呼び迎へ、楽しき年を送ること三とせばかり〉。おそらくそれは臍帯に結ばれ揺籃に揺られた母子の純粋な自然、その至福の記憶を反芻する三年であったにちがいない。まただからこそ豊太郎はその記憶を胸に、此度〈我名を成さむも、我家を興さむも、今ぞとおもふ心の勇み立ちて、五十を踰えし母に別るゝをもさまで悲しとは思はず、遥々と家を離れてベルリンの都に来〉たのではないか。それは単に〈家名再興の意識〉と重なる〈封建的な家の観念との結合〉（三好氏）とだけはいえない。が、にもかかわらず豊太郎は母から離反してゆかなければならない。ただその時も、それが母の死という自然を契機としての別離であったことに注意しなければならない。）

だが、〈官長はもと心のまゝに用ゐるべき器械をこそ作らんとしたりけめ。独立の思想を懐きて、人なみならぬ面もちしたる男をいかで喜ぶべき。危きは余が当時の地位なりけり〉。しかし当時の豊太郎は自らの危き〈地位〉に気づいていない。むしろ〈まことの我〉を駆って、ひたすらわが道を突き進んでいるかのようだ。

だがここに来て、豊太郎の回想は急角度に屈折してゆく。

《されどこれのみにては、なほ我地位を覆へすに足らざりけんを、日比《ひごろ》伯林の留学生の中《うち》にて、或る勢力ある一群《ひとむれ》と余との間に、面白からぬ関係ありて、彼人々は余を猜疑し、又遂に余を讒誣《ざんぶ》するに至りぬ。されどこれとても其故なくてやは。》

まさに危機は思いがけない所から迫る。〈彼人々は余が倶に麦酒《ビイル》の杯をも挙げず、玉突きの棒《キユウ》をも取らぬを、かたくなる心と慾を制する力とに帰して、且は嘲り且は嫉みたりけん〉――。

なんと取るに足りない軋轢。しかしこれに対し豊太郎の筆勢は急速に萎靡してゆく。

《されどこは余を知らねばなり。嗚呼、此故よしは、我身だに知らざりしを、怎《いか》でか人に知らるべき。わが心はかの合歓《ねむ》といふ木の葉に似て、物触《さや》れば縮みて避けんとす。我心は処女に似たり。余が幼き頃より長者の教を守りて、学《まなび》の道をたどりしも、仕《つかへ》の道をあゆみしも、皆な勇気ありて能くしたるにあらず、耐忍勉強の力と見えしも、皆な自ら欺き、人をさへ欺きつるにて、人のたどらせたる道を、唯だ一条《ひとすぢ》にたどりしのみ。余所に心の乱れざりしは、外物を棄てゝ顧みぬ程の勇気ありしにあらず、唯外物に恐れて自らわが手足を縛せしのみ。故郷を立ちいづる前にも、我が有為の人物なることを疑はず、又我心の能く耐へんことをも深く信じたりき。嗚呼、彼も一時。舟の横浜を離るゝまでは、天晴豪傑と思ひし身も、せきあへぬ涙に手巾《しゆきん》を濡らしつるを我れ乍ら怪しと思ひしが、これぞなかく〳〵に我本性なりける。此心は生まれながらにやありけん、又早く父を失ひて母の手に育てられしによりてや生じけん。

彼人々の嘲るはさることなり。されど嫉むはおろかならずや。この弱くふびんなる心を。》

それにしても、この時の豊太郎の自省、自責はいささか過度、いや不可解とさえいわねばならない。(23) なるほど豊太郎がこれまでの自己を〈勇気〉なく、〈皆な自ら欺き、人をさへ欺〉いて、〈人のたどらせたる道を、唯だ一条にたどりしのみ〉と反省しているのは分かる。が彼は、すでに〈所動的、器械的の人物〉から〈まことの我〉に目覚め、さらに目醒めたと自ら信じたはずではないか。がその彼が、なぜかくも品性下劣な留学生仲間の中傷、排斥に一方的に屈し、あまつさえ自らを〈弱くふびんなる心〉と意気地なく卑下しなければならないのか。

翻ってそうだとすると、あの〈まことの我〉への覚醒とはなんだったのだろう。単なる幻想、虚言でしかなかったのか？　あの獲得されたという〈近代的自我〉、〈近代的主体〉は、ついになんの役にも立たず、早くも頓挫、解体を来たしていた？(24)　いやそんなものはもともとなく、すべては一朝の夢でしかなかったのかもしれない。

さらに豊太郎が故国の岸壁を離れた時に流した涙。〈五十を踰えし母に別るゝをさまで悲しとは思はず〉という強がりにもかかわらず、(25) その母との別れの悲しみに流した一掬の涙。おそらくそれは豊太郎のもっとも深い奥処に隠されたナイーブな心の流した涙であったかもしれない。しかも彼はそれをも、〈弱くふびんなる心〉に結びつけるのである。

しかし品性野卑な留学生仲間の排斥、攻撃は、ますます嵩にかかって豊太郎を襲う。(26)

《赤く白く面を塗りて、赫然たる色の衣を纏ひ、珈琲店《カツフエエ》に座して客を延《ひ》く女を見ては、往きてこれに就かん勇気なく、高く帽を戴き、眼鏡に鼻を挟ませて、普魯西にては貴族めきたる鼻音にて物言ふ「レエベマン」を見ては、往きてこれと遊ばん勇気なし。此等の勇気なければ、彼活潑なる同郷の人々と交らんやうもなし。この交際の疎きがために、彼人々は唯余を嘲り、余を嫉むのみならで、又余を猜疑することゝなりぬ。これぞ余が冤罪を身に負ひて、暫時の間に無量の艱難を閲し尽す媒《なかだち》なりける。》

ところで、この一節を解説して三好氏は次のように言う。

《船出の日には〈我れ乍ら怪し〉としか思えなかった未練のこころが、いまは〈我本性〉として自覚される。〈わが心はかの合歓といふ木の葉に似て、物触れば縮みて避けんとす〉ともいい、〈我心は処女に似たり〉ともいう。〈この弱くふびんなる心〉は明らかに、手記を書く現在の時点で意識化された認識であって、それは〈弱き心〉〈鈍き心〉〈特操なき心〉などとさまざまにいいかえられながら、覚醒した自我の内部にひそむ脆弱な部分として、悲劇の誘因を形成してゆくことになる。》

たしかにその〈弱くふびんなる心〉は、いま〈手記を書く現在の時点で〉、いわば最終的に〈意識化された認識〉ともいえる。しかし豊太郎の〈認識〉は、おそらくその都度の時点でわが身を振り返ったとき、すでに見えていた、あるいは見えざるをえないものとして見えていたものではなかったか。そして彼はそれをその都度〈弱き心〉〈鈍き心〉〈特操なき心〉と呼ぶ。が、だとしても、それを〈覚醒した自我の内部にひそむ脆弱な部分〉といい、それが〈悲劇の誘因を形成してゆくことになる〉というのは、正確な言い方とはいえない。

本来〈強き心〉の人などいるわけのないように、〈弱き心〉の人などいるわけはない。しかもそれが〈誘因〉となって、次々と〈悲劇〉が生まれてくるわけではないだろう。それを言うなら、その都度臍を噛む思いでわが身の〈弱き心〉〈鈍き心〉〈特操なき心〉を顧みざるをえないということ――。とすれば三好氏の言い方は、むしろ結果にすぎないものを原因とみなす倒錯をおかしているといわなければならない（とひとまずいっておこう。そしてこのことは、以下繰り返し指摘しなければならない）。

さてこの時である。豊太郎の身に、さらに思いがけないことが起きる。

《或る日の夕暮なりしが、余は獣苑を漫歩してウンテル、デン、リンデンを過ぎ、我がモンビシュウ街の僑居に帰らんと、クロステル巷の古寺の前に来ぬ。余は彼の燈火《ともしび》の海を渡り来て、この狭く薄暗き巷《こうぢ》に入り、楼上の木欄《おばしま》に干したる敷布、襦袢《はだぎ》などまだ取入れぬ人家、頬髭長き猶太教徒の翁が戸前に佇みたる居酒屋、一つの梯《はしご》は直ちに楼《たかどの》に達し、他の梯は窖《あなぐら》住まひの鍛冶が家に通じたる貸家などに向ひて、凹字の形に引籠みて立てられたる、此三百年前の遺跡を望む毎に、心の恍惚となりて暫し佇みしこと幾度なるを知らず。

今この処を過ぎんとするとき、鎖《とざ》したる寺門の扉に倚りて、声を呑みつゝ泣くひとりの少女《をとめ》あるを見たり。年は十六七なるべし。被りし巾《きれ》を洩れたる髪の色は、薄きこがね色にて、着たる衣は垢つき汚れたりとも見えず。我足音に驚かされてかへりみたる面、余に詩人の筆なければこれを写すべくもあらず。この青く清らにて物問ひたげに愁を含める目《まみ》の、半ば露を宿せる長き睫毛に掩はれたるは、何故《なにゆゑ》に一顧したるのみにて、用心深き我心の底までは徹したるか。》

要するにエリスとの邂逅――。がそれにしてもこのエリスとの出会いの場所が〈燈火の海〉に紛う〈ウンテル、デン、リンデン〉を過ぎ、〈狭く薄暗〉い〈クロステル巷の古寺の前〉であったことは象徴的である。

つまり華やかな近代から置き忘れられたような空間、〈三百年前〉の中世の〈遺跡〉。

しかも豊太郎は〈此三百年前の遺跡を望む毎に、心の恍惚となりて暫し佇みしことも幾度なるを知らず〉という。とは、あのきらびやかな〈ウンテル、デン、リンデン〉の光景を、〈あだなる美観に心をば動さじ〉と横目に見るにとどめた豊太郎が、その遠い中世、いやさらに古代にも通じる〈遺跡〉を前に、とは時を越えて、やがて自然へと再帰しつべき時空に〈恍惚となりて暫し佇みしこと幾度なるを知らず〉というのである。

そしてそれはまさに永遠なるものへの憧憬、しかもその只中で豊太郎はエリスに、とはまさに永遠なる女性に見《まみ》えたのである。

《彼は料《はか》らぬ深き歎きに遭ひて、前後を顧みる遑なく、こゝに立ちて泣くにや。わが臆病なる心は憐憫の情に打ち勝たれて、余は覚えず側に倚り、「何故に泣き玉ふか。ところに繋累なき外人《よそびと》は、却りて力を借し易きこともあらん。」といひ掛けたるが、我ながらわが大胆なるに呆れたり。

彼は驚きてわが黄なる面を打守りしが、我が真率なる心や色に形《あら》はれたりけん。「君は善き人なりと見ゆ。彼の如く酷《むご》くはあらじ。又た我母の如く。」暫し涸れたる涙の泉は又溢れて愛らしき頬《ほ》を流れ落つ。

「我を救い玉へ、君。わが耻なき人とならんを。母はわが彼の言葉に従はねばとて、我を打ちき。父は死にたり。明日は葬らでは愜《かな》はぬに、家に一銭の貯だになし。」

跡は欷歔の声のみ。我眼《まなこ》はこのうつむきたる少女の顫ふ項《うなじ》にのみ注がれたり。

「君が家《や》に送り行かんに、先づ心を鎮め玉へ。声をな人に聞かせ玉ひそ。こゝは往来なるに。」彼は物語するうちに、覚えず我肩に倚りしが、この時ふと頭を擡げ、又始てわれを見たるが如く、恥ぢて我側を飛びのきつ。》

それにしても、ここに描き出されたエリスのなんと魅力的なことか。そしてその魅惑とは終始エリスの女性としての官能的、感覚的な美しさであり、婀やかさであり、ただこれのみに尽きるといえる。[27] 国を超え人種を超え、その他一切の顧慮から自由に解き放たれ、だから自然の只中でのごとく、豊太郎はエリスの美しき裸身に相対したのだといえよう。〈余は覚えず側に倚り〉――。

《人の見るが厭はしさに、早足に行く少女の跡に附きて、寺の筋向ひなる大戸を入れば、欠け損じたる石の梯《はしご》あり。これを上ぼりて、四階目に腰を折りて潜るべき程の戸あり。少女は錆たる針金の先を捩ぢ曲げたるに、手を掛けて強く引きしに、中には咳枯《しはが》れたる老媼《おうな》の声して、「誰《た》ぞ」と問ふ。エリス帰りぬと答ふる間もなく、戸をあらゝかに引開けしは、半ば白みたる髪、悪しき相にはあらねど、貧苦の痕を額《ぬか》に印せし面の老媼にて、古き獣綿の衣を着、汚れたる上靴を穿きたり。エリスの余に会釈して入るを、かれは待ち兼ねし如く、戸を劇しくたて切りつ。

余は暫し茫然として立ちたりしが、ふと油燈《ラムプ》の光に透して戸を見れば、エルンスト、ワイゲルトと漆もて書き、下に仕立物師と注したり。これすぎぬといふ少女が父の名なるべし。内には言ひ争ふごとき声聞えしが、又静になりて戸は再び明きぬ。さきの老媼は慇懃におのが無礼の振舞せしを詫びて、余を迎へ入れつ。戸の内は厨《くりや》にて、右《め》手《て》の低き窓に、真白に洗ひたる麻布《あさぬの》を懸けたり。左手《ゆんで》には粗末に積上げたる煉瓦の竈あり。正面の一室の戸は半ば開きたるが、内には白布《しらぬの》を掩へる臥床《ふしど》あり。伏したるはなき人なるべし。竈の側なる戸を開きて余を導きつ。この処は所謂「マンサルド」の街に面したる一間なれば、天井もなし。隅の屋根裏より窓に向ひて斜に下れる梁を、紙にて貼りたる下の、立たば頭《かしら》の支《つか》ふべき処に臥床あり。中央なる机には美しき氈《かも》を掛けて、上には書物一二巻と写真帖とを列べ、陶瓶にはこゝに似合はしからぬ価高き花束を生けたり。そが傍に少女は羞《はぢ》を帯びて立てり。》

続くこの一節は、エリスが生活するその生活のレベルと豊太郎が生活するその生活のレベルの落差が、あざといまでに描き出される。しかしそんなことは豊太郎の眼中にない。彼はすでに十分エリスに魅了されそのギャップを一跨ぎに跨いでしまう(28)。

《彼は優れて美なり。乳の如き色の顔は燈火に映じて微紅《うすくれなゐ》を潮《さ》したり。手足の繊《かぼそ》く裊《たおやか》なるは、貧家の女《をみな》に似ず。老媼の室《へや》を出でし跡にて、少女は少し訛りたる言葉にて云ふ。「許し玉へ。君をこゝまで導きし心なさを。君は善き人なるべし。我をばよも憎み玉はじ。明日に迫るは父の葬《はふり》、たのみに思ひしシヤウムベルヒ、君は彼を知らでやおはさん。彼は「ヰクトリア」座の座頭《ざがしら》なり。彼が抱へとなりしより、早や二年なれば、事なく我等を助けんと思ひしに、人の憂に附けこみて、身勝手なるいひ掛けせんとは。我を救ひ玉へ、君。金をば薄き給金を析《さ》きて還し参らせん。縦令《よしや》我身は食はずとも。それもならずば母の言葉に。」彼は涙ぐみて身をふるはせたり。その見上げたる目には、人に否とはいはせぬ媚態あり。この目の働きは知りてするにや、又自らは知らぬにや。
我が隠しには二三「マルク」の銀貨あれど、それにて足るべくもあらねば、余は時計をはづして机の上に置きぬ。
「これにて一時の急を凌ぎ玉へ。質屋の使のモンビシユウ街三番地にて太田と尋ね来ん折には価を取らすべきに。」
少女は驚き感ぜしさま見えて、余が辞別《わかれ》のために出したる手を唇にあてたるが、はら〳〵と落つる熱き涙《なんだ》を我手の背《そびら》に濺ぎつ。》

豊太郎は再度、〈彼は優れて美なり。乳の白き色の顔は燈火に映じて微紅を潮したり。手足の繊く裊なるは〉と、エリスの美しさを強調する。そして〈その身上げたる目には、人に否といはせぬ媚態あり〉と続けるのである。(29) こうして豊太郎は〈三百年前の遺跡〉に向きあって〈恍惚〉たらざるをえなかったように、エリスに向きあって〈恍惚〉として我を忘れる（因みにその後豊太郎は〈恍惚〉の間にエリスと肉体的に結ばれるのだ）。

ところで、こうした豊太郎のエリスへの愛（もしそれを愛というとして）の官能的、感覚的である点に対し、笹淵友一氏は〈非近代的な人情本的性格〉という。(30)

だが蒲生芳郎氏のいうように、〈もともと、男と女の愛の体験には、封建的とか近代的とかいう裁断を受け付けぬ切実さというものがあるはずだ(31)〉。しかり男と女の恋に、近代的も糸瓜もない。ただ〈恍惚〉として、少なくとも男はそうして女と結ばれるのではないか？(32)

さて追憶は次の段階に進む。

《嗚呼、何等の悪因ぞ。この恩を謝せんとて、自ら我僑居に来し少女は、シヨオペンハウエルを右にし、シルレルを左にして、終日《ひねもす》兀坐《こつざ》する我読書の窓下に、一輪の名花を咲かせてけり。この時を始として、余と少女との交漸く繁くなりもて行きて、同郷人にさへ知られぬれば、彼等は速了にも、余を似て色を舞姫の群に漁するものとしたり。

われ等二人の間にはまだ癡騃《ちがい》なる歓楽のみ存したりしを。》

かくして豊太郎はエリスに魅了され、いわば不覚にも〈同郷人にさへ知られ〉てしまうほど頻繁に逢瀬を重ねる。ただここで豊太郎の〈嗚呼、何等の悪因ぞ〉[33]という言葉に注意しよう。無論これもまた、〈手記を書く現在の時点で意識化された認識〉であるといえよう。が、あるいはそもそもの初めから、それは豊太郎を襲っていた危惧であったのかもしれない。

《その名を斥《さ》さんは憚あれど、同郷人の中に事を好む人ありて、余が屢〻芝居に出入して、女優と交るといふことを、官長の許に報じつ。さらぬだに余が頗る学問の岐路に走るを知りて憎み思ひし官長は、遂に旨を公使館に伝へて、我官を免じ、我職を解いたり。公使がこの命を伝ふる時余に謂ひしは、御身若し即時に郷に帰らば、路用を給すべけれど、若し猶こゝに在らんには、公の助をば仰ぐべからずとのことなりき。余は一週日の猶予を請ひて、とやかうと思ひ煩ふうち、我生涯にて尤も悲痛を覚えさせたる二通の書状に接しぬ。この二通は殆ど同時にいだしゝものなれど、一は母の自筆、一は親族なる某が、母の死を、我がまたなく慕ふ母の死を報じたる書《ふみ》なりき。余は母の書中の言をこゝに反覆するに堪へず、涙の迫り来て筆の運を妨ぐればなり。》

いま〈不覚にも〉といった。しかし〈屢〻芝居に出入して〉というのは、〈用心深き〉豊太郎にしては大胆不敵といわなければならない。果してここまで来れば、豊太郎の帰属する官僚組織は厳しく彼を排斥する。[34]〈さらぬだに余が頗る学問の岐路に走るを知りて憎み思ひし官長〉は、直ちに豊太郎を馘首する。

まさに〈恋は盲目〉。〈恍惚たる青春の白日夢〉(長谷川氏)、いや〈豊かな生命の躍動〉[35]。いわば豊太郎は理非を絶して、〈恋〉の只中に落ちたのである。

が、さて、この時母の死の報せが届く。それにしても、この母の死の報せは、豊太郎にどんな結果を齎したのか。

よく言われるように、この母の死は豊太郎が封建的な〈家〉の緊縛から離れ、エリスとの生活に入る契機となったこと、しかもそのことは豊太郎をして、エリスを捨てて日本へ帰国するか、母を捨ててドイツに残留するかという二者択一を免かれしめたこと、さらに以後も豊太郎が、つねに絶体絶命の二者択一を免かれて生きることへと繋がる作品設定としてとらえるべきなのかも知れない[36]。

ただ十川信介氏はこのことに関し、長谷川泉氏の〈母の自筆書状は、諫死の自殺の書状であろうか〉という言に触れ、ならば〈かつて母の期待にそむかず、人並み以上に母思いの彼は、なぜ母を弔うために帰国しないのであろうか〉と問い、〈考えられることは、彼の将来を案じ、更生を願う母の切々たる書状が、彼の帰京への道を絶ったということだけである〉とする[37]。

《これまで彼を期待の糸で縛って来た母の死は、一種の解放感をもたらしたかもしれない。だが形式的には解放とも見えるこの母の死は、実質的には、彼をあらためて名誉挽回の重い鎖でつないだのではないか。母が望む彼の将来とは、彼が名を挙げ家を興すことである。故国には、新帰朝者のはれがましい名声をせおって帰らなければならない。屈辱的な免官を受けた身が、どうして母の霊にまみえることができよう。》

鋭い指摘といわなければならない。〈もちろん、ベルリンにとどまったからとて、名誉挽回の機会があるという保証はない。しかしそれはいま待つ者もいない故郷に敗残の身をさらすにはまさるだろう〉。たしかに〈このまゝにて郷にかへらば、学成らずして汚名を負ひたる身の浮ぶ瀬あらじ〉なのだ。

だが、だとしても豊太郎をベルリンに留めた直接の理由は、やはりエリスの存在ではなかったか。今は亡き母に代わって間近に息づくエリスの存在こそが豊太郎に、現に〈豊かな生命の躍動〉を齎していたのだ。（そして豊太郎は、こうして母と別れたのである。）

ただ豊太郎の心の底に、〈故国には、新帰朝者のはれがましい名声をせおって帰らなければならない〉という思いが消えたわけではない。彼が〈名を挙げ家を興すこと〉を喜ぶ母はすでにいないとしても、いやすでにいないがゆえに一層、豊太郎はいわば〈心情というパトス〉（ヘーゲル）の中で、母と子の契りにおいて約した栄達への道を独り歩まなければならない。（そして豊太郎は、こうして心の底の母への思い、とは依然栄達への思いと、眼前にいるエリスとの思いに引き裂かれるといえる――。）

《余とエリスとの交際は、この時までは余所目に見るより清白なりき。彼は父の貧きがために、充分なる教育を受けず、十五の時舞の師のつのりに応じて、この耻づかしき業《わざ》を教へられ、「クルズス」果てゝ後、「ヰクトリア」座に出でゝ、今は場中第二の地位を占めたり。されど詩人ハツクレンデルが当世の奴隷といひし如く、はかなきは舞姫の身の上なり。薄き給金にて繫がれ、昼の温習、夜の舞台と緊《きび》しく使はれ、芝居の化粧部屋に入りてこそ紅粉をも粧ひ、美しき衣をも纏へ、場外にてはひとり身の衣食も足らず勝なれば、親腹からを養ふものはその辛苦奈何ぞや。されば彼等の仲間にて、賤しき限りなる業に堕ちぬは稀なりとぞいふなる。エリスがこれを逭れしは、おとなしき性質と、剛気ある父の守護とに依りてなり。彼は幼き時より物読むことをば流石に好みしかど、手に入るは卑しき「コルポルタアジユ」と唱ふる貸本屋の小説のみなりしを、余と相識る頃より、余が借しつる書を読みならひて、漸く趣味をも知り、言葉の訛をも正し、いくほどもなく余に寄するふみにも誤字《あやまりじ》少なくなりぬ。かゝれば余等二人の間には先づ師弟の交りを生じたるなりき。我が不時の免官を聞きしときに、彼は色を失ひつ。余は彼が身の事に関りしを包み隠しぬれど、彼は余に向ひて母にはこれを秘め玉へと云ひぬ。こは母の余が学資を失ひしを知りて余を疎んぜんを恐れてなり。

嗚呼、委くこゝに写さんも要なけれど、余が彼を愛づる心の俄に強くなりて、遂に離れ難き中となりしは此折なりき。我一身の大事は前に横りて、洵《まこと》に危急存亡の秋《とき》なるに、この行ありしをあやしみ、又た誹る人もあるべけれど、余がエリスを愛する情は、始めて相見し時よりあさくはあらぬに、いま我数奇《さくき》を憐み、又別離を悲みて伏し沈みたる面に、鬢《びん》の毛の解けてかゝりたる、その美しき、いぢらしき姿は、余が悲痛感慨の刺激によりて常ならずなりたる脳髄を射て、恍惚の間にこゝに及びしを奈何にせむ。》

〈我数奇を憐み、又た別離を悲しみて伏し沈みたる面〉というからには、豊太郎が一旦は帰京を決意し、それをエリスに告げたのは明らかである。しかしエリスは豊太郎との〈別離を悲しみ〉、そして豊太郎はまたしてもエリスの〈伏し沈みたる面に、鬢の毛の解けてかゝりたる、その美しき、いぢらしき姿〉に接し、〈恍惚〉として〈遂に離れ難き中〉となったかのごとくである。

《公使に約せし日も近づき、我命はせまりぬ。このまゝにて郷にかへらば、学成らずして汚名を負ひたる身の浮ぶ瀬あらじ。さればとて留まらんには、学資を得べき手だてなし。》

しかし十川氏が続けていうように、この〈危急存亡の秋〉、豊太郎が必要とするのは〈学資を得べき手だて〉であり、エリスとの生計の資ではない。つまり豊太郎は今までと同じように〈学問〉を継続することに思いを致す。おそらくそれによって、いつの日か名を挙げ帰国する機の来ることを願って——。

この時、豊太郎の危機をひとまず救ったのは親友の相澤謙吉であった。(38)

《此時余を助けしは今我同行の一人なる相澤謙吉なり。彼は東京に在りて、既に天方伯の秘書官たりしが、余が免官の官報に出でしを見て、某新聞紙の編輯長に説きて、余を社の通信員となし、伯林に留まりて政治学芸の事などを報道せしむることとなしつ。

社の報酬はいふに足らぬほどなれど、棲家をもうつし、午餐《ひるげ》に往く食店《たべものみせ》をもかへたらんには、微なる暮しは立つべし。兎角《とかう》思案する程に、心の誠を顕はして、助の綱をわれに投げ掛けしはエリスなりき。かれはいかに母を説き動かしけん、余は彼等親子の家に寄寓することとなり、エリスと余とはいつよりとはなしに、有るか無きかの収入を合せて、憂きがなかにも楽しき月日を送りぬ。》

ただこの時も豊太郎の〈兎角思案する〉ことが、自己一個の方便《たずき》に限られていたらしいのは注意したい。それに対し〈心の誠を顕はして、助の綱〉を投げ掛けたのはエリスに他ならない。いや〈助の綱〉と言い条、それは豊太郎を我が身に繋ぎとめる〈綱〉、そうしてエリスは豊太郎との共棲を必死に願っていたのだ。

エリスは幼い少女に可能なかぎりの知恵を働かせ、母を説いて豊太郎を我が家に寄寓させ、二人は〈有るか無きかの収入を合せて、憂きがなかにも楽しい月日を送〉ることとなったのである。

（一切を失って手に入れたエリスとの生活、それはそれまで依拠してきた日本の社会への依存関係を投げ打って、その意味で豊太郎は初めて〈独立の生活〉を手に入れたといえよう。それがいわゆる〈近代的主体〉〈近代的自我〉の獲得であったかどうかはしばらく措いて、豊太郎には喜びと誇りがなかったわけではあるまい。しかし形式的にはそうは言えても実質的にはそう言えるとはかぎらないのではないか。）

《朝の珈琲《カッフェエ》果つれば、彼は温習に往き、さらぬ日には家に留まりて、余はキヨオニヒ街の間口せまく奥行のみいと長き休息所に赴き、あらゆる新聞を読み、鉛筆取出でゝ彼此《かれこれ》と材料を集む。この截り開きたる引窓より光を取れる室にて、定りたる業《わざ》なき若人、多くもあらぬ金を人に借して己れは遊び暮す老人、取引所の業の隙を偸みて足を休むる商人などと臂を並べ、冷なる石卓《いしづくゑ》の上にて、忙はしげに筆を走らせ、小をんなが持て来る一盞《ひとつき》の珈琲の冷むるをも顧みず、明きたる新聞の細長き板ぎれに挿みたるを、幾種《いくいろ》となく掛け聯《つら》ねたるかたへの壁に、いく度となく往来《ゆきき》する日本人を、知らぬ人は何とか見けん。又一時近くなるほどに、温習に往きたる日には返り路《ぢ》によぎりて、余と倶に店を立出づるこの常ならず軽き、掌上の舞をもなしえつべき少女を、怪み見送る人もありしなるべし。》

かくして豊太郎は、〈いふに足らぬ〉〈報酬〉に繋がれて、ベルリンの陋巷に沈む。言うまでもなく豊太郎の背に、落魄の陰が漂う。それは種々な階層の人々に雑じり、新聞縦覧所の床を〈いく度となく往来する日本人を、知らぬ人は何とか見けん〉という一行に示されている。

一方エリスはいま、男とともに生きる女の幸せ、その至福を飲み干している。〈掌上の舞をもなしえつべき少女〉――。エリスの身も心も浮き立つような軽やかさを伝えて、見事な一行といえよう。

思えば〈憂きがなかにも楽しき月日〉というその〈憂きがなかにも〉とは、もっぱら豊太郎の感慨であり、エリスのものではなかったのではないか。

《我学問は荒みぬ。屋根裏の一燈微に燃えて、エリスが劇場よりかへりて、椅《いす》に寄りて縫ものなどする側の机にて、余は新聞の原稿を書けり。昔しの法令条目の枯葉を紙上に播寄せしとは殊にて、今は活溌々たる政界の運動、文学美術に係《かゝ》る新現象の批評など、彼此と結びあはせて、力の及ばん限り、ビヨルネよりは寧ろハイネを学びて思を構へ、様々の文を作りし中にも、引続きて維廉一世と仏得力《フレデリック》三世との崩殂《ほうそ》ありて、新帝の即位、ビスマルク侯の進退如何などの事に就ては、故《ことさ》らに詳かなる報告をなしき。さればこの頃よりは思ひしよりも忙はしくして、多くもあらぬ蔵書を繙《ひもと》き、旧業をたづぬることも難く、大学の籍はまだ刪《けづ》られねど、謝金を収むることの難ければ、唯だ一つにしたる講筵だに往きて聴くことは稀なりき。

我学問は荒みぬ。されど余は別に一種の見識を長じき。そをいかにといふに、凡そ民間学の流布したることは、欧州諸国の間にて独逸に若くはなからん。幾百種の新聞雑誌に散見する議論には頗る高尚なるもの多きを、余は通信員となりし日より、曾て大学に繁く通ひし折、養ひ得たる一隻の眼孔もて、読みては又読み、写しては又写す程に、今まで一筋の道をのみ走りし知識は、自ら綜括的になりて、同郷の留学生などの大かたは、夢にも知らぬ境地に到りぬ。彼等の仲間には独逸新聞の社説をだに善くはえ読まぬがあるに。》

〈屋根裏の一燈微に燃えて、エリスが劇場よりかへりて、椅に寄りて縫ものなどする側の机にて、余は新聞の原稿を書けり〉――。おそらく豊太郎はエリスの若々しい息使いを間近に聞いて、あらためてエリスの存在を、かけがえのない貴重なものとして感じていたにちがいない。たしかに彼はエリスを愛していたし、その愛に〈豊かな生命の躍動〉を感じていただろう。が、しかもなお豊太郎の心意は複雑である。豊太郎は〈我学問は荒みぬ〉と繰り返す。彼は無念の思い、悔恨の思いを引きずっているといわなければならない。要するに豊太郎はエリスとの生活に、いわば及び腰で向き合っているといえる。

しかも一方、豊太郎はその時、思いがけず関った〈民間学〉に己れの将来、その失地挽回を託す。彼は己れの〈見識〉が〈自ら綜括的になりて、同郷の留学生などの大かたは、夢にも知らぬ境地に到りぬ〉と自負するに至る。(39) いわば打たれても蹴られても途絶することのない豊太郎の〈栄達〉への夢（それがいかに漠然としたものであっても）を、追うのである。

さて、物語はいよいよ後段を迎える。

《明治廿一年の冬は来にけり。表街の人道にてこそ沙《すな》をも蒔け、鍤《すき》をも揮へ、クロステル街のあたりは凸凹坎坷《かんか》の処は見ゆめれど、表のみは一面に氷りて、朝に戸を開けば飢ゑ凍えし雀の落ちて死にたるも哀れなり。室を温め、竃に火を焚きつけても、壁の石を徹《とほ》し、衣の綿を穿つ北欧羅巴の寒さは、なか〳〵に堪へがたかり。エリスは二三日前の夜、舞台にて卒倒しつとて、人に扶けられて帰り来しが、それより心地あしとて休み、もの食ふごとに吐くを、悪阻《つはり》といふものならんと始めて心づきしは母なりき。嗚呼、さらぬだに覚束なきは我身の行末なるに、若し真《まこと》なりせばいかにせまし。

今朝は日曜なれば家に在れど、心は楽しからず。エリスは床に臥すほどにはあらねど、小き鉄炉の畔《ほとり》に椅子さし寄せて言葉寡し。》

〈明治廿一年の冬は来にけり〉。この編中唯一の〈クロニクル記述〉(40) の意味はしばらく措いて、なによりも注意すべきはエリスの妊娠のことである。

　男と女が結ばれれば自然子は出来る。それが自然の摂理。しかしここに及んで豊太郎は（あるいは豊太郎も）、〈若し真なりせばいかにせまし〉と狼狽する。単に無責任にそう思うのではない。ただ男は〈さらぬだに覚束なきは我身の行末〉、つまり子は生まれるとしても、それを養育するだけの力が自分にはあるのかという不安に嘖まれる。だから男は子の誕生を、常に〈心は楽しからず〉として迎えなければならない。

　しかしもとより（そして以後一貫して記されるように）、エリスは深い喜びの中で子の妊娠を迎える。言うまでもなく、それが子を生み子を育てる女、そしてやがて母となる女の喜びなのだ。

《この時戸口に人の声して、程なく庖厨にありしエリスが母は、郵便の書状を持て来て余にわたしつ。見れば見覚えある相澤が手なるに、郵便切手は普魯西のものにて、消印には伯林とあり。訝りつゝも披きて読めば、とみの事にて預め知らするに由なかりしが、昨夜《よべ》こゝに着せられし天方大臣に付きてわれも来たり。伯の汝を見まほしとのたまふに疾く来よ。汝が名誉を回復するも此時にあるべきぞ。心のみ急がれて用事をのみいひ遣るとなり。読み畢りて茫然たる面もちを見て、エリス云ふ。「故郷よりの文なりや。悪しき便にてはよも。」彼は例の新聞社の報酬に関する書状と思ひしならん。「否、心にな掛けそ。おん身も名を知る相澤が、大臣と倶にこゝに来てわれを呼ぶなり。急ぐといへば今よりこそ。」》

　相澤謙吉からの突然の書状。おそらくその書状を読んだ豊太郎の眼は、〈汝が名誉を回復するも此時にあるべきぞ〉という文言に釘付けとなり、〈茫然たる面もち〉を呈したといえようか。

《かはゆき独り子を出し遣る母もかくは心を用ゐじ。大臣にまみえもやせんと思へばならん、エリスは病をつとめて起ち、上襦袢も極めて白きを撰び、丁寧にしまひ置きし「ゲエロツク」といふ二列ぼたんの服を出して着せ、襟飾りさへ余が為めに手づから結びつ。

「これにて見苦しとは誰れも得言はじ。我鏡に向きて見玉へ。何故にかく不興なる面もちを見せ玉ふか。われも諸共に行かまほしきを。」少し容《かたち》をあらためて。「否、かく衣を更め玉ふを見れば、何となくわが豊太郎の君とは見えず。」又た少し考へて。「縦令富貴になり玉ふ日はありとも、われをば見棄て玉はじ。我病は母の宣ふ如くならずとも。」

「何、富貴。」余は微笑しつ。「政治社会などに出でんの望みは絶ちしより幾年《いくとせ》をか経ぬるを。大臣は見たくもなし。唯年久しく別れたりし友にこそ逢ひには行け。」エリスが母の呼びし一等「ドロシユケ」は、輪下にきしる雪道を窓の下まで来ぬ。余は手袋をはめ、少し汚れたる外套を背に被ひて手をば通さず帽を取りてエリスに接吻して楼《たかどの》を下りつ。彼は凍れる窓を明け、乱れし髪を朔風に吹かせて余が乗りし車を見送りぬ。》

エリスも〈生活向上のチャンス〉(41)と、大儀な身をおして甲斐々々しく豊太郎の身仕度を整える。(42)〈例の新聞社の報酬に関する書状〉かと訝り、〈大臣にまみえもやせん〉と知るや〈「縦令富貴になり玉ふ日はありとも、われをば見棄て玉はじ」〉と願うエリスの言葉からは、ただ男を便りに生きる女の心根、そしてその生活が永く安らかに続くことを願う女の心根が語られている。無論〈「われをば見棄て玉はじ」〉と言い条（おそらくエリスは少しでもこれからの生活に向上の変化をもたらすかもしれない便りに接し、いささか心浮き立ち、やや冗談まじりにそう言ったのではないか）、豊太郎が自分を〈「見棄て」〉ることなどつゆ思ってもいないだろう。エリスの身体にはすでに豊太郎の子が宿っているのだろうから——。

一方、豊太郎は〈「大臣は見たくもなし。唯年久しく別れたりし友にこそ逢ひには行け」〉と、エリスの冗談をきわどく躱し、朔風の戸外に立つ。(43)因みに心浮き立たせているのはエリスばかりではない。エリスの母も雪道に出て〈一等「ドロシユケ」〉を呼びに走る。

《余が車を下りしは「カイゼルホオフ」の入口なり。門者に秘書官相澤が室の番号を問ひて、久しく踏み慣れぬ大理石の階《はしご》を登り、中央の柱に「プリユツシユ」を被へる「ゾフア」を据ゑつけ、正面には鏡を立てたる前房に入りぬ。外套をばこゝにて脱ぎ、廊《わたどの》をつたひて室の前まで往きしが、余は少し踟蹰《ちちゆう》したり。同じく大学に在りし日に、余が品行の方正なるを激賞したる相澤が、けふは怎《いか》なる面もちして出迎ふらん。室に入りて相対して見れば、形こそ旧に比ぶれば肥えて逞ましくなりたれ、依然たる快活の気象、我失行をもさまで意に介せざりきと見ゆ。別後の情を細叙するにも遑あらず、引かれて大臣に謁し、委托せられしは独逸語にて記せる文書の急を要するを翻訳せよとの事なり。余が文書を受領して大臣の室を出でし時、相澤は跡より来て余と午餐《ひるげ》を共にせんといひぬ。》

〈少し汚れたる外套〉といい〈久しく踏み慣れぬ大理石の階を登〉るといい、豊太郎の零落の思いを語ってあまりある。その思いは〈「久しく別れたりし友にこそ逢ひには行け」〉と逸る豊太郎の気持ちを萎えさせ、〈踟蹰〉させる。が相澤は旧に変わらぬ〈快活の気象〉をもって豊太郎を迎える。しかしそんな相澤を前にして、にもかかわらずと言うかだからこそと言うか、豊太郎から〈我失行〉という思いは消えず、いや一層募るといえよう。

《食卓にては彼多く問ひて、我多く答へき。彼が生路は概ね平滑なりしに、轗軻数奇《かんかさくき》なるは我身の上なりければなり。

余が胸臆を開いて物語りし不幸なる閲歴を聞きて、かれは屡〻驚きしが、なか〳〵に余を譴《せ》めんとはせず、却りて他の凡庸なる諸生輩を罵りき。されど物語の畢りしとき、彼は色を正して諫むるやう、この一段のことは素《も》と生れながらなる弱き心より出でしなれば、今更に言はんも甲斐なし。とはいへ、学識あり、才能あるものが、いつまでか一少女の情にかゝづらひて、目的なき生活《なりはひ》をなすべき。今は天方伯も唯だ独逸語を利用せんの心のみなり。おのれも亦伯が当時の免官の理由を知れるが故に、強て其成心を動かさんとはせず、伯が心中にて曲庇者なりなんど思はれんは、朋友に利なく、おのれに損あればなり。人を薦むるは先づ其能を示すに若かず。これを示して伯の信

用を求めよ。》

相澤は豊太郎の〈閲歴〉についてなにも〈譴めんとはせず〉、おおよそ同情的に聞き取るが、しかし最後、エリスとの関係に及んだ折、厳しく豊太郎に言い渡す。（おそらく相澤は〈同じく大学に在りし日〉より、つねに豊太郎を弟のように庇護し、豊太郎は相澤を兄のように頼っていたことは、この場面からも窺える。）相澤は豊太郎を〈素と生れながらなる弱き心〉と面責し、しかも〈学識あり、才能あるものが、いつまでか一少女の情にかゝづらひて、目的なき生活をなすべき〉と諫め、さらにその〈学識〉と〈才能〉を天方伯に示し、〈伯の信用を求めよ〉と諭す。

そして〈又彼《かの》少女との関係は、縦令《よしや》彼に誠ありとも、縦令情交は深くなりぬとも、人材を知りてのこひにあらず、慣習といふ一種の惰性より生じたる交《まじはり》なり。意を決して断てと。是れその言《こと》のおほむねなりき(44)〉。

《大洋に舵を失ひしふな人が、遥なる山を望む如きは、相澤が余に示したる前途の方鍼《ほうしん》なり。されどこの山は猶ほ重霧の間に在りて、いつ往きつかんも、否、果して往きつきぬとも、我中心に満足を与へんも定かならず。貧きが中にも楽しきは今の生活《なりはひ》、棄て難きはエリスが愛。わが弱き心には思ひ定めんよしなかりしが、姑《しばら》く友の言《こと》に従ひて、この情縁を断たんと約しき。余は守る所を失はじと思ひて、おのれに敵するものには抗抵すれども、友に対して否とはえ対《こた》へぬが常なり。》

落魄の思いは熾烈に豊太郎の身を食む。まさしく〈大洋に舵を失ひしふな人〉。そしていま相澤は豊太郎に〈遥なる山を望む如き〉、〈前途の方鍼〉を示す。無論そこに往きつけるかどうか、また往きつけたとしても、それが〈我中心に満足を与へん〉道であるかは定かではない。現にある〈貧きが中にも楽しきは今の生活、棄て難きはエリスが愛〉。とど〈わが弱き心には思ひ定めんよし〉はないのだ。

が、にもかかわらず豊太郎は相澤に、ほとんど反射的に、〈姑く友の言に従ひて、この情縁を断たんと約し〉たという。

ところで早く谷沢永一氏はこのことを、〈「友に対して否とはえ対へぬが常なり」というそらぐヽしい説明は勿論、自分の本当の気持ちからわざと目をそらせた逃口上である。太田は、もともと彼が意識しない心の奥底で、根強くくすぶっていた欲求のあらわれであったからこそ、このように素速く口をついて出ることができたのである〉と評し(45)、さらに、

《太田の愛がいかに深く真実であったとしても、そのために、「名誉を恢復」し、故郷に帰り、「政治社会」に登場し、自分の活動分野を可能なかぎり広くしたいという欲求が、根絶されることはあり得なかった。この事実に対して、不実と罵り軽薄と謗ることは容易であるが、そういう反撥は、人間の気持の動きというものを、事実として直視しようとする態度ではないだろう。一人の青年の精神から、現実社会に自分の能力を最大限に発揮するという意味での世に出たい欲求が、彼の無能および怠惰以外の理由で、完全に消え去るなんて、果してあり得ることだろうか。》

と言っている。たしかにその通りであるといえよう(46)。

だがそれにしても、この〈彼が意識しない心の奥底で、根強くくすぶっていた欲求〉が、どうして〈素早く口をついて出ることができた〉のか? あるいは〈わが弱き心には思ひ定めんよしなかりし〉ものが、どうして〈友の言に従ひて、この情縁を断たんと約〉すことができたのか?

このことをめぐり、柄谷行人氏は「歴史と自然―鷗外の歴史小説―(47)」で次のように言っている。すなわち柄谷氏はまず「山椒大夫」で安寿らの母親が人買いにだまされる過程を引用し、〈母親はとくに脅かされたわけではないが怯えており、しかも怯えていると思わず、また欺されていることに感づいていないわけでもないがずるずると欺されていく。だれも強いてはいないのに、「余議ない事をするやうな心持」である。母親には「自分の心がはつきり

わかっていない」のである〉。しかも〈ここに書かれているのはべつに複雑な心理ではなく、ごくありふれた人間の行動過程なのである。母親はまず身構えまず体を動かし、そのあとから考えている。つまり彼女はまず大夫のいうがままに従ってしまい、そのつどどうしてなのかと考えているのだ。理由はいかようにも考えられるが、それはそのつどやってしまったことを合理化することにしかならない。そして、そこに見出される「動機」は結果から見出される仮構物にほかならないのである〉と――。

つまり鷗外は〈たとえば「相反する心理のせめぎ合い」などという仮構によって母親の行動をとらえるのではなく、行動するたびにただちに動機や理由がつくり出されるという動的な過程そのものをみているからである。いいかえれば、母親の行為を内在的な場所でとらえようとしているからである〉。

そしてさらに、「高瀬舟」の喜助について、〈彼はまずやってしまった男なのであり〉、〈「夢中」でやってしまったその行為にどんな理窟もつけられないことを自覚しているのである〉といい、〈安楽死の是非などというものは、机上の問題にすぎない。喜助は殺してくれという弟の願いと殺すなかれという法との二律背反のなかで、殺す方を選択したのではない。彼は「夢中」で殺してしまったのだ。そこから考えると、「二律背反」とか「自由意志」とか「選択」というものは行動（運動）をスタティックにみるところからくる仮構にすぎないといってよいのである〉と続けている――。

そして「舞姫」の先の場面に戻れば、豊太郎は〈思ひ定めんよし〉がないにもかかわらず、まず〈友の言に従ひて、この情縁を断たんと約し〉てしまったのである。

たしかに人は〈まずやってしまう〉のであり、[48]ただ後からそれを理窟づけるしかない。とは〈まずやってしまう〉、しかも〈やってしまった〉ことは〈もう過ぎてしまった〉ことであり、取りかえしがつかないこと、ただ言葉で想起し、悔恨を繰り返すしかない、[49]いわばそうして、〈きのふの是はけふの非なるわが瞬間の感触〉を反芻するしかないのだ。
《別れて出づれば風面を撲てり。二重の玻璃窓を緊《きび》しく鎖して、大いなる陶炉に火を焚きたる「ホテル」の食堂を出でしなれば、薄き外套を透る午後四時の寒さは殊さらに堪へ難く、膚《はだへ》粟立つと共に、余は心の中に一種の寒さを覚えき。》
とすればこの時、豊太郎はいわばそこにいてそこにいない、つまり不在だったのであり、あるいは彼の心はまさに空洞であったといわなければならない。その空洞に、空しく寒風が吹き抜けているのだ。
《翻訳は一夜になし果てつ。「カイゼルホオフ」へ通ふことはこれより漸く繁くなりもて行く程に、初めは伯の言葉も用事のみなりしが、後には近此《ちかごろ》故郷にてありしことなどを挙げて余が意見を問ひ、折に触れては道中にて人々の失錯ありしことどもを告げて打笑ひ玉ひき。》
だが、〈一月ばかり過ぎて〉、ふたたび豊太郎は、〈まず答えてしまう〉のである。
《一月ばかり過ぎて、或る日伯は突然われに向ひて、「余は明旦《あす》、魯西亜に向ひて出発すべし。随ひて来べきか、」と問ふ。余は数日間、かの公務に遑なき相澤を見ざりしかば、此問は不意に余を驚かしつ。「いかで命に従はざらむ。」余は我耻を表はさん。此答はいち早く決断して言ひしにあらず。余はおのれが信じて頼む心を生じたる人に、卒然ものを問はれたるときは、咄嗟の間、その答の範囲を善くも量らず、直ちにうべなふことあり。さてうべなひし上にて、その為し難きに心づきても、強て当時の心虚なりしを掩ひ隠し、耐忍してこれを実行すること屢々なり。》
相澤に〈わが弱き心には思ひ定めんよしなかりし〉ままに答えてしまったと同じように、またしても豊太郎は天方伯に〈心虚なりし〉ままに答えてしまう。〈いち早く決断して言ひしにあらず〉、ただ〈答の範囲を善くも量らず、直ちにうべな〉ってしまったのである。豊太郎はいわば自らの心の〈空っぽさ加減〉に恥入らざるをえない。

《此日は翻訳の代《しろ》に、旅費さへ添へて賜はりしを持て帰りて、翻訳の代をばエリスに預けつ。これにて魯西亜より帰り来んまでの費をば支へつべし。彼は医者に見せしに常ならぬ身なりといふ。貧血の性なりしゆゑ、幾月か心づかでありけん。座頭よりは休むことのあまりに久しければ籍を除きぬと言ひおこせつ。まだ一月ばかりなるに、かく厳しきは故あればなるべし。旅立の事にはいたく心を悩ますとも見えず。偽りなき我心を厚く信じたれば。》

エリスの妊娠は確実なものとなる。もとよりそれはエリスにとって喜び以外のなにものでもない。しかも豊太郎の子を懐妊したエリスは、豊太郎の〈偽りなき〉心を、一層信じて疑うことはない。

（因みに言えば、豊太郎がなにか後めたく感じているのは確かである。しかしまだ豊太郎はエリスを裏切っている、裏切りつつあるとは思っていないだろう。そしてあるいはそれは、自らの前途の〈猶ほ重霧の間に在りて、いつ往きつかんも〉定めがたいのに見合うほどに、いまだ意識しがたいことであったのかも知れない。）

かくして豊太郎は天方伯に従ひ、ロシアに赴く。

《鉄路にては遠くもあらぬ旅なれば、用意とてもなし。身に合せて借りたる黒き礼服、新に買求めたるゴタ板の魯廷の貴族譜、二三種の辞書などを、小「カバン」に入れたるのみ。流石に心細きことのみ多きこの程なれば、出で行く跡に残らんも物憂かるべく、又停車場にて涙こぼしなどしたらんには影護《うしろめた》かるべければとて、翌朝早くエリスをば母につけて知る人がり出しやりつ。余は旅装整へて戸を鎖し、鍵をば入口に住む靴屋の主人に預けて出でぬ。

魯国行につきては、何事をか叙すべき、わが舌人たる任務は忽地《たちまち》に余を拉し去りて、青雲の上に堕《おと》したり。余が大臣の一行に随ひて、ペエテルブルクに在りし間に余を囲繞せしは、巴里絶頂の驕奢を、氷雪の裡に移したる王城の粧飾、故《ことさ》らに黄蠟の燭を幾つ共なく点したるに、幾星の勲章、幾枝の「エポレット」が映射する光、彫鏤の工《たくみ》を尽したる「カミン」の火に寒さを忘れて使ふ官女の扇の閃きなどにて、この間仏蘭西語を最も円滑に使ふものはわ

れなるがゆゑに、賓主の間に周旋して事を弁ずるものもまた多くは余なりき。》

豊太郎のこれまでの半生、身を立て名を上げるべく、刻苦勉励した成果が、こうしていま見事に花咲いたといえる。

ところで、〈この間余はエリスを忘れざりき、否、彼は日毎に書《ふみ》を寄せしかばえ忘れざりき〉と手記は続く。

《余が立ちし日には、いつになく独りにて燈火《ともしび》に向はん事の心憂さに、知る人の許にて夜に入るまでもの語りし、疲るゝを待ちて家に還り、直ちにいねつ。次の朝《あした》目醒めし時は、猶独り跡に残りしことを夢にはあらずやと思ひぬ。起き出でし時の心細さ、かゝる思ひをば、生計《たつき》に苦みて、けふの日の食なかりし折りにもせざりき。これが彼第一の書の略《あらまし》なり。》

が、〈又程経てのふみは頗る思ひせまりて書きたる如くなりき。文をば否といふ字にて起したり。〉

《否、君を思ふ心の深き底《そこひ》をば今ぞ知りぬる。君は故里《ふるさと》に頼もしき族《やから》なしとのたまへば、此地に善き世渡のたつきあらば、留り玉はぬことやはある。又我愛もて繋ぎ留めでは止まじ。それも愜《かな》はで東《ひんがし》に還り玉はんとならば、親と共に往かんは易けれど、か程に多き路用を何処《いづく》よりか得ん。怎《いか》なる業をなしても此地に留りて、君が世に出で玉はん日をこそ待ためと常には思ひしが、暫しの旅とて立出で玉ひしより此二十日ばかり、別離の思は日にけに茂りゆくのみ。袂を分つはたゞ一瞬の苦艱なりと思ひしは迷なりけり。我身の常ならぬが漸くにしるくなれる、それさへあるに、縦令《よしや》いかなることありとも、我をば努《ゆめ》な棄て玉ひそ。母とはいたく争ひぬ。されど我身の過ぎし頃には似で思ひ定めたるを見て心折れぬ。わが東に往かん日には、ステツチンわたりの農家に、遠き縁者あるに、身を寄せんとぞいふなる。書きおくり玉ひし如く、大臣の君に重く用ゐられ玉はゞ、我路用の金は兎も角もなりなん。今は只管《ひたすら》君がベルリンにかへり玉はん日を待つのみ。》

切迫した文面と言わざるをえない。まだ二月とたたない前、天方伯に会いに行く豊太郎に、おそらくは冗談まじりに〈「縦令富貴になり玉ふ日はありとも、われをば見棄て玉はじ」〉と言ったエリスが、いま〈縦令いかなることありとも、我をば努な棄て玉ひそ〉と必死に訴える。エリスは多分、近頃の豊太郎の様子、さらには天方伯の信任を日増しに得ているがごとき豊太郎の様子（〈書きおくり玉ひし如く、大臣の君に重く用ゐられ玉はゞ〉）に、日毎危機感を募らせていたのだ。

しかも事態は、すでに二人、豊太郎とエリスが共にベルリンに留まり、永く安らかな生活を送ることを許すまじき状態に至っているのではないか。豊太郎が〈東に還り玉はん〉日は迫りつつある。しかもエリスはもはや一刻たりとも豊太郎と別れて生きることは出来ない。だから彼女は母と別れ、豊太郎に同行し、日本へ行くことを決意するに至ったという。

この切々とした文面に接し、豊太郎は次のように言う。

《嗚呼、余は此書を見て始めて我地位を明視し得たり、耻かしきはわが鈍き心なり。余は我身一つの進退につきても、また我身に係らぬ他人《ひと》の事につきても、決断ありと自ら心に誇りしが、此決断は順境にのみありて、逆境にはあらず。我と人との関係を照さんとするときは、頼みし胸中の鏡は曇りたり。》

曖昧な語意ながら、豊太郎の驚きと狼狽を語ってあまりある。豊太郎はここに来て、自分がもはや後戻り出来ぬまでに天方伯に固く繋がれてしまったことに気づいたというのだ。

豊太郎は続ける。〈大臣は既に我に厚し。されどわが近眼は唯だおのれが尽したる職分をのみ見き。余はこれに未来の望を繋ぐことには、神も知るらむ、絶えて想到らざりき〉。

たしかに豊太郎の言葉には、分疎の気味なしとしない。〈神も知るらむ、絶えて想到らざりき〉。が、だとしても豊太郎の驚きと狼狽に嘘はないのかもしれない。豊太郎はまさにこれほどまでに早く、これほどまでに厚く自らが天方伯の信任を得ていようとは、つゆ思ってもいなかったのかもしれない。[50]（しかも豊太郎はそのことを、他ならぬエリスの手紙によって気づかされたのである。）

《されど今こゝに心づきて、我心は猶ほ冷然たりし歟《か》。先に友の勧めしときは、大臣の信用は屋上の禽の如くなりしが、今は稍〻これを得たるかと思はるゝに、相澤がこの頃の言葉の端に、本国に帰りて後も倶にかくてあらば云々《しかぐ》といひしは、大臣のかく宣《のたま》ひしを、友ながらも公事なれば明には告げざりし歟。今更おもへば、余が軽率にも彼に向ひてエリスとの関係を絶たんといひしを、早く大臣に告げやしけん。》

（本来ならば、豊太郎はこの手紙を読んで、エリスとの愛がもう後戻り出来ぬまでの深味に至っていること、というよりエリスとの愛がそれほどにも抜き差しならぬもの、いや人が人を愛すること、というより女が男を愛することが、それほどにも一途なものであることに気付かされたといって然るべきではないか？　しかし豊太郎はただ〈我地位〉、とはいわゆる〈政治社会〉場裡の〈我地位〉に気づかされたと言うにすぎない。）

《嗚呼、独逸に来し初に、自ら我本領を悟りきと思ひて、また器械的人物とはならじと誓ひしが、こは足を縛して放たれし鳥の暫し羽を動かして自由を得たりと誇りしにはあらずや。足の糸は解くに由なし。曩《さき》にこれを繰つりしは、我某省の官長にて、今はこの糸、あなあはれ、天方伯の手中に在り。》

だが豊太郎は、実は一瞬たりとも〈器械的人物〉でなかったためしはない。とは一瞬たりとも自律的に生きたためしはない。現にエリス、いわば我が心の真実に見《まみ》えつつ、しかし豊太郎は、かつて官長そしていま天方伯の下す考価、つまり自らの栄達を占う目盛りに、つねに支配され左右され続けているのである。

《余が大臣の一行と倶にベルリンに帰りしは、恰も是れ新年の旦《あした》なりき。停車場に別を告げて、我家をさして車を駆りつ。こゝにては今も除夜に眠らず、元旦に眠るが習なれば、万戸寂然たり、寒さは強く、路上の雪は稜角《りようかく》ある氷片となりて、晴れたる日に映じ、きら〳〵と輝けり。車はクロステル街に曲りて、家の入口に駐《とど》まりぬ。この時窓を開く音せしが、車よりは見えず。馭丁に「カバン」持たせて梯《はしご》を登らんとする程に、エリスの梯を駈け下るに逢ひぬ。彼が一声叫びて我頸《うなじ》を抱きしを見て馭丁は呆れたる面もちにて、何やらむ髭の内にて云ひしが聞えず。

「善くぞ帰り来玉ひし。帰り来玉はずば我命は絶えなんを。」

我心はこの時までも定まらず、故郷を憶ふ念と栄達を求むる心とは、時として愛情を圧せんとせしが、唯だ此一刹那、低徊踟蹰の思は去りて、余は彼を抱き、彼の頭《かしら》は我肩に倚りて、彼が喜びの涙ははら〳〵と肩の上に落ちぬ。》

それにしても豊太郎の心は〈この時までも定まらず〉、〈故郷を憶ふ念と栄達を求むる心とは、時として愛情を圧せんとせしが〉、エリスに見え、エリスを相抱いた一瞬、無言の恍惚のうちに彼は我を忘れる。[51]なんという充溢！

だがこれが豊太郎、そして男の真の愛の姿なのかも知れない。

つねに勝組となるべく、ひとり身の処し方を思い煩い、結果を冀う。いわばそうした男の孤独な生涯設計。そしてその持続する直線的時間を確実に前進せんとすることが男の〈自己意識〉（ヘーゲル）だとしても、その時間を縦に立ち切る瞬間の恍惚、女を相抱く一瞬の忘我にこそ、むしろ男の真の夢の姿があるのかも知れない。

無論その時、勝組となるべく、いかなる結果も期しがたい。いや破滅の淵が口を開けているのかもしれない。しかし身を捨ててこそ浮かぶ瀬もあれ、その瞬間にかけることこそ、あるいは彼の生涯そのものを生かすことであるのかも知れない。[52]

《「幾階か持ちて行くべき。」と鑼《どら》の如く叫びし馭丁は、いち早く登りて梯の上に立てり。

戸の外に出迎へしエリスが母に、馭丁を労《ねぎら》ひ玉へと銀貨をわたして、余は手を取りて引くエリスに伴はれ、急ぎて室に入りぬ。一瞥して余は驚きぬ、机の上には白き木綿、白き「レエス」などを堆く積み上げたれば。

エリスは打笑みつゝこれを指《ゆびさ》して、「何とか見玉ふ、この心がまへを。」といひつゝ一つの木綿ぎれを取上ぐるを見れば襁褓《むつき》なりき。「わが心の楽しさを思ひ玉へ。産れん子は君に似て黒き瞳子《ひとみ》をや持ちたらん。この瞳子。嗚呼、夢にのみ見しは君が黒き瞳子なり。産れたらん日には君が正しき心にて、よもあだし名をばなのらせ玉はじ。」彼は頭を垂れたり。「穉しと笑ひ玉はんが、寺に入らん日はいかに嬉しからまし。」見上げる目には涙満ちたり。》

一貫して種と生命の永遠を願う女の〈自己意識〉（ヘーゲル）、他になにも要らぬ、男との共棲と子の生育のみを願う女の〈自己意識〉に、豊太郎は驚きたじろぐ。ただこの時豊太郎には、ひたすらエリスを相抱き、ベルリンの陋巷に朽ち果てる選択は、まだ十分残されていたというべきだろう。

《二三日の間は大臣をも、たびの疲れやおはさんとて敢て訪《とぶ》らはず、家にのみ籠り居しが、或る日の夕暮使して招かれぬ。往きて見れば待遇殊にめでたく、魯西亜行の労を問ひ慰めて後、われと共に東《ひんがし》にかへる心なきか、君が学問こそわが測り知る所ならね、語学のみにて世の用には足りなむ、滞留の余りに久しければ、様々の係類もやあらんと、相澤に問ひしに、さることなしと聞きて落居たりと宣ふ。其気色《けしき》辞《いな》むべくもあらず。あなやと思ひしが、流石に相澤の言《こと》を偽なりともいひ難きに、若しこの手にしも縋らずば、本国をも失ひ、名誉を挽きかへさん道をも絶ち、身はこの広漠たる欧州大都の人の海に葬られんかと思ふ念、心頭を衝いて起れり。嗚呼、何等の特操なき心ぞ、「承はり侍り」と応へたるは。》

まさに、またしても豊太郎は、〈まず答えてしまった〉のだ。

たしかに豊太郎は一瞬の間、〈若しこの手にしも縋らずば、本国をも失ひ、名誉を挽きかへさん道をも絶ち、身はこの広漠たる欧州大都の人の海に葬られんかと思ふ念、心頭を衝いて起れり〉と思い惑う。（それにしても一瞬の間、随分色々考えたものである。文字にして七十一字分の長考？——。）

おそらく天方伯への応諾に向けたこの長い理由付は、後からの理屈といってよい。しかも同時に彼は、〈嗚呼、何等の特操なき心ぞ〉と自らを呪う。つまり気付いた時はすでに遅く、彼は〈「承はり侍り」〉と応えてしまっていたのだ。[53]

このことを三好氏は次のように言っている。

《豊太郎は天方への応諾をやはり特操なき心の不随意な動きに帰してしまう。熟慮ののちの決断、醒めた意志による選択によって帰国を決意したのではなく、かれ自身にも制御できぬ瞬時の衝動によってエリスとの別離に追われていったのである。》

論者は多く、豊太郎のいわゆる主体的意志、主体的判断の欠如を責める。〈状況のままに漂い、状況に拮抗する主体を確立し得ない、以後の豊太郎〉（小泉氏）。〈そこには彼の主体的な判断による選択が行なわれるべきである〉（十川氏）。たしかにその通りだとしか言い様がないとしても、しかし豊太郎は〈かれ自身にも制御できぬ瞬時の衝動〉によって、もう〈選択〉してしまったのではなかったか。[54]

しかも〈ことの成りゆきは、みずからの口で別離を告げることも、かれに許さなかった〉（三好氏）のだ。

《黒がねの額《ぬか》はありとも、帰りてエリスに何とかいはん。「ホテル」を出でしときの我心の錯乱は、譬へんに物なかりき。余は道の東西をも分かず、思に沈みて行く程に、往きあふ馬車の馭丁に幾度か叱せられ、驚きて飛びのきつ。暫くしてふとあたりを見れば、獣苑の傍に出でたり。倒るゝ如くに路の辺の榻《こしかけ》に倚りて、灼くが如く熱し、椎にて打たるゝ如く響く頭《かしら》を榻背《たふはい》に持たせ、死したる如きさまにて幾時をか過しけん。劇しき寒さ骨に徹すと覚えて醒めし時は、夜に入りて雪は繁く降り、帽の庇、外套の肩には一寸許も積りたりき。

最早十一時をや過ぎけん、モハビツト、カル、街通ひの鉄道馬車の軌道も雪に埋《うづ》もれ、ブランデンブルゲル門の畔《ほとり》の瓦斯燈は寂しき光を放ちたり。立ち上らんとするに足の凍えたれば、両手にて擦《さす》りて、漸やく歩み得る程にはなりぬ。

足の運びの捗らねば、クロステル街まで来しときは、半夜をや過ぎたりけん。こゝ迄来し道をばいかに歩みしか知らず。一月上旬の夜なれば、ウンテル、デン、リンデンの酒家、茶店は猶ほ人の出入盛りにて賑はしかりしならめど、ふつに覚えず。我脳中には唯〻我は免《ゆる》すべからぬ罪人なりと思ふ心のみ満ち〳〵たりき。

四階の屋根裏には、エリスはまだ寝ねずと覚ぼしく、烱然たる一星の火、暗き空にすかせば、明かに見ゆるが、降りしきる鷺の如き雪片に、乍《たちま》ち掩はれ、乍ちまた顕れて、風に弄ばるゝに似たり。戸口に入りしより疲を覚えて、身の節の痛み耐へ難ければ、這ふ如くに梯を登りつ。庖厨を過ぎ、室の戸を開きて入りしに、机に倚りて襁褓縫ひたりしエリスは振り返へりて、「あ」と叫びぬ。「いかにかし玉ひし。おん身の姿は。」

驚きしも宜《うべ》なりけり、蒼然として死人に等しき我面色、帽をばいつの間にか失ひ、髪は蓬《おど》ろと乱れて、幾度か道にて跌《つまづ》き倒れしことなれば、衣は泥まじりの雪に汙《よご》れ、処々は裂けたれば。

余は答へんとすれど声出でず、膝の頻りに戦かれて立つに堪へねば、椅子を握まんとせしまでは覚えしが、その儘に地に倒れぬ。》

あらためて委細を辿る必要はあるまい。〈黒がねの額はありとも、帰りてエリスに何とかいはん〉。そう惑いつつ、彼は極寒、雪中のベルリンの街をさまよい、ついに高熱を発し我が家に辿り着くなり失神する。

が、その間豊太郎の〈脳中には唯〻我は免すべからぬ罪人なりと思ふ心のみ満ち〳〵たりき〉という。いわば数刻前の一瞬、天方伯に〈「承はり侍り」〉と答えてしまったことの意味を、豊太郎はいまエリスを裏切ったこととしてとらえ返し、悩み苦しむ。

しかし思えば当然だとしても、豊太郎が悩み迷うのは、単にエリスを裏切り、もはや顔向けできないということだけではないだろう。そこにはむしろエリスを喪うことへの万斛の思いもあったと言ってもいい。出来るなら、ベルリンに留まってエリスとともに生きることへの、今更の未練。またそうであればこそ彼は、その両極の間を彷徨するのだ。少くとも豊太郎に、前に進む力ばかりが作用していたわけではあるまい。後へ退く力もまた作用していたはずである。まただからこそ彼は彷徨する。（とは、まだすべてが終わったわけではないのである。）

いや豊太郎が無事我が家に辿り着き、エリスに見《まみ》え、エリスを相抱いたとしたら——、

その時豊太郎があのペテルブルグから帰国し、エリスに見え、エリスを相抱いた〈一刹那〉、すべての〈低徊踟蹰の思〉が一挙に雲散霧消したように、〈帰京の念〉を断念する可能性が、豊太郎にまだまったく無かったわけではない。（つまりその時、豊太郎はまさに〈恍惚〉〈忘我〉の間、とは〈夢中〉において、すでに逆の一歩を踏み出していたかもしれない。）

周知のように鷗外は、石橋忍月が気取半之丞の署名で発表した「舞姫」評[55]に対し、相澤謙吉の署名で駁論する[56]。その一節に曰く〈太田は弱し。其大臣に諾したるは事実なれど、彼にして家に帰りし後に人事を省みざる病に罹ることなく、又エリスが狂を発することもあらで相語るをりもありしならば、太田は或は帰東の念を断ちしも亦知る可らず。彼は此念を断ちて大臣に対して面目を失ひたらば、或は深く慙恚して自殺せしも亦知る可らず。臧獲も亦能く命を捨つ。況や太田生をや。其かくなりゆかざりしは僥倖のみ〉。

相澤は作中において、エリスのことにつき、〈この一段のことは素と生れながらなる弱き心より出でしなれば〉と豊太郎を咎め、いままたここで、〈弱性の人の境遇に駆らるゝ状〉とその首尾を嘆じてみせる。いうまでもなく、つねに兄のごとく豊太郎を見守ってきた相澤にふさわしい言であるといえよう。

しかし竹盛天雄氏が言うように、そこにあるのは終始〈ゲマインシャフト〉的世界に生きる相澤固有の意識であり、相澤は豊太郎に同情を寄せつつも、豊太郎とエリスの愛の本質には気付いていない[57]。

おそらく、たとえ豊太郎が〈帰東の念〉を断念し、天方伯に対して面目を失ったとしても、豊太郎は相澤の言うように〈自殺〉などしないだろう。なぜならその時、豊太郎はエリスとともに生きるためにこそ天方伯への応諾を

覆すのだから（その意味で、「気取半之丞に与ふる書」の筆者の署名が鷗外でなく相澤であることに、鷗外の心憎いまでの配慮があったことを感じざるをえない）(58)。

しかし現実において〈たら〉とか〈れば〉がつねに無力なように、〈せば〉もまたなんの意味もないが——。

が、それより早く豊太郎は意識を失い、だからその場にいない、つまり存在しつつ不在だったのだ。

《人事を知る程になりしは数週《すしう》の後なりき。熱劇しくて譫語《うはこと》のみ言ひしを、エリスが慇《ねもごろ》にみとる程に、或る日相澤は尋ね来て、余がかれに隠したる顚末を審《つば》らに知りて、大臣には病の事のみ告げ、よきように繕ひ置きしなり。余は始めて病床に侍するエリスを見て、その変りたる姿に驚きぬ。彼はこの数週の内にいたく痩せて、血走りし目は窪み、灰色の頬は落ちたり。相澤の助にて日々の生計《たつき》には窮せざりしが、此恩人は彼を精神的に殺しゝなり。

後に聞けば彼は相澤に逢ひしとき、余が相澤に与えし約束を聞き、またかの夕べ大臣に聞え上げし一諾を知り、俄に座より躍り上がり、面色さながら土の如く、「我豊太郎ぬし、かくまでに我をば欺き玉ひしか」と叫び、その場に僵《たふ》れぬ。相澤は母を呼びて共に扶けて床に臥させしに、暫くして醒めしときは、目は直視したるまゝにて傍の人をも見知らず、我名を呼びていたく罵り、髪をむしり、蒲団を嚙みなどし、また遽に心づきたる様にて物を探り討《もと》めたり。母の取りて与ふるものをば悉く抛《なげう》ちしが、机の上なりし襁褓を与へたるとき、探りみて顔に押しあて、涙を流して泣きぬ。》

豊太郎は意識を回復する。その時すべては終わってしまっていることを彼は知る。またしても自分の知らない所で、自分のいない所で——あの相澤に約した時（〈この情縁を断たん〉）、そして天方伯からロシアへの同行を問われた時（〈「いかで命に従はざらむ」〉）、そして天方伯に帰東を誘われた時（〈「承はり侍り」〉）、そのすべての時にそう〈まず答えてしまっていた〉と同じように、というよりさらに決定的に、豊太郎とはなんの関りもないままに、ことは過ぎ去り、終わってしまっていたのである。

ところで、論者は多く、この豊太郎の発熱、相澤の訪問、エリスの発狂と続いて終わる結末を、やゝ強引な収束といっている。

ただ竹盛氏は、「舞姫」には〈両立しがたい二つの方向にほとんど同時に牽引される心理状態が、豊太郎という一個の人物の心理的葛藤として描かれている〉と言い、次のように評している。

《この軋轢感の反覆は、同一の条件のもとにおいては、決して終局を見ることのできぬものではあるまいか。この決定を許さぬものが、「生れながらの弱き心」という設定によって定められていることはいうまでもない。豊太郎の性格に成長や変革がおこらないかぎり、その心理的軋轢のくりかえしは、終わりのない輪廻のようにつづけられるであろう。だが現実的に見れば、この世のことに同一の条件が永遠に持続するということはありえないから、彼の「合歓といふ木の葉に似て、物触れば縮みて避けんとす」という「弱き心」の煩悶が、やがてその肉体をそこない破局におとし入れることは、ほとんど避けられないのではないか。それにからめて豊太郎の「責任」をとれぬような、偶然のアクシデントを設定して、物語をいちおう終局にむかわせるのは、この場合、やむをえない現実的な処理ということになるのではないか。豊太郎における相沢とエリスの示す二つの世界への強い牽引状態を考えると、それ以外に解決のしようがないように思われる。(59)》

だが、繰り返すまでもなく、〈生れながらの強き心〉(〈強性〉の人)などいないように、〈生れながらの弱き心〉(〈弱性〉の人)などいない。しかもそのことゆえの〈性格に根ざす悲劇〉(十川氏)というなら、結果は〈必然〉であって〈偶然〉とはいえない。いや豊太郎はつねに〈二つの方向〉に引き裂かれながら、なにかの力に背中を押されるように、まさに〈「責任」をとれぬ〉形で、すでに一線を跨いでしまっていたのである。(60)

《これよりは騒ぐことはなけれど、精神の作用は殆全く廃して、その痴《ち》なること赤児の如くなり。医に見せしに、過劇なる心労にて急に起りし「パラノイア」といふ病なれば、治癒の見込なしといふ。ダルドルフの癲狂院に入れむとせしに、泣き叫びて聴かず、後にはかの襁褓一つを身につけて、幾度か出しては見、見ては欷歔す。余が病床をば離れねど、これさへ心ありてにはあらずと見ゆ。たゞをり〳〵思ひ出したるやうに「薬を、薬を」といふのみ。

余が病は全く癒えぬ。エリスが生ける屍《かばね》を抱きて千行《ちすぢ》の涙を濺ぎしは幾度ぞ。大臣に随ひて帰東の途に上ぼりしときは、相澤と議《はか》りてエリスが母に微なる生計《たつき》を営むに足るほどの資本を与へ、あはれなる狂女の胎内に遺しゝ子の生れむをりの事をも頼みおきぬ。

嗚呼、相澤謙吉が如き良友は世にまた得がたかるべし。されど我脳裡に一点の彼を憎むこゝろ今日までも残れりけり。》

さてこうして、豊太郎の手記は終わる。しかしここでいささか忽卒ながら、手記の冒頭に戻ってみたい。

あの冒頭の豊太郎の深い喪心、そしてその理由を次々にあげながら、〈あらず、これには別に故あり〉という、その別にあるという理由、その〈人知らぬ恨〉の理由を、いまやはっきりとエリスを裏切り棄てさったことと言うことが出来る。

さらに〈ブリンヂイシイの港を出でゝより、早や二十日あまり〉、そしてその間、〈此恨は初め一抹の雲の如く我心を掠めて、瑞西の山色をも見せず、伊太利の古蹟にも心を留めさせず、中頃は世を厭ひ、身をはかなみて、腸日ごとに九廻すともいふべき惨痛をわれに負はせ、今は心の奥に凝り固まりて、一点の翳とのみなりたれど〉という一連の心の推移もはっきりと知ることが出来る。

つまりいま豊太郎の〈心の奥に凝り固まりて、一点の翳とのみなりた〉りし恨は、もとよりエリスを愛し、そして裏切った過ぐる数年の閲歴へのそれにはちがいないが、しかしそれは直接には〈ブリンヂイシイの港を出で〉し直前、いやベルリンを出立する直近の出来事に発していたのではないか。

つまり見て来たように、それはエリスを狂わせ棄てたという事実、いやと言うより、自分が意識を喪失していた時、すべてが取り返しようもなく終わってしまっていたという事実に関ることではないか。

（冒頭、問題はエリスを狂わせ棄てたことではない。〈問題は豊太郎がエリスをどう棄てたのか、どんな風に棄てたのかに関っている〉といった、まさにそのことなのだ。）

そしてその間、自らが存在しつつ不在の中で、いわばそうした空白と無為の中で身動き一つ出来ない豊太郎に代わって、こともなげにことを運んだものこそ相澤謙吉その人であったのである。しかも相澤はエリスを〈精神的に殺しゝなり〉。とは一切を、まさに取り戻しようもなく終わらせてしまったのである。

無論、最終行——〈嗚呼、相澤謙吉が如き良友は世にまた得がたかるべし。されど我脳裡に一点の彼を憎むこゝろ今日までも残れりけり〉とは、理不尽な言いがかりというしかない。ただ豊太郎には、自らが存在しつつ不在の時、とは自らがなにごとにも関与しえぬ間、せめて時が止まってくれていたらという思いがあったかもしれない。しかし時は止まらない。あるいは豊太郎の相澤に対する〈恨〉みとは、その自らに関りなく過ぎ行く時への〈恨〉みに重なっていたのかもしれない。

終わりに、豊太郎は一体どうしてこの手記を綴ったのか？〈嗚呼、いかにしてか此恨を銷せむ〉。論者は多くこの豊太郎の思いに言葉を加えてきた。曰く〈懺悔録〉[61]、〈「人知らぬ恨」のカタルシス〉（長谷川泉氏）、〈自己確認と自己回復〉[62]、さらに自らをかくあらしめたものへの〈反噬〉[63]、〈挑戦〉（磯貝氏）、さもなければ〈悔恨〉〈贖罪〉等々。どれも当たっているようでいて、しかもどれも当たっていないように思われる。

おそらく豊太郎はそれらの言葉をすべて諾いつつ、しかしすべてが無効であり、なんの意味もないことを知っていただろう。そしてそのことを、たとしえもない空しさのうちに嚙み締めていたにちがいない。

（どんなに批難されても、豊太郎はそれを受け入れるしかないだろう。そしてただそれだけなのだ。なぜなら、もうすべては取り返しようもなく終わってしまっているのだ。もとより狂女を抱き、生まれて来た子を抱いて一生を過ごす生き方もある。勿論ある。しかし〈君にはそれが出来るか？〉。ただ豊太郎には出来なかった。しかももう一切は済んでしまったのだ。だからその空しさだけが残されているというしかない。）

3　「舞姫」後日

自らの青春を鷗外は「妄想」（「三田文学」明治四十四年三、四月）において回顧する。眠られぬ一夜、様々な思いが去来する。〈生といふもの〉、〈自分のしてゐる事が、その生の内容を充たすに足るかどうだか〉ということ――。《生まれてから今日まで、自分は何をしてゐるか。始終何物かに策《むち》うたれ駆られてゐるやうに学問といふことに齷齪してゐる。これは自分に或る働きが出来るやうに、自分を為上げるのだと思つてゐる。其目的は幾分か達せられるかも知れない。併し自分のしてゐる事は、役者が舞台へ出て或る役を勤めてゐるに過ぎないやうに感ぜられる。その勤めてゐる役の背後《うしろ》に、別に何物かが存在してゐなくてはならないやうに感ぜられる。策うたれ駆られてばかりゐる為めに、その何物かが醒覚する暇がないやうに感ぜられる。勉強する子供から、勉強する学校生徒、勉強する官吏、勉強する留学生といふのが、皆その役である。赤く黒く塗られてゐる顔をいつか洗つて、一寸《ちよつと》舞台から降りて、静かに自分といふものを考へて見たい、背後の何物かの面目を覗いて見たいと思ひ思ひしながら、舞台監督の鞭を背中に受けて、役から役を勤め続けてゐる。此役が即ち生だとは考へられない。背後にある或る物が真の生ではあるまいかと思はれる。併しその或る物は目を醒まさう醒まさうと思ひながら、又してはうとうとして眠つてしまふ。》

〈自分〉は〈舞台監督の鞭を背中に受けて、役から役を勤め続けてゐる〉。が、〈此役が即ち生だとは考へられない〉。しかしかといって、〈背後にある或る物が真の生ではあるまいかと思はれ〉て、振り向いて見ても、それは〈うとうとして眠つて〉いて実体をなさない。つまりは、どこにも〈真の生〉はなく、そのうちすべては過ぎ去り（老）、そして水沫と消えてしまう（死）のだ。

《自分は小さい時から小説が好きなので、外国語を学んでからも、暇があれば外国の小説を読んでゐる。どれを読んで見てもこの自我が無くなるといふことは最も大いなる最も深い苦痛だと云つてある。ところが自分には単に我が無くなるといふこと丈ならば、苦痛とは思はれない、只刃物で死んだら、其刹那に肉体の痛みを覚えるだらうと思ひ、病や薬で死んだら、それぞれの病症薬症に相応して、窒息するとか痙攣するとかいふ苦みを覚えるだらうと思ふのである。自我が無くなる為めの苦痛は無い。》

《そんなら自我が無くなるといふことに就いて、平気でゐるかといふに、さうではない。その自我といふものが有る間に、それをどんな物だとはつきり考へても見ずに、知らずに、それを無くしてしまふのが口惜しい。残念である。漢学者の謂ふ酔生夢死といふやうな生涯を送つてしまふのが残念である。それを口惜しい、残念だと思ふと同時に、痛切に心の空虚を感ずる。なんともかとも言はれない寂しさを覚える。

　それが煩悶になる。それが苦痛になる。》

　静穏な語り口だが、内心の無念の思い、そして寂漠の思いが、鷗外には珍らしく、いささか矯激な言葉で綴られている。

《自分は伯林のgarçon《ガルソン》 logis《ロジイ》の寐られない夜なかに、幾度《いくたび》も此苦痛を嘗めた。さういふ時は自分の生れてから今までした事が、上辺《うはべ》の徒ら事のやうに思はれる。舞台の上の役を勤めてゐるに過ぎなかつたといふことが、切実に感ぜられる。》

要するに生とは〈酔生夢死〉、つまり人は自分でありながら自分でなく、だからそこにいながらそこにいない、そしてそのうち、すべては過ぎ去り（老）、うたかたと消えてしまうのである（死）——。(64)

こうして、この〈伯林の garçon logis の寐られない夜なかに〉兆した〈煩悶〉と〈苦痛〉は鷗外の生涯にわたり、その身を食む。あるいは「舞姫」の太田豊太郎の嗟嘆とは、この鷗外の〈煩悶〉と〈苦痛〉に姿が与えられた、まさに最初の試みであったのかもしれない。

《「奈何《いか》にして人は己を知ることを得べきか。省察を以てしては決して能はざらん。されど行為を以てしては或《あるひ》は能くせむ。汝の義務を果さんと試みよ。やがて汝の価値を知らむ。汝の義務とは何ぞ。日の要求なり。」これは Goethe《ギヨオテ》 の詞《ことば》である。

日の要求を義務として、それを果して行く。これは丁度現在の事実を蔑《ないがしろ》にする反対である。自分はどうしてさう云ふ境地に身を置くことが出来ないだらう。

日の要求に応じて能事畢るとするには足ることを知らなくてはならない。足ることを知るといふことが、自分には出来ない。自分は永遠なる不平家である。どうしても自分のゐない筈の所に自分がゐるやうである。どうしても灰色の鳥を青い鳥に見ることが出来ないのである。道に迷つてゐるのである。夢を見てゐるのである。夢を見てゐて、青い鳥を夢の中に尋ねてゐるのである。なぜだと問うたところで、それに答へることは出来ない。これは只単純なる事実である。自分の意識の上の事実である。

自分は此儘で人生の下り坂を下つて行く。そしてその下り果てた所が死だといふことを知つて居る。》

たしかに、すべては終わり、すべては空しく過ぎ去るとしても、なお生きている以上は人はなにかをしなければならない。少なくとも〈「日の要求」〉に応じつつ——。あるいは鷗外における〈文学〉とは、その〈日の要求〉への義務、あるいはその義務への遠い夢であったのかもしれない。(65)

これより先、鷗外は同じ「三田文学」に「普請中」という作品を発表する。(66)

――渡辺参事官は精養軒に出向く。はるか昔、ドイツで知りあった女に呼び出されたのである。サロンに待つ間、折しも普請中の騒々しい音がする。やがて〈ブリユネツトの女〉があらわれる。〈褐色の、大きい目〉、〈此目は昔度々見たことのある目である〉。〈併しその縁にある、指の幅程な紫掛かつた濃い暈は、昔無かつたのである〉。女はたまたま巡業中でウラジオから日本に来たという。渡辺も旧知のコジンスキイという男と一緒で、これからアメリカに渡るという。

《「それが好い。ロシアの次はアメリカが好からう。日本はまだそんなに進んでゐないからなあ。日本はまだ普請中だ。」

「あら。そんな事を仰《おつし》やると、日本の紳士がかう云つたと、アメリカで話してよ。日本の官吏がと云ひませうか。あなた官吏でせう。」

「うむ。官吏だ。」

「お行儀が好くつて。」

「恐ろしく好い。本当にフイリステルになり済ましてゐる。けふの晩飯丈が破格なのだ。」

「難有いわ。」さつきから幾つかの控鈕《ぼたん》をはづしてゐた手袋を脱いで、卓越しに右の平手を出すのである。渡辺は真面目に其手をしつかり握つた。手は冷たい。そしてその冷たい手が離れずにゐて、暈の出来た為めに一倍大きくなつたやうな目が、ぢつと渡辺の顔に注がれた。

「キスをして上げても好くつて。」

渡辺はわざとらしく顔を蹙めた。「ここは日本だ。」

叩かずに戸を開けて、給仕が出て来た。

「お食事が宣しうございます。」

「ここは日本だ」と繰り返しながら渡辺は起つて、女を食卓のある室へ案内した。丁度電燈がぱつと附いた。》

食事は進むが、昔を懐しむ素振りも見せない渡辺の様子が女には怨めしい。

《渡辺は据わつた儘に、シャンパニエの杯を盛花より高く上げて、はつきりした声で云つた。

"Kosinski《コジンスキイ》 soll《ソル》 leben《レエベン》!"

凝り固まつたやうな微笑を顔に見せて、黙つてシャンパニエの杯を上げた女の手は、人には知れぬ程顫《ふる》つてゐた。》

〈「日本はまだ普請中だ」〉。ここには、西欧近代を追う日本の知識人の諦感と自嘲が込められている。ただ三島由紀夫氏もいうように、[67]彼等はその自嘲と諦感を託ちつつ、〈なほその普請に参画してゐる〉という〈矜持〉に支えられていた。が、一人渡辺の〈氷のやうな心〉には、その〈矜持〉に支えられつべき生そのものへの絶望が吹き荒んでいる。

無論小説の基調音は、〈「ここは日本だ」〉と繰り返す渡辺の、日本近代化への苦い思いと言って間違いはない。しかしその基調音の背後に、〈みんな遠い遠い〉昔に過ぎ去った[68]という哀切な倍音の響きが揺曳していると言っても過言ではない。

十川信介氏が太田豊太郎に思いを致し、〈過去〉の〈薄くらがりから〉、〈エリスは黄金色の髪と碧い瞳で彼によびかける。彼を呼ぶのはエリスだけではない。大学の構内をそよぐ自由の風であり、ブランデンブルグ門にさしかかう緑樹の枝々である〉と、いささか感傷的に語ったように、渡辺参事官にも〈過去〉は〈薄くらがりから〉、いや〈眼の前〉に〈ブリユネツトの女〉として立ちあらわれ、のみならず〈チエントラアルテアアテルがはねて、ブリユウル石階の上の料理屋の卓に丁度こんな風に向き合つて据わつてゐて、おこつたり、仲直りをしたりした昔の事〉も蘇る。しかし渡辺にはすでに青春は、いや一切は茫々と色褪せ、セピア色の彼方に薄らいでいる。そして太田豊太郎は、いまも日本のどこかで、おそらくはこの渡辺参事官と同じように、空しく日を消しているにちがいない。

注

（1）三好行雄『近代文学注釈大系　森鷗外』（有精堂、昭和四十一年一月）。なお以下三好氏からの引用、への言及はすべてこの書の「解説」「注釈」による。

（2）このことにつき、鷗外ははるか後年、「妄想」（「三田文学」明治四十四年三、四月）において次のように書く。

《故郷は恋しい。美しい、懐かしい夢の国として故郷は恋しい。併し自分の研究しなくてはならないことになつてゐる学術を真に研究するには、その学術の新しい田地を開墾して行くには、まだ種々《いろ〳〵》の要約の欠けてゐる国に帰るのは残惜しい。》

《自分はこの自然科学を育てる雰囲気のある、便利な国を跡に見て、夢の故郷へ旅立つた。それは勿論立たなくてはならなかつたのではあるが、立たなくてはならないといふ義務の為めに立つたのでは無い。自分の願望の秤も、一方の皿に便利な国を載せて、一方の皿に夢の故郷を載せたとき、便利の皿を弔《つ》つた緒をそつと引く、白い、優しい手があつたにも拘《かゝは》らず、慥かに夢の方へ傾いたのである。》

〈自分〉は帰路の船中、〈行李にどんなお土産を持つて帰るかといふことを考へた〉。

《自然科学の分科の上では、自分は結論丈を持つて帰るのではない。将来発展すべき萌芽をも持つてゐる積りである。併し帰つて行く故郷には、その萌芽を育てる雰囲気が無い。少くも「まだ」無い。その萌芽も徒らに枯れてしまひはすまいかと気遣はれる。そして自分は fatalistisch《フアタリスチツシユ》な、鈍い、陰気な感じに襲はれた。》

しかし若き鷗外がドイツで我が物にし、日本に持ち帰ろうとしたものは単に自然科学、その〈自然科学〉のうちで最も自然科学らしい〈医学〉という〈exact《エクサクト》な学問〉の〈性命〉、その〈萌芽〉というだけではない。

《夜は芝居を見る。舞踏場にゆく。それから珈琲店《コオフイイてん》に時刻を移して、帰り道には街燈丈が寂しい光を放つて、馬車を乗り廻す掃

除人足が掃除をし始める頃にぶらぶら帰る。素直に帰らないこともある。》

　このまさに解放された青春こそ、鷗外のドイツで体験した生活であり、その自由の体感こそは、かけがえのない〈日本への土産〉であったろう。

　しかし、

《自分は錫蘭《セイロン》で、赤い格子縞の布を、頭と腰とに巻き附けた男に、美しい、青い翼の鳥を買はせられた。籠を提げて船に帰ると、フランス舟《ぶね》の乗組員が妙な手附きをして、「Il ne vivra pas!《イル ヌ ヰウラ パア》」と云つた。美しい、青い鳥は、果して舟の横浜に着くまでに死んでしまつた。それも果敢ない土産であつた。》

〈日本への土産〉は、こうして故国の土を踏む前に、はかなく〈死んでしまった〉のである。

(3) 田中実「『舞姫』背景考」(『国語と国文学』昭和五十三年三月)参照。

(4) 磯貝英夫「啓蒙批評時代の鷗外―その思考特性(上、中、下)―」(『文学』昭和四十七年十一月、十二月、四十八年一月)「『舞姫』鑑賞」(『鑑賞日本現代文学(1)森鷗外』角川書店、昭和五十六年八月)その他参照。就中石黒忠悳を含む乙酉会勢力によって「東京医学新誌」の主筆の座を追われ、しかし間髪を入れず「医事新論」を創刊、乙酉会にデスペレートな戦いを挑む経緯等の記述。

(5)『森鷗外の系族』(大岡山書店、昭和十八年十二月)。

(6)「森於菟に」(『文学』昭和十一年六月)。

(7)「『舞姫』雑談」(『鷗外全集月報16』岩波書店、昭和二十七年九月)。後『芸術と実生活』(講談社、昭和三十三年一月)所収。

(8)「森鷗外―自我の覚醒とエキゾティズム―」(『浪漫主義文学の誕生』明治書院、昭和三十三年一月)。

(9)「森鷗外『舞姫』論」(『明治大正文学の分析』明治書院、昭和四十五年十一月)。

(10) 笹淵氏は陸軍将校の結婚は許可制であったこと、とくに外国婦人との結婚を禁止する規定はなかったが、軍の通念に反して結婚したとき不利な結果が齎されることを鷗外が知らなかったはずはないという。しかし成瀬氏は、〈陸軍当局の忌諱にふれたとしても、すでに免状をとつてゐる開業医として将来に生きる道もあつたはず〉とこれに反論を加えている。注(14)参照。

(11)「『舞姫』鑑賞」(『現代日本文学講座小説1』三省堂、昭和三十七年五月、後『逍遥・鷗外　考証と試論』有精堂、昭和四十六年三月所収、なお傍点は関氏)。

(12)「帰ってきた鷗外―『舞姫』前後―」(『森鷗外―その冒険と挫折―』春秋社、昭和四十九年四月所収、なお傍点蒲生氏)。

(13)『若き日の森鷗外』(東京大学出版会、昭和四十四年四月)。

(14)「舞姫論異説―鷗外は実在のエリスとの結婚を希望してゐたといふ推理を含む―」(「国語と国文学」昭和四十七年四月、なお以下成瀬氏からの引用、への言及はすべてこの論による)。

(15)注(6)に同じ。

(16)渋川驍氏は、日本でのエリス事件こそ、「舞姫」のモチーフであったと推測している(『森鷗外　作家と作品』筑摩書房、昭和三十九年八月)。

(17)成瀬氏は鷗外の母が〈「賀古さんは……」〉と篤次郎に問いかけたことに寄せて、彼女を中心としてエリスと鷗外を別れさせるために、〈一方では総掛りで鷗外をせめ立て、他方ではエリスを説得するといふ作業のために四週間もか〉ける、しかし〈当座は鷗外の出世保身のためと思ひこんでしたことであらうが、すでに一年余を経過した時点では、画策の成功と無事への安堵の底に、鷗外とエリスの内部に印したであらう傷痕への気がかりもある〉と言っている。さらに於菟の「父の映像」(『木芙蓉』時潮社、昭和十一年月)から引用を重ね、峰が孫に向かって〈「あの時私達は気強く女を帰らせお前の母を娶らせたが父の気に入らず離縁になつた。お前を母のない子にした責任は私達にある」〉と語った言葉を引きながら、〈息子の望むままにエリスを嫁にすればよかつたといふ悔恨の響が聞えぬでもない〉と言ってる。鷗外の心に残り続けた痛みや疼き、しかしそれは誰にも、そしてどのようにも訴える術もないまま、ただ母の心に響き続けていたといえようか。

(18)「父鷗外と私」(『解剖台に凭りて』森北書店、昭和十七年十一月)。

(19)「国民之友」明治二十三年一月三日、第六巻第六十九号新年附録。後『水沫集(美奈和集)』(春陽堂、明治二十五年七月)、『塵泥』(千章館、大正四年十二月)等に所収。引用は『鷗外全集』第一巻(岩波書店、昭和四十六年十一月)によるが、ルビは『森鷗外全集』第一巻(筑摩書房、昭和三十四年三月)によって一部加え、カタカナの固有名詞に付された傍線は省いた。

(20)なお初出には〈我がかへる故郷は外交のいとぐち乱れて一行の主たる天方伯も国事に心を痛めたまふことの一かたならぬが色に出でゝ見ゆる程なれば随行員となりて帰るわが身にさへ心苦しきこと多くて筆の走りを留めやする又た海外にてゆくりなく伯に受けたる信用のなみ〳〵ならず深きに学識、才幹人に勝れたりと思ふ所もなき身の行末いかにと思ひ煩ひて文つゞる障りとなるにや、否、これは別に故あり〉。とあり、のち削除される。山縣有朋との関係を重視する論(前出渋川論文)もあるが(すなわち鷗外が現実のエリス事件の解決のために山縣の陸軍内部における権勢を利用し、のち所期の目的を達したため削除した云々)、しかし〈このような術策を要する一軍医の筆に、武士道の遺風の厳存してゐた当時の陸軍内部が、おめおめと恐れおののくことがあり得ようか〉という論（前出成瀬氏）もある。ただ今は〈おそらくは作品構成上の配慮〉という論（すなわち〈天方伯に随行している事実をはやばやと明かすことは、後半部で展開するロマンの解決を読者に先取りさせるわけで、作品の密度とサスペンスをそこなうおそれがある〉云々（三好氏）を妥当としておく。

（21）〈ブリンヂイシイ〉はアドリア海の入口にあるイタリアの港。因みに鷗外は七月五日ベルリンを発し軍医監石黒忠悳と同行、アムステルダム、ロンドン、パリを経て、同二十九日マルセイユからアヴァ号に乗っている。序に豊太郎は明治十七年留学（二十二才）、明治二十二年帰朝（二十七才）と想定される（長谷川泉『森鷗外論考』明治書院、昭和三十七年十一月。なお以下長谷川氏の論はすべてこの書のものを参看している）。鷗外自身は明治十四年大学卒業（二十才）、明治十七年留学（二十三才）、明治二十一年帰朝（二十七才）。〈年立てだけの比較でいえば、豊太郎は帰朝だけが一年おくれたことになる。この一年のくいちがいはモデルとの関係で説明できるのではないか。つまり、天方伯と相沢謙吉のモデルとされる山県有朋と賀古鶴所の外遊は、明治二十一年の末から二十二年にかけてであった。だから、モデルの事実にこだわれば、豊太郎と天方らをベルリンで会わせるためには、二十二年の帰朝という設定が必要だったわけである。なお山県有朋は鷗外帰朝後の明治二十一年十一月二日に《国防と地方政治の実況視察》の名目で渡欧の旅にのぼり、翌二十二年十月二日に帰朝、同十二月に首相の座についた〉（三好氏）。

（22）〈豊太郎の自我の覚醒を告げるこの一連の文章は、まさに日本の近代文学における思想の青春の象徴である〉（長谷川氏）。〈明治初期の国家共同体の優等生が、ドイツの大学の自由の風にあたって、自我に目覚めてゆく様相が、ほとんど図式的な明瞭さでえがかれている〉（磯貝氏）。

（23）谷沢永一氏は「鼎談『舞姫』を中心に（渡辺昇一、谷沢永一、山崎国紀）」（『森鷗外研究10』和泉書院、二〇〇四年九月）の中で、おそらくはこの部分をも含め、〈《豊太郎》の後悔と言いますか、罪の意識ね、一言で言ってあんまり度が過ぎやしませんかね？〉と疑問を投げかけている。たしかに何故ここまで豊太郎は自分の心を〈弱き心〉〈鈍き心〉〈特操なき心〉と責め苛むのか。言うまでもなくそれは過ぐる五年（二年？）の経緯、結果として、エリスを裏切り狂わせ、そして棄ててしまった自らの行為を、いわば全否定せざるをえなかったからだろう。が、その後山崎氏が〈贖罪〉といい、谷沢氏が〈贖罪という以上は何かの罪・罰を受けなければならないじゃないのという……〉といい、〈いやそんなことはないと思いますよ、書くこと自体が贖罪です〉という山崎氏に、谷沢氏が〈それは文学青年の言うことであってね〉と応じているのは面白い。実際ここまで自らの罪を強調したとしても、それが逆に〈免罪付〉ともなりかねないわけなのだ。（このことはすでに谷沢氏も後出論文で言い、磯貝氏も『舞姫』論―目的と北斗―」―「別冊国文学森鷗外必携」平成元年十月で言っている。）が、それにしても豊太郎は罪を贖う先に、どんな罰を受けているのか。いや豊太郎はどんなに自己問責を重ねても、もうなにも取り返しがつかないことを知っているのではないか。豊太郎はすでに一切が無効であり無駄であること、だから彼は今、そして今後を生きてゆくことも、さらにそれを書くことも、すべてが否定されざるをえないような空しさに取り付かれているのであり、それこそが豊太郎をいま噴んでいる罰ではないか。

(24)　要するに〈本の木阿弥〉(「妄想」)。

(25)　原稿では〈四十を踰えて漸く老いんとする母〉とある。なお自筆原稿については、安川里香子『現代訳　森鷗外「舞姫」』(審美社、平成十三年十月)参照。

(26)　〈半封建的官僚機構とめざめた自我との対立という尖鋭な主題〉と小泉浩一郎氏もいう(「鷗外出発期の課題」『森鷗外論　実証と批評』明治書院、昭和五十六年九月)。たしかにその通りだが、しかしそう言うにはこの〈対立〉の次元は低すぎる。これでは〈半封建的〉なそれというよりも文明以前、いわば草昧、野蛮の世界の出来事のようである。が人は往々、あるいは依然、そういう世界に生きているといえるのかもしれない。

(27)　因みに鷗外は「雁」の中で、〈女と云ふものは岡田のためには、只美しい物、愛すべき物であつて、どんな境遇にも安んじて、その美しさ、愛らしさを護持してゐなくてはならぬやうに感ぜられた〉と言っている。

(28)　なお清水茂氏は「『エリス像への一視覚―點化（トランスズブスタンチアチオン）』の問題に関連して―」(「日本近代文学」第十三集、昭和四十五年十月)の中で、〈こゝに似合はしからぬ価高き花束を生けたり〉の一文から〈エリスを訪れるべき客のためにしつらえて置いたもの〉、つまりエリスは春を鬻ぐべく〈クロステル巷の古寺の前〉に立ったのだという。たしかに古来春を買い春を売るという行為は、男が自らの力によって女を獲得し、女が男の力によって自らを救うことであるとすれば、ある意味それはもっとも単的な男女の出会いだったといえるかもしれず、だから豊太郎とエリスの出会いに、そのような男と女の単的な出会いが彷彿するといえるかもしれない。なおまた清水氏は豊太郎がエリスに自分の住所や名前を知らせて別れたという件につき、エリスとの出会いをこれだけに終わらせたくないという豊太郎の〈下心〉があったという。けだし当然である。

(29)　〈人に否とはいはせぬ媚態あり〉はもと自筆草稿には〈男に……〉とある。

(30)　研究史でもよく指摘されるように、この視点はもともと佐藤春夫が〈中国伝奇小説の構想情調と一致〉(『近代日本文学の展望』講談社、昭和二十五年七月)していると指摘したに次いで、笹淵氏が〈非近代的な人情本的性格〉(『浪漫主義文学の誕生』)といい、関良一氏が浄瑠璃「朝顔日記」の影響を指摘する(前出関論文)流れとなる。また笹淵氏は後に(人情本と近代性とを完全な二律背反とするのは誤解)としながらも〈ただ真の近代的、いいかえれば人格主義的人間観との間には大きな距離がある〉(『明治大正文学の分析』）という。

(31)「『舞姫』私見―その出発時における鷗外の『文学』の構想―」（『文学』昭和四十二年十月）。

(32) 注（26）で言ったように、人は往々、あるいは依然、原始、野蛮の世界に生きなければならない不幸を負っていると同時に、原始、自然の世界を生きる幸福に与っている。

(33)〈悪因〉は原稿では〈悪因縁〉。

(35) この〈官長の許に報じつ〉に関し、三好氏の「注釈」に〈この豊太郎の免官の事情には、留学当時の鷗外の体験が反映していたようである。たとえば「独逸日記」明治二十年六月三十日に「武島務（軍医）帰朝の命を受く……福島（福島安正、在独陸軍留学生取締）の谷口（谷口謙、鷗外と同期生の軍医）の讒を容れて此命を下しゝ者の若し」とあり、おなじく十一月十四日には、鷗外自身がドイツ陸軍の隊附軍医の勤務を命ぜられたことに関して、「或は谷口の要求にはあらずや。例の陰険家ゆゑ万事注意せられよ」という友人の忠告が届いていたことを記録している〉とある。

(35) 竹盛天雄「『舞姫』―モチーフと形象―」（『高等学校国語科研究講座3』昭和五十年三月）。後『明治文学の脈動―鷗外・漱石を中心に―』（国書刊行会、平成十一年二月）所収。

(36) 因みに猪野謙二氏は「日本の近代化と文学」（岩波講座『文学4』昭和二十九年一月所収）で、〈この作品の構想そのものにおいて、すでに当初から豊太郎の父を亡きものにし、しかも豊太郎の矛盾が激化するにつれて、ただ一人のその母をも死なせてしまう作者の配慮を、見のがすことはできないだろう。すなわち、太田における自我のめざめは、はば広い日本社会の底辺をなす封建的「家」の繋縛からの完全な自由を前提とし、しかも、明るいベルリンのシャンデリアのもと、リンデン樹下においてのみ、はじめて果され得たものだったのである〉云々と言っている。

(37)「太田豊太郎の憂鬱―うしろめたさについて―」（『文学』昭和四十七年十一月）。以下十川氏からの引用、への言及はすべてこの論による。なお、日本からヨーロッパまで手紙が船便で四十日程度を要した当時の事情等に鑑み、豊太郎が免官を宣告されて〈一週日の猶予を請〉うている間、母の〈諫死の自殺の書状〉が早々と届くとは考えられないという異見もある（宗像和重「『時と紙筆とを費やす者』―太田豊太郎の手記をめぐって―」―「国文学研究」第百二十七集、平成十一年三月）。ただ、いずれにしてもその手紙には、つねに変わらぬ我が子の前途を憂い煩う母の、死を目前にした切々たる思いが託されていたには相違ない。とすれば、豊太郎がすでに亡き母の手紙を読み（彼は母の死を、同時に来た〈親族なる某〉の手紙で知っている）、慚愧の涙に咽んだことも確かだろう。

（38）モデルは賀古鶴所。
（39）〈民間ジャーナリストとしての現在の自己への矜持〉（小泉氏前掲論文）。なお先の鼎談で渡辺直史氏は、〈民間学〉とは〈新聞学〉のことであるという。
（40）竹盛天雄「『舞姫』論序説―その「恍惚」をめぐって―」（「国文学」昭和四十七年三月）。
（41）竹盛天雄「明治二十一年の冬―『舞姫』論―」（「国語と国文学」昭和四十七年四月）。
（42）草稿に豊太郎を送り出すエリスの胸中を〈これぞ夫が出世の緒と早くも思ひ取りければ〉とあり、後削除される。
（43）注（41）に同じ。
（44）なおよく言われるように、相澤はエリスのことを当時留学生の間でほぼ〈慣習〉化されていた現地妻と見なしていたのだろう。
（45）「鷗外『舞姫』の発想」（関西大「国文学」昭和三十二年七月、のち『明治期の文芸評論』八木書房、昭和四十六年五月所収）。
（46）因みにここでヘーゲル『精神現象学』をめぐる拙著『島崎藤村―「春」前後―』（審美社、平成九年五月）の一節を引用する誘惑を禁じえない。

《人間は二つの〈掟〉のいずれかに帰属して生きる。一つの極（〈人間の掟〉）には男、強さ、共同体（国家）、つまり日の明るみの中で妥当する地上の権利、そして〈意識されたもの〉等の規定が属し、もう一つの極（〈神々の掟〉）には女、弱さ、家族、とは光を厭う暗々の地下の権利、そして〈意識されざるもの〉等の規定が属す。ヘーゲルはこれをギリシア悲劇にその表象を得て論じているが、そこで男達はもっぱら全体の秩序を守るべく、炉辺を去り、命をかけて外なる闘いへと赴いてゆく。それに対し、女達は家に残り、ひたすら安らかさの内に種と生命を育み、そして死者達を弔う。はじめ両者は〈美しい調和と均衡〉を得て、互いに保証し補い合っているように見える。しかしやがて調和と均衡は破れ、激しい対立と相剋に移り、最後両者の〈没落〉に終わる。その両者の対立と相剋の無限の媒介となるものが〈自己意識〉である。男は男の〈掟〉だけを正義と自覚し、女は女の〈掟〉だけを正義と自覚する。そして両者はその意地と面目にかけて自らの〈掟〉を主張しあい、互いを排斥しあう。結果〈神々の掟〉は〈人間の掟〉のうちにただ〈暴虐〉だけを見る。〈人間の掟〉は〈神々の掟〉のうちにただ〈我儘と不従順〉だけを見る。》

こうして男は権力と栄達を意志し、女は種と生命の安らかな永続を夢見る。なお「家」において藤村は、西という友人（柳田国男）に、この男の〈外なる闘いへと赴かん〉という意志、つまり〈世に出たい〉という欲求を〈男の遺伝性の野心〉と言わせ、さらに〈「真実に遊ぶと言ふことは、女にばかり有ることで、男には無いサ」〉と言わせている。因みにこの〈遺伝性の野心〉を、男は本来父から受け父によって培われるのだろうが、豊太郎にはすでに父はいない。が彼はそれを、代わりに母（という中性）によって培われたのだといえようか。

（47）『意味という病』（河出書房新社、昭和五十年二月）。

（48）〈「いや考へたんぢやない。遣つたんです。遣つた後で驚ろいたんです。さうして非常に怖くなつたんです」〉（夏目漱石『こゝろ』）。

（49）意識下のものが意識上に表われたとしても、それが表われたと知るのはいつも表われた後なのだ。なおこのことは拙著『芥川龍之介　文学空間』（翰林書房、平成十五年九月）、『獨歩と漱石―汎神論の地平―』（同、平成十七年十一月）、『漱石の「こゝろ」を読む』（同、平成二十一年四月）で繰り返し述べた。

（50）十川氏は先のエリスに宛てた手紙で、豊太郎は〈ただ自分の好待遇を伝えて、彼女を安心させただけだろう〉と言っている。とすれば一層、豊太郎は自分の帰郷やエリスとの別離が、そう差し迫ったものであるとは考えていなかったことになるだろう。

（51）〈二つの経験にかかわる様式には二つあって、その一つが知覚と行動の様式、今一つが想起なのである〉。〈知覚と行動の様式は「今最中」の経験として今現在の経験である。それに対して想起の様式での経験は「過去」の経験なのである〉。〈ある知覚・行動の経験、例えば海水浴の経験は今最中の経験であり、そこには太陽や海や五体の動きはあるが、多く言葉はない。海水浴は作歌ではないからである〉。そして〈この海水浴を想起するとは、この知覚・行動経験が今一度繰り返されたりその薄められた模造経験をすることではない。太陽や海や日焼けはそこにない。それらは過ぎ去り消え去っている〉。〈過去形の経験は想起されることがなければ全くの「無」なのである。その無は忘却の空白として誰にも親しいものである。その空白から想い出そうと様々な言葉を探し、選び、試みる。ああではなかった、こうでもなかった、と何度かしくじった後で遂に一つの文章や物語が想い出される。こうして過去形の言葉が作り上げられること、それが過去形の経験が制作されることなのであり、それが「過去を想い出す」といわれることなのである〉（大森荘蔵「過去の制作」『時間と自我』青土社、平成四年三月）。おそらく人はいま現在、眼前の事実に、まるで不意打ちを打たれるように驚かされる（知覚と行動の経験）。その〈純粋経験〉ともいうべき経験、あるいは生々たる躍動、〈生命の躍動《エラン・ヴィタール》〉（ベルクソン）の経験。しかしそれは〈持続〉しない。一瞬のうちに過ぎ去り、人はそれを言葉によって想起するしかない。もとよりその時その場の感動は、もう二度と還ってはこないだろう。なお注（49）参照。

（52）〈太田豊太郎は、外国での恋愛を路傍のものとして捨て去ることはできなかった。それは彼の生涯そのものに痛みとして刻みこまれた。同時に彼は、恋愛を生かすことのなかに彼の生涯そのものを生かすという新しい道をえらぶこともできなかった〉（中野重治「『舞姫』、『うたかたの記』他二篇」角川文庫解説、昭和二十九年六月）。

(53)　前に言及したごとく、柄谷行人氏は〈「相反する心理のせめぎ合い」などという仮構〉といい〈「二律背反」とか「自由意志」とか「選択」というものは行動（運動）をスタティックにみるところからくる仮構〉と言っていた。が、たしかにそうだとしても、なおこれは精確な言い方ではない。実際人は〈「二律背反」とか「自由意志」とか「選択」〉という問題の中に〈低徊躊躕〉し激しく身悶えなければならない。それは〈仮構〉というにはあまりに痛切な人間の心的現実である。しかもぎりぎりの所で人は〈決断〉しなければならない。が、それはまさに〈まずやってしまう〉のだ。やってしまった後で振り返って見て、人は自分が〈やってしまった〉ことを、だからもうやり直しがきかないことをはじめて知るのではないか（いずれにしろ意志的、主体的に〈決断〉出来るくらいなら、しかもやり直しがきくくらいなら人は悩みはしない）。また序に言えば、人は〈二者択一〉に悩むことはあっても苦しむことはない。なぜならそこにはまだ可能性があるからであり、いわば贅沢な悩みというしかない。ただ人は、どちらにせよ選んだ後に苦しむのではないか。なぜならそこにはもう可能性がないからである。

(54)　蒲生芳郎氏は、豊太郎の愛に〈『我』の自覚、その責任に関わる契機は一つもない〉とし、「舞姫」を〈倫理不在の悲恋物語、「うたかたの記」や「文づかひ」と同質の審美的ロマンス〉といっている。が、〈倫理不在〉の〈審美的ロマンス〉かどうかはともかく、人が主体的な存在であり、自己の行為を意志的に選び取り、だから自己の行為に対して責任を負うという人間観は、むしろ一の幻覚ではないのか？

(55)　「舞姫」（「国民之友」明治二十三年一月）。

(56)　「舞姫に就きて気取半之丞に与ふる書」（「しがらみ草紙」明治二十三年四月）。

(57)　注（41）に同じ。

(58)　ただこの相澤の豊太郎を評す言葉――〈素と生れながらなる弱き心〉、〈弱性の人〉が、「舞姫」研究史の中を闊歩している観があるのは否めない。〈彼の「本性」たる弱さ〉〈豊太郎の豊太郎たる特質は、その弱性〉〈弱性の豊太郎〉〈豊太郎の弱性〉等々。

(59)　注（41）に同じ。

(60)　三好行雄氏も〈豊太郎は性格の弱さゆえに追いつめられ、偶然のはからいによって運命の陥弄に落ちた人間なのである〉という。しかし氏は続けて〈これは詭弁に似ている〉といわざるをえない。たしかに〈性格の弱さゆえに追いつめられ〉たということと、〈偶然のはからいによって運命の陥弄に落ちた〉ということを、どう結びつけたらよいか？　因みに氏は〈豊太郎が人事不省の病いにかかり、その間、相沢の口から真相を告げられたエリスが狂を発するという、この信じがたい偶然は、鷗外が構成上の破綻をあえておかしながら試みた意図的な作為である〉といっている。だが豊太郎がいつも肝心要の時、その場にいてその場にいず、まるで空蝉のように魂の脱け殻であったことは繰り返し見た。そしていままさに決定的な時、豊太郎はまたしても〈人事不省〉という形で、その場に存在しながらその場に不在なのだ。とすれば、こうも繰り返されるこのことこそ、作品のもっとも重要な主題であり、構成上の必然でもあるといわなければならない。

(61) 岸田美子「舞姫」(『森鷗外小論』至文堂、昭和二十二年六月)。

(62) 中村完「『舞姫』の方法」(「日本文学」昭和四十五年八月)。

(63) 竹盛天雄「豊太郎の反噬(一)(二)—「舞姫」論—」(「国文学」昭和四十七年八月、九月)。

(64) 因みに「点頭録」(大正五年一月)で夏目漱石は次のように述べている。〈また正月が来た。振り返ると過去が丸で夢のやうに見える。何時の間に斯う年齢《とし》を取つたものか不思議な位である〉。〈此感じをもう少し強めると、過去は夢としてさへ存在しなくなる。全くの無になつてしまふ。実際近頃の私は時々たゞの無として自分の過去を観ずる事がしば〳〵ある。いつぞや上野へ展覧会を見に行つた時、公園の森の下を歩きながら、自分は或目的をもつて先刻《さつき》から足を運ばせてゐるにも拘はらず、未だ曾て一寸も動いてゐないのだと考へたりした。是は耄碌の結果ではない。宅を出て、電車に乗つて、山下で降りて、それから靴で大地の上をしかと踏んだといふ記憶を慥かに有《も》つた上の感じなのである。自分は其時終日行いて未だ曾て行かずといふ句が何処かにあるやうな気がした。さうして其句の意味は斯ういふ心持を表現したものではなからうかとさへ思つた〉。〈これをもつと六づかしい哲学的な言葉で云ふと、畢竟ずるに過去は一の仮象に過ぎないといふ事にもなる。金剛経にある過去心は不可得なりといふ意義にも通ずるかも知れない。さうして当来の念々は悉く刹那の現在からすぐ過去に流れ込むものであるから、又瞬刻の現在から何等の段落なしに未来を生み出すものであるから、過去に就て云ひ得べき事は現在に就ても言ひ得べき道理であり、また未来に就いても下し得べき理窟であるとすると、一生は終に夢よりも不確実なものになつてしまはなければならない〉。〈斯ういふ見地から我といふものを解釈したら、いくら正月が来ても、自分は決して年齢《とし》を取る筈がないのである。年齢を取るやうに見えるのは、全く暦と鏡の仕業で、其暦も鏡も実は無に等しいのである〉(拙著『獨歩と漱石—汎神論の地平—』参照)。

(65) 人間生きて言葉を語るということは、やはり希望なのだ。

(66) 明治四十三年六月。

(67) 「鷗外の短編小説」(『亀は兎に追ひつくか』村山書店、昭和三十一年十月)。

(68) 「夜なかに思つた事」(「光風」明治四十一年十二月)。

「文づかひ」——イイダの意地——

はじめに個人的な体験から語ることをお許しいただきたい。——一九九一年四月からほぼ一年、私は妻とパリに暮らした。その間ヨーロッパの各地に小旅行に出たが、六月、ミュンヘンからウィーン、ブタペスト、プラハと回って最後、エルベ川渓谷を車窓に見ながらドイツに入った。ドレスデン、そしてベルリンの旧東側リヒテンベルグ駅に着いたのは午後六時、それからの宿探しであった。

八九年十一月の〈ベルリンの壁〉崩壊からすでに一年半、統合は順調に行っていると期待していた。しかし東欧を回った後で、期待は危惧に変わっていた。案の定、駅のインフォメイションを初め、どこの店も冷く扉を閉ざし（つまり五時以降、一切のサービスはストップしてしまうのだ）、開いているのは改札口だけで、そこで訊くと、ほとんど睨み付けんばかりに「ここはインフォメイションではない」と追い払われる始末であった。

思えば当然なのだが、旧東側の論理がいまだ厳然と支配しているのだ。人に尋ねようにもすでに人影も疎ら、ようやく二時間近くも探した挙句、高そうなのも覚悟で、アレキサンダープラッツ駅前のホテル・スタッド・ベルリンに落着いた。

もう八時、大分疲れてはいるし、ホテルのレストランで夕食をすませばよかったのだが、まだ日もある、第一、長い東欧の旅で貧しい食事（口が奢って言うのではない、極端に野菜が少ないのだ）に閉口していた私達は、止せばよいのに旧西側に出て、ちょっとしたレストランで食事を楽しもうということで、Sバーンに乗って市の中心ツォー駅に降りた。

　しかし雑踏する構内を歩いているうちにも、私達にはここがきわめて治安乱れ人心荒んでいる大変な場所であることが直感された。ほとんど数十メートルおきにカービン銃で武装した警官が二人、しかもドーベルマンなどの猛犬を引き連れて巡邏している。それに対し、いわゆるネオ・ナチスの髪を奇妙な形に刈った若者達が奇声を上げ、犬が牙をむく——。やはり急激な統合によって、西側への人口流入、失業、貧富の格差、犯罪等々、いわば西側の病弊がかえって一挙に吹き出て来ているといった感じで、危惧していた以上の険悪な状態であった。

　しかも私達はあるレストランに入る際、トルコ人らしい三人組の男達に取り囲まれ、実害は未然に防いだものの、（旅人らしい）ひどくコワイ目に遭ったのである。私達は食事もそぞろでホテルに帰った。

　その夜私達はなかなか寝付けそうになかった。コワイ目を見たからでもあろうが、ドイツに入ってからの様々な光景——しかしそのどれをとってみても、なにかこの百年のドイツの混乱、そしてそれはつまりはヨーロッパの混乱を、思わせせないものはないように思われた。

　翌朝はフリードリッヒシュトラーセ駅から徒歩で鷗外記念館を見学、そこからブランデンブルグ門に出た。〈ベルリンの壁〉はもう跡形もなく、青い空の下、強い日射しを受けて、壁の破片などを売る露店がならんでいた。

　私達はそこからウンター・デン・リンデンを東行し、大聖堂、聖マリア教会などを見物した。東側の建物は古色蒼然として、戦禍の爪痕を残すものも多かった。人々の服装も心なしか貧しげで、しかし昼間であったからでもあろう、往来する人々、ベンチに憩う人々の姿はかえって悠然として見え、東側の人気《じんき》の良さを窺わせた。

　しかし私達の念頭からは、一時も昨夜のことが離れなかった。そしてあらためて省みればこの数日間、解放後の混乱する東欧の国々を、よくも物見遊山よろしく呑気に、また無事に回って来たことか、と思うと、なにかいまさらに空恐ろしくなって来るのであった。それに旅に出てから半月あまり、住みなれたパリへの里心も出て来て、予定はあと一日あったものの、私達は矢も楯もたまらなくなり、ハフトバーンホフ（ベルリン中央駅）に急いだ。

時刻表を見るとモスクワ発パリ行の夜行列車が十八時五十四分にある。まだ三時間以上もあるが、もうどこにも行く気もせず、私達はホームのベンチに坐り、ひたすら列車の来るのを待った。

と、その時のことである。先程からこちらを窺っていた、三、四歳位の男の子を連れた婦人が近付いて来て、「あなたがたはパリに行くのか」と英語で問い掛けて来た。「そうだ」と答えると、「頼みたいことがある」と言う。「自分の夫はU（ある国際文化機関）の職員だが、会議のためパリに発ったところ、パスポートを忘れたと連絡して来た。出来たら届けてもらいたいのだが。夫はパリの北駅で待っている。」

私達は一瞬唖然とした。外国に旅する時パスポートがいかに大事なものかは呑気な私達でも骨身に徹して知っている（ただフランスに列車で入国する時、往々にして旅券審査のないことは、私達も度々の経験で知っていた）。それを忘れ、しかもそんな大事なものを見知らぬ外国人に託すなどとは、私達の感覚ではちょっと考えられないことであった。

私達は瞬時、躊躇しないわけにはいかなかった。しかしその夫妻の困窮を見かね、〈義を見てせざるは勇なきなり〉と、「承知した。私達は日本人だ。安心なさい」と言って引き受けた。

パリ・ノール駅には翌朝九時八分、定刻に着いた。人波の中でB氏はすぐそれと知れた。近付いて声を掛けパスポートを手渡した。するとB氏はお礼を言いながら、「いくらお支払いしたらよいか」といった。案外な言葉とは思ったが、しかしこの場合そういう挨拶しか出来ないだろうと善意に取って、「いや、私達は日本人だ。お礼など必要ない」と、ふたたび〈日本人〉を繰り返した（その時私が〈日本人〉を繰り返したことについて、後で妻は、「なにか背中に日の丸をしょっているみたいね」と言って私を冷やかした）。

——これが私達の〈文使い〉（?）であった。それは忘れがたい想い出として今日に鮮かである。無論いい事をしたという思い、が反面、なにかしら苦い思いも残らないではなかった。その〈苦い思い〉とはなにか。

いまそれを一言にしていえば、〈またしてもしてやられたな〉という思いであった。ヨーロッパに住み、ヨーロッパ人に接するにつけ、私達は彼等のしたたかさというものを厭というほど知らされてきた。ことにこの場合のごとくなにか困難に出合った時、彼等の対処の、なんと果断にして周到、強引にして老辣であることか（あるいはあの夫婦はこの〈文使い〉として、はじめから人のよさそうな（?）夫婦連れ、それも東洋人、出来たら日本人ということまで、したたかに計算しつくしていたのかも知れない。結局それが安全だし、第一後腐れがない。しかもその奥に、なにやら人種の問題も見え隠れするが、しかしこれは言わぬが花だろう）。そして一度こうと決めたら、人の思惑（傍迷惑）などを他所に、ひた押しに押して来るその押しの強さ（身勝手さ）――。実際私達は終始、もしかしたらなにかの国際事件にでも巻き込まれたか（少し大袈裟か?）とそんな連想に脅えてもいたのである。

だがそれよりも、ではそれほどに気に病むなら、なぜ最初から断らなかったのか。しかもまさに〈日の丸〉を背負って、ほとんど健気にも諾ってしまったのか。――我ながら不可解な日本人の心性? しかしもう止めておこう。私は早く鷗外の「文づかひ」に帰らなければならない。

1　あらすじ

さて鷗外の「文づかひ」[1]は、〈それがしの宮の催したまひし星が岡茶寮の独逸会に、洋行がへりの将校次を逐うて身の上ばなしせし時のことなりしが、こよひはおん身が物語聞くべき筈なり、殿下も待兼ねておはすればと促されて、まだ大尉になりて程もあらじと見ゆる小林といふ少年士官、口に啣へし巻烟草取りて火鉢の中へ灰振り落して語りは始めぬ〉と語り出される。それでこの小説は以下、こうした〈枠〉[2]組の中で語られてゆくのだが、ではその〈枠〉組とは一体どのような意味を持っているのか。一つは〈洋行がへりの将校〉の〈身の上ばなし〉であるということ、つまり〈洋行〉に自らの青春を重ねたものたちの、おのずからなる晴れやかな土産話（さらに言えば、それは単に〈洋行がへり〉だけの晴れがましい追懐談ではない。いわばヨーロッパ体験に自らの青春を重ねた近代日本、そこに生きる人々全体の耳傾けるべき晴れやかな夢物語なのだ）、そしてもう一つは、――やがて物語は〈宮の内こそわが冢穴なれ〉という一女性の述懐に触れるのだが、その述懐を他ならぬ〈宮の内〉なる〈それがしの宮〉の前で語ることの微妙な反語的意味合いである。しかし後者のことは追い追いに論ずるとして、小林の追思は早速、ドレスデンのザックセン軍団の演習に参加した折に及ぶ。小林は演習を見物しに来ている〈近郷の民〉の中に〈馬車一輛停《とゞ》めさせて、年若き貴婦人いくたりか乗りた〉るを遠望する。中でも〈白き駒控へたる少女《をとめ》〉の、〈鋼鉄《はがね》いろの馬のり衣裾長に着て、白き薄絹巻きたる黒帽子を被りたる身の構《かまへ》けだか〉きに小林の心は惹かれる。友人の男爵フォン・メエルハイム中尉が近付き、〈デウベンの城のぬしビュロオ伯が一族〉と言うが、デウベン城はその夜の小林達の宿舎に当たっていた(3)。

演習了わって小林は大隊長、メエルハイムとともにデウベン城に向かう。途中小林は大隊長とメエルハイムの、〈「君がいひなづけの妻の待ちてやあるらむ」〉、〈「許し玉へ、少佐の君。われにはまだ結髪《いひなづけ》の妻といふものなし」〉、〈「さなりや。我言《こと》をあしう思ひとり玉ふな。イ、ダの君を、われ一個人にとりては斯くおもひぬ」〉という会話を小耳にする。一行はやがてデウベン城に至るが、小林の目に映ったその光景は次のように描かれる。〈園をかこめる低き鉄柵をみぎひだりに結ひし真砂路一線に長く、その果つるところに旧《ふ》りたる石門あり。入りて見れば、しろ木槿《もくげ》の花咲きみだれたる奥に、白堊《しらつち》塗りたる瓦葺の高どのあり。その南のかたに高き石の塔あるは埃及《エヂプト》の尖塔《ピラミッド》にならひて造れりと覚ゆ〉。〈白石の階《きざはし》のぼりゆくとき、園の木立を洩るゆふ日朱の如く赤く、階の両側《ふたがは》に蹲りたる人首獅身の「スフインクス」を照したり。わがはじめて入る独逸貴族の城のさまいかならむ。さきに遠く望みし馬上の美人はいかなる人にか。これらも皆解きあへぬ謎なるべし〉。こうして小林の胸は、栄光とロマンに包まれたヨーロッパの古城とそこに住む美女をめぐって、いやが上にも脹らむ。〈四方《よも》の壁と穹窿《まるてんじやう》とには、鬼神龍蛇《きじんりようだ》さま〴〵の形を画き、「トルウヘ」といふ長櫃めきたるものをところ〴〵に据ゑ、柱には刻みたる獣の首《かうべ》、古代の楯、打物などを懸けつらねたる間、いくつか過ぎて、楼上に引かれぬ〉。——

晩餐の席上、小林はあの〈馬上の美人〉がビュロウ伯の娘イイダであることを知る。〈上衣も裳も黒きを着〉、〈外の姫たちは日本人めづらし〉とて娘らしい笑顔を見せるが、〈黒き衣の姫は睫だに動さ〉ない。ただ〈この目は常にをち方にのみ迷ふやうなれど、一たび人の面に向ひては、言葉にも増して心をあらはせり〉と小林は思う。(4)〈丈高く痩肉《やせじし》にて、五人の若き貴婦人のうち、此君のみ髪黒し。かの善くものいふ目を余所にしては、外の姫たちに立ちこえて美しとおもふところもなく、眉の間にはいつも皺少しあり。面のいろの蒼う見ゆるは、黒き衣のためにや〉。

食後小林は鸚鵡の声に驚かされる。末の姫に〈「おん身のにや」〉と問えば、〈「否、誰のとも定らねど、われも愛でたきものにこそ思ひ侍れ。さいつ頃までは、鳩あまた飼ひしが、あまりに馴れて、身に纏《まつ》はるものをばイヽダいたく嫌へば、皆人に取らせつ。この鸚鵡のみは、いかにしてかあの姉君を憎めるがこぼれ幸にて、今も飼はれ侍り」〉との答え。よってイイダの、まさに狷介、気紛れな人となりが窺えるのである。

その間メエルハイムはイイダにピアノの弾奏を求める。イイダは〈渋りてうけひか〉ず、しかしやがてピアノに向かって〈おもむろに下す指尖木端《ゆびさきタステン》に触れて起すや金石の響〉。以下〈しらべ繁くなりまさるにつれて、あさ霞の如きいろ、姫が臉際に顕れ来つ。ゆるらかに幾尺の水晶の念珠を引くときは、ムルデの河もしばし流をとゞむべく、忽ち迫りて刀槍斉く鳴るときは、むかし行旅を脅しゝこの城の遠祖《とほつおや》も百年《もゝとせ》の夢を破られやせむ。あはれ、この少女のこゝろは恒に狭き胸の内に閉ぢられて、こと葉となりてあらはるゝ便《たつき》なければ、その繊々たる指頭《ゆびさき》よりほとばしり出づるにやあらむ。唯覚ゆ、糸声の波はこのデウベン城をたゞよはせて、人もわれも浮きつ沈みつ流れゆくを〉。おそらくこの時小林は、彼を囲繞するドイツ、ヨーロッパ中世の伝説に心惹かれつつ、しかしその伝説の夢を破りもせんと身悶える一人の少女、一人の異端の内心の激情を（それとはっきり名指しえぬまま、ただ茫漠と）感じ取り、強く心捉われ、さらにあらたに心酔わされていったのだ。

さて〈曲正に闌《たけなは》になりて、この楽器のうちに潜みしさまぐ〵の絃《いと》の鬼、ひとりぐ〵に窮《きはみ》なき怨を訴へをはりて、いまや諸声たてゝ泣響《なきとよ》むやうなるとき、訝かしや、城外に笛の音起りて、たどぐ〵しうも姫が「ピヤノ」にあはせむとす〉という。しかも一層激しく小林が心驚かされたのは、〈弾じほれたるイヽダ姫は、暫く心附かでありしが、かの笛の音ふと耳に入りぬと覚しく遽にしらべを乱りて、楽器の筐も砕くるやうなる音をせさせ、座を起ちたるおもては、常より蒼かりき。姫たち顔見合せて、「又欠唇《いぐち》のをこなる業しけるよ。」とさゝやくほどに、イヽダが当座の曲絶えぬ〉という出来事であった。これにはビュロウ伯も〈小部屋《カビネット》より出でゝ、「物くるほしき、外《と》なる笛の音は、いつものことにて珍らしからねど、君はさこそ驚きたまひけめ、」〉と小林に〈会釈〉したという。

その夜、部屋に帰った小林は〈こよひ見聞しことに心奪はれていもねられず〉、またメエルハイムも寝付けなさそうである。先程来、イイダとメエルハイムの微妙な関係に気づいていた小林は、さすがに憚るところあったが、〈「さきの怪しき笛の音は誰が出しゝか知りてやおはする、」〉と問い尋ねる。以下メエルハイムは小林に、〈「一条《ひとくだり》のもの語」〉を語るのである。

——十年程前、飢に苦しむ欠唇の孤児が城に辿り着いた。イイダは〈「とをばかり」〉、〈「あはれがりて物とらせ」〉、〈「玩《もてあそび》の笛ありしを与へ」〉、母に〈「あの見ぐるしき口なほして得させよ」〉と頼む。〈「その時よりかの童《わらべ》は城にとゞまりて、羊飼となりしが、賜はりしもてあそびの笛を離さず」〉、〈「たれ教ふるものなけれど、自然にかゝる音色を出すやうになりぬ」〉という。また〈「一昨年《おととし》の夏」〉、メエルハイムが休暇で来て、〈「城の一族」〉と遠乗りをしようとした時、イイダが落馬しそうになったことがあるが、どこからか〈「羊飼の童飛ぶごとくに馳寄り」〉、彼女の危難を救ったという。〈「此の童が牧場《まきば》のいとまだにあれば、見えがくれにわが跡慕ふを、姫これより知りて、人してものかづけなどはし玉ひしが、いかなる故にか、目通を許されず、童も姫がたま〳〵逢ひても、こと葉かけたまはぬにて、おのれを嫌ひ玉ふと知り、はてはみづから避くるやうになりしが、いまも遠きわたりより守《も》ることを忘れず、好みて姫が住める部屋の窓の下《もと》に小舟繋ぎて、夜も枯草の裡に眠れり」〉。

その夜、小林はイイダの夢を見る。〈その騎りたる馬のみる〳〵黒くなるを、怪しとおもひて善く視れば、人の面にて欠唇なり。されど夢ごゝろには、姫がこれに騎りたるを、よのつねの事のやうに覚えて、しばしまた眺めたるに、姫とおもひしは「スフィンクス」の首にて、瞳なき目なかば開きたり。馬と見しは前足おとなしく並べたる獅子なり。さてこの「スフィンクス」の頭の上には、鸚鵡止まりて、わが面を見て笑ふさまいと憎し〉。——小林のあの〈解きあへぬ謎〉は、いまやイイダへの無意識の畏怖、不気味な恐怖に変わっているといえよう。

翌日小林は大隊長とともに、〈演習見に来たまひぬる国王の宴《うたげ》にあづかるべ〉く、近傍グリンマなる地に赴く。〈われは外国士官といふをもて、将官、佐官をのみつどふるけふの会に招かれしが、メエルハイムは城に残りき〉という。小林は初めて国王に謁見し、〈「わがザツクセンに日本の公使置かれむをりは、いまの好《よしみ》にて、おん身の来むを待たむ」〉など、懇ろな言葉を賜る。夕暮れ、デウベン城に戻った小林は、クリケットに遊び興じる姫達に迎えられる。そこへ〈イヽダ姫メエルハイムが肘に指尖掛けてかへりしが、うち解けたりともおもふさまも見えず〉。メエルハイムが姫達に、誰か一人、小林を例の尖塔の上に案内するように誘う。すると即座に、〈「われこそ」といひしは、おもひも掛けぬイヽダ姫なり〉。やがて小林は彼女に導かれて塔上に立つ。〈今やわれ下界を離れたるこの塔の顚にて、きのふラアゲヰツツの丘より遥に初対面せしときより、怪しくもこゝろを引かれて、いやしき物好にもあらず、いろなる心にもあらねど、夢に見、現《うつゝ》におもふ少女と差向ひになりぬ。こゝより望むべきザツクセン平野のけしきはいかに美しくとも、茂れる林もあるべく、深き淵もあるべしとおもはるゝこの少女が心には、いかで

か若かむ〉。小林はもう、いわばすっかりイイダに参っている。(5)

さて、ここでイイダは〈こと葉忙しく、「われ君が心を知りての願あり。かくいはゞきのふはじめて相見て、こと葉もまだかはさぬにいかでと怪み玉はむ。されどわれはたやすく惑ふものにあらず。君演習済みてドレスデンにゆき玉はゞ、王宮にも招かれ国務大臣の館《たち》にも迎へられ玉ふべし。」といひかけ、衣の間より封じたる文を取出〉して小林に渡し、〈「これを人知れず大臣の夫人に届け玉へ、人知れず」〉と頼む。〈大臣の夫人はこの君の伯母御にあたりて、姉君さへかの家にゆきておはすといふに、始めて逢へること国人の助を借らでものことなるべく、またこの城の人に知らせじとならば、ひそかに郵便に附しても善からむに、かく気をかねて希有なる振舞したまふを見れば、この姫こゝろ狂ひたるにはあらずやとおもはれぬ。されどこはたゞしばしの事なりき。姫の目は能くものいふのみにあらず、人のいはぬことをも能く聞きたりけむ、分疏《いひわけ》の様に語を継ぎて、「ファブリイス伯爵夫人のわが伯母なることは、聞きてやおはさむ。わが姉もかしこにあれど、それにも知られぬを願ひて、君が御助《みたすけ》を借らむとこそおもひ侍れ。こゝの人への心づかひのみならば、郵便もあめれど、それすら独出づること稀なる身には、協《かな》ひがたきをおもひやり玉へ。」といふに、げに故あることならむとおもひて諾ひぬ〉。その夜、〈イ、ダ姫きのふに変りて、楽しげにもてなせば、メエルハイムが面にも喜のいろ見えにき〉という。

翌朝小林達は城を去り、数日後、秋の演習の終了とともに隊はドレスデンに帰る。しかし〈ところの習にては、冬になりて交際の時節来ぬ内、かゝる貴人《あてびと》に逢はむことたやすからず〉、空しく日を送るうち、やがて年が改まり、数日後、国務大臣フォン・ファブリイス伯の夜会に招かれた折、小林は首尾よく伯爵夫人にイイダの文を手渡すことが出来た。

ところが一月中旬、〈昇進任命などにあへる士官とゝもに、奥のおん目見えをゆるされ、正服着て宮に参り〉し時、妃に従っていた女官の中に、一際気高くイイダの姿があったのに小林は目を見張る。そしてその後いくばくかして王宮の舞踏会に招かれた折、小林はふたたび彼女の姿に見《まみ》える。〈この時まことの舞踏はじまりて、群客たちこめたる中央の狭きところを、いと巧にめぐりありくを見れば、おほくは少年士官の宮女達をあひ手にしたるなり。わがメエルハイムの見えぬはいかにとおもひしが、げに近衛ならぬ士官はおほむね招かれぬものをと悟りぬ。さてイヽダ姫の舞ふさまいかにと、芝居にて贔屓の俳優《わざをぎ》みるこゝちしてうち護りたるに、胸にさうびの自然花を梢のまゝに着けたるほかに、飾といふべきもの一つもあらぬ水色ぎぬの裳裾、狭き間をくゞりながら撓まぬ輪を画きて、金剛石の露翻《こぼ》るゝあだし貴人の服のおもげなるを欺きぬ〉。

夜も更け宴も闌の頃、イイダが人波の中に小林を見出す。〈「われをばはや見忘れやし玉ひつらむ、」といふはイヽダ姫なり。「いかで」といらへつゝ、二足三足附きてゆけば、「かしこなる陶物《すゑもの》の間見たまひしや、東洋産の花《はな》瓶《がめ》に知らぬ草木鳥獣など染めつけたるを、われに釈きあかさむ人おん身の外になし、いざ」といひて伴ひゆきぬ〉。そこで、イイダは喋々として語りはじめる。〈「はや去年《こぞ》のむかしとなりぬ。ゆくりなく君を文づかひにして、ゐや申すたつきを得ざりければ、わが身の事いかにおもひとり玉ひけむ。されど我を煩悩の闇路よりすくひいで玉ひし君、心の中には片時も忘れ侍らず」〉。〈「メエルハイムはおん身が友なり。悪しといはゞ弁護もやしたまはむ。否、我とてもその直《すぐ》なる心を知り、貌《かたち》にくからぬを見る目なきにあらねど、年頃つきあひしするゐ、わが胸にうづみ火ほどのあたゝまりも出来《いでこ》ず。たゞ厭ふにはゆるは彼方《あなた》の親切にて、ふた親のゆるしゝ交際《つきあひ》の表、かひな借さるゝこともあれど、唯二人になりたるときは、家も園もゆくかたもなう鬱陶《いぶ》せく覚えて、こゝろともなく太き息せられても、かしら熱くなるまで忍びがたうなりぬ。何ゆゑと問ひたまふな。そを誰か知らむ。恋ふるも恋ふるゆゑに恋ふるとこそ聞け、嫌ふもまたさならむ」〉。しかし父も母もイイダの心を判ってくれない。もはや〈「いま〳〵しき門閥、血統、迷信の土くれと看破」〉ったイイダは、思い悩んだ末に家を出ようと決心し、まずは父の力も及ばぬファブリイス夫人、さらにはその背後の力に縋ろうとしたのだ。〈「この事おもてより願はゞいと易からむとおもへど、それの叶はぬは父君の御心うごかし難きゆゑのみならず。われ性《さが》として人とゝもに歎き、人とゝもに笑ひ、愛憎二つの目もて久しく見らるゝことを嫌へば、かゝる望をかれに伝へ、これにいひ継がれて、あるは諌められ、あるは勧められむ煩はしさに堪へず。況んやメエルハイムの如く心浅々しき人に、イヽダ姫嫌ひて避けむとすなどゝ、おのれ一人にのみ係ることのやうにおもひ做されむこと口惜しからむ。われよりの願と人に知られで宮づかへする手立もがなとおもひ悩む程に、この国をしばしの宿にして、われ等を路傍の岩木などのやうに見もすべきおん身が、心の底にゆるぎなき誠をつゝみたまふと知りて、かねて我身いとほしみたまふファブリイス夫人への消息《せうそこ》、ひそかに頼みまつりぬ」〉。〈「されどこの一件《ひとくだり》のことはファブリイス夫人こゝろに秘めて族《うから》にだに知らせ玉はず、女官の闕員あればしばしの務にとて呼寄せ、陛下のおん望もだしがたしとて遂にとゞめられぬ」〉。

――〈かたりをはるとき午夜の時計ほがらかに鳴りて、はや舞踏の大休《おほやすみ》となり、妃《きさき》はおほとのごもり玉ふべきをりなれば、イヽダ姫あわたゞしく坐を起ちて、こなたへ差しのばしたる右手《めて》の指に、わが唇触るゝとき、隅の観兵の間に設けたる夕餉《スペエ》に急ぐまらうど、群立《むらだ》ちてこゝを過ぎぬ。姫の姿はその間にまじり、次第に遠ざかりゆきて、をり〳〵人の肩のすきまに見ゆる、けふの晴衣の水いろのみぞ名残なりける〉。

2　イイダの策略

こうして小林の心に謎が謎を生んだイイダの一連の言動は、この弁明によってその全容を明らかにする。イイダは意に染まぬメエルハイムとの結婚を忌避するために、古きデウベン城からの脱出を企てる。その幽囚の、しかも憧れの姫の救出劇に一臂の力を貸した騎士《ナイト》として、小林は感謝を受け面目を施し、いまここにその手柄話を繰り広げる次第なのだ。

だが言うまでもなく、小林の面目はただ単に、古き騎士物語の登場人物として活躍したことだけに懸っているのではない。むしろその中世的伝説の世界を〈「いま〳〵しき門閥、血統、迷信の土くれと看破り」〉、そこからの自立を願う一人の意地強き少女、新しい女、そのいわば自由と独立への良き協力者たりえたことに懸っているのである。そしてさればこそこの物語が、まさに近代ヨーロッパに対し〈アジアの優等生〉(6)を自負する当代日本人の、心の琴線に触れていったのだ（ただここでも、彼等がこの物語の真の内容を、それとはっきり理解しつつ聞き入っていたかどうか。もし彼等がその真の内容に気付いたら、はたして手放しでこの物語を楽しめたかどうか。このことはまた後々に触れてゆこう）。

さて、いま小林の手柄話と言ったが、しかしここで小林が我から手柄を立てたことはなにもない。なるほどなにがなしイイダの窮状を察して（〈げに故あることならむとおもひて〉）、その哀訴を受け入れはしたものの、小林にはなんらの事情も知らされない。イイダは巧みに〈文づかひ〉の理由を隠している。小林はすべてを彼女の最終の弁明によって知り、自らの手柄に気付いたにすぎない。してみれば、イイダがここでしたたかに、自らの目的のため小林を使嗾し利用したという疑問が残るのである。

注意すべきは最初の夜、イイダが小林に対し一顧だにしていないことである。おそらくはメエルハイムに拒絶と侮蔑を与うべく、精一杯の虚勢を張っているイイダにとって、その同伴者、外国人、日本人のごときは、まさに黙殺すべき〈路傍の岩木〉でしかなかった。さらにあのピアノを演奏した折の陰鬱、沈痛なる様子、また牧童の笛の音を耳にした時の、あの矯激なる振舞い——。もとより内心の激情を抑えかねたる結果であろうが、しかしその傍若無人な態度は、少なくとも遠来の客に対して無礼といえよう。いやメエルハイムばかりか牧童への嫌悪も加わる中で、小林など終始眼中になかったのかも知れない。

しかし翌日、外国士官という特権において国王に謁見しに行く小林を見てイイダの態度は豹変する。そして小林の帰館に間髪を入れず、彼女はその間に用意した（と思われる）伯母への手紙を小林に手渡すのである（彼女はその半日で、小林がまたとない格好の〈文づかひ〉——まさしく外国士官という立場ゆえに、容易にドレスデンの上層社会に近付きえる人間と見て、急遽手紙を認めたのである）。イイダはまず〈「われ君が心を知りての願あり」〉と言う。しかしさすがに〈「かくいはゞきのふはじめて相見て、こと葉もまだかはさぬにいかでと怪み玉はむ」〉と弁解の言葉を挟み、が〈されどわれはたやすく惑ふものにあらず」〉と断乎とした調子に戻り、〈「君演習済みてドレスデンにゆき玉はゞ、王宮にも招かれ国務大臣の館にも迎へられ玉ふべし」〉と本音を吐くのだ。

後のイイダの告白をここで繰り返し引用すると、〈「われ等を路傍の岩木などのやうに見もすべきおん身が、心の底にゆるぎなき誠をつゝみたまふと知りて、かねて我身いとほしみたまふファブリイス夫人への消息、ひそかに頼みまつりぬ」〉とあるが、しかし〈これは互に「岩木」であってほしいという〉彼女の〈ごあいさつと見るほかはない〉。〈「心の底」の「ゆるぎない誠」はこれに乗って利用しおわれば足りる(7)〉。後腐れもなく、人の好さそうなまたとない格好の〈文づかひ〉！　しかもほとんど瞞着的な言辞を弄して、イイダは小林を嵌めたのである（そしてすでに彼女に幻惑されている小林の眼には、もうなにも見えていなかったというべきか）。

3　イイダの撞着

無論イイダの苦悩に偽りがあったなどというのではない。彼女は狂おしいまでに悩んでいる（小林へのことも、そんな少女が、ほとんど夢中で犯した罪のない罪と許して許せなくもない）。がそれにしても、それほどに彼女を苦しませ、翻弄しているものとは一体なにか。おそらくそれは彼女のメエルハイムに対する生理的嫌悪とでもいえようか。イイダは感覚的にメエルハイムを好きになれなかったわけなのである(8)。とすればそれは理窟ではない。〈「何ゆゑと問ひたまふな。そを誰か知らむ。恋ふるも恋ふるゆゑに恋ふるとこそ聞け、嫌ふもまたさならむ」〉。

だがそれが理窟でないとすれば、イイダはそれをそれとして言い当てることも、言い募ることも出来なかったはずなのだが――。しかし彼女は〈「メエルハイムの如く心浅々しき人」〉とか、〈「うき世の波にたゞよはされて泳ぐ術《すべ》知らぬメエルハイムがごとき男」〉とか、なぜかメエルハイムの人格的価値判断にまで言い及んで憚らないのである。(9)

そしておそらくそれは、自らの内の漠然たる感覚をそれ自体人間のもっとも普遍的、本来的なものとする思い込み、つまり〈自然〉（ルソー）ととらえ絶対とする近代ヨーロッパの人間的原理がそこに介在しているからではないか。しかもだからこそ、そのような〈自然〉の原理に相反する一切のもの、単にメエルハイムに対するばかりか、父や母、さらにそのよって立つ貴族社会全体に対してイイダは反抗し対決してゆくのである。彼女の漠たる内なる感覚はこうして一つの主義、正義へと肥大する。いや一つの主義、正義に増幅することによって一層動かぬ確信となっていたのだ。

しかしイイダが〈「あるとき父の機嫌好きを覗《うかゞひ》得て、わがくるしさいひ出でむとせしに」〉、父は〈「気色《けしき》を見てなかば言はせず。『世に貴族と生れしものは、賤やまがつなどの如くわが儘なる振舞、おもひもよらぬことなり。血の権の贄《にへ》は人の権なり。われ老たれど、人の情忘れたりなど、ゆめな思ひそ。向ひの壁に掛けたるわが母君の像を見よ。心もあの貌《かほばせ》のやうに厳《いつく》しく、われにあだし心おこさせ玉はず、世のたのしみをば失ひぬれど、幾百年《いくもゝとせ》の間いやしき血一滴《ひとしづく》まぜしことなき家の誉はすくひぬ。』」〉と言う。つまり父は〈血の権〉〈家の誉〉の中に人間は生きてしかるべきであると言う。そしてそれは〈人の情〉〈世のたのしみ〉、あの〈自然〉を断念しても、なお守らなければならない人間の証だと言うがごとくである。

しかしこの時、イイダが父の物言いに、〈「いつも軍人ぶりのこと葉つきあら〳〵しきに似ぬやさしさ」〉を感じ、〈「兼ねてといはむかく答へむとおもひし略《てだて》、胸にたゝみたるまゝにてえもめぐらさず、唯心のみ弱うなりてやみぬ」〉と言っているのは見逃せない。もとより恩愛の情ゆえに、彼女はそれ以上父に迫ることに耐えなかったのだ。が、ただそればかりではないだろう。多分思いがけない父の〈「いつも軍人ぶりのこと葉つきあらくしきに似ぬやさしさ」〉、その心の矛盾と相克を目の当たりにして、彼女はそこに、父（そして祖母）がひたすらに〈血の権〉〈家の誉〉を守りながら、しかし一方で〈人の情〉を忘れず、だから〈世のたのしみ〉に心揺らせつつ、しかもそれをつねに自らに抑制せざるをえなかった生涯のジレンマ、その過去の長い葛藤と苦渋の濃く投影しているのを鋭く感じ、覚えず黙《もだ》したというべきか。

そしてイイダは、こうして自分の抱える苦しみや悩みが、そのまま父（そして祖母）が抱えていた苦しみや悩みと同じであったことに一瞬気付いたにちがいない。さらに彼女はこうして、もっぱらに自らの自由（〈自然〉）を実現すべく、まさにそのことにおいて自らの中につねにすでに続く深い矛盾と対立、その〈歴史〉（ヘーゲル）を垣間見ていたといえよう。

もとより、イイダのいわゆる近代的主体実現への戦いはまだ始まったばかりである。彼女は言う。〈「固より父に向ひてはかへすこと葉知らぬ母に、わがこゝろ明して何にかせむ。されど貴族の子に生れたりとて、われも人なり。いまくしき門閥、血統、迷信の土くれと看破りては、我胸の中に投入るべきところなし。いやしき恋にうき身窶さば、姫ごぜの耻ともならめど、この習慣《ならはし》の外にいでむとするを誰か支ふべき。『カトリック』教の国には尼になる人ありといへど、こゝ新教のザツクセンにてはそれもえならず。そよや、かの羅馬教の寺にひとしく、礼知りてなさけ知らぬ宮の内こそわが冢穴なれ」〉――。

イイダは〈「貴族の子に生れたりとて、われも人なり」〉と反駁し、〈「いまくしき門閥、血統、迷信の土くれ」〉と唾棄する。そしてついにデウベン城からの脱出を企てるのだが、その行き先として〈「礼知りてなさけ知らぬ宮の内」〉しか思い付かなかったところに、彼女の矛盾と限界が露呈していたといわなければならない。〈因習を憎んで自由を求める代りに、更に深い因習の墓場に身を埋めるほかに道のない一女性〉[10]――。たしかにイイダは因習と対峙し、その克服を目指しつつ、この時もまさにその実行（脱出劇）において、ふたたび自己がすでにつねに因習の坩堝、その直中にいるしかないことを自らに知らされたのだ。

4　イイダの本性

イイダは〈「貴族の子に生れたりとて、われも人なり」〉と反駁する。しかしイイダこそ徹頭徹尾〈貴族の子〉であったといわざるをえない。そしてなによりもこのことを、彼女の牧童に対する態度が雄弁に物語っている。なるほど稚き頃、イイダは純な憐みを牧童に抱いていた。しかし歳長ずるに及び、ことに少年が〈「わが跡慕ふ」〉のを知ってからは、徹底的にこれを無視する態度に出る（イイダの妹達が幼いにつれ率直な態度を見せるのと対照的である）。さらにあの牧童の笛の音を聞いた時のほとんど常軌を逸した反応。言うまでもなくそれは、牧童の身の程知らぬ恋情に対するイイダの憤怒にも等しい拒絶の意志を表わしていたのだ。

イイダが馴れて身にまつわる鳩をひどく嫌い、すべて人に譲ってしまったこと、ただ彼女に懐かぬ鸚鵡だけが〈こぼれ幸〉で今も飼われていること、そこにおのずから語られている彼女の狷介、気紛れな人となりについてはすでに触れた。しかしそれも結局はイイダの専横的な一面を語っているといえるのではないか。そしてそれもこれも、すべてはイイダの〈貴族の子〉としての高い誇り、〈貴族の子〉への深いこだわりを語るものに他ならない。

この点、小林もまた強い印象を受けている。小林の夢の中で、イイダは牧童に跨り、そのこと自体〈よのつねの事〉と思ううちに、やがてそのイイダと牧童との上下関係、構図全体が〈人首獅身の「スフインクス」〉に変じて小林を不気味に圧迫して来るのである。しかもその〈「スフインクス」〉の頭上に、いわばイイダによって生殺与奪の権を握られているはずの鸚鵡が、それを知らず、得意然と笑っているのを小林は憎むのである。おそらくこの夢には、小林の無意識が捉えたイイダの専横、ほとんど絶対君主のそれにも似た酷薄、倨傲な性格が映し出されており、またそれに対する小林のえも言われぬ恐れが封じ込められている。(11)

さて再び牧童のことに帰れば、イイダは小林への告白の最後に、〈「唯痛ましきはおん身のやどりたまひし夜、わが糸の手とゞめし童なり。わが立ちし後も、よなく纜《ともづな》をわが窓の下に繋ぎて臥しゝが、ある朝羊小屋の扉のあかぬにこゝろづきて、人々岸辺にゆきて見しに、波虚しき船を打ちて、残れるはかれ草の上なる一枝の笛のみなりきと聞きつ」〉と付け加える。これでも判るように、イイダの念頭に牧童のことなどさらになく、ましてその出立に際し、一言の言葉すらかける優しさもなかったにちがいない（だから牧童はいつまでもイイダの窓の下に纜を繋いでいたのだ）。そんなイイダが今更に少年の死を悼む（あるいは流亡を悲しむ）とは笑止である。たださすがに後めたく、それゆえに心痛んだということか。(12)

5　イイダの挫折

こうしてイイダは自己を救うべく、ほとんど一意専心にドレスデンの王宮に逃げ入った。しかし王宮に逃げ入ってイイダは、〈「貴族の子に生れたりとて、われも人なり。いまく しき門閥、血統、迷信の土くれと看破りては、我胸の中に投入るべきところなし」〉という、あの心の奥の激しい猛りを解き放つことが出来たのか。しかし見てきたようにイイダにはついに、〈貴族の子〉としての埒を越えることは不可能だったのである。イイダは〈「礼知りてなさけ知らぬ宮の内こそわが冢穴なれ」〉と呟く。彼女に喪失の翳りがさす場面である。

だがイイダはその言葉に、どれほどの深い自覚を託していたのか。彼女は身の置き所を思案し、〈「『カトリック』

教の国には尼になる人ありといへど、こゝ新教のザックセンにてはそれもえならず。そよや、かの羅馬教の寺にひとしく、礼知りてなさけ知らぬ宮の内こそわが冢穴なれ」〉と意を決す。してみれば一切は覚悟の上、イイダは〈カトリック〉の〈尼〉に等しく、〈貴族の子〉としてあることは勿論、〈人の子〉としてあることも、とはこの地上に生きること一切を放棄し、もっぱらに天上への道を歩まんとしたのか。

だが、そんなことはあるまい。自らを〈冢穴〉に葬り去らんというには、イイダは依然、〈煩悩〉の子であり〈執着〉の子でありすぎる。イイダがこれまでして来たことは、ただひたすらに自己（我）を守ることであり、自己（我）を貫くことではなかったか。そしてさればこそ彼女は、デウベン城脱出に際しても〈「われ性《さが》として人とゝもに歎き、人とゝもに笑ひ、愛憎二つの目もて久しく見らるゝことを嫌へば、かゝる望をかれに伝へ、これにいひ継がれて、あるは諫められ、あるは勧められむ煩はしさに堪へず。況んやメエルハイムの如く心浅々しき人に、イヽダ姫嫌ひて避けむとすなどゝ、おのれ一人にのみ係ることのやうにおもひ做されむこと口惜しからむ」〉とほとんど意気軒昂、我を張り通してその機を窺っていたのである（だから〈「われ等を路傍の岩木などのやうに見もすべきおん身」〉、つまり小林を絶好の〈走りづかい〉として、イイダが白羽の矢を立てたことは繰り返し説明するまでもない）。しかもすでにドレスデンの王宮に身を解き放ったイイダは、〈「うき世の波にたゞよはされて泳ぐ術《すべ》知らぬメエルハイムがごとき男は、わが身忘れむとてしら髪生やすこともなからむ」〉と、冷然と言い放つ。いや、まんまとメエルハイムの鼻を明かして、イイダはいままさに快哉を叫んでいるかのごとくではないか。

そしてこのようにイイダを見る時、そこには少なくとも落莫の翳りはない。イイダはむしろサバサバとしセイセイとして、だからいま自分が〈因習を憎んで自由を求める代りに、更に深い因習の墓場に身を埋め〉てしまったことの深刻な意味に、その矛盾と混乱に十分傷付いていないといえよう。

だがさもあらばあれ、イイダは実はメエルハイムから逃れることが出来さえすればそれでよかったのだ。たしかにメエルハイムに対する生理的嫌悪。ただイイダはその本来盲目ともいうべき感覚的確信を、大きく内なる〈自然〉、人間のもっとも普遍的、本来的なる権利と主張したわけだが、しかしそれは所詮、独り善がりな思い込みにすぎなかったのである。内なる〈自然〉に帰るべく、〈「われも人なり」〉、〈「門閥、血統、迷信の土くれ」〉と、状況と対決し状況を克服して自由なる自己、さらに言えば近代的主体の実現を念願しながら、せいぜいメエルハイムへの意趣返し程度のことに一喜一憂しつつ、まさにそのことにおいてイイダは、相も変わらぬ状況の中に跼蹐している自分自身に出会っているのである。[13]

そして、たしかにこのことは〈ドイツにおける、若い世代の挫折であり、つまるところドイツそのものの挫折の予感にほかならない[14]〉といえる。その後の近代ドイツの百年。やがてそれこそゲルマン民族の〈血の権〉に蹂躙され、東西への分裂、そして再び統合されて、さてこの後ドイツはどこへ行くのか。がそのように、まさに挫折に挫折を重ねながらも、しかしその都度なおあくことなく自由を掲げ、近代的主体を標榜して、またさらに挫折を繰り返す――。その果てしもない矛盾と混乱の連続そのものこそ、近代ドイツの百年の〈歴史〉であったのである。

ただそうだとすれば、一度こうと思ったら、辷っても転んでも、人を押しのけても嫌がられても、なお臆面もなく自己を主張し、遮二無二突き進んでゆくその我武者羅な強さ、それもまたドイツ、ヨーロッパの真骨頂ではないか。[15] そしてイイダもまたそうなのだ。

なるほどイイダは〈「礼知りてなさけ知らぬ宮の内こそわが冢穴なれ」〉と呟く。しかし見て来たように、彼女の内面はその言葉ほどしおらしいものではない（つまりそう言ってみただけ）。いずれイイダがその〈冢穴〉で、〈「嫌ふもまたさならむ」〉とばかりに、〈「礼知りてなさけ知らぬ宮の内」〉の亡者達（おそらく〈いづれも顔立よからぬに、人の世の春さへはや過ぎたるが多く〉、などという女官達）と、意地強く一戦を交えている様を思い浮かべ、微苦笑を禁じえないのは私ばかりであろうか。

6　幻想の中の小林

思えば物語の初め、大隊長が〈「われ一個人にとりては」〉という言葉を連発し、鸚鵡がそれを真似るという場面があった。その場面を気に懸けながら、しかしここまで来てようやくその意味を言うことが出来る。おそらく〈一個人〉という言葉こそ、この物語ばかりか、当代ドイツ、ヨーロッパ全土の上に高く谺していた言葉ではなかったか。ただ鸚鵡はともかく大隊長の言葉には、まだ謙虚な自己限定があった（だから微笑ましいのだ）。しかしすでにイイダにはそれはない。その〈一個人〉、内なる〈自然〉こそが、人間の一切、一切の〈歴史〉を超えて、それ自体権利として存在し君臨するかのような思い込み。なるほどそれは人間の心情として当然すぎるほど当然のこと（人間の尊厳）かもしれない。しかしそれは当為ではあっても現実ではない。そしてそのことを、当の越えられるべき〈歴史〉そのものが、その矛盾と混乱を通して人間に証して来たことはすでに述べた通りである（しかもなおそのことに気付こうとせず、内なる〈自然〉を絶対とする野放図な思い上がり、一旦こうと思えば、それは必ず実現するし実現すべきだとする根源的な傲慢）。

　無論、終始イイダに幻惑されて来た小林が、こうしたことに疑いを持つ余地はない。小林は先に、森（〈林〉）と湖（〈淵〉）と〈霧〉に包まれたデウベンの古城で憂愁に沈むイイダに魅せられ、いまは絢爛豪華なるドレスデンの王宮に颯爽と現われたイイダに見蕩れる。〈したがひ来し式の女官は奥の入口の閾《しきゐ》の上まで出て、右手《めて》に摺《たゝ》みたる扇を持ちたる儘に直立したる、その姿いと〱気高く、鴨居柱を欄《わく》にしたる一面の画図に似たりけり。われは心ともなくその面を見しに、この女官はイヽダ姫なりき〉。あるいは〈ザツクセン王宮の女官はみにくしといふ世の噂むなしからず、いづれも顔立よからぬに、人の世の春さへはや過ぎたるが多く、なかにはおい皺みて肋《あばら》一つ〱

に数ふべき胸を、式なればえも隠さで出したるなどを、額越しにうち見るほどに、心待せしその人は来ずして、一行はや果てなむとす。そのときまだ年若き宮女一人、殿めきてゆたかに歩みくるを、それかあらぬかと打仰げば、これなんわがイ、ダ姫なりける〉。〈さてイ、ダ姫の舞ふさまいかにと、芝居にて贔屓の俳優みるこゝちしてうち護りたるに、胸にさうびの自然花を梢のまゝに着けたるほかに、飾といふべきもの一つもあらぬ水色ぎぬの裳裾、狭き間をくゞりながら撓まぬ輪を画きて、金剛石の露翻《こぼ》るゝあだし貴人の服のおもげなるを欺きぬ〉等々[16]——。

　さらに小林はイイダの告白を聞いて、その変身劇に秘められた彼女の自由と自立への熱い思い、その心意気を知り、深い感銘を受けるとともに、自らもその冒険譚に参画しえたことの幸運を喜ぶ。まことに〈明治前半の日本が、西欧のロマンティシズムの現場にやうやく間に合って、駈けつけて参加したところの最後の証言[17]〉、そしてその陶酔と〈薫染[18]〉。だからまた小林には、〈黒き衣〉を脱ぎ捨て〈水色ぎぬの裳裾〉を纏ったイイダは、いとど軽快に見え、彼女との惜別を告げるはずの午夜の鐘の音も〈ほがらか〉に聞こえてくるのだ[19]。

7　鷗外の位置

　だがそうだとすれば小林には、ことの痛切さ（イイダの挫折も、その結果〈「宮の内こそわが冢穴なれ」〉と呟いた言葉の意味も）は、なにひとつ判っていなかったと言わざるをえない。がそういうことなら、イイダ自身なにひとつ判っていなかったではないか——。要するに自負（イイダ）のうちに語られ、感激（小林）のうちに聞かれ、またさらに感激と自負（小林）のうちに語り継がれた物語[20]。

　しかしもし中で、この物語を後味苦く聞くものがいたとすれば、それは現に〈「礼知りてなさけ知らぬ宮の内」〉（?）に住む〈それがしの宮〉ではなかったか[21]。〈それがしの宮〉は〈「わが冢穴なれ」〉という言葉を、自らに向け

られた皮肉ととってもよかったはずである。(22)

だがこれに関して言えば、この物語にはもう一つ、きわどい皮肉が隠されている。イイダによるその告白の冒頭、〈「近比《ちかごろ》日本の風俗書きしふみ一つ二つ買はせて読みしに、おん国にては親の結ぶ縁ありて、まことの愛知らぬ夫婦多しと、こなたの旅人のいやしむやうに記したるありしが、こはまだよくも考へぬ言《こと》にて、かゝることの欧羅巴にもなからずやは。いひなづけするまでの交際《つきあひ》久しく、かたみに心の底まで知りあふ甲斐は否とも諾《う》ともいはるゝ中にこそあらめ、貴族仲間にては早くより目上の人にきめられたる夫婦、こゝろ合はでも辞《いな》まむよしなきに、日々にあひ見て忌むこゝろ飽くまで募りたる時、これに添はする習、さりとてはことわりなの世や」〉――。

無論イイダはここで日本を弁護しているわけではない。〈まことの愛〉を抑圧する迷蒙はどこにでもあると憤っているにすぎない（〈さりとてはことわりなの世や〉）。しかしその言葉におのずから含まれている刺にイイダは気付かず、小林も気付いていない。つまりその〈習〉の結果、現に〈「目上の人にきめられたる夫婦」〉は、果してこの言葉を心安く聞き流すことが出来ただろうか、ということなのだ。

いやその言葉の刺に気付くほどのものなら、その心の内に秘められた複雑な思いとは所詮無縁な一少女（人間が〈歴史〉と絶縁してはついに生きえぬということを、いまだ骨身に染みて知らぬ一少女）の、啓蒙を気取った一方的で未熟な言辞として、それを片腹痛く、と同時に空々しく聞かずにはいられなかったにちがいない。

ところで、論者は多くここで、鷗外の実生活（赤松登志子との結婚と離婚）に言及する。たしかに鷗外は〈「目上の人にきめられ」〉て結婚し、それに反発するように離婚したかに見える。「文づかひ」一篇には、そうした周囲の強制に対する鷗外の、密かな抗議が託されていた――？　しかし鷗外は、そうしてすべてを周囲や他人のせいにして恬然たるほど甘ったれたオプチミストではない。いや鷗外はすでに自らのとった行動が、誰にも責任転嫁しえぬことを知っていたにちがいない。なにものかに突き動かされるごとく、しかしまた自ら余儀なくするかのように、だからどんな正当化も論理化も出来ぬまま、まさにそのように矛盾と混乱の連続を生きるしかない。おそらく鷗外にとって、人生とはすでにそのように無意味な空洞として予感されていたのではないか。そして〈「わが冢穴なれ」〉という言葉の真の寂寥感は、まさにそうした鷗外の覚悟においてこそ相応しい。作品の綻びにも似て、ふと漏れ出た吐息。そこに鷗外の微妙な位置が語られている。[23]

注

（1）『新著百種』第十二号（吉岡書籍店、明治二十四年一月）初出。のち『水沫集』『改訂水沫集』『塵泥』に収録される。引用は『鷗外全集』第二巻（岩波書店、昭和四十六年二月）によるが、ルビは初出によって一部加え、カタカナの固有名詞に付された傍線は省いた。

（2）小堀桂一郎『若き日の森鷗外』（東京大学出版会、昭和四十四年十月）。

（3）なお「独逸日記」との比較は、川上俊之「『文づかひ』紀行―ザクセン軍団秋季演習における鷗外の軌跡―」（「鷗外」森鷗外記念会、昭和五十二年一月）、同「『文づかひ』紀行補遺」（「同」、昭和五十二年七月）参照。

（4）ただし妹達を睨むイイダの目が、小林には〈笑を帯びて〉見えることに注意すべし。

（5）この後、〈険しく高き石級をのぼり来て、臉《ほほ》にさしたる紅の色まだ褪せぬに、まばゆきほどなるゆふ日の光に照されて、苦しき胸を鎮めむためにや、この顚の真中なる切石に腰うち掛け、かの物いふ目の瞳をきとわが面に注ぎしときは、常は見ばえせざりし姫なれど、さきに珍らしき空想の曲かなでし時にもまして美しきに、いかなればか、某の刻みし墓上の石像に似たりとおもはれぬ〉とある。小林にはすでにイイダが、この世のものとは思われぬものとして見えているかのようだ。

（6）亀井秀雄「若きドイツの挫折―『舞姫』『うたかたの記』『文づかひ』の世界―」（「解釈と鑑賞」昭和五十五年七月）。

（7）以上、清水茂「イ、ダ姫―『文づかひ』―〈非情〉の撰択と〈吏隠〉への夢―」（「解釈と鑑賞〈森鷗外の断層撮影像〉」昭和五十九年四月）。

（8）佐々木充「『うたかたの記』『文づかひ』論―初期三部作をどう読むか―」（『千葉大学教育学部研究紀要』昭和五十三年十二月）。

（9）メエルハイムのことを小林は夙に〈よき性〉と評し、彼とイイダの仲を、大隊長は大いに祝し、両親も早くから〈心に許し〉ているのに対し——。

(10) 三島由紀夫「森鷗外」(『作家論』中央公論社、昭和四十五年十月)。

(11) 亀井秀雄『身体、この不思議なるものの文学』(れんが書房、昭和五十九年十一月)に〈夢が、もう少し続いたならば、次には小林自身が「欠唇」=馬に変身してしまうイメージが現われたはずだ〉とある。

(12) 〈いやしき恋にうき身窶さば、姫ごぜの耻ともならめど、この習慣の外にいでむとするを誰か支ふべき〉というイイダの言葉から、イイダと牧童との間にあったかも知れぬ〈まことの愛〉、あるいはその可能性を読む論が多いが、この言葉そのものに含まれたイイダの露骨な差別意識を見れば、それが論者の甘い夢想でしかないことは明らかである。

(13) 自己を実現しようとするそのことにおいて、つねにすでに状況の内にある自己に気づかされる。こうしてイイダは、言葉の真の意味において、〈自己疎外〉(ヘーゲル)に陥っている。そしてそれはまた近代ヨーロッパの運命でもあるのだ。(なお序に言えば、鷗外、忍月のいわゆる「文づかひ」論争も、究極的にはこの問題をめぐって論じられていたように思われる。)

(14) 注(6)に同じ。

(15) 現在のフランスの核実験のごとき、よい見本である。

(16) まことにイイダは発剌として描き出されている。〈わが前をとほり過ぐるやうにして、小首かたぶけたる顔こなたへふり向け、なかば開けるまひ扇に頤のわたりを持たせて、「われをばはや見忘れやし玉ひつらむ、」といふはイ、ダ姫なり〉などという箇所からは、イイダのほとんどはしゃいだ笑顔が見て取れる。この後イイダは小林を〈陶物の間〉に誘い、一部始終を語るわけだが、その周囲に立ちならぶ磁器の冷たい感触、それに映るイイダの〈水色ぎぬの裳裾〉を、〈あえて言えば《冢穴》にあるものの死装束のごときイメージ〉と取る論(酒井敏「森鷗外『文づかひ』私見—欠唇の牧童をめぐって—」—「文芸と批評」昭和六十二年九月)もあるが、いかがか。ドレスデンやマイセンなどのドイツ陶器が、もと東洋陶器の華やかな光沢(青、白磁)や色彩(柿右衛門)への憧れに出発していることは言うまでもない。とすれば〈東洋産の花瓶〉の立ちならぶその部屋は、まさに華麗なるものの象徴であり、イイダの〈水色ぎぬの裳裾〉(光沢)と〈さうびの自然花〉(色彩)の装いも、その麗しさに通うべく調えられたものと取れなくはない。

(17) 注(10)に同じ。

(18) 佐藤春夫『近代日本文学の展望』(講談社、昭和二十五年七月)。

(19) しかし次のことにも注意しておかなければならない。すなわちイイダが〈「東洋産の花瓶に知らぬ草木鳥獣など染めつけたるを、われに釈きあかさむ人おん身の外になし」〉という口実を設け、無人の〈陶物の間〉に小林を導いて弁明を始める次第はすでに見たが、その時の〈緋の淡き地におなじいろの濃きから草織出したる長椅子に、姫は水いろぎぬの裳のけだかきおほ襞の、舞の後ながらつゆ頽れぬを、身をひねりて横ざまに折りて腰掛け、斜に中の棚の花瓶を扇の尖もてゆびさしてわれに語りはじめぬ〉という、その仕草は興味をひく。つまりイイダはここで終始、〈東洋産の花瓶〉について東洋人から説明を受けるという姿勢を崩さないのである。あるいはイイダは、無人の部屋で小林と同席していることを、〈「いやしき恋にうき身窶」〉してと取られぬよう極度の警戒を払っているのかもしれない。なににせよそれは〈「姫ごぜの耻ともな」〉りかねないから（とイイダは考えている）。

(20)「文づかひ」一篇に、〈現代日本人が二度と書くことのできなくなったこの清麗で理知的で詩的な雅文と、日本人の一人が一青年士官といふ画中の人物になって、作中に動いてゆくことの、ゆたかなロマンティックな興趣〉（前出三島論文）が湛えられていることは言うまでもない。しかし日本人はそろそろ、その〈ロマンティックな興趣〉の背後にある苦い隠し味に気付いてもよい頃ではないか。

(21)　ただ差し当たりこのことはモデル問題とは別儀である。

(22)　この意味で、小林を〈それがしの宮〉に物語を伝える〈通過地点〉とする論点――田中実「『文づかひ』の決着―テクストと作者の通路―」（「文学」岩波書店、昭和六十年四月）は、当を得たものといえよう。

(23)　最後に、〈小林〉が鷗外の別号であること、挿絵の人物が鷗外に似ていることなど、この小説にはことさらな、きわどい諧謔がある（このことに関し前出田中論文参照）。が、〈小説〉にそれくらいの精神の寛闊、自由があって当然といえよう。ただ私には挿絵の小林が凭れている椅子の傾きがどうも気になる。そのまま倒れて、周囲の高価な陶器をこわしでもしたらどうする気か。――そしておそらくここには、イイダの前で得意気に反り返る小林（鷗外）への、挿絵筆者（原田直次郎）の（もう一つの）冷やかし半分のいたずらがある。

「灰燼」論——挫折の構造——

1

鷗外は晩年、おそらく「灰燼」の中絶[1]を指して、〈小説に於ては、済勝の足ならしに短篇数十を作り試みたが、長篇の山口にたどり附いて挫折した〉（「なかじきり」）と語った。さり気ない口調だが、我々はそこに、終生〈小説〉に関ってきた鷗外の、万斛の恨みを聞く思いがする。

右の一文を我々なりに読めば、およそ次のごとき意味になる。即ち——〈小説〉は〈短篇数十〉を作り試みたが、すべて〈足ならし〉にすぎず、しかもいよいよ実際に勝地を跋渉せんとして、〈長篇の山口〉に辿り着いたら、そこであえなく〈挫折〉した、と。つまり我々には、鷗外が、これから本格的に〈小説〉を書こうとして、ついに書きえなかったと告白しているように読めるのである。

鷗外が大作家であったかなかったかという議論はしばらく措く。しかし、もし「青年」や「雁」の作者が、「灰燼」一篇の中絶によって、ついに〈小説〉を書きえなかったと自認しているとすれば、それはいささか注目するに足る〈事件〉であったといえよう。

おそらく鷗外は、「青年」や「雁」を書きつつも、自分が現に、〈小説〉を書いているという実感を持たなかった、あるいは持つことを自身に許さなかったのかもしれない。そして「灰燼」を書くに及び、ようやく〈小説〉を書いているという確信を抱いた、あるいは抱くことを自身に許したのかもしれない。しかも結局鷗外は、この作品を、最後まで書き続けることができなかったのである。

だが一体なぜ鷗外は、この、〈小説〉を実現すべきいわば最後の機会を眼前にしながら、中途で筆を絶ったのだろうか。——

ところで周知のように、石川淳氏は『森鷗外』（三笠書房、昭和十六年十二月）の中で、「灰燼」の試みを、鷗外の〈精神上の壮挙〉と呼んでいる。「雁」などは取るに足りない。「青年」は〈凡庸な作家〉では〈あぶなくて手が出せ〉ないが、鷗外の〈畏るべき実力〉をもってすれば、早晩書き上げられる底の作品である。しかも「灰燼」は、その鷗外にして、〈なお或る日突然書けなくなるやうなむづかしさ〉を秘めた作品である。そして石川氏は、そのような作品に、あえて〈乗り出して行つた〉鷗外の企てを、まさに〈精神上の壮挙〉と呼ぶのだ。

たしかに、この評言は警抜である。だが重要なことは、石川氏が鷗外のこの試みを、〈もう何十年も前の日本文学にあつて、鷗外が早くも後世の小説の場に身を投じたといふ事件〉、という観点において捕捉していること以外にはない。「灰燼」はなぜ、〈或る日突然書けなくなるやうなむづかしさ〉を湛えているのか。おそらくその〈むづかしさ〉とは、「灰燼」に固有な〈むづかしさ〉ではない。石川氏もいう通り、その〈むづかしさ〉とは、いわば何十年も後の日本文学にあって、〈小説〉がすべて、〈或る日突然書けなくなるやうなむづかしさ〉に見舞われる、まさにそのレベルでの〈むづかしさ〉にほかならないといえようか。

そしてこのことは、いま簡単に触れておけば、すでに人間が〈無意味〉でしかない時代、従って、〈小説〉が〈無意味〉を書くしかない時代、つまり、〈小説〉が書けない時代に、取りもなおさずその〈小説〉を書く、ということの栄光と悲惨に関っているのだ。

石川淳氏の文学的閲歴の中心に、フランス象徴主義の体験があったことは、いまさら断るまでもない。(2)すでに〈書く〉という行為が、確実に存在する世界を描写し再現することで足りた時代は終わった。世界は虚妄であり、しかもなお〈書く〉という行為を続けるとすれば、人はその虚妄の世界を、虚妄の世界と知りつつうたうしかない。いやうたわんとする己れの夢の深さだけを信じ、それにかけるしかない。――そしておそらく、このフランス象徴主義の倨傲にして悲涼な論理こそ、単に石川氏ばかりでなく、やがて昭和の文学全体が、身近に、いや身内に感じなければならなかった論理であったのだ。

多分石川氏が、〈もう何十年も前の日本文学にあつて、鷗外が早くも後世の小説の場に身を投じたといふ事件〉という時の、〈後世の小説の場〉という言葉を、このように、つまり氏自身がその直中に生きていた昭和の文学の場、しかも日本近代文学が、まさに総体としてその危機を自覚した昭和の文学の場という意味に理解したとしても、さまで見当違いにはなるまい。

だがだからといって、むろん我々は、鷗外の文学の、しかく新しい側面を喧伝するつもりもなければ、彼の文学が、しかく時代を抜きんでていたことを祝福するつもりもない。ただ人間の絶対的な危機をだれよりも深刻に受けとめていた鷗外の、まさにその危機感の深さを、彼の文学の危機――「灰燼」の執筆とその挫折に重ねながら、以下いささか具体的に追尋するばかりである。

2

さて、「灰燼」は、山口節蔵という男が、〈八九年〉前、その家に寄寓していた谷田滋という男の葬儀に出かける所から始まる。嵐が兆し、雲が千切れ千切れに飛ぶ八月の一日のことである。節蔵は車を傭う。(以下、後の叙述のために、あえて長文の引用を重ねることを許していただきたい。なお引用の章名は、それと特定できるものは原則として省いた。）
《節蔵の頭は此時なんにも考へてはゐない。自分がかうして車に乗つて行くのは葬に行くのだと云ふことをも考へない位である。町続きの処を通れば、それ〴〵の商売をしてゐる店を無意味に見て通る。生垣と煉瓦塀との間の、殆ど人力車をかはすことのむづかしいやうな処を通ることもある。一二週間前の大雨に崩れた道の、まだ修繕していない所がある。四辻に交番のある前を通る。仔細らしい顔をした白服の巡査が、節蔵の顔を高慢らしく見たが、節蔵はなんとも思はない。かう云ふ時、気の毒な奴だと思つたのはもう余程前で、馬鹿奴がと思つたのはそれより又ずつと前であつた。そんな反応は節蔵の頭に起らないやうになつてから、もう久しくなる。》

節蔵は式場につく。会葬者が集まるまで、彼は寺の縁側に腰を下ろし、書きものを始める。近所の子供が珍しげに寄ってくる。はじめは少しずつ、が次第に大胆に、そしてついに節蔵の傍に立つ。
《此子供が丁度Faust に近寄つて来る狗が、初め大きい圏をかいて廻り、段々小さい圏をかいて逼つて来るやうに、とう〱袖に触れるまでになるのを節蔵は知つてゐて構はずにゐた。その態度が子供の振舞を見てゐたと云ふよりは、子供の振舞が目に映ずるに任せてゐたと云ふやうであつた。》

会葬者がぽつぽつ遣って来る。谷田家で知り合った牧山という男が節蔵に近づき、挨拶をする。彼等の会話から、その後の節蔵と谷田家との関係（まったく音信不通であったらしい）や、節蔵の現在の職業（おそらくは作家であろう）が暗示されている。

〈そのうち葬が着く〉。喪主の谷田次郎が従っている。大学を卒業しないうちに谷田家に壻として入った男である。彼が仲人に連れられて谷田家を訪れたとき、その顔を節蔵はチラと見たことがある。そして、〈谷田の一人娘のお種さんと、次郎との結婚の式が、僅か十日ばかりの後に挙げられた時には、節蔵はもう谷田の家にはゐなかつた〉という。

次郎の傍には、そのお種が控えている。節蔵はじっとお種の顔を見つめる。
《節蔵の谷田の家を出た時に、お種さんは十六才であった。新坂町の活花の師匠の所で、お種さんと稽古友達になつた赤坂のお酌が、あんな美しいお嬢さんはないと評判したのが始で、車で見附上の華族女学校に通ふのに、途中で行き逢ふお酌や若い芸者が、「あれが谷田さんのお嬢さんよ」と知らせ合つて、今では皆知つてゐると云ふことであつた。今は二十の上を五つ越して居る筈である。たつぷりある髪の底に、真白な小さい顔が埋もれたやうになつてゐて、なんとなく陰気で昔の薄い乳硝子を隔てて、健康な血の循つてゐるのを見るやうであつた、元気の好い顔とは似ても附かないが、俯目になつてゐる面ざしには、矢張不断使ふには惜しい器のやうな感じを人に起させる、いた〳〵しい美しさがあつた。》
さらに、〈お種さんの袖に、体が半分隠れるやうにして、その膝にぴつたり食つ附いて据わつてゐる九つか十ばかりの、髪をお下《さげ》にした娘〉がいる。
《これが結婚後間もなく、日も少し足らずに生れたので、弱くはあるまいかと、家内中が心配したが、存外無事に育つた子で、それより後には、どうした事か、次郎夫婦の間に子がないのである。それで節蔵の全く知らない谷田家の家族は、このみな子さんの外には、まだ殖えてゐないのである。》
やがて、〈僧侶が出て来て、住職は真ん中の机を構へて据わり、その他は二列に並べてある机の前に、それ〳〵据わつてしまふと式が始まつた〉。
《僧侶の骨相も、手でしてゐる為草も、口に唱へてゐる詞も、荘厳なやうな趣は少しもない。葬儀屋に傭はれた人足が柩を舁《か》いて歩いて来た心持と、ぴか〳〵する袈裟を纏つた僧侶が、今手を動かし舌を鼓してゐる心持と、恐らくはなんの択ぶ所もあるまい。節蔵は一頃かう云ふ光景に対すると、行きなり飛び出して、坊主頭を片端からなぐつて遣りたく思つて、それを我慢するのに骨の折れた事がある。それから後に、又一頃こんな様子を見ると、気が苛々して、それがこうじて肉体上の苦痛になつて、目を瞑り耳を塞いでも足りなく思つて、集まつてゐる丈の人に皆顔を見られるのも構はずに、つと席を起つて遁げて帰つた事もある。それが今は平気で僧侶のする事を見てゐられるやうになつてゐる。節蔵は人足が土や石をかつぐと同じ心持で柩をかついでゐるのを見て恬然たるが如くに、僧侶が器械的に引導をしたり回向をしたりするのを見て恬然としてゐるのである。》

焼香が始まる。節蔵は牧山の勧めに従い、次郎の所へ行き悔みを述べる。とそこへ、娘と焼香を終えたお種が戻って来る。お種は節蔵を見る。

《忽ち非常な感動を受けたものらしく、血の気の少かつた今までの顔が、一層蒼くなつて、唇まで色を失つて、全身が震慄するのを、咄嗟の間に、出来る丈の努力を意志に加へて、強ひて抑制したらしかつた。そして目を大きく睜つて、節蔵の顔をぢつと見て、元の席に据わることを忘れたやうに立つてゐる。みな子は母親がぶる〳〵とした時、不意に強く手を引き寄せられたので、驚いて母の顔を見て、本能的に母の視線を辿つて、同じやうに大きく目を睜つて、これも節蔵を見てゐる。節蔵はお種さんの燃えるやうな怒の目と、「母あ様をびつくりさせた、あなたは誰なの」とでも云ひさうな、娘の驚の目とに、一斉に見られながら、膝を衝いた儘に親子の女と顔を見合せてゐたが、自分の顔の筋肉は些の顫動をもしなかつた。》

お種の動揺は一瞬の出来事であり、周囲の者はだれも気づかない。節蔵はお種にも悔みを述べ、冷然とその場を離れる。〈「どうぞ忌明になつたら、お話に」〉という次郎の言葉も、節蔵の席に引き返す歩度を緩めることはできない。親類の焼香が済んで、まず旧藩主の代拝の焼香が続く。節蔵は〈不遠慮に〉も、すぐその後から焼香を済ませ、ただちに帰路につく。

《節蔵は寂しい道を、車に揺られながら、谷田の家に自分がゐた時の事を第三者の身の上を想ひ出すやうに、愛惜もなく、悔恨もなく、極めて冷かに想ひ出してゐた。》

第〈壱〉章は、こうして終わるのである。

それにしても、これは最初から、なんとも奇妙な雰囲気である。ことに、主人公山口節蔵の一種異様な心象風景（いや、これはむしろ心象風景というべきではない、一種凄絶な〈空白〉とでもいうべきかもしれない）――。しかし、一体ここには、どのような意味が封印されているのであろうか。

諸家の評言に従い、まず端的に記しておこう。節蔵は石像のように、なにごとにも心を動かさず、傾けない人間として描かれている、と。見たように、彼は、世界の一切に無関心である。と言って、彼は対象を見ていないわけではない。むしろ巨細にわたって見ているといえる。しかも彼は、〈恬然〉と、世界の一切がただ自らの〈目に映ずるに任せてゐ〉るばかりなのだ。

鷗外は、〈節蔵の頭は此時なんにも考へてはゐない〉し、〈節蔵はなんとも思はない〉と繰り返し断言する。〈節蔵の頭は此時なんにも考へてはゐない。自分がかうして車に乗つて行くのは葬に行くのだと云ふことを考へない位である〉――。では彼は、なにか別のことを、別のとりとめもないことを考えているのか。むろんそうではない。まさしく〈節蔵の頭は此時なんにも考へてはゐない〉（傍点引用者）のだ。

もとより、節蔵は死んでいるわけではない。むしろ確かな手応えをもって生きている。しかも彼の心は、なにものをも宿すことがない、つまり一種異様な〈空白〉とでもいうしかないのだ。

だが、もしこのようなことがありうるとしたら、一体この不可思議な心的内的状態を、なんと評したらよいのか。ここで我々は、一つの仮説を提出しなければならない。そしておそらくそれには、森鷗外という人間の、もっとも根源的な問題が関っているはずである。それはなにか。それは言うならば、〈解脱〉とか〈悟達〉とかいう問題、単なる比喩ではなく、言葉の真の意味における[3]〈解脱〉とか〈悟達〉とかいう問題なのだ。

鷗外の強調する節蔵の超然たる風貌は、あるいは〈解脱者〉といい〈悟達者〉という、つまり〈覚者〉と呼ばれるにふさわしいものではないかという仮説。――少なくともいま我々は、節蔵の不可思議な心的内的状態を、そのように理解しなければ一歩も進めないといっておこう。

だが、そう書きながらこう言うのもおかしな話だが、ではその〈覚者〉の境涯とは、精確には、一体どのようなものであるのか。なるほど我々は、そのようなもののニュアンスを、我々の文化伝統の中で、ごく常識的に承知してはいる。あらゆる人間的営為を、〈悉皆空〉と否定する、いやそう否定すること自体を否定する絶対的空の境涯――、そしてそれはまた古来東洋人の、遥かな憧憬の境地であり、しかも峻厳な意志と実践を通してのみ達成しうる世界、いやさらに人間的極限を越えてこそ達成しうる彼岸なのだ。

だが、もしそうだとすれば、なお元来それは、いわゆる煩悩具足の凡夫にとって、永劫に了解不能な境地、隔絶された世界であり、まさに謎にほかならないのである。

そして、あるいはこのことは、節蔵のかもし出すあの一種異様な気配と無関係ではないといえよう。おそらく節蔵は〈覚者〉なのであり、そのことによって、我々から無限に遠い存在、まさに謎なのだ。

だが、むろん節蔵は、生得の〈覚者〉であるはずがない。いや彼こそは、だれよりも煩悩熾烈な下根ではなかったか。だが、にもかかわらず彼は、なんらかの機縁によって、この現在の境地、究極の境地への飛躍を、いわば奇蹟そのものを可能にしえたのである。

もとより我々は、一般的な推測を下しているわけではない。第〈壱〉章についてつぶさに見た通り、なによりも鷗外が、繰り返し節蔵の、そのような過去に触れているのだ。

しかもそればかりではない。鷗外はまさに「灰燼」一篇（正確にいえば第〈弐〉章以下）において、節蔵の、この現在の境地、究極の境地への飛躍を、つまり奇蹟そのものを、執拗に語らんとしているのだ。

そして、おそらくここに、この作品の構造が、第〈弐〉章以下を、節蔵の回想形式とする真の理由があったといえよう。(4) なぜなら、回想は回想であるかぎり、どの道現在に回帰しなければならず（少なくとも不断に現在を指向しなければならず）、従って節蔵は、否応なく現在の境地、究極の境地への飛躍を、まさに奇蹟そのものを語らなければならないからである。(5)

そしてこのことは、〈覚者〉節蔵が、己れの飛躍を、奇蹟を、つまり〈言葉〉や〈認識〉を超えた体験の世界を、ほかでもないその〈言葉〉や〈認識〉において辿ることであり、かくして自らが、自らの境涯に真に到達してあることを証すことでもあるのである。

だが、断っておかなければならないことは、このように、過去を回想することが、すでに〈覚者〉たる節蔵にとり、無意味でしかないことである。眼前の事実すら無意味な節蔵に、とうに過ぎ去った時間が意味のあろうはずもない。節蔵がその過去を、〈愛惜もなく、悔恨もなく、極めて冷かに想ひ出〉すのは、けだし当然といわなければならないのだ。

だが、そうだとすれば、ここには重大な矛盾が、でなければ詐術が隠されているといわなければならない。第一、過去への〈愛惜もなく、悔恨もな〉い回想というものになんの意味があるのか。それは回想するに値しない回想というにしかない。それは無意味であり、もともと成立しない。

だがいま重要なことはこのこと自体ではない。(6) 重要なのは、そうした大きな矛盾、あるいは詐術をかけて、鷗外が、節蔵をして過去を語らしめた、その意図なのである。

はたして、鷗外の意図とはなにか。しかし、もはやいうまでもあるまい。それは節蔵が、〈覚者〉の境涯に真に到達してあることを証す、まさにその現場に立ち合うことではないか。しかもそのことによって、自らもまた〈覚者〉たることを証すことではなかったか。

3

だが、そうだとすれば、第〈弐〉章以下、山口節蔵の〈覚者〉への道は、一体いかなる具体性において描かれてゆくのか。

ところで、このことに関してまず最初に想起されるのは、第〈壱〉章における節蔵とお種との再会の場面であろう。節蔵との再会に見せるお種の異常な反応――。それは、かつて節蔵とお種の間に起こったであろう激越なある劇の存在を、あるいは、それゆえに節蔵が決定的に変身するであろう酷烈なある事件の存在を、想像させるに十分なのである。

諸家の指摘にもあるように、それは多分、節蔵とお種との〈性的交渉〉にほかなるまい。(7)節蔵はお種を凌辱し妊娠させる。しかもお種の憤怒と困惑を他所に谷田の家を去る。その後お種は次郎と結婚し、節蔵の子みな子を生む、ということになろうか。

もとより、中絶した作品の〈書かれていない部分〉を穿鑿することは自由だし、興味深い。しかし、そうした穿鑿は、それがいかにありうるものだとしても、それ自体所詮想像の域を出ないことに注意しなければならない。大事なことは、〈書かれた部分〉で、作者が現になにを書いているか、なにを書かないでいるか、ということを見きわめることをおいてないのだ。(その意味で、以下いささかくどいまでに行文に分けいることをお許し願いたい。)

さて、節蔵の回想は、彼が十一年前、郷里から上京してきた当時に溯る。第〈弐〉章はその彼が、原宿の谷田家に寄宿してほどなくのことである。〈北京にある諸国の公使館が挙匪に囲まれたのを救ひに、ヨオロツパの二三箇国と日本との聯合軍が出掛けて行つて、北京との連絡が附くとか附かないと云つて、新聞の号外が一日に幾度も、東京の町を呼び歩いてゐる〉——。

谷田滋は、若年で編輯官に抜擢され、いまは内閣書記官を勤めている。漢学の素養があり、まれに斯文会へ講釈にゆく。酒が好きで、奥さんに団扇をあおがせては長い晩酌に耽る。郷里の逼迫した生活しか知らない節蔵は、その〈気楽な世渡り〉に驚嘆の眼を瞠ったという。

第〈参〉章の前半——。節蔵に玄関脇の部屋が与えられる。三田の学校へ通い出すころ、節蔵の生活にようやく落着きが戻ってくる。

第〈参〉章の後半より第〈肆〉章にかけて——。暑中休暇に入り、節蔵が部屋にいると、前の廊下をお種が通る。いよいよお種の登場である。

《午後の日盛りに、机に倚つてゐる節蔵が少しねむたくなつて来て、開けてある本から目を放して、庭の木葉が動くか動かないかと見てゐると、お嬢さんのお種さんが廊下を通る。はでな湯帷子に赤い帯をして、小さい足に白足袋を穿いてゐる。二つに分けて編み下げた髪が長く背後に垂れてゐる。お種さんも夏休みになつてからは、お父様やお母あ様が昼寝をしてゐる頃になると、退屈がつて内ぢゆうを歩き廻つてゐるのである。》

お種は、〈最初は節蔵のゐる方を見ずに、廊下を通つて、洋室の方へ往つて、又引き返して来る。往く時は右へ向いて庭を見て往く。返る時は左へ向いて、矢張庭を見て返る。急ぐでもなく、ゆつくりするでもなく、好い加減な歩附きをしてゐた。それから節蔵の方をちよいと見て通るやうになつた。それから大きい目をかがやかして笑つて通つたり、不遠慮に駆けて通つたりするやうになつた。それから節蔵のゐる間を通り抜けて玄関に立つて、暫く門の外を人力車の通るのを見てゐて、廊下の方へ返つて行くこともあつた。そんな時には、節蔵に笑つて合点合点をして行く。持つて居た護謨鞠を落して、そこら中追つ掛け廻して、拾つて行つたこともある〉——。

このように、次第に節蔵に馴染んだお種は、いまの〈護謨鞠〉をはじめ、小切れの一杯入った〈蒔絵の小箱〉や、

〈被せ替へ人形〉などを持ち、節蔵の部屋に来ては遊んでゆく。〈余り物数を言はない子〉だから、喋られては困るというようなことはない。が時々は思い切った〈悪戯《いたづら》〉もする。つまりこうして節蔵は、いわばお種の〈「お相手をさせられる」〉破目となるのだ。

　ところで、これだけで結論を下すのはいかにも早計だが、しかしこのように見てくれば、我々が先にその存在を想定した節蔵とお種を巡る劇には、少なくともその性格において、かなりの限定を付す必要が出てこよう。つまり気がつくことは、二人の間に、少なくともお種に関し、いわば〈恋愛〉と呼ばれうる精神の傾向性が生ずる余地のないことなのである。この後、お種がいかに急速に成長するとしても、この〈目口の間〉に〈小さい悪戯《いたづら》の鬼〉を住まわせる少女に、〈恋愛〉事件のヒロインたる深刻な資格を求めるのは土台無理なのだ。要するにお種は、あまりに稚なすぎる。そう鷗外は描いている。

　先走りして、第〈拾陸〉章、母親がわが子の成長に目を瞠るという場面を引こう。（これは、学校からの帰りが遅い娘、それでなくとも不良少年につけ狙われているという娘を、母親が心配して門口で待つ場面である。）

《肩は相変らずいたく〳〵しい程狭いが、こなひだまで男の子のやうであつた胸に目立たぬ程肉の附いて来た、しなやかな体に、黄八丈の単物を着てゐる姿と、粧はぬに飽くまで白い顔とが、まだ目鼻の見分けの附かない、遠い所を来るうちから、人の目を惹く美しさを持つてゐる。》

　たしかにこのように、お種は親が驚くほど、急速に成長しつつあるのだ。

　だが、にもかかわらず鷗外は、〈待たれた娘の方は頗る気楽なもので〉と続ける。そして、母親の心配を他所に、〈「けふは先生が講義が早く済んだからお話をして遣ると仰やつて、いろんな面白い事を聞かせて下さいましたの。それで遅くなつたのでせう」〉とかいいながら、〈学校道具を入れた包みを持つて、駆け込むやうに玄関に上がつて行〉くお種の無邪気な様子を記すのである。つまりここでも、お種には、依然〈恋愛〉事件のヒロインたる深刻な資格が欠けている。少なくともそう鷗外は描いているといわなければならないのである。

だが、もしそうだとすれば、二人の劇は、〈二人の劇〉とはいい条、もっぱら節蔵にのみ関るものでしかないといえよう。いかにも、相手がどうであれ、人は恋することができる。が、節蔵にとって、お種は所詮、〈「まだ一人前の女にはなつてゐない」〉(拾参)少女、つまり女の〈子〉にすぎず、土台〈恋愛〉の対象ではありえない、いやさらに、そのようなことを思い浮かべることすらありえない対象でしかないのだ。

しかも後にも触れるように、この時期、節蔵はいよいよ急速に、あらゆるものに冷めてゆく(少なくとも、そう自覚する)のではなかったか。

だが、だからといって我々は、二人の間になにも起こらなかった、二人はただ路傍の人として別れた、などと言おうとしているのではない。いや、むしろ反対である。我々は、二人の間の距離の遠さを承知の上で、なお依然、二人がある痛酷な体験を分かちあったであろうことを、信じて疑わないのだ。

そしてこの点で、もう一度第〈参〉章から第〈肆〉章の、節蔵とお種が同席する場面(しかもこうした場面は、第〈壱〉章を除けばここだけなのだが)を、振り返ってみるのも無駄にはなるまい。おそらくそこには、ある重要な意味が隠されているにちがいないのだ。

《節蔵は何が出るかと思つて、珍らしさうに見てゐると、中には小切が一ぱい入れてある。お種さんはそれを一枚一枚出して、畳の上に並べて、色や地質で選り分けてゐる。謂はばそれに全幅の精神を傾注してゐると云ふ風で、只すう〳〵と云ふ、小さい息の音がして、細い、透き通るやうな指が敏活に、しかも慌ただしくなく、赤や青や紫の小切を、取つては置き、置いては取つてゐるのである。

節蔵は自分の所へ遊びに来たと云ふのだから、何かのお相手を申し附けられることだらうと思つた所が、一向そんな様子がないので、自分は又本を読み出した。併し二三行読んでは、お種の為事《しごと》を横目で見る。そして小さい指

のしなやかな、弾力のある運動に、或る自然現象に対すると同じやうな、一種の興味を感ぜずにはゐられないのである。》

さらに――、

《人形を抱いて来て、着物を被せ替へることもある。護謨鞠を持つて来て衝くこともある。鞠の畳にばた〳〵打つ附かる音には、節蔵も余程閉口したが、鞠を高く撥ね上がらせて置いて、体を三百六十度にくるりと廻して、鞠の落ちて低く撥ね上がる所を衝く、お種さんのしなやかな姿に慰められて、気を好くして見物してゐた。》

なるほど、こうした叙述は、まさに二人の間の距離の遠さを語る以外に、なにごとをも語らないといえよう。お種は〈自然現象〉のように無心であり、節蔵は、それをそれとして見物する――。だがはたしてそうか。いやむしろ鷗外は、ここに、このなんでもない行文に、たしかに二人の間で起こるであろう痛酷な体験のあり様を、きわめて明白に予告しているのではないか。

すでに見たごとく、もはや節蔵はお種に対し、〈精神〉の、あるいは〈意識〉の上で、なんらの関心も抱かない。お種はあくまで女の〈子〉であり、要するに〈自然現象〉でしかない。が、にもかかわらず節蔵が、その〈自然現象〉に、〈興味を感ぜずにはゐられない〉ことに注意しなければならないのだ。

一体なぜなのか。なぜそう節蔵は、お種の〈只すう〳〵と云ふ、小さな息の音〉や、〈細い、透き通るやうな指〉の〈しなやかな、弾力のある運動〉に、こだわらなければならないのか。言うまでもなくそれは、節蔵が、このように無心なお種の、まさに〈自然現象〉のような存在のあり様に（そしてそれはまぎれもなく、お種の〈肉体〉＝〈生理〉としての存在のあり様なのだが）、どうしようもなく牽引されているということにほかならないのだ。

もちろん、そのようなお種の、〈肉体〉＝〈生理〉としての存在のあり様に、不可抗的に呼応するものこそ、節蔵の〈肉体〉＝〈生理〉としての存在のあり様にちがいない。おそらく節蔵は、〈精神〉を、あるいは〈意識〉をこえた所で、いわば内部の渾沌、〈無意識〉の部分で、お種に、どうしようもなく呪縛されているといえるのだ。

だが、もしそうだとすれば、このことはなによりも、一切の領略を、一切からの超脱を自覚する節蔵に、なお領略し超脱しえないものが残存するであろうことを語っているといえるのだ。所詮人間は、最終的に、〈肉体〉＝〈生理〉としての、とはつまり〈身体〉としての自らの存在のあり様に繋留されている。——あるいはここに、鷗外の見た、地上に生きる人間のもっとも執拗で根源的な存在の姿があったのかも知れない。

しかしこのことはしばらく問わず、やがて節蔵が、その内部の渾沌に、〈無意識〉の部分に、まるで突然の暴力に見舞われるように、したたかに逆襲されることは間違いない。そして少なくともそれは、節蔵が絶対の〈覚者〉たるべく避けて通ることのできない最後の試練ではなかったか。

要するに節蔵は、いわば不覚にもお種と関係する。——我々は二人の間に起こった劇を、このようにしか想定しえない。むろん節蔵は、こうした未熟な階梯から跳躍しなければならないのだ。お種と再会しながら、〈顔の筋肉〉ひとつ〈顫動〉させない節蔵へ、つまりその内心にいささかの〈愛惜〉や〈悔恨〉をも残さぬ節蔵へと、跳躍しなければならないのである。

だが、はたしてその跳躍は、いかなる具体性において描かれるのか。作品の興味は、依然この一点に集中されなければならない。[8]

4

さて、第〈伍〉章に至り、おもむろに鷗外は、節蔵の内的心的閲歴に対し、かなり入念な叙述を試みている。

北清事変が好転し、世間は北京の公使館に籠城した人々が無事救出されたという号外に沸き返っている。谷田の主人もことのほか気嫌よく、晩酌の席に節蔵や書生の斎藤を呼んで酌を呉れる。

だが――、節蔵はこういう人達と、どうしても〈一しよになつて楽んでゐることが出来ない〉という。こういう人達との間に、なにか〈橋渡しの出来ない懸隔を認めないではゐられない〉、そうしてこういう人達を〈軽蔑せずにはゐられなくなる〉というのだ。

《それればかりではない。あの主人の晩酌が此頃次第に神経に障つて来た。初に此家へ来た時に、珍らしい平和の画図に対したやうに驚きの目を睜つた、あの晩酌が一日一日と厭になつて来たのである。(中略) あの晩酌は無智の人の天国である。その天国が詛ひたくなつて来たのである。》

かつて節蔵は、このような時、突如〈これと云ふ動機もなしに、人に喧嘩をし掛けたり、暴行を加へたり〉したという。国にいた時、泉という親友が秘蔵していた横笛を、その友人の眼の前で、突然踏み砕いてしまったこともある。その〈残忍〉な仕打ちは、〈節蔵の不思議な所行の中でも、傍《はた》の人の目に最も不思議に映じ、一般の同情をなくした主な原因〉になったという。

そして節蔵は、いま谷田の主人の前で、その時とまったく同じ激情を内心に感ずる。しかしいまは、彼はそれに堪え、ただ〈忙がしげに自分の部屋へ帰つた〉というのだ。

《併し節蔵がそれを止めたのは、意志で抑制したのではない。笛を砕いた時なぞは、節蔵は意志で自己を左右し、自己の行為に抑制を加へることは、絶待的に出来なかつた。それがけふは止められたのを、節蔵は自分でも不思議なやうに思つてゐる。》

そして鷗外は、〈これは此男の性癖がいつの間にか推移してゐたのであつた〉と書き加えるのである。

続いて第〈陸〉章は、谷田夫妻から見た節蔵の人となりが書かれている。谷田は節蔵の父親の、〈誠に粗暴なる田舎育に有之、定て御迷惑とは存候へ共、御薫陶の下に野性も改まり〉云々という依頼状を読み、節蔵がどんな青年か心配していたが、予期に反し、彼が〈寧ろ柔和な詞遣や振舞をしてゐるのを見て、意外にも思ひ、同時に喜びもした〉といった按配である。つまり第〈陸〉章において鷗外は、父親の目から見た節蔵と谷田の目から見た節蔵との差異を示すことで、別の角度から、上京後の節蔵の、〈性癖〉の〈推移〉を語らんとしたといえよう。

第〈漆〉章に入り、ふたたび鷗外は、節蔵の内心に、強い照明を当てている。鷗外の説明を聞くとしよう。

——かつての節蔵には、自己の内部で奔騰する呪詛と反抗の激情を、〈絶待的〉に抑制できない〈灰色の日〉があった。が、〈此情的生活が東京に出た頃から、いつ変るともなく変つて来〉た。先には〈灰色の日〉には、〈何も考へずに、唯行つた〉。が、今では〈又来たな〉と気づいて、〈多少の監督を自分の挙動に加へる〉ことができるようになった。〈節蔵は醒覚したのである。一切の事がこれまでより一層明かに意識に上るやうになつたのである〉——。

それと同時に、節蔵は、〈自己と他人との心的生活に、大きな懸隔のあるのを〉知る。〈他人の生活が、兎角肯定的であつて、その天分相応に、大小の別はあつても、何物かを肯定してゐるのに、自己はそれと同化することが出来ないと思ふ〉。そして、〈他人が何物かを肯定してゐるのを見る度に、「迷つてゐるな」と思ふ。「気の毒な奴だな」と思ふ。「馬鹿だ」と思ふ〉——。

《さう云ふ風に、肯定即迷妄と観じて、世間の人が皆馬鹿に見え出してから、節蔵の言語や動作は、前より一層恭しく、優しくなつた。彼は自分の嘲笑するやうな気分を人に見せないやうに努力するのである。大抵柔和忍辱の仮面を被つて、世の中を渡つて行く人は、何物をか人に求めるのである。その仮面は何物をか贏ち得ようとして、それが為めに犠牲を吝まないのである。節蔵は何物をも求めない。唯自己を隠蔽しようとする丈である。》

そして鷗外は、〈意外なのは、節蔵の此気分が周囲の人に及ぼす効果である。それは多少の畏怖を加味した尊敬を以て、節蔵に対するやうになつたのである。何物をも肯定せず、何物をも求めないと云ふことは、人には想像が出来ないので、人は節蔵の求める物を、余程偉大な物か、高遠な物かと錯り認めずにはゐられない。所謂大志のある人として視ずにはゐられない。節蔵はいつの間にか、自分の周囲に崇拝者が出来るのを感じた。書生の斎藤なんぞは節蔵をひどくえらいと云ひ出した〉と続けるのである。（この最後の叙述は、谷田の主人が節蔵をどう見ていたかの説明と同じく、節蔵が〈周囲の人〉にどう映じていたかの説明であり、鷗外はこの後も度々こうした叙述を繰り返す。そのようにして鷗外は、節蔵の、いわば外貌の完成を急いでいるといえよう。）

さて、このように見てくれば、だれもが気づくことは、第〈弐〉章以下の節蔵の内的心的閲歴に関する叙述が、第〈壱〉章における節蔵の内的心的回想に、すべて正確に照応する形で展開されていることなのである。

たとえば、第〈壱〉章において、節蔵の視線が巡査に向けられた場面で、鷗外は、〈かう云ふ時、気の毒な奴だと思つたのはもう余程前で、馬鹿奴がと思つたのはそれより又ずつと前であつた。そんな反応は節蔵の頭に起らないやうになつてから、もう久しくなる〉と書いていた。

さらに、節蔵の視線が僧侶に向けられた場面で、鷗外は、〈一頃かう云ふ光景に対すると、行きなり飛び出して、坊主頭を片端からなぐつて遣りたく思つて、それを我慢するのに骨の折れた事がある。それから後に、又一頃こんな様子を見ると、気が苛々して、それがこうじて肉体上の苦痛になつて、目を瞑り耳を塞いでも足りなく思つて、集まつてゐる丈の人に皆顔を見られるのも構はずに、つと席を起つて遁げて帰つた事もある。それが今は平気で僧侶のする事を見てゐられるやうになつてゐる〉と書いている。

そして、まさにこの回想の通り、いま節蔵は、〈肯定〉の国に自足する谷田の主人達への憎悪と嘲笑の激情に翻弄されながら、しかし、その〈否定〉の激情を抑え、一人席を外したのである。

もう一度念のためにいえば――、かつての節蔵は、こうした激情を〈絶待的〉に抑制できなかったという。彼は突如として暴行し破壊した。しかし節蔵は、〈東京に出た頃から、いつ変るともなく変つて来〉た。どのようにか。〈一切の事がこれまでより一層明らかに意識に上るやうになつた〉のだ。〈節蔵は醒覚した〉。彼はすでに自己の〈否定〉の激情を制御できる。〈柔和忍辱の仮面〉の下に〈隠蔽〉できる。——つまり鷗外は、ここまで、節蔵の内的心的閲歴を書き進めてきたのである。

なるほど、上京してからわずか二カ月、それはあまりに急激で唐突な〈醒覚〉である。だが、いまこだわるべきはこのことではない。こだわるべきは、いわば節蔵の、この〈醒覚〉の深さなのだ。

たしかに節蔵は〈醒覚〉した（という）。だからこそ彼は、すでに衆俗の理解を超絶しているのだ。だが、いかにそのように節蔵が非凡であっても、いまだ彼が究極の境地に到達していないこと、現在——第〈壱〉章の境地からは隔絶されていることを、見逃してはならないのである。

要するに、内心の激情を〈隠蔽〉することができるばかりではない。いやさらに、激情そのものと無縁な冷徹にして静謐な〈覚者〉の境地、そのような境地への跳躍が依然節蔵には残されているのだ。

そして、そうだとすれば、「灰燼」第〈捌〉章以降は、その跳躍を描くべく、鷗外の全作家的野心が畳み込まれるであろうことに、依然変わりはないといえよう。

5

第〈捌〉章から第〈拾柒〉章前半まで、作品の過半を占めるこの部分は、〈変性男子〉相原光太郎に関するものである。お種が学校の行き帰り、相原という不良少年に付き纏われる。息子の繁太郎からそのことを聞いた牧山が、事を穏便に済ませるため、節蔵に相原への忠告を頼む。節蔵は相原に会う。節蔵の不気味なほど冷静、沈着な表情、態度に、相原は圧倒され、おとなしく引きさがる。節蔵は周囲からますます畏敬される――。

ところで、端的に言えば、この部分（もちろん書かれている範囲内で）は挿話の域を出ない。節蔵がいかにして〈覚者〉たりえたか、いわばその絶対の境地への最後の跳躍を具体的に知ろうとする我々の期待に、この部分は応えてはくれない。ただ相原との対決を通して、この時点までに到達しえた節蔵の非凡な境地が、まさに挿話的に語られているにすぎないといえよう。

相原と対峙する節蔵の姿は、たとえば次のように描かれている。

《相原は此刹那に、体裁良く手を引く機会を授けられたやうに感じた。一体に相原は、いつとなく冷やかな、しかも軟かい空気に顔をなぶられてゐるやうな心持がして来た。荘子に虚舟の譬と云ふことがある。舟が来て打つ附かつても、中に人が乗つてさへゐなければ、誰も怒らない。それは有道者の態度であらうが、節蔵の態度には殆どそれに似た所があるのである。》（拾参）

ところで、竹盛氏は前出の論文において、やはりこの場面を引用しつつ、節蔵のこの境地を、〈もはや覚者の絶対境に近いもの〉（〈覚者〉！）と評している。そしてさらに、そのような境地へ到達したことで、節蔵はすでに、その心的内的変貌をほとんど完成させたと述べている。

たしかに節蔵は、僅の間――上京してから三カ月ほど、酒席を外してから一カ月ほどの間に一挙に成熟を遂げてしまった。それから十一年の後、つまり現在の究極の境地に、もはや一歩の隔たりしか余さないまでの驚異的な成熟を遂げてしまったのである。

しかし、仮りにそうだとすれば、竹盛氏が言うように、我々が期待していた節蔵の〈心的内的変貌〉の劇は、その過程を具体的に明かさぬまま、またしても〈いつの間にか〉完結してしまったとみるほかはない。あと一歩の隔たりを越えるべく、どのような劇が必要であろうか。――そしてここに竹盛氏は「灰燼」中絶の一半の原因を求め

るのだ。(9)

だが、はたして節蔵は、すでに絶対の〈覚者〉といえるのか。なるほど、すべてを隠蔽する節蔵の〈化石したやうな、仮面を被つたやうな、動揺しない表情〉(同)は、相原を畏怖させ、恐懼させるに十分であった。(10)だが、にもかかわらず……である。

ところで鷗外は、牧山から〈変性男子〉相原光太郎の話を聞いたとき、節蔵の心に、ある〈好奇心〉(拾壱)が浮かんだと書く。そして続けて、

《露伴も紅葉もそれぐ〵方角を殊にした、異常な出来事を書いてゐる。柳浪の変目伝は、白癡の動物的な情欲の発動を書いて好評を博したのだ。今に Sadisme やなんぞのやうな、性欲の変態を書いて成功する人も出て来るかも知れない。己は変性男子の小説でも処女作として書いて見ようかしら。なんにしろその相原と云ふ奴を見たいものだ。面《つら》だけでも見たいものだなどと思つて見るのである。》(同)

前後するが、この引用の少し前に、〈己は疾うから何か書いて見ようと思つてゐるが、これまで何を書かうと云ふ対象を捉へ得たことがない〉という節蔵の独白が記されている。どうやら節蔵は、作家を志望している模様である。そしていま、〈変性男子〉相原光太郎の異常性が、そのような節蔵の創作的関心をいたく刺激したといえようか。

だが、一体節蔵はなにを書くのか。いや、なにはともあれ、一体節蔵に書く気があるのか。

《それにしても何を書いて好いか、その材料には見当が付かないと思ふと同時に、けさ逢つた相原の事が又心に浮かんだ。どうもあいつなんぞは物になりさうでもないな。どうしても自分の感情を其人の内部に入り込ませて活動させて見ること、即ち感情移入と云ふやうなことが出来なくては駄目だが、それにはどこか、彼の感情と我の感情と相呼応する処のあることを要する。さう云ふ触接点が甚だ乏しいやうだ。なんだか別れる時の様子では、あいつ

己に接近して見たいやうな態度を見せてゐたが、若し向うからそんな手段に出たら、こつちからもそれに応じて見て遣らうか。そのうちには彼我の接触する要素を見出すことが出来るかも知れない。併し或る作品を得るには、あそこが是非書きたい、書かなくてはゐられないと云ふ衝迫がなくてはならないとすると、それには随分多くの要素を見出さなくてはならない筈だ。それ程の要素が得られるか、どうだか、頗る覚束ない。》（拾肆）

絶対の〈覚者〉の内心が、こうした創作的思念に揺れるものかどうかはしばらく問わない。（もっとも鷗外は、〈創作〉もまた〈自分の力の感じを満足させたがる欲望の一つに過ぎない〉（拾壱）ので、〈節蔵はいつもこんな時に、自分で自分を嘲つて、真面目な企図や計画はせずにしまふ〉（同）とわざわざ断ってはいる……。）しかし、少なくともいえることは、とこう考えてはいるものの、所詮節蔵が、相原を書くことに気乗りしていない風であることなのだ。〈どうもあいつなんぞは物にはなりさうでもないな〉（傍点引用者）――。

たしかに節蔵のいうとおり、人物を描く際、もしも〈感情移入〉が必須なら、〈それにはどこか、彼の感情と我の感情と相呼応する処〉がなければなるまい。だが一体節蔵と相原の間に、〈感情〉の〈相呼応する処〉があるのだろうか。いや、再び節蔵と相原との対決の場面を見るまでもなく、二人の間の距離はあまりにも決定的であり、〈相呼応〉する余地などまったくないのだ。そして、だからこそ節蔵が、二人の間に〈触接点が甚だ乏しい〉と考えるのは、当然といわなければならないのだ。

なるほど節蔵は、〈そのうちに彼我の接触する要素を見出すことが出来るかも知れない〉と思い直す。だが二人の間の懸隔が、驚異的な成熟を重ねる節蔵によって拡がりこそすれ狭まるわけがないとすれば、節蔵がそのことをも、〈頗る覚束ない〉と考えるのはまた当然なのである。

要するに節蔵にとって相原は、なんらの〈触接点〉を持つことなく、所詮無縁なものとして乖離してゆく人物にすぎない。（そしてそのことを一番よく知っているものこそ節蔵なのだ。）が、だとすれば、この第〈捌〉章から第〈拾柒〉

章前半に至る部分、〈変性男子〉相原光太郎――この主人公とついに〈触接点〉を持ちえない人物に関る部分には、一体どのような意味が籠められているというのか。

あるいは、この章の初めにも述べたように、この部分でやはり鷗外は、節蔵と相原の決定的な断絶を描きつつ、この時点までに到達しえた節蔵の卓抜な境地を、ただ挿話的に語ったにすぎないのかもしれない。第一、主人公とついに〈触接点〉を持ちえない人物、つまり主人公とついに劇を分かちあえない人物を、人はただ〈挿話〉的に語るしかないからなのだ。(11)

だが、だとしても、この部分は単に、それだけの意味しか持っていないのか。いや、おそらくそれだけではないのだ。なぜなら我々は、まさにこの〈挿話〉のきわめてアイロニカルな側面を、看過しえないからである。しかしなにが一体アイロニカルなのか――。

さてその意味で、第〈拾肆〉章、相原と別れてからの節蔵の心理は、かなり興味深いものといわなければならない。

《一人になつて歩き出してから、節蔵は相原の白い鼠の牙のやうな歯と、どこを見るとも極まらないやうな、忙しさうな目とを無意味に思ひ浮べてゐる。そして此想像には一種のくすぐつたいやうな、刺激的な、稍不愉快な感じが伴ふ。「あいつ、僕はよしますと云つた時から、妙に己に好意を表してゐたやうだつたが、あの時もう今のやうな不愉快な感じがしてゐた。なぜだらう。どうも衒ふとか、売弄するとか云ふやうな処があるので、さう感ぜられるのらしい。怒つて見せる、親んで見せる。女をたらすのを為事にしてゐる男は、さうしなくてはゐられない。それが一々意識してするに限らない。習性と成つて、反射機能のやうにさう云ふ表情をする。女なんぞには、それを不愉快に感ずる程、鋭い感じを持つてゐるものが少い。勿論相原が相手にするやうな女にはそんな奴はゐまい。」

かう思ふと同時に、節蔵はその騙すものをも、騙されるものをも、それを見聞して悪むものをも、公憤を発するものをも、一切唾棄しなくてはならない、呪詛しなくてはならないと思つた。》

節蔵は相原の表情を〈無意味に思ひ浮べ〉るという。しかしそれは、節蔵を書くにあたっての鷗外の、いわば不用意な常套句にすぎない。節蔵は相原の表情を〈無意味に思ひ浮べ〉るどころではない。相原の表情に、〈一種のくすぐつたいやうな、刺戟的な、稍不愉快な感じ〉を感じ、苛立たずにはいられないのである。

さらに節蔵は、相原のその表情――すでに〈習性〉と化し〈反射機能〉と化した無意識の媚に苛立つばかりではない。媚に応ずるもの、いやさらに、それについてとやこう言うものすらも、〈一切唾棄しなくてはならない、呪詛しなくてはならない〉と憤るのだ。

だがそれにしても、節蔵のこの憤懣は、いささか度を越しているといえないだろうか。〈唾棄しなくてはならない、呪詛しなくてはならない〉――。しかしなぜ節蔵は、たかが〈女をたらすのを為事にしてゐる男〉の無意識の媚に、かくも憤激しなければならないのか。ことに、騙し騙されるものに対し、〈見聞して悪むもの〉や〈公憤を発するもの〉への憤怒などは、自らへのそれにも似て、いささか見当違いで滑稽ですらあるのだ。

おそらく、この唐突な憤懣は、暗に節蔵内心の動揺を語っているにちがいない。あるいはここには、あの相原の本能的な媚に、〈一種のくすぐつたいやうな、刺戟的な、稍不愉快な感じ〉を、たとえ〈稍不愉快な感じ〉であったにしろ、感じ苛立たずにはいられなかった節蔵の、まさにそのことに対する激しい自己嫌悪が、そしてまた、そのことを自らに隠そうとする密かな自己欺瞞が秘められているとはいえないか。

もとより節蔵は、そのことを噯気にも出しはしない。いや彼は、ますます激しく苛立ち、それにつれ、いよいよ高く自負を募らせるのである。

節蔵は言う。――自分の〈体には、小さい時から狷介で、外から来る刺激を挑ね返すために、嘗て弛緩や放縦を閲したことのない健康の力が、まだ銷磨せられずに籠もつてゐる〉と。そして、〈相原の生活を想像して見ても、まるで種類の違つた動物の生活を想像するやうで、自己の中にそれに接触し感応する或る物を見出すことが出来ない〉と。そして思わず、〈女の跡を附け廻る。狗のやうだ〉と、節蔵は心に叫ぶのである。

だが、はたして節蔵のこの自負は、額面通り受けとることができるのか、いやなによりも、相原のあの本能的な媚に、〈一種のくすぐつたいやうな、刺戟的な、稍不愉快な感じ〉を、〈稍不愉快な感じ〉ではあったにしろ、感じ苛立たずにはいられなかったのは一体だれなのか。

しかし、それが〈稍不愉快な感じ〉であったかぎり、あくまで反撥であり、〈接触〉や〈感応〉ではないというならばそれもよい。が、では節蔵の次のような視線を、一体なんといったらよいのだろうか。

《並んで歩いてゐる節蔵の目には、相原の薄赤い耳が見える。その耳を囲んでゐる頰と頸とが、お白いを塗つてゐるかと思ふ程白く、それが生際を短く刈つた頭の青み掛かつた地に移り行いてゐる。顔から頸へ掛けての肌に、一種の軟みがある。併し女として別品ではない。節蔵は此頭を束髪にしたら、好くある型の女学生の貌になると思つた。》(拾参)

ところで、蒲生芳郎氏はやはりこの箇所を引用しながら、そこに節蔵の、〈女から男になり変ったばかりの「美少年」に対する肉感的な好奇心〉を見ている。(12) たしかに氏の指摘する通り、節蔵はその猛々しい自負にもかかわらず、相原の生来的な媚に、いわばその〈肉体〉=〈生理〉のコケットリーに、魅入られているといえるのである。

たとえば、このことに関連することで鷗外は、「青年」の中に、次のような一節をさりげなく挟んでいる。

《純一の笑ふ顔を見る度に、なんと云ふ可哀い目付きをする男だらうと、大村は思ふ。これと同時に、此時ふと同性の愛といふことが頭に浮んだ。》

〈人の心には底の知れない暗黒の堺がある〉と鷗外は続ける。たしかに、この一節に似て、いま節蔵の〈底の知れない暗黒の堺〉に蠢くものこそ、大村のいわゆる〈同性の愛〉にほかならないのだ。

だが、そうだとしても、このことをただちに〈醜悪〉[13]といい〈背徳〉[14]という必要はない。先の一節に続けて鷗外も、〈自分は、homosexuelではない積りだが、尋常の人間にも、心のどこかにそんな萠芽が潜んでゐるのではあるまいか〉と、大村にいわせている。おそらくその通り、節蔵の相原に対する衝迫も、〈尋常の人間〉のそれ以外のなにものでもない。それは〈健康〉な〈肉体〉＝〈生理〉にもかかわらず、いや〈健康〉な〈肉体〉＝〈生理〉だからこそ湛える、むしろ自然な衝迫であり、いわば美醜や善悪をこえた〈身体〉そのものの現実ではなかったか。[15]

男が女に牽かれ、女が男に牽かれる。あるいは男が男に牽かれ、女が女に牽かれる。なるほど一方は一方の代償であり、倒錯であるにちがいない。だがそうしたことをも含めて、なお牽かれあうこと自体、それもまさに〈身体〉において、つまり〈意識〉をこえた内部の渾沌、いわば〈無意識〉の部分で、どうしようもなく牽かれあうこと自体、人間という存在のもっとも本源的なあり様ではないのか。――そしてあるいはここに、お種の時と同じ、鷗外の最奥の人間認識が隠されているのかもしれない。

だがそれはともかく、こうしたことの一切は、一体なにを語っているのか。おそらく、こうしたことの一切によって、鷗外は、この時点までに到達した節蔵の傑出した境地――その〈醒覚〉の内実を、まさにアイロニカルに語っているのだ。節蔵は、その〈意識〉において、すべてのものから超絶していると自負している。[16]だが実は節蔵は、〈無意識〉のうちにあのお種の〈身体〉に結ばれていたように、いま相原の〈身体〉に〈無意識〉のうちに繋がれている。つまりそうして節蔵は、お種や相原のいる同じ地平に、依然蹰躇しているにすぎないのである。

しかも節蔵は、このことに、いわばひそかに気づいているのかもしれない。

《女の跡を附け廻る。狗のやうだと嘲りたくなる。己は赤裸々の生活をしてゐる。あいつ等は衣服ばかりの生活をしてゐる。》

だが節蔵は、〈そこに踏み駐まつてしまふことは出来ない〉と鷗外は書く。

《待てよ。己が馬鹿なのではあるまいか。彼等の生活に肉や皮があつて、己の生活が骨ばかりなのかも知れない。》

すでに自分は一切を、だからむろん〈肉体〉=〈生理〉の牽引を超絶している（つもりである）。だが本当に自分は、その〈性〉と呼び〈愛執〉と呼ばれるもっと重い煩悩を超絶しているのか。いやそうしたことを問うよりも、そうした呪縛に繫留されていることこそ、人間の真のあり様ではないか、というより人間の現実ではないか——。おそらく節蔵のあの唐突な憤怒も、この自問自答も、いまだそのように、懐疑と動揺を重ねる彼の内心を語ってあまりあるのだ。

6

さて我々は、いささかくどいまでに「灰燼」各章の行文にこだわってきた。だがここで、もう一度初心に帰り、端的に問いなおしてみたい。鷗外は「灰燼」において、結局なにを書きたかったのか、と。

こうした問いは、我々をおのずと第〈壱〉章に連れ戻す。第〈壱〉章とはなにか。いや第〈壱〉章の節蔵とはなにか。

第〈壱〉章を読んで、我々が最初に感じたことは、山口節蔵とは「鶏」の石田小介ではないか、「独身」の大野豊ではないか、「あそび」や「田楽豆腐」の木村ではないか、つまり森鷗外ではないかということである。我々は第〈壱〉章を読みながら、なにか節蔵が、軍服を着ているような気がしてならなかったことを、ここに正直に告白しておこう。

ところで、高橋義孝氏も言うように、[17]「鶏」に代表される一連の作品の主人公は、さながら石像のごとく、冷然として〈玩具箱を引つくり返したやうな実人生〉を睥睨している。彼等は懐疑や動揺を知らず、利害や愛憎に執着する衆俗を見おろしている。〈なんにしろ、垣の上に妙な首が載つてゐて、その首が何の遠慮もなく表情筋を伸縮させて、雄弁を揮つてゐる処は面白い〉（「鶏」）といった按配なのだ。

彼等はつねに〈にやにや〉（「独身」）し、〈晴々とした顔〉（「あそび」「田楽豆腐」）をしている。それは一切の人間的な悩みや苦しみを克服し超脱しえたものの、濶達自在な境地を表しているといえよう。

それにしても、悩みや苦しみが、いわば〈精神〉の生きている証拠であるとすれば、すでにここで〈精神〉は死んでいる。だが、彼等はかえってその〈精神〉の死の果てに、完結し充溢しているように見えるのである。あたかも、〈精神〉を持たぬ樹木や岩石が、そのままで完結し充溢しているように。

そして、まさしくこのことは、そのまま森鷗外という人間にもいえないだろうか。悩みや苦しみの片鱗さえも見せず、あたかも山岳が、ただ巍然として屹立しているような、あの鷗外の完結感、充溢感――。

《「鷗外ッて、実にインヒューマンだね」

舌を巻くというのは、これを言った時の芥川さんを言うのだろうと思う。道々《みちみち》幾度も芥川さんは同じ言葉を、睫毛の長い、深みのある目を見据えるようにして、例の長髪を幾度も振っては、或時は感に堪えたように、或時は恐れるかの如く繰り返した。(18)》

鷗外を訪問しての帰り、芥川が漏らしたという一語〈インヒューマン〉。――まさにそのような一種悽愴な非人間的超絶感こそ、鷗外という人間を離れないのである。

あるいは森鷗外という人間は、本当に奇蹟なのかもしれない。その無限なる能力、そしてそれを支える冷徹なる意志――。彼はもはや、懐疑や動揺に終始する人間を越えている。いわば彼は、悠久にして非情なる〈自然〉の化身といえようか。

だが、だとすれば、「鶏」を代表とする一連の作品の主人公達は、たしかに森鷗外という化身のコピー（化身のそれにしてはやや矮小な感じがしなくもないが）、しかも正確なコピーだといえよう。

だが、はたして本当にそうなのか。本当に石田小介や大野豊や木村は、鷗外なのか。——いや断るまでもなく、それらの主人公達と鷗外とは、決定的に異質なのだ。

この意味で多くの評家が、「鶏」を代表とする一連の主人公達を、むしろ虚像として据えるのは正しいことだといわなければならない。彼等は、それらの主人公達を見やりながら、それらの主人公達を、単純に鷗外に結びつけはしない。むしろ一方で（たとえば日記や伝記などを通して）鷗外の実像に迫りつつ、それとの比較、対照の中に、もっぱら鷗外の虚勢や偽態を探り出し、さらに〈愚癡〉や〈厭味〉を嗅ぎ付ける。〈鷗外なんてそんなに悟りきった奴じゃないよ。なかなかどうして俗っぽい奴だよ〉といった具合なのだ。

まったく、鷗外ほど〈俗っぽさ〉を強調され穿鑿される気の毒な作家もいまい。たとえばある評家は（その評家は気づいていないのかもしれないが）、鷗外を、終生官位に執着した人間として措定し、その文学を、終始官位の浮沈の直接の反映として論議する。

いかに高尚な評価をえたとしても、鷗外の文学は、所詮〈反噬の文学〉〈怨念の文学〉という領域を出ない。それは小さくいえば、母峰子の君臨する家庭生活に悶々と耐え、小倉左遷を奈落とする官僚生活を鬱々と忍んだことに結びつけられ、大きくいえば、すぐれて〈科学〉的な知性を持ちながら、〈まだ〉〈科学の萌芽〉（「妄想」）すら育てえぬ明治日本の、文化状況、政治状況に対処しなければならなかったことに結びつけられる。つまり鷗外は、すべてを貫いて、結局〈古いもの〉に、誰よりも痛切にそれをそれと知りつつ、屈服し妥協して生きたのである。その忍辱と隠蔽の中で醸成された激しい反噬と怨念——鷗外の文学は、まさにそのようなものの象徴にほかならない。

だが、だとすればいま我々は、先程とはまさに逆に、鷗外の中に、人間的な、あまりにも人間的な悩みと苦しみを見出しているといわなければならない。しかし、このことはまったく正しいことではないのか。石田小介や大野豊や木村を、さらに多くの作品に登場する〈己〉や〈僕〉を（そしてそれらを通して鷗外を）、完結し充溢する〈自然〉そのものと見立てつつ（しかもそのことに畏怖し恐懼しつつ）、むしろ密かに、そこに鷗外の虚勢や偽態を見取ることはまったく正しいことといってよい。なぜなら鷗外もまた、一人の煩悩の子以外のなにものでもないからなのだ。だが、はたして鷗外は、ただ単に虚勢を張り偽態を構えていたにすぎないのか。たしかに鷗外もまた、一人の煩悩の子以外のなにものでもない。しかしその鷗外が、煩悩を克服し超絶した人間を描いたからといって、それがそのまま虚勢や偽態となり、さらに〈愚癡〉や〈厭味〉になるとはかぎらないのである。

いや、内部に欲望の熾烈に息づく音を聞きながら、というより、欲望の熾烈に息づく音を聞くがゆえに、その欲望を放下し、その欲望ゆえに悩み苦しむ人間的限界を超脱し、虚空に向かい小ゆるぎひとつしない磐石のような人間を描くこと、さらにまた、磐石のような人間と化すこと、それこそが、鷗外の心に底流する嘘も偽りもない絶対の憧憬ではなかったか。

ところで、鷗外は夙に「予が立場」（「新潮」明治四十二年十二月）において、次のように自らの〈立場〉を記している。

《私の心持を何といふ詞で言ひあらはしたら好いかと云ふと、Resignation だと云つて宜しいやうです。私は文芸ばかりでは無い。世の中のどの方面に於ても此心持でゐる。それで余所の人が、私の事をさぞ苦痛をしてゐるだらうと思つてゐる時に、私は平気でゐるのです。》

鷗外はこの中で、繰り返し、自分の言うことを〈愚癡〉や〈厭味〉とは取ってくれるなと頼んでいる。しかも同時に、それも〈所詮駄目〉かもしれないと嘆いている。事実多くの評家は、鷗外の〈Resignation〉を〈愚癡〉といい〈厭味〉といった。現に言いつづけている。評言は違ってはいても、それをなにか胡散臭いもの、胡乱なものと考えていることに変わりはないといえよう。

たしかに、この言葉はそのままでは信じがたい。人は、〈私は悟っている〉とはいえないように、〈私は諦めている〉とはいえないのだ。もし言ったとしても、その断言を、誰れも、いや誰れよりも〈私〉自身が信じはしない。〈そうか、本当か、本当に諦めているのか〉——おそらく、その断言の背後で、こうした問いが無限に繰り返されなければならないのが事実なのだ。

この意味で鷗外の〈Resignation〉は、彼自らの心の事実を語ってはいないといえよう。だが少なくとも鷗外は、それを心の事実とすべく努めていたとはいえるのだ。〈そうだ、本当に諦めているのだ〉——。あの無限に繰り返される問いに対し、まさに執拗にこう答え続けることを通して——。

おそらく鷗外の文学とは、そのまさに執拗に繰り返される答えではなかったか。多くの作品に登場する主人公達——〈石田小介は〉、〈大野豊は〉、〈木村は〉、〈そうだ、本当だ、本当に諦めているのだ〉と。

たしかに、〈私は悟っている〉〈私は諦めている〉ということが不可能だとしても、〈彼は悟っている〉〈彼は諦めている〉と言うことは不可能とはかぎらない。誰れにしても、〈彼は悟っている〉〈彼は諦めている〉という断言を、ただちに疑う理由はないのだ。（もちろん、〈彼は悟っている〉〈彼は諦めている〉ということも所詮不可能なのだが。）そして、おそらくこの〈私は〉から〈彼は〉への置換に、〈文学〉の、人を欺瞞する異様な能力があるといえよう。

多分鷗外は、こうした〈文学〉の異様な能力に托して、繰り返し自らの〈Resignation〉を語り続けたのではなかったか。それはすでに鷗外の、人をも欺き、自らをも欺くことを辞さぬ熱い祈念であったといえようか。そしてその上に立って鷗外は、いまだ自らの心の事実ではないが、しかし少なくともそれを自らの心の事実とすべく努めていた〈Resignation〉の境地、その人間的限界を超絶した境地を、いわば夢幻にも似て体験していたのかもしれない。

だが、鷗外がどれほど訴え掛けたとしても、人はそこに反語しか読みとるまい。木村がいつも〈晴々とした顔〉をしていると語っても、人は鷗外が、そういつも〈晴々とした顔〉をしているとは受け取るまい。いやだれよりも、鷗外自身が、そのことを一番よく知っていたはずなのである。

我々は、〈私は〉から〈彼は〉への置換に、〈文学〉の人を欺瞞する異様な能力があるといった。たしかに鷗外が、〈私はいつも晴々とした顔をしている〉と言えば嘘となることも、〈彼はいつも晴々とした顔をしている〉と言えば嘘ではなくなる。（少なくとも、〈私はいつも晴々とした顔をしている〉と言えば信用されないことも、〈彼はいつも晴々とした顔をしている〉と言えば信用されないともかぎらない。）だが断るまでもなく、この時すでにこの〈彼〉は鷗外ではないのだ。〈彼〉は鷗外ではない誰れか、鷗外を越えた誰れか、つまり鷗外のいまだ知らない〈彼〉、さらにいえば、〈小説〉において、〈言葉〉によってのみ据ええた幻の〈彼〉なのである。

言うまでもなく、我々はここで、言葉の遊戯をしているのではない。〈文学〉の持つ根源的な構造――その虚構の内実を、さらにいえば、その可能性と不可能性を論じているのだ。

要するに人は、〈虚構〉において、つまり〈私は〉から〈彼は〉に移行することによって、現になく、しかし、ありうべき自己への到達を〈可能〉とする。だが、と同時に人は、まさにその〈虚構〉におけるありうべき自己から無限に隔絶されているのだ。そして、そうであるがゆえに、ついにそのありうべき自己に到達することが〈不可能〉なのだ。

人は誰でも、〈彼は……〉と書くことにより（むろん〈僕は……〉と書いても、〈己は……〉と書いても同じである。なぜなら、これは人称に関る話ではない）、〈作家〉という旅に出る。だがなんと無意味な旅立ちであることか。それは実際に、なにひとつ変えることも、なにひとつ作ることもない。つまり、人をしてなににも、どこにも到達させえない無限の彷徨への旅立ちなのだ。

しかも人は、すでに引き返すことはできないのだ。いや彼には、もともと引き返す場所などないのではないか。なぜなら、彼は、自己が、〈私は……〉の中になく〈彼は……〉の中にある、つまりここにはなくかしこにあると信じて旅立ってきたのではなかったか。

そして、おそらくここに、〈作家〉の終わりなき旅があるのだ。

さて、ようやく我々の前に、「灰燼」へ戻る道が開けてきたようである。以上叙べて来たことは、すべてそのまま「灰燼」へと通じてゆくはずなのだ。「灰燼」第〈壱〉章の節蔵とはなにか。毫末も動ずることなく、一切を領略するこの絶対の〈覚者〉山口節蔵――。おそらく我々は、ここに鷗外の、あの〈彼は悟っている〉〈彼は諦めている〉〈そうだ、本当だ〉というリフレイン、凛乎たる、しかし多分最後のリフレインを聞くことができるのだ。
だがむろんまたしても、節蔵は鷗外ではなく、鷗外は節蔵ではない。つまり鷗外は、絶対の〈覚者〉山口節蔵を、現に書きながら、しかも永劫に、その当のものから隔絶されていなければならないのである。[19]
我々は一貫して、「灰燼」一篇（正確にいえば第〈弐〉章以下）の構成が、回想形式となっていることを重視してきた。なぜならこのことは、節蔵が、現在の境地、究極の境地への跳躍を、まさに具体的、連続的に語らなければならないからである。しかもそれは、鷗外が、絶対の〈覚者〉の境地へ跳躍する節蔵と一体化することであり、かくして自らもまた〈覚者〉であることを証すことにほかならない。そして我々はそこに、人間的地平を越えんとする鷗外の、作家的、いや全人間的な祈念を見る思いがするのだ。
だが、もはや明白というしかない。鷗外が絶対の〈覚者〉山口節蔵から永劫に隔絶されている以上、鷗外には、節蔵の、その絶対の〈覚者〉への〈跳躍〉を辿ることは、これまた永劫に不可能なのだ。[20]

そしておそらくここに、「灰燼」中絶の真の原因があったといえよう。それは決して外部の力ではなく、〈文学〉の内部、つまり〈書く〉ことのもつ、一種絶対的な矛盾構造に関っているといわなければならない。はたして鷗外が、この〈文学〉の矛盾構造に、いつ気づいたかは確かでない。しかし少なくとも鷗外が、〈覚者〉の回想という不可能な主題を選んだとき、すでに彼は身をもって、その矛盾構造に直面することになっていたのだ。

7

「灰燼」第〈拾肆〉章後半――。節蔵は相原と別れたあと、三田の学校に出るが、あいにく休講で、所在なく海を見にゆく。そこで鷗外は、ふたたび節蔵の内心に、次のような照明を当てるのである。

《節蔵は何の講義を聞いても、学科の根底に形而上的原則のやうなものが黙認してあるのを、常識で見出して、それに皮肉な批評を加へずに置かない。》

さて、この一節は興味深い。諸家の指摘にもあるように、おそらくここに、節蔵の〈否定〉の激情の、まさに時代の思想状況と交わる接点が示されているといえるのだ。

節蔵は、〈否定〉せんがために〈否定〉しているわけではない。節蔵の冷徹な眼が、一切の〈価値〉あるものの中に、暗黙の〈形而上的原則〉を、〈illusion〉を、〈因襲〉を見ずにはいなかったからにほかならない。たしかに人は、〈因襲〉を、〈illusion〉を、〈形而上的原則〉を信じて疑わない。だが節蔵は、その無意味なものに自足する懶惰と鈍感が、いやでも眼について、激しい苛立ちを感ぜざるをえないのである。

そして、まさしくこれは、森鷗外という人間の眼でもあったろう。「しがらみ草紙」や「衛生療病志」等における若き鷗外の、戦闘的、破壊的発言も、〈因襲〉と、その〈因襲〉に盲いた愚者たちへの、この見えすぎる眼の厳しい拒否の表明であったのだ。

おそらくそれを、その厳しい〈拒否〉の姿勢を、背後から支えていたものこそ、いわば鷗外の、近代合理主義＝実証主義の精神であったかもしれない。生得の資質と、それに加うるに、〈医学〉というもっとも〈exact な学問〉(「妄想」)に携わったという境遇、いやなによりも、鷗外が生まれ育った時代と社会の上を、よかれあしかれ近代合理主義＝実証主義の嵐が吹き荒れていたという事情の一々は、ここにあらためて説くまでもあるまい。

あるいは、その戦闘的、破壊的発言には、〈因襲〉を掃蕩しつつ、そのことによって新たなる〈科学〉の伝統を建設せんとする鷗外の、ヒューマニスティックな願望が籠められていたかもしれない。この日本にすくなくとも〈まだ〉ない〈科学を育てて行く雰囲気〉(同)を、自らの手で作り出そうとする明治知識人の使命感は、若き鷗外の胸底にも燃えていたはずなのだ。

だが、はたして鷗外は、終始そこに、そのような幸福な場所にとどまることができたのか。

鷗外は、「灰燼」をひとまず休載した明治四十四年十二月の翌月、つまり四十五年一月、「中央公論」に「かのやうに」を書いた。すでにそこには、近代合理主義＝実証主義の、ひたすら〈真理を語り、事実を示す〉能力が、まさに人間や社会そのものを解体に追いやってしまったことへの、深い不安と恐怖が語られているのだ。

たしかに、近代合理主義＝実証主義の前に開かれた世界は、晦暗で邪悪な世界というしかない。そこでは、人間は物質の空虚な諸形態にすぎず、社会はその仮借ない因果関係にすぎない。これまで人間を保持させ社会を維持させてきた〈信仰〉や〈道徳〉は、〈「事実として証拠立てられない或る物」〉にすぎず、ある〈「かのやうに」〉仮定された〈嘘〉にすぎない……。

もとより、「かのやうに」の主人公五条秀麿は、だからこそ、人間の保持と社会の維持のために、その〈「意識した嘘」〉を承認しなければならず、すべきであるという。だが、はたしてそのようなことは可能なのか。

《「僕は人間の前途に光明を見て進んで行く。祖先の霊があるかのやうに背後《うしろ》を顧みて、祖先崇拝をして、義務があるかのやうに、徳義の道を踏んで、前途に光明を見て進んでゆく。さうして見れば、僕は事実上極蒙昧な、極従順な、山の中の百姓と、なんの択ぶ所もない。只頭がぼんやりしてゐない丈だ。極頑固な、極篤実な、敬神家や道学先生と、なんの択ぶ所もない。只頭がごつ〳〵してゐない丈だ。」》

しかし、おそらくここで秀麿は、語るに落ちているのだ。〈「極蒙昧な、極従順な、山の中の百姓」〉や、〈「極頑固な、極篤実な、敬神家や道学先生」〉は、〈「只頭がぼんやりしてゐ」〉るだけ、〈「只頭がごつ〳〵してゐ」〉るだけ、それだけ初めからなにも考えず、ただ黙々と〈信仰〉に勤しみ、〈道徳〉に従っているのだ。そしてただ秀麿だけが、〈「只頭がぼんやりしてゐない」〉だけ、〈「只頭がごつ〳〵してゐない」〉だけ、現にそれだけ〈信仰〉や〈道徳〉から隔てられているがゆえに、それらについて喋々と語って倦まないのである。

むろん、語るに落ちたのは秀麿だけではない。だれよりも鷗外が、語るに落ちているのだ。「かのやうに」は、山県有朋に向けた〈危険思想対策〉の献言であったという。だが主人公秀麿が、〈信仰〉や〈道徳〉の再建を企図しつつ、かえって内心の無〈信仰〉、無〈道徳〉を暴露しているように、まさにそのことによって作者鷗外は、〈危険思想対策〉を語りつつ、逆に〈危険思想〉の深刻さを、その深刻さに呆然自失する己れを浮き彫りにしているのである。「かのやうに」が〈文学〉であるかぎり、鷗外はここで、こうした〈文学〉の、いわば高尚な掟にしたたかに復讐されているといえよう。

だれよりも〈危険思想〉の深刻さを知るとは、まただれよりも深く〈危険思想〉に浸潤されていることではないか。その意味で、たしかに鷗外は、いや鷗外こそは、まさに金無垢の〈危険思想家〉なのだ。

むろんその危険性とは、山県たちがおそれていた、目の美しい、しかし神経粗笨な革命家たちのそれではない。いや、未来を信じ時間を信じられるものは、いまだ幸福であり安全なのだ。鷗外に未来はなく、従って時間はない。

いわばそれは、一切が空しく、〈馬鹿々々しい〉とつぶやくしかない人間、つまり一切をその解体において、その終焉と滅亡において見てしまう人間の、もっとも恐るべき危険性といえよう。

まさしく鷗外の中で、ニヒリズムの嵐が吹き荒れていたのだ。〈すべてのものを見てしまう、すべてのものの正体や動き方やつながりが欲すると欲しないとにかかわらずみえてしまうという呪いのようなものに縛られて一生を過さざるをえなかった人間、そのためにすべてが「馬鹿々々し」くなってしまった人間〉[21]――。たしかにあらゆる〈価値〉あらゆる〈意味〉は、すでに幻影として剝落した。そしてその跡には、ただ〈事実〉が、いわば物質の空しい羅列と、その空しい因果関係が、つまり虚無そのものが、暗く蕭々と風を受けているのだ。

だがそうであるかぎり、これは単に、森鷗外にのみ固有な心象風景ではない。「それから」における夏目漱石のごとく、「何処へ」における正宗白鳥のごとく、彼等の内心もまた、その蕭々たる風音に閉ざされていたにちがいないのだ。

彼等の描く知識人青年――長井代助にしても菅沼健次にしても、すでに旧来の〈価値〉や〈意味〉を一切信じない。いや旧来の〈価値〉や〈意味〉を激しく嘲笑し厳しく弾劾する。だが彼等に、それを超える新たなる〈価値〉や〈意味〉が夢見られているわけではない。彼等が見ているものは、ただ人間における、そして社会における酷薄な〈事実〉、その背後にもはやなにものも隠さない〈事実〉という虚無をおいてないのだ。

たとえば代助にとって、〈渝らざる愛〉を語るものは〈偽善者〉であった。〈愛〉とは畢竟〈性〉的興奮にすぎず、そうである以上、それ自体の必然に委ねるしかない。そしてこれと同じように、健次にとっても〈人間〉とは、所詮〈獣〉以外のなにものでもなく、ただ〈肉〉的衝迫に促され、突き動かされて彷徨を重ねる〈生き物〉にすぎないのである。

おそらく、このような代助や健次の無慙な人間認識、なんらの夢も幻想も許さない人間認識には、まさに近代日本に生きる人間達の、どう逃れるすべもない、心の現実が示されているのだ。

そして繰り返すまでもなく、このことはまた、そのまま節蔵の荒涼たる内心を語っている。節蔵もまた、いや節蔵こそは、すべての背後に〈形而上的原則〉の、〈illusion〉の、つまり〈嘘〉の存在を見ずにはいない。そしてそのことに烈しい拒絶と侮蔑を浴せかけずにはいないのだ。しかも彼に、なんらかの積極的な意志が、成心があるわけではない。ただ眼前に、あの物質の空しい堆積と、その空しい因果関係が、いわば虚無そのものが、冷く骸を晒している光景を見ているにすぎないのである。

それにしても、それは恐るべき光景といえよう。それはメドウサのごとく、見るものを石と化す。が、そうだとすれば、人はそこから、眼を背けるしかない。だが節蔵は――、あたかも我から石に化すことを欲していたかのように、メドウサから眼を放たず、ついに石と化したのだ。

我々は前に、虚空に向かい小ゆるぎひとつせぬ磐石と化すことこそ、鷗外の心に底流する絶対の憧憬だと言った。磐石と化すこと、もとよりそれは、単に、悩み苦しむ人間的境涯を超絶することの比喩にとどまらない。何も思わず考えず、そして動きも変わりもせず、つまり石のごとく、まさに物自体として存在することの比喩にほかならないといえよう。

だがそれは、なんとも凄絶な変身への希願であり、決行ではないか、あたかもそれは、人間でありつつ、死者（というより死骸）そのものに変身することではないのか。さらに、たとえそうだとしても、一体そのようなことが可能なのか。

いや、あるいは可能かもしれない。なによりも節蔵は、この不可能を可能とした人間なのだ。少なくとも「灰燼」第〈壱〉章における節蔵、何ものにも心動かさず心傾けぬ人間、自らの過去を、現在を、〈愛惜もなく、悔恨もなく〉想い出し、見送る人間、いわが彼は人間でありつつ、まさに無機物と化し〈灰燼〉と化した人間、そしてそれゆえに、一切の懐疑や動揺を超え、冷徹にして静謐な境地に生きる〈覚者〉なのだ。

しかし、どうして、そのようなことが鷗外に可能と信じられたのか——。ここで我々は、鷗外という人間が、世界の無常、人生の無常を、心そのものとして生きることを、最高の実践とする仏教的な文化伝統に属していたことを忘れてはならないだろう。この伝統において、人はなにごとをも希望すべきでない。いや一切の希望が所詮実現しえない以上、その希望を断念すること、滅却することをこそ希望すべきなのだ。(むろん一切の希望が実現しえないとすれば、結局この希望も、また実現しえないといわなければならないのだが——。)そしておそらく、鷗外は、この伝統に、自らのあの呪うべきニヒリズムを超克すべき奇蹟の可能性を見ていたのではないか。

「灰燼」一篇とは、たしかに、そこで鷗外が、そうした奇蹟を実現せんとする場所、いわば〈解脱〉や〈悟達〉を成就せんとする場所であり、そこで鷗外が、一切の希望を断念し滅却する場所、つまり一切の執着や煩悩を断滅し〈覚者〉の絶対境に飛躍する場所であったのだ。

そして、そうであればこそ鷗外は、ここに、この断滅と飛躍の契機に、一貫して節蔵とお種の、あるいは節蔵と相原の、〈性的交渉〉を設定していたのではないか。

すでに詳細を繰り返す必要はあるまい。節蔵は、お種や相原に対し、〈肉体〉=〈生理〉の牽引を感じなければならなかった。むろんそうだとすれば、その後節蔵が、まさに突発的、衝動的に彼等と関らなければならなかったとしても不思議はない。(22) そしておそらく節蔵は、そのことを通して自己の中に、依然というか当然というか、なにものかを求めて蠢動するものの存在を痛切に自覚しなければならなかったはずなのである。あの石像の如く泰然自若たる「独身」の大野豊が、島田に結った百姓娘の髪や肌の匂いに、〈一刹那〉とはいえ〈官能の奴隷〉に堕したことを自覚しなければならなかったように。(23)

あるいはここに鷗外の見た、人間存在のおけるいわばもっとも根源的な存在の構造があったのかもしれない。いや、少なくとも節蔵にとって、それは根源的であったといえる。節蔵はすでに、その人間としての最後の段階に位置している。もはや彼の〈意識〉は、自己の中の〈意識〉を越えた部分、〈無意識〉の領域にまで到達しているのである。しかもこのことは（〈無意識〉を宰領するものが、〈肉体〉＝〈生理〉の衝迫という、いわば物質とその空しい関係にすぎない以上）節蔵の〈意識〉が一切を、まさに一切を、虚無において据えているということにほかならないのだ。

だが言うまでもなく、節蔵の位置しているこの場所は、人間としての最終の段階ではあっても、いまだ此岸であり彼岸ではない。たしかに節蔵は、すでに根源的なもの、虚無に気づき、それを見ている。しかし彼はそれに気づき、それを見ているばかりでなく、そのものと一体にならなければならないのだ。つまり根源的なものを意識するその〈意識〉を抹殺し、虚無の中へ溶解する、然り虚無となるのだ。

むろんただなればよいのだ。そして、あるいはなれるかもしれない……。しかしそれを紙の上に書くことはできないのだ。いうまでもなく、人は〈意識〉を抹殺しつつ、自らの〈意識〉が抹殺されていることを知りえないからである。おそらくこの時鷗外は、百尺竿頭に立っている。退くこともできない。もちろん、進むこともできない。(24)

8

さて我々は最後に、それによって節蔵が、作家として出発したという作品――〈新聞国〉の問題について、いささか触れておかなければならない。(25)

節蔵が、作家を志望していたことはすでに述べた。しかも彼が、もはや並の文学青年でないことも断る必要はあるまい。事実彼は、これから自分が書くべき作品の性格を、明確に承知さえしているのである。

第〈拾肆〉章の後半、節蔵の独白として次のような部分がある。

《なんでも世間で美しいとか、善いとか云ふ事は刹那の赫きである。近寄つて見ると、灰色にきたない。文字で光明面を書くと云ふのは、刹那の赫きを書くので、暗黒面を書くと云ふのは、事実を書くのである。光明面の作者だつて、わざと稀に有る事を書かうとするのではないが、平常の事を詰まらない、価値がないとしてゐるので、それで刹那の赫きを求める。暗黒面の作者は灰色の平常の価値を認めて書く、中には女が意気だとか上品だとか云ふ衣裳の色を愛するやうに、灰色に謳歌する人がある。一種の Volupté を以て灰色を愛撫し描写する人がある。己は刹那の赫きに眩惑せられもせず、灰色に耽溺しもしない。己はあらゆる価値を認めない。いかなる癖好をも有せない。公平無私である。己が何か書いたら、誰の書く物よりも公平な物を書くから、或はこれまでに類のない homogène な文章が出来るだらう。そして世間の奴は多分冷刻な文学だと云ふだらう。》

ところで、誰しも、余程のものでないかぎり、〈己はあらゆる価値を認めない。いかなる癖好をも有せない。公平無私である。己が何か書いたら、誰の書く物よりも公平な物を書くから、或はこれまでに類のない homogène な文章が出来るだらう〉などといえるものではない。しかしそれも、節蔵がすでに余程のものになっていると考えれば、我慢できなくもない……。

むろん、こういう節蔵の背後には、紛れもなく鷗外がいる。〈刹那の赫き〉を誇張した旧文学を否定し、〈現実〉という〈灰色〉の世界に固執した新文学＝自然主義をも、またひとつの〈癖好〉として斥けた鷗外がいる。なるほど、なにものにも酔うまいとした自然主義も、その現実主義には十分酔っている。しかもその酔いにも染まぬものとして鷗外が自身に誇る作品を、〈世間の奴〉はただ〈冷刻な文学〉と疎むより知らない。そのことに対し、なにか子供じみた瞋恚を燃やす鷗外がいるのだ。

それにしても、ここへ来て鷗外は、作家節蔵を描くのに、いささか性急に自分自身を語りはじめる。もとより鷗外は、そうして一挙に、自らの〈文学〉が〈類のない homngène な文章〉であることを、さらに自らが〈公平無私〉であることを示したかったにちがいない。たしかにそれこそは鷗外が、まさに自身の〈絶対の境涯〉を証す、ほとんど最終の、取って置きの方策であったといえよう。

すでに鷗外に、節蔵の内的心的変貌の過程を辿る余裕はない。鷗外は、ただちに作家節蔵を描きはじめる。しかも、きわめて鷗外的な作家節蔵を――。

第〈拾捌〉章、節蔵の〈心の底〉に、〈疾うから何か書かう、何か書かうと思つてゐた欲望が、事新しげに頭を拾げて来〉る。節蔵は書きはじめる。〈形容の旨い所は鏡花に譲〉り、〈風土記を書くやうな平叙法で〉――。小説〈新聞国〉である。

《新聞国は血の出るやうな諷刺である。若しこれが燃えるやうな情熱を内に包んだ作品であつたら、もう一層深刻な物になつたかも知れない。併し又翻つて考へて見れば、或る所は氷の如くに冷かな節蔵でなくては書けないのかも知れない。》

むろん、あらゆる〈価値〉や〈意味〉を相対化し形骸化せずにはいない節蔵にとって、もともと一切は〈諷刺〉の対象でしかない。世界は、人生は、すべてただ無稽なものの上に成立する。それを永遠に変わらぬもの、揺がぬものと確信するのはまったく滑稽以外のなにものでもない。

節蔵がそれを読んで啓発されたというポウ集中の「鐘楼に於ける悪魔」(26)において、生活の一切が〈時計〉と〈トマト〉の上に立脚しているように、節蔵の〈新聞国〉において、生活の一切は〈新聞〉の上に立脚している。〈政治家〉も〈文士〉も一般大衆も、〈新聞〉の永遠なる権威を確信している。だがそれは、〈時計〉と〈トマト〉が無稽であるように無稽であり、彼等がその上でそれと知らずに一喜一憂すれば、もはやその姿は痛烈な〈諷刺〉の材料になるほかはない。そして節蔵は、その滑稽な姿を、〈新聞国の政変〉（拾玖）――〈有力な政治家が出て、Coup d'etat のやうな手段で新聞を廃せようとする〉（同）顚末を通して描こうというのだ。

ところで、「灰燼」がいわばこの劇中劇〈新聞国〉の中途で、突如筆を絶たれていることによって、色々の解釈が試みられてきた。

たとえば、竹盛天雄氏は、まず〈新聞国〉を鷗外の「ル・パルナス・アンビユラン」や「沈黙の塔」と比較する。[27]そして竹盛氏は、これらの作品が、その〈寓意的イメージ〉や〈散文詩風のリズム〉によって、〈外にひろがってゆく諷刺・批判の力を発揮できない弱さ〉を持ちつつも、ほかでもないその〈イメージ〉や〈リズム〉によってある程度の成功を納めたという。しかも〈新聞国〉は、その〈イメージ〉や〈リズム〉すら持ちえぬ、〈単調平板な見取図〉に終わっているというのだ。

だが我々はこの論点に、いささかの疑問を抱かざるをえない。なぜなら、〈新聞国〉は「灰燼」の一部であり、全部ではない。それはあくまで節蔵の作品であり、ここではその〈筋書〉だけが紹介されたにとどまる。いかにそれが〈単調平板〉〈無味乾燥〉であっても、そのことが、直接「灰燼」全体の評価に繋がるとはいえないのである。

いやむしろここで我々は、〈新聞国〉は〈血の出るやうな諷刺〉であり〈毒々しい諷刺〉(拾捌)であるという言葉に、〈新聞国〉の深刻な達成を信じなければならない。なぜなら、節蔵が〈新聞国〉を書いたという鷗外の言葉を信じながら、同じ鷗外の、〈新聞国〉は〈血の出るやうな諷刺〉であり〈毒々しい諷刺〉であるという言葉を、疑う理由はないからである。

節蔵は〈新聞国〉の〈人民の類別〉(拾玖)を書き、これから書く〈政変〉の様子をあれこれ想像しているうちに眠ってしまう。ここで鷗外はプッツリ筆を断ったわけだが、といって〈新聞国〉もまたここで中絶したということにはならない。それは節蔵の〈眠り〉による中断であり、いわば偶然の結果にすぎないのだ。節蔵は、〈政変〉が惹き起こす人々の〈周章狼狽の様子は随分面白く書けさうである〉(同)といい、〈中にも際立つて面白い出来事が二つ三つ画のやうに浮かんで出て、早く書いて貰ひたいと催促するやうに見える〉（同）という。だとすれば節蔵が、少なくともここで、筆を置かなければならない必然性はないわけである。

だが、竹盛氏がさらに続けて、〈そういうことになれば、逆に節蔵はものの見事に、「政変」に象徴される現代の圧力状況を領略しえた人物として、ぼくたちのまえにあらわれなくてはならぬ〉（傍点竹盛氏）というとき、その論鋒は、まさしく「灰燼」の本質的な部分を直撃しているといわなければならない。

たしかに、いささかニュアンスの相違はあるとしても、我々もまさにこの一点――節蔵における世界の領略、人生の領略という一点に関ってきたつもりである。

だがにもかかわらず、竹盛氏が、〈そのためには、すくなくとも、鷗外にとって現代の圧力状況を領略しえたヴィジョンがなくてはならぬはずである〉（同）としながら、ただちに当時（大正元年）の陸軍二ケ師団増設問題に関する鷗外の日記を引用しつつ、そこに鷗外が、絶対主義陣営に加担し画策した紛れもない事実を据え、そのことをもって、所詮鷗外に、〈現代の圧力状況〉を〈領略〉しうる〈ヴィジョン〉のなかったことを指摘するとき、いや、さらにそれゆえに、結局節蔵が、〈現代の圧力状況〉を〈領略〉しうる〈人物〉ではなかったことを、したがって〈新聞国〉が、中途で放棄されなければならなかったことを暗示するとき、我々はその論脈に、いささかの性急さを感じなければならないのだ。

もしも〈領略〉という言葉が、ものの本質を正確に〈認識〉することの謂であるとすれば、節蔵（まず〈新聞国〉の作者山口節蔵のレベルでいえば）は、まさに一切を〈領略〉しうるというにふさわしい〈人物〉ではないのか。なぜなら彼は、あらゆるものの根底に〈形而上的原則〉を、〈illusion〉を、〈嘘〉を見なければならないという。そして、むろんそのことは節蔵が、あらゆる〈価値〉や〈意味〉のベールを透視し、ものの構造を、まさに事実において直視することにほかならないのである。

しかも、節蔵という存在は、なによりもこの一点で、つまり、あらゆる幻想を否定し、赤裸な事実をまさに正確に〈認識〉するという一点において、成立していたのではなかったか、そして、そうだとするならば、同じ節蔵が、〈現代の圧力状況〉にのみ盲目であったとはいえないのである。[28]

またもしも〈領略〉という言葉が、世界あるいは、人生を〈超越〉することの謂であるとすれば、それは節蔵に（〈イメージ〉として）可能であり、だが同時に決定的に不可能であることは、ここで繰り返し説くまでもあるまい。

そして、このことは、鷗外（つまり「灰燼」の作者森鷗外のレベル）についても、まったく同じようにいえるのである。おそらく鷗外には一切が見えている。しかし彼に、世界を、人生を超えることは（〈イメージ〉という空しい眩暈によって）可能であり、だが同時に根源的に不可能なのだ――。

ところで、この竹盛氏の論文と深く関連する形で（しかし、かならずしも〈新聞国〉の問題を論の端緒ないし中心に据えるものではないが）、「灰燼」の中絶をめぐって、きわめて明解な論断を下したものに蒲生芳郎氏の論文がある。[29]氏はそこで、「灰燼」一篇の主題に言及し、〈自然主義により「Disillusion」が結果した状況、さらには、大逆事件によってもっとも激越に代表される、青年知識人の虚無的、反秩序的な思想状況に対する、対決・批判・克服の意図こそ、このただならぬ小説の真のモチーフ〉だと指摘する。つまり最後には〈対決・批判・克服〉すべきものだとしても、まず彼等青年知識人の〈危険な内部〉に立ち入り、それを〈内側から生き、その不毛の荒野をきわめ〉ること、そしてその上に立って、それを〈内側から越え〉ること、そのことこそが「灰燼」一篇にかけた鷗外の真の意図だとするのだ。

さらに蒲生氏はそれを、だれにもましてその内部に、〈あらゆる価値の根底に虚無の幻影を見ぬいてしまうさめた自意識、いわば虚無の認識と、虚無を見てなおかつ秩序の必須を信ずる強烈な秩序志向と、あいそむく二つのモチーフが、微妙な均衡を保っていた〉鷗外において、必至の課題であったとしながら、しかし鷗外がその意図に従い、山口節蔵という青年に託し、自身の内部に住まう〈虚無〉、だが〈秩序〉そのものを〈破壊〉しかねないがゆえに深く内部に〈抑制〉してきた〈虚無〉、しかもそうした〈虚無〉を容れつつなお成り立つ自己内面の〈可能性〉を窮めようとしたとき、まさに当然にも、その〈意外〉に深い〈虚無〉そのものの恐るべき本質を〈見てしまった〉というのである。

しかも、蒲生氏は、〈半生を通じてそれに固執し、いまもそれを必須と信ずるもの、秩序そのもの――天皇制社会の秩序そのもの〉の保守を、だれよりも願うがゆえに、鷗外はその自らの意図を、〈未練げもなく〉放擲したというのだ。

〈とすれば、「灰燼」の袋小路――虚無に至る袋小路は、鷗外によって突破されたのではない。鷗外における歴史への回帰は、近代の問題の領略のかなたに開かれた道ではない。鷗外にとって、近代は、いわば不毛の荒野のように見切られてしまったのだ。それは、領略でもなく、まして克服ではなく、挫折、あるいは回避としか言いようのないものであった〉と蒲生氏は続ける。しかくそのように、ここには鷗外の、生活的、政治的立場、あるいは限界による〈文学〉の〈挫折〉が、さらにいえば〈近代〉そのものの〈挫折〉の宿命が、他のどの論文よりも明確に論断されているといえよう。(30)

だが、実はここには、まさしく論理の詐術が、といって悪ければ、〈文学〉に対するやや性急にすぎる判断があるのだ。

まず第一に蒲生氏は、鷗外が「灰燼」で、〈克服〉すべきものとして、〈虚無〉の上に成り立つ自己内面の〈可能性〉を窮めようとしたと説く。だが、最初から〈克服〉すべきもの、あるいは〈克服〉できるものという限定を受けている以上、どうして〈可能性〉を窮めることができるのか。つまりある限定を出られないとすれば、〈可能性〉

とはその限定以外のなにものでもなく、いわば勝負はやらない前からついているはずなのである。

またもし、その枠を越えて〈可能性〉が一人歩きしてしまい、戦慄すべき様相を呈したというなら、どうしてそれを限定できるのか。つまり〈克服〉できなくなった〈虚無〉の恐るべき本質を、どのような契機によって〈克服〉しようというのか――。

いや蒲生氏は、だからこそ鷗外は、自己内面の〈虚無〉を〈克服〉しえずに、それを〈見切〉った、あるいはそれを〈回避〉したのだというかもしれない。だがそのとき氏は、それゆえに鷗外が、自らの〈秩序志向〉を、〈天皇制社会の秩序〉を必死に守らんとするエトスを、ほとんど無傷のまま、温存しえたといわなければならないはずなのである。

だがはたしてそうか。はたして鷗外は、その自己内面に茫々と広がる〈虚無〉の光景の中に、ただ一点、自らの〈秩序志向〉が、〈天皇制社会の秩序〉を最後まで守らんとするエトスが、終始、燦然と輝いているのを見ていたのか。

いや、そうではあるまい。もしそうだとすれば、鷗外にとって〈虚無〉とはなんだったのか。ただの冗談だったのか。無論冗談ではないのだ。それこそは、すでに〈見切〉ることも〈回避〉することもできない鷗外の絶対的な内面の現実であり、だからこそそれを、鷗外は凝視しつづけなければならなかったのである。

もとより我々は、鷗外が山県有朋の〈知的番犬〉(それにしても、人は生れたかぎり、そして生きるかぎり、こうした心ない罵りにも耐えなければならないのだ)であったことを、否定するつもりはない。たしかに鷗外は、明治絶対主義権力の末端に連なり、その権威と機構を守らんとして、〈五人前も八人前も〉(31)働いた。それが現に、鷗外の生きた姿であったことをだれも隠蔽することはできない。

だが、この〈番犬〉は並の〈番犬〉ではない。この〈番犬〉は〈小説〉を書く〈番犬〉であり、そしてなによりも重要なことはこのことなのだ。〈番犬〉でありつつ〈小説〉を書くこと、まさにこのことをおいて、作家森鷗外を、いや人間森鷗外を論ずる意義を我々は知らない。

それにしても、人が〈小説〉を書く、それも「灰燼」のような〈小説〉を書くこととは、一体どのようなことを意味しているのか。たとえば人が、〈人生は空しい〉という一行を書いたとき、はたしてどのようなことが起こるのか。たとえ偶然でもかまわない。〈人生は空しい〉と書く。とその途端、人は〈人生が空しい〉ことを、あれが空しく、これが空しくないというのではなく、まさに一切が空しいことを、否応なく保証しなければならないのであり、さらに、〈人生が空しい〉という断言を保証することにより、まさに自らの一切を、その危険な断言に晒す、いや手渡さなければならないのだ。

そしてこのことは、そのまま鷗外が、「灰燼」という〈小説〉を書くことの一切なのだ。節蔵にとって〈人生は空しい〉。だがそう書いたとき、鷗外は、まさに自らの人生を、その酷薄な断言に晒す、いや手渡さなければならなかったのである。

しかもそれは偶然ではない。鷗外は自らの人生を、我からその断言に委ねたのである。

鷗外の人生――あの家庭における母や妻との葛藤にはじまり、官庁における上司との軋轢、そしてその末端に連なる絶対主義権力への忠誠、つまり日常生活の次元から政治、国家の次元に至るまで、全力で生きぬいた人生――。だがそれは所詮鷗外にとって、〈空しい〉ものではなかったか。しかも鷗外はその〈空しさ〉を、〈人生は空しい〉という一行を書くことで、いわば文字通り絶対化せんとしたといえよう。

そしてこのとき〈書く〉とは、絶対の〈認識〉であると同時に、ひとつの〈可能性〉となるのだ。つまり〈人生は空しい〉と〈書く〉とき、それは〈生きること〉の〈空しさ〉の確認であると同時に、実は〈生きること〉を断念する希望となるのだ。

おそらく鷗外にとって、〈書く〉こととは、まさに〈生きること〉を断念する希望であったろう。しかし鷗外は、〈生きること〉を断念し、この人生という此岸から、どこか彼岸へと、到達することができたのか。いや、いかに〈人生は空し〉く、それゆえにそれに背を向けて出発したところで、人はどこにも到達できないのだ。ただ人は、人生に背を向け、なにものかを求めて永劫に歩み続けるしかない。永劫に、——それは終わりなく、従っていつ終わっても同じなのだ。(32)

多分節蔵が、書きつつ〈ぐつすり寐てしまつた〉(拾玖)のは、鷗外自身のこの〈書く〉ことの終わりない旅を、語っているのではなかったか。

9

いよいよ我々は、「灰燼」から眼を上げることが出来そうである。しかし我々の前には、すでに〈歴史小説〉への道が展かれている。鷗外の〈歴史小説〉とはなにか。〈意地〉とはなにか。

論者は多く、ここに、大正元年九月十三日の日記、すなわち乃木希典の殉死の報に、〈半信半疑〉する鷗外のプロフィールを映しだす。たしかにその報は、鷗外を動かしている。明治天皇に対する乃木将軍の、死をかけた絶対の忠誠に鷗外の心は激しく揺れ、その揺れの引いたとき、鷗外は動いていた——そういうことではなかったか。〈歴史小説〉への幕はかくして切っておとされた。「興津弥五右衛門の遺書」——、鷗外は、赤心を他我に捧げて悔いない武士の映像を、なにか憑かれたもののように、刻みつける。

だがそれにしても、〈歴史小説〉に登場する武士達の、なんとあまりにも人間的であることか。そこにはいわば、血と汗の臭いが遍満しているといえるのだ。彼等が選びとる〈死〉は、すでにこの人生を断念するものの〈死〉ではない。いやこの人生で自らが体し奉ずる真理を、かくも愛惜するがゆえに、そのことを肉体を越え歴史を越えて、永遠に証さんとするものの〈死〉、その不逞な欲望にも似た〈死〉、その意味で、いわば〈肯定〉の極致、〈迷妄〉の極致ともいうべき〈死〉なのである。

しかし鷗外は、そのような〈死〉に眼を凝らす。どうやら鷗外は驚いているようである。眼前に露呈される人間の姿に、――その〈肯定〉の極致、〈迷妄〉の極致に――。(33)

だがそういうことであるならば、それは単に、乃木希典の殉死にのみ関ることではない。いやむしろそれ以前から、鷗外はすでに気づいていたのではなかったか。

たしかに人は、〈肯定〉の極致、〈迷妄〉の極致を生きるしかないのではないか。いかに〈傍観者〉として、世界を、人生を〈馬鹿にしてゐる〉(「百物語」)ものも、所詮人間であるかぎり、この世界を、人生を、人と同じように生きるしかない。

おそらく鷗外は、このことをなによりも、「灰燼」中絶という空前の事件の中ではっきりと知らされていた。そして多分ここに、森鷗外の新しい作家の道があり、だがしかし、深い孤独の道があったのだ。

なぜなら、人は、自分を越えて生きえない、ここにこうして生きるしかない。おそらくそこに、人間の、もっとも根源的な孤独の姿があるのだから(34)――。

注

（1）「灰燼」は明治四十四年十月から大正元年十二月まで、「三田文学」に二度の休載を狭みながら十一回にわたり掲載され、中絶した。

（2）野口武彦『石川淳論』（筑摩書房、昭和四十四年二月）。

（3）つまり〈仏教〉における意味で、ということなのだが――。

（4）竹盛天雄「『灰燼』幻想」（「文学」昭和三十五年一月）。なおこの論文は「灰燼」の構造（回想形式）に対する考察を、立論の根底に据えている。小論も多くの示唆を得ていることをお断りしておく。

（5）この意味で――すでに現在という終局が描かれているという意味で、「灰燼」は本来、中絶しえない作品ともいえるのではないか。

（6）しかしこの問題は、やがて小論の本質的な部分に関ってくるはずである。

（7）清水茂「ニヒリスト鷗外の定位と挫折―『灰燼』をめぐる覚え書き―」（「日本近代文学」昭和四十七年一月）。

（8）この点で、鷗外が小倉左遷時代、安国寺の玉水俊虠から講義を受けたという〈唯識〉について、触れておくことは無駄ではあるまい。自己の深奥に住まう執着を自覚しつつ、そこからの超脱を目ざす節蔵の内的心的閲歴の背後に、通常の思惟機能をこえた深層意識としての〈阿頼耶識〉において根源的に世界を〈煩悩〉〈業〉としてとらえることを説きながら、しかもそこにとどまらず、さらにその〈阿頼耶識〉からの超脱を深い宗教的実践としての〈瑜伽行〉において達成せんとする〈唯識〉の思想体系が重ねられているとしても不思議はない。そしてだとすれば、鷗外の野心は、まさにその深い宗教的体験としての〈瑜伽行〉の部分を、〈言葉〉と〈認識〉において説きあかすことであったのかもしれない。上田義文『唯識思想入門』（あそか書林、昭和三十九年五月）、山口益『空の世界』（理想社、昭和四十二年五月）他参照。

（9）さらに竹盛氏はこのことと関連させながら、節蔵が、もっぱら〈短篇小説の本領〉ともいうべき〈集約的方法〉によって造型されていると語り、そのことによって節蔵に、〈典型的性格者としての魅力〉が付与されたとしながらも、同時にそのことにより、節蔵が変貌してゆくもの、成長してゆくものとして描かれず、変貌しおえたもの、成立しおえたものとして描かれなければならなかったとして、そこに「灰燼」の〈長篇小説〉としての致命的な弱点を見るのだ。（それとともに、そこに鷗外の〈性急に自分の想念をおしつけ〉る小説方法の弱点を重ねていることにも注意したい。）思うにこれは重要な指摘であり、小論の眼目もここにある。だが問題はおそらく、後にも述べるように、〈短篇小説〉と〈長篇小説〉の方法的相違に関るのではあるまい。むしろ〈小説〉そのもの、〈言葉〉そのものに関っているのではないか。つまり〈小説〉＝〈言葉〉は、〈成長してゆくもの〉〈変貌してゆくもの〉を、〈成長しおえたもの〉〈変貌しおえたもの〉と書くしかない、換言すれば、〈推移〉するものを〈いつの間にか推移した〉と、〈過去〉のこととして書くしかない、つまりその痕跡を辿るしかないのだ。多分鷗外の「灰燼」の試みは、はしなくもそのことを露呈したといえるように思う。

（10）　畏怖し、恐懼するのはなにも相原ばかりではない。第〈拾肆〉章に次のごとくある。〈その短い対話の間にも、頭の良い人は、節蔵の詞の中に、有り触れた感じやillusionを無造做に打破する様な幾句を見出して、跡からそれを思ひ出して、自分の閲歴と練磨との及ばないことを愧ぢることもある。相手に構はずに、勝手な事を饒舌る人、中にもあらゆる人間が皆常に栄養や生殖の衝動に屈従してゐて、偽善の仮面を被つてゐるやうに思つて、賊に賊が贓品の話をするやうに、下劣な長談義をする人が、こんな時に節蔵を摑まへて話してゐると、節蔵はふいと黙つてしまふ。その人は驚いて節蔵の顔を見て、嘲る程の価値もない物を見るやうな、空虚な目を、自分の顔に注がれてゐるのに気が付いて、気味悪がつて逃げるのである〉。まことにこの十九歳の青年は、おそるべき外貌を備えた青年といわなければならない。

（11）　このことはまた「灰燼」全体に関ることはいうはいうまでもない。

（12）　蒲生芳郎『森鷗外―その冒険と挫折―』（春秋社、昭和四十九年四月）。なお、この前後の叙述にはこの書から多くの教示を得ていることをお断りしておく。

（13）　瀬沼茂樹『明治文学研究』（法政大学出版局、昭和四十九年五月）。

（14）　注（12）に同じ。

（15）　節蔵と相原が同性愛的行為に走るという推測もあるが、それも推測の域にとどまる以上、我々には興味はない。

（16）　おそらく坂井夫人との〈肉の閲歴〉を経た「青年」の小泉純一は、丁度この節蔵の段階に到達したものと考えてよいのではないか。

（17）　高橋義孝『森鷗外』（『現代作家論全集、第一巻』）（五月書房、昭和三十二年十一月）。

（18）　小島政二郎『鷗外　荷風　万太郎』（文芸春秋新社、昭和四十年九月）。

（19）　たとえば、第〈壱〉章に以下のような場面がある。即ち〈「山口です。暫くでした。此度は御愁傷で。」節蔵はお種さんにかう云つて置いて、お種さんがなんと云ふことも出来ないうちに、こんな場合に返事なんぞを予期してはゐないと云ふ風で、つと起つて、来た時の道を跡に引き返した〉（傍点引用者）と。たしかに節蔵は超然としている。〈返事なんぞを予期してはゐない〉のだ。しかし〈と云ふ風で〉と書く鷗外は、当然〈こんな場合に返事なんぞを予期して〉いなくてはならない。ここには、あざやかに、作家と登場人物の隔絶が、分断が示されているといえよう。

（20）　おそらくここで鷗外は、自らの書いた第〈壱〉章の節蔵のなんたるかを知ったはずであり、そのことによって〈書く〉ことの空しさを知ったはずである。それは単なる〈イメージ〉にすぎない。〈……がある〉と書けばただちに一切が存在する、しかし決してなにも存在しない〈イメージ〉という空しい幻影である。

(21) 高橋義孝氏前掲書。

(22) もとより事件の有無が重要なのではなく、節蔵が彼等と〈身体〉の呪縛において関係づけらえていることが重要なのだ。

(23) このことに関して、第〈拾柒〉章、節蔵が谷田の奥さんと同席する場面は暗示的である。〈振り返つて見ると、奥さんが立つてゐるので、節蔵は少し慌てたやうに、「奥さんですか」と云つた。節蔵はどんな場合にも男に対してこの慌てたやうな態度を見せることは無い。唯遽かに女に物を言はなくてはならぬ時、敵の奇襲を受けたやうに感ずることがある。その癖彼は女を尊敬してはゐない。それだからこんな態度を人に見せた跡では、いつも自己に対して不満足を懐いてゐる。或る時彼はなぜこんな挙動をするのかと考へて見た末、とう〳〵これは生理的反応だと断定した〉——。ところで、この女性はなにやらいわくあり気である。第〈弐〉章以下かなり頻繁に登場しているにもかかわらず、第〈壱〉章において一字半句も言及されていない。しかも周囲のすべてが節蔵を畏敬しているとき、〈只奥さんの本能が、節蔵のどこやらに、気味の悪い、冷たい処があるやうに感じてゐる〉(〈漆〉)とするのも、ややおもわせぶりといえよう。

(24) このとき、鷗外の課題は、きわめて〈禅〉的であるといってよいのかもしれない。

(25) 我々はすでに「灰燼」における〈挫折の構造〉の大要を述べ終えたつもりである。そしてその意味から言えば、この〈新聞国〉の部分は、一種の余剰でしかない。山崎一穎氏は「『灰燼』試論」(『森鷗外・歴史小説研究』桜楓社、昭和五十六年十月)の中で、この部分が〈原構想の破棄〉を代償に生じたとして、その経緯を跡づけている。(もっとも山崎氏はその経緯に〈内的必然性を見出し得ない〉とし、そこに〈外的な力の介在〉を想定している。しかしその〈外的な力〉がいかに深刻なものであろうとも、それは現に書かれつつある作品からみれば偶然のものでしかない。それは作者の病気とか本屋の都合と同じ、あるアクシデントにすぎないのだ……。)たしかのこの部分は、唐突に書き進められた感が深いが、後述するようにあるいはこの部分は、「灰燼」の収拾策として書き加えられたのではないか、少なくともいまはそういいたい誘惑を禁じえないのだ。

(26) 鷗外はこれを「十三時」(「趣味」大正元年十月)として訳出している。

(27) 前掲竹盛論文。ただし竹盛氏は後に「灰燼」を再論している(『鷗外　その紋様』小沢書店、昭和五十九年七月)。

(28) もし〈社会革命的ヴィジョン〉においてというなら、それを節蔵に要求すべきではない。〈社会革命的ヴィジョン〉が一種の理想なら、それを〈illusion〉として否定する節蔵なのだ。

(29) 蒲生芳郎氏前掲書。

（30）〈思想と生活〉〈文学と政治〉の二元論。ここに現在の鷗外論の、普遍的論点があるといっても過言ではない。そしてこの論文は、そのもっとも良質の部分を代表しているといえよう。だが、その論点は越えられなければならない。

（31）中野重治『鷗外　その側面』（筑摩書房、昭和二十七年六月）。

（32）拙論「『坑夫』論―彷徨の意味―」（『鷗外と漱石―終りない言葉―』三弥井書店、昭和六十一年十一月）参照。

（33）そしてここに、〈歴史小説〉におけるいわゆる〈意地〉の主題が胚胎したといえよう。

（34）人が自分を越えて生きえないとすれば、〈歴史小説〉の登場人物達も、〈肉体を越え歴史を越え〉て生きえない。とすれば鷗外が……、いや我々は、すでにこうした循環論法を書きすぎた。〈歴史小説〉への論及は後のこととして、ひとまずここで論を収めておきたい。

「阿部一族」論——剽窃の系譜——

著者の為せる所のもの、又著者の為し得る所のものは、無数の年月の労力によりて彼に供給せられたる材料を新型に再鋳するに過ぎざるなり。此意義においてEmersonの云へるが如く、各人は等しく剽窃者なり。各物は剽窃なり。

——夏目漱石『文学論』第五篇第五章——

一　先行論文への疑義

「阿部一族」は「興津弥五右衛門の遺書」に続く歴史小説の第二作として、大正元年十一月二十九日に脱稿、翌大正二年一月号の「中央公論」に掲載された。のち単行本『意地』（籾山書店、大正二年六月）収録に際し、若干の補訂が加えられている。[1] 前作と同じく、江戸の初期、肥後の国細川藩に起こった殉死事件に材を得たものである。

——寛永十八年（一六四一）辛巳の春、肥後熊本五十四万五千石の城主従四位下左近衛少将兼越中守細川忠利は、参勤の途に上ろうとして図らず病に罹った。典医の方剤も空しく病は日に増し重くなる。報を受けた徳川三代将軍家光は、島原一揆に大功を立てた忠利の身の上を気遣い、先例の許す限りの慰問をさせたが、忠利は三月十七日申の刻、五十六歳でこの世を去った。

遺骸は四月二十八日茶毘に付され、中陰の四十九日は五月五日に済んだ。がその前後、すでに殉死を願い出て許されていた忠利寵愛の家臣達が次々と後を慕って腹を切った。その数十八名。中に近習の内藤長十郎やお犬牽の津崎五助の名があった。

だがここに、千百石余の高知をもって忠利の側近に仕えた阿部弥一右衛門通信という武士がいた。当然腹を切るべき一人であり、また度々殉死を願い出るが、どうした訳か決して許されない。一点非の打ち所ないまでに精励する弥一右衛門を、忠利はなぜかかえって憎んでいたのである。弥一右衛門は一旦は殉死を断念し、生きながらえんと決意する。しかし〈「阿部はお許の無いを幸に生きてゐると見える。お許は無うても追腹《おひばら》は切られぬ筈が無い、阿部の腹の皮は人とは違ふと見える、瓢箪に油でも塗つて切れば好いに」〉という悪意に満ちた噂を聞くに及び、〈此弥一右衛門を竪から見ても横から見ても、命の惜しい男とは、どうして見えようぞ。げに言へば言はれたものかな、好いわ。そんなら此腹の皮を瓢箪に油を塗つて切つて見せう〉と、我が子等を集め、その面前で割腹して果てたのである。

細川家では従四位下侍従兼肥後守光尚が家督を継いだ。家臣に対し、それぞれ新知、加増、役替などのあった中で、殉死者の遺族は手厚い処遇を受け、みな晴れがましく跡目を襲った。しかし阿部の家だけは変わっていて、弥一右衛門の知行は何人かの遺児に分割して与えられた。光尚の側近林外記の献策による処置という。おかげで阿部の本家の格が下がり、嫡子権兵衛は怏々とした日を送らなければならなかった。

忠利の一周忌が廻って来た。権兵衛も殉死者の遺族として焼香を許されたが、その席上、権兵衛は発作的に髻《もとどり》を切って亡君の位牌の前に供えた。若い光尚は激怒し、上を恐れぬ所行として、日ならずして権兵衛を縛首に処した。

残された阿部一族は、武門の面目を守るべく、即刻死ぬ覚悟を固め、権兵衛が山崎の屋敷に立て籠った。

穏かならぬ一族の様子は光尚に聞こえた。直ちに討手の手配が定められ、四月二十一日の払暁、討手は阿部の屋敷に向かった。阿部の屋敷ではすでに前夜、老人や女は自殺し、幼いものは手ん手に刺殺して、屈強の若者ばかりが息を潜めて待ち構えていた。

表門の大将はかつて忠利の恩顧を蒙った竹内数馬。本来ならば追腹を切るべき立場にいたのだからと言わんばかりの林外記の進言が用いられての下命と知り、阿部の邸内に真先かけて討入りし自殺にも等しい憤死を遂げた。また平生阿部の家族に何かと情をかけていた隣家の柄本又七郎は、〈情は情、義は義〉と垣根越しに討入りし、一族の面々と槍を合わせて闘った。

狭い邸内は壮絶、凄惨な修羅場と化した。阿部一族は次々に斃れ、寄せ手もまた手を負いあるいは死んだ。戦いはその日の未の刻に終わった。——

と、まずは型通りに作品の概容を辿ってみたが、すでにこれだけで、近代日本文学史上まさに屈指の格調と迫力を持った傑作であることが知られる。さすがに鷗外、そしてその独創——。

だが、この作品が、鷗外の歴史小説が概ねそうであるように、史料に依拠して書かれている、いやとりわけこの作品が、史料に依拠して書かれているというよりも、むしろ驚くべきことに、ほとんど史料そのままに書かれていたとすれば、これをそう単純に、鷗外の独創として嘆賞してばかりもいられないという問題が残るのである。

さて、この作品の原拠『阿部茶事談』を発掘し、「阿部一族」がほとんどその原拠そのままに書かれていたことを実証した画期的な論考は、言うまでもなく尾形仂氏の「鷗外歴史小説の史料と方法―『興津弥五右衛門の遺書』『阿部一族』―」（「東京教育大学文学部紀要」昭和三十七年三月）[2]である。

尾形氏はそこで、大野健二氏の「森鷗外『阿部一族』の史料と加除訂正の問題」（名古屋大学「国語国文学」昭和三十五年九月）を参照しつつ、鷗外がまず初稿を書き、のち写本『忠興公御以来御三代殉死之面々抜書』（以下『殉死録』と略称）によってその補訂を試みたことを確認、さらに溯行して、その『殉死録』にも一、二記載のある『阿部茶事談』なる書物に注目、それを初稿そのものの原拠ではなかったかと推定し、ついに細川家北岡文庫蔵本『阿部茶事談』(以下細川本と略称)に邂逅、それと「阿部一族」を対校しながら、両者がぴたりと重なることを、つまり「阿部一族」がほとんど『阿部茶事談』通りの〈順序で構成されている〉こと、また物語の本筋はもとより〈主流を離れた挿話的記事においてまでも一致がありすぎる〉ことを発見したのである。

尾形氏はさらに上妻《こうづま》博之翁蔵本『阿部茶事談事蹟録』(以下上妻本と略称)、荒木精之氏蔵本『阿部茶事談』(以下荒木本と略称)の二異本を検索、その異同を詳細に照合し、「阿部一族」の原拠として細川本ではなお十分対応しえなかった部分のほとんどが、この二異本に含まれていることを突き止めている。

そして氏は、『阿部茶事談』の異本類は〈異本といっても、『今昔物語』のように対校によって一つの原本に遡源できるていのものではなく、『平家物語』のように物語の成長流伝の跡を示すていの異本なのだ〉という重要な指摘を行いつつ、以上三種の『阿部茶事談』をもってしても、なお「阿部一族」の直接の藍本とは断定しがたく、しかしおそらく鷗外は以上三種の中での一番の詳本である上妻本にもっとも近い広本、あとほんの二、三の別種記事を持つ異本に拠ったことに間違いない旨を推測したのである。

そして氏は、『殉死録』による補訂をも含め、自らの調査の結果を一応次のように纏めている。

《以上、初稿・再稿を通じて鷗外の拠った史料を究明し、それと鷗外の本文をと比較してみて、まず第一にいえることは、陳腐だが、鷗外がどこまでも「史料の自然」を尊重し、史料の伝えるところを忠実に追跡することに努めていることである。鷗外はほとんど藍本の記述順序を前後することとすらしていない。中には宛然その現代語訳にひとしい個所さえ見出される。》

まさしく、これは驚くべき事態といわなければならない。あの鷗外の独創であってしかるべき「阿部一族」が、なるほど鷗外のいわゆる〈歴史其儘〉を意図した作品にちがいないとしても(3)、実は『阿部茶事談』の〈本文をそのまま現代文に翻訳したような部分も少なくな〉いというがごとき、その意味で、いわば原典の引きうつしであったというのだ。

そればかりではない。斉藤茂吉が岩波文庫『阿部一族』（昭和十三年五月）の解説で、全般的に簡潔な描写の間にあって一場に香気を添える〈抒情詩脈〉のひとつとして数えて以来、名文として著聞する例の〈手槍を取つて庭に降り立つ時、数馬は草鞋の緒を男結《をとこむすび》にして、余つた緒を小刀《せうたう》で切つて捨てた〉というくだりなども、たとえば細川本に、〈数馬草鞋を踏けるとき、其緒を男結ニしつかとむすび、捨をハ不レ残小刀にて切て捨にけると也〉と記されているという[4]。つまり原典そのままは修辞上の類似にまで及ぶのである。鷗外も人が悪いといわなければならない。

さらにその後、周知のごとく藤本千鶴子氏が尾形氏未見の二種の異本、熊本県立図書館蔵本『阿部茶話談』（以下県立本と略称）、東北大学狩野文庫蔵本『阿部茶事談』（以下狩野本と略称）を発見、前者を底本とし爾余の四種の異本との異同を厳密に対校した「校本『阿部茶事談』」（真下三郎先生退官記念論文集『近世・近代のことばと文学』第一学習社、昭和四十七年十二月）を発表するに及び、依然として「阿部一族」の直接の藍本と断定するにはなおどれも一、二の欠漏があって無理ではあるものの、ただ鷗外が『阿部茶事談』を原拠として、それをそっくりそのまま引きうつして「阿部一族」を書いたことは、誰の目にも瞭然たるまでに決定的なものとなったのである。

いやここまで来れば、史料そのままなどと評すべきでない。まさに〈翻訳〉、さらには〈盗作〉、と言って悪ければ〈剽窃〉としか言いようのない一種極端な事態が、弁明の余地もないまでに暴露された、と言えよう。

だがそれにしてもいまや、この明々なる事態を、我々はどう受けとめたらよいのか。——

ところで、こうした報告の後で、少なくとも「阿部一族」研究は、大きな衝撃とそれゆえの屈折を余儀なくせられたといわなければならない。いわゆる〈剽窃〉ということが本来、文学そのもの、とはひとまず作家主体ということにして、その作家主体の崩壊を意味しているとすれば、ここで鷗外における作家主体は、疑いようもなくくずおれているのだと宣告すべきではないか。——少なくとも事態は、これほどまでに切迫しているのである。

だがもとより、なるほど〈剽窃〉に見まごうほど酷似しているとしても、しかし他ならぬ鷗外が書いた以上（そしてこれは皮肉ではない）、そこに、つまり原典と作品の間に、何らかの差異があるはずであり、その差異にこそ鷗外の独創が、まさに辛うじて見出されないとは限らない。いわば原典と作品の間にある数パーセントのズレ（そしてそれはなるほどないことはない[5]）、そこにこそ鷗外の独創を、つまり鷗外における文学そのもの、あるいは作家主体の救抜をかけることは不可能か——。そしてたしかに以後「阿部一族」論は、多かれ少なかれ、このようにして鷗外における作家としての主体性の再建に向かうのだが、ここでも、その嚆矢にしてもっとも有効な論理を提出し展開してみせたのは、やはり前出の尾形氏の論文であったといわなければならない。

*

すでに触れたように、尾形氏は「阿部一族」がほとんど『阿部茶事談』の引きうつしであることを実証してみせた。しかし氏の真の意図は、単に引きうつしそのものを強調しようとしたのではない。引きうつしと断定してもなおそこに余るものを鷗外の独創として、つまり〈創作〉として確認することこそ、氏の真の意図であったごとくである。

この間の事情について、尾形氏は次のように説明している。

《そこには、歴史の必然をあくまでも客観的に凝視しようとする作者の冷静な傍観者的姿勢がある。「阿部一族」における鷗外の姿勢をかくとらえることは、おそらく間違っていまい。しかし、そうした姿勢のさらに奥に隠されたものをつきとめようとするのが、わたくしどものねらいであった。そのためには、作品「阿部一族」から、上に洗い出した史料による史実の記述を消去してみる必要がある。そして、そこに差引きして残るもの——鷗外が史実と史実とをガッチリとつないでいったその間隙のどこかに、ひょっと鷗外の本音が顔を出していはしないだろうか。前節来の煩瑣な史料の検討も、実はそうした操作を試みるための基礎調査として行なってきたものにほかならない。》

では、尾形氏のいう鷗外の〈本音〉とはなにか。つまり、おそらく鷗外が窃かにそれを作品に仮託していたであろう主題意識とはなにか。

結論から先にいえば、以下の尾形氏の行論は、氏が言葉を重ねれば重ねるほど氏のいわゆる〈基礎調査〉と矛盾を来し、強弁の色彩を濃くするはずである。が、それをいう前に、氏の意見をいささか仔細に検討してみよう。

まず尾形氏は、〈冒頭の方から順に引算を試みていって、最初に引っかかってくるのは、内藤長十郎の挿話である〉といい、そこに挟まれた〈殉死の掟〉についての考察、および長十郎の心理描写を通して示された殉死の実相の剔抉に注目する。

鷗外はそこで、〈殉死にはいつどうして極まつたともなく、自然に掟が出来てゐる。どれ程殿様を大切に思へばと云つて、誰でも勝手に殉死が出来るものでは無い。(中略) 死出の山三途の川のお供をするにも是非殿様のお許を得なくてはならない〉と書いている。尾形氏はこの部分から、殉死というものが〈権力者によって認められたものでなければならぬ〉という、いわば〈殉死の性格規定の第一条件〉とでもいうべきものを捉え、そこに鷗外独自の透徹した〈殉死観〉を認めることができるという。

なるほど、この〈殉死の掟〉についての考察は、原典のどこにもこの通りには書かれていない。だが、だからといってこれを鷗外の〈創作〉というわけにはいかないのである。尾形氏自身、〈おそらくこれは、『阿部茶事談』所収の内藤・津崎・阿部の事例から、逆に帰納して得たところではないだろうか〉と断っているように、むしろこうした〈殉死観〉は、すでに原典の至るところに偏在している、あるいはそれとして記される必要もないほどの当然の前提として省かれていたのであり、だから鷗外はここに、それを集約して、注記の形で示したにすぎないのだ。

鷗外はこれに続き、内藤長十郎の心理を分析して〈長十郎は、忠利の病気が重《おも》つてからは、その報謝と賠償との道は殉死の外無いと牢《かた》く信ずるやうになつた〉と書き、長十郎がかつて酒の上の失錯を忠利から許されたことがあり、その〈報謝と賠償〉のために殉死を決意するに至ったと書く。おそらくこの部分は、長十郎が〈平成酒を好ミ〉云々という原拠の記述に基いて脚色されたものといえよう。(6)

が、それはともかく鷗外は、〈併し細かに此男の心中に立ち入つて見ると、自分の発意で殉死しなくてはならぬと云ふ心持の旁、人が自分を殉死する筈のものだと思つてゐるに違ひないから、自分は殉死を余儀なくせられてゐると、人にすがつて死の方向へ進んで行くやうな心持が、殆んど同じ強さに存在してゐた〉と書き、さらに、〈殉死者の遺族が主家の優待を受けると云ふことを考へて、それで己《おのれ》は家族を安穏な地位に置いて、安んじて死ぬることが出来ると思つた〉と書いている。

尾形氏はこの箇所について、〈これは実は、『明良洪範』や鈴木正三の『反故集』などにいう義腹・論腹・商腹の論を、長十郎一人の心理の起伏の中にはめこんだものにほかならない〉とし、そして殉死というものがこのように〈自律性・他律性・功利性といいかえてもよい〉側面を持つという規定にも、鷗外固有の犀利な〈殉死観〉を見るのである。

だが、たとえば『明良洪範』や『反故集』において説明されている〈義腹・論腹・商腹〉なる殉死者の心理的諸相が、内藤長十郎の心理的葛藤に重なるからといって、それをただちに、鷗外が『明良洪範』や『反故集』を読み、ましてその説明を好便に自作の中に〈はめこんだ〉とするのはいささか性急な論法である。むしろそれをいうなら、殉死者の心理的曲折を、鷗外はすべて他でもない『阿部茶事談』そのものの中から〈帰納〉してきて、それを長十郎の心理的葛藤に重ねたといった方がより妥当な理会といえよう。なぜなら『阿部茶事談』の随所に、殉死者におけるいわゆる〈義腹・論腹・商腹〉という心理的重層性が書き込まれているからである。

もとより殉死者の意識の表層には、〈義腹〉の一念が、つまり〈多年御高恩を蒙り、朝夕勤仕〉の上からは、〈泉下に奉報、御厚恩君臣の儀を全〉せんという一念が脈々として漲っていたにちがいない。しかしその多くは同時に、阿部弥一右衛門の殉死（そして竹内数馬の憤死においても）が実際典型的であったごとく、武門の〈体面〉という観念に突き動かされて、死を余儀なくせられるという〈論腹〉の位相をも内に秘めていたのではないか。

そればかりか〈此度先君殉死の十九人の遺跡、未幼少の男子たりとも、無相違遺跡家屋敷も被下置、老母後家等の男子無輩にハ、月俸を給り、家屋敷拝領、作事迄も上より被　仰付、何かにッけ、少も難義に及さることく被仰付候事〉云々という記述のある通り、殉死者の死は結局は〈家族を安穏な地位に置〉くべき〈商腹〉としての性格をも合わせ持っていたわけなのである。

また津崎五助の心理的紋様も、この例に漏れない。彼は〈御厚恩難黙止とて御供申上ける〉という〈義腹〉において殉死してゆくにはちがいないのだが、死に際し〈御鷹匠衆ハ御まいらぬか、御犬率ハ只今参る成り〉と一声叫んだという。ここには端なくも、五助の殉死の〈論腹〉的一面が露呈されているといえよう。しかも原典において、五助の跡目のことが、百年後に及ぶまで詳細に辿られている。いわば五助の殉死が、現実に〈商腹〉としての意味を合わせ備えていたことは明白なのである。

尾形氏は五助の場合にも、長十郎の場合と同じように、鷗外が〈義腹・論腹・商腹〉の〈三段階を意識的にはめこもうとした〉と述べているが、しかしむろん鷗外はこれを他の古書から借用してきたわけでもなく、まして独自の問題意識を新たに提起しているわけでもない。むしろそうした殉死者の幾重にも重なる心理的重層性それ自体が、すべて原拠『阿部茶事談』そのものの中にもともと書かれているので、鷗外はここでもそれを析出しているにすぎないのである。

次いで尾形氏は、鷗外が殉死の許可を与える主君忠利の心理を描出する部分に言及する。忠利は〈深く信頼する侍共〉が自分と死を共にすることを心から願っていることを知り、だからこそ彼等を死なせたくないと思う。だが、彼等が自分の死後に生き残ったとき、どのような屈辱を受けるか判っている。そして〈生あるものは必ず滅する、老木の朽枯れる傍で、若木は茂り栄えて行く〉と考え、とすればむしろ彼等のために、〈殉死を許して遣ったのは、慈悲であつたかも知れない〉と思う。

たしかに、この部分も直接原典に見ることはできない。しかし明らかなごとく、ここにはすでに述べた殉死者自身の心理的曲折が、まさにそのまま裏返された形で反映されているのだ。殉死というものが幾重にも重なる心理的重層性を構成し、しかもそれは家臣ばかりか主君すらも止めることのできない、その意味で君臣に共通する不可避の〈掟〉であることを鷗外は指示している。そして、ここでも鷗外は、そのことを勝手に捏造しているのではなく、なによりも原典の文脈から帰結してきただけなのである。

さらに尾形氏は悲劇の発端、〈なぜ弥一右衛門は忠利から殉死の許可を得ることができなかったのか〉を問う。そして氏は、〈それは藍本には書かれていないが、鷗外は君臣の性格的不和にその理由を求めた[7]〉とし、それは鷗外が〈両者の対立を、君臣という形式的枠に隔てられた立場の相違を超えた、一個の人間と人間の対立として見〉ていたからにほかならないとしつつ、さらに〈しかし、現実には、もとより両者の関係は対等ではあり得ない。悲劇は、人間同士の非理性的な感情的対立が、君臣という身分的な対立関係の中で行われたところに胚胎〉すると続けている。

これはきわめて重要な指摘である。だが、繰り返すまでもなく、ここでもそれは尾形氏自身が断っているように、まさに〈史料の間に挿んだ鷗外の解釈〉以外のなにものでもない。あれほどの〈明君〉として〈士たる者は言不及、心なき奴僕雑人に至るまで〉、その〈御仁政の難有ことを唱て奉感、此きみのために命を捧けん事塵芥よりもおしからすと、感涙を流〉したという忠利、そしてその家臣達の信頼通り、人情世故にあくまでも通じていたであろう忠利、しかもそれゆえに自身重用の家臣達が、生き永らえてどのような侮辱を蒙るか、とすれば彼等のために、むしろ殉死を許してやることの方が慈悲ではないかと考えたであろう忠利が（と鷗外も、すでにこう推測している）、弥一右衛門に対してだけは〈如何成思召ニや御免なく〉と、一種不可解な、いや一種没義道な仕打ちを与えたのだ。従って鷗外が史料のこの記述から、〈人には誰《た》が上にも好きな人、厭な人と云ふものがある。そしてなぜ好きだか、厭だかと穿鑿して見ると、どうかすると捕捉する程の拠りどころが無い。忠利が弥一右衛門を好かぬのも、そんなわけである〉という、いかにも理不尽な忠利の恣意を導き出したとしても、蓋し当然のことであったといえよう。

一方弥一右衛門も、世間の陰口を聞くが早いか、自己の絶対を自証すべく、間髪を入れず割腹してゆくほどのすこぶる狷介な人物であり、鷗外がここからも、二人の根深い感情的対立を導き出すことができたとしても不思議はないのだ。そして彼等の個人的対立が、封建制度の下、やがて一族々滅へと帰着していった必然は、断るまでもなく、原典そのものが物語る通りであったのである。

さて、もはやこれ以上、尾形氏の所謂〈鷗外の本音〉の部分を一々点検する必要はあるまい。光尚と権兵衛の対立における心理的分析、あるいは竹内数馬の場合など、それらは尾形氏のいうように忠利と弥一右衛門に露れた君臣対立の〈ヴァリエーション〉であり、またたしかにそうだとしても、そこでも鷗外は自前の問題意識を敢えて押し出しているわけでもなく、もっぱら史料を読み、と見こう見し、その中に窺われる〈自然〉を抽出して来ているだけなのである。

いや、鷗外が「阿部一族」で終始一貫して行っていたことは、まさにそのことではなかったか。ただひたすら『阿部茶事談』に書かれてあることを、尾形氏の言葉を借りれば、〈帰納〉し、あるいは〈解釈〉していたにすぎないのだ。

そして〈帰納〉とか〈解釈〉とは、畢竟、分析し説明すること、言葉を置き換えることではないか。つまりそれは、対象とするものを明確にすること、隠されてはっきり見えないものを可視のものとすることであり、だからそのような慎ましい目的しか持っておらず、何か他のものを付加し、何か新しいものを創造するなどという不逞な意図を一切含んでいないといわなければならない。

しかし見てきたように尾形氏は、「阿部一族」のいくつかの箇所に〈史料にない新しい設定〉を認め、それを繋ぎ合わせて、そこに繰り返し鷗外の〈殉死に対する批判的考察〉が込められていること、つまりそこではつねに殉死は絶対権力と個我の不合理な関係の象徴として否定的に捉えられていること、さらにはそのことを通して、そこには、絶対権力に対する個我の主張と反噬という鷗外一己の問題意識が託されているというのである。

それればかりではない。ここに来て尾形氏は俄然急調子に、

《しかるに、ここに及んでわたくしどもは、問題が阿部事件の史実の復原、殉死の実態の究明の域を超えて、封建社会における絶対権力と個我との対立という命題にしぼられるに至ったことを知る。》

という。

しかも尾形氏は、その〈命題〉が鷗外の生涯に〈一貫した命題〉であり、

《同時に、近代化がいまだ成熟せず至る所に封建時代の歪みをとどめた社会の中で、封建領主の絶対権力の形を変えた延長としての天皇という絶対権力のもとに、近代人としての自我にめざめつつ一高級官僚として生きた鷗外自身の生の課題に直接つながる命題でもあった。》

あるいは、

《明治天皇によって象徴された皇室の絶対的権力と近代的理性的個我との矛盾の間にどう調和的解決の途を見出だ

してゆくかという、かれ自身の喫緊の課題につながっていた。》
ともいうのだ。
だが、こうした結論へと急旋回する尾形氏自身の内的衝迫はともかく、これはなんとも放恣な論断というほかはない。原典と作品との数パーセントのズレの部分（しかし実際はズレなど少しもないことは如上の通りだが）、そのズレなる部分をもっぱら際立たせながら、逆に、残りの九十数パーセントの一致の部分（いや、まさしく百パーセントの一致なのだ）を無視したまま、だから原典との関係には関りなく、一気に作品全体の性格を、尾形氏の所謂、鷗外固有の主題意識へと還元し、よって鷗外における作家としての主体性を擁護しようとするのである。
しかも、だからこそ尾形氏は、たとえば柄本又七郎のごとき人物像——原典の中に遍満し躍動する典型的な武士像（しかもそれは元来、封建体制＝絶対権力への忠誠と帰一に生きんとし死なんとしたはずのきわめて一般的な武士達の姿であり、おそらく鷗外はそれを史料の〈自然〉として忠実に再生することを願ったのだろうが）、しかしそうした人物像＝武士像に触れつつも、だがそれを、鷗外が作品に自己の主題意識を、密かにあるいは効果的に封印するために使った〈隠れ蓑〉であったと言うのである。
いや、ここまで言えば、それは単に柄本又七郎の場合にのみ留まらない。〈鷗外がどこまでも「史料の自然」を尊重し、史料の伝えるところを忠実に追跡することに努めている〉ということ、そのこと自体が、なんのことはない、初めからすでに、鷗外が自己の主題意識を、密かにあるいは効果的に隠蔽すべき〈カモフラージュ〉だったということになるのだ。
しかし、さすがに尾形氏は、自身が発見した原拠と作品の一致という重い事実から、最後に次のごとく記さざるをえない。すなわち鷗外は、
《どこまでも「史料の自然」に従って歴史的事実を追求し、史実を自己主張に奉仕せしめるのでなく、厳密に再現

された強力な史実によって自己の課題を検証するという方法を採ったのである。けだし、自己の裁量によってほしいままに書き改められた歴史は、どこまでも自己の思量の分身にすぎない。それが絶対の他者として自己の存在の前に対置されるとき、歴史は初めてそれ自身の真実を語りかけてくれるものとなるからである。》

だが、これもまた彌縫の言説であるといわなければならない。たとえ僅少ではあっても、そこにこそ鷗外の〈本音〉が埋め込まれているとすれば、とはつまり、そこにこそ〈史料の自然〉の〈究明の域を超え〉た鷗外独自の〈命題〉が託されているとすれば、あるいは、そこにこそ鷗外の〈自己の課題の検証〉が委ねられているとすれば、と様々に言葉を換えてみたとしても、そのとき鷗外は、どの道、〈史実を自己主張に奉仕せしめ〉ていたことになるのではないか。（この根強い功利的、倫理的文学観！　文学的主体性の神話！）

たしかに尾形氏の論考において、「阿部一族」の統一主題は検出され、鷗外の作家主体は維持されたかのごとくである。しかしにもかかわらず、これでは「阿部一族」におけるあの〈翻訳〉とも〈剽窃〉とも評さるべき一種極端な事態、それをどう受け止めるべきかという問題の解答には少しもなっていないのだ。

だが、おそらくそこに、この一種無法な事態に自ら踏み入った鷗外の、驚くべき決意があったことに変わりはないはずなのである。

＊

ところで、こうした尾形氏の論考に対して、すでに蒲生芳郎氏が「『阿部一族』論―『阿部茶事談』と初稿本『阿部一族』との関係―」（「文学」昭和五十年十一月）以下、厳しい批判を浴びせかけている。(8)

蒲生氏も尾形氏と同じように、原典と作品との対照を徹底的に進めながら、しかし蒲生氏は尾形氏とは逆の結論、つまりそこに、鷗外の〈創作〉といわれるべきものは片鱗も存在しないという結論に達するのである。

たとえ鷗外の叙述にいささかの〈逸脱〉や〈不均衡〉があったとしても、その基因の一切は原典にあるので、〈要するに鷗外は手もとにあった史料を調べてみてその中にあることはすべて書き（中略）、無いことは書かなかったまでの話だ〉と蒲生氏は言う。そして氏はここに、鷗外の〈事実志向、事実の持つリアリティへの無条件の信頼と依存という原理〉を見るのである。

従って蒲生氏は「阿部一族」において、こうした鷗外の〈歴史其儘〉、いわば〈没主体的〉な史料への追随とその受容の姿勢を直視すべきであり、それを等閑にして、〈主尾一貫した主題意識に基づく史料の切り盛り、事実の選択と配列〉をもっぱら考究することの意義、要するに、たとえば絶対権力に対する個我の主張や反噬というがごとき〈整合的な主題意識〉を摘出することの意義に、深い疑問を投げかけているのである。(9)

そして、たしかに蒲生氏のこの意見に、我々は、まったく同感であると言わざるをえない。

蒲生氏は繰り返し、「阿部一族」に一つの統一的な〈主題意識〉を見出すことを厳しく否定する。なぜなら「阿部一族」において、一切は史料そのままであり、新たに仕組まれたものなど何処を探してもないことは、もはや誰の目にも明らかであるからである。

だが、それでは蒲生氏は「阿部一族」を、原拠のまったくの引きうつし、〈翻訳〉、さらには〈剽窃〉として見ているのだろうか――。いや性急な判断は差し控え、ここでも氏の論脈を出来るだけ詳細に追尋してみることにしよう。

蒲生氏は、「阿部一族」が史料そのままであるということは史料の〈自然〉そのままであるということ、さらには、史料の〈自然な感じ〉を生々と〈回復〉せしめているということに他ならないとする。そして、たとえば内藤長十郎の逸話――切腹当日の長十郎の自若とした態度と周囲の緊張を叙述する一節を、『阿部茶事談』と「阿部一族」からそれぞれ引用し、比較して次のように言っている。

《もちろん、事柄自体は異常である。現代の人間の理解を絶するほどに異常である。しかし、現代人から見てとりつく島があろうとなかろうと、〈事〉自体は確かにあったのである。起こってしまった出来事、形をなしてしまった事実は、もはや動かすことができない。せんじつめれば、それだけが信じることのできる〈歴史〉というものではなかったか。》

そして、

《『阿部茶事談』の史料性を認める立場に立つかぎり、内藤長十郎が切腹を前にして「午睡」したのは事実だし、母に促されて妻女が彼を揺り起こしたのも事実である。だから鷗外はそれらの〈事実〉を「猥《みだり》に変更する」（「歴史其儘と歴史離れ」）ことは決してしない。ただ、史料の伝える事実は粗削りにすぎる。あるいはぶっきらぼうすぎる。事実のありようをもっとていねいに問うならば、たとえばこうもあったのではなかったのか、いや、こうしかありえなかったのではなかったのかと、作家の想像力は、もっぱらその点に集中する。その結果、たとえば内藤長十郎の午睡の場面は、史料の五倍にふくらまされ（ということは史料に無いものが付け加えられ、ということだ）、見違えるように〈自然な感じ〉、いきいきとした生動感を回復する。》（傍点蒲生氏）

あるいは、

《少なくとも鷗外自身の意識に即して言うならば、その意図も方法も、文字通り、「史料を調べて見て、其中に窺はれる『自然』を尊重」（「歴史其儘と歴史離れ」）しようとするところにあったのではなかったのか。それをもうひとつ言いかえれば、史料の事実を「猥に変更する」ことなく、しかもそこに〈自然な感じ〉を回復するところにこそ鷗外の努力は注がれていたのではなかったのか。》

と、長い引用を重ねたが、要するにここで、史料そのままとは事実そのままということ、つまり事実が実際に起きたという絶対性に従うということであり、史料の〈自然〉そのままとは、事実がそのときそこに起きたという必然性、つまりその事実の内包する〈意味〉に従うということではないか。そしてそのとき、史料の〈自然な感じ〉が生々と〈回復〉せしめられると蒲生氏はいうのだ。

　だから史料の〈自然〉〈自然な感じ〉とは、要するに現にあった事実の本質、とは現にあった事実の背景としての〈時代〉の真実、つまり〈時代の雰囲気〉だと蒲生氏はいう。そしていつの〈時代〉にも、〈そこにはそれなりの制度や慣習、人の心の傾向や世の中の雰囲気があったはず〉とし、それを〈蘇生〉せしめることこそが、歴史小説家としての鷗外の〈第一義的〉な関心事であったろうというのである。

　従って蒲生氏は、例の〈『明良洪範』巻三に伝える義腹・論腹・商腹〉に照応した殉死の描き分けなど、尾形氏の指摘するように、決して鷗外がそれによって自らの主題意識――〈殉死に対する批判的考察〉というような自らの主題意識をそこに展開しようがためといったわけあいのものでなく、殉死といえば結局〈義腹・論腹・商腹〉という重層的条件を抱えこみつつ、そのことによって、いずれにしろなんらかの縁《よすが》に縋りつつ、だから〈未練げもなく〉人々が〈死に急〉ぎえたその〈時代の雰囲気〉に、もっぱら肉迫しようがためのものにほかならない、と論述するのである。

　もとよりそこに〈作家の想像力〉は〈最もいきいきと働くことは言うまでもない〉と氏は続ける。しかし〈いっそう大切なことは、かかる想像力の発動といえども、史料の限界、史料の指示する《事実》の地平をけっして越えることがないということだ〉としながら、蒲生氏は、ここにひとまず、〈鷗外のリアリズム、《歴史》を写す鏡としての鷗外の成心なき観照性〉、〈鷗外の無私〉を結論するのである。

　だが、いま、ひとまずと言ったのは他でもない、蒲生氏はここに来て、なおその結論に〈ある種の保留〉を付すのである。蒲生氏のいう〈保留〉とは何か――。

見て来たように蒲生氏は、鷗外が〈史料の内側に没頭し、史料の制御に従いながら、その中に自然な脈絡を回復しようと努めている〉という。だがそれにしても、その〈自然な脈絡〉、つまり〈時代の雰囲気〉とは、いかにも不気味であり、不条理にすぎないか、ともかくそこに登場してくる人物達は、すべてがあまりに〈死を急ぎすぎ〉てはいないか、しかも彼等の生き様、死に様は、それぞれあまりに平静、あまりに凄絶、とはあまりに〈異常〉ではないか、〈要するに現代人の心理をもってしてはほとんど理解を絶する〉ものではないか、と蒲生氏は言うのだ。

そしてそこに蒲生氏は、鷗外の〈史料の尊重〉のある特殊な性格、即ち史料そのものに対する〈過分〉な偏重、〈史料の叙述に伴う誇張や粉飾〉さえ一切〈疑ってかかる〉ことをせず、ただ〈磨きあげる〉ことにしか意を用いない鷗外の〈過分〉な態度を見るのである。

そして蒲生氏は、〈いかに史料の尊重を創作の原理とするにせよ、近代の立場に立つ作家ならば、もう少し別な尊重のしかたがあってしかるべきではなかったか〉としつつ、しかしそうしなかった鷗外の独自性、固有性を、〈私たち現代の人間の目にはどう見ても《過分さ》と映るものも、《自然》に受けいれることのできる人間理解の素地。もう一歩言い進めれば、現代人がすでに失ってしまったものに対して、むしろなつかしさを感じ、それに感応しやすい心の素地。もっと打ち明けた言い方をするならば、意地を貫くために死に急ぎ、切腹の座に従容と笑うことのできる武士たちに寄せる、一種の感じやすさ〉（傍点蒲生氏）に拠るというのだ。

そしてさらに蒲生氏は、

《それは一つの立場の放棄と引きかえになされた一つの確保、あるいはその逆であった。放棄されたのは、近代合理主義の立場から史料の客観性を疑い、吟味し、その中の事実と虚構とを洗い分けようとする立場であった。当面の問題に即して言うならば、もとより封建的主観に色濃く染めあげられた『阿部茶事談』の「史料」的限界を疑い、その叙述に伴う誇張と粉飾を洗い落とし、その全体を批判的に検討しながら、「史実」そのものに迫ろうとする態度そのものであった。そしてそういう放棄と引きかえに手に入れたものは、史料の伝える〈昔の人間〉たちとの心情的一体感を生きる立場——いわば〈思い出〉としての〈歴史〉（小林秀雄）に身を寄せ、そこに参入し、そうすることで死んでしまったものの蘇生を図り、生動する〈自然らしさ〉の回復に努める立場というふうなものにほかならなかった。》

と結ぶのである。

だが、これはまたなんとも案外な結論というほかはない。蒲生氏は一筋に、鷗外が〈史料の内側に没頭し、史料の制御に従いながら、その中に自然な脈絡を回復しようと努めている〉姿を浮き彫りにしながら、しかもその鷗外の努力においてこそ、〈粗削りにすぎる〉史料の角々は〈磨きあげ〉られ、〈血を通わせ息吹きを吹き込〉まれ、〈見違えるように《自然な感じ》、いきいきとした生動感を回復〉せられたと言っていたのではなかったか。

しかし、にもかかわらず、その〈回復〉せられたものは、所詮は〈昔の人々〉の〈主観的事実〉にすぎず、いや〈誇張と粉飾〉に彩られた綴れ織りでしかない。あるいは、鷗外というまさに特異な個性の内密にのみ蘇えることを許された〈詩〉だというのだ。

が、では蒲生氏は、「阿部一族」において見違えるような〈自然な感じ〉、生き生きとした〈生動感〉が〈回復〉せられているというとき、なんでそういいえたのだろうか。それは蒲生氏がそこに、〈自然な感じ〉〈生動感〉が生き返り、さらにそれが〈見違えるよう〉に〈いきいき〉と生き返ったことを強く感じ取ったからではないのか。しかも蒲生氏は、そう強く感じ取った自らの感銘そのものをも、また特殊なものとして容赦なく葬り去るのだ。

いや、ここに示された蒲生氏自身の内的分裂はともかく、我々もまた「阿部一族」において、深い感銘を覚えずにはいない。しかも我々は、その感銘を、まさに普遍的なものと肯うに憚らない。言うまでもなく「阿部一族」の傑作たる所以は、そこに、〈現代人の心理をもってしてはほとんど理解を絶する〉特殊な感銘を湛えているからではなく、永遠に人の心に訴えかける普遍的な感銘を湛えているのに違いないからである。

だが繰り返すまでもなく蒲生氏は、「阿部一族」の湛える感銘を特殊なものとして、我々〈現代人〉との回路を切断する。しかもそのことの根源的理由を、「阿部一族」における、史料に対する〈批判的考察〉の欠如に求める。つまり史料の内側に没入するのでなく、史料の外側に自立しつつ、史料を〈客観的〉に〈批判〉することの欠如、とは、ついにそうしなかった鷗外における作家としての主体性の放棄、従って言葉を換えれば、鷗外がそこにおいて自らを擁立すべき固有の〈主題意識〉の不在に求めるのである。

だが、それにしても、「阿部一族」における史料そのままを直視すべきであるとして、そこに鷗外一家の〈主題意識〉、鷗外における作家としての主体性を想定する尾形氏をあれほど厳しく批判しながら、蒲生氏は、その「阿部一族」における史料そのままを、そしてそこに露頭する鷗外における作家としての主体性の放棄、とは、鷗外独自の〈主題意識〉の不在そのものを、手酷く批判してみせるのだ(10)。

＊

さて、以上尾形仂氏と蒲生芳郎氏の論文を検討してきた。両氏の論文は、少なくとも原典と作品の驚くべき一致、〈翻訳〉とも〈剽窃〉とも見紛う一致が発見されて以来の、「阿部一族」の研究史を代表する業績に他ならない。

しかし、にもかかわらず問題は、依然として旧のまま残ったといわざるをえない。すなわち、史料そのままという事態に対して、尾形氏はありもしない鷗外の主題意識、主体性を作り上げ、蒲生氏は史料そのままを無視しえぬがゆえに、尾形氏を批判しながら、しかし結局はそこにおける鷗外の主題意識、主体性の欠落に苛立っているにすぎない(11)。

そしてその結果、鷗外のとった史料そのままという一種極端な方法が、一切の容喙を拒絶する厳しさにおいて、いよいよ大きく、我々の前にそそり立って見えてくるのである。

たしかに鷗外は終始一貫、完全に史料に追随しそれを受容する。見てきたように、〈帰納〉したり〈解釈〉したり、つまり分析したり説明したりして言葉を置き換えることしかしていない。それ以上に新たに何かをつけ加えたり、別に何かを嵌めこんだりして何かを創り出そうというような放埒な態度は微塵も示していない。まさしく鷗外は敢えて〈無私〉に徹している。つまり鷗外は、作家としての主体性を、その主題意識を、もとより自ら意識しつつ断念しているのだ。

しかもなお「阿部一族」は『阿部茶事談』とは異なり、鷗外の独創を信じさせるに足る格調と重量を誇って存在する。ここには一体どのような秘密が隠されているのか。——が、いまは問題が、まさしくここにあることを確認して、ひとまず筆を擱くことにしよう。

二　原拠『阿部茶事談』増補過程の検討

今日、「阿部一族」が原拠『阿部茶事談』を忠実に引きうつしたものであることは、衆目の一致する所といえよう。

もとより鷗外は、このことに無自覚であったわけではない。

《わたくしは史料を調べて見て、其中に窺はれる「自然」を尊重する念を発した。そしてそれを猥《みだり》に変更するのが厭になつた。》（「歴史其儘と歴史離れ」）とはあまりに有名な言葉だが、おそらく鷗外のこの自覚は、「阿部一族」において、もっとも明確なものになっていたのではないか。

ところで、ここに鷗外がいう〈史料〉とは一体なにか——。そしてこう問うとき、柄谷行人氏の次の文章は、ひとまず示唆に富むものといわなければならない。

《史料は事件の表面しか記録しておらず、断片的であり未整理であり矛盾すらしている。鷗外が史料のなかにうかがわれる「自然」を「猥に変更するのが厭になつた」といっているのは、たんに史実を歪曲しないということではなく、史料を一つの「纏まった」観念に合わせて整理したくないということにほかならなかった。いいかえれば、鷗外はたんに史料に忠実でありたいといっているのではなく、史料が示す矛盾や沈黙に忠実でありたいといっているのである。[12]》

つまり、あまりに自明なことで言うも愚かだが、〈史料〉は史実＝事実（動きようのない事実＝史実というものがあるものとして）とは違うのである。〈史料〉とは史実＝事実を誰かが書き記したものであるのだ。

それにしても「阿部一族」の原拠『阿部茶事談』は、同じく〈史料〉といっても、柄谷氏のいうように、単に〈事件の表面しか記録〉されておらず、それゆえに〈断片的であり未整理であり〉、だから〈矛盾や沈黙〉を含んでいる、といった性格のものではない。長い時間の中で、入念に書き継がれ、書き加えられて、いわば人々の手でいじくりまわされたあげく、まさにそれゆえに一層の〈矛盾や沈黙〉を孕んだ、といった性格の〈史料〉であることを、十分承知しておかなければなるまい。

すでに述べたごとく尾形仂氏は、『阿部茶事談』の異本類を詳細に照合し、それは〈異本といっても、『今昔物語』のように対校によって一つの原本に遡源できるていのものではなく、『平家物語』のように物語の成長流伝の跡を示すていの異本なのだ[13]〉という重要な指摘を行っているが、いわばこの〈成長流伝〉の過程に、史料としての『阿部茶事談』の〈矛盾と沈黙〉は増大していったといえよう。

そして、このことを誰の目にも歴々たるまでに決定的なものにしたのが、藤本千鶴子氏の「校本『阿部茶事談』」である。

これもすでに述べたごとく、藤本氏は、尾形氏が調査、紹介した細川家永青文庫蔵本『阿部茶事談』(細川本)、熊本県立図書館上妻文庫蔵本『阿部茶事談事跡録』(上妻本)、荒木精之氏蔵本『阿部茶事談』(荒木本)の三写本に、新たに熊本県立図書館蔵本『阿部茶事談』(県立本)、東北大学狩野文庫蔵本『阿部茶事談』(狩野本)の二写本を加え、県立本を底本として爾余の四本との異同を厳密に対校した「校本『阿部茶事談』」を翻刻、同時に、鷗外が依拠したという加賀山興純翁自筆写本にもっとも近い『阿部茶事談』の推定、増補過程の検討、原本の性格の考察等を合わせ行ったのである。

しかし、他のことはしばらく措いて、『阿部茶事談』の増補過程の検討は、まずもって、ことのほか興味をそそられるものと言わざるをえない。繰り返すまでもなく、おそらくそこにおいて、〈史料〉としての『阿部茶事談』の〈矛盾や沈黙〉は増殖していったのだ。

藤本氏はまず尾形氏と同じように、『阿部茶事談』をめぐり、〈一人の著者が書いてその後抄本を生んだのでなく、原本においおい増補されて異本群が生じたのではないかと思われる〉と推定する。[14] そして〈諸本の体裁と記事の異同〉〈奥書と付記との符号〉〈内容的な比較〉、さらに〈年代記事との関係〉〈書名との関係〉等を手掛かりとして、きわめて堅実な考証の末、原本『阿部茶事談』とその後の付加増補の過程の大要を押えている。

もとより直接写本を閲覧し、さらに他の諸史料をも参照しての考証であり、信頼するに足ることはいうまでもない。しかしそれでも他の観点からすれば、疑問あるいは異見なしとはいえない。また我々なりの「阿部一族」論への前提として、我々なりに増補過程の〈傾向性〉を確認しておくことが必要である。よって屋上に屋を架す結果になるかも知れないが、藤本氏の考証を参看しながら、しかももっぱら藤本氏の「校本『阿部茶事談』」に拠って、私見をまじえつつ、その増補過程の実態、少なくともその〈傾向性〉の概要を記してみたい。

まず、後の立証に便なるべく、『阿部茶事談』の内容を概観しておきたい。それは以下のような見出しに要約される十二条の本文部分と、そこに登場する人物の逸話、経歴、家系などを、主として古老からの聞き書きによって補った付記部分とから成る。なお数字および（　）内は本稿でさしあたり加えたものである。[15]

一　忠利公肥後国御拝領之事
二　同御所労御逝去之事
三　同御葬礼之事附御家人殉死之面々之事
(1)古老茶話曰（忠利公文武兼備の名将たりし事）
(2)又茶話曰（内藤長十郎殉死の次第）
(3)又茶話曰（津崎五助殉死の次第）
(4)又曰（津崎の跡目の成り行きの事）
(5)又曰（忠利公と荼毘所春日寺との縁、並びに御鷹殉死の事）
四　阿部弥一右衛門評判悪敷事
五　光尚公御家督御相続之事并拾九人之遺跡被　仰付御憐愍之事
六　妙解院殿第一周忌御法事附殉死の子共御焼香申上候節阿部権兵衛述懐髻を切事
七　阿部一家之者共権兵衛命乞を天祐和尚江内〻頼置事
八　阿部権兵衛御仕置之事附兄弟共屋敷取籠事
九　竹内数馬高見権右衛門其外之面〻阿部兄弟討手被　仰付事
(6)茶話曰（阿部一族の屋敷、勢力、近隣屋敷の事）
(7)又曰（阿部屋敷警戒に手柄ありし丸山三之允の事）

十　竹内数馬討死家来嶋徳右衛門か事附り副頭添嶋九兵衛討死之事

(8)又茶話曰（討伐当日、光尚公松野右京宅に出向く事、並びに側近林外記の威勢と没落の次第）

(9)又曰（数馬兄竹内八兵衛、討伐当日の振舞不行届につき御叱りを被る事）

(10)又茶話曰（添嶋九兵衛の経歴、及びその遺族の成り行きの事）

(11)又曰（数馬の拝領せる白菊の名香の由来）

(12)竹内屋貞夜話曰（竹内数馬の先祖伝、初陣、脇差拝領などをめぐる逸話、並びに数馬死後の遺族、及び竹内一族の成り行きの事、数馬の差料の事、有馬御陣にて感状を受くる事）

十一　栖本又七郎阿部弥五兵衛を討捕同七之允と鑓合働手負候事附又七郎妻女仁愛有ル事(16)

(13)又茶話曰（柄本家々系の事）

(14)又曰（柄本家々来天草平九郎討死の事）

(15)又曰（阿部兄弟の死骸吟味の折に又七郎面目を施す事）

十二　高見権右衛門働下知之事阿部兄弟不残討捕人数引揚之事

(16)又曰（権右衛門の血染の衣裳と光尚公懇詞の事）

(17)又曰（権右衛門の先祖伝、経歴、討伐後の加増、並びに妻子、子孫の成り行きの事）

(18)又曰（畑十太夫、臆病の振舞により追放の事）

(19)又曰（新免武蔵と畑十太夫の事）

(20)又曰（阿部屋敷近所某の火の用心の事、並びに其者光尚公死後に殉死の事）

なお、初稿「阿部一族」にあって、右の『阿部茶事談』の底本である県立本に求めがたい話材は、

(21)高見の小姓の身替り討死の由来

⑵高見の愛蔵せる備前長船の銘刀の事
の二つの付記事項のみだが、それらがともに狩野本第十二条付記に書き添えられていることも、藤本氏によって確認されている

＊

さて、こうして『阿部茶事談』の記述を概観してまず気づくことは、言うまでもなくその構成の重層性、つまりそれが、各条の見出しのもとに展開される本文部分と、〈茶話曰〉〈又曰〉に始まる付記部分との二層から形成されているということである。これは一方からいえば、二つの部分がはっきり区別されるともいうことであり、付加増補の状況を探ろうとするいま、きわめて有力な手掛かりとなるといえる。要するに最初に本文部分が成立し、次第に付記部分が添加されていったということ。――もとよりすべてが直ちにそうであるとはいえず、またそうとはいえない箇所も現にあるが、とりあえずそう想定することによって、『阿部茶事談』の原本の内容をひとまず把握しておきたい。

すなわち『阿部茶事談』原本は、すでに記した本文部分の見出しにあるように、まず忠利の肥後転封（第一条、以下同じ）に始まり、彼の死去（二）、殉死者の続出（三）、阿部弥一右衛門への中傷と彼の〈御免無〉き殉死（四）と続き、光尚の家督相続と、阿部家の分知（五）、そして阿部権兵衛の述懐と忠利一周忌法要における狼藉（六）、阿部一族の権兵衛命乞い（七）と彼の処刑（八）、間髪を入れぬ一族の〈怒りを含〉んだ〈屋敷取籠〉（同）、竹内数馬、高見権右衛門等討手の下命（九）、数馬の憤死とその家臣の死（十）、さらに柄本又七郎の働きと阿部一族の全滅（十一）――と、一気に語り継がれて終わる。それは事件の必然を追尋してまさにの、め、り、こ、む、ように、しかも緊密で遅滞ない構成によって統一されていると評しうる。まずは『阿部茶事談』の原型と見なして大過あるまい。

年代記事に徴せば、寛永二十年（一六四三）（『阿部茶事談』「阿部一族」では寛永十九年）の阿部一族誅伐の翌年、正保元年（一六四四）、柄本又七郎の負傷治癒までのことが書かれている。

なお、いま本文部分第十二条（正確にいえば第十一条〈御意ニまかせ〉以下）に触れなかったのは、藤本氏の驥尾に付し、原本を十一条構成と考えるからである（理由は後に記す）。また、筆者はもとより不明である。

さて次に、第一次増補についてだが、それは以下の如くである。即ち、細川本、荒木本にはないが、県立本、狩野本、上妻本に共通する奥書に、

《此壱冊、古老曰ト有之ハ、渡辺権大夫源輝ノ物語也。源輝者渡辺角兵衛源基之直子。十二歳ニ而光利公御近習ニ而見聞之言説也。柄本氏屋敷ハ渡辺ノ向也。唯今ハ 中村角太夫屋敷也。依之、柄本氏直談如右。竹内市兵衛予か姉聟。竹内数馬討死之次第、家伝物語也。高見氏ハ予か母族。此四家之言説記置者也。》

とあり、ひとまず付記部分の〈古老茶話曰〉(1)（ただしこれは細川本では省略されている）以下、それに類する〈又茶話曰〉(2)(3)、〈茶話曰〉(6)、〈又茶話曰〉(8)(10)(13)が、一束のものとして、古老渡辺権大夫により物語られたものと知られる。

とくに〈又茶話曰〉(8)には、〈予か父は、十二歳ヨリ光尚公御近習ニ有て、其日は松野右京宅江御成り、御供に行たり〉とあり、完全に奥書と重なる。また〈又茶話曰〉(13)にも、〈予か若年の比迄ハ、又七郎存生故、阿部事の咄、直談度〻也。（物語を問へ共、辞て不語。強て問尋れハ、物語有し故、直談を聞也。予か宅ハ）[17] 柄本氏屋敷向也。代〻通家の好ミ有よし咄也〉とあり、これまた奥書に応じている（ただしこれは細川本、荒木本に記載されていない。このこと後にふたたび触れる）。さらに、〈茶話曰〉(6)の阿部屋敷についての記述――〈兄弟何レも一所ニ居ける故、人数も多かりけると也〉とか、〈向屋敷は山中又左衛門、両隣ハ柄本又七郎、外山源左衛門、祖父平野太郎兵衛屋敷也。其外屋敷ハ不覚と

也〉とかも、奥書と通じているといえよう。要するに渡辺権大夫がその父の見聞や柄本又七郎の直談、さらにはその記憶を語ったものなのである。

しかも、たとえば〈又茶話曰〉(8)について、先の引用部分に続き、〈未明に、御供中御玄関前ニ揃候時分、阿部屋敷江討手の面〻押寄たりと聞へ《ママ》て、（以下同じ）時の声と覚えて、大勢のこゑ 御殿ニ聞へたり。光尚公御意にも、仕手の者共、只今寄たるわとの御言葉を、御側ニ而聞たり。其後御駕一町斗も御出浮御途中ニて、歩衆馳来り、只今竹内数馬討死仕たるとの注進有リ〉云々とあるごとく、すべて、きわめて切迫した臨場感を湛えた付記々事と評すべく、その意味で〈又茶話曰〉(2)の内藤長十郎の殉死当日の記述や、〈又茶話曰〉(3)の津崎五助の殉死現場の記述と合わせて、忠利の死去から殉死者の続出、阿部一族の謀反とその討伐と続く事件の主軸と主題に密接に関る、もっとも劇的で白熱した文字を列ねている。増補時期もひときわ早かったのではないか。[18]（まったくの推測にすぎないが、遅くとも事件以後七十年、すなわち正徳年間（一七一一〜五）以前ではないか。[19]）

なお、〈又茶話曰〉(10)は、添嶋九兵衛、立石市兵衛、野村庄兵衛等、竹内家々臣達の子孫に言及した付記であり、〈又茶話曰〉という形式は同じでも、他とは内容を異にしている。記述にある〈正徳年中也〉という年代記事は貴重だが、ひとまとめに渡辺権大夫の語ったものとするには躊躇せざるをえない。また〈又茶話曰〉(2)の最後、〈此三人の義心忠情感ずるに余り有。百年の今ニ至りても、聞人感涙を催す〉以下は、〈百年の今〉という記述から、渡辺権大夫が語ったものとするにはいささか時間的に無理なので、これも後の付記と考えたい。（実際、この部分は原本に近い写本の系統と目される細川本、荒木本には記載がない。）

次に、〈竹内屋貞夜話曰〉(12)という付記についてである。記述から、数馬の長兄竹内吉兵衛の孫に当たる人物の提供になるものと判るが、竹内家の家記が主であり、その点、第十条本文の竹内家先祖伝、数馬の有馬陣における働きの記事などとの重複が目立つ。少なくとも渡辺権大夫の提供になるものとはかなり性格を異にしているといわなければならない。ただし記述内容は子ないし孫の世代のものにとどまり、（〈正徳年中〉なる年代記事もあり、従って正徳年間以後の増補と知れるが）、時期的には、第一次増補とほぼ重なるといえる。が、ここではその由って来たる出所と性格の相違に鑑み、ひとまずこれを第二次増補と考えたい。

藤本氏はこの付記も第一次増補に加えている。先の奥書に〈竹内市兵衛予か姉聟。竹内数馬討死之次第、家伝物語也〉とあることによっているからである。つまり奥書の筆者の言をそのまま信ずれば、彼は渡辺権大夫からも話を聞き、姉聟の竹内市兵衛（藤本氏は、竹内屋貞が市兵衛という高祖父の名を襲ったものだろうと推測しているが）からも話を聞いて、それをもとにここに載録したということである。もとより藤本氏の推論に反証する証拠はなにもない。ただ、誰がいつ、どれとどれを増補したかということよりも、その増補が、原本（あるいはすでになんらかの増補を経たもの）とどう関っていったのか、つまり、それをどう変え、どう変えなかったのか、いわばその〈関係性〉を明らかにするために、さらに、その〈関係性〉において、いかに『阿部茶事談』の湛える〈矛盾や沈黙〉が一層増幅していったかを究めるために、いまは、出所や性格の相違を重視し、ひとまず分離しておくことにする。

ちなみに藤本氏は、奥書の〈高見氏ハ予か母族〉という記述から、第十一条末尾以下の増補も、〈母族〉が高見氏と称する同じ筆者の執筆と見ている。

第三次増補（藤本氏では第二次増補）は、その第十一条末尾〈御意ニまかせ〉以下と付記の一部、第十二条の本文部分と付記の一部がそれである。

まず〈御意ニまかせ〉だが、これは第十一条の本文部分にある別荘拝領の話柄を繰り返し、それをさらに詳しく述べたものである。藤本氏は、五写本に共通してある第十一条の見出し〈柄本又七郎阿部弥五兵衛を討捕同七之允と鑓合＊働手負候事附又七郎妻女仁愛有ル事〉が、県立本目次では、＊以下〈之事　光尚公御褒章鉄炮頭被　仰付幷野屋敷拝領之事〉となっていることに注目し、これは〈御意ニまかせ〉が増補されたことによって、第十一条の重点が変わってきたことを示すものと理解している。つまりこの条全体の〈中心課題〉が、〈阿部一族の悲運への同情〉から逸れて、〈討手柄本の功名譚〉に変わってきたことを示すものと解釈している。（そして、こうしたことは第十二条の増補の場合にも繰り返される。）

なお藤本氏は、この〈御意ニまかせ〉とその後の三つの付記、〈又茶話曰〉(13)、〈又茶話曰〉(14)、〈又曰〉(15)を、すべて柄本又七郎の直談を渡辺権大夫が口授したものとし、それが本文と付記に分けられて〈記置〉かれたものととっている。[20] しかし原本に近い写本の系統と目される細川本、荒木本が、それまで渡辺権大夫の物語をすべて記載しながら、この部分を一切記載していないのは謎を残す。（〈又茶話曰〉(13)は、柄本家の先祖伝に始まり、途中から〈予か若年の比迄ハ、又七郎存生故〉云々と、奥書の記述と重なることは先にも触れた通りである。）

ついでに、〈又曰〉(14)は又七郎家臣、天草平九郎の討死に触れ、〈此子孫枯木町に居住して、代〻柄本氏被官也。今其行衛を知らす〉と続く。記述から、やや時代を隔てた付記と考えられる。また、〈又曰〉(15)は白川における阿部一族の死骸吟味を叙し、〈柄本氏鑓付候弥五兵衛胸板の疵、うら表へ突通され、其まきれなかりけるに、一入手柄のほと掲焉して、公ニも御満足のよし、御称美の御事也〉で終わる。事件に密接している内容から見て、もっとも早くに記述されていて然るべきものといえよう。

以上、この部分、時期的には前後がある模様で確定できないが内容的には柄本又七郎への讃美と、その家伝ということでひとまず一括しておく。

さて、第十二条の本文部分と付記の一部だが、これも内容的には高見権右衛門への称讃と、その家録に終始する。

藤本氏はここでも、県立本、上妻本で第十二条の見出しが〈高見権右衛門働下知之事阿部兄弟不残討捕＊人数引揚之事〉となっているのに、県立本の目次では、＊以下が〈屋敷火を懸ル事并仕手之面々働甲乙言上　重政御褒章御加増之事〉となっていることに着目し、これは県立本の目次を付けた人物が、第十二条の内容を高見権右衛門の働きと褒章を強調したものと読解した結果と解している。つまり第十二条は〈そういう解釈を許す内容〉となっているというわけである。

　さらに藤本氏は第十一条の本文部分とこの第十二条とを比較し異質な点を上げて次のように言っている。

《まず、討たれる阿部一族に対する著者の態度のちがいがあげられる。十一条が同情的なのに対して、第十二条は「猶も迯かくれて居る奴原もこそあらめ」や「残党」という表現に見られるように、逆賊扱いをしている。これは、構成上、栖本の阿部一族に対する仁愛に終るのと、討手高見の功績で終るのとのちがいとなっている。時間的配列の十一条に対して第十二条は、第十一条で戦後の行賞がすんでいるのに、「去る程に」これから討入と、時間を巻き戻している。》

　そして、〈文体〉や〈視点〉における相違も指摘しながら、氏は、〈第十二条は、原文の本文でなく、後に本文化した増補であろうと考えられる。奥書筆者は、その頃の『阿部茶事談』に、自身の母方の先祖高見権右衛門の活躍がふれられていないのを不足に思って、十一条の本文に似せて別に一条を立てたものと思われる。この後の高見についての付記は、本文化できないものを集めたのではないかと思われる〉と推断している。

　これはきわめて大胆な、しかし正鵠を射た推理というべきである。そしてこの〈……の活躍がふれられていないのを不足に思って〉という点は、ほとんどすべての増補者に共通する心理の機微をついているように思われる。

〈又曰〉⒃は権右衛門の流血の働きと光尚の懇詞に触れ、〈又曰〉⒄は高見家の先祖伝、権右衛門の経歴、そしてその子権之助、その孫三左衛門、その曽孫権右衛門と三代の名が列ねられている。（従ってこの付記の記録者はそれと同じかそれ以下の世代に属す。）〈又曰〉⒅と〈又曰〉⒆は第十二条本文にある畑十太夫の臆病について、〈又曰〉⒇は阿部屋敷近所某の無思慮と光尚の譴責、光尚死去のときの殉死について述べる。一種落穂ひろい的な記述で、〈又曰〉(16)(17)とは性格を異にしていて、同時期の付記とするにはいささか遅疑される。

ところで、こうして第一次増補から第三次増補までひとわたり概観してきたわけだが、ここで、これらがすべて、〈此四家之言説記置者也〉という奥書の記述に収束することがあらためて認知される。すなわちこの奥書の筆者の言をそのまま取れば、彼は渡辺権大夫から話を聞き、そのことで柄本家の消息を知り、竹内市兵衛からも話を聞き、それらを記録しながら、あわせて高見家の家伝を自ら執筆したということになる。すると、付加増補の大半は彼一人の仕業ということになり、ありえないことではないとしても、付加増補全体が当初から醸し出す多層性とその錯綜の印象にそわない。さしずめ奥書の筆者もまた鷗外と同じように、載録すべき〈四家之言説〉＝〈史料〉を調べて見て、〈其中に窺はれる「自然」を尊重する念を発し〉、〈それを猥《みだり》に変更するのが厭になつ〉て、それらをそのまま並置したのではないかと思われるほどである。が、いずれにしてもいまは、奥書の筆者が〈四家之言説〉を編著した（として、しかもその）時点に関ることなく、その〈言説〉がそれぞれ提供されたであろう時点をもって、増補のあったものとしておく。従ってこの場合、いわば箇々の〈言説〉提供者の意識（あるいは無意識）の中に、増補そのものの〈意味〉が託されて（あるいは潜んで）いたものと考えなければならない。

ちなみに、第一の提供者渡辺権大夫は阿部事件に関係のあった人物の子の世代、第二の提供者竹内屋貞は同じくその孫の世代、そして第三の提供者（あるいは奥書の筆者自身、しかしそうではないかもしれない）(21)は同じくその曽孫もしくはそれ以下の世代に属する。世代的に重なるともいえるし隔たるともいえて微妙なところである――。

次にここで、これまで触れなかった付記、あるいは触れても保留してきた付記について、検討を終えておきたい。まずこの時期（さしあたり正徳年間前後としておく）にすでに付記されたものと推定され、しかもそれを積極的に否定しえないものとして、〈又曰〉⑸、すなわち忠利の荼毘所春日寺との縁、並びに鷹殉死に関する記事（ただしこれは細川本に記載なし）、〈又曰〉⑼、すなわち数馬の兄竹内八兵衛の不行届と閉門に関する記事、〈又曰〉⑾の、数馬の拝領の白菊の名香の由来（ただし細川本は和歌四首のうち二首を欠く）がある。いずれも忠利の死から阿部一族討伐と続く事件の主流に密着する話柄である。

続いて〈又茶話曰〉⑽。すでに触れたごとく数馬の家臣達の働きと子孫について述べる。最後に〈正徳年中也〉という年代記事があるので、やはり〈正徳年中〉以降と考えられる。次いで〈又曰〉⑺、丸山三之允の働きについて述べる。最後の〈大筒打丸山一平が先祖也〉という記述から、やはり正徳年間以降と考えたい。

さて、ようやく第四次増補に漕ぎ着けられる。第四次増補は年代記事的にはっきりしているので、それで確定しておく。すなわち〈又曰〉⒁がそれで（ただし細川本に記載なし）、津崎五助の跡目を詳細に語って〈百年之御忌〉に及ぶ。おそらく先に触れた〈又茶話曰〉⑵の最後、〈百年の今ニ至りても〉云々の記述とともに、阿部事件から百年以降、すなわち寛保年間（一七四一～四三）以降に増補されたものと考えてよい。

第五次増補は、狩野本だけにある〈高見の小姓の逸話〉(21)と〈備前長船の次第〉(22)である。これには〈此一条、明和二年十二月十三日、於高見柏山亭家伝の茶話也。高見氏ハ母族なり。阿部事、重政帯する備前長船の太永《マヽ》年号の刀、予か家に相伝也。谷不泄記ス〉という注記がある。

また狩野本には、先の奥書が付されていることはすでに述べたが、そこには特に、〈于時明和二年十二月十六日谷不泄〉という日付および署名がある。奥書にある〈高見氏ハ予か母族〉という記述から見て、あらためて奥書筆者をこの谷不泄と考えたくもなるが、藤本氏のいうように種々の点で無理である。

すなわち藤本氏もいうごとく、第一に、谷が〈四家之言説〉の編著者なら、〈高見の小姓の逸話〉だけを〈此一条〉と取り立てて〈谷不泄記ス〉とはしないはずだということ、第二に、〈此一条〉は〈十三日〉、奥書は〈十六日〉だから、流布の可能性から言えば、〈高見の小姓の逸話〉はあって〈四家之言説〉はない写本があってよいはずだが、実際にはその逆の、県立本や上妻本があるということ、これは〈四家之言説〉が一旦流布した後に、谷が〈高見の小姓の逸話〉を加筆したことになるということ、そしてこの逸話は、第十二条の〈家来半弓を以、権右衛門鑓脇を詰、頻に矢ヲ放けるが、後ハ刀を抜て切て廻りけるに、是も深手負討死。今其性名知らさるこそ残念なり〉の注記であるから、注記の方が本文より先に書かれるはずがないということ、第三に、事件から明和二年（一七六五）まですでに百二十二年が経過しており、少なくとも谷が直接渡辺権大夫や竹内屋貞の物語を聞き、それを載録することはほとんど不可能であるということ、等々――。ちなみに藤本氏は、〈狩野本奥書の年代と名は、単に筆者について表わすのみ〉と結論している。妥当な見解といえよう。

さて、第六次増補以降は、おそらく鷗外が見ていなかったものであろうが、『阿部茶事談』全体の増補過程の〈傾向性〉を知るべく、参考までに要点を記す。

すなわちこの後、狩野本は、津崎五助の介錯の由来や彼の実子の経歴が増補されている。上妻本は、林外記打果しに関して、〈外記を打果したるハ、十之允に非す。十之允末弟佐藤伝三郎也〉とし、佐藤家の先祖伝や家譜が増補され、さらに柄本又七郎の子孫の筆削、〈愛敬氏追加四条〉が続く。愛敬氏のものでは〈愛敬氏追加一綿考輯録之内〉として、殉死者の石高や介錯が箇条書にされているのが注目される。要するに、事件が遙かに遠ざかり、事件に直接関連する逸聞は影を払い、一方事件には直接関係のない人物の実伝、子孫、そしてその子孫の経歴までが、おそらくそのまた子孫あるいはそれに近い人物によって、いささか恣意的に書き込まれているといった按配である。そしてそこにも、増補者に共通する心理の一半が読み取れるといえよう。

最後に、荒木本のその後の増補について記す。荒木本は細川本様の段階から分岐していったこと、藤本氏の考証に明らかだが、そこには別途に、かなり後代のものと思われる。儒学的、士道的見地からの人物評が増補されている。たとえばその一つに、〈古人の是非を論するハ、愚者の可憚事なから、是を以規鑑とし、非を以戒懼とセん事を欲し、学ひかてら試ミに論して君子の教を待〉として、

《竹内数馬此節討手被　仰付候ハ、林外記と兼テ不和成に依て讒言を以言上すと云ゝ。虚実不可知と云共、就其記考ふるに、たとひ讒言にもせよ、討手被　仰付ハ其身の面目、武士の本道なれハ、人を恨み、上に可憤いはれなし。是数馬我狠の心と謂へし哉。如斯事ハ、誰人とても御高恩奉報の第一可成に、御先代より格別御高恩を奉蒙、聊の私情に引れて憤怒を起せしハ、人臣の道に背に非すや。畢竟、常ゝ誠忠の志なく、寵に侍リ、我慢不義に安閑として、禽獣の振廻始末、道に背き犬死をして、恥を後世に残すといふべし。嗚呼、可恐可慎の甚歟也。愚よる見る時ハ、斯る不覚人を無比類働せしと記せしハ、記者の誤リならんか。》

以下、数馬主従を手きびしく指弾し、さらに、

《阿部弥一右衛門殉死一件、是殉死の数に被加へけれハ、十九人の内ニ而候へ共、其実ハ殉死に似て殉死に非らす。其故ハ、諸人の悪口に依て憤怒を発し、悪口せし人ゝに顔当ニ而、君公を慕ひ奉る心なしと云へし。実に一図に殉死の心ならハ、御免を蒙らす共、一端奉願候一言可変にあらされハ、士たる者信義を不可失の意を書残して、潔く殉死セハ可為本意に、扨ゝ残多き事にて、世上の悪口も謂れ無キにあらす。》

あるいは、

《其後殉死の面ゝ跡式結構に被　仰付、阿部弥一右衛門遺跡ハ、始より兄弟に配分の儘被　仰付置候ハ、本文の通にて、他の見会を以見る時ハ、御仁恵薄様成共、追腹の次第前に論せし如く、其心ハ不可斗と云共、時宜を考見れハ、一筋に殉死とハ難申所あらん。ヶ様の儀有時ハ、一統の殉死とハ少し異りて、義論無こと不能。然るを殉死の

列に被入しは、難有事にて、権兵衛初弟共、且ハ一族の面ゝも有之たるに、其所に不心附、上に不足を奉存、御大切の御法事の席にて髪を切り、御霊前に備候ハ、誠に言語絶たる狼藉、禁籠被仰付候ハ当然の事ニて、乍恐斯可有義と被考候。是所謂文に疎く。義精しからさるの誤り、可死に当て死せす、死す間敷に死して、義もなく礼もなく、誠に犬死といはん歟。》

と、これまた阿部一族を手ひどく非難している。

たしかにこれは、かなり直線的な人物評だが、しかしたとえば数馬を評しつつ、〈斯る不覚人を無比類働せしと記せしハ、記者の誤リならんか〉という一節にもあるごとく、記述の基準となる〈記者〉の思想への疑義をも語っており、その意味で、まさに〈批評〉たりえていることを看過できない。そして、おそらくここにも、増補者が、なぜ増補へと駆り立てられるのか、その必然性が、きわめて分明に示されているといえよう。

＊

さて、こうしてごく大雑把に『阿部茶事談』の増補過程を分節してみたが、依然として混沌としている、というより、その〈矛盾や沈黙〉は一層深まるばかりであるというほかはない。が、そうに違いないとしても、これだけでも、なにかしら重要な増補過程の〈傾向性〉が示唆されているごとき気配でもある。左にそのことを列記してみよう。

まず第一に、『阿部茶事談』原本が比較的容易に確認される結果、ほぼ完全に復原しうるだろうということ。そしてそこでは、忠利の死去から殉死者の続出、阿部一族の謀反と族滅への経緯が一気に語り継がれて終わる。しかもそこで原本の筆者は、権力＝体制の絶対と永遠を諾いつつ、しかし自らの〈意地〉に生き、死んでゆく武士達、竹内数馬や柄本又七郎の姿を次々に刻むばかりか、自らの〈意地〉をかけ、権力＝体制に背き、滅んでいった阿部一族の面々を、まさにのめりこむように描いているのだ。

次に、第一次増補も、またかなり明確にその〈傾向性〉を指摘することができるように思われる。すなわちそれは、忠利の死去から殉死者の続出、阿部一族の反抗とその誅伐へと展開する事件の主筋に沿い、殉死者達の潔い死出の道行、その日の阿部屋敷周辺の光景、阿部屋敷から上る鬨の声など、いたって間近に起こった出来事の記述を列ねる。しかも内藤長十郎や津崎五助の場合に典型的なように、そこには、己れの一身一命を主君に捧げて一分の私意もない武士の姿が、あたかも阿部一族の面々の、自らの〈意地〉に焦がれる姿と対比されるがごとく、けざやかに描かれているのである。

たしかに、彼等の描出は、後の追補者が、長十郎の母や妻を含めて、〈此三人の義心忠情感するに余り有〉と感嘆したごとく、増補者の共感に支えられて、ひとしお生彩を放っているといえる。そしてこのことは、この増補者が、阿部一族々滅に密接する目睫の記事を列ねながら、阿部一族の内側にはついに一歩たりとも立ち入ろうとしなかった事実と相俟って、ある一つのことを物語っているように思われるのである。つまりこうしたことの中に、自らの私情に執する阿部一族の面々を、にもかかわらずのめりこむように描いていった『阿部茶事談』原本の筆者に対する、この増補者の、一種痛切な反感が、そしてその意味で、一種峻酷な〈批評〉が託されているように思われるのである。(22)

さらに、第二次増補、第三次増補にもまた、かなり明白な〈傾向性〉を指摘しうる。すなわちここでは、むしろ事件の主筋に関りなく、事件に連なった人々の武功が、その子孫あるいはそれに近い人物によって称揚され、さらに際立っていることは、その人々の経歴はもとより、その先祖や子孫の名が、その家伝や家譜に綴られて、まさに執拗なまでに辿られてゆくことなのだ。

なぜ先祖や子孫の名が、そして家伝や家譜が、これほどまでに執拗に辿られなければならないのか――、その深刻な意味はしばらく措いて、ただここには、粛然と並ぶ一族の墓標を見るごとき、[23]つまりそこに、その人の親が、その人の子が、その人の孫が生き死んでいったまさにぎりぎりの証を見るごとき、一種森厳な感動が湛えられていることを見逃すことはできないのである。

そしてこのことは、第四次増補、第五次増補と続く中で、多かれ少なかれ繰り返されることといえよう。そこにもっぱら記録された家伝、家譜は、藤本氏のいうように、決して〈本筋を離れて枝葉末節的興味に走ったもの〉ではない。少なくとも増補者達にとってそれは、縦に貫く家＝一族の長い歴史の流れに直参することであり、そのことによって、己れの存在の証を立てることでもあったといえようか。

そして、おそらくこれ以降、『阿部茶事談』の増補は、以上の増補に現れた二つの〈傾向性〉を繰り返すことになるであろう。無論その後の増補は、時代も下り、直接事件に関った人々はもとより、それに近い人物およびその一族の手から離れ、まったくの第三者、しかし『阿部茶事談』に登場する人々を、いわば同族にも等しく見なす人々の手によって、添加されたものであったにちがいない。しかもその時、そこには、たとえば荒木本の増補にあったごとく、いわゆるテキストに対する痛烈な〈批評〉が付加され、さらには上妻本の〈愛敬氏追加一〉にあったごとく、あたかも点鬼簿、過去帳の記事にも似て、人々の名が、その生き死んでいったことを証す最少限の記事とともに、連綿として付加されてゆくのである。

ところで、もとより鷗外が、こうした『阿部茶事談』の増補過程を分節した形跡はなにもない。要するに鷗外は『阿部茶事談』を、ただ〈ごった煮〉[24]のまま読んでいたにすぎないだろう。だが鷗外は、おそらくそれが〈ごった煮〉＝カオスであることに十分気づいていたはずである。いやそればかりか、『阿部茶事談』がカオスとなった増補過程に、〈猥に変更する〉ことのできない、一貫した〈自然〉を感じ取り、しかもそれに、自らも進んで身を委ねることによって、鷗外ははじめて「阿部一族」を書くことができたのではなかったか。

鷗外が感じ取り、そして自らも進んで身を委ねた〈自然〉とはなにか――。おそらくこの問いの前に、上来指摘した二つの〈傾向性〉が、ある重大な意味を持っていたことは確かなように思われるのである。

三　『阿部茶事談』原本の性格

『阿部茶事談』原本[25]の筆者は、肥後細川藩五十四万五千石の恒久の泰平と、その背景としての徳川幕藩体制の恒久の安泰を信じている。つまり世界の永遠と、この現実の絶対を疑っていない。

もとよりこれから物語られる一切は、一人の君主の死によって始まる。が、世界の永遠と現実の絶対が、それで崩れ去るわけではないのだ。

冒頭、忠利の死を伝える前に、肥後国拝領の次第が克明に記され、その父忠興以来の将軍家への忠節、有馬の陣における抜群の武功、その後の将軍家との一層緊密な関係が次々と辿られる。片々たる〈茶事談〉の結構にしてはいかにも大仰だが、しかしその事々しい構図にも、筆者の信じて疑わない世界と現実の、あるいは権力と体制の、強大な潜勢力が示されているといえる。

が、ともあれ忠利は死に、国中の民は嘆き悲しむ。しかし人々がどんなに嘆き悲しんだとしても、この世は微塵も揺らぎはしない。ばかりか、いよいよ堅固な地中の岩盤を明かし示す。それを証拠に、忠利の死を追って、家臣達が次々と壮烈なる殉死を遂げてゆくのだ。

彼等は多年忠利の厚恩を蒙り、それに報ゆるべく忠誠を尽してきた。しかも彼等は、忠利の跡を慕い、冥府にまで奉公を貫かんとする。それにはなによりも、自らが信じて生きた封建の世の人の道――〈君臣の儀〉を、死をこえて完うせんとすることであり、そのことによって、世界と現実を、さらに永遠のもの、絶対のものとすることではなかったか。

原本の筆者は〈御家人殉死之面々之事〉の一条に、まさしく顕彰碑を刻むごとく、殉死者の氏名を列記する。そこには、いわば一代の正義を生きた人々への、原本の筆者の厚く深い感動が湛えられているといえよう。

さて、ここまで来て筆者は、いよいよ本題に入る。とはいえ、それは本来、些々たる〈茶事談〉[26]にすぎないことにかかわりないのだが……。

先ず原本の筆者は、〈此度殉死十九人の面々ハ、忠情におゐていつれも甲乙有へき様ハ無処に、阿部弥一右衛門壱人世上の評判にあふ事、是非なけれ〉と、その発端を語り始める。阿部弥一右衛門通信――。彼は幼少より忠利に仕え、いま千石余の高知を食む。もとより多年の君恩に報ずべく、殉死を願い出るが、しかし弥一右衛門一人にのみ、〈忠利公如何成思召ニや御免なく〉、〈志ハ御満足に思召といへ共、おなしくハ存生ニ而光尚公に忠勤をはげみ可申〉との次第。止むをえず弥一右衛門は、〈君命の重きを守り〉、〈光尚公の御馬の先ニて、年来の御恩をは可奉報と、悲歎の涙にくれなから、おしからぬ命をながら〉えていたのである。

だが時ならず、怪しからぬ風評が世間に広がる。

〈弥一右衛門事、厚キ御恩を蒙りしものなれハ、此度御供可申上処に、殉死御免なきを幸ニして、命を惜ながらへ、臆病の至り成り、いかに御免なきとても、一途ニ御供と存極る殉死ならハ腹を切へきに、口ニ而は追腹も致し能、真実の殉死ハならぬものなり、弥一右衛門か追腹ハ腹の皮かな《ママ》、瓢箪に油をぬりて切よかし》

などと悪しざまな雑言、〈狂歌落書〉にもなって、ついに弥一右衛門の耳にも及ぶのである。

弥一右衛門は憤激する。そして、

《扨〻不及是非事かな、何惜かるへき命にあらねと、君命の重き故なからへ居る事も、自然の御用にも立べしとの所存なり、少も命惜べきにあらす、武運ニ不叶仕合成り、いてさらハ、瓢箪に油をぬりて、世の口の悪しき奴はらに腹を切て見せん》

と、言下に、〈御免無に押て殉死をそしたりける〉というのである。

ところで、先ずここで注意すべきことは、この阿部弥一右衛門の殉死に関するかぎり、原本の筆者の語り方は、事件のある細やかな発端を伝えるという形で、さまで激していない、あるいは、いささか抑えられてさえいるということである。後にも触れるごとく、すでにそのとき、あの筆者の信じて疑わぬ封建の世の価値と規範が、その中枢において、早くも揺らぎ、軋んでいたというのに――。

至上の仁君をもって鳴る忠利、つまり絶対者として尊崇される忠利が、しかし他の十八人と差別し、当然窮地、破滅に追い込むことを承知で、弥一右衛門にのみ殉死を許さなかったのである。そこに図らずも見せた忠利の悪意あるいは恣意を、筆者はただ〈忠利公如何成思召ニや〉とだけで通り過す。が、ここにおいて、金甌無欠であるべき細川藩の政事に、一点の疑団が生じたことは明らかなのである。

さらに、一旦は〈君命の重きを守り〉、〈おしからぬ命をながらへて〉いたはずの弥一右衛門が、世間の風評によって、ただちに腹を切って死んでいったこと、そこに弥一右衛門が、これまた図らずも見せた私情もしくは意地を、筆者はやはり当然のごとくに黙視するのだ。

主君の仁愛とそれに対する家臣の報謝、忠誠――その本来いささかの恣意、私情のさし挟まるべきでない封建の世の主従関係に、それこそ悪意と意地が鬩ぎあっていたのである。

しかし繰り返すまでもなく、原本の筆者は、それをいささか異例なこととはしているものの、決して異常なこととしては捉えてはいない。批判がましき言辞を一言も加えていないといってよい。主君忠利に対する場合は暫く問わず、ただ自らの意地に執し、〈御免無に押て〉殉死を遂げていった弥一右衛門に対しても、筆者はそこに、いささかの逸脱をも過誤をも認めていない。いやむしろ、あるかなしかの侮辱に対しても一気に腹を切り、自らの誇りを守ろうとした弥一右衛門に、封建の世に生きる武士本来の姿を見て、筆者の語り口はその一点で、彼への共感にひと知れず滾ってさえいるといえよう。

そして、とりあえず言っておけば、ここに、とは、封建の世の価値と規範の永遠と絶対を肯いつつ、しかし自らの意地に執し、公然君命に背いて死んでいた一人の武士の行蔵を、よく否みえぬまさにその矛盾と分裂に、この筆者の語り口――その無意識が露呈されているわけなのだ。

だが、矛盾と分裂を露呈するのは、単に原本の筆者ばかりではない。父忠利の跡を継いで、新たに絶対者となった光尚もまた、〈御免無に押て〉殉死を遂げていった弥一右衛門を、よく裁きえなかったのである。

筆者は、続く〈光尚公御家督御相続之事并拾九人之遺跡被　仰付御憐愍之事〉の一条に、〈光尚公御家督有テ将軍家ニ御拝謁、目出度かりし事共にて〉と、権力＝体制の一層の盛栄を確認しつつ、

《多年勤労者面〻御代替りの時にあひ、新知加増役替、其人の勤の品〻ニより、御恵ミ有之、有かたき中にも、此度先君殉死の十九人の遺跡、未幼少の男子たりとも、無相違遺跡家屋敷も被下置、老母後家等の男子無輩にハ、月捧を給り、家屋敷拝領、作事迄も上より被　仰付、何かにッけ、少も難儀に及さることく被　仰付候事、偏ニ御仁心の難有かりし事共也。》

と書き記す。要するに、公然君命に反して死んでいった弥一右衛門も、栄えある〈十九人〉の殉死者の一人に数えられたのである。

もとより、ここにおける光尚の措置は曖昧で、どこか私心に捕われたという一面がないとはいえない。あるいは光尚には、弥一右衛門に対し殉死者の一人としての純粋な敬意があったのかも知れず、またひときわ寛大なる君主

でありたいという誘惑があったのかも知れない。だが、いずれにしろ原本の筆者は、かかる措置にも、と言うより、かかる措置であればこそ、ひとしお〈難有〉き政道の実現を感じ取り、それを心より慶賀して止まないわけなのだ。

が、やはり権力＝体制は、その本来の峻厳なる潜勢力を発揮し、貫徹せずにはいない。栄えある〈十九人〉の殉死者の一人に数えられたにしても、所詮弥一右衛門は、その死後、他ならぬその遺跡において、相応の苛酷な処罰を蒙らざるをえなかったのである。

《阿部弥一右衛門か於遺跡ニハ、嫡子阿部権兵衛其外相残弟共、千石之御知行を夫〻に割授給ふ。嫡子権兵衛ハ、始権十郎といふ時、於原城て働有て、新知弐百石拝領す。其弟市太夫、五太夫も、是又原城ニて手柄有て弐百石完被下置。市太夫ハ初光尚公に勤仕せり。いつれも難有旨、面ニハ歓色有りといへ共、別而嫡子権兵衛ハ、亡父の遺跡己壱人ニ相続せすして、弟共分知之事、内心不平ニして、案外の至りかなとそつふやきけるが、述懐の甚敷、亡父已来の世上の批判、彼是世の中ものうくや思ひけん、おのつから世のましわりも疎成、鬱〻として月日を送りける。》

無論筆者は、阿部弥一右衛門の遺跡に対する光尚の知行分割の処置に、いささかの疑義もさし挟もうとしていない。むしろ弟達にまで、その功績に応じて新知を与えたこと、そしてまた確かに弟達が、〈いつれも難有旨、面ニハ歓色有り〉しことを祝福している。いわばそこにも光尚の、〈仁心〉に満ちた政道の裁断があったというわけなのである。

だが、光尚個人の善意、思惑はどうあろうとも、権力＝体制の専制力は、まさに〈阿部一族〉の中心を直撃していたのである。筆者は遺跡権兵衛の遺る方ない不満に触れながら、そしておそらくそのことに、密かに惻隠の情を抱きつつ、来たるべき悲劇へと語り進める。

《光陰如箭、いつしか寛永十九年三月十七日ハ、先君妙解院殿の御一周忌にあたりけれハ、自京都大徳寺天祐和尚下向有りて、重キ御作善有ける也。御当日にハ、尊霊江御焼香遊し、夫より忝も　光尚公十九人の位牌迄御焼香遊

しける。かかる難有御節ニあふことも、忠情を感思召の故也。誠に冥加の程こそ恐有り。》

さらに筆者は、殉死者の遺族が焼香を許されたこと、同時に紋付上下および時服を拝領したこと等々をこと細かに記し、形のごとく、〈難有かりける事共言舌筆紙にも難レ延と、人皆感涙を催す程之事成ルに〉と続けるのだが、しかし、この荘重なるべき法要の席上で、実に思いもかけない珍事が出来しまったのである。

筆者はまず、〈阿部権兵衛が所存こそ、本心ならぬ事共也〉として、事の顚末を次のように物語る。

《親〻の存生座配の如ク次第を守リ御焼香申上ル時、彼阿部権兵衛ハ　尊霊江御焼香申上ルと一同に、己か髻を切て備置て退出ス。諸衆是を見て、法外之仕方、是本心よりの事にあらすと、各立懸り押止て、その子細を問に、遁世の由述懐の情を述ルといへ共、時節所からを不顧、かゝる厳重の御法会の座席、前代未聞の事共也。則　光尚公達尊聴けれハ、甚以御機嫌悪敷、早速禁籠被仰付。残ル兄弟共、権兵衛儀、かゝる不所存、上を不憚仕方御咎の趣、兎角を述ルに言葉なく、唯恐入、門戸を閉、静り返つて居たりける。権兵衛が身上、御仕置の筋如何被　仰付事やらんと、親族打寄、安キ心も無キ内に、空しく月日を送りける。》

と。——

繰り返すまでもなく、『阿部茶事談』原本の筆者は終始、権力と体制の絶大なる讃美者であり支持者である。彼は口を極めて、政事、政道の〈難有〉き次第を語り示す。いわば世界と現実の永遠と絶対を証す以外、彼に、他の思いは一切ないかのようなのだ。

こうした筆者にとって、権兵衛の行為は以っての外のものでなければならない。権兵衛の遺る方ない鬱結に、密かに惻隠の情を寄せていたはずの筆者も、さすがにここに来て、権兵衛の行為を露ほども擁護しない。ここに来て権兵衛は、いかなる理由があろうとも許容しえぬ、いわば武士にあるまじき狼藉を犯してしまったのである。だから筆者の意識においても、権兵衛が厳重なる処罰を受けるのは必定であったのだ。

　しかしそれにしても、同じく常例に背き反しながら、なぜ筆者は、弥一右衛門の場合にはむしろそれを恬然として、というか自明のごとく見過し、権兵衛の場合にはあえてそれを手厳しく咎めるのか。おそらくここには、この原本の筆者の、武士としてのきわめて根源的な〈思想〉が介在していたといえよう。いまそれを予め端的に言っておけば、自らの振舞に、弥一右衛門は死をかけ、権兵衛はそうしなかったまでのことなのである。(27)――

　が、いまこのことは暫く措いて、ここで筆者の関心は、卒然権兵衛を離れてその親族へと移る。そして以降筆者の関心は、一途にその親族の動静に向けられるのである。あたかも、もっぱらそのことに驚異し牽引されたがためにこそ、筆者は『阿部茶事談』を語り始めたのだ、とでもいうかのように――。

《扨も権兵衛は、述懐の至り、よしなき事を仕出し、今更後悔ニそ思ふらん。妻子兄弟歎の程尤とそ聞へける。阿部弥一右衛門ニ五人の男子あり。嫡子権兵衛也。次男弥五兵衛、市太夫、五太夫、七之允也。公の御機嫌甚以悪しかりけれハ、権兵衛事薄氷を踏む思ヒをなし、妻子兄弟一日も安き心なく、》

と、筆者は先ず、突如陥った一族の愁傷を描き出す。そして、〈阿部一家之者共権兵衛命乞を天祐和尚江内ゝ頼置事〉の一条に、一族の惑乱を写し取るのである。

　即ち、一族の面々は、忠利の法会のために下向し、まだ熊本に逗留していた大徳寺天祐和尚に縋って、権兵衛の助命を願う。天祐も、〈権兵衛か御恩を忘れ、前代未聞の行跡、上を不恐不届ハさる事なれ共、跡の親族の歎きあわれに思ひ給ひけれハ、もし権兵衛が身命に御たゝりあらは、其時愚僧、助命の願をなし、弟子共なすへきなり、気遣ふ事無れ〉と、光尚への執り成しを約すが、しかし、それを察した光尚は、天祐との対話にも権兵衛に関する話柄を避け、なんらの沙汰も下さぬまゝ、やがて天祐は空しく熊本を去らねばならなかったのである。

　筆者はこの間、一方で、〈天祐和尚の命乞を頼にして、霊仏霊社の御しめ縄、権兵衛が身上無恙、我らの玉の緒もなかゝれと、千〻の祈をなしけるも、親族の身にしてハ、実もあわれに聞へける〉と、一族の不安に憐憫を示しつつ、また一方、〈かゝる不忠不孝の者、自然助命有りてハ御政道も難立、又、大寺の住職一跡にもかへて助命の願あらハ、事むつかしくていかゝ成と思召けるも御尤なれ〉と、光尚の判断にも賛意を示す。たしかに、権兵衛の行為は、もはやまったく許されるべくもない。が、しかも筆者は、その〈不忠不孝〉の権兵衛に繋がる一族の面々には、満腔の同情を惜しまないのである。

もとより、己れ達の棟梁を救わんとして、神仏の加護に縋る一族の面々の祈りは、愚かにも空しい。しかしおそらく彼等は、天祐への願いの空しいように、神仏への願いの空しいことを十分知っていたはずであり、だからこそ竦然として怯え、必死に祈るしかなかったのではないか。そして、多分そこに、彼等の運命の形――一族とともに生き、一族とともに死なねばならぬ、彼等の運命の形が倒影していたといえよう。[28]（しかもさらにまたここに、原本の筆者は、一族とともにある、おそらく人間の究極の姿を、なかば無意識のうちに照射していたのだ。）

さて、天祐が熊本を去ると、光尚は直ちに権兵衛を処刑する。

《権兵衛儀、上を不憚、前代未聞の仕形、其罪難遁、井出の口ニ引出され、縛首をそ討れける。》

そして筆者は、一方、権兵衛個人については、〈己か心よりとハ言なから、是非なかりける次第也〉とすげなくやり過し、一方、その一族の面々については、まさに激しい共感をこめて語り継ぐのだ。

《於爰、兄弟阿部弥五兵衛を初として、相残兄弟共、歎の涙ニ怒りを含、権兵衛上を不恐仕形、御咎の趣ハ奉至極といへ共、親弥一右衛門儀、数ならねとも、先君へ対し殉死の壱人なり、御仕置ニ被　仰付とも、侍の作法ニ被仰付におゐては、上に対し御恨を可申上様もなし、然ルニ盗賊なんとの如く、諸人の眼前白昼に縛首を刎られし事、無御情御仕置の次第也、此上は残兄弟共とても、其儘にてハ被立置まし、たとひ御構なく被立置共、本家の一跡縛首を討れ、何の面目有りてか忠勤もはけみ、朋友にも面を向んと憤りて、兄弟四人権兵衛屋敷ニ一所に取籠。此事

達　尊徳なは、定而討手むかふへし、さあらは去年已来鬱憤を致し、仕手の面〻と花〻敷勝負を交し、勢つきハ尋常に切腹せんと、門戸を閉、静かへりて居たりける。》

　たしかに、これはいかにも俄然たる、さらに蹶然たる対応である。阿部一族の面々は、光尚の権兵衛に対する処断を知るやいなや、まるでそれまで抑えつけられていた箍が弾け飛んだように、一挙に光尚への、言語道断なる謀叛にと突き進むのである。

　だがもとより、彼等は無体なる反逆に及びつつ、決して勝利を望んでいたわけではない。いや彼等はむしろ敗北をこそ望んでいたのだ。彼等は主君に弓を引く自分達の非を、だから自分達の企てが当然厳罰を受けねばならぬことを、さらに自分達の生が所詮犬死に終わるしかないことを、十二分に承知していたのである。

　が、とはいえ彼等にも、侍の一分があったといわなければならない。彼等には、〈親弥一右衛門儀、数ならねとも、先君へ対し殉死の壱人〉という〈侍〉としての自負があった。しかもその自負は、他ならぬ光尚の、弥一右衛門を〈殉死の壱人〉に数え入れた心馳せに拠っていたのだ。が、ならばその同じ光尚が、たとえ権兵衛を〈御仕置ニ被　仰付とも〉、なぜ〈侍の作法〉において〈被　仰付〉なかったのか。なぜ〈盗賊なんとの如く、諸人の眼前白昼に縛首を刎〉ねねばならなかったのか。いや、それはまさに〈侍の作法〉に悖る〈無御情御仕置の次第〉であり、たとえそれが主君のものであるとしても、〈侍〉が〈侍〉にとる〈作法〉ではない。そしてそうだとすれば〈侍〉の一分を立てるべく、彼等はその無情、無法に、公然〈御恨を可申上〉、さらに〈歎の涙ニ怒りを含〉み、敢然抗わなければならなかったのだ。

　しかもなお彼等にとって、その自分達の決起が、この永遠にして絶対の世界＝現実の価値と秩序に背くことであり、だから自分達がこれ以上生きられず、死——それもなにものにも結ばれぬ非業の死を死ぬしかないことは、明らかであったのである。

その〈侍〉の一分という、いかにも不条理な自恃の心情、内部の熱塊――つまり意地をかけて、彼等はただただ、犬死を急いだのだ。

そして、ここでなによりも注目すべきことは、『阿部茶事談』原本の筆者――あの権力と体制の絶大なる讃美者であり代弁者であったはずの筆者が、その自らの観点から物語ることを忘れ果てたごとく[29]、この一族の慮外なる叛逆に、いささかの批難、弾劾を加えぬばかりか、いわばのめりこむように、一族の悲痛な混乱、その瞋恚と慟哭、そしてその決死の姿を写し取っていったことなのである。

『阿部茶事談』原本は、ここから、あたかも軍記物語に似て、阿部屋敷における凄絶な戦闘の有様を、高調した文体で描き継ぐ。

まず、阿部一族が屋敷に引き籠ったことを知った光尚は、〈不届の奴原かな〉と、急ぎ討手の面々を下命する。表門の総大将には御側者頭竹内数馬長政、裏門の総大将には同高見権右衛門重政、他に、それに随う者の名が記され、さらに、阿部屋敷周辺の警固、夜廻り等の様子が写されて、いよいよ叙述は、誅伐前夜の阿部屋敷内に及ぶのである。

《阿部兄弟の者共、明日ハ討手向由聞へければハ、兼而覚悟の前なれハ、屋敷内掃除等無残仕廻、見悪敷物等ハ焼捨て、廿日の晩ハ、一族の老若男女共打寄て、最期の酒宴をなし、囃子をそはしめけるが、酒宴はやしも時刻うつりて相済けれハ、銘〻妻子幼男ハ不残刺殺、屋敷内ニ穴を掘り、死骸を一所に埋、夫よりハ、兄弟四人幷恩顧の郎等共一所に相集リ、鉦鞁をならし、高念仏を唱て、夜の明るをそ待居たり。》

まるで、一迅の瘴気が、狂熱が、一族の一人一人を襲ったかのようである。そしてここでも注意すべきは、筆者はそこに、一切の価値判断を加えない。ただ一種狂暴な自爆への意志、死への意志が、一族全体を駆りたてる異様な情景を、しかもその時、すでにこの世界と現実は、非法非道の修羅と化してしまったことを、なにか憑かれたもののごとくに刻み付けてゆくのである。

さて、筆者はここで、〈竹内数馬討死家来嶋徳右衛門か事附り副頭添嶋九兵衛討死之事〉という一条を費して、仕手の総大将竹内数馬がことに言及する。

数馬は千百五拾石の高禄に浴し、〈当御代御側御鉄炮三拾挺頭にして、今年廿一歳、血気壮年の若武者〉である。幼少より忠利の小姓として寵愛を受け、嶋原の一揆の折にも供奉して出色の武功を立てた。この度、晴れて仕手の総大将に任命されたが、それについては、いささか子細があったのである。

即ち、新君光尚の御覚めでたく、御側去らずに勤めている大目付役に、林外記というものがいた。〈当御代ならひなき御出頭〉にして、〈大小と無、御政道の筋にも口入せし〉が、元来、なぜか数馬とは〈不和〉で、先の討手指名の〈御讃談の席〉においても、〈竹内数馬ハ御先代御取立之者也、御厚恩身に余り、此度なんそ御厚恩を報セさらんや、数馬こそ〉と、片腹痛き陰湿な献言をしたという。

そのことを伝え聞いて数馬は激昂する。

《心得ぬ外記か言葉かな、此度御恩を報せよとハ、我もとより御先代御取立の者成事ハよの知所也、殉死をも可致者の生なからへ居とや思ふらん、殉死の面ゝハ、わけて御厚恩故有面ゝ成り、我臆病にして生きながらへ居にはあらす、君にも外記か申処尤と思召せばこそ、其儘討手被　仰付つらめ、御先代拝趨の輩ハ腰ぬけて、当御代何之御用にも立ぬ身成。生なからへて何かせん、いさきよく討死するより外なしと、憤を含んて退出しけるとそ聞へける。》

数馬は、まさにあっという間に、討死を決意してしまうのだ。

光尚は数馬が〈憤を含よし〉を聞き及び、〈必無怪我、首尾能仕リて罷帰〉と懇ろに言い送るが、しかし数馬の決意は変わらない。はたして討入の日、数馬は表門を破り真先に進み入るが、たちまち左右から鑓を受けて討死する。〈生年廿一歳、無比類働、おしまぬものこそなかりけり〉と、原本の筆者は、その〈勇気〉を称讃してやまないのである。（なお、嶋徳右衛門、添嶋九兵衛が壮絶に戦い、主人数馬を追って討死していったこと、その他、数馬家来の面々が存分の働きをなしたことを、筆者が落とさずに書き加えていることはいうまでもない。）

筆者はもう一人、柄本又七郎という武士のことにも、〈柄本又七郎阿部弥五兵衛を討捕同七之允と鑓合働手負候事附又七郎妻女仁愛有ル事〉という一条を割いて言及する。

柄本家は阿部家の隣にあり、平素から両者は、家族ぐるみ昵懇の間柄であった。この度も又七郎は、悲運に沈む一族に同情し、〈上を憚り、我等ハ忍てもとひかたし〉としながらも、〈妻子の事ハあなかち御咎あるまし〉と、夜更けて妻を見舞いにやる、それほどに、彼は、〈元来ィ情有人〉であったのである。

そしていよいよ阿部一族討伐の前夜、〈阿部近隣の輩ハ、当番たり共在宿して、銘〻屋敷を相守火災を戒、御下知なきに仕手にあらすして彼屋敷へ猥ニ馳集るへからす〉等、〈厳重の御沙汰有リ〉との事態、しかも、〈別而、向屋敷両隣の面〻ハ、御下知之趣を堅相守〉との状態にもかかわらず、〈己か屋敷斗を火災をのミ慎、安閑として有らんも、勇士の本道にあらす、後の御咎ハさも有らハあれ、年来手練の鑓術此時と思ヒ〉、〈夜ふけ人静て、ひそかに境の垣の縄の結目ヲ切り置て〉、その朝、討手が阿部屋敷に押し入ると同時に踏み入り、年来の親友弥五兵衛と渡り合ってこれに鑓をつけ、自らも七之允の鑓に傷つくのである。

又七郎はその格別の働きによって、光尚より勲一等の褒章を受ける。これを聞き知った人々が祝いに来ると、又七郎は、〈今度段〻結構ニ被　仰付、難有存也、伝承ル元亀天正の頃ハ、戦国最中にして、城攻野合の合戦ハ武士朝夕の茶飯の如し、阿部兄弟ことときの事ハ、茶子〳〵朝茶子ならん〉と呵々大笑したという。原本の筆者は、〈何れも其勇気の程をそ感しける〉と、又七郎を讃嘆してやまないのだ。

無論、竹内数馬や柄本又七郎ばかりではない。筆者は他にもこうした勇敢なる武士の片影を配しつつ、なによりもその中心に、阿部一族の面々の、まさに死を決した奮迅の働きを——あるいは腹を切り、あるいは討たれて、全員ここに絶命する壮烈なる光景を描き出すのである。

そこにはすでに、反徒と討手の関係はない。ただすべてが己れの意地をかけて、入り乱れ、血飛沫をあげ、血煙をあげて闘う姿に、筆者はひたすら瞠目し傾注するのである。

そしてここには、『阿部茶事談』原本前半の、あの権力と体制の価値と秩序が遍く蔓延し跋扈する物々しい重圧感は影を払い、逆に、人間の秘めるいわば原始的な生命の躍動感が、激しく迸っているのだ。

もとより、『阿部茶事談』原本の構図は、阿部一族の謀叛鎮圧のごとき、〈茶子〳〵朝茶子〉と笑殺する柄本又七郎の科白をもって収束する。つまり事件は、それほどにも呆気無く終わるささやかな〈茶事〉でしかない。権力と体制は微動だもせず、ただ一時小さな波紋を描き、再びなにごともなかったかのごとく平安に返ったのだ——。そして、終始そのように語る原本の筆者は、だから一貫して権力＝体制の栄光を称えるべき忠実なる語り部であったといえよう。

だが、その周到な構図においても、おそらく原本の筆者は、やはりある重大な分裂と矛盾を露呈してはいなかったか。（そして、もしそうだとすれば、原本の筆者が覚えず露呈した分裂と矛盾とは、一体どのようなものであったのか。いや、その内実は暫く措いて、その分裂と矛盾こそが、多分その後三百年、『阿部茶事談』原本に対する数次の増補者達の批判を呼び起こし、また鷗外森林太郎を巻き込んで「阿部一族」を綴らせ、さらに今日に及ぶ、いわば一つの絶大なる文学的事件の端緒となっていったことは確かなのだ。）

勿論、筆者の意識において、いささかの矛盾も分裂も自覚されていなかったであろうことは繰り返すまでもない。先君忠利に殉じていった十九人の武士達をはじめとして、筆者はひたすら、封建の世の人の道を支えるべき正義を生きた武士達の姿、その人倫の理想を、褒め称えていたにすぎないといえよう。しかし、そのことに専念していたはずの筆者が、いつか、むしろ逆に、公然権力=体制に叛旗を翻した阿部一族の面々を、まさしく熱い共感をこめて描き始めていたのである。

　そればかりか、筆者はそれぞれ別に一条を設け、権力=体制そのものとしての光尚の上意を無視し、自己一個の武士としての意地に殉じていった竹内数馬、あるいは光尚のに厳令に背反し、これまた自己一個の武士としての面目を貫いた柄本又七郎の、まさに秩序と規範を蔑ろにし、堂々主君光尚の威信を傷つけたその傍若無人の態度を、それと気づかず、いかにも躍如として描き出しているのだ。

　そして、なによりもその中心に、阿部一族一人一人の、まるで熱病を病んだごとき憤怒と反噬の激情が逆巻いている。もとより原本の筆者もまた一個の武士であったにちがいない。しかも彼は、いまやその自らの内なる武士の血のさわぎに抗しきれぬように、それとは知らぬまま別人に変貌したごとく、ひたすらその暗黒の激情へと心を傾けてゆくのである。

*

　だが、それにしても、『阿部茶事談』原本の筆者のこの変貌——いや、少なくとも当初から、その語り口に隠顕していたその無意識の矛盾と分裂は、一体なにによっているのか。おそらく、そこには、武士といわれた人々の、もっとも根源的な〈問題性〉が関っていたと考えなければならない。

　よく言われるように[30]、まず戦国から江戸、つまり戦乱の時代から太平の時代への移行に際し、戦闘員から為政者、人倫の指導者へと転じた武士そのものの、性格の変化に注目しなければなるまい。

　戦国の世（無論それ以前から）、年来の恩顧に報いるべく、主君のために生命を献げて戦った武士達。彼等は、もとより常住に死を目前に控え、だから、いかに生きて然るべきか、とは、最大の可能性を生きるべく、武士としていかなる覚悟を定むべきか、という問いに晒されていたのである。

そして、そこに培われた厳しい武士の生き方。まず、なによりも戦いに勝つために、敵に後れを取らぬために、つまり一瞬の鍔際を自在に仕果すべく一切の執着を棄て去ること、とは、なによりも死を恐れず生命を惜しまず、自若として戦いに突き進むこと、しかも、それほどまでに豪胆にして冷徹なる覚悟を定め、だから、いささかの怯懦をも自らに許さない倨傲きわまりない精神の姿勢が求められたのである。

その結果、生命よりも名を惜しみ、死よりも恥を恐れ、従って、辱しめを受けるやいなや、恥を雪ぎ、名を守るべく、まさに間髪を入れず死地に赴き、あるいは自死することによって自らの勇気を証す、いや、自らの勇気を証すために常住に捨身となり死を志す。そして、おそらくこのようにして、いわば生きるために潔くこの生命を断たんとする、つまり生きるためにこの世界と現実のすべてに背を向けんとする、きわめて逆説的な精神の緊張が育まれたのである。

だが、武士達のその心の猛りは、本来、主君の御役に立ち御用に立つために、一身一命を賭して戦うべき心の用意ではなかったか。要するに、一切の私を抛った、ただひたすらなる主君への没我的な献身――。しかしその心の猛りは、そうした現実的、社会的状況に出発しながら、まさに乱世そのもの、戦場そのものにおいて、つまり常住に死を眼前にしなければならぬ幾世代もの苛酷な実存的状況に直面しつつ、限りなく尖鋭化し、ついに一人の人間が、その絶対的孤独を、もっとも誇りかに生くべき、いや死すべき心の丈へと内面化していったのである。

要するに、本来の主従関係を生くべき正義大道をこえて、彼等武士達は、一個の私として死すべき内部の論理を養わなければならなかったのだ。そしてそれは、常住に存在の危機に晒されていた彼等武士達が、その絶望的な状況の中で本能的に育てあげたものの象徴にほかならない。つまり国をかけ城をかけての戦乱における死の必然と強制を、自由意志による死に変え、そこになにものにも替えがたい一個の人間としての尊厳を全くせんとする彼等武士達の、いわば極限的な願望がこめられていたのだ。

そしてこの、一種異常なまでに執拗な自敬の意識、だがしかし、あくまで人間的な熱い願望こそ、〈武士道〉といわれる、おそらくもっとも日本人的な〈思想〉ではなかったか。

だが、いま太平の世となり、彼等武士達は、まさしく主従関係を根幹とする封建体制＝権力機構の中で生きなければならない。君臣ともに力を致して、仁愛と忠誠という人倫の理想を生きなければならないのである。

乱世はようやく過ぎ、待ちに待った治世が巡って来たのだ。彼等はそれを再び毀たぬために、一層厳しく私を抑え、たとえいかなる理由があろうとも、秩序と規矩に背くことは許されない。――以後彼等に、人倫の体現者としての正義大道の自覚を説く、所謂〈士道〉論の浸潤してゆく所以であったといえよう。

だが、ではその時彼等に、それほどに至上的な主従関係を生きることと、あの武士達が伝統的に養い育んできた、一個の人間としての尊厳を守り、たった一人で純粋に死んでゆくこととの、矛盾や分裂はなかったのか。いや、なかったどころではない。おそらくその後数百年、武士と呼ばれた人々は、さらに武士という名が失われた後も、武士の心根を継ぐものは、もとより彼等もまた人々の間にあってたった一人では生きてゆかれぬかぎり、その矛盾と分裂を、内に抱え込まなければならなかったのではないか。

無論多くの人々は、その矛盾と分裂を内に潜めながら、幸福にもそれを鋭く自覚せぬままに、この世を去っていったにちがいない。が端的な話、あらぬ辱しめを受けた時、武士たるものは本来、いかがなすべきなのか。言うまでもなく武士はその瞬間、自らが真正に武士らしき武士であることを証すために、たとえそれが私闘、喧嘩となって犬死に終ろうとも、間髪を入れず生命をかけて闘い、死なねばならないのだ。そして、おそらくこのようなことは、武士社会において、まさに日常茶飯事として、頻々と起こっていたに相違あるまい(31)。

されればこそ、幕府を中心として権力＝体制は、人々の眼を、戦国武者の習いを継ぐ〈武士道〉より、人倫の範たるべき儒教的士大夫＝士君子の道へと向けさせるために、強力に〈士道〉的文教政策を、さらには法制の整備そのものを押し進めていったわけなのだ。

しかし、にもかかわらず、武士の間にも、さらに民衆の間にも、〈武士道〉の伝統はきわめて根強く残り続けた。おそらく〈武士道〉の、なによりも純一無雑の死を死ぬ高貴性、高潔性。いわばそれこそが人性の究極のイメージとして、あるいは殉死や仇討等への情緒的讃美を助長しつつ、人々の心の深みに沁み込んでいったのであろう（たとえば「忠臣蔵」）。

だが、重要なことは、実はこうした武士を取り巻く状況の変化を、客観的、歴史的に跡づけてゆくことではない。要は、その状況の変化がとど贋したであろう深甚なる分裂と矛盾を包懐しながら、それを意識するとしないとに関らず、現に生死の関頭に立たざるをえなかった彼等武士達の悲喜劇に、直に身を置くことではないか。

そしてその時、この現実と社会、つまり人と人との関係において生きねばならぬとともに、自己一個の孤独な内面において死なねばならぬ人間存在の、根源的な二律背反、しかもそれを常しなえに統禦しえぬ人間存在の、無念の咆哮が聞こえてくるはずなのである(32)。

＊

さて、かくして阿部一族の面々の、止むに止まれぬ逆心の構造は明らかになったといえよう。無論彼等は血を見ることを好き好んだわけではない。出来ることなら彼等もまた、一代の正義——一切の私を抛って、ただひたすらなる主君への没我的な献身の道を全うしたかったに違いない。しかし彼等にとって、その没我的な献身の道とは、実は万事を捨て去ることを通して自らを貫く、いわばぎりぎりの自己主張であり、従ってその生の絶対的な根拠こそは、たとえその献身の当の対象である主君によってさえも否定されるわけにはゆかず、しかも不幸にもそれが否定されたとき、彼等は直ちに立ち上らざるをえなかったわけなのである。

もとより主君に刃を向けるとは、そのままこの世界と現実、その秩序と規矩に背くことであり、永劫に逆賊として、人非人として極印を押され、いや誅殺されることを免れない。が悲壮にもむしろそれら一切をかけて、とは、生命をも、さらにはこの世における永久の名誉をも棄てて、なお彼等は、かけがえのない貴重なものを、というよりは、いかんともしがたい凶悪なものを、自らの内に主張するのである。

その彼等の無体な欲求、そして暗黒の激情、しかし悲痛な渇望――。だがここで看過しえないことは、この阿部一族の面々の一種傍若無人な狂乱を、あの権力と体制において一元的に裁くべき『阿部茶事談』原本の筆者が、むしろ完全にそれを許し、熱く見守っていること、そのことはもはや断るまでもあるまい。そしてそのとき、たしかに権力と体制を信じ従いつつ、だからこそその永遠と絶対を伝えるべき熱心な語り部であったはずの筆者が、いつしか阿部一族の面々のあの暗黒の激情を共有する自らの心の奥処を、さらけ出していることもすでに断るまでもあるまい。

だが自らの心の奥処に、その異様な熱塊を抱えるものは彼等ばかりではない。上意に副うことを肯んぜず、自殺にも等しい討死を遂げていった竹内数馬。厳命を破って、己れが一個の真正なる武士であること証すべく、ひとえに戦いを望んだ柄本又七郎においても、その心底を領していたものは、あの暗黒の激情を措いてないのだ。

それればかりではない。権力＝体制そのもの、価値と規範そのものとしての主君忠利と光尚。が、彼等もまた一個の人間である以上、その内部の奔騰をいかんともしがたかったのである。阿部弥一右衛門を理由なく死地へ追い込んだ忠利の不可解な悪意あるいは恣意(33)。弥一右衛門を殉死者の一人に数えながら、その子供達への知行分割を企て講じた光尚の自家撞着。加えて阿部権兵衛に対する〈縛首〉という、〈侍の作法〉を無視した、ほとんど腹立ち紛れの過激な処断。また権力＝体制のきわめて忠実なる奴僕である林外記[34]の、だから当然苛察なるべき献策を容れて、竹内数馬を討手の総大将に任命しながら、数馬の憤慨を知るや、少しく狼狽を見せなければならなかったその優柔不断。さらに柄本又七郎の軍律を蔑した専断を許し、その上まさしく結果オーライで、勲一等の褒章を与えたその支離滅裂。なるほど光尚の場合、これらすべては、その若さ、未熟さのせいとも考えられよう。しかしおそらくそこには、より本質的にいって、この現実と社会に関りつつ、同時に孤独な内面において生きねばならぬ人間存在の、あの根源的な二律背反が、彼等絶対君主をも同じく、深い混迷へと陥れていた事実が暴き出されているといえよう。

だが、それにしても、いまや『阿部茶事談』原本の描き出した世界は、なんと痛苦と不安に満ちた混沌たる没価値の世界であることか。すでにそこには、あの永遠にして絶対であるべき価値と規範は揺らぎ、崩れている。そしてそこには、生きのびることを願わず、ただひたすら死ぬことを、それも非業の死を死ぬことを願う、まさに荒唐無稽な狂気がのさばっているのだ。

何度も繰り返したように、原本の筆者が語るとき、彼はつねにおのずから、権力と体制の興起を、つまり眼前の治国平天下を諾い、寿いでいた。おそらく語るとは、本来、この天下国家を成立させ支えるべき価値と規範、その合理性と普遍性、要するに人倫における意味の総体に連なり、それを自証することにほかならないからであるといえよう。

だが、にもかかわらず彼は、そう語りつつその側から、その人倫における意味の総体を、つまり人が真理と呼び習わすものを、悉皆虚妄として嘲笑うがごとき兇暴な一念が、盲目の衝迫が、鬩ぎ合う修羅の光景を現出せしめていたのだ。そしてそのとき、そのことを意識するとしないとに関らず、彼は、あの権力＝体制の絶大なる讃美者、支持者から、その決定的なる否定者へと変貌していたのである。そして、おそらくここに、『阿部茶事談』原本のもっとも本源的な性格があり、さらにその〈文学性〉の胚胎する所以があったといえよう。

四　『阿部茶事談』増補の趨向

かくして『阿部茶事談』原本は、そこに登場してくる武士達ばかりか、彼等の事蹟を記述する筆者の分裂と矛盾を内蔵したまま、しかしおそらくは同じ分裂と矛盾を運命づけられた封建の世の多数の武士達によって、密かに、だが深甚なる共感をもって読み継がれていったといえよう。

あるいはその読書体験は彼等にとって、ほとんど眩暈にも似た体験であったにちがいない。なぜならそれは、主君への忠誠と内なる暗黒の渇仰、つまりこの現実を生きるための理《ことわり》とこの現実に背を向けて死なんとする激情というまさに矛盾し分裂するものの、しかも二つながら真実なるものの同時体験であり、だからそれゆえに、眩暈にも等しい体験であったにちがいないのだ。

が、しかし、その眩暈から醒めたとき、彼等はそこに厳存する矛盾と分裂、その混乱が垣間見せる現実の〈無意味〉に驚き、激しい不安や苛立ちを覚えはしなかったか。そしてそのとき彼等は、いわば〈意味〉の廃墟と崩れ伏した『阿部茶事談』原本に、あらためて確固とした〈意味〉の再建を企てなければならなかったのである。

つまり彼等は、『阿部茶事談』原本から圧倒的な感銘を受けながら、しかし阿部一族の面々をはじめ、自己一個の武門としての意地と面目に執し、結果的に主君に背いた武士達と、さらにその武士達の姿を自らの血のさわぎに抗しきれぬごとく、のめりこむように描き続けた筆者の中に、なにか得体の知れない危険な徴候を読み、やがてその違和感に激しい不安や嫌悪を抱いたのではないか。たしかにいまや『阿部茶事談』原本が繰り広げる世界は、逆心と無法の世界に変貌した。そしてだからこそ彼等は、その変貌を拒否すべく、『阿部茶事談』原本の原点に遡行するように、権力と体制の絶対と永遠を一段と高らかに鼓吹するのだ。

すなわち、己れの一身一命を潔く主君に捧げて死んだ殉死者達、いわば一代の正義を生きた武士達の雄姿を、ひときわ鮮烈にクローズ・アップすることによって、この世界と現実の意味を、あらためて強力に蘇生せしめんとするのである。

さてこそ、第一次増補者は古老渡辺権大夫源輝の直談をもとに、まず忠利が〈文武兼備の名将〉たりしことを再確認し〈古老茶話曰〉(1)、権力と体制の絶対と永遠という原本の主題を補強する。[35] そして正義の鑑としてのあまたの殉死者の中でも、際立って潔く死んでいった二人の武士の風貌を、きわめてヴィヴィッドに描き添えるのである〈又茶話曰〉(2)(3)。

《又茶話曰、内藤元続ハ兼而懇意成けれハ、公の御病中、此度御様躰御全快難斗けれハ、自然の時御供可申上心底成けるが、御足を戴申、殉死之願有けれハ、御免なし。押返三度いたゝき被申候時、被成御免候。殉死之節も、老母妻女被致暇乞候時、平生酒を好ミ被申候故、いつれも酒を進メ見、盃事も済、長十郎被申けるは、此中心遣ニ草臥たり、切腹も未間有之、少休息いたし可申と、座敷に引籠昼寝いたされ、熟睡時うつりけれハ、老母の曰、長十郎ハ少の間休息と被申しが、最早時刻もうつれり、切腹延引せは臆したりなんと悪口にあはんも如何、早起し玉へと、長十郎妻女ニ申されける時、嫁も誠ニ左様ニ而御座候、とても被成御殉死に一刻も早きが能御座候ハんと挨拶して、長十郎休息所へ至りて、けしからぬ御熟睡也、御袋様おそく成可申、匆く御起申せとの仰成り、早御起被成候得と有けれハ、長十郎目をさまし、少の間と思ヒつるに、酒に酔、其上此中の草臥故、よく熟睡して気力を得たり、いささらハ用意せんと、心静に諸事取したゝめて、いさき能殉死せられけるとなり。》

《又茶話曰、津崎五助ハ御犬率にて、御放鷹の折から野方ニ而甚御意に叶ける故、平日御懇意なれハ、此節御厚恩難黙止とて御供申上けるに、御中陰果の日、五助ハ浄上宗成けるが、田畑の檀那寺、平日御鷹下に率ける犬をも率て来り、切腹の時五助犬に向ていふやうハ、此度　大殿様御逝去被成、常ゝ御厚恩の面ゝハ御供申上ル、我も常ゝ御懇意ニ付、御供申上ル成り、我死るならハ、己ハ今日より野犬と成らん事の不便さよ、御秘蔵の御鷹ハ御葬礼の節ニ春日寺の井に落て死る、是も御供申上たるならん、己も御鷹下に率ける事なれば、我と共ニ死んとハ思はすや、生て居て野犬と成らんとおもハゝ此飯を喰べし、我と同ク死ハ飯を喰ふべからすと、握り飯をあたへけるに、此飯を一目見た斗リにて喰す。其時、扨ハ死ルかといゝければ、尾をふりて五助が顔を打守りて居たりけるを、さらハ不便なから我手にかゝれとて、引寄て刺殺ス。自身もいさぎよく切腹す。五助が辞世とて、其頃人の取はやしける歌に、

　家老衆のとまれ〳〵とおじやれどもとむるに留らぬ此五助かな

といふて、御鷹匠衆ハ御まいらぬか、御犬率ハ只今参る成りと、から〳〵と笑て腹を切けると成り。》

まことに、いままさに死せんとする内藤長十郎の、そしてその老母と妻女の、なんと従容として平静であることか。もとよりそれは彼等が一切の未練を断ち切り、ただ主君への景仰に身魂を尽しているからにほかならない。彼等の態度にはまさに清爽の気が漲っている、といってよい。後の追補者が〈此三人の義心忠情感ずるに余り有〉と感激したのも、宜なるかなといえよう。そしてこのことはまた、津崎五助の場合により一層際やかに示されているのだ。

断るまでもなく、ここには、阿部一族の面々の私の〈意地〉に執し、行き所ない憤怒に死んでいった姿とは対蹠的な武士本然の姿がある。そしておそらくその対比のうちに、第一次増補者は、『阿部茶事談』原本の逸脱と倒錯への批判と、さらにその矯正を託していたのである。

だが、では第一次増補者はかくすることによって、『阿部茶事談』原本の混乱をよく補正しえたのか。たしかにこの増補によって、作品は可能なかぎり初発の主題を回復した。『阿部茶事談』はここに来て、あらためて帰服と献身の武士の理想像を、きわめてヴィジブルに描き出すことができたのである。

しかし、にもかかわらずよく見ると、この武士の理想像にさえ、なお深い亀裂が、暗い陰翳が見透かされるいわ

ざるをえない。

もとより内藤長十郎にしても津崎五助にしても、その意識において、毫髪も不純な意趣を含んでいない。ただ潔く腹を切り、晴やかに自らの至情と勇気を証したのである。が、たとえば長十郎の母の〈切腹延引せは臆したりなんと悪口にあはんも如何〉という一言、あるいは五助自身の〈御鷹匠衆ハ御まいらぬか、御犬率ハ只今参る成り〉という一声には、その殉死が、実は彼等の意識を越えた複雑な意味合いを帯びていたことが、図らずも写し出されているのである。

すでに触れたごとく、殉死の持つ〈義腹・論腹・商腹〉的重層性――。そして少なくともここには、ただ主君への絶対的な帰服と献身をのみ意味するはずの殉死（義腹）が、いつか彼等の意志とは別に、自らの体面を守り誇負を競う、とはつまり、自らの意地を貫くべき殉死（論腹）へと変移していることが否応なく明かされているのだ。

無論、彼等はこのことに気づいてはいない。ばかりか、原本に露呈された武士内面の混乱を統一するために、武士の理想像として彼等の雄姿を補綴した第一次増補者も、当然のことながらこのことに気づきはしない。まただからこそそこに、いわばついに自らの純粋性に立ちえぬ武士の宿命が、一層無惨にも顕著に示されているのだといえよう。

が、とまれこのとき、『阿部茶事談』は第一次増補を経ながらも、依然その中心の矛盾と分裂を晒したまま、というより、ますます明白にその矛盾と分裂を曝け出したといわなければならない。つまりその中心の矛盾と分裂を曝け出したまま、従って作品はまさにそのように未完結のまま、だから改めてその完結を後代に俟つこととなったのである。

たしかに、第一次増補を閲した後も、『阿部茶事談』はより一層の矛盾と分裂を露呈してやまないのだ。渡辺権大夫が伝える、その父の記憶に刻まれた当時の阿部家周辺の異様な緊張の記述〈茶話曰〉(6)〈又曰〉(7)〈又茶話曰〉(8)もさることながら、たとえばそこにおける光尚の言動、林外記の目を瞠る権勢、あるいは権大夫に対する柄本又七郎の直談の記述〈又茶話曰〉(13)等、いずれも事件の主筋に沿って、原本の記述の間隙を埋めながら、しかしそこに第一次増補は、いわば武士内部の無意識の葛藤を、ひときわあざとく顕在化するのである。

まず、竹内数馬の憤死を聞いた光尚が、その死を〈甚惜ませ給ふ〉とあり、さらに〈其後の御意にも、数馬事ハ思召違ニ而仕手被　仰候との事〉と付け加えられる。本来完全無欠であるべき絶対君主が、自らの不用意な判断を長く悔悟する。そこにはおのずから彼等絶対君主もが、常住に深い分裂と矛盾を抱えていたことが改めて暴き出されているのである。

またここには、光尚によって大目付に登用された林外記の威勢と、光尚死後の没落の次第が述べられている。おそらく外記は有能な官僚であり、体制と権力に、まさに傀儡となって随順する理想的な家臣であって、だからこそ光尚の抜擢と寵愛を受けたのであろうが、しかしそのことを述べながら、渡辺権大夫とその記述者は、外記へのいわば本能的な厭悪を隠さないのだ。外記を貶めることは、そのまま光尚を誹謗することとなることに多分気づかず――。そして言うまでもなくそこには、服従と献身を理想視しながら、元来外記のごとく自らの一分まで棄て尽すことの絶対に出来ない、武士というものの性が語り記されているのである。

さらにここには、原本における柄本又七郎の活躍とそれへの称讃を承け、権大夫が幼年の頃〈通家の好ミ有〉って、又七郎の謦咳に接しえたことが、権大夫の又七郎に対する純粋な追懐を込めて付け加えられている。無論ここには、又七郎の活躍がいかなる懊悩の末になされたのか触れられていない。ただ又七郎の剛直な人柄が、それとして純粋な敬愛を受けているといってよい。そして、そのような人柄に、ただちに恐悦してしまう所にも、武士というものの血が語り記されているのである。

さて、こうして、第一次増補者は『阿部茶事談』原本の圧倒的な感銘に浸りながら、しかしそこに無意識のうちに語り記された武士内面の矛盾と分裂、またそこに由来する作品の両義性に自らの身を裂かれつつ、だからこそ統一的な主題の奪回を願って、自ら思い描く理想的な武士像を配し、かくして封建の世の紛う方なき永遠と絶対を証さんと企てながら、結局はその自らの記述において、再び我知らず武士内面の葛藤をさらけ出し、さらに作品の両義性を決定的なものとしたのである。

その統一的な主題の破綻、つまり究極的な〈意味〉が崩れ去り〈無意味〉へと変貌する、その作品の中心を貫く〈無意味〉なるものへの変貌――。しかしここに第一次増補はその趨向を止めえず、いやむしろ助長するように、その趨向を受け継いで終わったのである。

＊

さて、問題は振り出しに戻った、といえる。が、それにしてもその後、『阿部茶事談』はどのように読み継がれ、さらに増補を重ねられていったのか――。

ところで、たしかに人間は時代と社会の規範と価値、いわば一代の正義、つまり共同体の普遍性につき従わざるをえない。それが人間の持って生まれた必然であり通性であるといえよう。なぜなら人間が生きるとは、つねに共同体においてであり、しかもそこにおいて、かくあらんと意思しつつ生きることである以上、が、人間がいずれは死ぬべき存在であり、しかも自らの死を体験することが決してできぬ以上、さしあたり、自らがそこに生きる共同体の普遍性に殉ずること、そのことを意志することが、人間にとって、最大限確かな生の手応えとなるはずではないか。

だが、にもかかわらず人間は、なににせよそれにおいてどれほど切実に死を意思したとしても、なお当然にも個体として、まったくの孤独において、つまり一切の普遍性とは隔絶したまま、茫漠たる暗黒の中へ没してゆかなければならないのだ。

もとより武士は、なによりも共同体の規矩と秩序、その主従関係に生き、死ななければならなかった。いやそこにおいて進んで死を意思するとき、その死によって武士は、人倫の極致を保証されていたのだ。

だがにもかかわらず武士は、人間が死ぬとき、たとえいかなる関係の名において死のうとも、ついに誰からの助けもなく、たった一人で死んでゆかなければならないことを知っていた。なんの当もなく、だがだからこそ武士は、完全に孤立無援で、一人必死に自らを支えんとして、我武者羅な狂奔の中で死んでいかざるをえなかったのである。あるいはそのとき彼等は、その死において、いかなる関係性をも超えた人間存在の自由と尊厳を守りえたのかもしれない。しかし自らの死を決して体験しえぬ人間にとって、所詮それも空しい幻想ではなかったか。いやその死は、共同体の普遍性に殉ずるよりもさらに覚束ず、なんらの確証もないままに、だからまさに荒唐無稽な狂奔そのものでしかなかったといえよう。

こうして『阿部茶事談』は、第一次増補を経ながらも、というより第一次増補を経ることによって一層、武士＝人間の死というものが、いかなる〈意味〉にも還元しえぬという冷厳なる事実を、いよいよ鋭く暴露することとなったのである。

しかも人々は、そこにまた圧倒的な共感を覚えつつ（なぜなら、それこそが己れ達の現下の運命なのだ）、しかし、また、一種全人間的な反発を感じたのではないか。たとえそれがいかに冷厳なる事実であるにしろ、人間はただ〈意味〉がないままで死んでゆくことはできない。〈意味〉を求め、〈意味〉に充たされて死んでゆかなければならないのである。

そしてこのとき、人々は『阿部茶事談』を前に、再度、超越せる〈意味〉の構築を企てなければならなかったのだ。そこに描かれた前人の死が結局〈無意味〉なものであり、しかもそれがやがて自分達の定めであるとしても、しかもなお人々は〈意味〉を求めぬわけにはゆかない。まるでそういう願いの中にだけ、辛うじて〈意味〉への予感があるということく……。

では一体、人々はその時『阿部茶事談』にどのような補強を加えたのか、すでに前々章において触れたように、その時第二次増補者およびそれ以降の増補者達の行った補修には、きわめて明白な一つの〈傾向性〉があったのだ。すなわちそこには一貫して、家記あるいは家譜という視点が強く打ち出されて来ていたのである。

少なくとも第二次増補、第三次増補において、阿部事件にその核心で関った数人の武士達の閲歴が、あるいは主君への忠誠の下に華々しく戦った者も、あるいは逆に、内なる暗黒の渇仰ににべなく散った者も、ともに変わりなく、原本および増補の記述を承けながら、なによりもその家＝一族に纏わる記録に繋がれて執拗に書き継がれてゆくのである。

同じく前々章で述べたごとく、第二次増補と考えられるものに〈竹内屋貞夜話曰〉(12)がある。〈数馬ハ予か大叔父〉という書き出し以下、大要は竹内数馬をめぐる記述の反復と補充である。まず竹内数馬四代の祖が〈享禄年中、摂州尼ヶ崎ニ而討死せし嶋村弾正〉にまで遡られ、その子市兵衛の代における竹内姓への改名、その子吉兵衛の度々の武功――秀吉より陣羽織を拝領したことに始まり、小西行長および加藤清正への勤仕を経て、細川忠興に招出されし由来が辿られ、その子吉兵衛以下五人の兄弟の出仕と有馬陣にての働き、ことに十六才の末弟数馬の原城攻略における働きが特記されるのである。

《数馬ハ十六にして御供申上ル。御児小姓故、御馬廻りニ居たりけるが、先手に参リ度と、再三願申上けるに、御腹立遊し、小倅うせおろふ《ママ》と　御意有リけれハ、あつといふて馳出す。其時、あれ怪我さするなと御意有リ、跡よりあれこれ続ク。数馬ハ、乙名壱人、草履取壱人、鑓持壱人、主従五人也。乙名、数馬と一同に石垣に付、城ヲ乗ル。

数馬働手負たり。御凱陣之上、新知三百石御加増、都合千百五拾石ニ成ル。関兼光の御脇差　忠利公より拝領して所持せり。無類の大業物成。御秘蔵成リけれ共、数馬御意叶居候故拝領す。御登城の時分、拝領の後も、兼光を借と御意有り、御指被成候而御登城被成候事度〻候也。つり胴なとも御斬せ被成候に、能落たり。壱尺八寸直焼無銘にして、横鈩、目貫穴二ツ有り。壱ツハ鉛にて埋て有り、鉛に九曜の三ツ幷の目貫、赤銅ふち、金拵也。目貫ハ、竹内次郎太夫に被為　拝領候申伝る也。》

まさしくここには、戦国武将さながらに、自らのすべてを一番槍にかけた若武者の決死の表情が写し出されている。しかもそのように戦場において遮二無二身を捨てんとする激情が、そのまま主君への忠誠となりえた過去の武士の、いまだ矛盾と分裂を知らぬ総身の浄福において——。

無論そこには竹内屋貞の、大叔父数馬に対する敬慕の情が濃く投影していることはいうまでもない。同時に屋貞は大叔父の姿に、語り留むべき武士の理想像を、武士本然の姿を見ていたのだといえよう。そしてだからこそ彼は、すでに『阿部茶事談』原本に記載されているにもかかわらず、数馬の武勲について、それに寄せた柳川城主立花飛驒守の感状の件に至るまで、重複を厭わず熱心に語り継ぐのである。

だがそのような屋貞が、その大叔父のやがて壮絶な最期を遂げていった顚末に、一言半句も言及していないことは興味深い。多分そこに、彼の触れることのできぬ厄々しい武士の現実、すでに数馬さえあの矛盾と分裂の中で、痛ましく死んでいかなければならなかった深淵が、黒々と口を開けていたのだ。

が、竹内屋貞およびその記述者は、いわばその暗黒を蔽うかのように、一転して次のように続けるのである。

《数馬男子なく、女子幼少壱人有リ。討死跡或養子被　仰付候得共、不行跡ニ而、御知行被　召上候由。竹内作之允と言もの是か。女子ハ、本家故に、予カ祖父吉兵衛方ヘ引取、幼少ニ而病死、断絶す。次郎太夫、八兵衛も、後年御知行差上ル。七郎右衛門ハ、代〻相続の処ニ、正徳年中宣紀公御代、両竹内御暇、いつれも家断絶。又、摂州尼崎にて嶋村弾正討死の時、かたみニ古郷ニ送リたる三原正盛の刀、二尺四寸五歩、是も本家竹内ニ相伝。竹内吉兵衛御暇被下後、八隅見山と改、剃髪。兼光の脇差ハ、去ル御仁躰の取次ニ而、去ル御歴〻へ御所望也。三原正盛の刀行衛不知。此刀ニ付而ハ、家説奇怪の咄多し。》

竹内数馬を間に挟んで、数代の祖先から（数馬直系の子孫ではないまでも）数代の末裔に至るまで、〈断絶〉を経つつ、しかしそれを越えて、いわば様々な〈家説〉を紡ぎながら連綿と続く竹内家一族全体の歴史――。だが、それにしても、数馬にも直接関係なく、いわんや阿部事件にも無縁なこれら〈枝葉末節的〉[36]な些事を、果してどのような意図のもとに、彼等は語り記していたのであるか。

が、その答えはしばらく措いて、そういうことであるなら、おそらく第三次増補の中心と推定される第十二条の本文部分と付記部分（〈又曰〉(16)(17)）も、また同じ性格の追補だといえる。第十二条本文部分は、高見権右衛門の子孫が、阿部事件に関する先祖とその一門の活躍を顕揚すべく、後に記録したと思われることすでに前々章に述べたごとくだが、その通り、ここにも権右衛門とその一門の武勇に対する子孫の、いわば手放しの先祖自慢が展開されているのである。

しかしそればかりではない。〈又曰〉(17)に、

《高見氏、藤原氏にて、蒲生秀方の一族也。本名和田氏也。代〻近江の和田に在城せしなり。和田但馬守、其子庄五郎、明智氏に仕て武功有り。明知滅亡の後、御当家に仕、慶長五年九月、岐阜関ヶ原ニ而働有りて、此節ハ 与一良忠隆公に付居ける故、御流浪被遊候時も直ニ付添、高野山、京都へ被成 御座候時も御奉公申上ル。其後 忠興公、従豊前被 召候ニ付、小倉に至り、御知行五百石御番頭相勤、御意ニ而高見と改。其子高見権右衛門重政、有馬御陣之時御側物頭にて戦功あり。しかれ共、御軍法を破たる御咎有りて、御役被 召上、其後又御側者頭ある事。御褒美、寛永二十一年三百石御加増。松平下総守忠弘公の御前御藤様御連被成候女中、権右衛門ニ被下、高見

権之助其外出生。権之助代、又弐百石拝領ニ而御使番。其後八代御番頭。其子三左衛門。其子権右衛門也。》

と、ここでも権右衛門の前後数代の家系が、きわめて簡潔に、しかし執拗に辿られるのである。

ところで、さらにこうした家譜、家録ということならば、『阿部茶事談』の数次にわたる増補において多かれ少なかれ、いずれにも含まれているものではないか。原本における主家細川家数代の家記の記載に端を発し、そこにおける竹内家代々の先祖の記録、また第一次増補の一部と想定されうる〈又茶話曰〉(10)における添嶋九兵衛の遺跡の消息、内容的に見て第三次増補として一括されうる〈又茶話曰〉(13)における柄本家数代の記録、さらに第四次増補の〈又曰〉(4)における津崎五助の跡目の詳細等々、すべて家譜あるいは家録という観点から綴られているのだ。

無論、その一々を引例するの煩に耐えない。ただいずれを取ってみても、そこに、一家歴代の人間達の、出生から始まり、婚姻し、あるいは養嗣子となり子を儲け死に至る、その凡百の生の連なりが累々として書き取られているのである。もとより彼等の一生は、平坦に見えてそうでない。出仕の模様、禄高、役柄の次第を端に、あるいは名誉を得て恩寵に与ったもの、それほどではないまでも首尾よく勤めて致仕したもの、あるいは逆に処罰放逐の逆境に泣いたもの、または出家剃髪の命運に巡り合ったもの、さらには彼において一家断絶のやむなきに至ったもの等々、その無数の生の営みがそこに畳み込まれているのである。

しかもそのはてに、それら無数の生の営みを内に蔵しつつ、おそらく一切は、生れ、子をなし、死ぬという営みに還元されて、だから、つまりはそれだけの反復重畳として、だがしかし、彼等が他ならぬその父の子、その兄の弟としてその日その日を現に生存していたという。まさにそうした人間存在の、無限の繰り返しでありながら一回限りの、その最小限の徴のごとく、彼等の名前が、酷似しつつ順繰りに書き継がれてゆくのである。

無論それらすべての時と場所において、あの武士心底の葛藤が、つまり、権力と体制への忠誠と自己一個の意地の間《はざま》で、自らの真実についに立ちえぬ武士の怨みが、隠在し顕在しながら彼等を喘がせ呻かせていたことは言うまでもない。だがそうでありつつ、その縦に貫く名前の連鎖には、そうした彼等一人一人の〈いのちの呼吸〉[37]を呑み込んで、家＝一族全体の悠久の冥合が、いわば寂然とした父祖累代の墓所におけるごとく、斎厳の気に充たされて書き表されているのだ。

要するに、一切はここで、家＝一族という関係性に帰着する。そしておそらくそのことにおいて、あの右にも左にもいきえなかった武士達が、しかし結局はすでに遥かに、いわばこの絶対的な関係の中で、現に生きてきたことが確認されているのではないか。拒絶することも脱出することもできず、だからこそ不可避的に、武士は、いや人間は、一家眷族において、とは親子兄弟として、生き死んでゆく、そうして生を繋ぎ死を重ねてゆく、つまりそれ以外にはないという、その人間存在のもっとも具体的にして直截的な姿がここに開示されているといえよう。秩序と価値に生きるか、自己内面の激情に死ぬか、この根源的な二律背反の中で、結局曖昧なまま、だから〈無意味〉に生死を閲するしかない武士＝人間――。だが〈無意味〉にみえつつ実は彼等は、こうして家＝一族全体の悠久なる共生のイメージを媒介に、現に〈意味〉へと止揚されているのではないか。

おそらく、『阿部茶事談』を読み継いだ多くの人々は、このことを密かに、だが痛切な体感のうちに読み取っていたにちがいない。またたからこそ彼等の中で増補へと駆り立てられた人々の多くは、自らもさらに、家譜、家録を編んで続く武士＝人間の姿を次々に補塡しつつ、そうした、人間存在の原像そのものをより瞭然と浮かび上がらせんとしていたのだ。そしてそのことによって彼等は、いくたびも混乱を来し〈意味〉の廃墟と化して続く『阿部茶事談』に、あらためて永遠にして絶対なる〈意味〉の構築を図らんとしていたのではないか。言うまでもなく、分裂と矛盾に瀕する彼等自身の、最終的な統一への祈念を込めて――。

＊

さて、かくして『阿部茶事談』増補の趨向は、一つの円環を閉じたといえる。が、それにしても、それはここで、真の完結を見たといえようか。

家系に連なる人々の〈いのちの呼吸〉――。たしかにそれは人々の、生れ、子をなし、死ぬという周期の中に保たれつつ、汲み尽されることはない。その意味で、『阿部茶事談』はようやくここに来て、そうした人間存在のもっとも実体的なイメージを抽出し明示したかに見える。がにもかかわらず、実はそれは、ここに至りながら依然、というよりさらに一段と、痛ましい分裂と矛盾を内に抱え込んでいたのだ。

なるほど人々が、つねにすでに先祖の守護と子孫の繁栄への限りない願いの中で、生死の一刻一刻を刻んできたことに間違いはない。だがその一刻一刻の夢も、いわば彼等が体制と権力にすっぽりと包摂されているとき、まさにその限りにおいてのみ許される夢であろうことを、決して見逃すことはできないのである。

たしかに、人々がいかに熱烈に家＝一族の永生を願おうとも、畢竟それは、権力＝体制の永遠と絶対を基盤にしてこそ実現可能なことではないか。もし彼等が聊かでもその埒外に立てば、その願いはついに非現実的で無力な影、つまり幻想として潰えるといえよう。だから彼等は、その願いを実現するために、再び否応なく、己れの全重量をかけて、権力＝体制の普遍性へと帰一し同化しなければならないのである。

しかしそれにしても、その時そこに、どのような人間の悲喜劇が惹き起こされるのか。――

たとえばあの十八人の殉死者達。もとより彼等が、主君への純粋なる献身において腹を切っていったことに嘘はない。がそうでありながら、彼等がその死に、家門の長久への願いを託していなかったといえば嘘になるのだ。[38] いや、まさしく彼等はすべて、その遺族達の生活が、権力と体制によって完全に保証されると信ずればこそ、はじめて心おきなく腹を切ってゆけたのではないか。そして改めて言うまでもなく、ここに、主君への純粋なる忠誠に出発すべき殉死（義腹）が、すでにつねに家門の長久を願う殉死（商腹）へと転化することの機微が示されているのだ。

だが、家門の長久を念ずればこそ、権力＝体制にあえてその身を捧げていったのは彼等ばかりではない。阿部弥一右衛門もまた、誰よりも家門の声誉を守らんとすればこそ、涙を呑んで権力＝体制の前に自爆したのだ。そして権兵衛が権力＝体制の前に拙く徒死したのも、その父と家門の栄光を思い煩えばこその結果であったことを、ここで改めて認めておかなければならないだろう。

かくして人々は、まさしく一門一統の永遠と絶対を心すればこそ、なによりも体制と権力の普遍性へと自らを同致せしめるべく、だがそのとき無惨にも、自らの生命を担保にし犠牲に供さなければならない。つまりかえって、その普遍性に殉じなければならないのである。

要するに、人々は現に一族長久を念ずればこそ、まさに不可抗的に、自らを共同体の掟へと吸収せしめねばならない。己れの一切を甘んじて掟に捧げねばならないのである。がそうだとすれば、そのとき彼等は、その掟への自己解体の極限で、再び拒みようもなく、人間存在のあの矛盾と分裂を内に抱え込んでいたはずなのだ。つまり秩序と規矩に死ぬか自己内面の激情に生きるかという、あの人間存在の根源的な二律背反――。しかもそこで彼等は、孤独な、そして無根な決断を強いられ、とどまたしても、人間存在そのものの〈無意味〉へと四分五裂してゆくのだといえよう。

かくして『阿部茶事談』増補の一々は、終始、一族同胞に連なるという人間存在のもっとも実体的なイメージを補完しながら、そしてたしかにそのことによって、その悠久の〈意味〉を形象しつづけつつ、しかし結局は、その分裂と矛盾の現実へと繰り返し舞い戻って、だから逆に、人間の、生き、子をなし、死ぬという、ただそれだけのこと、その人間の、あてどない生死の反復重畳を、空しく喚起しつづけるのである。

家譜、家系、名前の羅列――。たしかにそこからは、人間存在の悠久の継起のイメージが浮かび出る。が、と同時にそこには、まさに点鬼簿、過去帳に見る森閑とした空虚さ、一人一人の人間が生き死んだ事実とともに、その

なんともいいようのない無機的なイメージ、その〈無意味〉さが揺曳しているといえよう。(39)

さて、こうして、いまや『阿部茶事談』最奥のアポリアの重層的構造が明らかとなったといえる。それは他でもない、阿部一族、ことに事件を決定的にした阿部兄弟が、その経済的さらに政治的自立を主君より約束されながら、なぜ愚かな失態を演じた長兄一人のために、躊躇なく全員族滅をかけて戦ったのかということである。が、その理由はいかに逆説的に聞こえようとも、彼等一人一人が、狂おしいまでに家＝一族の永生を思えばこそではなかったか。しかも彼等はその思いを、まさにただ共同体の掟において、つまり〈侍の作法〉において主張し、貫徹するしかなかったのだ。もとよりそのことは、一族全滅を意志する以外のなにものでもない。しかも彼等はもはや一人一人の〈意地〉にかけて、とはすでにその自らの暗愚蒙昧なる激情へと没入するしかなかったのである。思えば、最後に訪れて来た柄本又七郎の妻女に、一族の女達が〈たゞなき跡の一返の御手向も〉と訴える姿は、いかにも哀切であるといわなければならない。もはや彼等一門のうち、誰ひとりとして生き残るものはいない。だから彼等はすでに、行きずりの回向に縋るしかなく、後生の確かな冥護を待つべくもないのだ。しかもそうだとすれば、彼等の末期の眼には、ただ一面、あてどない中有の闇が広がるばかりであったといえよう。

そしてこの阿部一族の最期に、まさに象徴的に反照された人間存在の、相即しつつ、しかし互いに捩れ合い背き合う重層的構造、その矛盾と分裂こそは、『阿部茶事談』原本の筆者が、その前に釘付けとなり、さらにその記述の中心に据えて、のめりこむように描出して以来、数次にわたる多数の増補者達が、それを巡って執拗に拘泥を重ねなければならなかった。その当のものだったのである。

たしかに、この未決定なる重層的構造、その錯綜こそは、人間存在の最後の、そして是非ない運命であり、だからそのかぎり人々は、それをいかにかしなければならず、さればこそ繰り返し、人間存在の究極的、整合的な〈意味〉を求めて、しかし結局は、それをいかんともすることができずに来ったのである。

だが、そうだとしても、この『阿部茶事談』の全体、人から人へと常に人間存在の究極的、整合的な〈意味〉を目差して、しかし未完結なるままに変貌するその増補の趨向、その動いて止まぬ終わりない運動。――そして、まさにその人から人への終わりない運動の持続こそが、鷗外の見た〈歴史〉そのものの姿であったのだ。

あらためて言うまでもなく、鷗外が「阿部一族」で試みたことは、この人から人への終わりない運動の持続を、自らもそっくりそのまま受容し継承することであったのだ。つまり原拠『阿部茶事談』に片言隻句も加えることなく、まるで〈翻訳〉か〈剽窃〉に見紛うごとく、ただその増補の趨向をそっくりそのまま、もう一度自らに繰り返してみただけだったのである。

なぜ鷗外は、そのような一種極端な方法を用いたのか――。もはや言うまでもあるまい。人生の〈意味〉を求めながら、しかしつねに空しく〈無意味〉へと反復回帰しなければならぬ人々の嘆き、だがにもかかわらず、あるいはだからこそ、人々のまさに永劫回帰するその嘆きの中にだけ、他ならぬ〈歴史〉の姿、人間存在の永遠にして絶対の相があるのかもしれない。鷗外はそのことに気づきつつ、いまはただそれに素直に身を委ねんとしたまでだったのである。

五　「阿部一族」――もう一つの異本――

ニーチェは、〈現象に立ちどまって「あるのはただ事実のみ」と主張する実証主義に反対して、私は言うであろう。否、まさしく事実なるものはなく、あるのはただ解釈のみと。私達はいかなる事実「自体」をも確かめることはできない〉と言っている。(40) たしかに、事実は人間の〈解釈〉を俟って、とは、なんらかの〈意味〉を与えられて、はじめて事実として成立しうるものであるのだ。

同じように、ただ生きているという事実に人生はない。いかに生きるかを問い答えるところ、つまりその〈意味〉との関りにおいてのみ人生はある。そしてその永劫に試みられる〈意味〉の追求、無数の〈解釈〉の連鎖こそが、人間の〈歴史〉を形づくって来たのだ、といえよう。

しかも、そうだとすれば、『阿部茶事談』の全体、その増補の総体こそは、まさしく人間存在の〈意味〉を問い続ける遥かな軌跡、つまりは〈歴史〉そのものであったのである。そして、鷗外は幾代もの時代にわたり、数多くの人々が参加し、作り上げてきたその〈歴史〉へと、ひたすら自らを併呑させせてゆくのだ——。

ただこの場合、〈歴史〉はもとより、人々の〈意味〉への焦心、無数の〈解釈〉の連鎖でありつつ、しかし同時に、その無数の〈解釈〉をもってしてもなお確定しえぬものの連鎖であるのだ。そのつねに、いかなる〈意味〉をも拒みながら背後へ擦り抜けてゆくもの、要するに、人々がそれを把握せんとしてついに挫折を強いられるもの、だから、永劫に〈無意味〉なるもの、そして〈歴史〉とは、その〈無意味〉を前にした人々の嘆きにおいてこそ、形づくられて来たのではないか。

鷗外はおそらく誰よりも明断にこのことに気づいていた。鷗外は「阿部一族」において、一切の独創を抛ち、『阿部茶事談』における人々の嘆きをそのまま繰り返し、その中へと自ら姿を消す。それは他でもない、あらゆる〈意味〉への努力、無数の〈解釈〉の連鎖が所謂挫折の連鎖であるとしても、なおそれが終わりない反復を持続しているならば、まさにその重畳の終わりない持続こそが人間に残された究極の可能性であり、だから鷗外はそのことを明確に見抜きつつ、その究極の可能性に触れ、その中へと没入してゆくのであるといえよう。

あらためて言うまでもなく、鷗外は原典を忠実に引きうつす。たしかに、すべては驚くほど一致しているのだ。では一体、どこが違うというのか——。

多分、鷗外は原典を貫くあの矛盾と分裂、つまりあの非決定なる重層的構造（とはすなわち、〈解釈〉が繰り返されるその度ごとに、つねにすでに存在する挫折の跡に他ならない）を、いわば大いに闡明し、だがまた窃かに秘匿する。なぜなら、そうして鷗外は、矛盾と分裂を強調しながら、しかしそれを決定的なものとはせず、逆にそれを朧化し陰蔽することによって、むしろ矛盾と分裂を重ねつつそれを越えて続くもの、つまりあの究極の可能性を保持し、その中に存分に浸ろうとするわけなのだ。

その結果、作品はまさに無限に〈剽窃〉に、〈模作〉に近似しつつ、だから原典と少しも変わることはない。ただそこに注ぎ込まれた鷗外の、こうした意識の重量、自覚の深度だけが違うのだといえよう。

＊

まず冒頭、鷗外は息の長い数行の壮重な文章によって、徳川幕藩体制およびその一角を担う肥後細川藩という共同体の、巨大な姿を浮かび上がらせる。

《従《じゆ》四位下《ゐのげ》左近衛少将《さこんゑのせうしやう》兼越中守細川忠利は、寛永十八年辛巳の春、余所よりは早く咲く領地肥後国の花を見棄てて、五十四万石の大名の晴々しい行列に前後を囲ませ、南より北へ歩みを運ぶ春と倶に、江戸を志して参勤の途に上らうとしてゐるうち、図らず病に罹つて、典医の方剤も功を奏せず、日に増し重くなるばかりなので、江戸へは出発日延の飛脚が立つ。》

たしかに稲垣達郎氏が、〈この頭でっかちでセンテンスの長いかきだしは、これからはじまる封建の世の秩序の感覚をそれとなく暗示してさえいる〉（傍点稲垣氏）と鋭く指摘した通りだが[41]、と同時に、そのまさに〈頭でっかち〉ゆえの危うさにおいて、やがて体制と権力が曝け出す分裂と矛盾が予兆されてもいるのだ。

事実、鷗外は直ぐ、忠利の死を取り巻く細川家一門の親族関係、その嘆きと悲しみを綿々と書き加える。しかもこの部分が初稿本において、『阿部茶事談』以外の史料に拠ったほとんど唯一の箇所[42]であることも、鷗外の意図を語って余す所ない。一人の主権者の死も、もとより彼が人間である以上、つねに体制＝権力の位相においてのみ意味づけられるものではないのだ。それは同時に、家＝一族の嘆きと悲しみに包まれてこそあるといえる。しかも死に臨んだ主権者のいささか放縦な感情の揺らぎが、やがて一切の発端となっていったことは屢述するまでもない。こうして、鷗外はすでに冒頭から、原典を貫くあの人間存在の重層的構造を、その葛藤と錯綜を、きわめて意識的に布置しつつ繰り返すのである。

さらに鷗外は続けて、原典に、忠利と荼毘所春日寺との縁《ゆかり》を伝えるとともに僅に記された、

《御秘蔵の御鷹ハ、御火葬の節、上に輪をかけしが、落て火に入たり共いふ。又春日寺の井に入たり共いふ。火か井か尋べし。かゝる鳥類てさへ、御別をしたひ奉事、誠ニ奇代之名君也。》

というエピソードを見逃さず、作品の中心に位置づけるのである。

《丁度荼毘の最中であつた。柩の供をして来てゐた家臣達の群に、「あれ、お鷹がお鷹が」と云ふ声がした。境内の杉の木立に限られて、鈍い青色をしてゐる空の下、円形《まるがた》の石の井筒の上に笠のやうに垂れ掛かつてゐる葉桜の上の方に、二羽の鷹が輪をかいて飛んでゐたのである。人々が不思議がつて見てゐるうちに、二羽が尾と嘴と触れるやうに跡先に続いて、さつと落して来て、桜の下の井の中に這入つた。寺の門前で暫く何かを言ひ争つてゐた五六人の中から、二人の男が駈け出して、井の端《はた》に来て、石の井筒に手を掛けて中を覗いた。その時鷹は水底深く沈んでしまつて、歯朶《しだ》の茂みの中に鏡のやうに光つてゐる水面は、もう元の通りに平らになつてゐた。二人の男は鷹《たか》匠《じやうしゆう》衆であつた。井の底にくぐり入つて死んだのは、忠利が愛してゐた有明、明石と云ふ二羽の鷹であつた。その事が分かつた時、人々の間に、「それではお鷹も殉死したのか」と囁く声が聞えた。》

まことに、原典の簡略な表現は、鮮明な映像を伴う印象的な場面に変わった。そしてたしかにここに、鷗外の豊

かな抒情性を見ることができるといえばいえよう。

だがそれにしても、ここで鷗外は、原典にはほとんどなにも付け加えていないと改めて言わなければならない。もとより原典のいわば粗笨な叙述は、霞立つ春の駘蕩とした情景に生き返ったといえる。しかしそういうことなら、それはすでに原典の叙述に先立ってあったものを、原典が惜しげもなく削ぎ落したということにすぎないのではないか。それは想い起こそうとすればいつでも想い起こせるものではないか。少しく抒情的に潤色すれば可能な――要するにそれだけのことではないか。が、そうした表面的なことよりも、原典がその粗削りな叙述においてもなおはっきりと語っていたものとはなにか。しかも鷗外が、本質的にはなにも付け加えることなく、そのまま受け継ぎ、さらに作品の中心に据えたものとはなんであったのか。

そして、それはおそらく、不確実で、またどうとでも取れる自然現象としての鷹の墜落を、〈殉死〉という〈意味〉あるいは〈言葉〉へと一挙に解読する、そこに示された強大な専制力であったのである。

ここに引き継がれ、描き出されたことは、言うまでもなく、封建時代に生きた人々の不合理な迷蒙などという問題ではない。それはまさしく、体制＝権力の偏在と専横であり、さらにそれが〈意味〉＝〈言葉〉を通して人々を強力に規制してゆく、いや、〈意味〉＝〈言葉〉が権力＝体制そのものとして人々を強力に支配してゆく、その不可視の作用以外のなにものでもないのだ。

が、しかも鷗外はいささか御丁寧に、

《二羽の鷹はどう云ふ手ぬかりで鷹匠衆の手を離れたか、どうして目に見えぬ獲物を追ふやうに、井戸の中に飛び込んだか知らぬが、それを穿鑿しようなどと思ふものは一人も無い。鷹は殿様の御寵愛なされたもので、それが茶毘の当日に、しかもお茶毘所の岫雲院の井戸に這入つて死んだと云ふ丈の事実を見て、鷹が殉死したのだと云ふ判断をするには十分であつた。それを疑つて別に原因を尋ねようとする余地は無かつたのである。》

と付け添える。いわば鷗外は、この一種アイロニカルな記述の中に、〈意味〉＝〈言葉〉の機能について、しかしそれがなんという危うい詐術においてその専制力を発揮しているか、その虚構性、虚妄性を発き出しているのだ。

つねに繰り返しその永遠と絶対を語り続けつつ、権力＝体制に仕え、またそれを支える〈意味〉＝〈言葉〉、とはそれほどにも決定的な〈解釈〉の試み――、だがそれはそのようにひときわ特権的でありながら、しかし、所詮は恣意的なものでしかないことを、鷗外は語り示しているのである。

そして以下、原典を貫く執拗な〈解釈〉の試みと、しかし、それがその都度相対化されてゆく軌跡を、そのままに鷗外は踏襲してゆくのである。

さて、こうして作品は第二段落――〈当年十七歳〉、内藤長十郎の〈殉死〉に纏わる挿話へと進む。が、それに先立って鷗外は、〈殉死にはいつどうして極まつたともなく、自然に掟が出来てゐる〉という例の一句を挿入している。〈殉死〉は勝手に出来るものではない。主君の許可がなくてはならないと言うのだ。もとより鷗外はここでも、〈殉死〉という人間の生死の選択が、必然的に共同体の公認を得なければならないことを、つまり共同体においてはじめて実効を有すること、その意味でまさに〈掟〉であり、すぐれて制度的であることを、まず確認するのである。

長十郎は〈忠利の病気が重つてからは、その報謝と賠償との道は殉死の外無いと牢く信ずるやうにな〉り、心を籠めて病床の忠利に願い出る。それが、主君に厚恩を蒙った武士の、いわば当然の覚悟だったからである。

だが続けて鷗外は、長十郎の心理の内に分け入る。すでに引用した箇所だが、もう一度引用してみよう。

《併し細かに此男の心中に立ち入つて見ると、自分の発意で殉死しなくてはならぬと云ふ心持の旁、人が自分を殉死する筈のものだと思つてゐるに違ひないから、自分は殉死を余儀なくせられてゐると、人にすがつて死の方向へ進んで行くやうな心持が、殆んど同じ強さに存在してゐた。反面から云ふと、若し自分が殉死せずにゐたら、恐ろしい屈辱を受けるに違ひないと心配してゐたのである。かう云ふ弱みのある長十郎ではあるが、死を怖れる念は微塵も無い。それだからどうぞ殿様に殉死を許して戴かうと云ふ願望《ぐわんまう》は、何物の障礙をも被らずに此男の意思の全幅を領してゐたのである。》

たしかに長十郎はその意識の上で、主君の許可を得て腹を切る、つまり〈侍の作法〉に則って死ぬことにいささかの躊躇も感じない。いや彼は、そうして死ぬことになんらの恐怖も感じないというのだ。が、にもかかわらず長十郎はその〈心中〉において、自己の死の本当の〈意味〉を、とは〈なぜ死ぬのか〉について、十分納得しきれていない所があるといえよう。[43]

なぜなら、長十郎はその意識の上で、いかに純一に体制＝権力への恭順に徹しようとも、すでに意識の下において、体制＝権力との至福の一体感を断たれ、だからこそ〈殉死を余儀なくせられてゐる〉という、いわば体制＝権力からの疎隔感、そしてそれゆえの〈心中〉の〈弱み〉、あるいはしこりを感じなければならないのである。

前にも述べたごとく、この内藤長十郎における心理的葛藤は、原典にはそれとして殊更に示されていない。だがもとより鷗外は、それを勝手に捏造したわけでないことは、ここで再説するまでもあるまい。原典を貫くあの人間存在の矛盾と分裂、その重層的構造を、鷗外はここでもまた長十郎という一人の青年の内面に重ねているのである。

長十郎が主君への絶対的な帰服と献身に生きんとし、いま死なんとしていることに毫末の詐りもない。が同時に長十郎は、一個の武士としての意地に生き、また面目に死なければならないのだ。しかも鷗外は、そうした心理的錯綜に動揺する長十郎の内面を、さらに次のように追うのである。

《此時長十郎の心頭には老母と妻との事が浮かんだ。そして殉死者の遺族が主家の優待を受けると云ふことを考へて、それで己《おのれ》は家族を安穏な地位に置いて、安んじて死ぬることが出来ると思つた。それと同時に長十郎の顔は晴々した気色《きしよく》になつた。》

長十郎の動揺する内面は、〈老母と妻との事〉に思い至った時おのずから鎮静する。つまり長十郎は自らの死後における家＝一族の〈安穏な地位〉を信じつつ、そのことにおいて自己の死の本当の〈意味〉を、いわば〈なぜ死ぬのか〉への、ひとまずの解答を得ることができたのである。そして、こうした長十郎の内面の彷徨には、もはや言うまでもなく、原典全体のあの終わりない運動の持続が、一人の人間の内面の往還として集約されているのだ。

以下しばらく、鷗外の描く内藤長十郎の最期に眼をとどめよう。

すなわち、四月十七日の朝、長十郎は母の前に出て殉死の事を明かして暇乞いをする。母は少しも驚かず、貰ったばかりの嫁を勝手から呼び、兼ねて用意の杯盤を運ばせる。〈母もよめも改まつた、真面目な顔をしてゐるのは同じ事であるが、只よめの目の縁が赤くなつてゐるので、勝手にゐた時泣いたことが分かる〉。長十郎は弟左平次を呼んだ。――

《四人は黙つて杯を取り交した。杯が一順した時母が云つた。
「長十郎や。お前の好きな酒ぢや。少し過してはどうぢやな。」
「ほんにさうでござりまするな」と云つて、長十郎は微笑を含んで、心地好げに杯を重ねた。》

酒が利いて長十郎は居間に入ると、横になってすぐ鼾をかき出す。あとからそっと来て枕を当てさせながら、〈女房はぢつと夫の顔を見てゐたが、忽ち慌てたやうに起つて部屋へ往つた〉。泣いてはならぬと思ったからである。

《家はひつそりとしてゐる。丁度主人の決心を母と妻とが言はずに知つてゐたやうに、家来も女中も知つてゐたので、勝手からも厩の方からも笑声《わらひごゑ》なぞは聞えない。

母は母の部屋に、よめはよめの部屋に、弟は弟の部屋に、ぢつと物を思つてゐる。主人は居間で鼾をかいて寝てゐる。開け放つてある居間の窓には、下に風鈴を附けた吊荵《つりしのぶ》が吊つてある。その風鈴が折々思ひ出したやうに微かに鳴る。その下には丈の高い石の頂を掘り窪めた手水鉢がある。その上に伏せてある捲物の柄杓《ひしゃく》に、やんまが一

疋止まつて、羽を山形に垂れて動かずにゐる。》

一時《ひととき》立ち、二時《ふたとき》立ち、やがて午も過ぎた。すでに介錯を頼まれた関小平次も来た。姑は嫁を呼んだ。

《「長十郎はちよつと一休みすると云うたが、いかい時が立つやうな。丁度関殿も来られた。もう起して遣つてはどうぢやらうの。」

「ほんにさうでござります。余り遅くなりません方が。」よめはかう云つて、すぐに起つて夫を起しに往つた。

夫の居間に来た女房は、先に枕をさせた時と同じやうに、又ぢつと夫の顔を見てゐた。死なせに起すのだと思ふので、暫くは詞を掛け兼ねてゐたのである。

熟睡してゐても、庭からさす昼の明りがまばゆかつたと見えて、夫は窓の方を背にして、顔をこつちへ向けてゐる。

「もし、あなた」と女房は呼んだ。

長十郎は目を醒まさない。

女房がすり寄つて、聳えてゐる肩に手を掛けると、長十郎は「あ、あゝ」と云つて臂を伸ばして、両眼を開いて、むつくり起きた。

「大そう好くお休みになりました。お袋様が余り遅くなりはせぬかと仰やりますから、お起し申しました。それに関様がお出になりました。」

「さうか。それでは午になつたと見える。少しの間だと思つたが、酔つたのと疲れがあつたのとで、時の立つのを知らずにゐた。その代りひどく気分が好うなつた。茶漬でも食べて、そろ〳〵東光院へ往かずばなるまい。お母あ様にも申し上げてくれ。」

武士はいざと云ふ時には飽食はしない。併し又空腹で大切な事に取り掛かることも無い。長十郎は実際ちよつと寐ようと思つたのだが、覚えず気持好く寐過し、午になつたと聞いたので、食事をしようと云つたのである。これから形《かた》ばかりではあるが、一家《け》四人のものが不断のやうに膳に向かつて、午の食事をした。
長十郎は心静かに支度をして、関を連れて菩提所東光院へ腹を切りに往つた。》

なんとも見事な一節というほかはない。なにか人間の生死を表すべく、ほとんど極限の真実を描いた一節とでもいえようか。が、それにしても、なぜこの一節がこれほどにも見事なのか――。

たしかにここには、死に臨む内藤長十郎と、その老母や新妻の、非情なまでの克己と抑制、その異常なまでの緊迫感が漲っており、そしてその稀有さが、この一節の見事さを醸し出しているのかもしれない。

だが、とはいいながら、では一体ここにはなにが書かれているというのか。あるいは、ここで人々は、一体なにをしているというのか。

断るまでもなく、ここで人々は、家の内にいて、あるいは向かいあい、話しあい、部屋々々に別れて物思いに耽り、横になって寝入り、そしてまた集まって食事する。つまり人間がそれにおいて日々を送る、そのもっとも本源的な営み――、それ以上に特別なことはなにひとつしていないのである。

しかも付け加えれば、その家の周囲には、あまねく自然が広がり、その自然は停止したように動かない。そしていわばその永遠の静寂の下に、人々は肩を寄せあって刻々を迎えるのである。

もとよりいま、親しい肉親の一人が、外部の〈掟〉に縛められて死んでゆく。つまり永久に〈家〉から出てゆくのだ。その悲哀を湛える張り詰めた気配によってこそ、この一節は異様な輝きを増しているのにちがいない。

しかし、たとえ成員一人々々の影が消え失せたとしても、それは残された人々の記憶の中に冥護され、さらにその人々の血脈を受け継いで、また新たな人々が加わり、やがてはいまと同じように、向かいあい、話しあい、物を思い、横になり、そして集まって食事するのだ。[44]

この意味で、〈家〉とは、そこにおいて人々が、つねに外部の〈掟〉に脅えながら、さらには自らの一人々々を〈掟〉への生贄に捧げながら、しかしその間にも繰り返し集い合い、談笑や休息やら飲食やらの無限の反復を重ねつつ、しかしまさにそのことによって、おのずから洪大なる自然、その永遠の相へと溶け入ってゆく、その人間の赴くもっとも基本的な生存の形なのだといえよう[45]。

そのすべてを越えて、あるいはすべてを呑み込んでひっそりと佇む〈家〉――。従って、その静止して変わらぬごとく、その意味で、むしろ物憂いまでの単調な情調こそが、この一節の深い感銘の淵源ではないか。だがにもかかわらず、いやだからこそ、この一節は、またなんとも空しくも悲しいのだ。〈鷗外はなぜこんなに悲しいか〉[46]。言うまでもなく、〈家〉という、それ以上にあるべくもないもっとも具体的、直截的な人間の生存の形においても、人間は決して真に救われてはいないのである。いやむしろそこにおいてこそ人間は、無言なる自然、その永遠の無関心の下に剝き出しにされて、だからもはやいかなる寄る辺もなく、いわば世界の巨大な孤独に触れ、あるいはそれと化して、一人うち震えていなければならないのである。

（そしてここにおいて鷗外が、増補に増補を重ねて続く原典の中に見出し、さらにそれを引き継いで描き出していたことはおそらく他でもない、〈掟〉や〈家〉という人間のあらゆる〈意味〉の試みに先立って、それを拒みながら存在する世界の巨大な虚無であり、だがにもかかわらず、それに対して人間が〈意味〉＝〈言葉〉によって繰り返し立ち向かう、そのまさに終わりない願い、終わりない祈りの姿でこそあったといえよう。）

そして付け加えれば、このことは津崎五助の殉死に関する記述においても、まったく同じなのである。すでに述べたごとく、鷗外は五助の死の一部始終を語りつつ、まずその〈義腹〉〈論腹〉的重層性を謬りなく示し、さらに尾形仂氏の言うように、〈他との釣合いからいえば省いてもよいはずの遺族の消息に筆を及ぼ〉す。しかしそれは尾形氏が続けていうように、一見〈史実〉そのままを装いながら、実はそのような〈精密な計算〉の下に、五助の死の〈商腹〉的功利性を暴露せんとした(47)、などというものではない。鷗外の意図はただ一つ、五助の死に見られるそうした人間存在の重層的構造、さらにはその非決定性をそのまま描き出すことであり、しかもそのことは、なによりも原典が、その増補の趨向が、すでにはっきりと語り示していたことに他ならないのである。

次いで鷗外は、殉死の許可を与える主君忠利の内面、さらに彼と阿部弥一右衛門の確執に筆を進める。忠利は殉死を願う家臣達の後栄のために、むしろそれを許してやることが〈慈悲〉であると考える。たしかに忠利は体制＝権力の中心にいて、だから本来、一切のものを慈愛し庇護する立場に立たなければならない。だが、すでに何度も記したごとく、忠利もまた一箇の人間である以上、その内部にいかんともしがたい恣意を抱え込まざるをえない。しかもそうであるかぎり、彼は自身〈掟〉そのものでありながら、〈掟〉破りの後ろめたさを感じつつ、だからまさに一箇の理不尽なる悪意と化すのである。

忠利は弥一右衛門にのみ殉死の許可を与えない。つまり忠利は弥一右衛門が〈掟〉の内で死ぬことを拒むのである。そしてその意味で彼の悪意は、一種没義道なる迫害と化すのだ。

しかもそれに対し弥一右衛門は、〈己は己だ。好いわ。武士は妾とは違ふ〉と敢然ひとり峙立せんとする。つまり彼もまた剛愎なる一箇の〈意地〉と化すのである。

だが、所詮人は〈掟〉と無関係では生きられない。果して〈誰が言ひ出した事か知らぬが〉、〈「阿部はお許の無いを幸に生きてゐると見える。お許は無うても追腹は切られぬ筈が無い」〉という〈怪しからん噂〉が聞こえて来るのである。無論その〈噂〉は単に、忠利の側近であった弥一右衛門に対する、目に見えぬ〈噂〉の主たちの〈怨〉や〈娼嫉《そねみ》〉などではない。いやそれこそは、彼自身の心の中に潜勢する〈掟〉そのものの影なのである。

〈此弥一右衛門を竪から見ても横から見ても、命の惜しい男とは、どうして見えようぞ。げに言へば言はれたものかな、好いわ〉と、弥一右衛門は間髪を入れず腹を切る。もとより彼は、最後は〈掟〉の促しに従って死ななければならなかったのだ。が言うまでもなく彼は、決して〈掟〉への忠誠と帰一の内に死んだのではない。〈掟〉に従って命を断ちながら、なお彼はそのことで、自己深奥の〈意地〉に執し、それを貫いたのである。

この錯綜し葛藤する矛盾と分裂——。だが弥一右衛門も、ただこのことを感じていたにはちがいない。自分が、犬死でも死ななければならないことを、しかも、犬死でも守るべきものがあり、また事実守ったのだと言うことを——。

しかしそれにしても弥一右衛門は、一体だれにそのことを見とられたいと思ったのか。もし彼に〈神〉がいたら、彼はまさに〈神〉にこそ認められたいと言ったろう。だが彼に〈神〉はいない。そしてこの時、弥一右衛門の彷徨し流動する心情の奥処を、鷗外はまさしく迫真の筆致で追うのである。

《弥一右衛門は其日詰所を引くと、急便を以て別家《べつけ》してゐる弟二人を山崎の邸に呼び寄せた。居間と客間との間の建具を外させ、嫡子権兵衛、二男弥五兵衛、次にまだ前髪のある五男七之丞の三人を傍にをらせて、主人は威儀を正して待ち受けてゐる。権兵衛は幼名権十郎と云つて、島原征伐に立派な働きをして、新知二百石を貰つてゐる。父に劣らぬ若者である。此度の事に就ては、只一度父に「お許は出ませなんだか」と問うた。父は「うん、出んぞ」と云つた。その外二人の間にはなんの詞《ことば》も交されなかつた。親子は心の底まで知り抜いてゐるので、何も云ふには及ばぬのであつた。

間もなく二張《ふたはり》の提燈が門の内に這入つた。三男市太夫《いちだいふ》、四男五太夫《ごだいふ》の二人が殆ど同時に玄関に来て、雨具を脱いで座敷に通つた。中陰の翌日からじめ〳〵とした雨になつて、五月闇の空が晴れずにゐるのである。

障子は開け放してあつても、蒸し暑くて風がない。その癖燭台の火はゆらめいてゐる。蛍が一匹庭の木立を縫つて通り過ぎた。

一座を見渡した主人が口を開いた。「夜陰に呼びに遣つたのに、皆好う来て呉れた。家中一般の噂ぢやと云ふから、おぬし達も聞いたに違ひない。此弥一右衛門が腹は瓢箪に油を塗つて切る腹ぢやさうな。それぢやによつて、己は今瓢箪に油を塗つて切らうと思ふ。どうぞ見届けてくれい。」

市太夫も五太夫も島原の軍功で新知二百石を貰つて別家してゐるが、中にも市太夫は早くから若殿附になつてゐたので、御代替りになつて人に羨まれる一人である。市太夫が膝を進めた。「なる程。好う分かりました。実は傍輩が云ふには、弥一右衛門殿は御先代の御遺言で続いて御奉公なさるさうな。親子兄弟相変らず揃うてお勤めなさる、めでたい事ぢやと云ふのでござります。其詞が何か意味ありげで歯痒うござりました。」

父弥一右衛門は笑つた。「さうであらう。目の先ばかり見える近眼《ちかめ》共を相手にするな。そこでその死なぬ筈の己が死んだら、お許の無かつた己の子ぢやと云うて、おぬし達を侮るものもあらう。己の子に生れたのは運ぢや。せう事が無い。恥を受ける時は一しよに受けい。兄弟喧嘩をするなよ。さあ、瓢箪で腹を切るのを好う見て置け。」

かう言つて置いて、弥一右衛門は子供等の面前で切腹して、自分で首筋を左から右へ刺し貫いて死んだ。父の心を測り兼ねてゐた五人の子供等は、此時悲しくはあつたが、それと同時にこれまでの不安心な境界《きやうがい》を一歩離れて、重荷の一つを卸したやうに感じた。》

と、長い引用になったが、しかし以下も要約で済ますには忍びない。いま少し引用を続けよう。

《「兄き」と二男弥五兵衛が嫡子に言つた。「兄弟喧嘩をするなと、お父つさんは言ひ置いた。それには誰も異存はあるまい。己は島原で持場が悪うて、知行も貰はずにゐるから、これからはおぬしが厄介になるぢやらう。ぢやが何事があつても、おぬしが手に慥かな槍一本はあると云ふものぢや。さう思うてゐてくれい。」

「知れた事ぢや。どうなる事か知れぬが、己が貰ふ知行はおぬしが貰ふも同じぢや。」かう云つた切り権兵衛は腕組をして顔を蹙《しか》めた。

「さうぢや、どうなる事か知れぬ。追腹はお許の出た殉死とは違ふなぞと云ふ奴があらうて。」かう云つたのは四男の五太夫である。

「それは目に見えてをる。どう云ふ目に逢うても。」かう言ひさして三男市太夫は権兵衛の顔を見た。「どう云ふ目に逢うても、兄弟離れ〴〵に相手にならずに、固まつて行かうぞ。」

「うん」と権兵衛は云つたが、打ち解けた様子も無い。権兵衛は弟共を心にいたはつてはゐるが、やさしく物を言はれぬ男である。それに何事も一人で考へて、一人でしたがる。相談と云ふものをめつたにしない。それで弥五兵衛も市太夫も念を押したのである。

「兄《に》い様方が揃うてお出なさるから、お父つさんの悪口は、うかと言はれますまい。」これは前髪の七之丞が口から出た。女のやうな声ではあつたが、それに強い信念が籠つてゐたので、一座のものの胸を、暗黒な前途を照らす光明のやうに照らした。

「どりや。おつ母さんに言うて、女子《をなご》達に暇乞をさせうか。」かう云つて権兵衛が席を起つた。》

なにか古典悲劇の一場面を見るごとき厳粛な気配が辺りに漲っている。そしてその間にも一入《ひとしお》強く印象的なのは、弥一右衛門が息子達を呼び寄せ、その面前で腹を切ってゆくことである。つまり彼は一人では死ななかったのだ。息子達の姿を末期の眼に焼き付けながら、おそらく彼はそうすることで、自分が永久に子供達の中で冥護され、子供達と共に共生してゆくことを祈っていたといえよう。(48) そしてもしその共生の形を〈家〉と呼ぶなら、〈家〉とは、〈神〉を持たぬ彼等の、まさに〈神〉ならぬ〈神〉であったのである。

しかも、父の遺志は、息子達の胸臆に一気に滲み込み、彼等もまた改めて、自分達がそこにおいて生き、やがて死すべき〈家〉というものの重さ、深さを、一人一人確実に自覚してゆくのだ。

勿論、〈神〉への祈りが無限に繰り返されるごとく、だから現に人が救われてはいないように、〈家〉も無論、真の涅槃とはなりえない。そしてそのかぎり、そこからは依然、人間の遣る方ない思いが、その歔欷や嗚咽が忍び漏れてくるといえよう。

鷗外はかくして、阿部父子の昂然たる身振り、断乎たる物言いとは裏腹に、絶えず揺れ動く内心をまさにさながらに、とは決して画然と描き分けたり判然と描き出したりすることなく、むしろ巧みにそれをおぼめかすように、とはいわば彼等の無意識の心の揺れのごとく、だから一層深い心の迷いとして書き記してゆくのである。

しかもこのことは、鷗外が殊更仕組んでいたことではない。この弥一右衛門の最期――原典と比べ著しく増幅された部分においても、よく見れば、鷗外が新しく創作した要素はほとんどない。多くは原典のどこかに記されたものを拾い集め、あるいはそこから推し量って書き加えたにすぎない。またもし原典にないものだとしても、それをあながち鷗外の独創として強調する必要はない。鷗外はそこでも、原典に一貫するあの人間存在の重層的構造、その非決定性の上に立ち、とは〈史料の自然〉を尊重しつつ、それを一歩も逸脱することなく、まさにその渾然たる全体を再現せんとしていたのである。

さて、すでに阿部一族の運命は決定された。作品はこの後まさしく一瀉千里に、阿部一族の滅亡を追って疾走する。

もとよりこの後も、事件の中心に登場してくる人物達――竹内数馬、林外記、柄本又七郎等を写し出す鷗外の筆致は一層鮮やかである。しかしそれが鮮やかなのは他でもない。それは彼等が、立場や人柄を違えながら、一様に、いかんともしがたい人間の矛盾と分裂を呈していることにおいてなのだ。

その一々を引例することは差し控えよう。我々はすでに多くを語りすぎた。ただ〈情は情、義は義である。己にはせんやうが有る〉と決断して討入った柄本又七郎。そのもっとも毅然たる態度を持したはずの彼が、まさにその言葉通り、覆うべくもない矛盾と分裂を抱えていたことを指摘すれば足りよう。
そして、いよいよ阿部一族の最期である。
《市街戦の惨状が野戦より甚だしいと同じ道理で、皿に盛られた百虫の相啖《あひくら》ふにも譬へつべく、目も当てられぬ有様である。》
と鷗外は書き記す。〈武士群がくりひろげる修羅場のすさまじさ、ぶきみさ、むなしさ〉(49)——。おそらくこの〈修羅場〉こそ、いわば人間存在の矛盾と分裂の極致、その〈すさまじさ、ぶきみさ、むなしさ〉の姿なのだ。もとより外なる戦闘の謂ではない。人間の内なる修羅の謂において……。

＊

さて、最後にいささか改稿の問題に触れておこう。(先に注等で一、二触れたが——。)

鷗外は大正二年四月『意地』を編むに当たって、初稿執筆後に入手した加賀山興純翁筆録の『忠興公御以来御三代殉死之面々抜書』(『殉死録』)をもとに、いくばくかの補訂を行った。その事例の検討は、前出大野、尾形、蒲生氏等の論文に尽くされていて、ここに繰り返すまでもない。要するに鷗外は、事実を詳密に記録する『殉死録』によって、初稿の記述に対し、少しく〈加除訂正〉を行ったのである。ただし『殉死録』が細川藩三代の殉死者銘々に関る記録である以上、補整の範囲も、ほぼ忠利の死前後の史実、および主人公以外の殉死者十八人の消息に限定され、作品の主要部分には及んでいない。

ところで、鷗外は『殉死録』を新たに披見することによって、歴史的事実を一層厳密に究明しようとしたにちがいない。だが鷗外は、そのこと自体にそれほど固執してもいないようだ。改稿があくまで記述部分の均衡を崩さぬ程度に行われていることを見ても、それは明らかである。

では鷗外は、一体なにを目論んでいたのか。今も述べたごとく、改稿は忠利の死前後の史実を除けば、ほぼ殉死者十八人の消息に集中している。すなわち鷗外は寺本八左衛門直次以下、初稿では氏名をのみ記すに了った殉死者十八人の消息を、『殉死録』により、それぞれ禄高、役目、切腹日時、場所、介錯、さらに出自、召抱、恩寵に至るまで、きわめて簡潔な筆致で書き加えたのである。

その結果、武士として生き武士として死んだ十八人の殉死者達への、いわば手向けの列伝が成立したわけだが、おそらく鷗外はこのとき、あの竹内数馬や高見権右衛門の後裔達が、先祖の事蹟を次々に書き継いでいった例に模して、とは『阿部茶事談』に登場する武士達の行蔵に、後代の人々が様々に言を寄せていった顰みに倣わんとしていたのではないか。そのことが含む深い意味を繰り返し言うのはやめよう。ただ鷗外は、そういう形で増補を重ねてきた『阿部茶事談』のその増補の形を、きわめて意識的にここで引き継いだといえよう。

要するに、鷗外がこだわったのは史実の厳密さではない。その増補の形、つまり〈史料の自然〉にこそ鷗外はこだわったのであり、それをここで自ら繰り返したのである[50]。

いやそればかりか鷗外は、殉死者達に関するそうした冷厳な史実の記載の間に、もとより『殉死録』によりつつ、逸話風の記事をも書き添えている。たとえば橋谷《はしたに》市蔵重次について、

《(橋谷は)四月二十六日に西岸寺で切腹した。丁度腹を切らうとすると、城の太鼓が微かに聞えた。橋谷は附いて来てゐた家隷《けらい》に、外へ出て何時か聞いて来いと云つた。家隷は帰つて、「しまひの四つ丈は聞きましたが、総体の桴数《ばちかず》は分りません」と云つた。橋谷を始として、一座の者が微笑んだ。橋谷は「最後に好う笑はせてくれた」と云つて、家隷に羽織を取らせて切腹した。吉村甚太夫が介錯した。》

と鷗外は記す。さりげない筆致だが、これまた見事な挿話となっているという他はない。無論鷗外がこの〈笑ひ〉を書いたのは、単に〈切腹の座で些事に笑う昔の武士の剛毅さを切り捨てかねた[51]〉ためではない。そう言うには、

この〈笑ひ〉は暗く深すぎる。しかもそれが暗く深いのは、なにかこれという理由があってのことでは決してない。いくえにも重なる思いを籠めて、しかしなにひとつこれと名指しえぬ、だからなんとも捉えどころのない曖昧で空しい思いを潜めて、橋谷は覚えず笑いを漏らす、おそらくそういう意味の複雑な〈笑ひ〉ではなかったか。

そしてそれは、人間の生死そのものの姿なのだ。しかも鷗外はここで、その人間の永劫の姿を又ひとつ補綴する。だが鷗外は、それをただ単に書き足したのではない。幾時代にも亙って、そうした人間の曖昧で空しい永劫の姿に繰り返し思いを致しつつ、現にその反復を閲してきた人々の心の連なり、とはつまり、それこそ人々が、〈文学〉と名付けるその人々の心の絆に繋がりながら、自らもその反復に耐えんとしたのであり、耐えんと祈ったのである。

注

（1）以下初出を〈初稿〉とし、『意地』所収を〈再稿〉あるいは〈定本〉とするが、本論はとくに断らぬかぎり〈定本〉によった。

（2）のち補筆されて、『森鷗外の歴史小説―史料と方法―』（筑摩書房、昭和五十四年十二月）に所収。なお引用は同書によった。

（3）周知の一節だが、左に鷗外の「歴史其儘と歴史離れ」（「心の花」大正四年一月）の一部を掲げておく。

《わたくしの前に言つた類の作品は、誰《たれ》の小説とも違ふ。これは小説には、事実を自由に取捨して、纏まりを附けた迹がある習であるに、あの類の作品にはそれがないからである。わたくしだつて、これは脚本ではあるが、「日蓮上人辻説法」を書く時なぞは、ずつと後の立正安国論を、前の鎌倉の辻説法に畳み込んだ。かう云ふ手段を、わたくしは近頃小説を書く時全く斥けてゐたのである。

なぜさうしたかと云ふと、其動機は簡単である。わたくしは史料を調べて見て、其中に窺はれる「自然」を尊重する念を発した。そしてそれを猥《みだり》に変更するのが厭になつた。これが一つである。わたくしは又現存の人が自家の生活をありの儘に書くのを見て、現在がありの儘に書いて好いなら、過去も書いて好い筈だと思つた。これが二つである。

わたくしのあの類の作品が、他の物と違ふ点は、巧拙は別として種々あらうが、其中核は右に陳べた点にあると、わたくしは思ふ。》

（4）　尾形氏前掲書による。
（5）　もとより原典と作品が一字一句同じであるわけがない。下手な〈盗作〉でも、違いはある。
（6）　「校本『阿部茶事談』」参照。以下本論における『阿部茶事談』からの引用はすべて同書の県立本による。ただし当然誤記、脱字、衍字等と思われるものについて、他の異本等を参照しつつ適宜最小限の修正を施しておいた。
（7）　すでに稲垣達郎氏は「『阿部一族』鑑賞」（『近代文学鑑賞講座（4）森鷗外』角川書店、昭和三十五年一月）の中で、殉死の不許可について、それを〈弥一右衛門の性格に求めていったのは、まったく烱眼というほかはない〉と指摘している。
（8）　「続『阿部一族』論―再稿本と『殉死録』との関係―」（「文学」昭和五十一年三月）などとともに改訂されて『鷗外の歴史小説―その詩と真実―』（春秋社、昭和五十八年五月）に収録。以下引用は断らぬかぎり同書によった。なお本論は蒲生氏の所論に種々異を立てているが、同時に多くの教示を得ている。
（9）　なお蒲生氏はそこで、小泉浩一郎『森鷗外論　実証と批評』（明治書院、昭和五十六年九月）所収の「阿部一族」論にも触れている。
（10）　そして要するにここにも、あの功利的、倫理的文学観、文学的主体性の神話が、（尾形氏とは裏返された形で）根強く生きのびているのである。
（11）　つまり〈史料そのまま〉というきわめて困難な問題を前に、尾形氏はそれを黙殺し、蒲生氏はそれを非難したにすぎない。その結果両氏とも、問題の核心について触れえぬまま終わったのだ。
（12）　柄谷行人「歴史と自然―鷗外の歴史小説―」（『意味という病』河出書房新社、昭和五十年二月所収）。
（13）　尾形氏前掲書。
（14）　藤本千鶴子「鷗外『阿部一族』の主資料『阿部茶事談』の性格」（『近世・近代のことばと文学』所収）。なお、以下藤本氏からの引用、および藤本氏の発言に触れたものは、すべてこの論文による。
（15）　このことに関し、蒲生芳郎「『阿部一族』論―『阿部茶事談』と初稿本『阿部一族』との関係―」（「文学」昭和五十年十一月）を参照。
（16）　本論においては、この後はすべて、他の論文からの引用によらないかぎり「阿部一族」にならって〈柄本〉に統一しておいた。
（17）　この（　）内は上妻本のもの。
（18）　〈文茶話曰〉(18)は慶安二年（一六四九）の光尚の死去に触れ、林外記の没落と横死に及んでいる。

(19)二十歳以前に結婚し、人生五十年という当時の平均も、やはり考慮しておかなければならないだろう。
(20)〈御意ニまかせ〉には柄本の藪山拝領とその辞退、そこから来る柄本の廉直への称讃が記されているが、これを柄本の直談とするのはいささか疑問である。柄本は自身の武功はともあれ、自己の廉直を自讃することはできない人物ではなかったか。
(21)この奥書は、第三次増補の筆者が、それ以前の増補過程の実態を踏まえ、〈此四家之言説記置者也〉という形に纏めて書き残したものという疑いも残る。実際、原本に近い系統の写本と推定される細川本や荒木本に、第三次増補分とこの奥書がないことを勘案すると、第一次、第二次増補時とこの第三次増補時には、やはり時間的懸隔があったように思われるのである。
(22)しかしこれが、光尚の近習であった人物から出ている語り草と考えれば、むしろ当然なことであったろう。
(23)水谷昭夫「『阿部一族』の世界」(『近代日本文芸史の構成』桜楓社、昭和三十九年六月)に、〈路傍の墓碑銘よりももっと短い〉という辞句がある。
(24)注(15)に同じ。
(25)以下は、前章における『阿部茶事談』原本の推定に基づくものである。
(26)藤本千鶴子氏は前出の「鷗外『阿部一族』の主資料『阿部茶事談』の性格」において、この書名につき、〈藩主への遠慮あるいはカムフラージュのためと、歴史に対する民間の「談」という卑下とから、仮りに名づけた〉ものと解している。
(27)原本の筆者は、〈その子細を問に、遁世の由述懐の情を述ル〉と、権兵衛の弁解の言を記している。
(28)その分割相続を、〈いつれも難有旨、面ニハ歓色有リ〉としたはずの兄弟達が、なぜ愚かな失態を演じた長兄一人のために、全員生命をかけて戦わなければならなかったのか。おそらくここに、『阿部茶事談』から「阿部一族」へと連なる最も本源的な〈問題性〉があるといえよう。
(29)弥一右衛門の場合にもすでにそうであったのだ。
(30)以下について、和辻哲郎『日本倫理思想史』(下巻)(岩波書店、昭和二十七年十二月)、相良亨『武士道』(塙書房、昭和四十三年十月)、同『武士の思想』(ぺりかん社、昭和五十九年九月)等を参照した。
(31)それにしても、一場の喧嘩に一生をかけ、しかも豊饒であった武士の生きざまを、鷗外はなんと濃やかに蘇らせて見せたことか。たとえば「ぢいさんばあさん」(「新小説」大正四年九月)。
(32)たとえば宝永七年(一七一〇)以降、山本常朝の言葉を田代陣基が筆録したといわれる『葉隠』には、その「聞書一」の冒頭に、例の〈武士道と云は、死ぬ事と見付たり〉という一句が書き込まれている。以下、〈二つ〳〵の場にて、早く死方に片付ばかり也。

別に子細なし。胸すわつて進む也。図に当らず、犬死などいふ事は、上方風の打上たる武道なるべし。二つ〳〵の場にて、図に当るやうにする事は不レ及事也。我人、生る方がすき也。多分すきの方に理が付べし。若図に迦れて生たらば、腰ぬけ也。此境危き也。図に迦れて死たらば、気違にて恥には不成。是が武道の丈夫也。毎朝毎夕、改めては死々、常住死身に成て居る時は、武道に自由を得、一生落度なく家職を仕課すべき也〉と続くこの一節は、〈武士道〉の神髄を喝破したものとしてあまりに有名だが、しかしこれだけを見ても、すでに〈武士道〉なるものが、決定的な矛盾と分裂を内包していたことが判るのである。

もとより常朝において、主従の契りは、〈御譜代相伝の御深恩〉〈荷ひきらぬ御恩〉として捉えられていた。そして武士たるもの、〈主を思ふより外のことはな〉く、さらにその思いは、あたかも〈忍恋〉にも譬えつべく、徹底的に無償であらねばならなかった。が、それほどに無私であったとしても、なお主君への〈奉公〉を成就することと、〈無二無三に死狂ひする〉こととは、決定的に違うといわざるをえない。

たしかに武士には、敵との戦いの中で〈死狂ひ〉し一身一命を捨てることが、そのまま主君への〈奉公〉でありえた至福の時代があった。というより、その至福の無我夢中において、武士は誕生していたといってよい。だが太平の世となり、戦うべき敵が身辺から消えて、武士は〈死狂ひ〉しようにもする具体的な場を失ってしまったのだ。そしてこの時、なお主君に対して一身一命を献ぐとは、あくまで主君のために生きること、生きて己れの一身一命を果てまで用立て尽くすこと、だから、たとえどのような事情が生ずるにしろ、そのことを自ら中断してはならず、従って、どこまでもしぶとく生きながらえねばならないのだ。

が、武士が存在する理由とは、一向に主君を〈歎き〉つつ、その馬前で果断に〈死狂ひ〉する勇気にこそあったのではないか。だが、次第に時代が隔たり、権力と体制は日々に増強し、しかもその巨大な専制力に我から絶対的な帰服を誓いながら、しかし武士はその存在の理由を収奪されて、ただ徒に生きながらえねばならなかったのである。そしてこの時おそらく、武士の内面には、自らがその生の根基に立脚しえた過去の輝かしい記憶が蘇り、徐々に肥大し、ついに鮮烈なる観念へと抽象化していったといえよう。

だが、そのことは同時に、武士の心中に深い矛盾と分裂を齎していたことは断るまでもあるまい。なによりもそのことは、〈武士道は死狂也〉と説いた常朝が、主君鍋島光茂の死にあたり、殉死すること叶わず、出家するに及んだその悲喜劇に明らかであるといえよう。が、なおその深い矛盾と分裂において、『葉隠』における〈武士道〉は、真に〈思想〉たりえていることを付け加えておかねばなるまい。

なお、『葉隠』からの引用は、『三河物語　葉隠』（『日本思想大系、第二十六巻』）（岩波書店、昭和四十九年六月）によった。

また序だが、山本常朝（一六五九〜一七二一）の思想形成期が、ほぼおそらく『阿部茶事談』成立期（少なくともその初期）と重なるのは示唆的である。

(33) 戦国武将の気風を継いでいたであろう忠利には、体制下の有能な官僚としての一面を見せる弥一右衛門が、かえって我慢ならなかったという事情があったかもしれない。少なくとも鷗外は、そのように取っているようである。

(34) もとより林外記は体制化の優秀な官僚であったと同時に、そのことは彼が、封建の世の人の道——〈君臣の儀〉をもっとも忠実に踏み行っている武士の一人であったことを示している。だが、『阿部茶事談』の登場人物からはもとより、原本の筆者をはじめ、数次の増補者からも、外記はつねに敵役として遇せられているのはなぜか。おそらくそこにも彼等武士達の、あの矛盾と分裂が反映していたといえる。なぜなら彼等は、ひたすら秩序と規矩に生きねばならぬ新しい時代への無意識の嫌悪を、外記一人に負わせているごとくなのだ。そして、そのまさに対極が柄本又七郎の場合だが、このことについては、『阿部茶事談』増補の帰趨を論ずる次章に譲ろう。

(35) 以下は前々章における『阿部茶事談』増補過程の検討を承けるものである。

(36) 前出藤本論文。

(37) 高橋義孝『森鷗外』（五月書房、昭和三十二年一月）。

(38) 相原和邦氏は「『阿部一族』私見—悲劇の要因について—」（広島女学院大学「論集」昭和四十二年十二月）の中で、十八人の殉死者は、千石の寺本八左衛門を除けばすべて二百石以下の武士であり、しかもそのうち八人が石高の極めて少ない切米取であったことを指摘している。ここにも彼等の心——現世において幸薄き我が身に代わり、ひたすら後栄を祈る彼等の心が暗示されている。

(39) 吉本隆明『共同幻想論』（河出書房新社、昭和四十三年十二月）は周知のごとく、人間の全観念領域を〈共同幻想〉〈対幻想〉〈個人幻想〉の三機軸による重層的構造において捕捉し、その倒立し逆影しあう相互関係を分析している。きわめて示唆的な論考であり、本論も種々の教示を得ているが、概念的にも術語的にも、いまは性急な照応、導入は控えた。

(40) 『権力への意志』（原佑訳）（『ニーチェ全集、第十二巻』理想社、昭和三十七年七月）。

(41) 稲垣達郎氏前掲書。

(42) 尾形仂氏前掲書によれば、この部分で鷗外が『細川氏系譜便覧』および『肥後国志』を参照していたことはほぼ確定的という。

(43) 評者は多く、この長十郎の〈死を怖れる念は微塵も無い〉という一事に瞠目する。しかしこのことは究極的なことではない。「妄想」（「三田文学」明治四十四年三月）の一節——すなわち主人公の〈翁〉が若年ドイツに留学した折、友人の死に遭遇して深く生死に思いを致す一節が思い起こされる。

《自分は小さい時から小説が好きなので、外国語を学んでからも、暇があれば外国の小説を読んでゐる。どれを読んで見てもこの自我が無くなるといふことは最も大いなる最も深い苦痛だと云つてある。ところが自分には単に我が無くなるといふこと丈ならば、苦痛とは思はれない。只刃物で死んだら、其刹那に肉体の痛みを覚えるだらうと思ひ、病や薬で死んだら、それぞれの病症薬性に相応して、窒息するとか痙攣するとかいふ苦しみを覚えるだらうと思ふのである。自我が無くなる為めの苦痛は無い。

　西洋人は死を恐れないのは野蛮人の性質だと云つてゐる。自分は西洋人の謂ふ野蛮人といふものかも知れないと思ふ。さう思ふと同時に、小さい時二親が、侍の家に生れたのだから、切腹といふことが出来なくてはならないと度々諭したことを思ひ出す。その時も肉体の痛みがあるだらうと思つて、其痛みを忍ばなくてはなるまいと思つたことを思ひ出す。そしていよいよ所謂野蛮人かも知れないと思ふ。併しその西洋人の見解が尤もだと承服することは出来ない。

　そんなら自我が無くなるといふことに就いて、平気でゐるかといふに、さうではない。その自我といふものが有る間に、それをどんな物だとはつきり考へても見ずに、知らずに、それを無くしてしまふのが口惜しい。残念である。漢学者の謂ふ酔生夢死といふやうな生涯を送つてしまふのが残念である。それを口惜しい、残念だと思ふと同時に、痛切に心の空虚を感ずる。なんともかとも言はれない寂しさを覚える。

　それが煩悶になる。それが苦痛になる。》

おそらく、このことこそが究極的なことであるといえよう。

（44）『阿部茶事談』によれば長十郎にはすでに妻があり、他方『殉死録』によれば彼はまだ十七歳の若輩で妻帯の形跡はなく、その代り『阿部茶事談』には見えなかった弟左平次がいるとある。鷗外は定稿において、妻女の記述を残し、さらには弟の記述を加えている。ここにはっきりと鷗外の意図が読みとれる、といえる。
（45）鷗外はたとえば「高瀬舟」（「中央公論」大正五年一月）において、法による罪を着つつ同胞《はらから》の愛に生きる喜助という男の自足を、朧月夜の川面をすべる舟中に現出している。
（46）高橋義孝氏前掲書。
（47）注（42）に同じ。
（48）『殉死録』に、〈介錯ハ牢人ノ由〉とあるが、鷗外は再稿にそれを採らなかった。もとより鷗外はその死に、他人の介在を許さなかったのである。

(49) 注(41)に同じ。

(50)「伊沢蘭軒」の最後で鷗外は、〈わたくしは筆を行《や》るに当つて事実を伝ふることを専にし、努て叙事の想像に渉ることを避けた。客観の上に立脚することを欲して、復主観を縦まゝにすることを欲せなかつた。その或は体例に背きたるが如き迹あるものは、事実に欠陥あるが故に想像を藉りて補塡し、客観の及ばざる所あるが故に主観を倩《やと》つて充足したに過ぎない〉と言い、さらに、〈前代の父祖の事蹟に、早く既に其子孫の事蹟の織り交ぜられてゐるのを見、其糸を断つことをなさずして、組織《そしよく》の全体を保存せむと欲し、叙事を継続して同世の状態に及ぶのである〉と続けている。おそらくここに、鷗外の、歴史小説より史伝に至る文学的根基があったといえよう。

(51) 蒲生芳郎氏前掲書。

「大塩平八郎」論――枯寂の空――

「大塩平八郎」は極めて評判の悪い作品である。[1] どういう点でか？　たとえば稲垣達郎氏は石川淳氏や中野重治氏の評言、すなわち、

《鷗外は殆ど失敗を知らない作者であつた。出来ばえのよしあしはあるが、それでもへたはへたなりに成功してゐる。（中略）全作中ただ一つ、傍観者でなければとても演じられつこないやうな大失敗の醜態の跡をとどめてゐる。いやに綿密に書いてあつて、行文にも疵がなく、当の作者は失敗などと夢にも思はず、自信満々らしいのだから、醜態として申分ない。》（石川淳『森鷗外』[2]）

《社会的歴史的事件に能動的に参じる人間を作者が主体的につかめぬ。》（中野重治「『傍観機関』と『大塩平八郎』[3]」）

を引例し、〈つまりは「傍観者」というような「主体」であるかぎり、大塩平八郎というような「社会的歴史的事件に能動的に参じる人間」を、とうていとらえきれないことをいっているのであろう点で、石川も中野も、基本的なところでは一致しているものとみてよかろう〉と纏め、さらに小田切秀雄氏、丸山静氏、唐木順三氏等の諸説を含めて、〈これらの諸説の一致点で、小説「大塩平八郎」についての、もっともかんじんなところが、すでに指摘されている。こういう点ではもういうべきことはない〉と言っている。[4]

だが一体、〈「傍観者」というような「主体」〉とはなにか。中でも石川氏は、〈大塩事件でも、天保飢饉の何たるかを把握し、その実況を叙述する筆には事を欠かない。しかし、飢饉の中には固著しない大塩の精神はこれを解説

するすべがなかつたであらう。と云ふのは、運動する精神に対しては、鷗外は初めから理解を抛棄してゐる態だからである。大塩の精神の努力は批判の如何を問はず、政治の実際に於て、空虚なる空間を具体的に充実させようとするところに存したのであらう。鷗外の眼には、さういふ人間精神の努力は空虚としか映らなかつたのであらう〉とも、〈鷗外がこれほど傍観者たる珍面目を発揮したことはない。傍観者の運動は精神の努力を問題としない領域では流通自在なのであらう。だが、精神の闘ひへの参加が強要される時、大才ある傍観者も一箇の無能者でしかない。「大塩平八郎」はさういふ無能者の自ら揣らざる仕事である。失敗の美しさなどといふ話にはなつて来ない〉とも評している。

しかし、これらの評言には、〈鷗外の眼〉に〈さういふ人間精神の努力〉が〈空虚としか映らなかつた〉ことを言っているだけで、なぜ〈空虚としか映らざるをえなかったか〉を言っていない。言うならば、相も変わらず〈人間精神〉、〈精神の努力〉、〈精神の闘ひ〉、つまりユマニテを高く掲げ、その高みからする一方的な批判でしかない。が、鷗外の〈傍観者〉とは、もともとそれら一切を、いわば冷徹に拒絶するものではなかったか。しかも「大塩平八郎」とは、その鷗外の人間存在に対する懐疑、否定を、もっとも無惨な形で描いた作品といえるのではあるまいか。

「大塩平八郎」は「中央公論」大正三年一月号に〈鷗外〉の署名で掲載され、「附録」は「三田文学」同年同月号に「大塩平八郎」と題し〈森林太郎〉の署名で掲載された。そしてともに同年五月『天保物語』（鳳鳴社）に「護持院原の敵討」と合わせて収録されたが、その際「三田文学」掲載分が「附録」と改題された。天保八（一八三七）年、大阪町奉行所元与力、陽明学者大塩平八郎の起こした騒乱を描いている。

まず第一章「西町奉行所」。天保八年二月十九日〈暁方七つ時〉、東組町同心吉見九郎右衛門の倅英太郎および同河合郷左衛門の倅八十次郎による九郎右衛門の訴状持参によって始まる。

《きのふの御用日に、月番の東町奉行所へ立会に往つて帰つてからは、奉行堀伊賀守利堅は何かひどく心せはしい様子で、急に西組与力吉田勝右衛門を呼び寄せて、長い間密談をした。それから東町奉行所との間に往反して、けふ十九日にある筈であつた堀の初入式の巡見が取止になつた。それから家老中泉撰司を以て、奉行所詰のもの一同に、夜中と雖、格別に用心するやうにと云ふ達しがあつた。そこで門を敲かれた時、門番がすぐに立つて出て、外に来たものの姓名と用事とを聞き取つた。》

と言うのも昨日、東町奉行跡部山城守良弼より、その前夜東組同心平山助次郎と云うものの〈密訴の事〉を聞いたからである。跡部の口から漏れた〈一大事と云ふ詞《ことば》が堀の耳を打つた〉。〈それからはどんな事が起つて来るかと、前晩も殆寝ずに心配してゐる。今中泉が一大事の訴状を持つて二人の少年が来たと云ふのを聞くと、堀はすぐにあの事だなと思つた〉。

《堀は訴状を披見した。胸を跳らせながら最初から読んで行くと、果してきのふ跡部に聞いた、あの事である。陰謀の首領、その与党などの事は、前に聞いた所と格別の相違は無い。長文の訴状の末三分の二程は筆者九郎右衛門の身囲《みがこひ》である。堀が今少し精しく知りたいと思ふやうな事は書いてなくて、読んでも読んでも、陰謀に対する九郎右衛門の立場、疑懼、愁訴である。きのふから気に掛かつてゐる所謂一大事がこれからどう発展して行くだらうか、それが堀自身にどう影響するだらうかと、とつおいつ考へながら読むので、動《やゝ》もすれば二行も三行も読んでから、書いてある意味が少しも分かつてをらぬのに気が附く。はつと思つては又読み返す。》

《読んでしまつて、堀は前から懐いてゐた憂慮は別として、此訴状の筆者に対する一種の侮蔑の念を起さずにはゐられなかつた。形式に絡まれた役人生涯に慣れてはゐても、成立してゐる秩序を維持するために、賞讃すべきものにしてある返忠《かへりちゆう》を、真の忠誠だと看ることは、生れ附いた人間の感情が許さない。その上自分の心中の私を去ることを難《かた》んずる人程却つて他人の意中の私を許《あば》くに敏なるものである。九郎右衛門は一しよに召し捕られたいと云ふ。それは責を引く潔い心ではなくて、与党を怖れ、世間を憚る臆病である。又自殺するかも知れぬと云ふ。それは覚束ない。自殺することが出来るなら、なぜ先づ自殺して後に訴状を貽《のこ》さうとはしない。又牢に入れてくれるなと云ふ。大阪の牢屋から生きて還るものの少いのは公然の秘密だから、病体でなくても、入らずに済めば入るまいとする筈である。横着者だなとは思つたが、役馴れた堀は、公儀のお役に立つ返忠のものを周章の間にも非難しようとはしない。》

　第二章「東町奉行所」は、跡部が堀の書状を受け取る場面から始まる。跡部は昨夜、東組与力荻野勘左衛門、同人倅四郎助、磯矢頼母の三人を呼び出し、平山助次郎の件について質した。

《頼母と四郎助とは陰謀の首領を師と仰いでゐるものではあるが、半年以上使つてゐるうちに、その師弟の関係は読書の上ばかりで、師の家とは疎遠にしてゐるのが分かつた。「あの先生は学問はえらいが、肝積持で困ります」などと、四郎助が云つたこともある。「そんな男か」と跡部が聞くと、「矢部様の前でお話をしてゐるうちに激して来て、六寸もある金頭《かながしら》を頭からめりめりと咬んで食べたさうでございます」と云つた。それに此三人は半年の間跡部の言ひ付けた用事を、人一倍念入にしてゐる。そこを見込んで跡部が呼び出したのである。》

　〈三人共思ひも掛けぬ様子〉で、〈平山が訴はいかにも実事とは信ぜられない。例の肝積持の放言を真に受けたのではあるまいか〉と言って、暫く逮捕を見合わせて模様を見た方がよいと言う。〈三人の態度を目のあたり見た跡部は、一層切実に忌々しい陰謀事件が譃かも知れぬと云ふ想像に伴ふ、一種の安心を感じ〉、〈逮捕を見合せ〉ていたのである。

《をとついの夜平山が来て、用人野々村次平に取り次いで貰つて、所謂一大事の訴をした時、跡部は急に思案して、突飛な手段を取つた。尋常なら平山を留め置いて、陰謀を鎮圧する手段を取るべきであるのに、跡部はその決心が出来なかつた。若し平山を留め置いたら、陰謀者が露顕を悟つて、急に事を挙げはすまいかと懼れ、さりとて平山を手放して此土地に置くのも心許ないと思つたのである。そこで江戸で勘定奉行になつてゐる前任西町奉行矢部駿河守定謙《さだかた》に当てた私信を書いて、平山にそれを持たせて、急に江戸へ立たせたのである。》

《意志の確かでない跡部は、荻野等三人の詞をたやすく聞き納れて逮捕の事を見合せたが、既にそれを見合せて置いて見ると、その見合せが自分の責任に帰すると云ふ所から、疑懼が生じて来た。延期は自分が極めて堀に言つて遣つた。若し手遅れと云ふ問題が起ると、堀は免れて自分は免れぬのである。跡部が丁度この新に生じた疑懼に悩まされてゐる所へ、堀の使が手紙を持つて来た。同じ陰謀に就いて西奉行所へも訴人が出た、今日当番の瀬田、小泉に油断をするなと云ふ手紙である。

跡部は此手紙を読んで突然決心して、当番の瀬田、小泉に手を着けることにした。此決心には少し不思議な処がある。堀の手紙には何一つ前に平山が訴へたより以上の事実を書いては無い。瀬田、小泉が陰謀の与党だと云ふことは、既に平山が云つたので、荻野等三人に内命を下すにも、跡部は綿密な警戒をした。さうして見れば、堀の手紙によつて得た所は、今まで平山一人の訴で聞いてゐた事が、更に吉見と云ふものの訴で繰り返されたと云ふに過ぎない。これには決心を促す動機としての価値は殆無い。然るにその決心が跡部には出来て、前には腫物に障るやうにして平山を江戸へ立たせて置きながら、今は目前の瀬田、小泉に手を着けようとする。これは一昨日の夜平山の密訴を聞いた時にすべき決心を、今偶然の機縁に触れてしたやうなものである。》

さて、こうして冒頭、尾形仂氏も言うように、〈両町奉行所の動きから書き起こ〉され、〈読者は、密告者の訴状を披見する西町奉行堀の心理の起伏に伴い、噂が次第に事実となってゆく不気味な思いとともに事件の渦中に誘いこまれ〉ることになるのである。(5)

ところで、鷗外は「附録」において次のように言っている。

《私が大塩平八郎の事を調べて見ようと思ひ立ったのは、鈴木本次郎君に一冊の写本を借りて見た時からの事である。写本は墨付二十七枚の美濃紙本で、表紙に「大阪大塩平八郎万記録」と題してある。表紙の右肩には「川辺文庫」の印がある。川辺御楯君が鈴木君に贈与したものださうである。

万記録の内容は、松平遠江守の家来稲垣左近右衛門と云ふ者が、見聞した事を数度に主家へ注進した文書である。松平遠江守とは摂津尼崎の城主松平忠栄《ただなが》の事であらう。

万記録は所謂風説が大部分を占めてゐるので、其中から史実を選み出さうとして見ると、獲《え》ものは頗《すこぶる》乏しい。併し記事が穴だらけなだけに、私はそれに空想を刺激せられた。

そこで現に公にせられてゐる、大塩に関した書籍の中で、一番多くの史料を使つて、一番精しく書いてある幸田成友君の「大塩平八郎」を読み、同君の新小説に出した同題の記事を読んだ。そして古い大阪の地図や、「大阪城志」を参考して、伝へられた事実を時間と空間との経緯に配列して見た。》

このことに関し、尾形氏はいま引用した論文の中で、〈鷗外は信貴越えの想定を付加した以外には、坂本鉉之助の「咬菜秘記」など幸田本の使用した文献を直接再調することはあっても、取り扱った史実の範囲については右の幸田成友の二つの記述の内容を出ることはなかったと断じていい〉と言っている。たしかに両者（鷗外の「大塩平八郎」と、幸田成友の、ことに著書『大塩平八郎』）を読みくらべて見ると、[6] 鷗外はその記述をほとんどその著書に借り、それを〈時間と空間との経緯に配列して〉いるごとくである。

もとより出典にはない、とは鷗外が書き込んだ部分もなくはない。ことにこの冒頭、堀や跡部の〈心理の詳細を叙述〉した部分にそれは目立つ。そしてこの叙述を検討して小泉浩一郎は、そこに鷗外の〈官僚の保身のための小心、日和見的態度に対する痛烈な批判〉、〈官僚の俗物的人間像に対する批判〉、〈優柔不断に対する批判〉等々が込められているという。[7]

たしかに一読、彼等の小心翼々、周章狼狽、要するに終始〈意志の確かでない〉人間像が、痛烈に、というより一種冷嘲をもって描かれているといえる。

が、果してこれを、堀や跡部一箇の〈官僚的俗物主義〉への批判とだけで括ることが出来ようか。事件の刻々の推移になにひとつ的確に対応しえず、つねに後手後手に廻り、所詮手を拱いて〈傍観〉していたに等しい為体《ていたらく》――。

しかしそれはもしかしたら、我ひとともに人間の余儀ない仕儀なのかもしれない。つねに茫然として、そしてつねに悔恨のうちに、時の過ぎゆきに流される人間の姿。鷗外の冷嘲には、自身の、そして人間そのものへの、やるせない〈諦感《レジグナチオン》〉が込められていたのかもしれない。

（つねに不平不満を託ちながら、終生そこ、とは官僚機構を抜け出ることが出来なかった鷗外の自嘲！）。

なおまた小泉氏は、鷗外が出典を離れて書き込んでいるものに、〈返忠〉への倫理的批判をあげている。密告者吉見九郎右衛門の書状を読み終えた堀は、〈成立してゐる秩序を維持するために、賞讃すべきものにしてある返忠を、真の忠誠だと看ることは、生れ附いた人間的感情が許さない〉と言っていた。そしてあたかもこれに照応するかのように、鷗外は「附録」末尾に、〈個人の告発は（略）、昔は（略）秩序を維持する一の手段として奨励したのである。中にも非行の同類が告発するのを返忠と称して、これに忠と云ふ名を許すに至つては、奨励の最顕著なものである〉と繰り返し、密告者の一人平山助次郎が〈自分の預けられてゐた安房勝山の城主酒井大和守忠和《ただより》の邸で、人間らしく自殺を遂げた〉と結んでいる。[8]

さてその直後、〈跡部は荻野等を呼んで、二人を捕へることを命じた〉。〈万一の事があつたら切り棄てる外ないと云ふので、奉行所に居合せた剣術の師一条一が切棄の役を引き受けた。〉

《跡部は荻野等を呼んで、二人を捕へることを命じた。その手筈はかうである。奉行所に詰めるものは、先づ刀を脱して詰所の刀架に懸ける。そこで脇差ばかり挿してゐて、奉行に呼ばれると、脇差をも畳廊下に抜いて置いて、無腰で御用談の間に出る。この御用談の間に呼んで捕へようと云ふのが手筈である。併し万一の事があつたら切り棄てる外ないと云ふので、奉行所に居合せた剣術の師一條一が切棄の役を引き受けた。

さて跡部は瀬田、小泉の二人を呼ばせた。それを聞いた時、瀬田は「暫時御猶予を」と云つて便所に起つた。小泉は一人いつもの畳廊下まで来て、脇差を抜いて下に置かうとした。此畳廊下の横手に奉行の近習部屋がある。小泉が脇差を下に置くや否や、その近習部屋から一人の男が飛び出して、脇差に手を掛けた。「はつ」と思つた小泉は、一旦手を放した脇差を又摑んだ。引き合ふはずみに鞘走つて、とう〳〵、小泉が手に白羽が残つた。様子を見てゐた跡部が、「それ、切り棄てい」と云ふと、弓の間まで踏み出した小泉の背後から、一條が百会の下へ二寸程切り附けた。次に右の肩尖を四寸程切り込んだ。小泉がよろめく所を、右の脇腹へ突《つき》を一本食はせた。東組与力小泉淵次郎は十八歳を一期として、陰謀第一の犠牲として命を隕《おと》した。花のやうな許嫁の妻があつたさうである。

便所にゐた瀬田は素足で庭へ飛び出して、一本の梅の木を足場にして、奉行所の北側の塀を乗り越した。そして天満橋を北へ渡つて陰謀の首領大塩平八郎の家へ奔つた。》

序に言えば、この事件の最初の犠牲者小泉淵次郎の死様は、哀れを極めたものといってよい。十八歳を一期として、その身を無慙にも斬り刻まれ、ばかりか、[9]その彼に〈花のやうな許嫁の妻があつたさうである〉と書く鷗外の筆致は、むしろ残酷といってよいくらいである。

第三章「四軒屋敷」は、瀬田の駆け込んで来た〈陰謀の首領大塩平八郎〉の屋敷内が叙される。因みにここまで〈陰謀の首領〉とのみ記されていた大塩平八郎の名が、ここに来て（第二章の最終行）はじめて明かされる。もとよりそれが誰であるのか、この一行を待つまでもないが、〈作品内部の叙述の手順ではこうなっているわけ〉（稲垣氏）で、いわば〈事件の匿名性〉がかく策されていたわけである。

《天満橋筋長柄町《ながらまち》を東に入つて、角から二軒目の南側で、所謂四軒屋敷の中に、東組与力大塩格之助の役宅がある。主人は今年二十七歳で、同じ組与力西田青太夫の弟に生れたのを、養父平八郎が貰つて置いて、七年前にお暇になる時、番代に立たせたのである。併し此家では当主は一向当主らしくなく、今年四十五歳になる隠居平八郎が万事の指図をしてゐる。》

これに引き続く次の節では、平八郎等の〈陰謀〉の準備の次第が語られる。〈近頃急に殺風景〉になった家内の現況。それは女子供をそれぞれの里方へ立ち退かせてあるからだが、加えて〈玄関から講堂、書斎へ掛けて、二三段に積んだ本箱〉がすっかり無くなっているからである。本は〈土蔵にあつた一切経〉などとともに、〈飢饉続きのために難儀する人民に施す〉べく、〈銀に換へ〉られ、〈親類や門下生に縁故のある凡三十三町村のもの一万軒に、一軒一朱の割を以て配つた〉という。

以下、兵器弾薬の製造、百目筒等の大筒の整備。〈要するに此半年ばかりの間に、絃誦洋々の地が次第に喧噪と雑遝《ざつたふ》とを常とする工場になつてゐたのである〉という。

第四章「宇津木と岡田」は、〈三年前に来て寄宿し、翌年一旦立ち去つて、去年再び来た宇津木矩之允〉という〈学生〉とその弟子岡田良之進との陰謀の朝の対話であり、それを通して、大塩平八郎の学問なり思想なりが語られてゆく。従来多くの論が繰り返し論及して来た所であり、以下いささか詳細に検証することにしよう。

〈この岡田と云ふ少年が、けさ六つ半に目を醒ました〉。職人が多く入り込むようになって随分騒がしい家ではあるが、けさは又格別である。その雑音にまじって人声がする。〈「役に立たぬものは討ち棄てい」と云ふ詞《ことば》がはつきり聞こえた〉。

《岡田は跳ね起きた。宇津木の枕元にゐざり寄つて、「先生」と声を掛けた。

宇津木は黙つて目を大きく開いた。眠つてはゐなかつたのである。

「先生。えらい騒ぎでございますが。」

「うん。知つてをる。己は余り人を信じ過ぎて、君をまで危地に置いた。こらへてくれ給へ。去年の秋からの丁打の支度が、仰山だとは己も思つた。それに門人中の老輩数人と、塾生の一半とが、次第に我々と疎遠になつて、何か我々の知らぬ事を知つてをるらしい素振をする。それを怪しいとは己も思つた。併し己はゆうべまで事の真相を看破することが出来なかつた。所が君、ゆうべ塾生一同に申し渡すことがあると云つて呼んだ、あの時の事だね。己は代りに聞いて来て遣ると云つて、君を残して置いて出席した。それから帰つて、格別な事でもないから、あした話すと云つて寝たのだがね、実はあの時例の老輩共と酒宴をしてゐた先生が、独り席を起つて我々の集まつてゐる所へ出て来て、かう云つたのだ。一大事であるが、お前方はどう身を処置するか承知したいと云つたのだ。己は一大事とは何事か問うて見た。先生はざつとこんな事を説かれた。我々は平生良知の学を攻《をさ》めてゐる。あれは根本の教だ。然るに今の天下の形勢は枝葉を病んでゐる。民の疲弊は窮まつてゐる。草妨礙あらば理亦宜しく去るべしである。天下のために残賊を除かんではならぬと云ふのだ。そこで其残賊だがな。」

「はあ」と云つて、岡田は目を睜つた。

「先ず町奉行衆位の所らしい。それがなんになる。我々は実に先生を見損つてをつたのだ。先生の眼中には将軍家もなければ、朝廷もない。先生はそこまでは考へてをられぬらしい。」

「そんなら今事を挙げるのですね。」

「さうだ。家には火を掛け、与せぬものは切棄てゝ起つと云ふのだらう。併しあの物音のするのは奥から書斎の辺だ。まだ旧塾もある。講堂もある。こゝまで来るには少し暇がある。まあ、聞き給へ。例の先生の流儀だから、ゆうべも誰一人抗争するものはなかつた。己は明朝御返事をすると云つて一時を糊塗した。若し諫める機会があつたら、諫めて陰謀を思ひ止まらせよう。それが出来なかつたら、師となり弟子《ていし》となつたのが命だ、甘んじて死なうと決心した。そこで君だがね。」

岡田は又「はあ」と云つて耳を欹てた。

「君は中斎先生の弟子ではない。己は君に此場を立ち退いて貰ひたい。挙兵の時期が最も好《い》い。若しどうすると問ふものがあつたら、お供をすると云ひ給へ。さう云つて置いて逃げるのだ。己はゆうべ寝られぬから墓誌銘を自撰した。それを今書いて君に遣る。それから京都東本願寺家の粟津陸奥之助と云ふものに、己の心血を灑いだ詩文稿が借してある。君は京都へ往つてそれを受け取つて、彦根にゐる兄下総の邸へ往つて大林権之進と云ふものに逢つて、詩文稿に墓誌銘を添へてわたしてくれ給へ。」かう云ひながら宇津木はゆつくり起きて、机に靠れたが、宿墨に筆を浸して、有り合せた美濃紙二枚に、一字の書損《しよそん》もなく腹藁の文章を書いた。書き畢つて一読して、「さあ、これだ」と云つて岡田にわたした。》

〈「我々は平生良知の学を攻めてゐる」〉以下、ここに来て大塩平八郎の学問や思想が〈陽明学〉に立脚し、その結果〈民の疲弊〉を救恤すべく、その〈疲弊〉を齎した〈残賊を除〉かんとして此度の挙に出た次第が語られる。が、ここにはさらに、その〈残賊〉について、〈「我々は実に先生を見損つてをつた」〉以下、〈「先生の眼中には将軍家もなければ、朝廷もない」〉、せいぜい〈「町奉行衆位の所らしい」〉という、平八郎に対する宇津木の批判が加えられている。

この宇津木の批判に、多くの議論が集中する。除くべき〈残賊〉をめぐり、平八郎の眼が、たかだか〈町奉行衆位の所〉にしか届かず、より究極的な秩序の中心にいる〈将軍家〉や〈朝廷〉にまで届かぬ〈近視眼〉（稲垣氏）が批判されているというわけなのだ。(10)

鷗外は「附録」において、〈平八郎の思想は未だ醒覚せざる社会主義である〉といい、〈平八郎は極言すれば米屋こはしの雄である〉といっている。平八郎にとって、その除くべき〈残賊〉すら定かでなく、だから現状を打開すべきいかなる現実的な展望も方法もない。〈彼等はこれに処するにどう云ふ方法を以てして好いか知らない。彼等は未だ醒覚してゐない。唯盲目な暴力を以て富家と米商とに反攻する〉しかない。(11)

おそらく宇津木の言葉には、鷗外のそうした大塩平八郎の乱に対する客観的認識が裏打ちされているといえよう。(12)

かくしてこの章において、宇津木は平八郎の〈対立者〉として登場するのだが、しかし同時に、きわめて沈着、決然とした姿をみせて退場する。〈「師となり弟子となつたのが命だ、甘んじて死なう」〉。そして自撰した〈墓誌銘〉を〈一字の書損もなく〉記し、覚悟の死を遂げるのである。

《大井は抜刀を手にして新塾に這入つて来た。先づ寝所の温みを探つてあたりを見廻して、便所の口に来て、立ち留まつた。暫くして便所の戸に手を掛けて開けた。

中から無腰の宇津木が、恬然たる態度で出て来た。

大井は戸から手を放して一歩下がつた。そして刀を構へながら言分《いひわけ》らしく「先生のお指図だ」と云つた。

宇津木は「うん」と云つた切、棒立に立つてゐる。

大井は酔人を虎が食ひ兼ねるやうに、良《やゝ》久しく立ち竦んでゐたが、やう〳〵思ひ切つて、「やつ」と声を掛けて真甲を目掛けて切り下した。宇津木が刀を受け取るやうに、俯向加減になつたので、百会の背後《うしろ》が縦に六寸程骨まで切れた。宇津木は其儘立つてゐる。大井は少し慌てながら、二の太刀で宇津木の腹を刺した。刀は臍《ほぞ》の上から背

へ抜けた。宇津木は縁側にぺたりとすわつた。大井は背後へ押し倒して喉を刺した。》

稲垣氏もいうように、ここには〈宇津木を理想的人間像に造型しようとする鷗外の思量があった〉といえよう。たしかに宇津木は、いわば鷗外好みの人物であり、またそうも描かれている。しかし「大塩平八郎」といふ小説において、そう宇津木を特化（理想化）することは出来ない。

〈宇津木の、平八郎の門人大井正一郎に討たれる討たれ方の、何とみごとなことであろう〉（稲垣氏）。幸田本に記された〈平凡ともいうべき宇津木の最期が、鷗外によって、こうまで美しくえがきなおされた〉（同）等々――。しかしそうかも知れないが、その死のなんと酸鼻なことであろうか。あの事件の第一の犠牲者である小泉淵次郎が、血しぶきを上げて死んでいったように、第二の犠牲者の宇津木矩之允も、また血けむりを上げて斃れていったことに変わりない。そしておそらくそこには、鷗外の見ている人間の運命があり、またそれを見詰め続ける鷗外の冷厳な眼があるといえよう。

いかに〈理想的な人間〉であっても、人はなんと呆気なく、そして惨たらしく死んでゆくのか。多くの願い、多くの志、いわば万感の思いを抱きながら、アッという間に、すべては空しく消えてゆくのだ。

さて、いよいよ第五章「門出」である。

〈瀬田済之助が東町奉行所の危急を逃れて、大塩の屋敷へ駆け込んだのは、明六つを少し過ぎた時であった〉。書斎の襖をあけて見ると、ゆうべ泊った八人の与党の他、十数人の一座に取り巻かれて、〈平八郎は茵の上に端座してゐ〉る。

《身の丈五尺六寸の、面長な、色の白い男で、四十五歳にしては老人らしい所が無い。濃い、細い眉は弔つてゐるが、張の強い、鋭い目は眉程には弔つてゐない。広い額に青筋がある。髷《まげ》は短く詰めて結つてゐる。月題《さかやき》は薄い。

一度喀血したことがあつて、口の悪い男には青瓢箪と云はれたと云ふが、現《げ》にもと頷かれる。

「先生。御用心をなさい。手入れがあります。」駆け込んで、平八郎が前にすわりながら、瀬田は叫んだ。

「さうだらう。巡見が取止になつたには、仔細がなうてはならぬ。江戸へ立つた平山の所為《しよゐ》だ。」

「小泉は遣られました。」

「さうか。」

目を見合せた一座の中には、同情のささやきが起つた。

平八郎は一座をずつと見わたした。「兼ての手筈の通りに打ち立たう。棄て置き難いのは宇津木一人だが、その処置は大井と安田に任せる。」

大井、安田の二人はすぐに起たうとした。

「まあ待て。打ち立つてからの順序は、只第一段を除いて、すぐに第二段に掛かるまでぢや。」第一段とは朝岡の家を襲ふことで、第二段とは北船場へ進むことである。これは方略に極めてあつたのである。》

こうして一同は、勇躍、出陣を迎える。

が、ここで鷗外は、平八郎をして長い〈沈思〉に陥らせる。以下も長い引用になるが、篇中もっとも枢要な部分の一つというべく、逐一追尋してみよう。

《平八郎は其儘端坐してゐる。そして熱した心の内を、此陰謀がいかに萌芽《ばうが》し、いかに生長し、いかなる曲折を経て今に至つたと云ふことが夢のやうに往来する。平八郎はかう思ひ続けた。己が自分の材幹《さいかん》と値遇とによつて、吏《り》胥《しよ》として成し遂げられるだけの事を成し遂げた上で、身を引いた天保元年は泰平であつた。民の休戚が米作の豊凶に繋つてゐる国では、豊年は泰平である。二年も豊作であつた。三年から気候が不順になつて、四年には東北の洪水のために、天明六七年以来の飢饉になつた。五年に稍常に復しさうに見えるかと思ふと、冬から六年の春に掛けて雨がない。六年には東北に螟虫《めいちゆう》が出来る。海嘯がある。とう〳〵去年は五月から雨続きで、冬のやうに寒く、秋は大雨大水があり、東北を始として全国の不作になつた。己は隠居してから心を著述に専にして、古本大学刮目、洗心洞剳記、同附録抄、儒門空虚聚語、孝経彙註の刻本が次第に完成し、剳記を富士山の石室に蔵し、又足代権太夫弘訓の勧によつて、宮崎林崎の両文庫に納めて、学者としての志をも遂げたのだが、連年の飢饉、賤民の困窮を、目を塞いで見ずにはをられなかつた。そしてそれに対する町奉行以下諸役人の処置に平かなることが出来なかつた。賑恤もする。造酒に制限も加へる。併し民の疾苦は増すばかりで減じはせぬ。殊に去年から与力内山を使つて東町奉行跡部の遣つてゐる為事が気に食はぬ。幕命によつて江戸へ米を廻漕するのは好い。併し些しの米を京都に輸ることをも拒んで、細民が大阪へ小買《こがひ》に出ると、捕縛するのは何事だ。己は王道の大体を学んで、功利の末枝を知らぬ。上《かみ》の驕奢と下《しも》の疲弊とがこれまでになつたのを見ては、己にも策の施すべきものが無い。併し理を以て推せば、これが人世必然の勢だとして旁看するか、町奉行以下諸役人や市中の富豪に進んで救済の法を講ぜさせるか、諸役人を誅し富豪を脅して其私畜を散ずるかの三つより外あるまい。己は此不平に甘んじて旁看してはをられぬ。己は諸役人や富豪が大阪のために謀つてくれようとも信ぜぬ。己はとう〳〵誅伐と脅迫とによつて事を済さうと思ひ立つた。鹿台の財を発するには、無道の商を滅さんではならぬと考へたのだ。己が意を此に決し、言を彼に託し、格之助に丁打《ちやううち》をさせると称して、準備に取り掛つたのは、去年の秋であつた。それからは不平の事は日を逐うて加はつても、準備の捗つて行くのを顧みて、慰藉を其中に求めてゐた。其間に半年立つた。》

平八郎は〈吏胥〉として成すべきことを成して致仕した、という。が、その後凶作が続いて、しかし〈己〉はその間、もっぱら〈著述〉に専念し、〈学者としての志〉を遂げた、という。だが〈連年の飢饉、賤民の困窮〉、あまつさえ〈町奉行以下諸役人〉の無策。平八郎にはそれを黙視し、看過することが出来なかった。とはいえ、〈己は王道の大体を学んで、功利の末枝を知らぬ〉。そしてついに平八郎は、〈誅伐と脅迫とによつて事を済さうと思ひ立

つた〉というのだ。(13)

――だが、ここに来て平八郎の述懐は、大きく変容する。

《さてけふになつて見れば、心に逡巡する怯《おくれ》もないが、また踊躍する競《きほひ》もない。準備をしてゐる久しい間には、折々成功の時の光景が幻のやうに浮かんで、地上に血を流す役人、脚下に頭を叩く金持、それから草木の風に靡くやうに来り附する諸民が見えた。それが近頃はもうそんな幻も見えなくなつた。己はまだ三十代で役を勤めてゐた頃、高井殿に信任せられて、耶蘇教徒を逮捕したり、奸吏を糺弾したり、破戒僧を羅致したりしてゐながら、老婆豊田貢の磔になる所や、両組与力弓削新右衛門の切腹する所や、大勢の坊主が珠数繋にせられる所を幻に見ることがあつたが、それは皆間もなく事実になつた。そして事実になるまで、己の胸には一度も疑が萌さなかつた。今度はどうもあの時とは違ふ。それにあの時は己の意図が先づ恣に動いて、外界の事柄がそれに附随して来た。今度の事になつてからは、己は準備をしてゐる間、何時でも用に立てられる左券を握つてゐるやうに思つて、それを慰藉にした丈で、動《やゝ》もすれば其準備を永く準備の儘で置きたいやうな気がした。けふまでに事柄の捗《はかど》つて来たのは、事柄其物が自然に捗つて来たのだと云つても好い。己が陰謀を推して進めたのではなくて、陰謀が己を拉して走つたのだと云つても好い。一体此終局はどうなり行くだらう。平八郎はかう思ひ続けた。

平八郎が書斎で沈思してゐる間に、事柄は実際自然に捗つて行く。屋敷中に立ち別れた与党の人々は、受持々々の為事をする。時々書斎の入口まで来て、今宇津木を討ち果したとか、今奥庭に積み上げた家財に火を掛けたとか、知らせるものがあるが、其度毎に平八郎は只一目そつちを見る丈である。》

〈さてけふになつて見れば、心に逡巡する怯もないが、又踊躍する競もない〉。〈己が陰謀を推して進めたのではなくて、陰謀が己を拉して走つたのだと云つても好い〉――。がそれにしても、いわば止むに止まれぬ勢いをもって蹶起に走った、まさにその〈門出〉に、一体いかなる事態が平八郎を襲っていたのか？

そして付け加えれば、まさにこの点に、冒頭見たように、この作品が〈多くの批判をあびる結果〉（稲垣氏）を招いた原因があったといえよう。

再び石川氏の評言を確認すれば、

《大塩の精神の努力は批判の如何を問はず、政治の実際に於て、空虚なる空間を具体的に充実させようとするところに存したのであらう。鷗外の眼には、さういふ人間精神の努力は空虚としか映らなかつたのであらう。飢饉から精神の解放が始まらうとする時、鷗外の解釈はそのてまへで円満に、すなわち不恰好に終つてゐる。》

《鷗外がこれほど傍観者たる珍面目を発揮したことはない。傍観者の運動は精神の努力を問題としない領域では流通自在なのであらう。だが精神の闘ひへの参加が強要される時、大才ある傍観者も一箇の無能者でしかない。「大塩平八郎」はさういふ無能者の自ら揣らざる仕事である。失敗の美しさなどといふ話にはなつて来ない。》

要するに、〈「傍観者」というような「主体」〉の落ちた陥穽――。

鷗外は「百物語」[14]の中で、〈僕は生れながらの傍観者である。子供に交つて遊んだ初から大人になつて社交上尊卑種々の集会に出て行くやうになつた後まで、どんなに感興の湧き立つた時も、僕はその渦巻に身を投じて、心《しん》から楽んだことがない。僕は人生の活劇の舞台にゐたことはあつても、役らしい役をしたことがない。高がスタチストなのである〉と書いている。どんな時にも、〈心から楽んだことがない〉という〈生れながらの傍観者〉鷗外（とひとまず言っておく）が、まさにここに来て、大塩平八郎の胸に虚ろな穴を、ポッカリと空けてみせたということか。（が、だとしても、そのことがなぜそのまま、「大塩平八郎」という作品の〈失敗〉〈ぐうたらぶり〉（石川氏）につながるのか？）[15]。

ところで柄谷行人氏は、この平八郎の〈沈思〉をめぐって、すぐれた考察を展開している[16]。

柄谷氏はまず、〈平八郎は自分の意志でことを構えながら、事態が彼の意志とは別個に動き出しているように感じる。彼には自分が現にやっていることがわからなくなっている。否わかっているが、どこかで「違ふ」という声がする〉として次のように言う。

〈大塩中斎は「知行合一」を奉ずる陽明学者として果敢に一揆を企てた男である〉。いわば一切は〈知行合一〉への平八郎の〈想念〉、〈夢〉から始まっているといってよい。しかも彼は〈家族門弟の間では絶対的な独裁者だから、準備の段階では障害は一つもない〉。従って、〈現実的に事態が進行しているようにみえながら、そこに何ら障害がないのだから、平八郎自身にとってはそれはただ観念の自己増殖のようなものにすぎない〉。つまり〈彼を行動に強いるのは〉、〈そのようなかたちをとって迫ってくる平八郎自身の観念なのである〉。

〈ここには何らの現実性も存在しない。平八郎は行動のさなかで夢を見ており、この夢から「醒覚」できないのである〉。

そしてさらに、〈平八郎に生じたのは現実と切りはなされた精神内部での〝同一化〟であり、オートノミーである。どうしてこういうことが生じるのか。現実認識の欠如とか現実からの遊離といった説明では、平八郎が陥ちこんでいった悪夢を解くことはできない。おそらく鷗外はこれを精神そのものの問題としてみていたように思われる〉と続ける。

因みにこれに先立ち柄谷氏は、〈われわれの記憶は物語のかたちをとり、たとえば夢とは想起される瞬間につくられる物語である〉といい、〈この《物語化》とは、いいかえればものの運動のなかに整合性、合目的性をもちこむことであ〉って、それは〈われわれの日常的な思考そのもののなかにある性質である〉という。

（そして、だからこそ鷗外は、その〈歴史小説〉において、〈事件を一つの中心的な主題や観念に集約することを拒んだ〉のであり、〈事件に対して透過的であるような視点を拒んだ〉のだという。なぜなら、〈現実の世界に自己完結的なものはなにもないからである〉。）

さらに柄谷氏は、「大塩平八郎」に投影されているのは、〈むしろ自伝的エッセイ、「妄想」にほかならない〉といい、〈「妄想」と「大塩平八郎」を読み比べてみると、鷗外が通説による平八郎の像をいかに自己に引き寄せているかがはっきりする〉として、「妄想」の次の一節を引いている。[17]

《生れてから今日まで、自分は何をしてゐるか。始終何物かに策うたれ駆られてゐるやうに学問といふことに齷齪してゐる。これは自分に或る働きが出来るやうに、自分を為上げるのだと思つてゐる。其目的は幾分か達せられるかも知れない。併し自分のしてゐる事は、役者が舞台へ出て或る役を勤めてゐるに過ぎないやうに感ぜられる。その勤めてゐる役の背後《うしろ》に、別に何物かが存在してゐなくてはならないやうに感ぜられる。策うたれ駆られてばかりゐる為めに、その何物かが醒覚する暇がないやうに感ぜられる。》

そして、〈これは平八郎が自分の意志でやっていながら何ものかに動かされていると感じる条りとほぼ対応している。「醒覚」という語も偶然の一致ではあるまい。平八郎が「醒覚」できなかったのは、自分が自分のように感じられぬ遊離感のためだといってよいのである〉というのだ。

が、それにしても、〈精神〉（〈観念〉）とは〈物語化〉であり、まさに〈運動のなかに整合性、合目的性をもちこむこと〉だとすれば、そういう〈精神〉（〈観念〉）自体、どうして自らに〈遊離感〉を感じるのか？　どうして〈自分が自分のように感じられぬ遊離感〉を感じるのか。（なぜそのような自己分裂に陥るのか。あるいはその自己分裂とは一体どういうことか？）

そしてこれを言うなら、〈精神〉（〈観念〉）とは〈物語化〉、つまり〈言語化〉であるとすれば、それは〈過去の想起〉、〈過去の言語経験〉に他ならないからである。

人はつねに今、今、今と、今現在の〈存在〉（〈知覚〉と〈行動〉）の中に生きている。しかし人がそうした自分を振り返る時、人はまたつねに〈……した〉〈……だった〉と、〈過去形の言葉〉の中に生きなければならない。たとえそれが一瞬のことであっても、まさにその一瞬の後に、一瞬の前のことを、人は〈過去形の経験〉として〈想起〉する。つまり繰り返すまでもなく、〈精神〉（〈観念〉）とは、〈……した〉〈……だった〉という〈過去の想起〉、〈過去の言語経験〉に他ならないのである。

とすれば、人は現にそこ（現在只今）にいながらそこにいず、いわば一切の過ぎ行きに向きあう。そして人はその時、そうした時間のエアポケットに陥り茫然自失、要するに、なにか〈「違ふ」〉と呟かざるをえないのである。多分柄谷氏のいわゆる〈遊離感〉とはこのことを措いて他にない。しかもそれは〈精神そのものの問題〉、〈われわれの日常的な思考そのもの〉のアポリアなのだ。(18) そしてあの平八郎の〈沈思〉（〈想起〉）の只中を襲う剝落感、その茫々の思いも、おそらくこのことではなかったか。

さて第六章「坂本鉉之助」は、相も変わらぬ町奉行側の為体《ていたらく》ぶりが記される。前章の終わり、平八郎側の〈総人数凡百余人が屋敷に火を掛け、表側の塀を押し倒して繰り出したのが、朝五つ時である。先づ主人の出勤した跡の、向屋敷朝岡の門に大筒の第一発を打ち込んで、天満橋筋の長柄町に出て、南へ源八町まで進んで、与力町を西へ折れた。これは城と東町奉行所とに接してゐる天満橋を避けて、迂回して船場に向はうとするのである〉とあり、いよいよ戦いの火蓋は切られた。

しかし町奉行側はこれより先、〈跡部は堀と相談して、明六つ時にやう〳〵三箇条の手配《てくばり》をした〉（と言って取るに足らぬものだが）以外、なにひとつ有効な手立を構じられぬまま、徒に時を失する。ただ〈昼四つ時〉になって、跡部が玉造口の定番遠藤但馬守胤統《をさ》の配下で、荻野流の砲術をつかう坂本鉉之助に引見し、彼のすばやい対応でようやく戦いの手配が整えられる[19]。

が、これとても以下のような按配で、なかなか事は捗らない。

《坂本の使者脇は京橋口へ往つて、同心支配広瀬治左衛門、馬場左十郎に遠藤の命令を伝達した。これは京橋口定番米津（倉）丹後守昌寿が去年十一月に任命せられて、まだ到着せぬので、京橋口も遠藤が預りになつてゐるからである。広瀬は伝達の書附を見て、首を傾けて何やら思案してゐたが、脇へはいづれ当方から出向いて承らうと云つた。

広瀬は雪駄穿で東町奉行所に来て、坂本に逢つてかう云つた。「只今書面を拝見して、これへ出向いて参りましたが、原來《ぐわんらい》お互に御城警固の役柄ではありませんか。それをお城の外で使はうと云ふ、遠藤殿の思召が分かり兼ねます。貴殿はどう考へられますか。」

坂本は目を睜つた。「成程自分の役柄は拙者も心得てをります。併し頭遠藤殿の申付であつて見れば、縦ひ生駒山を越してでも出張せんではなりますまい。御覧の通拙者は打支度をいたしてをります。」

「いや。それは頭御自身が御出馬になることなら、拙者もどちらへでも出張しませう。我々ばかりがこんな所へ参つて働いては、町奉行の下知《げぢ》を受るやうなわけで、体面にも係るではありませんか。先年出水の時、城代松平伊豆守殿へ町奉行が出兵を願つたが、大切の御城警固の者を貸すことは相成らぬと仰やつたやうに聞いてをります。一応御一しよにことわつて見ようぢやありませんか。」

「それは御同意がなり兼ねます。頭の申付なら、拙者は誰の下にでも附いて働きます。その上叛逆人が起つた場合は出水などとは違ひます。貴殿がおことわりになるなら、どうぞお一人で上屋敷へお出になつて下さい。」

「いや。さう云ふ御所存ですか。何事によらず両組相談の上で取り計らふ慣例でありますから申し出しました。さやうなら以後御相談は申しますまい。」

「已むを得ません。いかやうとも御勝手になさりませい。」

「然らばお暇しませう。」広瀬は町奉行所を出ようとした。

そこへ京橋口を廻つて来た畑佐が落ち合つて、広瀬を引き止めて利害を説いた。広瀬はしぶりながら納得して引き返したが、暫くして同心三十人を連れて来た。併し自分は矢張雪駄穿で、小筒も何も持たなかつた。》

因みに第八章「高麗橋、平野橋、淡路町」では、この広瀬に関し次のような記述が見られる。

《堀は土井（大阪城代土井大炊頭利位《としつら》）の機嫌の悪いのを見て来たので、気がせいてゐた。そこで席を離れるや否や、部下の与力同心を呼び集めて、東町奉行所の門前に出た。そこには広瀬が京橋組の同心三十人に小筒を持たせて来てゐた。

「どこの組か」と堀が声を掛けた。

「京橋組でござります」と広瀬が答へた。

「そんなら先手《さきて》に立て」と堀が号令した。

同階級の坂本に対しては命令の筋道を論じた広瀬が、奉行の詞を聞くと、一も二もなく領承した。そして鉄砲同心を引き纏めて、西組与力同心の前に立つた。》

さらに第六章にかえって東町奉行跡部山城守良弼――。

《坂本が、「いかがでございませう、御出馬になりましては」と跡部に言った。「されば」と云つて、跡部は火事を見てゐる。暫くして坂本が、「どうもなか〳〵こちらへは参りますまいが」と云つた。跡部は矢張「されば」と云つて、火事を見てゐる。》

これも因みに、先程引用した第八章の場面に続く西町奉行堀伊賀守利堅――。

《堀の乗つてゐた馬が驚いて跳ねた。堀はころりと馬から堕ちた。それを見て同心等は「それ、お頭が打たれた」

と云つて、ぱつと散つた。》

そしてその後、跡部も〈混乱の渦中に巻き込まれてとう〳〵落馬〉する仕末なのだ。要するに終始幕府官僚達の失態ぶりが映し出されているといえよう。(20)

さて、第七章「船場」。記述はふたたび平八郎側に移る。短い章だが、大事な章である。

《大塩平八郎は天満与力町を西へ進みながら、平生私曲のあるやうに思つた与力の家々に大筒を打ち込ませて、夫婦町《めうとまち》の四辻《よつつじ》から綿屋町を南へ折れた。それから天満宮の側を通つて、天神橋に掛かつた。向うを見れば、もう天神橋はこはされてゐる。ここまで来るうちに、兼て天満に火事があつたら駆け附けてくれと言ひ付けてあつた近郷の者が寄つて来たり、途中で行き逢つて誘はれたりした者があるので、同勢三百人ばかりになつた。不意に馳せ加はつたものの中に、砲術の心得のある梅田源左衛門と云ふ彦根浪人もあつた。》

〈そのうち時刻は正午にな〉る。鴻池屋、天王寺屋、平野屋等、〈大阪富豪の家々は、北船場に簇がつてゐるので、もう悉く指顧の間にある〉。〈平八郎は倅格之助、瀬田以外の重立つた人々を呼んで、手筈の通に取り掛かれと命じた〉。

《誰がどこに向ふと云ふこと、どう脅喝してどう談判すると云ふこと、取り出した金銭米穀はどう取り扱ふと云ふこと抔は、一々方略に取り極めてあつたので、ここでも為事は自然に発展した。》

だが、

《只銭穀の取扱だけは全く豫定した所と相違して、雑人共は身に着《つけ》られる限の金銀を身に着けて、思ひ思ひに立ち退いてしまつた。鴻池本家の外は、大抵金庫《かねぐら》を破壊せられたので、今橋筋には二分金が道にばら蒔いてあつた。》

そして、記述は次のように続くのである。

《平八郎は難波橋の南詰に床几を立てさせて、白井、橋本、其外若党中間を傍にをらせ、腰に附けて出た握飯を噛みながら、砲声の轟き渡り、火焔の燃え上がるのを見てゐた。そして心の内には自分が兼て排斥した枯寂の空を感じてゐた。昼八つ時に平八郎は引上の太鼓を打たせた。それを聞いて寄り集まつたのはやう〳〵百五十人許りであつた。その重立つた人々の顔には、言ひ合せた様な失望の色がある。これは富豪を懲すことは出来たが、窮民を賑すことが出来ないからである。切角発散した鹿台の財を、徒に烏合の衆の攫み取るに任せたからである。》

この〈枯寂の空〉というフレーズは、いわば「大塩平八郎」の中心の課題、その焦点といってよい。

ところで稲垣氏はこのフレーズに関し、次のように論じている。

《破綻の現実が不動のものとなってきた時、それをまのあたりにした平八郎をして、鷗外は、平八郎が「兼て排斥した枯寂の空」を感じさせた。そして、これがまたきびしく批判された。平八郎の学問では、「明体適用之全美」でなければならない。「大虚」であっても、同時に「利済」がなければならない。それがなければ「仏老」（あるいは「釈老」）に堕ちるのである。しかるに、平八郎は、「利済」において現実に失敗したのである。「用」を尊ぶ学問でありながら、「用」において破綻したのである。ということは、かれの学問が、かれの眼前でくずれたことなのだ。「用」がほろび、「体」である「大虚」だけがのこった。これは非現実的な「仏老」の空の世界である。》

つまり鷗外は〈平八郎をこういう状況でとらえ〉ているのであり、〈かれとしては自然なのである〉という。

こうして稲垣氏は、平八郎の〈学問〉が現実に立ち向かい、〈破綻〉した結果の〈枯寂の空〉（〈仏老の空の世界〉、いわば空漠とした剝落感）ということを言うのだが、しかし果して〈枯寂の空〉は、そういう形で平八郎を襲っていたのか？

この平八郎の心理分析が、第五章「門出」における〈己が陰謀を推して進めたのではなくて、陰謀が己を拉して走つたのだと言つても好い。一体此終局はどうなり行くだらう〉という〈沈思〉に〈呼応〉（小泉氏）しているのは言うまでもない。つまり平八郎内面の空虚感は、すでに現実に立ち向かう以前に、（まさに〈門出〉に）兆していたのであり、その空虚感を、平八郎はそのまま引きずっていたということではないか。

繰り返せば、平八郎は〈破綻の現実が不動のものになってきた時〉、ようやく〈枯寂の空〉を感じたのではない。すでに〈門出〉において、いやその都度自らを省みる時、一切は空しく思われていたのだ。

もはや平八郎にとって、すべてはまさしく空々漠々として流れ去り過ぎ去るものに変じていた。そして鷗外は、その後の平八郎を次のように綴ってゆくのである。

《人々は黙つて平八郎の気色を伺つた。平八郎も黙つて人々の顔を見た。暫くして瀬田が「まだ米店が残つてゐましたな」と云つた。平八郎は夢を揺り覚されたやうに床几を起つて、「好い、そんなら手配をせう」と云つた。そして残の人数を二手に分けて、自分達親子の一手は高麗橋を渡り、瀬田の一手は今橋を渡つて、内平野町の米店に向ふことにした。》

すでに早く平八郎には、統率者としての一貫した意志や意図が失われてしまっているごとくである。〈夢を揺り覚されたやうに床几を起つて、「好い、そんなら手配をせう」と云つた〉。まるで木偶か空けのように、配下の言葉に唯々として従う統率者。要するに、〈己が陰謀を推して進めたのではなくて、陰謀が己を拉して走つたのだと云つても好い。一体此終局はどうなり行くだらう〉。そしておそらくこれこそが、作品の焦点に立つ平八郎の、瞬間々々の思いではなかったか。(21)

第八章は「高麗橋、平野橋、淡路町」。

こうして守勢側の幕府官吏達も、攻勢側の平八郎達も、なんら的確な措置も取れぬまま、混乱のうちに事態は推移してゆく。統制を欠き結束も無く、ただその場その場の出たとこ勝負の戦いに堕してゆくのだ。(22)

まさに偶然事の堆積。そしておそらくそれは、時間というものが、つねに流れ行き過ぎ行く現在（だから空白の時間）によって、構成されてゆくのと同じように、なんらの意味も必然もないままに累積されてゆくのだ――。

しかもその間、〈大塩の同勢は、又逃亡者が出たので百人余《あまり》になり〉、すでに早々と敗走を余儀なくされる。つまり戦闘不能状態となる。

ただその中でも、例の坂本鉉之助は〈手の者〉とともに、相応の働きをしていたといえる。

《北の淡路町を大塩の同勢が一歩先に西へ退くと、それと併行した南の瓦町通を坂本の手の者が一歩遅れて西へ進む。南北に通じた町を交叉する毎に、坂本は淡路町の方角を見ながら進む。一丁目筋と鍛冶屋町筋との交叉点では、もう敵が見えなかつた。

堺筋との交叉点に来た時、坂本はやう〳〵敵の砲車を認めた。黒羽織を着た大男がそれを挽かせて西へ退かうとしてゐる所である。坂本は堺筋西側の紙屋の戸口に紙荷の積んであるのを小楯に取つて、十文目筒で大筒方らしい、彼黒羽織を狙ふ。さうすると又東側の用水桶の蔭から、大塩方の猟師金助が猟筒で坂本を狙ふ。坂本の背後《うしろ》にゐた本多が金助を見付けて、自分の小筒で金助を狙ひながら、坂本に声を掛ける。併し二度まで呼んでも、坂本の耳に入らない。そのうち大筒方が少しづつ西へ歩くので、坂本は西側の人家に沿うて十間程前へ出た。三人の筒は殆同時に発射せられた。

坂本の玉は大砲方の腰を打ち抜いた。金助の玉は坂本の陣笠をかすつたが、坂本は只顔に風が当つたやうに感じただけであつた。本多の玉は全く的をはづれた。》

しかしここでも、坂本の働きを特化（理想化）することは出来ない。坂本もまた偶然に弄ばれていたにすぎない。因みにこの場面、幸田文では〈大抵は皆夢中同様、前後の有様も能くは記憶に残らぬ。鉉之助すら「賊徒と戦ひしは何町なりしか、西を向いてやら北を向いてやら、夫さへ碌に覚なく、畢竟申さば夢中同前といふものなり」といひ、猟師の金助に陣笠を打たれしことも気付かず、唯顔が何となくあをつたやうな気持がした丈で、鉄砲の音も自分が打つたのは聞えるが、その外は一切耳に入らず〉といった有様だったという。八面六臂の活躍をしたという坂本も、実は〈夢中同前〉でしかなかったのだ。

やがて、両者盲滅法の打ち合いもひとまず終熄する。

《玉に中つて死んだものは、黒羽織の大筒方の外には、淡路町の北側に雑人が一人倒れてゐるだけである。大筒方は大筒の側に仰向に倒れてゐた。身の丈六尺余の大男で、羅紗の黒羽織の下には、黒羽二重紅裏の小袖、八丈の下着を着て、裾をからげ、袴も股引も着ずに、素足に草鞋を穿いて、立派な拵の大小を帯びてゐる。高麗橋、平野橋、淡路町の三度の衝突で、大塩方の死者は士分一人、雑人二人に過ぎない。堀、跡部の両奉行の手には一人の死傷もない。双方から打つ玉は大抵頭の上を越して、堺筋では町家の看板が蜂の巣のやうに貫かれ、檐口《のきぐち》の瓦が砕かれてゐたのである。》

そして〈跡部は大筒方の首を斬らせて、鑓先に貫かせ、市中を持ち歩かせた。後にこの戦死した唯一の士が、途中から大塩の同勢に加はつた浪人梅田だと云ふことが知れた〉と鷗外は附け足す。まさに泰山鳴動した〈近世政治史上最大の騒乱〉(23)にしては、滑稽なまでに貧弱な団円というしかない。

さて第九章「八軒屋、新築地、下寺町」。〈同勢は見る〳〵耗《へ》つて〉、〈殆無節制の状態に陥り掛かる〉。もう〈射撃するにも、号令には依らずに、人々勝手に射撃する〉。

《平八郎は暫くそれを見てゐたが、重立つた人々を呼び集めて、「もう働きもこれまでぢや、好く今まで踏みこたへてゐてくれられた、銘々此場を立ち退いて、然るべく処決せられい」と云ひ渡した。》

平八郎はこうして敗北を宣言する。

《集まつてゐた十二人は、格之助、白井、橋本、渡辺、瀬田、庄司、茨田、高橋、父柏岡、西村、杉山と瀬田の若党植松とであつたが、平八郎の詞を聞いて、皆顔を見合せて黙つてゐた。瀬田が進み出て、「我々はどこまでもお供をしますが、御趣意はなるべく一同に伝へることにしませう」と云つた。そして所々に固まつてゐる身方の残兵に首領の詞を伝達した。》

〈それを聞いて悄然と手持無沙汰に立ち去るもの〉、〈待ち構へたやうに持つてゐた鎗、負つてゐた荷を棄てて、足早に逃げるもの〉。〈大抵は此場を脱け出ることが出来たが、安田（図書）が一人逃げおくれて、町家に潜伏したために捕へられた〉という。なお〈大工作兵衛〉は〈自分だけはどこまでも大塩父子の供がしたいと云つて居残つた。質撲な職人気質から平八郎が企の私欲を離れた処に感心したので、強ひて与党に入れられた怨を忘れて、生死を共にする気になつたのである〉という。

《十四人はたつた今七八十人の同勢を率ゐて渡つた高麗橋を、殆世を隔てたやうな思をして、同じ方向に渡つた。河岸に沿うて曲つて、天神橋詰を過ぎ、八軒屋に出たのは七つ時であつた。ふと見れば、桟橋に一艘の舟が繋いであつた。》

《平八郎は一行に目食はせをして、此舟に飛び乗つた。跡から十三人がどや〳〵と乗込んだ。

「こら。舟を出せ。」から叫んだのは瀬田である。

不意を打たれた船頭は器械的に起つて纜《ともづな》を解いた。》

二両の金を与へると、それからは〈船頭が素直に指図を聞いた〉。

《平八郎は項垂《うなだ》れてゐた頭《かしら》を挙げて、「これから拙者の所存をお話いたすから、一同聞いてくれられい」と云つた。所存と云ふのは大略かうである。此度の企は残賊を誅して禍害を絶つと云ふ事と、私畜を発いて陥溺を救ふと云ふ事との二つを志した者である。然るに彼は全く敗れ、此は成るに垂《なん〳〵》として挫《くじ》けた。主謀たる自分は天をも怨まず、人をも尤めない。只気の毒に堪へぬのは、親戚故旧友人徒弟たるお前方である。自分はお前方に罪を謝する。どうぞ此同舟の会合を最後の団欒として、袂を分つて陸に上り、各潔く処決して貰ひたい。自分等父子は最早思ひ置くこともないが、跡には女小供がある。橋本氏には大工作兵衛を連れて、いかにもして彼等の隠家へ往き、自裁するやうに勧めて貰ふことを頼むと云ふのである。(24)》

《暮六つ頃から、天満橋北詰の人の目に立たぬ所に舟を寄せて、先づ橋本と作兵衛とが上陸した。次いで父柏岡、西村、茨田、高橋と瀬田に暇《いとま》を貰つた植松との五人が上陸した。後に茨田は瀬田の妻子を落して遣つた上で自首し、父柏岡と高橋とも自首し、西村は江戸で願人坊主《ぐわんにんばうず》になつて、時疫で死に、植松は京都で捕はれた。》

〈跡に残つた人々は〉、〈新築地に上陸した〉。〈平八郎、格之助、瀬田、渡辺、庄司、白井、杉山の七人である〉。〈人々は平八郎に迫つて所存を問うたが、只「いづれ免れぬ身ながら、少し考がある」とばかり云つて、打ち明けない。そして白井と杉山とに、「お前方は心残のないやうにして、身の始末を附けるが好い」と云つて、杉山には金五両を渡した(25)〉。

《一行は暫く四つ橋の傍に立ち止まつてゐた。其時平八郎が「どこへ死所を求めに往くにしても、大小を挿してゐては人目に掛かるから、一同刀を棄てるが好い」と云つて、先づ自分の刀を橋の上から水中に投げた。格之助始、人々もこれに従つて刀を投げて、皆脇差ばかりになつた。それから平八郎の黙つて歩く跡に附いて、一同下寺町まで出た。ここで白井と杉山とが、いつまで往つても名残は尽きぬと云つて、暇乞をした。後に白井は杉山を連れて、河内国渋川郡大蓮寺村の伯父の家に往き、鋏を借りて杉山と倶に髪を剪り、伏見へ出ようとする途中で捕はれた。

跡には平八郎父子と瀬田、渡辺、庄司との五人が残つた。そのうち下寺町で火事を見に出てゐた人の群を避けようとするはずみに、庄司が平八郎等四人にはぐれた。後に庄司は天王寺村で夜を明かして、平野郷から河内、大和を経て、自分と前後して大和路へ奔つた平八郎父子には出逢はず、大阪へ様子を見に帰る気になつて、奈良まで引き返して捕はれた。

庄司がはぐれて、平八郎父子と瀬田、渡辺との四人になつた時、下寺町の両側共寺ばかりの所を歩きながら、瀬田が重ねて平八郎に所存を問うた。平八郎は暫く黙つてゐて答へた。「いや先刻考があるとは云つたが、別にかうと極まつた事ではない。お前方二人は格別の間柄だから話して聞かせる。己は今暫く世の成行を見てゐようと思ふ。尤も間断なく死ぬる覚悟をしてゐて、恥辱を受けるやうな事はせぬ」と云つたのである。これを聞いた瀬田と、渡辺とは、「そんなら我々も是非共御先途を見届けます」と云つて、河内から大和路へ奔ることを父子に勧めた。四人の影は平野郷方角へ出る畑中道の闇の裏《うち》に消えた。》

まさに敗賤の逆徒、散り散りとなり、蹌踉として宙に浮くがごとく、といわざるをえない。中でも首魁の平八郎の、なんと落莫としてなすないか。敗余の方策も定かでなく、一身の始末も付けかねて、ただただ徒に敗滅してゆくばかりである。

〈「銘々此場を立ち退いて、然るべく処決せられい」〉と言い、〈「お前方は心残のないやうにして、身の始末を附けるが好い」〉と言い放ちながら、自身は〈「いづれ免れぬ身ながら、少し考がある」〉と言ったり、〈「いや先刻考があると云つたが、別にかうと極まつた事ではない。お前方二人は格別の間柄だから話して聞かせる。己は今暫く世の成行を見てゐようと思ふ。尤も間断なく死ぬる覚悟をしてゐて、恥辱を受けるやうな事はせぬ」〉と言い淀む。(26)これではまったく支離滅裂としか言いようがない。あの冒頭（一章）、吉見九郎右衛門の訴状を読んで堀伊賀守が感じたように、〈横着者〉、〈自殺することが出来るなら、なぜ先づ自殺し〉ないと言われても仕方ないのだ。

だがこの後の末路、平八郎はこの自家撞着を繰り返す。一貫した意志を失い脈絡を欠いて空々寂々、だからほとんど衝動的な言動に終始するといわなければならない。

さて第十章「城」は、これまでの章の叙述とはいささか趣を異にする。

《けふの騒動が始て大阪の城代土井の耳に入つたのは、東町奉行跡部が玉造口定番遠藤に加勢を請うた時の事である。土井は遠藤を以て東西両町奉行に出馬を言ひ付けた。丁度西町奉行堀が遠藤の所に来てゐたので、堀自分はすぐに沙汰を受け、それから東町奉行所に往つて、跡部に出馬の命を伝へることになつた。

土井は両町奉行に出馬を命じ、同時に目附中川半左衛門、犬塚太郎左衛門を陰謀の偵察、与党の逮捕に任じて置いて、昼四つ時に定番、大番、加番の面々を呼び集めた。》

以下、その日一日の、もっぱら守勢側の本陣、大阪城内の動向が記されてゆく。

〈城代土井は下総古河の城主である〉。その下に〈定番二人〉、その下に〈大番頭が二人〉。〈以上は幕府の旗本で、定番の下には各与力三十騎、同心百人がゐる。大番頭の下には各組頭四人、組衆四十六人、与力十騎、同心二十人がゐる〉。〈通算すると、上下の人数が定番二百六十四人、大番百六十二人、合計四百二十六人になる〉。

さらに〈これ丈では守備が不足なので、幕府は外様の大名に役知一万石宛《づつ》を遣つて加番に取つてゐる〉。〈四箇所の加番を積算すると、上下の人数が千三十四人になる。定番以下の此人数に城代の家来を加へると、城内には千五百人の士卒がゐる〉。

この〈一揆〉に備えるにはほとんど大袈裟な員数が、かえって収拾のつかぬ混乱を来たすともいえる。

《定番、大番、加番の集まつた所で、土井は正九つ時に城内を巡見するから、それまでに各持口を固めるやうにと言ひ付けた。それから士分のものは鎧櫃を担ぎ出す。具足奉行上田五兵衛は具足を分配する。鉄砲奉行石渡彦太夫は鉄砲玉薬を分配する。鍋釜の這入つてゐた鎧櫃もあつた位で、兵器装具には用立たぬものが多く、城内は一方ならぬ混雑であつた。

九つ時になると、両大番頭が先導になつて、土井は定番、加番の諸大名を連れて、城内を巡見した。門の数が三十三箇所、番所の数が四十三箇所あるのだから、随分手間が取れる。どこに往つて見ても、防備はまだ目も鼻も開いてゐない。土井は暮六つ時に改めて巡見することにした。》

相も変わらぬ幕府側の拙劣ぶりが、その物々しい警備ぶりとともに、揶揄同然に記されている。以下土井の〈二度目の巡見〉。そしてそれぞれの城門の備え、警戒の模様が克明に記されているが、それは省く。

〈夜に入つてからは、城の内外の持口々々に篝火を焚き連ねて、炎焔天を焦すのであつた〉。

《目附中川、犬塚の手で陰謀の与党を逮捕しようと云ふ手配《てくばり》は、日暮頃から始まつたが、はかばかしい働きも出来なかつた。吹田村で氏神の神主をしてゐる、平八郎の叔父宮脇志摩の所へ捕手の向つたのは翌二十日で、宮脇は切腹して溜池に飛び込んだ。船手奉行の手で、川口の舟を調べはじめたのは、中一日置いた二十一日の晩からである。城の兵備を撤したのも二十一日である。》

〈朝五つ時に天満から始まつた火事は、大塩の同勢が到る処に大筒を打ち掛け火を放つたので、風の余り無い日でありながら、思の外にひろがつた〉。天満周辺は〈一面の焦土となつた〉。

《本町橋東詰で、西町奉行堀に分れて入城した東町奉行跡部は、火が大手近く燃えて来たので、夕七つ時に又坂本以下の与力同心を率ゐて火事場に出馬した。丁度火消人足が谷町で火を食ひ止めようとしてゐる所であつたが、人数が少いのと一同疲れてゐるのとのために、暮六つ半に谷町代官所に火の移るのを防ぐことが出来なかつた。鎮火したのは翌二十日の宵五つ半である。町数で言へば天満組四十二町、北組五十九町、南組十一町、家数、竃数《かまどかず》で言へば、三千三百八十九軒、一万二千五百七十八戸が災に罹《かゝ》つたのである。》

鷗外は「附録」で次のように記す。

《平八郎の暴動は天保八年二月十九日である。私は史実に推測を加へて、此二月十九日と云ふ一日の間の出来事を書いたのである。史実として時刻の考へられるものは、概ね左の通である。

天保八年二月十九日

今の時刻　昔の時刻　　事　実

午前四時　暁七時（寅）　吉見英太郎、河合八十次郎の二少年吉見の父九郎右衛門の告発書を大阪西町奉行堀利堅に呈す。

六時　明六時（卯）　東町奉行跡部良弼は代官二人に防備を命じ、大塩平八郎の母兄大西与五郎に平八郎を訪ひて処決せしむることを嘱す。

七時　朝五時（辰）　平八郎家宅に放火して事を挙ぐ。

十時　昼四時（巳）　跡部坂本鉉之助に東町奉行所の防備を命ず。

十一時　昼四半時　城代土井利位城内の防備を命ず。

十二時　昼九時（午）　平八郎の隊北浜に至る。土井初めて城内を巡視す。

午後四時　夕七時（申）　平八郎等八軒屋に至りて船に上る。

六時　暮六時（酉）　平八郎に附随せる与党の一部上陸す。土井再び城内を巡視す。

時刻の知れてゐるこれだけの事実の前後と中間とに、伝へられてゐる一日間の一切の事実を盛り込んで、矛盾が生じなければ、それで一切の事実が正確だと云ふことは証明せられぬまでも、記載の信用は可なり高まるわけである。私は敢てそれを試みた。そして其間に推測を逞くしたには相違ないが、余り暴力的な切盛《きりもり》や、人を馬鹿にした捏造はしなかつた。》

（なおすでに触れたが、この「附録」の少し前の記述で鷗外は、参考にした史料をあげながら、そこに〈伝へられた事実を時間と空間との経緯に配列して見た〉ともいっている。）

させてこうして、天保八年二月十九日の〈一日の間の出来事〉を、鷗外はともに〈時刻〉に合わせ、先には平八郎側の動勢を追い、今城側の動勢を追って、とは両局面よりその〈経緯〉を〈配列〉して見せたわけなのである。言葉を換えて言えば、鷗外はこの〈一日の間の出来事〉を、時間と空間の交叉する座標軸上に、時間の推移につれ、順次空間を移動する、まさにその軌跡を表示しようとしていたといえよう。(27)

が、それにしても、(繰り返し見てきたように)、この攻守ともに前後脈絡を失った〈暴動〉と〈暴動〉鎮圧の顚末を、鷗外がひたすら〈時刻〉を準拠として追尾し、記録することの意味を考えてみなければならない。(28)ただ言うまでもなく(そしてすでに言ったが)、〈時刻〉(〈時間〉)とは、単にその時その時に、そういうことがあった、あるいは起きたというだけで、だからその都度の今現在の偶然の事実だけにかかわるのであって、その事実間のつながり、つまり事実の意味や必然とはまったく無関係であるということなのだ。

先走っていえば、鷗外はおそらくそのことを承知の上で、だからこそ意味も必然も欠いた、まさに〈暴動〉(そしてその中心に平八郎の〈枯寂の空〉がある)を、それとして書き留めていたのではないか。

ところで、鷗外は「大塩平八郎」発表の翌月、大正三年二月の「新小説」に「堺事件」を、四月の「太陽」に「安井夫人」を、そして翌四年一月の「中央公論」に「山椒大夫」を、続いてこの時期の作品を考える際、きわめて重要な文章「歴史其儘と歴史離れ」を「心の花」に発表している。いまいささかその「歴史其儘と歴史離れ」について考察してみたい。

鷗外はそこでまず、〈わたくしは史料を調べて見て、其中に窺はれる「自然」を尊重する念を発した。そしてそれを猥に変更するのが厭になつた〉という。では、その〈「自然」〉とはなにか?

これに先立ち鷗外は、自らの〈歴史小説〉を評しながら、〈小説には、事実を自由に取捨して、纏まりを附けた跡がある習であるに、あの類の作品（おそらく「大塩平八郎」や「堺事件」等々）にはそれがない〉といい、〈わたくしだつて、これは脚本ではあるが「日蓮上人辻説法」を書く時なぞは、ずつと後の立正安国論を、前の鎌倉の辻説法に畳み込んだ。かう云ふ手段を、わたくしは近頃小説を書く時全く斥けてゐるのである〉と続ける。

しかし鷗外は、〈わたくしは歴史の「自然」を変更することを嫌つて、知らず識らず歴史に縛られた。わたくしは此縛の下に喘ぎ苦んだ。そしてこれを脱せようと思つた〉といい、次作「山椒大夫」の解説に及ぶのである。〈山椒大夫のやうな伝説は、書いて行く途中で、想像が道草を食つて迷子にならぬ位の程度に筋が立つてゐると云ふだけで、わたくしの辿つて行く糸には人を縛る強さはない。わたくしは伝説其物をも、余り精しく探らずに、夢のやうな物語を夢のやうに思ひ浮べて見た〉。そしてその〈わたくしの知つてゐる伝説の筋〉を記し、次のように言うのだ。

《わたくしはおほよそ此筋を辿つて、勝手に想像して書いた。地の文はこれまで書き慣れた口語体、対話は現代の東京語で、只山岡大夫や山椒大夫の口吻に、少し古びを附けただけである。しかし歴史上の人物を扱ふ癖の附いたわたくしは、まるで時代と云ふものを顧みずに書くことが出来ない。そこで調度やなんぞは手近にある和名抄にある名を使つた。官名なんぞも古いのを使つた。現代の口語体文に所々古代の名詞が挿まることになるのである。同じく時代を蔑にしたくない所から、わたくしは物語の年立をした。即ち、永保元年に謫せられた正氏が、三歳のあんじゆ、当歳のつし王を残して置いたとして、全篇の出来事を、あんじゆが十四、十五になり、つし王が十二、十三になる寛治六七年の間に経過させた。

さてつし王を拾ひ上げる梅津院と云ふ人の身分が、わたくしには想像が附かない、藤原基実が梅津大臣と云はれた外には、似寄の称のある人を知らない。基実は永万二年に二十四で薨じたのだから、時代も後になつており、年齢もふさはしくない。そこでわたくしは寛治六七年の頃、二度目に関白になつてゐた藤原師実を出した。

其外、つし王の父正氏と云ふ人の家世は、伝説に平将門の裔だと云つてあるのを見た。わたくしはそれを面白くなく思つたので、只高見王から筋を引いた桓武平氏の族とした。又山椒大夫には五人の男子があつたと云つてあるのを見た。就中太郎、二郎はあん寿、つし王をいたはり、三郎は二人を虐げるのである。わたくしはいたはる側の人物を二人にする必要がないので、太郎を失踪させた。

こんなにして書き上げた所で見ると、稍妥当でなく感ぜられる事が出来た。それは山椒大夫一家に虐げられるには、十三と云ふつし王が年齢もふさはしからうが、国守になるにはいかがわしいと云ふ事である。しかしつし王に京都で身を立てさせて、何年も父母を顧みずにゐさせるわけにはいかない。それをさせる動機を求めるのは、余り困難である。そこでわたくしは十三歳の国守を作ることをも、藤原氏の無際限な権力に委ねてしまつた。十三歳の元服は勿論早過ぎはしない。

わたくしが山椒大夫を書いた楽屋は、無遠慮にぶちまけて見れば、ざつとこんな物である。伝説が人買の事に関してゐるので、書いてゐるうちに奴隷解放問題なんぞに触れたのは、已むことを得ない。

兎に角わたくしは歴史離れがしたさに山椒大夫を書いたのだが、さて書き上げた所を見れば、なんだか歴史離れがし足りないやうである。これはわたくしの正直な告白である。》

〈歴史の「自然」を変更することを嫌つて、知らず識らず歴史に縛られた〉。そしてその〈縛の下に喘ぎ苦〉み、〈これを脱せようと思〉い、〈夢のやうな物語を夢のやうに思ひ浮べて見た〉。しかし〈歴史上の人物を扱ふ癖の附いたわたくしは、まるで時代と云ふものを顧みずに書くことが出来ない〉。しかも〈時代を蔑にしたくない所から、わたくしは物語の年立をした〉——。

つまり鷗外は終始、そしてもっぱら〈時代〉〈年立〉〈年齢〉、とは〈時間〉の前後順列にこだわらざるをえなかったのだ。

おそらく鷗外にとって、〈歴史の「自然」〉、さらに〈史料の「自然」〉、いやさらに〈歴史其儘〉とは、まさにこの〈時間〉の前後順列に従うことではなかったか。[29]

しかも鷗外は、〈わたくしは歴史離れがしたさに山椒大夫を書いたのだが、さて書き上げた所を見れば、なんだか歴史離れがし足りないやうである〉という。つまり鷗外は〈歴史〉(〈史料〉)の〈縛〉を脱せんとして、にもかかわらず〈時間〉の前後順列からついに自由でありえないことを嘆いているように見える。[30]

さて、ふたたび「大塩平八郎」に帰って、第十一章「二月十九日後の一、信貴越」。がその前に、鷗外は「附録」において次のように記していた。

《二月十九日中の事を書くに、十九日前の事を回顧する必要があるやうに、十九日後の事も多少書き足さなくてはならない。それは平八郎の末路を明にして置きたいからである。平八郎は十九日の夜大阪下寺町を彷徨してゐた。それから二十四日の夕方同所油懸町の美吉屋に来て潜伏するまでの道行は不確である。併し下寺町で平八郎と一しよに彷徨してゐた渡辺良左衛門は河内国志紀郡田井中村で切腹してをり、瀬田済之助は同国高安郡恩地村で縊死してをつて、二人の死骸は二十二日に発見せられた。そこで大阪下寺町、河内田井中村、同恩地村の三箇所を貫いて線を引いて見ると、大阪から河内国を横断して大和国に入る道筋になる。平八郎が二十日の朝から二十四日の暮までの間に、大阪、田井中、恩地の間を往反したことは、殆疑を容れない。又下寺町から田井中へ出るには、平野郷口から出たことも、亦推定することが出来る。唯恩地から先をどの方向にどれ丈歩いたかが不明である。

試みに大阪、田井中、恩地の線を、甚しい方向の変換と行程の延長とを避けて、大和境に向けて引いて見ると、亀瀬《かめのせ》峠は南に偏し、十三峠は北に偏してゐて、恩地と相隣してゐる服部川から信貴越をするのが順路だと云ひたくなる。かう云ふ理由で、私は平八郎父子に信貴越をさせた。そして美吉屋を叙する前に、信貴越の一段を挿入した。

二月十九日後の記事は一、信貴越、二、美吉屋、三、評定と云ふことになつた。》

幸田本においても、この間のことは〈不確であ〉り、だから鷗外はまさに、わずかに〈伝へられた事実を時間と空間との経緯に配列して見た〉のだといえよう。(31)

が、だとしても鷗外は、時間と空間の交叉する座標軸上に連続する軌跡を表出し、記録するだけではない。いやむしろ、その彷徨の軌跡を縦に断ち切るような瞬間々々の、人々の無我夢中、前後脈絡を欠いた支離滅裂の行動を描き出してゆくのだ。

《大阪兵燹《へいせん》の余焔が城内の篝火と共に闇を照し、番場の原には避難した病人産婦の呻吟を聞く二月十九日の夜、平野郷のとある森蔭に体を寄せ合つて寒さを凌いでゐる四人があつた。これは夜の明けぬ間に河内へ越さうとして、身も心も疲れ果て、最早一歩も進むことの出来なくなつた平八郎父子と瀬田、渡辺とである。

四人は翌二十日に河内の界に入つて、食を求める外には人家に立ち寄らぬやうに心掛け、平野川に沿うて、間道を東へ急いだ。さて途中どこで夜を明かさうかと思つてゐるうち、夜なかから大風雨になつた。やう〳〵産土《うぶすな》の社を見付けて駈け込んでゐると、暫く物を案じてゐた渡辺が、突然もう此先きは歩けさうにないから、先生の手足纏にならぬやうにすると云つて、手早く脇差を抜いて腹に突き立てた。左の脇腹に三寸余り切先が這入つたので、所詮助からぬと見極めて、平八郎が介錯した。渡辺は色の白い、少し歯の出た、温順篤実な男で、年齢は僅に四十を越したばかりであつた。

二十一日の暁になつても、大風雨は止みさうな気色もない。平八郎父子と瀬田とは、渡辺の死骸を跡に残して、産土の社を出た。土地の百姓が死骸を見出して訴へたのは、二十二日の事であつた。社のあつた所は河内国志紀郡田井中村である。

三人は風雨を冒して、間道を東北の方向に進んだ。風雨はやう〳〵午頃に息んだが、肌まで濡れ通つて、寒さは身に染みる。辛うじて大和川の支流幾つかを渡つて、夜に入つて高安郡恩地村に着いた。さて例の通人家を避けて、籔陰の辻堂を捜し当てた。近辺から枯枝を集めて来て、おそる〳〵焚火をしてゐると、瀬田が発熱《ほつねつ》して来た。いつも血色の悪い、蒼白い顔が、大酒をしたやうに暗赤色になつて持前の二皮目《ふたかはめ》が血走つてゐる。平八郎父子が物を言ひ掛ければ、驚いたやうに返事をするが、其間々は焚火の前に蹲つて、現とも夢とも分からなくなつてゐる。ここまで来る途中で、先生が寒からうと云つて、瀬田は自分の着てゐた羽織を脱いで平八郎に襲《かさ》ねさせたので、誰よりも強く寒さに侵されたものだらう。平八郎は瀬田に、兎に角人家に立ち寄つて保養して跡から来るが好いと云つて、無理に田圃道《たんぼみち》を百姓家のある方へ往かせた。其後影を暫く見送つてゐた平八郎は、急に身を起して焚火を踏み消した。そして信貴越の方角を志して、格之助と一しよに、又間道を歩き出した。

瀬田は頭がぼんやりして、体ぢゆうの脈が鼓《つゞみ》を打つやうに耳に響く。狭い田の畔道《くろみち》を踏んで行くに、足がどこを踏んでゐるか感じが無い。動《やゝ》もすれば苅株の間の湿つた泥に足を踏み込む。やう〳〵一軒の百姓家の戸の隙から明かりのさしてゐるのにたどり着いて、瀬田ははつきりとした声で、暫く休息させて貰ひたいと云つた。雨戸を開けて顔を出したのは、四角な赤ら顔の爺いさんである。瀬田の様子をぢつと見てゐたが、思の外拒まうともせずに、囲炉裏の側に寄つて休めと云つた。婆あさんが草鞋を脱がせて、足を洗つてくれた。瀬田は火の側に横になるや否や、目を閉ぢてすぐに鼾をかき出した。其時爺いさんはそつと瀬田の顔に手を当てた。瀬田は知らずにゐた。爺いさんはその手を瀬田の腰の所に持つて往つて、脇差を抜き取つた。そしてそれを持つて、家を駈け出した。行燈《あんどう》の下にすわつた婆あさんは、呆れて夫の跡を見送つた。

瀬田は夢を見てゐる。松並木のどこまでも続いてゐる街道を、自分は力限駈けて行く。跡から大勢の人が追ひ掛けて来る。自分の身は非常に軽くて、殆鳥の飛ぶやうに駈ることが出来る。それに追ふものの足音が少しも遠ざからない。瀬田は自分の足の早いのに頗《すこぶる》満足して、只追ふものの足音の同じやうに近く聞えるのを不審に思つてゐる。足音は急調に鼓を打つ様に聞える。ふと気が附いて見ると、足音と思つたのは、自分の脈の響くのであつた。意識が次第に明瞭になると共に、瀬田は腰の物の亡くなつたのを知つた。そしてそれと同時に自分の境遇を不思議な程的確に判断することが出来た。

瀬田は跳ね起きた。眩暈《めまひ》の起りさうなのを、出来るだけ意志を緊張してこらへた。そして前に爺いさんの出て行つた口から、同じやうに駈け出した。行燈の下の婆あさんは、又呆れてそれを見送つた。

百姓家の裏に出て見ると、小道を隔てて孟宗竹の大籔がある。その奥を透かして見ると、高低種々の枝を出してゐる松の木がある。瀬田は堆く積つた竹の葉を蹈んで、松の下に往つて懐を探つた。懐には偶然捕縄があつた。それを出してほぐして、低い枝に足を蹈み締めて、高い枝に投げ掛けた。そして罠を作つて自分の頸に掛けて、低い枝から飛び降りた。瀬田は二十五歳で、脇差を盗まれたために、見苦しい最期を遂げた。村役人を連れて帰つた爺いさんが、其夜の中に死骸を見付けて、二十二日に領主稲葉丹後守に届けた。》

長い引用をあえてしたが、おそらくこの渡辺良左衛門と瀬田済之助二人の死、というより死様は、冒頭の小泉淵次郎や宇津木矩之允のそれと比べて見ても、より空しく酷たらしく描かれている。(32) 平八郎を師と信じ、志を強く抱いてここまで従って来ながら、なんらむくわれることもなく、二人はここに果てたのである。

その無念の思い――。いや鷗外はそれ（ことに瀬田の最期）を、いわば意識や観念から描くことなく（〈現とも夢とも分からなく〉）、まさに肉体の受苦、その刻々の身体知覚として、克明に描いてゆく。いささか奇矯な言い方かもしれないが、この部分、まさに篇中の白眉といえよう。

《平八郎は格之助の遅れ勝になるのを叱り励まして、二十二日の午後に大和の境に入つた。それから日暮に南畑で格之助に色々な物を買はせて、身なりを整へて、驛のはづれにある寺に這入つた。暫くすると出て来て、「お前も頭を剃るのだ」と云つた。格之助は別に驚きもせず、連れられて這入つた。親子が僧形《そうぎやう》になつて、麻の衣を着て寺を出たのは、二十三日の明六つ頃であつた。

寺にゐた間は平八郎が殆一言も物を言はなかつた。さて寺を出離れると、平八郎が突然云つた。「さあ、これから大阪に帰るのだ。」

格之助も此詞には驚いた。「でも帰りましたら。」

「好いから黙つて附いて来い。」

平八郎は足の裏が燃えるやうに逃げて来た道を、渇したものが泉を求めて走るやうに引き返して行く。傍《はた》から見れば、その大阪へ帰らうとする念は、一種の不可抗力のやうに平八郎の上に加はつてゐるらしい。格之助も寺で宵と暁とに温い粥を振舞はれてからは、霊薬を服したやうに元気を回復して、もう遅れるやうな事はない。併し一歩々々危険な境に向つて進むのだと云ふ考が念頭を去らぬので、先に立つて行く養父の背を望んで、驚異の情の次第に加はるのを禁ずることが出来ない。》

さらに平八郎の突然の変心なり変貌。一分一秒の間に、まったく矛盾したものに変わってしまう――。それもまさに、〈一種の不可抗力〉に翻弄されているように。

尾形氏はこれ以降の平八郎の〈逃亡過程〉を評し、〈理解を絶した執拗なまでの生への執着〉と言っている。しかし平八郎は、まだなにかへの〈執着〉を見せるには、あまりに惘々、破れかぶれの四分五裂状態といわなければならない。[33]

さて第十二章「二月十九日後の二、美吉屋」。いよいよ平八郎父子の最後である。

《大阪油懸町の、紀伊国橋を南へ渡つて東へ入る南側で、東から二軒目に美吉屋と云ふ手拭地の為入屋がある。主人五郎兵衛は六十二歳、妻つねは五十歳になつて、娘かつ、孫娘かくの外、家内に下男五人、下女一人を使つてゐる。上下十人暮しである。五郎兵衛は年来大塩家に出入して、勝手向の用を達したこともあるので、二月十九日に暴動のあつた後は、町奉行所の沙汰で町預《まちあづけ》になつてゐる。

此美吉屋で二月二十四日の晩に、いつものやうに主人が勝手に寝て、家族や奉公人を二階と台所とに寝させてゐると、宵の五つ過に表の門を敲くものがある。主人が起きて誰《たれ》だと問へば、備前島町河内屋八五郎の使だと云ふ。河内屋は兼て取引をしてゐる家なので、どんな用事があつて、夜に入つて人をよこしたかと訝りながら、庭へ降りて潜戸《くゞりど》を開けた。

戸があくとすぐに、衣の上に鼠色の木綿合羽をはおつた僧侶が二人つと這入つて、低い声に力を入れて、早くその戸を締めろと指図した。驚きながら見れば、二人共僧形に不似合な脇差を左の手に持つてゐる。五郎兵衛はがた〳〵震へて、返事もせず、身動きもしない。先に這入つた年上の僧が目食はせをすると、跡から這入つた若い僧が五郎兵衛を押し除けて戸締をした。

二人は縁に腰を掛けて、草鞋の紐を解き始めた。五郎兵衛はそれを見てゐるうちに、再び驚いた。髪をおろして相好は変つてゐても、大塩親子だと分かつたからである。「や。大塩様ではございませんか。」「名なんぞを言ふな」と、平八郎が叱るやうに云つた。

二人は黙つて奥へ通るので、五郎兵衛は先に立つて、納戸の小部屋に案内した。五郎兵衛が、「どうなさる思召《おぼしめし》か」と問ふと、平八郎は只「当分厄介になる」とだけ云つた。

陰謀の首領をかくまふと云ふことが、容易ならぬ罪になるとは、五郎兵衛もすぐに思つた。併し平八郎の言ふことは、年来暗示のやうに此爺いさんの心の上に働く習慣になつてゐるので、ことわることは所詮出来ない。其上親子が放さずに持つてゐる脇差も、それとなく威嚇の功を奏してゐる。五郎兵衛は只二人を留めて置いて、若し人に知られるなら、それが一刻も遅く、一日も遅いやうにと、禍殃を未来に推し遣る工夫をするより外ない。そこで小部屋の襖をぴつたり締め切つて、女房にだけわけを話し、奉公人に知らせぬやうに、食事を調へて運ぶことにした。》

〈一日立つ。二日立つ。いつは立ち退いてくれるかと、老人夫婦は客の様子を覗つてゐるが、平八郎は落ち着き払つてゐる〉(34)。

《心安い人が来ては奥の間へ通ることもあるので、襖一重の先にお尋者を置くのが心配に堪へない。幸に美吉屋の家には、坤《ひつじさる》の隅に離座敷がある。周囲《まはり》は小庭になつてゐて、母屋との間には、小さい戸口の附いた板塀がある。それから今一つすぐに往来に出られる口が、表口から西に当る路地に附いてゐる。此離座敷なら家族も出入せぬから、奉公人に知られる虞《おそれ》もない。そこで五郎兵衛は平八郎父子を夜中にそこへ移した。そして日々飯米を測つて勝手へ出す時、紙袋に取り分け、味噌、塩、香の物などを添へて、五郎兵衛が手づから持ち運んだ。それを親子炭火で自炊するのである。

兎角するうちに三月になつて、美吉屋にも奉公人の出代《でかはり》があつた。その時女中の一人が平野郷の宿元に帰つてこんな話をした。美吉屋では不思議に米が多くいる。老人夫婦が毎日米を取り分けて置くのを、奉公人は神様に供へるのだらうと云つてゐるが、それにしてもおさがりが少しも無いと云ふのである。

平野郷は城代土井の領分八万石の内一万石の土地で、七名家と云ふ土着のものが支配してゐる。其中の末吉平左衛門、中瀬九郎兵衛の二人が、美吉屋から帰つた女中の話を聞いて、郷の陣屋に訴へた。陣屋に詰めてゐる家来が土井に上申した。土井が立入与力内山彦次郎に美吉屋五郎兵衛を取り調べることを命じた。立入与力と云ふのは、東西両町奉行の組のうちから城代の許へ出して用を聞せる与力である。五郎兵衛は内山に糺問せられて、すぐに実を告げた。》

それにしても、この時の平八郎の挙動の、なんと不可解なことであろうか。脅迫まがいに美吉屋に居据り、あわれにも美吉屋夫婦を巻き添えにして（結果、美吉屋五郎兵衛は獄門、その女房つねは追放）。

〈平八郎は落ち着き払つてゐる〉というが、これをしも平然としているといえようか。むしろ平八郎の心内は〈枯寂の空〉ならぬ〈上の空〉、まさに〈なるようになれ〉といった自暴自棄的な居直りと評さなければならない。

以下、土井は大目附時田肇他家臣達に逮捕を命ずる。そして〈三月二十六日の夜四つ半時〉、〈二十七日の暁八つ時過〉、〈七つ半過〉と次第に準備整い、捕方は〈六つ半時〉美吉屋に出向く。

その間、平八郎召捕の際〈順番を籤で極めて〉進むことを提案し、老齢を理由に一番を自分に譲ってもらう、いかにも鷗外好みの岡野小右衛門の姿が点綴され、さて最後、

《追手の同心一人は美吉屋の女房つねを呼び出して、耳に口を寄せて云つた。「お前大切の御用だから、しつかりして勤めんではならぬぞ。お前は板塀の戸口へ往つて、平八郎にかう云ふのだ。内の五郎兵衛はお預けになつてゐるので、今家財改のお役人が来られた。どうぞちよいとの間裏の路地口から外へ出てゐて下さいと云ふのだ。間違へてはならぬぞ」と云つた。

つねは顔色が真つ蒼になつたが、やう〳〵先に立つて板塀の戸口に往つて、もし〳〵と声を掛けた。併し教へられた口上を言ふことは出来なかつた。

暫くすると戸口が細目に開いた。内から覗いたのは坊主頭の平八郎である。平八郎は捕手と顔を見合せて、すぐに戸を閉ぢた

岡野等は戸を打ちこはした。そして戸口から岡野が呼び掛けた。

「平八郎卑怯だ。これへ出い。」

「待て」と、平八郎が離座敷の雨戸の内から叫んだ。

岡野等は暫くためらつてゐた。

表口の内側にゐた菊地鉄平は、美吉屋の女房小供や奉公人の立ち退いた跡で暫く待つてゐたが、板塀の戸口で手間の取れる様子を見て、鍵形になつてゐる表の庭を、縁側の角《すみ》に附いて廻つて、戸口にゐる同心に、「もう踏み込んではどうだらう」と云つた。

「宜しうございませう」と同心が答へた。

鉄平は戸口をつと這入つて、正面にある離座敷の雨戸を半棒で敲きこはした。戸の破れた所からは煙が出て、火薬の臭がした。

鉄平に続いて、同心、岡野、菊地弥六、松高が一しよに踏み込んで、残る雨戸を打ちこはした。

離座敷の正面には格之助の死骸らしいものが倒れてゐて、それに衣類を覆ひ、間内《まうち》の障子をはづして、死骸の上を越させて、雨戸に立て掛け、それに火を附けてあつた。雨戸がこはれると、火の附いた障子が、燃えながら庭へ落ちた。死骸らしい物のある奥の壁際に平八郎は鞘を払つた脇差を持つて立つてゐたが、踏み込んだ捕手を見て、其刃を横に喉に突き立て、引き抜いて捕手の方へ投げた。

投げた脇差は、傍輩と一しよに半棒で火を払ひ除けてゐる菊地弥六の頭を越し、襟から袖をかすつて、半棒に触れ、少し切り込んでけし飛んだ。弥六の襟、袖、手首には、灑《そゝ》ぎ掛けたやうに血が附いた。

火は次第に燃えひろがつた。捕手は皆焔を避けて、板塀の戸口から表庭へ出た。

弥六は脇差を投げ附けられたことを鉄平に話した。鉄平が「そんなら庭にあるだらう」と云つて、弥六を連れて戸口に往つて見ると、四五尺ばかり先に脇差は落ちてゐる。併し火が強くて取りに往くことが出来ない。そこへ最初案内に立つた同心が来て、「わたくし共の木刀には鍔がありますから、引つ掛けて掻き寄せませう」と云つた。

脇差は旨く掻き寄せられた。柄《つか》は茶糸巻で、刃が一尺八寸あつた。

搦手は一歩先に西裏口に来て、遠山、安立、芹沢、時田が東側に、斎藤と同心二人とが西側に並んで、真ん中に道を開け、逃げ出したら挟撃《はさみうち》にしようと待つてゐた。そのうち余り手間取るので、安立、遠山、斎藤の三人が覗きに這入つた。離座敷には人声がしてゐる。又持場に帰つて暫く待つたが、誰も出て来ない。三人が又覗きに這入ると、雨戸の隙から火焔の中に立つてゐる平八郎の坊主頭が見えた。そこで時田、芹沢と同心二人とを促して、一しよに半棒で雨戸を打ちこはした。併し火気が熾《さかん》なので、此手のものも這入ることが出来なかつた。

そこへ内山が来て、「もう跡は火を消せば好いのですから、消防方に任せてはいかがでせう」と云つた。

遠山が云つた。「いや。死骸がぢき手近にありますから、どうかしてあれを引き出すことにしませう。」

遠山はかう云つて、傍輩と一しよに死骸のある所へ水を打ち掛けてゐると、消防方が段々集つて来て、朝五つ過に火を消し止めた。

総年寄今井が火消人足を指揮して、焼けた材木を取り除けさせた。其下から吉兵衛と云ふ人足が先づ格之助らしい死骸を引き出した。胸が刺し貫いてある。平生歯が出てゐたが、其歯を剝き出してゐる。次に平八郎らしい死骸が出た。これは吭《のど》を突いて俯伏してゐる。今井は二つの死骸を水で洗はせた。平八郎の首は焼けふくらんで、肩に埋まつたやうになつてゐるのを、頭を抱へて引き上げて、面体《めんてい》を見定めた。格之助は創《きず》の様子で、父の手に掛かつて死んだものと察せられた。今井は近所の三宅といふ医者の家から、駕籠を二挺出させて、それに死骸を載せた。二つの死骸は美吉屋夫婦と共に高原溜《たかはらたまり》へ送られた。道筋には見物人の山を築いた。》

因みにここで、柄谷行人氏の評言を引いておこう。

《逃亡中の平八郎の言動は奇怪で、養子の格之助でさえ「驚異の情」を以てみているほどである。彼は平然と門弟らに自決を指示し、且つ見すてている。あるいは強引に商家に潜伏して迷惑をかける。これは何のためか。何のために「暫く世の成行を見てゐよう」とするのか。こういうことは一切説明されていない。鷗外は平八郎のこの奇妙な姿を外側から照らし出すのみである。

平八郎は武士として潔くないようにみえる。それは彼を捕えに行った者が、「平八郎卑怯だ。これへ出い」と叫ぶことにも示されている。彼らは平八郎が死をおそれて見苦しいと思ったのである。だが、平八郎は死をおそれているわけではない。にもかかわらず、彼は潜伏して「世の成行を見てゐよう」とする。これも一揆の結果を知ろうとする政治家の姿勢とはいいがたいし、あくまで粘り強く生きのびて再起をはかる姿勢でもない。「別にかうと極まつた」考えもなく、「今暫く世の成行を見てゐよう」と思っているだけである。おそらく平八郎がぐずぐずと生きのびているのは、自分がやったことの意味、あるいは自分の存在の意味――彼の「良知の哲学」は崩れてしまったからだ――をつかまないでは死にきれぬと思ったからではないだろうか。》

いや、というより、死にきれないで生きている、ただそれだけのことではなかったか。

さて、最終十三章「二月十九日後の三、評定」。

鷗外は幸田本を襲い、磔二十名、獄門十一名、死罪三名、遠島四名、追放者三名等、極刑者以下の名前とその逮捕や処刑の状況を列記する。一々は引かないが、ただただ空しく、無惨というしかない。

鷗外は「附録」にもそれを繰り返し、そして、

《以上重罪者三十一人の中で、刑を執行せられる時生存してゐたものは、竹上、杉山、上田、大西、白井彦右衛門の五人丈である。他の二十六人は悉く死んでゐて、内平八郎、渡辺、瀬田、近藤、深尾、宮脇六人は自殺、小泉は他殺、格之助は他殺の疑、西村は逮捕せられずに病死、残余の十七人は牢死である。九月十八日には鳶田で塩詰にした屍首を磔柱、獄門台に懸けた。江戸で願人坊主になつて死んだ西村丈は、浅草遍照院に葬つた死骸が腐つてゐたので、墓を毀《こぼ》たれた。

当時の罪人は一年以内には必ず死ぬる牢屋に入れられ、死んでから刑の宣告を受け、塩詰にした死骸を磔柱などに懸けられたものである。これは独《ひとり》平八郎の与党のみではない。平八郎が前に吟味役として取り扱つた邪宗門事件の罪人も、同じ処置に逢つたのである。》

と続ける。ふたたび、ただただ空しく無惨というしかない。

これは「阿部一族」に対する「作品解説」だが、高橋義孝氏は『森鷗外』の中で次のように言っている。[35]

《これらの歴史小説中の人物は、はりつけ、獄門、斬首、縛首、切腹、自刃、斬り死等々の殺され方乃至死に方で、みんな死ぬのである。その際の作者のひどく無感動な筆の運び方は、かならずしも愉快であるとはいえない。自己主張といい、自己没却といってはみたが、一体この森林太郎という男は、人間について、あるいは「かくあるべき」人間についてどういう考えを懐いていたのであろうか。それから人にこういう薄気味のわるい小説を幾度も幾度も読ませるものは一体何であろうか。》

おそらく「大塩平八郎」もまた〈薄気味のわるい小説〉といえるだろう。いや〈薄気味のわる〉さを通り越して、〈わけのわからぬもどかしさと無力さの思いをかきたてられ〉、〈後に残るのは、むなしさと無惨の思い〉(尾形氏)。そこで人々はみな惨苦し、叫喚し、流血し、腐乱して地上から消えてゆく。そしてそれが鷗外の見ていた人間の運命であり、それを見つめつづける鷗外の冷厳な眼、ということであったろう。

しかも鷗外はそれを記すに、なんらの論評も加えていない。[36]ただあったがままにあった、すべては時が空しく過ぎていったように過ぎていったと記すばかりである。

それは人の生というものに対する、鷗外の呪詛なのであろうか。それとも、慟哭なのであろうか。[37]

注

（1）小泉浩一郎「『大塩平八郎』論―典拠と方法―」（「言語と文芸」昭和四十四年一月）、「『大塩平八郎』再論―『枯寂の空』の捉え方をめぐり―」（「日本近代文学」第十三集、昭和四十五年十月）、のちともに『森鷗外　実証と批評』（明治書院、昭和五十六年九月）に所収。なお以下小泉氏の論には多くの示唆を得ている。

（2）三笠書房、昭和十六年十二月。

（3）『鷗外　その側面』（筑摩書房、昭和二十七年六月）所収。

（4）「『大塩平八郎』雑記」（「解釈と鑑賞」昭和三十四年八月）、「宇津木と岡田と」（立教大学「日本文学」同十一月）、のちともに『森鷗外の歴史小説』（岩波書店、平成元年四月）に収録。以下稲垣氏からの引用、への言及はすべてこの書による。

（5）「大塩平八郎―歴史と文学―」（「文学」昭和五十年二月）、のち『森鷗外の歴史小説―史料と方法―』（筑摩書房、昭和五十四年二月）所収。なを以下尾形氏からの引用、への言及は断らぬかぎりこの論による。

（6）幸田成友著『大塩平八郎』（東亜堂書房、明治四十三年一月）。ただし本論では『改訂大塩平八郎』（創元社、昭和十七年八月）を参照した。

（7）前出「『大塩平八郎』論―典拠と方法―」。なおそこで小泉氏は、〈おそらく官僚の内面描写を裏面で支えるものとして、官僚機構の内部で半生を過ごした鷗外の直接的には表現することのできない深い憤り、人格的頽廃への強烈な批判が存在することは推察するに難くない〉と言っている。

（8）前出尾形氏論文参照。

（9）ただし幸田本に、〈小泉淵次郎に花の如き許嫁あれば〉とある。

（10）小泉氏は次のように言っている。すなわち、〈宇津木の平八郎批判には、平八郎がせいぜい町奉行どまりの認識――旧来の幕藩体制の秩序づけに規定された狭い政治的発想しかもてないことに対する、より国家的な立場からの発想による批判があるのである。そこには左幕、勤王の分裂抗争という形で明治維新に向かってその姿をようやく明らかにしようとしている近代国家の政治理念の萌芽が紛れもなく胚胎していると云ってよい〉（「『大塩平八郎』再論―『枯寂の空』の捉え方をめぐり―」）。

（11）従来多くの論が「大塩平八郎」と〈大逆事件〉の関りに言及しているが、たとえば尾形氏は前出の論文で、この宇津木の言葉や「附録」の〈まだ醒覚せざる社会主義〉、〈米屋こはしの雄〉という言葉が、幸徳秋水がその弁護士に宛てた獄中書簡（「陳弁書」）の、〈政治組織、社会組織が根本に変革されねば革命とは申しません〉、〈例へば天明や天保のやうな困窮の時に於て、富豪の物を収用するのは、政治的迫害に対して暗殺者を出すが如く、殆ど彼等の正当防衛で、必死の勢ひです。此時にはこれが将来の革命に利益あるや否やなどと、利害を深く計較して居ることは出来ないのです〉、〈大塩中斎の暴動なども左様です〉、〈彼が革命を起せりといふことは出来ないのです〉等々の言葉と響きあっていることを指摘している。因みに鷗外は与謝野鉄幹、石川啄木とならんで、平出修の手を通じ、大逆事件関係の膨大な裁判記録を目にすることの出来た三人の知識人のうちの一人だった。

(12) 稲垣氏は真山青果「大塩平八郎」にある宇津木の言葉――〈「先生目下の標的は跡部一人だ。然し権力のつゞくところ、その背後には幕府がある、朝廷がある。先生はいかに狂乱しても、それを考へない筈はない。今の時代に、決してそんな暴挙は実行されべきものではない」〉を引きながら、そこに〈将軍・朝廷権威説のひびき〉を聞いている（つまり将軍や朝廷の権威にすがって事態の打開を計らうとするもの）。

(13) 鷗外は「附録」において、この部分と重ねるように次のごとく書く（一部すでに引用したが）。

《平八郎が暴動の原因は、簡単に言へば飢饉である。外に種々の説があつても、大抵揣摩である。
大阪は全国の生産物の融通分配を行つてゐる土地なので、どの地方に凶歉《きようけん》があつても、すぐに大影響を被る。市内の賤民が飢饉に苦むのに、官吏や富豪が奢侈を恣にしてゐる。平八郎はそれを憤つた。》

《平八郎は天保七年に米価の騰貴した最中に陰謀を企てて、八年二月に事を挙げた。貧民の身方になつて、官吏と富豪とに反抗したのである。》

《若し平八郎が、人に貴賤貧富の別のあるのは自然の結果だから、成行の儘に放任するが好いと、個人主義的に考へたら、暴動は起さなかつただらう。

若し平八郎が、国家なり、自治団体なりにたよつて、当時の秩序を維持してゐながら、救済の方法を講ずることが出来たら、彼は一種の社会政策を立てただらう。幕府のために謀ることは、平八郎風情には不可能でも、まだ徳川氏の手に帰せぬ前から、自治団体として幾分の発展を遂げてゐた大阪に、平八郎の手腕を揮はせる余地があつたら、暴動は起らなかつただらう。

この二つの道が塞がつてゐたので、平八郎は当時の秩序を破壊して望を達せようとした。平八郎の思想は未だ醒覚せざる社会主義である。》

《平八郎は極限すれば米屋こはしの雄である。天明に於いても、天保に於いても、米屋こはしは大阪から始まつた。平八郎が大阪の人であるのは、決して偶然ではない。

平八郎は哲学者である。併しその良知の哲学からは、頼もしい社会政策も生まれず、恐ろしい社会主義も出なかつたのである。》

〈大塩平八郎の乱〉の性格、経緯をいわば客観的に分析していて明解である。しかしもとよりこれは、〈此陰謀がいかに萌芽し、いかに生長し、いかなる曲折を経て今に至つた〉かの過程を、まさに〈客観的〉に追跡したにすぎず、またそのことによつてこそ明解であること、言うをまたない。

なお、「附録」には次のようにもある。

《私の「大塩平八郎」は一日間の事を書くを主としてはゐたのだが、其一日の間に活動してゐる平八郎と周囲の人物とは、皆それぞれの過去を持つてゐる。記憶を持つてゐる。殊に外生活だけを臚列するに甘んじないで、幾分か内生活に立ち入つて書くことになると、過去の記憶は比較的大きい影響を其人々の上に加へなくてはならない。さう云ふ場合を書く時、一目に見わたしの付くやうに、私は平八郎の年譜を作つた。原稿には次第に種々な事を書き入れたので、啻《たゞ》に些《すこし》の空白をも残さぬばかりでなく、文字と文字とが重なり合つて、他人が見てはなんの反古《ほぐ》だか分からぬやうになつた。ここにはそれを省略して載せる。》

この付載された年譜は省くが、おそらくそれは、この第五章本文、「附録」の記述等にそのまま活用されていると思われる。また管見によれば、そこには幸田成友『大塩平八郎』からの学習の跡が随所に見られる。

(14)「中央公論」明治四十四年十月。

(15)もとよりこうした評言は、〈革命家の革命的意味〉(稲垣氏)をとらえそこなったという論脈以外からは出てこないし、ただそれだけのことである。

(16)「歴史と自然―鷗外の歴史小説―」(『意味という病』河出書房新社、昭和五十年二月所収)。

(17)「妄想」については拙論「『舞姫』論―うたかたの賦―」(本書所収)参照。

(18)このことに関し、右の拙論の注(49)参照。

(19)稲垣達郎氏は、〈この作品は全十三節の見出しが、たいてい、その節での事がおこなわれる場所の名になっているにもかかわらず、「四」と「六」だけが、それぞれ「宇津木と岡田」、「坂本鉉之助」となっている。これらの人物に特別の注意を向けていたこと、あるいは、向けさせようとしていたことが、こんなところにもみえているわけだ〉と言っている。たしかに坂本は宇津木と同じように、鷗外好みの人間であるといえよう。〈「頭の申付」のままに〉、〈どこまでも封建秩序に忠実たろうとする。そのかんに何らの懐疑もない〉。「阿部一族」の柄本又七郎、「興津弥五右衛門の遺書」の弥五右衛門に、〈どこか似通う調子がある〉と稲垣氏は続ける。

(20)さすがに穏健な叙述に終始する幸田本も、これらの場面を記しつつ、〈杓子定規〉、〈滑稽も亦極まれり〉、〈苦々しい話〉と付け加えている。

(21) 尾形氏はこの平八郎の〈枯寂の空〉に関して、やはり大逆事件の被告者達の心境を綴った獄中通信の文面に響き合うものがあると指摘している。即ち〈一口に言へば寂しき諦らめ——これ目下小生の心持に御座候〉（大石誠之助、明治四十四年一月二十三日、平出修宛）、〈無始の祖先から遺伝した性質と、無辺の宇宙から迫り来た境遇とが打突《ブッツカ》つて作り出す人間の運命は、自分の自由にも人の自由にもなるものではありません、唯此運命の範囲の中に楽地を求めて安んじて居るのみです〉（幸徳秋水、明治四十四年一月十日、平出修宛）。

(22) 尾形仂氏は、〈多分に偶発的契機に支配された集団の非合理的動きの総和としての事件の流れを、体制側と反乱者側との両面から立体的に浮き彫りすることに成功している〉と言っているが、そうはなっていないのではないか。作品は一向に、分析的にも立体的にも書かれていない。むしろ尾形氏が続けて言うように、〈衝突の場面を中心に双方の動きがカット・バック式に描き出されているのを通じて、当事者には一々の局面がよくつかめぬままに、何か大きな勢いによって戦闘が進行し終熄してゆく、そのわけのわからぬもどかしさと無力さの思いをかきたてられる。そして後に残るのは、むなしさと無惨の思いとで〉はないか。たしかに、鷗外はそう書いている。

(23) 蒲生芳郎「政治性と非政治性—大塩平八郎—」（『鷗外の歴史小説—その詩と真実—』春秋社、昭和五十八年五月）。以下蒲生氏からの引用、への言及はすべてこの論による。

(24) この時同志達に向けた平八郎の言葉に関し、尾形氏はやはりこの〈幸田本に見えない文言も、幸徳の「陳弁書」に「平生直接行動・革命運動などいふことを話したことが彼等を累して居るといふに至つては、実に気の毒に考へられます」と見える連累者への謝罪意識〉が反映していたと指摘している。

(25) 因みにこの場面、幸田本では後の三平の吟味書、町奉行における孝右衛門、義左衛門の申口から、舟より上陸した一同は〈往来の人影なき場所に集まり、再び行先を相談した。然るに平八郎は存命の所存なく飽まで自滅の覚悟なりといふのを、良左衛門済之助等言葉を尽して諌め、然らば一旦遠国へ落延びよう〉云々とあり、さらに〈その節平八郎は孝右衛門三平に向ひ、再三勘弁致して此迄参りたるも、迚も落延びること覚束なければ、同人父子済之助等は火中に入り焼死すべし、両人は百姓の身、如何様とも身を忍び、一命を保てと諭し、三平に金五両を渡して袂を分ち、十四人の一行中残るは平八郎父子・済之助・良左衛門・義左衛門の五人となり、寺町筋を北或は西の方角に歩み、火事場に接近したが、何分多人数混雑の際とて一同火中する機会もなく、彼是廻り居る内、義左衛門は平八郎等四人と逸《ハグ》れた〉云々とある。

（26）　この箇所、小泉浩一郎氏は〈平八郎の言葉の後半に現れているような死に対する潔い覚悟の所在など、出典には見られないものであり、鷗外の大塩の人格に対する高い評価を示すものである〉と言っているが――。

（27）　因みに鷗外に〈夫れ人生の智識は、正確に事物を時間と空間との上に排列するにあり〉という言葉がある（「京都叢書発行趣意書」大正三年十月削正）。

（28）　〈時刻〉に関して鷗外は、幸田本の所々の記述を漏れなく収集し〈配列〉している。またこの十章「城」においては、〈幸田本を下敷に、『大阪城誌』『天保武鑑』まで動員〉（尾形氏）して克明に記述している。

（29）　たとえば稲垣達郎氏は「堺事件」と、それが唯一原拠とした佐々木甲象著『泉州堺土藩士烈挙実紀』を対照して、〈『実紀』が事件の発生から終局までの経過を、時間の流れにしたがって、逐次叙述しているとおりに、『堺事件』もまた日次にしたがって筆を運び、描写技術上にありがちな、日次の転倒や変更などは、いささかもみられない〉とし、さらに〈この、事象経過の描写が日次式ないし年代記風であることは、周知のように、鷗外の歴史ものにおける一大特徴でもある〉といっている。（「鷗外と『歴史其儘』――『堺事件』について――」早稲田大学文学部編『五十嵐博士記念論集 日本古典新攷』昭和十九年一月、のち『森鷗外の歴史小説』に所収）。

（30）　何度も言ったように、〈物語化〉とは〈言語化〉、とは〈過去の想起〉、〈過去の言語体験〉であり、だから過去の事象を時系列的に定位し、記録することに他ならない。そしてそれは日常的、さらには科学的思考がそうするように、いわば〈この原因ゆえに、そのあとに、この結果が生ずる〉という因果律において考えることに他ならない。が、これも何度も言ったように、人はつねに今、今の今現在の瞬間に生きている。いわばその〈夢中同前〉。だから本来、一切の因果律、とは時間軸の前後関係とは無縁な、自由にして混沌、背馳しつつ撞着にみちた時間を生きている。そしておそらくその瞬間へのアンビバレンスこそが〈文学〉であり、理非を絶した〈夢のやうな物語を夢のやうに思ひ浮べる〉ことこそが〈文学のふるさと〉（坂口安吾）と言えないか。しかも鷗外は〈歴史其儘〉、〈歴史の「自然」〉、さらに〈史料の「自然」〉にこだわらざるをえない。が、それは〈歴史（史料）の自然〉ではあろうが、〈人情の自然〉（稲垣氏）とはかぎらない。そのジレンマ――。だから鷗外は〈歴史其儘〉にこだわりつつ、〈歴史離れ〉にこだわらざるをえない。

（31）　幸田本にも、庄司義左衛門が平八郎とはぐれるまでは、〈評定所に於ける三平の吟味書、及び町奉行所に於ける孝右衛門義左衛門の申口で解るが、これから平八郎父子が油懸町美吉屋五郎兵衛方へ落着くまでの道筋はやや明瞭を欠いてゐる〉とあり、おそらく鷗外はその後のことを、渡辺良左衛門の切腹、瀬田済之助の縊死の検屍書からなる幸田本の記述をもとに、その死を描き、さらに平八郎父子の足取りを〈推定〉したといえよう。

(32) 中野重治氏は「『傍観機関』と『大塩平八郎』」(前出)の中で〈瀬田は二十五歳で、脇差を盗まれたために、見苦しい最期を遂げた〉という一文に対し、〈最大の人間的同情に価する若い死が、全く非人間的につめたくあしらわれている〉と評している。たしかにこの一行、鷗外の嗜癖(?)が窺えるが、しかし人間、誰が見苦しからぬ最期を遂げえようか?

(33) 蒲生芳郎氏も〈乱の潰滅後の大塩平八郎の行動、そのすさまじい生への執着ぶりに対する有効な解釈可能性は、このデモーニッシュな男の胸の中には、事にやぶれてなお、激しい《夢》、みずからさめるには激しすぎる《夢》が、まだしぶとく生きつづけていたと考えるしかないということだ。「枯寂の空」どころか、自分の行為から、何かが生まれてくることを、何かが新しく動き出すことを、この男はなおも夢見つづけ、その《夢》に執着し、歯ぎしりしながら待ちつづけていた〉と言い、だから〈彼が一篇のやま場に点じた「枯寂の空」などはまったくのでたらめ、作者の感傷的なつくり話にすぎなかった〉と言う。しかしこの時の平八郎の激情は、むしろ箍の外れた空樽が、四方に激しく弾け飛んでゆくような空しさを湛えているといえないか。〈自分の行為の結末に「枯寂の空」、つまりは何ものをも生み出しえぬ虚無を見てしまうほどに《夢》からさめてしまった人物〉(蒲生氏)。が、その絶望の深さゆえの惑乱と錯迷——。因みにこの時の平八郎を〈デモーニッシュ〉と評すべきでない。むしろそれを言うなら、〈アモルファス〉と評すべきではないか?

(34) なおこの章は事件の顚末や美吉屋の図面等を記した土井家家臣の書上、さらに種々の調書、記録からなる幸田本の記述にほぼ準じている。

(35) 五月書房、昭和三十二年十一月。なお小泉氏もこの高橋氏の評言を引いている。

(36) 序に鷗外は〈わたくしの作品は概して dionysisch でなくつて、apollonisch なのだ。わたくしはまだ作品を dionysisch にしようと努力したことはない。わたくしが多少努力したことがあるとすれば、それは只観照的ならしめようとする努力のみである〉(「歴史其儘と歴史離れ」)といっている。

(37) 山崎一穎氏は『森鷗外論攷』(おうふう、平成十八年十二月)の中の「その終焉」で、鷗外の病床に侍した看護婦伊藤久子の、次のような回想を引いている。思わず厳粛の気に打たれざるをえない。

《それは、意識が不明になつて、御危篤に陥る一寸前の夜のことでした。枕元に侍してゐた私は、突然、博士の大きな声に驚かされました。

「馬鹿らしい! 馬鹿らしい!」

そのお声は全く突然で、そして大きく太く高く「それが臨終の床にあるお方の声とは思はれないほどの力のこもつた、そして明晰なはつきりとしたお声でした。

「どうかなさいましたか。」

私は静かにお枕元にいざり寄つて、お顔色を覗きましたが、それきりお答はなくて、うと〳〵と眠を嗜むで居られる御様子でした。》（「感激に満ちた二週日文豪森鷗外先生の臨終に侍するの記」―「家庭雑誌」大正十一年十一月）

人生を（とひとまず言っておこう）〈「馬鹿らしい」〉という人は多くいるだろうが、臨終の床で、それをこのようにいう人は希有であろうし、尋常でない。それほどの懐疑と否定の深さ、激しさというべく、それに対しただただ叩頭するしかない。

「安井夫人」論——稲垣論文に拠りつつ——

鷗外は大正四年の「中央公論」一月号に「山椒大夫」を発表し、「心の花」同月号にその脚注に当たる「歴史其儘と歴史離れ」を書いた。後者で鷗外は、〈わたくしの近頃書いた、歴史上の人物を取り扱った作品〉（おそらくは「大塩平八郎」「堺事件」等）について、〈小説には、事実を自由に取捨して、纏まりを附けた迹がある習であるに、あの類の作品にはそれがない〉といい、それは〈史料を調べて見て、其中に窺はれる「自然」を尊重する念を発し〉て、〈それを猥に変更するのが厭になつた〉からだといっている。

が、翻って鷗外は、〈わたくしは歴史の「自然」を変更することを嫌つて、知らず識らず歴史に縛られた。わたくしは此縛《いましめ》の下に喘ぎ苦んだ。そしてこれを脱せようと思つた〉といい、さらに「山椒大夫」をめぐり、〈「山椒大夫」のやうな伝説は、書いて行く途中で、想像が道草を食つて迷子にならぬ位の程度に筋が立つてゐると云ふだけで、わたくしの辿つて行く糸には人を縛る強さはない。わたくしは伝説其物をも、余り精しく探らずに、夢のやうな物語を夢のやうに思ひ浮べて見た〉と述べ、〈筋を辿つて、勝手に想像して書いた〉と続ける。

しかし、〈歴史上の人物を扱ふ癖の附いたわたくしは、まるで時代と云ふものを顧みずに書くことが出来ない〉。〈調度〉などの名称、ことにも〈物語の年立〉、人物の〈年齢〉等々。そして鷗外は、〈兎に角わたくしは歴史離れがしたさに山椒大夫を書いたのだが、さて書き上げた所を見れば、なんだか歴史離れがし足りないやうである〉というのである。

鷗外は前年の一月、「大塩平八郎」（「中央公論」）を書いた。幸田成友の『大塩平八郎』をほとんど唯一の史料として、いわゆる大塩平八郎の乱を一日に約めて書いたものである。さらに二月、「堺事件」（「新小説」）を書いた。佐々木甲象の『泉州堺土藩士烈挙実紀』をこれまた唯一の史料として、いわゆる堺事件の顚末を追って書いたものである。

稲垣達郎氏はこの小説「堺事件」と史料『烈挙実紀』をつぶさに比較し、次のように論じている。(1)——鷗外は〈『実紀』（以下略称する）における史実的要目を、きわめて詳細にわたってそのままとりあげており、その通ずるところは、人物の会話や用語、時には描写にまで及んでいる〉。〈その上、『実紀』が事件の発生から終局までの経過を、時間の流れにしたがって、逐次叙述しているとおりに、「堺事件」もまた日次にしたがって筆を運び、描写技術上にありがちな、日次の転倒や変更などは、いささかもみられない〉。〈この、事象経過の描写が日次式ないし年代記風であることは、周知のように、鷗外の歴史ものにおける一大特徴でもある〉。〈これをひとくちにいうと、鷗外は史料としての『実紀』がふくむ、少くとも、史実的要目とその序列に関するかぎりにおいては、徹底的に従順であろうとしている。すなわち、要目の上にいくらかの省略はあるが、方便のために事実を歪曲してはばからぬ底の、「事実を自由に取捨して、纏まりを附け」（「歴史其儘と歴史離れ」）るようなことは、決してしていない〉云々。

だが、まさしくこの「堺事件」を書いていた時、鷗外はもっとも強く〈歴史に縛られ〉、その〈縛の下に喘ぎ苦ん〉でいたのだ。しかも鷗外は〈これを脱せよう〉とし（〈歴史其儘〉から〈歴史離れ〉へ）、〈夢のやうな物語を夢のやうに思ひ浮べて見た〉。それが「山椒大夫」であったのである。

が、その前年、大正三年四月、「太陽」に発表された「安井夫人」において、鷗外はすでに〈歴史離れ〉を試みていた。稲垣氏もこの「安井夫人」に、すでに歴史の縛からの〈脱出へのこころみがあきらかに認められ、鷗外はほっと息づいている〉といっている。

しかし氏は、〈しかもなお十分に脱しきれずに、歴史其儘の重い尻尾を引きずりながらよろめいている〉ともいう。いわば〈歴史其儘と歴史離れが相剋しているよろめける作品〉(稲垣氏)(2)——。では一体「安井夫人」において、どのように〈歴史其儘〉であり、またどのように〈歴史離れ〉であるのか。以下いささか具体的に追究してみることにしたい。

ところで「安井夫人」は前作「堺事件」と同じく、その創作の史料を、ほとんど〈徹頭徹尾〉(稲垣氏)一冊の『安井息軒先生』に負っている。『安井息軒先生』——宮崎の人若山甲蔵が著し、実に「安井夫人」の書かれる二ヶ月前、大正二年十二月、蔵六書房から発行された。一頁ほぼ六百四十字(頭注を除く)、約三百頁の大著で、安井息軒の誕生からその終焉までが四十三章にわたり、〈年代記風〉(同)に、あるいは〈編年体的〉(同)に組織されている。そして「安井夫人」は、〈この年代記風〉、あるいは〈編年体的〉な組織を、〈ほとんどそのまま、忠実といえるくらいにうけ入れ、それを基本的な支柱としている〉(同)のである。

(さらに稲垣氏は、〈鷗外のいくつかの歴史小説にあっては、その年代記風の平板な構成が、いちじるしい特色をなしているが、これはひとつには、歴史の自然への契機ないし条件としての史料が、時に年代記風になっており、鷗外が、けっしてそれに逆らおうとしないところに、その構成上の風が生まれてくるのであろう〉と繰り返す。)

その意味で、「安井夫人」もまたこれまでの〈歴史小説〉と同じ、〈歴史其儘〉、さらにあえていえば〈史料其儘〉という性格の濃厚な作品であるといわなければならない。

さて、「安井夫人」は全十一節より構成されている(節の番号は付せられていないが、以下かりに第一節、第二節と呼ぶことにする)。

第一節は、〈「仲平さんはえらくなりなさるだらう」と云ふ評判と同時に、「仲平さんは不男だ」と云ふ蔭言が、清武一郷に伝へられてゐる〉と書き出されている。

（稲垣氏はこの〈書きだしからが、これまでに書いた歴史小説とちがって、一種くつろいだ調子である〉といっている。つまり「安井夫人」は、〈歴史其儘〉の色濃い作品であるはずにもかかわらず、こうして一方で、早速にも〈歴史離れ〉が始まってもいるのである。）

次いで仲平の生家の状況が叙述される。父は〈日向国宮崎郡清武村〉に〈宅地〉があり、〈田畑〉も持っている。〈年来家で漢学を人の子弟に教へる傍《かたはら》、耕作を輟《や》めずにゐ〉る。そして江戸に修行に出て帰った後、〈飫肥《おび》藩で任用せられるやうになつたので、今では田畑の大部分を小作人に作らせ〉ている。

《仲平は二男である。兄文治が九つ、自分が六つの時、父は兄弟を残して江戸へ立つたのである。父が江戸から帰つた後、兄弟の背丈が伸びてからは、二人共毎朝書物を懐中して畑打に出た。そして外の人が煙草休をする間、二人は読書に耽つた。

父が始て藩の教授にせられた頃の事である。十七八の文治と十四五の仲平とが、例の畑打に通ふと、道で行き逢ふ人が、皆言ひ合せたやうに二人を見較べて、連があれば連に何事をかさゝやいた。背の高い、色の白い、目鼻立の立派な兄文治と、背の低い、色の黒い、片目の弟仲平とが、いかにも不弔合《ふつりあひ》な一対に見えたからである。兄弟同時にした疱瘡が、兄は軽く、弟は重く、弟は大痘痕《おほあばた》になつて、剰《あまつさ》へ右の目が潰《つぶ》れた。父も小さい時疱瘡をして片目になつてゐるのに、又仲平が同じ片羽《かたは》になつたのを思へば、「偶然」と云ふものも残酷なものだと云ふ外ない。

仲平は兄と一しよに歩くのをつらく思つた。そこで朝は少し早目に食事を済ませて、一足先に出、晩は少し居残つて為事《しごと》をして、一足遅れて帰つて見た。併し行き逢ふ人が自分の方を見て、連とさゝやくことは息《や》まなかつた。それればかりではない。兄と一しよに歩く時よりも、行き逢ふ人の態度は余程不遠慮になつて、さゝやく声も常より高く、中には声を掛けるものさへある。

「見い。けふは猿がひとりで行くぜ。」

「猿が本を読むから妙だ。」

「なに。猿の方が猿引よりは好く読むさうな。」

「お猿さん。けふは猿引はどうしましたな。」》

仲平は自分ばかりか兄までに〈渾名《あだな》〉が付いていることに驚くが、それを〈胸に蔵《おさ》めて〉誰にも話さず、〈その後は強いて兄と離れぐ〳〵に田畑へ往反しようとはしなかつた〉。

仲平は二十一歳の春、大阪へ出て篠崎小竹の塾へ通った。そして蔵屋敷の長屋での自炊生活。〈倹約のために大豆を塩と醤油とで煮て置いてそれを飯の菜にした〉。蔵屋敷ではそれを〈「仲平豆」〉と名づけた。

《同じ長屋に住むものが、あれでは体が続くまいと気遣つて、酒を飲むことを勧めると、仲平は素直に聴き納れて、毎日一合づつ酒を買つた。そして晩になると、その一合入の徳利を紙撚《こより》で縛つて、行燈《あんどう》の火の上に弔るして置く。そして燈火《ともしび》に向つて、篠崎の塾から借りて来た本を読んでゐるうちに、半夜人定つた頃、燈火で尻をあぶられた徳利の口から、蓬々《ほうく》として蒸気が立ち升つて来る。仲平は巻《まき》を釈《お》いて、徳利の酒を旨さうに飲んで寝るのであつた。》

仲平が二十三歳の時、故郷の兄が二十六歳で死んだ。〈仲平は訃音を得て、すぐ大阪を立つて帰つた〉。

仲平二十六歳の時、〈江戸に出て、古賀侗庵の門下に籍を置いて、昌平黌に入つた〉。〈痘痕があつて、片目で、背の低い田舎書生は、こゝでも同窓に馬鹿にせられずには済まなかつた〉。が、ある時、座右の柱に〈「今は音を忍が岡の時鳥いつか雲井のよそに名告らむ」〉と書いて貼った。それを見て友達々は仲平の抱負におそれをなした。

二十八歳の時、仲平はまだ江戸にいたが、藩主の侍読となつた。そして翌年の藩主の帰国に従った。

《今年の正月から清武村字中野に藩の学問所が立つことになつて、工事の最中である。それが落成すると、六十一になる父滄州翁と、去年江戸から藩主の共をして帰つた、二十九になる仲平さんとが、父子共に講壇に立つ筈である。其時滄州翁が息子によめを取らうと云ひ出した。併しこれは決して容易な問題ではない。

江戸がへり、昌平黌じこみと聞いて、「仲平さんはえらくなりなさるだらう」と評判する郷里の人達も、痘痕《あばた》があつて、片目で、背の低い男振《おとこぶり》を見ては、「仲平さんは不男だ」と蔭言《かげこと》を言はずには置かぬからである。》

稲垣氏はこの第一節をめぐり、「安井夫人」と『安井息軒先生』の記述を逐一対照しながら、「安井夫人」が、《『安井息軒先生』の提示する事実の順序に、鷗外がいかに強く、むしろ、その強さをつきぬけてほとんど無造作なまでに執しているかを、十分にみてとれることであろう。この態度と方法が、「安井夫人」における歴史其儘要素の土台となっている》と繰り返す。そして、〈だから「安井夫人」は、いちおう、安井夫人佐代を主人公にしているものにちがいないが、同時に、安井息軒の完全なる編年体の一代記である〉と続け、しかもこの〈編年体の一代記〉に特徴的なことは、〈人物の年齢は言いはするが、年代あるいは年号を明記しない〉(傍点稲垣氏)こと、そのことがかえってこの〈編年体の一代記〉を、純粋なそれたらしめていることに触れている(その人の一生の推移が大事なのであって、年代や年号の推移が重要なのではない)。

が、ただし稲垣氏もいうごとく、この第一節は、次の第二節～第五節、および第九節をのぞき、〈もっとも歴史離れの分子をふくんでいる〉。事実、『安井息軒先生』からの取捨と言いかえ、さらに新たに書き加えた所(要するに〈歴史離れ〉が際立って目につく。兄文治が仲平と対照的に長身、美男なこと、〈兄弟同時にした疱瘡〉のこと等は、それとして史料にはない。また仲平が〈猿〉と渾名されたことはあるが、兄が〈猿引〉と呼ばれたことはない。さらに〈仲平豆〉のことや寝酒のことは、鷗外独特の筆致で、史料とは見ちがえるばかりの味わいのあるものとなっている。(稲垣氏はいわばこれらの〈虚構〉を、〈現実の歪曲ではなく、一種のデフォーメイション〉といい、しかも〈虚構は、もっぱら歴史の自然へのものであ〉ったという。そしてたしかにその上に立って、鷗外はいままでの歴史小説にない、〈歴史の自然〉へと自在に筆を揮っているといえよう。)

　第二節は第一節の最後をうけて、仲平の嫁取り話となる。

《滄州翁は江戸までも修行に出た苦労人である。倅仲平が学問修行も一通出来て、来年は三十にならうと云ふ年になつたので、是非よめを取つて遣りたいとは思ふが、其選択のむづかしい事には十分気付いてゐる。

　背こそ仲平程低くないが、自分も痘痕があり、片目であつた翁は、異性に対する苦い経験を嘗めてゐる。識らぬ少女と見合をして縁談を取り極めようなどと云ふことは自分にも不可能であつたから、自分と同じ欠陥があつて、しかも背の低い仲平がために、それが不可能であることは知れてゐる。仲平のよめは早くから気心を識り合つた娘の中から選び出す外ない。翁は自分の経験からこんな事をも考へてゐる。それは若くて美しいと思はれた人も、暫く交際してゐて、智慧の足らぬのが暴露して見ると、其美貌はいつか忘れられてしまふ。又三十になり、四十になると、智慧の不足が顔にあらはれ、昔美しかつた人とは思はれぬやうになる。これとは反対に、顔貌《かほかたち》には疵《きず》があつても、才人だと、交際してゐるうちに、その醜さが忘れられる。又年を取るに従つて、才気が眉目をさへ美しくする。仲平なぞも只一つの黒い瞳をきらつかせて物を言ふ顔を見れば、立派な男に見える。これは親の贔屓目ばかりではあるまい。どうぞあれが人物を識つた女をよめに貰つて遣りたい。翁はざつとかう考へた。》

　翁は〈親戚の中で、未婚の娘をあれかこれかと思ひ浮べて見た〉。まず母が江戸の女で江戸風の八重という娘。しかしもっと〈形が地味で、心の気高い、本も少しは読むと云ふ娘はないかと思つて見ても、生憎さう云ふ向《むき》の女子は一人もない〉。そして思案のあげく、翁の夫人の里方、川添氏の二姉妹、つまり仲平の従妹に見当をつける。

ただ、

《妹娘の佐代は十六で、三十男の仲平がよめとしては若過ぎる。それに器量好しと云ふ評判の子で、若者共の間では「岡の小町」と呼んでゐるさうである。どうも仲平とは不弔合なやうに思はれる。姉娘の豊なら、もう二十《はたち》で、遅く取るよめとしては、年齢の懸隔も太甚《はなはだ》しいと云ふ程ではない。豊の器量は十人並である。性質にはこれと云つて立ち優つた所はないが、女にめづらしく快活で、心に思ふ儘を口に出して言ふ。その思ふ儘がいかにも素直で、なんのわだかまりもない。母親は「臆面なしで困る」と云ふが、それが翁の気に入つてゐる。》

（ただし、翁の嫁取りの基準は、〈自分と同じ欠陥があって、しかも背の低い仲平〉を慮って、かなり低く設定されているといわなければならない。〈若くて美しい〉人よりも〈地味〉な人。〈顔貌には疵があっても〉、〈心の気高い〉人。しかし〈心の気高〉さなどは、それこそ長く付き合ってみなければ分からないではないか？）

さて第三節――。滄州翁はそれで、仲平の姉の長倉の御新造を使者に立てる。しかし話を始めた長倉の御新造に向かって、お豊は、〈「わたし仲平さんはえらい方だと思つてゐますが、御亭主にするのは厭でございます」〉と〈冷然として言い放〉つ。

そして第四節。――姉妹の母〈川添の御新造は仲平贔屓だつたので、ひどく此縁談の不調を惜〉むが、こう本人からきっぱり拒絶されてみれば、長倉の御新造も引き下がらざるをえない。

が、ものの二三丁も帰った所で、跡から川添の下男音吉が駆けて来て、〈急に話したいことがあるから、御苦労ながら引き返して貰ひたいと云ふ口上〉。

《長倉の御新造は意外の思をした。どうもお豊さんがさう急に意を飜したとは信ぜられない。何の話であらうかう思ひながら音吉と一しよに川添へ戻つて来た。

「お帰掛をわざ〳〵お呼戻いたして済みません。実は存じ寄らぬ事が出来まして。」

待ち構へてゐた川添の御新造が、戻つて来た客の座に着かぬうちに云つた。

「はい。」

長倉の御新造は女主人の顔をまもつてゐる。

「あの仲平さんの縁談の事でございますね。わたくしは願うてもない好《よ》い先だと存じますので、お豊を呼んで話をいたして見ましたが、矢張まゐられぬと申します。さういたすとお佐代が姉に其話を聞きまして、わたくしの所へまゐつて何か申しさうにいたして申さずにをりますのでございます。「なんだえ」とわたくしが尋ねますと、「安井さんへわたくしが参ることは出来ますまいか」と申します。およめに往くと云ふことはどう云ふわけのものか、ろくに分からずに申すかと存じまして、色々聞いて見ましたが、あちらで貰うてさへ下さるなら自分は往きたいと、きつぱり申すのでございます。いかにも差出がましい事でございまして、あちらの思はくもいかゞとは存じますが、兎に角あなたに御相談申し上げたいと存じまして。」

さも言ひにくさうな口吻《くちぶり》である。》

《長倉の御新造は愈意外の思をした。父は此話をする時、「お佐代は若過ぎる」と云つた。又「あまり別品でなあ」とも云つた。併しお佐代さんを嫌つてゐるのでないことは、平生から分かつてゐる。多分父は弔合を考へて、年が行つてゐて、器量の十人並なお豊さんをと望んだのであらう。それに若くて美しいお佐代さんが来れば、不足はあるまい。それにしても控目で無口なお佐代さんが、好くそんな事を母親に云つたものだ。これは兎に角父にも弟にも話して見て、出来る事なら、お佐代さんの望通にしたいものだと、長倉の御新造は思案して、かう云つた。

「まあ、さうでございますか。父はお豊さんをと申したのでございますが、わたくしがちよつと考へて見ますに、お佐代さんでは悪いとは申さぬだらうと存じます。早速あちらへまゐつて申して見ることにいたしませう。でもあの内気なお佐代さんが、好くあなたに仰やつたものでございますね。」

「それでございます。わたくしも本当にびつくりいたしました。子供の思つてゐる事は何から何まで分かつてゐるやうに存じてゐましても、大違でございます。お父う様にお話し下さいますなら、当人を呼びまして、こゝで一応聞いて見ることにいたしませう。」

かう云つて母親は妹娘を呼んだ。

お佐代はおそる〳〵障子をあけてはひつた。

母親は云つた。

「あの、さつきお前の云つた事だがね、仲平さんがお前のやうなものでも貰つて下さることになつたら、お前きつと往くのだね。」

お佐代さんは耳まで赤くして、

「はい」と云つて、下げてゐた頭を一層低く下げた。》

この部分、〈安井夫人〉が〈安井夫人〉たる所以、つまり安井佐代の、生涯におけるもっとも輝ける一瞬であったといえよう。

稲垣氏はこの〈滄州翁の嫁取の思いたちから、その選択方針、交渉のすじみち、交渉の場面などをふくむ第二節から第五節がおわるところまでは（略）、歴史離れのはなはだしい部分で、気楽さにあふれ、まことに春風駘蕩たる作者が、こころよい微笑をうかべている〉と評している。

因みに、『安井息軒先生』に見えるのは、

《是に就て、極めて面白い逸話を読さう、先生の郷里、清武村の大字今泉小字岡の川添氏（現時の主人を満と呼ぶ）は、滄州夫人の実家だが、姉妹の娘があつて、姉は十人並以下の嫖緻、名はお豊さん、妹は界隈には勿論、飫肥の城下にも較べる程のものが無いと云はれた美人、名はお佐代さんで「岡の小町」と云はれた人であつた、滄州翁は、其の姉の方を先生の嫁にくれとの相談をしたが、お豊さん曰く「いくら私が不器量だつて、仲平さんのやうな、あんな不男は厭でござりまする」とつんとすねる、成程申條至極だといふので、此の縁談は破れる所であつたが、妹のお佐代さんが、内々母親への願ひとあつて「仲平さんのお嫁にやつて下さい」と顔赧めての申出、いづれも驚いたが、滄州翁も美い方なら此の上なしだと大歓び、善は急げだ、日和の変らぬ内にといふので、結納も済み、程なく高砂やと謡ひ納めて、イトコ同志の好き合つた新夫婦が出来たのである、》（「夫人の逝去」）

という記述のみで、〈これにもとづいて、鷗外はのびのびと空想をひろげている〉（稲垣氏）わけである。（なお長倉の御新造は『安井息軒先生』中の〈息軒選滄州墓碑銘〉に、〈生二男一女（略）女適長倉氏〉とだけ見えているに過ぎず、また八重という娘は鷗外のまったくの点出による。）

ところで、この場面をめぐって稲垣氏は、〈父滄州翁の嫁えらびの基準となっているところのものは、また、鷗外の女性観とも、かなりの度合において重なり合うものにちがいない〉とし、〈女性の美しさの評価の最大の基準〉を、〈顔貌《かほかたち》〉ではなく、〈「智慧」ないしは「才気」にある〉とするものという。

《この「智慧」や「才気」というのは、たんに学問的な教養だけをさすものではなかろう。それを無視するものではあるまいが、知性一般を、ひらたくいえば、世にいうところの聡明を意味するものとみていい。お佐代さんには、おのずから、この「智慧」と「才気」があり、また、それゆえに、それらの尊厳と美を解するものだった。学問に熱心な仲平の「只一つの黒い瞳をきらつかせて物を言ふ顔」のなかに、父滄州翁とおなじく、「立派な男」を見ぬくことができるのである。こうしてみてくると、知の鋭さと知の美が、お佐代さんの申出の根拠にほかならない。それが強力な意志となって、内部深く、無口と内気を象徴として、しずかに不断に燃焼しているものと、作者は考えたのであろう。》

だが、ここまで来ると、私はどうしても、稲垣氏への異論を差し挟まずにはいられない。

なるほどお佐代は鷗外好みの美しく聡明な女性であったにちがいない。しかし不幸にして私は、それ以上、お佐代を理想化することは出来ない。
たしかに〈控目で無口なお佐代さん〉が、〈「あちらで貰うてさへ下さるなら自分は往きたいと、きつぱり申」したという。が、それを告げる母親が、〈「およめに往くと云ふことはどう云ふわけのものか、ろくに分からずに申すか」〉と、少なからぬ危惧を抱いていること、またその少し前、長倉の御新造が訪れた時、〈川添の家では雛祭の支度〉の最中で、だがもっぱらお豊さんが中心で、〈妹のお佐代さんがちよい〳〵手を出す〉が、〈「好いからわたしに任せてお置」と、お豊さんは妹を叱つてゐた〉という。さらに長倉の御新造から土産にもらつた緋桃の枝を活けるべく、お豊さんは妹に、〈「こゝは此儘そつくりして置くのだよ」と云つて置いて、桃の枝を持つて勝手へ立つた〉という。つまりこの十六歳の少女に対する母親や姉のこうした対応を見ていると、佐代をめぐる、やはり年相応の幼い感じ、心許無い感じを否めないのである。まただからこそ母親は、〈「実は存じ寄らぬ事が出来まして」〉といい、〈「本当にびつくりいたしました」〉と驚く。長倉の御新造もまた〈愈意外の思をした〉のではないか。

そして第五節。
《長倉の御新造が意外だと思つたやうに、滄州翁も意外だと思つた。併し一番意外だと思つたのは壻殿の仲平であつた。それは皆怪訝すると共に喜んだ人達であるが、近所の若い男達は怪訝すると共に嫉《そね》んだ。そして口々に「岡の小町が猿の所へ往く」と噂した。そのうち噂は清武一郷に伝播して、誰一人怪訝せぬものはなかつた。これは喜や嫉の交らぬ只の怪訝であつた。》
つまり、それはそれこそ〈清武一郷〉の〈誰一人怪訝せぬものはな〉い謎となるのだ（しかもあるいはそれはそのまま、まさに永遠の謎と考えておいて然るべきかもしれない）。
無論、永遠の謎としても、お佐代だけは〈納得〉していたのかもしれない。しかしお佐代は本当にすべてを（だが一体なにを?)賢くも見抜いていたのか。よし〈清武一郷〉で、〈「仲平さんはえらくなりなさるだらう」〉という評判を聞いていたとしても、あるいは姉の〈「仲平さんはえらい方だと思つてゐます」〉という言葉を聞いたとしても、しかしただそれだけで自らの一生を託すというのは、あまりに唐突、〈意外〉といわざるをえない。

とすると、これは十六歳の少女(もとより現代の〈十六歳の少女〉とはまったく違うとしても)の、まさに突嗟の判断、いわば夢中同然の決定《けつじょう》と考えるべきではないか。

少くとも私は不敏にして、先の稲垣氏の言葉——〈こうしてみてくると、知の鋭さと知の美が、お佐代さんの申出の根拠にほかならない〉という言葉に、同意しかねるのである。

(ただ、お佐代に対する母親や姉のいわゆる〈子供扱い〉が、かえって〈早くおよめに行きたい〉という彼女の自立心を煽っていたことは、考えに入れておいてもよいだろう——。)

さて、

《婚礼は長倉夫婦の媒妁で、まだ桃の花の散らぬうちに済んだ。そしてこれまで只美しいとばかり云はれて、人形同様に思はれてゐたお佐代さんは、繭を破つて出た蛾のやうに、その控目な、内気な態度を脱却して、多勢の若い書生達の出入する家で、天晴地歩を占めた夫人になりおほせた。

十月に学問所の明教堂が落成して、安井家の祝筵に親戚故旧が寄り集まつた時には、美しくて、しかもきつぱりした若夫人の前に、客の頭が自然に下がつた。人に揶揄《からか》はれる世間のよめさんとは全く趣を殊にしてゐたのである。》

と鷗外は続ける。しかしこれらの記述はあくまでお佐代の外容であり、それを見た人々の評判(風評)であって、お佐代の内心に届いたものではない。つまり一人の少女が、少なくともここまで辿り着いたうちに、どれほどの思い、とはどれほどの迷いや悩みを閲したか、またこれから先の長い歳月(お佐代のいわば第二の人生は始まったばかり)、どんなことが待ち受けているのか、そのことへの期待や不安とはまったく関らないもの、といわなければならない。（周知のように鷗外は『意地』の広告文で、〈「意地」は最も新らしき意味に於ける歴史小説なり。従来の意味に於ける歴史小説の行き方を全然破壊して、別に史実の新らしき取扱ひ方を創定したる最初の作なり。其の観察の点に於て、其の時代の背景を描くの点に於て、殊に其の心理描写の点に於て、読者は必らず此の作に或る驚くべき新意を見出さん〉と言っているが、しかし少なくとも「安井夫人」における〈心理描写〉に、私は〈驚くべき新意を見出〉すことはできない。）

さて、こうしてお佐代は、鷗外のいわゆる〈歴史離れ〉にのって、〈繭を破つて出た蛾〉のように、作品の中心へ舞い出たかに見える。しかしその後、すなわち第六節以降、記述は〈歴史其儘〉に戻って、次のように続くのである。以下第六節の全文。

《翌年仲平が三十、お佐代さんが十七で、長女須磨子が生れた。中一年置いた年の七月には、藩の学校が飫肥に遷されることになつた。其次の年に、六十五になる滄州翁は飫肥の振徳堂の総裁にせられて、三十三になる仲平が其下で助教を勤めた。清武の家は隣にゐた弓削と云ふ人が住まふことになつて、安井家は飫肥の加茂に代地を貰つた。仲平は三十五の時、藩主の供をして再び江戸に出て、翌年帰つた。これがお佐代さんが稍長い留守に空閨を守つた始である。

滄州翁は中風で、六十九の時亡くなつた。仲平が二度目に江戸から帰つた翌年である。

仲平は三十八の時三たび江戸に出で、二十五のお佐代さんが二度目の留守をした。翌年仲平は昌平黌の斎長になつた。次いで外桜田の藩邸の方でも、仲平に大番所番頭《おほばんしよばんがしら》と云ふ役を命じた。其次の年に、仲平は一旦帰国して、間もなく江戸へ移住することになつた。今度はいづれ江戸に居所《ゐどころ》が極まつたら、お佐代さんをも呼び迎へると云ふ約束をした。藩の役を罷めて、塾を開いて人に教へる決心をしてゐたのである。

此頃仲平の学殖は漸く世間に認められて、親友にも塩谷宕陰《しほのやたういん》のやうな立派な人が出来た。二人一しよに散歩をすると、男振はどちらも悪くても、兎に角背の高い塩谷が立派なので、「塩谷一丈雲横腰、安井三尺草埋頭」などと冷かされた。

江戸に出てゐても、質素な仲平は極端な簡易生活をしてゐた。帰新参《かへりしんざん》で、昌平黌の塾に入る前には、千駄谷にある藩の下邸《しもやしき》にゐて、其後外桜田の上邸《かみやしき》にゐたり、増上寺境内の金地院《こんぢゐん》にゐたりしたが、いつも自炊である。さていよ〳〵移住と決心して出てからも、一時は千駄谷にゐたが、下邸に火事があつてから、始て五番町の売居《うりすゑ》を二十九枚で買つた。

お佐代さんを呼び迎へたのは、五番町から上《かみ》二番町の借家に引き越してゐた時である。所謂三計塾《けいじゆく》で、階下に三畳やら四畳半やらの間が二つ三つあつて、階上が班竹山房《はんちくさんばう》の扁額《へんがく》を掛けた書斎である。班竹山房とは江戸へ移住する時、本国田野村字仮屋の虎班竹《こはんちく》を根こじにして来たからの名である。仲平は今年四十一、お佐代さんは二十八である。長女須磨子に次いで、二女美保子、三女登梅子と、女の子ばかり三人出来たが、仮初《かりそめ》の病のために、美保子が早く亡くなつたので、お佐代さんは十一になる須磨子と、五つになる登梅子とを連れて、三計塾に遣つて来た。

仲平夫婦は当時女中一人も使つてゐない。お佐代さんが飯炊《まゝたき》をして、須磨子が買物に出る。須磨子の日向訛《ひうがなまり》が商人に通ぜぬので、用が弁ぜずにすご〳〵帰ることが多い。

お佐代さんは形振《なりふり》に構はず働いてゐる。それでも「岡の小町」と云はれた昔の俤はどこやらにある。此頃黒木孫右衛門と云ふ男が仲平に逢ひに来た。素《も》と飫肥外浦《おびそとうら》の漁師であつたが、物産学に精しいために、わざ〳〵召し出されて徒士《かち》になつた男である。お佐代さんが茶を酌んで出して置いて、勝手へ下がつたのを見て狡獪《かうくわい》なやうな、滑稽なやうな顔をして、孫右衛門が仲平に尋ねた。

「先生。只今のは御新造様でござりますか。」

「さやう。妻で。」恬然として仲平は答へた。

「はあ。御新造様は学問をなさりましたか。」

「いゝや。学問と云ふ程の事はしてをりませぬ。」

「してみますと、御新造様の方が先生の学問以上の御見識でござりますな。」

「なぜ。」

「でもあれ程の美人でお出になつて、先生の夫人におなりなされた所を見ますと。」

仲平は覚えず失笑した。そして孫右衛門の無遠慮なやうな世辞を面白がつて、得意の笊棋の相手をさせて帰した。》

こうして鷗外は、第一節より第五節にかけて、様々な〈歴史離れ〉を試みつつ、ここに来て、原典『安井息軒先生』の〈年代記的な組織を、ほとんどそのまま、忠実といえるくらいにうけ入れ、それを基本的な支柱として〉記しはじめる。しかも、息軒仲平の〈年代記的な組織〉とはいい条、その中からほとんど（二、三の例外はあるものの）、公職の異動と住居の転移の記述をのみ摘出することに終始するのだ。

そしてその間、お佐代は夫の公職の異動にともない、度々の別居を余儀なくされ、しかし時が来れば当然夫のもとに〈呼び迎へ〉られ、食事の世話をし、子を生み、それを育て、〈形振《なりふり》に構はず働いて〉、そして年月を経てゆくのである。

それにしてもこの間、鷗外は原典に多く記されている（それこそ原典の第一義的記述である）、学者としての安井息軒の学問なり業績なりに少しも触れていない。そしてもっぱら公職の異動、住居の転移のみに関ってゆく。（ただ公職の異動はともかく、住居の転移の記述が繰り返されるのは、おそらく江戸において頻発する火事や地震と関っているのではないか。それこそ当面の塒を定めることは、彼等にとって生活の最重要事であり、単なる気まぐれではない死活問題だったのだ。）

あるいは鷗外は、息軒仲平の学問的内実よりも、仲平と佐代二人の家庭生活に直結する（という意味での）公職の異動や住居の転移をもっぱらに抽出し、それを〈契機に〉、そこから〈お佐代さんをたぐり寄せよう〉（稲垣氏）としていたといえる。（稲垣氏は続けて、〈お佐代さんについては『安井息軒先生』は、必ずしも十分な史料を提供していない。だが、契機はある。そこからたぐり出せば、お佐代さんは生きた形象となってくる〉と言っている。）

この節の最後、黒木孫右衛門の諂諛にも近い言葉に、〈仲平は覚えず失笑〉する。その仲平の、いわば脂下《やにさが》った（?）笑顔。そこには佐代という女性を妻にした仲平の、得意と喜びが鋭く描かれている。あるいはこれは、仲平の学問について何万言を費やすよりも、より鮮に、仲平の生の実価を描いているのかも知れない。（序にいえば原典には孫右衛門のこの言葉は記されているが、ともに棋を打ったことは記されていない。ただ〈笊棋〉については、藤田東湖との勝負などが記されている。これもまた〈歴史離れ〉の一つであろうか。）

次に第七節――。

《お佐代さんが国から出た年、仲平は小川町に移り、翌年又牛込見附外の家を買つた。値段は僅十両である。八畳の間に床の間と廻縁《まはりえん》とが附いてゐて、外に四畳半が一間、二畳が一間、それから板の間が少々ある。仲平は八畳の間に机を据ゑて、周囲に書物を山のやうに積んで読んでゐる。此頃は霊岸島の鹿島屋清兵衛が蔵書を借り出して来るのである。一体仲平は博渉家でありながら、蔵書癖はない。質素で濫費をせぬから、生計に困るやうな事はないが、十分に書物を買ふだけの金はない。書物は借りて覧て、書き抜いては返してしまふ。大阪で篠崎の塾に通つたのも、篠崎に物を学ぶためではなくて、書物を借るためであつた。芝の金地院《こんぢゐん》に下宿したのも、書庫をあさるためであつた。此年に三女登梅子が急病で死んで、四女歌子が生れた。

其次の年に藩主が奏者になられて、仲平に押合方《おしあひかた》と云ふ役を命ぜられたが、目が悪いと云つてことわつた。薄暗い明りで本ばかり読んでゐたので実際目が好くなかつたのである。

其又次の年に、仲平は麻布長坂裏通に移つた。牛込から古家《ふるいへ》を持つて来て建てさせたのである。それへ引き越すとすぐに仲平は松島まで観風旅行をした。浅葱織色木綿《あさぎおりいろもめん》の打裂羽織《ぶつさきばおり》に裁附袴《たつつけばかま》で、腰に銀拵《ぎんごしらへ》の大小を挿し、菅笠を被り草鞋を穿くと云ふ支度である。旅から帰ると、三十一になるお佐代さんが始て男子を生んだ。後に「岡の小町」そつくりの美男になつて、今文尚書《きんぶんしやうしよ》二十九篇で天下を治めようと云つた才子の棟蔵である。惜いことには、二十二になつた年の夏、暴瀉《ばうしや》で亡くなつた。

中一年置いて、仲平夫婦は一時上邸《かみやしき》の長屋に入つてゐて、番町袖振坂に転居した。その冬お佐代さんが三十三で二人目の男子謙助を生んだ。併し乳が少いので、それを雑司谷の名主方《なぬしかた》へ里子に遣つた。謙助は成長してから父に似た異相の男になつたが、後日安東益斎と名告《なの》つて、東金、千葉の二箇所で医業をして、旁《かたはら》漢学を教へてゐるうちに、持前の肝積のために、千葉で自殺した。年は二十八であつた。墓は千葉町大日寺にある。》

記述は相変わらず仲平の公職の異動と住居の転移を軸に展開する。そしてそこからお佐代との家庭生活――暮らしぶり、子の出生、育児、死等々がおのずから〈たぐり出〉されている。買った家の〈値段は僅十両〉であったこと、その小さな家に、〈十分に書物を買ふだけの金はな〉かったにもかかわらず、書物が〈山のやうに積んで〉あったこと（原拠に〈斯る難渋な生活だから、書籍など購へない〉とある。以下同じ）、そのうち〈三女登梅子が急病で死んで、四女歌子が生れた〉こと、そして〈三十一になるお佐代さんが始て男子を生んだ〉こと、〈乳が少いので〉、〈里子に遣つた〉こと（〈夫人に乳が少いと覚しく〉）、そして以下（いずれも後節の記述だが）、お佐代三十九歳の時、隼町の家が火災に遭い再び番町に移ったこと（第八節）（〈家財全く灰と成り、焼け残りの物でも売つてゐられる〉）、四十一歳の時長女須磨子が結婚したが〈不縁にな〉（第九節）（〈不幸破鏡の歎あり〉）ったこと、四十五歳の時〈稍重い病気をして直つた〉（同）こと、さらに長男棟蔵と次男謙助（安東益斎）と四女歌子（同）の早い死のこと（ただ佐代は三人の死を知らずに逝った。それは彼女にとって幸せなことだったかも知れないが、またそれだけ彼等生前の、あるいは〈持前の肝積〉、そして〈病身〉（同）等々考えると、その間佐代の心労が、いかばかりのものであったかが思いやられる）――。

（ただこうして見てくると、あの「渋江抽斎」〈その六十五〉の〈大抵伝記は其人の死を以て終るを例とする。しかし古人を景仰するものは、其苗裔がどうなつたかと云ふことを問はずにはゐられない。（略）わたくしは抽斎の子孫、親戚、師友等のなりゆきを、これより下《しも》に書き附けて置かうと思ふ〉という、いわゆる鷗外の〈ジエネアロジツクの方向〉（「なかじきり」）が、すでにはっきり顔を出していることが分かるが、このことは後段に触れるとしよう。）

が、それにしてもこの間、お佐代は夫の度重なる公職の異動と住居の移転に従い、なんと慎ましくも健気に、約しくも気丈に、月日を送っていたことか。

（因みに原拠には、〈夫人は美貌であったと見えて、平部嶠南も夫人の容姿を誌すに「姣美」の字面を充てゝゐる其の美人が、日本一の不男に連れ添つて、五十年間、貧乏と不遇に打ち克つて来たのだが然も夫人の生涯は、決して薄命では無い、否、夫人は満足し、自得し、身心を献げて、家事に当り、育児に任じ、先生をして些も内顧の患なからしめ、先生の徳を慕ひ、先生の学を敬ひ、十分先生に惚れ込んでゐられた〉とある。稲垣氏も、〈安井夫人としての佐代を、鷗外も、ほぼおなじ点でうけとり、それらの条件を契機として、人間佐代にはいりこもうとする〉といっている。）

そして第八節。

《浦賀へ米艦が来て、天下多事の秋となつたのは、仲平が四十八、お佐代さんが三十五の時である。大儒息軒先生として天下に名を知られた仲平は、ともすれば時勢の旋渦中に巻き込まれようとして纔に免れてゐた。

飫肥藩では仲平を相談中と云ふ役にした。仲平は海防策を献じた。これは四十九の時である。五十四の時藤田東湖と交つて、水戸景山公に知られた。五十五の時ペルリが浦賀に来たために、攘夷封港論をした。此年藩政が気に入らぬので辞職した。併し相談中を罷められて、用人格と云ふものになつただけで、勤向は前の通であつた。五十七の時蝦夷開拓論をした。六十三の時藩主に願つて隠居した。井伊閣老が桜田見附で遭難せられ、景山公が亡くなられた年である。
　家は五十一の時隼町に移り、翌年火災に遭つて、焼残の土蔵や建具を売り払つて番町に移り、五十九の時麹町善国寺谷に移つた。辺務を談ぜないと云ふ事を書いて二階に張り出したのは、番町にゐた時である。》

　しかし、この節のことは後に触れるとして、記述は第九節、慌しくも、お佐代の訃が報ぜられる。

《お佐代さんは四十五の時に稍重い病気をして直つたが、五十の歳暮から又床に就いて、五十一になつた年の正月四日に亡くなつた。夫仲平が六十四になつた年である。跡には男子に、短い運命を持つた棟蔵と謙助との二人、女子に、秋元家の用人の倅田中鉄之助に嫁して不縁になり、次いで塩谷の媒介で、肥前国島原産の志士中村貞太郎、仮名《けみやう》北有馬太郎に嫁した須磨子と、病身な四女歌子との二人が残つた。須磨子は後の夫に獄中で死なれてから、お糸、小太郎の二人の子を連れて安井家に帰つた。歌子は母が亡くなつてから七箇月目に、二十三歳で跡を追つて亡くなつた。》

　思えば、早すぎる、そして呆気ない死といわなければならない。見てきたように、お佐代はさまざまな苦労に遭いながら、それにめげず、それに耐え、しかも多くの人がそうであるように、さまざまな願いや望みを心に抱きながら、それがなにほどにも叶えられることなく、逝ってしまったのだ。

　そしてここに来て鷗外は、お佐代の誄を読む。〈お佐代さんはどう云ふ女であつたか〉と——。（もとよりこれまでも、鷗外はお佐代の一生を追っていた。しかしそれはあくまでも、夫仲平との生活からおのずと〈たぐり出〉されて来るもの、いわばその時々の内助の一齣一齣にすぎない。が、その間一貫して、お佐代は一体なにを思っていたのか？）

《お佐代さんはどう云ふ女であつたか。美しい肌に粗服を纏つて、質素な仲平に仕へつゝ一生を終つた。飫肥吾田村字星倉から二里許の小布瀬に、同宗の安井林平と云ふ人があつて、其妻のお品さんが、お佐代さんの記念だと云つて、木綿縞の袷を一枚持つてゐる。恐らくはお佐代さんはめつたに絹物などは著なかつたのだらう。

お佐代さんは夫に仕へて労苦を辞せなかつた。そして其報酬には何物をも要求しなかつた。啻に服飾の粗に甘んじたばかりでない。立派な第宅に居りたいとも云はず、結構な調度を使ひたいとも云はず、旨い物を食べたがりも、面白い物を見たがりもしなかつた。》

しかし鷗外はさすがにそれに続けて、〈お佐代さんが奢侈を解せぬ程おろかであつたとは、誰も信ずることが出来ない。又物質的にも、精神的にも、何物をも希求せぬ程恬澹であつたとは、誰も信ずることが出来ない〉と、ひとまず保留せざるをえない（お佐代が生きた一人の人間である以上――）。

あるいはお佐代は、世の大方の妻のごとく、奢侈が許されるほどの生活とは無縁に、節倹を重ね、その日々を送らざるをえなかったといえよう。

が、続けて鷗外は、（その代わり）〈お佐代さんには慥かに尋常でない望があつて、其望の前には一切の物が塵芥の如く卑しくなつてゐたのであらう〉と言う。が、ここに鷗外のいう〈尋常でない望み〉とはなにか？（ただ鷗外はそれに直接答えてはいない。その代わり鷗外は、〈お佐代さんは何を望んだか〉と、再び問い返すのである。）

《お佐代さんは何を望んだか。世間の賢い人は夫の栄達を望んだのだと云つてしまふだらう。これを書くわたくしもそれを否定することは出来ない。併し若し商人が資本を卸し財利を謀るやうに、お佐代さんが労苦と忍耐とを夫に提供して、まだ報酬を得ぬうちに亡くなつたのだと云ふなら、わたくしは不敏にしてそれに同意することが出来ない。》

稲垣氏は、鷗外は〈そのような俗情を、ためらうところなく拒否してしまう〉という。が、しかしそれで、あの

〈尋常でない望〉が明らかになったわけではない。

（原拠には、〈先生は、質素に暮されたが、夫人は一入心こまかに経済を図つた、先生が江戸に移つた際は、学僕もゐず、下女も使はないで、十一歳に成る長女寿満子を相手に、住み慣れぬ都の真ン中で、何かと苦労をせられたもので、買物等は、不案内な寿満子が出るので、田舎者と嘲り笑はれたのも幾度か知れぬ、詞の通じないのが何よりも辛かつたとは、寿満子が後日譚にあつたさうな、其の頃、お客でもあれば、夫人が手料理の二種三種、夜分は蕎麦二椀を下物に出すことに極めてゐた、然し、父上御出世は疑なしとの夫人が言葉に、寿満子も勇気の出る心地したとの事、是も寿満子が懐しき思出の一つ〉とある。〈父上御出世は疑なし〉。多分それは、娘須磨子の聞いた母の肉声であったろう。しかし鷗外は、これをさりげなく消去している。なお、原拠では須磨子は終始寿満子とある。）

そして鷗外は次のように書く（おそらくこの数行こそ、「安井夫人」を、まさに掬すべき作品にしている当のものといわなければならない）。

《お佐代さんは必ずや未来に何物をか望んでゐたゞらう。そして瞑目するまで、美しい目の視線は遠い、遠い所に注がれてゐて、或は自分の死を不幸だと感ずる余裕をも有せなかつたのではあるまいか。其望の対象をば、或は何物ともしかと弁識してゐなかつたのではあるまいか。》

ただし鷗外は、〈何物をか望んでゐたゞらう〉と繰り返すのみで、依然あの〈尋常でない望〉を明らかにしえていない。ただお佐代は〈瞑目するまで、美しい目の視線は遠い、遠い所に注がれてゐて〉、だからその刻々の一途さ、いやそのほとんど無我夢中の刻々のうちに、〈或は自分の死を不幸だと感ずる余裕をも有せなかつたのではあるまいか〉という。

が、そうだとすればお佐代は、その刻々のうちに、自分がなにを望んでいるかも知らず、またそれをそれと名指しえぬままに、だから結局は茫々としてその時を過ごし齢を重ねて来たというのではあるまいか。

稲垣氏は、お佐代がその果てに見ていたものは、実は〈自己滅却の無償の道そのもの〉に他ならないという。あるいはそうかも知れない。しかしお佐代は、たとえなんらの弱音も愚痴も漏らさなかったとして、ただ貞淑に、従順にのみ生きていたのではあるまい。彼女もまた多くの人がそうであるように、口を開けて心の底から笑ったこともあったろうし、次々と打ち続く〈貧乏と不遇〉に、哀しみの涙、口惜し涙を流したこともあったろう。その一喜一憂を、まさに〈形振に構はず〉全力で駆け抜け、だから自分がなにを望み、なにを見つめているかを自覚する〈余裕〉もないままに――。そしてそうであればこそ鷗外は、お佐代が〈其望の対象をば、或は何物ともしかと弁識してゐなかつた〉(傍点筆者)と言うしかなかったのだ。

もとより鷗外は、お佐代の人生が、ただ果敢無くも空しいといっているのではあるまい。一所懸命に生きた生涯が、索漠にして空虚であるはずはない。ただ多くの人と同じように精一杯生きた人生――。鷗外はそこに、一人の女性の、たしかな生の軌跡を思い描いていたのではないか。

ただ繰り返すまでもなく、夫に仕え、夫に従い、食事を調え、子を生み、子を育て、そして死んでいった一人の女――その絶え間なく続く日の要求、そのいわば取り立てて言うべきなにもない、しかもその終わりない〈労苦と忍耐〉の一つ一つを、がそれこそが、お佐代という女の生の軌跡、いや軌跡というにはあまりに片々たる痕跡の一つ一つを、まさに彼女の生の証として、鷗外は刻んでゆくのだ。

そして少々先走っていえば、その取り立てて言うべきなにもない、片々たる痕跡の一つ一つこそ人の歴史そのものであり、それを刻むことこそ、〈歴史其儘〉へ通じてゆく道ではあるまいか。鷗外に、やがて史伝への道が拓かれてゆく所以である。

さて、お佐代は逝った。そしてその後、仲平はもとより、一人で生きてゆかなければならない。鷗外は晩年の仲平を、第十節、第十一節をついやして次のように書く。まず第十節。

《お佐代さんが亡くなつてから六箇月目に、仲平は六十四で江戸城に召された。又二箇月目に徳川将軍に謁見して、用人席にせられ、翌年両番上席にせられた。仲平が直参になつたので、藩では謙助を召し出した。次いで謙助も昌平黌出役になつたので、藩の名跡は安政四年に中村が須磨子に生ませた長女糸に、高橋圭三郎といふ壻を取つて立てた。併し夫婦は早く亡くなつた。後に須磨子の生んだ小太郎が継いだのは此家である。仲平は六十六で陸奥塙六万三千九百石の代官にせられたが、病気を申し立てゝ赴任せずに、小普請入をした。

住ひは六十五の時下谷徒士町に移り、六十七の時一時藩の上邸に入つてゐて、麹町一丁目半蔵門外の濠端の家を買つて移つた。策士雲井龍雄と月見をした海嶽楼は、此家の二階である。》

尋いで第十一節（最終節）――。

《幕府滅亡の余波で、江戸の騒がしかつた年に、仲平は七十で表向隠居した。間もなく海嶽楼は類焼したので、暫く藩の上邸や下邸に入つてゐて、市中の騒がしい最中に、王子在領家村の農高橋善兵衛が弟政吉の家に潜んだ。須磨子は三年前に飫肥へ往つたので、仲平の隠家へは天野家から来た謙助の妻淑子と、前年八月に淑子が生んだ千菊《せんぎく》とが附いて来た。産後体の悪かつた淑子は、隠家に来てから六箇月目に、十九で亡くなつた。下総にゐた夫には逢はずに死んだのである。

仲平は隠家に冬までゐて、彦根藩の代々木邸に移つた。これは左伝輯釈を彦根藩で出版してくれた縁故からである。翌年七十一で旧藩の桜田邸に移り、七十三の時又土手三番町に移つた。

仲平の亡くなつたのは、七十八の年の九月二十三日である。謙助と淑子との間に出来た、十歳の孫千菊が家を継いだ。千菊の夭折した跡は小太郎の二男三郎が立てた。》

相変わらず仲平の公職の異動と住居の移転（そしてそれに加うるに、苗裔の名字存没）が、ほとんど最小限の記述において、坦々と記されて終わる。

ところで、以上のことに関し、稲垣氏は次のように言っている。

《歴史離れをかなりの濃度にふくませた歴史其儘を序章とするこの作品が、第二・三・四・五節と、まことに楽しげに、歴史離れの流れに乗りながら、第六節以後になると、その気楽な流れが停滞して、ややもすると次第に歴史其儘へ凝結しようとすると共に、描写から叙述にかわり、調子としては急速調になっている。安井夫人佐代の人間や生き方について、自由な解釈をこころみている第九節で、ようやく反発するものの、第十・第十一節の最後へ至って、まったく歴史其儘へ固定してしまう。そして、調子はますます急テムポとなる。この急速調感は、各節の内部における事象が、速度をもってあらわれ、しかも、簡潔に圧縮されて密度がある上に、そうした調子の各節が、あいついであらわれるからである。》

そして、〈鷗外はひたすら仲平（息軒）の外面的変化を追うのに急で、その人間内部へ向けるべき筆を、あまりに惜しみすぎている〉という。

たとえば第八、第十、第十一節の三節のごとき、〈各節ごとに、公職の異動と住居の移転を、それぞれひとまとめにして〉、しかし〈実にそれだけ〉、〈そのほかは、なにものをもえがいていない〉ともいう。

ただ第八節、仲平四十八の時、〈浦賀へ米艦が来て、天下多事の秋となつた〉こと、四十九の時、それに対し〈海防策を献じた〉こと、五十四の時、〈藤田東湖と交つて、水戸景山公に知られた〉こと、五十五の時、〈ペルリが浦賀に来たために、攘夷封港論をした〉こと、五十七の時、〈蝦夷開拓論をした〉こと等々。そして稲垣氏は、こう〈たたみかけて来ると、もうそれだけで、この人物のイデオロギーが、きわめて端的に、むしろ象徴味をおびて表現しつくされている〉という。（もっとも稲垣氏は、という風に受けとれるかもしれないが、〈これはいささか迎えすぎての鑑賞ではないか〉と続けるのだが――。）

要するに稲垣氏は、こうして息軒の〈生活――とりわけ政治生活と人間にふれるところ〉、あるいは〈時勢とあい渉る〉ところ、そしてそれをあれこれ記述すべき〈契機〉は、（原典の）〈いたるところに発見される〉にもかかわらず、〈鷗外は、たんに公職の異動や住居の移転というような、外面的事象を追うだけに急で〉、〈仲平の人間内部へ一段とふみ込むべき〉筆を惜しんでいると結論するのである。

さらにまた第八節、鷗外は、〈浦賀へ米艦が来て、天下多事の秋となつた〉と切り出しながら、〈大儒息軒先生として天下に名を知られた仲平は、ともすれば時勢の旋渦中に巻き込まれようとして纔に免れてゐた〉と書く（なお、こうした記実は原拠にはない）。あるいは同節末尾、〈番町にゐた時〉、〈辺務を談ぜないと云ふ事を書いて二階に張り出した〉と書く。（このことに関し、『安井息軒先生』所引、安政三年、五十八歳の十二月八日付書簡に、〈我楼之上。読書囲棊。煮茶展画。評文品詩。酒不必置。張弛随時。此外閑時。不云不為。況彼辺務。（中略）右之通り認、張出し置候て、年少輩参り談及海防候へ共、右之張出しを指して、断候に付、此節は大に清閑に相成候〉とある。当時、息軒の識見に共鳴し海防の事を来り談ずる者が日々階上に満ち、〈終夜大声にて議論〉（『安井息軒先生』）する有様で、だから危険人物視されぬための〈用心〉（同）であったという。[3]）

しかしこれに対して稲垣氏は、鷗外が、こうした〈大儒息軒先生の時勢にたいする態度や生活、したがってその人間〉に触れる契機に向きあいながら、それ以上の〈人間追及への志向〉に〈ブレーキをかけ〉、いわば〈傍観者としての仲平〉を描くに止まったことを惜しむのである。

だが、学者は本であり論であるとすれば、いや、としても、人はなおその上に、妻を守り子を守って生きてゆかなければならない。そして、お佐代が子を生み子を育て、そうして区々として続く日の要求に応じて生きたように、仲平も妻を守り子を守り、そうして瑣々として続く日の要求に応じて生きてゆかなければならなかったのだ。

〈公職の異動や住居の移転というような、外面的事象〉？　いや、それはまさにそうして生きた仲平とお佐代の生の軌跡、その痕跡、さらにいえば、その象徴であったといえよう。

大胆な推断を許してもらえば、それはお佐代という妻をえて、ともに暮した生活の中で、とは妻を守り子を守り、そしてそのために自らの身を堅く守って生きた仲平の、長年培われた生の形を、もっともよく語っているものかも知れない。

（因みに鷗外は、「小嶋宝素」〈その一〉に、〈学者の伝記は王侯将相の直に国の興亡に繫《かゝ》るものとは別である。又奇傑の士、游俠の徒の事跡が心を驚し魄《はく》を動すとは別である。学者の物たる、縦ひ其生涯に得喪窮達の小波瀾があつても、細に日常生活を叙するにあらざるよりは、其趣を領略することが出来ぬであらう〉という。いな学者ばかりではない。人はつねに、その日の片々たる些事の中を生きているのではないか。）

ところで、稲垣氏は『安井息軒先生』より、息軒の書簡をいくつか引いているが、それに倣って、以下いくつか引いてみる。

《御国之儀は、御用無之上は、兎ても不及力、せめて天下之為、一働致度存候得共、是迚も当時手継無之、空敷消光、残念之事御座候、（中略）殊に外夷も追々猖獗、依品戦争にも可及申、当分の足にては、其節臆病之毀を得候儀眼前に候得ば、乍残念河崎氏御出府候はば、隠居相願可申相控罷在候、何事も天命所致と存候得ば、別に屈託も不致候得共、著述之精力乏敷相成し儀は、実に畢生之遺憾に御座候》（安政二年十一月十九日）

《躰力殊之外相弱り、屋敷出勤も殊之外難儀存候得共、外寇之様子、聢と不相成候ては、臆病らしく身を引候訳にも参り兼、進退維谷、御憐察可被下候》（安政三年九月十七日）

《近年別て衰老、何事も出来不申、所謂天与人半、不与人全之勢、無是非次第候》（安政五年十二月十三日）

《旧臘迄五箇年之間食徳川家之禄候には相違無之、何方迄も旧君之義は絶不申候処、其家之安危未定内、先自身之安逸を謀候ては所謂見利忘義節に相当り、読書者之所深愧候、殊に書生は多議論候、万一徳川家之衰運を見極、為後栄先機退身候抔申立候はば、嫌疑所在、百喙不能解候、生前は終身含羞死後は遺臭於千載、老朽五拾年之読書は落地、如何にも残念之儀御座候、（中略）家伝之目薬、膏薬にても相鬻、家道相立可申、天下之騒擾、生民之塗炭を不憂には無御座候得共、老衰癈疾之身分、微力之所及にあらず、箇様に世之中を思取候得ば、貧苦は少も不足憂候》（明治元年閏四月）

もとより仲平の〈天下〉〈時勢〉を憂うる熱情が衰えていたわけではない（安政三年十二月八日の書簡にも、諸般につき〈随見随聞、歯ぎり不致は少く候〉とあり、これに類する文面の書簡は随所に引かれている）。

しかし、だとしても〈空敷消光〉〈躰力殊之外相弱り〉〈近年別て衰老〉〈老衰癈疾之身分、微力之所及にあらず〉と、いささか老病を託つ言辞が目立つ。しかしこれを非難するには当たるまい。まさに〈天命所致（中略）、別に屈託も不致候〉ということであったろう。そしてそれが身を労わり、命を慈しみ、そうして堅く身を持して生きてきた仲平の、晩年の姿であったといえば足りよう。

第十一節、〈幕府滅亡の余波で、江戸の騒がしかつた年に、仲平は七十で表向隠居した〉とあり、〈市中の騒がしい最中に、王子在領家村の農高橋善兵衛が弟政吉の家に潜んだ〉とあるのも、おそらくは仲平の、賢明な身の処し方であったといえよう。

（因みに『安井息軒先生』慶応三年丁卯、仲平六十九歳の項に、〈世運愈々危機に逼る、もう此の頃は「攘夷封港論」より進み〳〵て「勤王佐幕」の幾衝突、幾破壊を経たので、議論よりも実行であるから、先生のやうな立場は、余程剣呑であるが、先生予ての主持、堅く、重く、何物の為にも微動だにせぬ而して此の頃は先生の手元も少し寛ぎが付いたらしい〉とあり、また明治元年戊辰、仲平七十歳の項に、〈門人中、西軍にゐる者が少くは無いので、或は欵を彼等によつて通ぜんとするやの疑がかゝらぬとも限らぬ「勤王佐幕其儀一也」とは、思想の上の話で、一旦幕府に臣籍を置き、其禄を食んでゐた身であるから、寧ろ暫く、世を近郊に避けて、晩節を全うするに如かずと為し、軈て其の旨を埼玉県足立郡領家村（王子の在）の農家高橋善兵衛へ申遣はす、善兵衛は久しく出入りする仁で、富んでも居り、至つて純良の人物であるが、三月十二日、其の子（吉次）と弟二人（長五郎、長次）を遣はす、而して既に小舟を寄せてゐるとの事で、急に荷物を纏め、火事にでも逃げるやうな騒ぎだ、謙助、門生、学僕等が、やれそれと運び出し、積み込む、先生が謙助夫人淑子と孫の千菊丸を伴ひ、籃輿で出発したのは十三日の朝だが、雨に逢つて休んだり、渡津止めで迂回したりして、其の日の夕方領家に著く、家は善兵衛が弟政吉の住居をあけたので新築して程もなく、清潔ではあり、広さも可なり辛抱が出来る、主人は徴発の人夫を督して板橋駅に出てゐるが、妻が来て飯炊くやら、汁煮るやら、何かと親切に世話をする、点燈時、門人や謙助が来る〉とある。まずは安心。）

だが仲平は、この後も転居を繰り返す。やはり、よっぽど引っ越しに縁のあった人と見える。が、それはともかく、ここで再び大胆な推断を許してもらえば（そしてそれは身も蓋もない話となるが）、仲平はお佐代に死なれ、あるいはすでに生きる喜びを失っていたのかもしれない。〈我が事畢んぬ〉。そしてただ犖然と老いることを自らに許していたのかもしれない。

最後に、鷗外のいわゆる〈ジエネアロジツクの方向〉ということに言及しなければならない。〈généalogique〉=〈系図、系譜的〉。鷗外は「なかじきり」（「斯論」大正六年九月）の中で、後の史伝の〈体裁をして荒涼なるジエネアロジツクの方向を取らしめた〉といい、それを〈或は彼ゾラのルゴン、マカアルの血統を追尋させた自然科学の余勢でもあらうか〉とも言っているが、〈未だ全く自ら明にせざる所〉とも言っている。

稲垣氏もいうように、この〈ジェネアロジックの萌芽は、すでに小倉時代の為事のうちにみえているが、歴史小説としては、その初作「興津弥五右衛門の遺書」（改稿本）にみえている。いったいに、鷗外の歴史小説は、年代記風の基礎に立っていることは、すでに周知の構成上の特色で、「安井夫人」の前作「大塩平八郎」にせよ、また「堺事件」にせよ、この例に漏れない〉。そして〈「安井夫人」の特殊性は、年代記の上に立ちながら、意識的にジエネアロジックの方向へ整理されていることにある。『安井息軒先生』にも系譜的な要素はふくまれているが、鷗外にあっては、それを意識的に系譜的なものとして整理しているところに独自性がある〉と位置づけている。だが、では鷗外はなにゆえに、そうした〈方向〉をとったのか。稲垣氏は、〈その動機のもっとも端的なものは何であるかをしばらく考えないとしても、手近なところでは、「古今幾多の伝記を読んで慊らざるものがあつた」（「伊澤蘭軒」その三百六十九）からである。その不満が、おのずから、このような「伝記の体例」（同上）をえらばせたのであった〉という。

そしてさらに続け、

《「伝記の体例」とはいかなるものであるか。いうまでもなく、「抽斎」「蘭軒」などの一連がその体現である。これを、鷗外自身をして要約させると、「前人の伝記若くは墓誌は子を説き孫を説くを例としてゐる。しかしそれは名字存没等を附記するに過ぎない。わたくしはこれに反して前代の父祖の事蹟に、早く既に其子孫の事蹟を織り交ぜられてゐるのを見、其糸を断つことをなさずして、組織《そしよく》の全体を保存せむと欲し、叙事を継続して同世の状態に及ぶ」（「伊澤蘭軒」その三百七十）ということになる。これはつまり、「一人の事蹟を叙して其死に至つて足れりとせず、其人の裔孫のいかになりゆくかを追蹤して現今に及ぶこと」（同上）なのである。》

というのである。

こう見てくれば、「安井夫人」が、「渋江抽斎」以下の史伝小説における〈伝記の体例〉の、いわば〈芽ばえ〉（稲垣氏）と認めないわけにはゆかない。

息軒仲平を中心に、その妻お佐代の編年体ないし年代記風の叙述。しかもそれに加うるに父（滄州翁）、兄（文治）、そして子供達（須磨子、美保子、登梅子、棟蔵、謙助、歌子）の生誕に始まり、不幸にして早世したもの、無事生い立ちながら、病に斃れたもの、あるいは自ら命を絶ったもの、さらには婚姻し、しかし離別したもの、そして子をなし、またその子供達が生い立ち、あるいは夭折し、そのように次々と家を襲い、世を継いでゆく。つまりは生まれ、子をなし、死ぬ、その幾代もの命の畳なわり。そしてそれがただ〈名字存没〉にかぎりなく凝縮され、収斂して続くのである。

とすれば、それは稲垣氏がいうように、鷗外に〈このような「伝記の体例」を発想せしめたものは、「一人の」人物にたいする親愛以外の何ものでもない〉とはいいえない。むしろその〈「一人の」〉人間を内に挟んで、生まれ、子をなし、死ぬという永遠の循環に連なる人のすべて、そしてその命のすべてへの、鷗外の、鎮魂の思いではなかったか。

注

（1）「鷗外と『歴史其儘』―『堺事件』について―」（『五十嵐博士記念論集 日本古典新攷』東京堂、昭和十九年十月。のち『森鷗外の歴史小説』岩波書店、昭和六十三年四月所収）。

（2）「『安井夫人』について―『歴史其儘』と『歴史離れ』―」（「文学」昭和二十一年十二月）。「森鷗外の歴史文学―『安井夫人』ノート―」（「早稲田商学」昭和二十五年九月）。「『安井夫人』ノート」（「関西大学国文学会編「国文学」四、昭和二十六年六月」）。のち統一整理されて『森鷗外の歴史小説』に収録。なお本論における引用、言及はすべてこの書による。

（3）尾形仂「語注」（『森鷗外全集、第三巻』筑摩書房、昭和三十七年四月）参照。

II

鷗外記念館を訪ねて

昨年の四月からほぼ一年、在外研究員としてフランス、パリにいた。その間、開放後間もない東欧、ハンガリーのブタペストとチェコスロバキアのプラハに出掛けた。この時のことはいずれ話をする機会もあると思うが、今回はそのプラハから、これまた統合後間もないベルリンに回った時のこと、それも種々あるが、旧東ベルリンの鷗外記念館を訪れた時のことを話してみよう。昨年(平成三年)六月二十三日のことである。

切り立った絶壁の間を流れるエルベ川の景観を車窓に見ながらベルリンに着いた日の翌朝、私達(というのは、私は妻と二人で回っていたので)はホテルを出て、Sバーンでフリードリッヒシュトラーセ駅に降り、そこから運河沿いに歩いて行った。旧東ベルリン側はどこもそうだが、戦災で被害の少なかった建物の多くはそのまま修理されて使われている。だからいまだ弾丸の跡が生々しく残っているもの、もう表面が風化してボロボロになっているものもある。そんな建物を途中に見ながら、迷うこともなくマリー街三十二番地に至った。

これもしばらく前に改装されたとおぼしき右手の建物の入口に、鷗外記念館を示す小さなプレートが掲げられていた。この記念館がフンボルト大学付設記念館として開館したのが昭和五十九年ということだから、もう七年も前のことになる。統合以前は特別の準備をしなければ来られなかったわけだが、こうしてベルリンに寄った序に、ふらっと出掛けられるのも時代の変化だと考えると、やはり深い感慨が湧いてくる。

丁度東京のお医者さん達の団体が見学に来ていて、二階の記念館は入口から一杯となっていた。しばし一行をやり過ごし、その後二人だけで通路の奥にある鷗外の寝起きしていた部屋に入った。鷗外がこの部屋に住んでいたのは明治二十年四月十八日から五月十四日まで、無論百年前のものではなかろうが、鷗外が今朝も使っていたかのように、古風なベッドやタンス、鏡や洗面具などが配置されていた。私達は机の前の椅子に坐り、故国から遠く離れた若き陸軍一等軍医森林太郎の心境を想いやったりした。

とその時、一人のドイツ人女性が部屋に入って来た。先程入口の横でチラッと見た女性だった。流暢な日本語で「ゆっくり御覧下さい」という。日本語が通じるのは嬉しいことと、挨拶のあと私が自己紹介をすると、彼女は意外や、フンボルト大学から早稲田大学に留学、河竹俊雄元教授より日本演劇史の指導を受け、帰国してからこの記念館の総務理事、つまり事務局長の要職に就いたという。御名前はベアーテ・ウェーバーさん。「畑違いですが、大変やり甲斐のある仕事です」と言葉を継いだ。そして自ら事務所や応接室、最後に図書室に案内してくれた。図書室は鷗外ばかりでなく、日本近代文学に関する研究書がかなり揃っていて感心させられた。

外国にあるこの手の記念館のあり方に疑問を持っていた私（その後ロンドンの漱石記念館にも行ったが、観光名所以外のなにものでもなかったし、リモージュの藤村記念館は文字通り幻でしかなかった）は、その充実ぶりから、この鷗外記念館が人々の努力で、以後のドイツにおける日本近代文学研究の拠点になってゆくことを信じもし、祈りもした。

しかし、ここでも問題があった。もともとこの記念館は、旧東ドイツの国家機関である歴史的建造物記念委員会というのが運営していたそうだが、両ドイツの統合でそれが消滅してしまい、いまやこの記念館のために計上されていた二十五万マルクの予算も出るか出ないかおぼつかないという。しかも統合後、もとの建物の持主が所有権を主張し、もしそれが受け入れられれば建物が改築されるおそれもあるという。しかもその後この記念館が存続してゆける保証はない。「すごく不安です」というウェーバーさん。私は東西ドイツの統合という歴史的事件の余波が、こんな身近なところにも及んでいることを知って、あらためて驚き入らざるをえなかった。

「うたかたの記」

越智治雄氏のドイツ便りとも称すべき「うたかたの跡」(「文学」昭和四十七年十一月)を拝見した。まさに珠玉の名篇に接したときのような爽やかな感銘があった。最近の鷗外学が展開するさまざまな大考証に畏敬を感じつつ、いささかうんざりさせられていた私にとって、この感銘はまた格別なものであった。ミュンヘンの街々やスタルンベルヒ湖畔、美しい都会と自然に遊び、そこに鷗外の蹤跡を尋ね詩心を追う、いわば幾重にも豊饒な時間を過ごす氏の境涯に大きな羨望を抱きつつ、氏の文章に誘われて、私はいつしかバイエルンの青く澄んだ空の下を歩いていた。

ところで、「うたかたの記」といえば、私には前々から気になっていた論文があった。越智氏も今度の論文の中で引かれている山田晃氏の「鷗外の『伝説』―『うたかたの記』小論―」(「古典と現代」昭和四十六年五月)である。なぜ気になっていたのか、――その理由は私事にわたって恐縮なのだが、これを書かないと論が進まないので御勘弁いただきたい。

越智氏が山田氏の論文に言及されたのは今回がはじめてではない。すでに氏は「国文学」(昭和四十六年十一月)の「学会時評」においてこの論文に触れられている。ところでその折氏は、山田氏の論文とともに、私の「『破戒』私稿―自立への道―」(「日本近代文学」第十四集、昭和四十六年五月、のち『島崎藤村―「春」前後―』に所収)という拙い論考にも寸評を加えてくださったのである。

越智氏はそこで、〈近代日本の芸術家像といった点で共通して触れたい二論があった〉と前置きして、まず山田氏の論文については、その〈最もユニークな点は、「巨勢はマリイ（中略）の実像を失わざるを得なかった。そしてその代償として彼が得たものは、彼女の『空像』」であり、「美としての永生」を獲得した以上、それは芸術家たる彼にとって勝利のあかし」だったとするところである〉と要約し、しかしながら〈「空像」は文字どおり絵が未完に終ったということではないかという別の論点への考慮を望みたい〉と評されたのである。続いて私の論文については、〈『破戒』の原理を、「体制と関わる価値観を峻拒し、自らの手で自らの内に、それを超絶した普遍的な価値──（中略）『自立』の世界を実現すること」にみようとする〉と要約し、〈それは丑松論であるとともに、氏がそこに藤村像を重ねようとしていることは疑いがあるまい〉と指摘し、それが〈日常性から「完璧な一瞬としての『生』の絶対性を救いだす」という四十四年（三月）に発表された『それから』論における漱石像とどうしても私には重なってみえる点が気になる〉と評されたのである（「『それから』私論─漱石の夢─」─「国文学研究」第三十九集、のち『鷗外と漱石─終りない言葉─』に所収）。

私に関していえば、私はこれを読んだとき文字通り虚を衝かれた感じがした。「破戒」論については、私は小諸から上京してくる時期、藤村が行った〈筆を執る労働者〉という自己規定に示された清新な精神の高揚を、むしろいわば人生主義的に論じてみたかったのだが……。

たしかに「それから」論において、私は漱石の〈書く〉という行為を、彼が目前に見た虚妄なる日常性の淵に真実の生を架橋せんとする絶対の行為であったと捉え、そのためにこそ漱石には、代助が自足した生活を放擲して三千代への愛に没入してゆくという虚構が必須であったと考えた。だから私は代助が三千代に再会し、愛を告白し、しかも結末において狂気に見まわれる、その結末における狂気をも含めてすべての過程に、漱石の〈書く〉という行為がかけられていたと理解したのである。だがこのときも越智氏から、こういう論点からすると「門」においても「心」においても、つまり漱石の全作家行程を同じように論じなければならないのではないかという痛い御批判をいただいたのである。私にはこの御批判に答える術がなかった。かなり気に入った論点ではあったが、私はこの論点の未熟さを反省し、ひとまずその場を退いたのである。私が藤村の〈自立への道〉を人生主義的に論じようとしたのは、実はこのためであったといってよい。しかしそこにも、いわば聖なる世界を一瞬天空に輝かせることによって、このうつし世を超える芸術家の自立の論理を重ねていたとは——私は正直いって驚いたのである。

さて、こうしたことがあったので、私には山田氏に向けられた越智氏の批判が、まさに自分のことのように痛かったのである。もちろん自分の問題を山田氏にあてはめてみるなどとは、山田氏に失礼であるし御迷惑でもあろうが、しかし問題はかなり近くにあるらしい。

雨もよいの空の下、マリイと巨勢を乗せた馬車は、スタルンベルヒ湖畔を疾駆する。二人はまさしく至福の時間を生きるのだ。そしておそらくこの時間——鷗外の心のおくがに息づく近代西欧とともにあるこの時間、いやなづくべくもない憧憬とともにあるこの時間を生きることこそ、鷗外の夢であったにちがいない。思うにこのことに関するかぎり、御二人の意見は重なっているのである。

だが両氏は、山田氏がマリイの〈実像を失〉うことを代償として巨勢は〈空像〉を得る、つまり巨勢はその彩管によってマリイを〈美としての永生〉の中に封じこめたと書かれた（多分そこに山田氏は、鷗外もまた〈書く〉ことによって、その夢を小説の中に封じこめたと言わんとしているのではないか）のに対し、越智氏が〈空像〉とは〈画そのものの未完成〉を指しているのではないかと書かれたことによって左右に別れる。たしかに結末において巨勢は、〈「ロオレライ」の図の下に跪〉くまるのみである。彼は〈未成の人物〉を描く機を失い、中心となる部分に空白を止めた画布だけが彼に残る。越智氏は続けて、〈巨勢は二重に最も美しいものを喪失した。そして多分美しいものから距てられたまま彼は生きなければならない。ここに示されているものは疑いもなく鷗外の帰国後の鋭い認識であって、情熱の陶酔の代わりに彼が引きうけているのは日本の重く長い日常であった〉（「うたかたの跡」）と書かれる。いつもながらの深い読みといわなければならない。

だが、〈空像〉は〈未完〉の意味であるとしても、その前に跪くまる巨勢にとってマリイは〈空像〉のままになお生きつづけていたのではないかという論点もあるのではないか。むしろ〈未完〉であるがゆえに刻々に命を吹きこまれるものとしてマリイは永生ではないか。巨勢はマリイと共有したあの至福の時間を反芻する。まさにその持続の中に、巨勢の〈まことの我〉はかけられているのだ――というのが、お二人の論を読みつつ確認した私の意見であった。

越智氏の鋭い視線は、作品の内部ですら醒めた鷗外を見すえている。すでに鷗外にバイエルンの日々は遠い。日本の重く長い日常、その繰りかえされる時間、既知の時間を生きる鷗外の苦い認識――〈その認識の縁取りの中であの日々は輝きを放っていたに違いない〉と氏は言われる。しかしこの言葉を嚙みしめながらも、なお、だからこそ鷗外にとって小説を書くという時間は、すくなくとも書きつづけるかぎりは、みはてぬ世界、未知の世界に飛翔する時間でなければならなかったと考えられないか。そしてこのことに山田氏の言われる〈作者森鷗外のひそかな決意〉が潜んでいるわけではなかろうか。結末における巨勢の狂気は、そこに鷗外の苦い認識が託されているというよりも、むしろこの鷗外の〈決意〉こそが、託されていると私には感ぜられるのだが……。

はたしてこういう論点が成立しうるかどうか私には実のところおぼつかない。しかし、ただ時に、美し音楽のように、なづくべくもない憧憬を追って疾走する作家の精神の軌跡そのままの、そんな作品があっても不思議ではないような気がする次第である。

「灰燼」について考えていること

いま鷗外の「灰燼」について色々と考えている。どういうことかというと、この小説で鷗外が、主人公山口節蔵を通して〈覚者〉というものを描こうとしたのではないか、ということである。この〈覚者〉という言葉は、竹盛天雄氏の「『灰燼』幻想」(「文学」昭和三十五年一月)という論文から拝借している。もとよりなにかの比喩として使うのではなく、まさしく解脱とか悟達とかいう境地、古来東洋人がそこに到達すべく厳しい実践を重ねたという境地、そういう意味あいで使うのである。

竹盛氏もまた、なにものにも心動かさない節蔵の非凡な境地をそう呼んでいる。だがおそらく氏の力点は、むしろそのような境地への節蔵の〈変貌のプロセス〉を〈挫折〉として捉え、そこに鷗外の生涯に色濃い影を落とす〈近代日本社会の深い挫折〉を重ねることにあっただろう。しかしそうした境地への〈変貌のプロセス〉を、そのまま〈成熟〉、あるいは〈達成〉として考えたらどうなるだろうか。

ところで、断るまでもなく我々は〈覚者〉のなんたるかを知っているわけではない。知っているとすれば、我々はすでに〈覚者〉なのだ。いまも述べたように、それは厳しい実践を通してのみ到達しうる(かも知れない)宗教的な境地、その意味で日常的次元を、さらにいえば言語的次元を超えた境地といえよう。しかも鷗外は「灰燼」で、主人公山口節蔵に托し、おそらくいまだ彼も知らぬであろうそうした境地を描こうとした、と考えるのだ。

そしてこのことは、そのまま鷗外における文学の本質的なありようを語っているように思えるのである。つまりいま述べたように、言語的次元を超えた対象を言語によって領略しようとする、その不可能性への挑戦――そこに一貫した鷗外の作家としてのというか、人間としての野心をうかがおうとするのである。

文学とはおそらく、あったことを再現する場ではない。鷗外の文学を日記の記述にいくら対応させてみても、鷗外が現に小説を書くときの精神の位相に迫ることはできない。

いまそんなことを考えて、鷗外が玉水俊虠から講義を聞いたという〈唯識〉についての解説書などを、判らぬながら読んでいる次第である。

「大塩平八郎」

大塩平八郎の陰謀に関する吉見九郎右衛門の訴状を読みおわったとき、大阪西町奉行堀伊賀守利堅は、吉見に対して瞬間〈一種侮蔑の念〉を起こす。〈形式に絡まれた役人生涯に慣れてはゐても、成立してゐる秩序を維持するために、賞讃すべきものにしてある返忠を、真の忠誠だと看ることは、生れ附いた人間の感情が許さな〉かったのである。もっとも堀は、ただちにこの〈生れ附いた人間の感情〉を塗沫してしまうのだが、しかし彼の胸に我知らず湧くこの一瞬の〈感情〉に、いまいささかこだわってみたい。

堀にしても、また東町奉行跡部山城守良弼にしても、一般には保身をむねとする卑俗な官僚的人物として形象されていると指摘できようが、そうであるとしてもこの箇所から、こうした人物の中にも、〈生れ附いた人間の感情〉がひそかに流れつづけていることを無視していない鷗外を、指摘することもできるとおもう。

ところで、秩序の下僕である堀にとっては、〈生れ附いた人間の感情〉はまさしく危険なものであった。だが、およそ秩序の下に生きるものにとって、こうした〈感情〉で安全なものはあるまい。生活とはおおむねこうした〈感情〉を馴致し、ともかくも保たれる日常の時間の中に成立するものといえよう。

〈生れ附いた人間の感情〉をおし殺し、秩序に従って生きる人間を、卑屈だとか怯懦だとかいうのはやさしい。たしかにそうした生き方は、身を惜しんでいるにすぎないといえるかもしれない。しかし、はたして人間はそうした〈感情〉に殉じきれるのだろうか。そうした〈感情〉に殉じていった人間はいるとしても、それはあまりにもむずかしいことではないだろうか。おおかたの人間は自分の内部に〈秩序〉と〈生れ附いた人間の感情〉の対立を抱え、それに耐えているのである。

さて、大塩平八郎の〈生れ附いた人間の感情〉にとって、〈連年の飢饉、賤民の困窮〉は目を塞いで通ることのできないものであった。彼らへの同情とその救恤への祈念は、平八郎の〈生れ附いた人間の感情〉であると同時に、その学問によって深められ、峻烈な〈志〉と化していたのである。

そして、その〈志〉をほしいままに爆発させた平八郎の姿は、堀や跡部とはまさに対極的な姿として形象されるべきものであったろう。

だが多くの人々の評言にもあるように、鷗外の「大塩平八郎」という作品からは、そうした平八郎の姿は彷彿としてこない。激情に駆られ、金頭を頭からめりめりと咬んで食べた平八郎の相貌は、それとして印象づけられないのである。無道の役人を誅し金持ちの町人をこらすために謀叛を起こしたものの、鷗外が描く平八郎の心は、終始〈枯寂の空〉にとざされている。

《けふまでに事柄の捗《はかど》つて来たのは、事柄其物が自然に捗つて来たのだと云つても好い。己が陰謀を推して進めたのではなくて、陰謀が己を拉して走つたのだと云つても好い。一体此終局はどうなり行くだらう。平八郎はかう思ひ続けた。》

いわば作品の中心に、こうした平八郎の想念が点綴される。〈心に逡巡する怯《おくれ》もないが、又踊躍する競《きほひ》もない〉平八郎の横顔。それは〈志〉に殉ずるものの一途なそれというよりも、むしろ〈志〉を持続することに疲れたものの横顔である。

稲垣達郎氏は「『大塩平八郎』雑記」（『解釈と鑑賞』昭和三十四年八月）の中で、鷗外は平八郎を〈非親和性〉において深く関心してきたという。たしかに、学問の道は〈体〉の追求であると同時に、〈用〉として現わされなければならず、そのために敢為強行、あえて〈秩序〉を破壊することをも辞さない大塩平八郎の学風を、鷗外は好まなかったに相違ない。そして平八郎に対する鷗外の否定的な関心には、おそらく、いわゆる大逆事件以来の社会主義運動〈冬の時代〉の影がおちていたといえよう。

しかしだからといって鷗外は、平八郎を嫌忌しているわけではない。すくなくとも自らの描く平八郎の横顔に鷗外は釘付けになっていたにちがいない。くりかえすまでもなくそれは、〈志〉の貫徹を目指す直向なそれではなく、難きに茫々自失するそれであったといえよう。

〈意地〉に固執し、ほとんど傍若無人にふるまって自滅していった「阿部一族」の面々を鷗外は書いた。一族をとらえたものを〈志〉ということはできないかもしれないが、しかしそれが、彼らのやむにやまれぬ至情であったことに間違いはない。そうしたやむにやまれぬ至情に殉じていった人間たちの姿に、鷗外は人間の〈生きる相〉を見たのではなかろうか。いわばそこに鷗外の〈人間の発見〉があった。だが、だからといって彼自身がそのように生きえたわけではない。いや鷗外にとって至情に殉ずるということはあくまで憧憬であって、現実ではなかったのだ。

しかし、このことに鷗外は絶望しているわけではない。むしろ自己のその現実に積極的な意味を見いだすことに、鷗外の目はむけられていたといえよう。

至情に殉ずることによって自己の生を完結し、そうすることによって歴史とラディカルにかかわってゆく人間の生き方が一方にある。だが、はたしてそういう生き方が、人間の生き方として絶対の優位を誇りえるのであろうか。おのれに身を惜しませる当のものの重さをひたぶるに背負って生きてゆく人間の生き方も、もう一方にあるのだ。それは完結もせず、歴史とラディカルにかかわることもないだろうが、そういう生き方こそが人間としての常の道であり、止むないぎりぎりの道なのかもしれない。あるいは鷗外の平八郎の心をうめた〈枯寂の空〉とは、謀叛という極限の状況にいる人間をみまった、こうした懐疑であり、逆からいえば、こうした醒覚であったのかもしれない。

だが鷗外にしても、こうした生き方は理屈で擁護しえるものではなかったろう。ただ「安井夫人」の佐代のように、日々の精進の中に生き、現実の流れそのものとともに生きる人間の姿を、鷗外は黙って描きはじめたのである。いわば鷗外の筆は、極限に生きるもののもとを去り、ひたすら日常に生きるもののもとに移ったのである。「堺事件」にしても「津下四郎左衛門」にしても、歴史の混乱期、〈志〉を貫くときにひき起こされた悲愴な犠牲を鷗外は書いた。しかしその背後にあって鷗外の筆は、しだいに「渋江抽斎」以下の史伝の世界を用意していたのである。そこに描かれたものは、歴史の変動とともに自然に推移する人間の群れであり、彼らの常民としての日々の営みである。しかもそのことを通して、かえって鷗外は、見事に人間の足跡に、歴史そのものに推参しえたのである。

課題は〈近代文学に描かれた明治維新「大塩平八郎」〉ということであった。あるいは吉田松陰らに続く日本の陽明学の系譜に照準を当てるべきかもしれない。しかしそうした歴史をひとつひとつの理念でつなぐことから、ひとりひとりの人間の日々の営みによって綴る方向に、鷗外の歴史認識そのものが推移していったように思われるわけである。

鷗外二題

一 「余興」その他

鷗外の短編を読み返しているうちに、「余興」の次の一節に巡り合った。

《「まあ、己はなんと云ふ未錬な、いく地のない人間だらう。今己と相対してゐるのは何者だ。あの白粉の仮面の背後に潜む小さい霊が、己を浪花節の愛好者だと思つたのがどうしたと云ふのだ。さう思ふなら、さう思はせて置くが好いではないか。試みに反対の場合を思つて見ろ。此霊が己を三味線の調子のわかる人間だと思つてくれたら、それが己の喜ぶべき事だらうか。己の光栄だらうか。己は其光栄を担つてどうする。それがなんになる。己の感情は己の感情である。己の思想も己の思想である。天下に一人のそれを理解してくれる人がなくたつて、己はそれに安んじなくてはならない。それに安んじて恬然としてゐなくてはならない。それが出来ぬとしたら、己はどうなるだらう。独りで煩悶するか。そして発狂するか。額を石壁に打ち附けるやうに、人に向かつて説くか。救世軍の伝道者のやうに辻に立つて叫ぶか。馬鹿な。己は幼穉だ。己にはなんの修養もない。己はあの床の間の前にすわつて、愉快に酒を飲んでゐる、真率な、無邪気な、そして公々然と其の愛する所のものを愛し、知行一致の境界に住してゐる人には、迥《はるか》に劣つてゐる。己は此の己に酌をしてくれる芸者にも劣つてゐる。」》

すると二十年以上も前の、ある一齣がふと蘇って来た。

それは私の最初の著書『鷗外と漱石―終りない言葉―』の出版記念会を、「文学年誌」の同人諸兄が開いてくれた時のことである。忌憚のない意見が取り交された中で、久保田芳太郎氏がある箇所を指して、「これ違うんじゃないか」と言った。

それは正宗白鳥が「妄想」における鷗外の死生観を論じた部分（『文壇人物評論』）を、私なりに解説した箇所であった。

《それにしても、〈死〉を語ることとは一体なにか。その語ったとしてもどうにもならず、その意味で〈死〉を語るとはつねに空しいことではないのか。〈死〉とはそれについて無限に問わせつつ、その問いを所詮空しいものとする。つまりなんの答えもない、無言の状態にするのである。いわば〈死〉を語るとはそのように沈黙を招くことであり、人はその沈黙に向きあい、それに耐えなければならない。そしておそらくここに、〈死〉と〈文学〉の根源的な関係があるのだといえよう。

少なくとも白鳥にとってはそうであったのだ。しかも白鳥は、その逆説的な関係に〈澄み切つた晩秋の月夜〉のように、明哲に耐える人間の姿を鷗外に見たのである。〈謎は解けないと知つて、解かうとあせらないやうにはなつたが、自分はそれを打棄てて顧みずにはゐられない〉。しかしそうでありながら、〈「死を怖れもせず、死にあこがれもせず、人生の下り坂を下つて行つた」といふ、晩年に到着した彼れの平静な心境を、私は羨ましく思つてゐる〉と白鳥は言う。もちろん〈羨ましく思つてゐる〉という所に、自身耐えつつも依然揺らがずにはいられない白鳥の錯迷の深さがあるのだが、しかし揺らがずにはいられないとしても、なお白鳥は鷗外のごとく、あくまでも明晰でありたいと願うのである。》

はたして久保田氏が、「これ違うんじゃないか」と言ったのは、〈晩年に到着した彼れの平静な心境〉という白鳥の言葉に対してなのか、それともそれをただなぞるようにして解説した私の言葉に対してなのか、今はもう判らない（おそらくはその両方だったのだろう）。

ただその時の、小首を傾げた久保田氏の姿が、ふと蘇って来たのである。

（話はただこれだけである。しかしその後、例の「寒山拾得」の「縁起」の最後、〈「実はパパアも文殊なのだが、まだ誰も拝みに来ないのだよ」〉を読み返した時も、同じように久保田氏の顔が浮かんで来た。）

二　「津下四郎左衛門」

「津下四郎左衛門」は津下鹿太正高からの聞書による。

《津下四郎左衛門は私の父である。》

《しかし其名は只聞く人の耳に空虚なる固有名詞として響くのみであらう。それも無理は無い。世に何の貢献もせずに死んだ、艸木と同じく朽ちたと云はれても、私はさうでないと弁ずることが出来ない。

かうは云ふものの、若し私がここに一言を附け加へたら、人が、「ああ、さうか」とだけは云つてくれるだらう。其一言はかうである。「津下四郎左衛門は横井平四郎の首を取つた男である。」

丁度世間の人が私の父を知らぬやうに、世間の人は皆横井平四郎を知つてゐる。熊本の小楠先生を知つてゐる。

私の立場から見れば、横井氏が栄誉あり慶祥ある家である反対に、津下氏は恥辱あり殃咎《あうきう》ある家であつて、私はそれを歎かずにはゐられない。

此禍福とそれに伴ふ晦顕とがどうして生じたか。私はそれを推し窮めて父の冤を雪ぎたいのである。

徳川幕府の末造に当つて、天下の言論は尊王と佐幕とに分かれた。苟も気節を重んずるものは皆尊王に趨つた。

其時尊王には攘夷が附帯し、佐幕には開国が附帯して唱道せられてゐた。どちらも二つ宛のものを一つぐ〳〵に引き離しては考へられなかつたのである。
　私は引き離しては考へられなかつたと云ふ。是は群集心理の上から云ふのである。
　歴史の大勢から見れば、開国は避くべからざる事であつた。攘夷は不可能の事であつた。智慧のある者はそれを知つてゐた。知つてゐてそれを秘してゐた。衰運の幕府に最後の打撃を食はせるには、これに責むるに不可能の攘夷を以てするに若くはないからであつた。此秘密は群集心理の上には少しも滲徹してゐなかつたのである。
　開国は避くべからざる事であつた。其の避くべからざるは、当時外夷とせられてゐたヨオロツパ諸国やアメリカは、我に優つた文化を有してゐたからである。智慧のあるものはそれを知つてゐた。横井平四郎は最も早くそれを知つた一人である。私の父は身を終ふるまでそれを暁《さと》らなかつた一人である。》
《私は残念ながら父が愚であつたことを承認しなくてはならない。父は愚であつた。しかし私は父を弁護するために、二箇条の事実を提出したい。一つは父が青年であつたと云ふこと、今一つは父の身分が低かつたと云ふことである。》
《父が横井を刺した時、横井は六十一歳で、参与と云ふ顕要の地位にをつた。父は二十二歳の浮浪の青年であつた。》
《智者横井は知行二百石足らずの家とは云ひながら、兎に角細川家の奉行職の子に生まれたのに、父は岡山在の里正の子に生れた。伊木若狭が備中越前鎮撫総督になつた時、父は其勇戦隊の卒伍に加はらうとするにも、幾多の抗抵に出逢つたのである。
　人の智慧は年齢と共に発展する。父は生れながらの智者ではなかつたにしても、其の僅に持つてゐた智慧だに未だ発展するに遑あらずして已んだのかも知れない。又人の智慧は遭遇によつて補足せられる。父は縦しや愚であつたにしても、若し智者に親近することが出来たなら、自ら発明する所があつたのかも知れない。父は縦しや予言者たる素質を有してゐなかつたにしても、遂に consacrés の群に加はることが出来ずに時勢の秘密を覗ひ得なかつたのは、単に身分が低かつたためではあるまいか。人は「あが仏尊し」と云ふかも知れぬが、私はかう云ふ思議に渉ることを禁じ得ない。》

《父四郎左衛門は明治三年十月十日に斬られたと云ふことである。官辺への遠慮があるので、墓は立てずにしまつた。私には香花を手向くべき父の墓と云ふものが無いのである。私は今は記えてゐぬが、父の訃音が聞えた時、私はどうして死んだのかと尋ねたさうである。母が私に斬られて死んだと答へた。私は斬られたなら敵があらう、其敵は私がかうして討つと云つて、庭に飛び降りて、木刀で山梔《くちなし》の枝を敲き折つた。母はそれに驚いて、其後は私の聴く所で父の噂をしなくなつたさうである。》

《父が亡くなつてから、祖父は力を落して、田畑を預けた小作人の監督をもしなくなつた。収穫は次第に耗つて、家が貧しくなつて、跡には母と私とが殆ど無財産の寡婦孤児として残つた。啻に寡婦孤児だといふのみではない。私共は刑余の人の妻子である。日蔭ものである。

母は私を養育し、又段々と成長する私を学校へ遣るために、身を粉に砕くやうな苦労をした。私は母のお蔭で、東京大学に籍を置くまでになつたが、種々の障礙のために半途で退学した。私は今其障礙を数へて、めめしい分疏《いひわけ》をしたくは無い。しかし只一つ言ひたいのは、私が幼い時から、刑死した父の冤を雪がうと思ふ熱烈な情に駆られて、専念に学問を研究することが出来なかつたといふ事実である。

人は或は云ふかも知れない。学問を勉強して、名を成し家を興すのが、即ち父の冤を雪ぐ所以ではないかといふかも知れない。しかしそれは理窟である。私は亡父のために日夜憂悶して、学問に思を潜めることが出来なかつた。燃えるやうな私の情を押し鎮めるには冷かな理性の力が余りに微弱であつた。

父は人を殺した。それは悪事である。しかし其の殺された人が悪人であつたら、又末代まで悪人と認められる人であつたら、殺したのが当然の事になるだらう。生憎其の殺された人は悪人ではなかつた。今から顧みて、それを悪人だといふ人は無い。そんなら父は善人を殺したのか。否、父は自ら認めて悪人となした人を殺したのである。それは父が一人さう認めたのでは無い。当時の世間が一般に悪人だと認めたのだといつても好い。善悪の標準は時と所とに従つて変化する。当時の父は当時の悪人を殺したのだ。其父がなぜ刑死しなくてはならなかつたか。其父の妻子がなぜ日蔭ものにならなくてはならぬか。かう云ふ取留のない、tautologie に類し、circulus vitiosus に類した思想の連鎖が、蜘蛛の糸のやうに私の精神に絡み附いて、私の読みさした巻を閉ぢさせ、書き掛けた筆を抛たせたのである。

　私は学問を廃してから、下級の官公吏の間に伍して、母子の口を糊するだけの俸給を得た。それからは私の執る職務が、器械的の精神上労作に限られたので、私は父の冤を雪ぐと云ふことに、全力を用ゐようとした。しかしそれは譬へやうのない困難な事であつた。

　私は先づ父の行状を出来るだけ精しく知らうとした。それは父が善良な人であつたと云ふことを、私は固く信じてゐるので、父の行状が精しく知れれば知れる程、父の名誉を大きくすることになると思つたからである。私は休暇を得る毎に旅行して、父の足跡を印した土地を悉く踏破した。私は父を知つてゐた人、又は父の事を聞いたことのある人があると、遠近を問はず訪問して話を聞いた。しかし父が亡くなつてから、もう五十年立つてゐる。山河は依然として在つても、旧道が絶え、新道が開け、田畑が変じて邸宅市街になつてゐる。人も亦さうである。父を知つてゐた人は勿論、父の事を聞いたことのある人は絶無《たえてなく》僅有《わづかにあり》で、其の僅に存してゐる人も、記憶のおぼろげになり、耳の遠くなつたのをかこつばかりである。》

《私の予想は私を欺かなかつた。私の予想は成心ではなかつた。私の父は善人である。気節を重んじた人である。

勤王家である。愛国者である。生命財産より貴きものを有してゐた人である。理想家である。
私はかう信ずると共に、聊自ら慰めた。然しながら其反面に於いて、私は父が時勢を洞察することの出来ぬ昧者であつた、愚であつたと云ふことをも認めずにはゐられない。父の天分の不足を惜み、父を啓発してくれる人のなかつたのを歎かずにはゐられない。これが私の断案である。父の伝記に添へる論讃である。》
《私は父の事蹟を探つただけで満足したのではない。顔に塗られた泥を洗ふやうに、積極的に父の冤を雪ぎたいと云ふのが、私の幼い時からの欲望である。幼い時にはかう思つた。父は天子様のために働いた。それを人が殺した。私は其の殺した人を殺さなくてはならぬと思つた。稍成長してから、私は父を殺したのは人ではない、法律だと云ふことを知つた。其時私はねらつてゐた的を失つたやうに思つた。自分の生活が無意味になつたやうに思つた。私は此発見が長い月日の間私を苦めたことを記憶してゐる。
私は此内面の争闘を閲した後に、暫くは惘然としてゐたが、思量の均衡がやうやう恢復せられると共に、従来回抱してゐた雪冤の積極手段が、全く面目を改めて意識に上つて来た。私はどうにかして亡き父を朝廷の恩典に浴させたいと思ひ立つた。》
《明治十九年から二十年に掛けて、津下四郎左衛門に贈位する可否と云ふことは、一時其筋の問題になつてゐたさうである。しかし結局、特赦を蒙らずして刑死したものに、贈位を奏請することは出来ぬと云ふことになつた。私は落胆して、再び自分の生活が無意味になつたやうに思つた。尤も此時の苦悶は、昔復讐の対象物を失つた時に比べて、余程軽く又短かつた。私が老成人になつてゐたためかも知れぬが或は私の神経が鈍くなつたためだとも思へば思はれる。
私はもうあきらめた。譲歩に譲歩を重ねて、次第に小さくなつた私の望は、今では只此話を誰かに書いて貰つて、後世に残したいと云ふ位のものである。》

父の冤を雪ぎ、さらに自らの辱を雪がんとする〈燃えるやうな〉熱情、そのいわば居ても立ってもいられぬような焦燥は、鹿太をして学問の道を棄てさせ、将来の道を断たしめて、ただひたすら父の生前の行状を探る道を辿らせる。〈私は父を知つてゐた人、又は父の事を聞いたことのある人があると、遠近を問はず訪問して話を聞いた〉。実に鹿太の半生はそのことに費やされたとみてよいだろう。そしてその結果、鹿太は父が〈善人〉であり、〈気節を重んじた人〉であり、〈勤王家〉であり、〈愛国者〉であり、〈生命財産より貴きものを有してゐた人〉であり、〈理想家〉であり、要するに無辜であることを知る。

だが、にもかかわらず、あるいは、だとしても、鹿太の恨みが心底から晴れたわけではない。〈父がなぜ刑死しなくてはならなかつたか。其父の妻子がなぜ日蔭ものにならなくてはならぬか〉。その思いは解けぬばかりか、ますます結ぼれて鹿太を苛む。まさしく、いかに父が無辜であり無実だとしても、すべてあったようにあり、起きたように起きたことを取り消すことはできないのだ。

一方鹿太は、〈父の事蹟を探つただけで満足したのではない〉。もっと〈積極的〉に、あるいは直接的に父の冤を雪ぐべく、父を殺した人間を殺そうと思う。しかし鹿太は、〈父を殺したのは人ではない、法律だと云ふことを知り、〈自分の生活が無意味になつたやうに思つた〉という。

では、その〈法律〉(〈朝廷の恩典〉)によって父の冤を雪ぐ？　しかしそれも叶えられず、鹿太は〈再び自分の生活が無意味になつたやうに思つた〉――。

たしかに、一つの社会、一つの時代、つまり歴史が、そうあったことをあったとし、そう起きたことを起きたとした以上、もうそのこと自体を取り消すことはできない。が、だとしても、そのことの解釈、美刺褒貶を変えることは出来るのではないか。

またたからこそ、鹿太はたった一人、実の子として、父の無実を証しつづけ、そのことによってさらに、自らの存在を証しつづけてきたのではないか。

しかし鹿太は、〈此時の苦悶は、昔復讐の対象物を失つた時に比べて、余程軽く又短かつた〉という。〈私が老成人になつてゐたためかも知れぬが或は私の神経が鈍くなつたためだとも思へば思はれる〉という。

おそらく、父を知る人も、その記憶も、すでに茫々として昔に過ぎ去り消え去って帰らないと同じように、鹿太の中でも、父の無実を証し、そして自らの存在を証さんとする思いも、時の流れに従って、次第に茫々とした闇に薄れ、やがて消え失せてゆくだろう。

そしてだからこそ鹿太は、心奥の叫びのように、〈私はもうあきらめた、譲歩に譲歩を重ねて、次第に小さくなつた私の望は、今では只此話を誰かに書いて貰つて、後世に残したいと云ふ位のものである〉という。

たしかに永遠とはいわない。五十年後、百年後、だれかが此話を知って、この地上に津下四郎左衛門という父がいて、こう生きたことを、また津下鹿太正高という子がいて、こう生きたことを、いやというより、その存在だけでも、ただそれだけでも知ってくれればもうそれでよい。そう鹿太はいいたかったのではないか。

そして、鷗外はその願いに応じたのだ。なぜなら鷗外にとって、文学とはまさにその最小限の人の願いを、書き残すことにあったからではないか。

「歴史其儘と歴史離れ」

鷗外は第一歴史創作集『意地』（籾山書店、大正二年六月）の自筆広告文で、次のように言っている。

《「意地」は最も新らしき意味に於ける歴史小説なり。従来の意味に於ける歴史小説の行き方を全然破壊して、別に史実の新らしき取扱ひ方を創定したる最初の作なり。》

山崎一穎氏もいうように、〈従来の意味に於ける歴史小説の行き方〉という時、鷗外は塚原渋柿園を意識していたろうことは明らかである。(1)

鷗外は明治四十一年三月十七日付でパリの客舎の上田敏に書を寄せ、現下文壇の消息を伝えている。――〈当方所謂文壇の批評は、國木田、田山の他は作者はないかのやうな偏頗になつて、漱石といふ声すら今日は殆ど聞えません。例えば Anat. France のやうな作でも出たら一応大陳腐として斥けらるゝでせう。それも歴史の研究といへば渋柿派の外にない時代なら是非もありますまい〉。

では、渋柿園（蓼州）は〈歴史小説〉をどう考えていたのか。

彼は「歴史と小説（歴史小説にあらず時代小説なり）」（「新声」明治三十九年十月）という談話において、先ず〈歴史なるものが真の事実であるか〉と問い、〈私の考へでは此の歴史なるもの〉は〈一種の小説であらうとおもふ〉、だから〈どれが事実、これが事実といふよりは、寧ろ之れを一切作り物語と見てしま〉うべきではないか、といっている。

鷗外が〈従来の歴史小説の行き方を全然破壊して、別に史実の新らしき取扱ひ方を創定した〉といったのも、

〈どれが事実、これが事実といふよりは、寧ろ之れを一切作り物語〉だとする渋柿園の、いわば野放図な（と鷗外には見えたのだろう）発言への、鷗外の厳しい批判が込められていたといえよう。(2)

鷗外は有名な例の「歴史其儘と歴史離れ」（「心の花」大正四年一月）で、次のようにいっている。

《わたくしの近頃書いた、歴史上の人物を取り扱つた作品は、小説だとか、小説でないとか云つて、友人間にも議論がある。しかし所謂 normativ な美学を奉じて、小説はかうなくてはならぬと云ふ学者の少くなつた時代には、此判断はなかく〱むずかしい。》

《わたくしの前に言つた類の作品は、誰の小説とも違ふ。これは小説には、事実を自由に取捨して、纏まりを附けた迹がある習であるに、あの類の作品にはそれがないからである。》

先ず〈わたくしの近頃書いた、歴史上の人物を取り扱つた作品〉とは、時期的に見て、「大塩平八郎」（「中央公論」大正三年一月）、「堺事件」（「新小説」同二月）、「安井夫人」（「太陽」同四月）であろう。いずれも幸田成友『大塩平八郎』（東亜堂書房、明治四十三年一月）、佐々木甲象『泉州堺土藩士烈挙実紀』（明治二十六年十一月、以下『実紀』という）、若山甲蔵『安井息軒先生』（蔵六書房、大正二年十二月）を、ほとんど唯一の準拠とし、というよりそれに徹頭徹尾追従、密着して、いわゆる〈歴史其儘〉に書かれたのである。

さて鷗外は、〈小説には、事実を自由に取捨して、纏まりを附けた迹がある習であるに、あの類の作品にはそれがない〉といった。そして〈かう云ふ手段を、わたくしは近頃小説を書く時全く斥けてゐた〉という。

《なぜさうしたかと云ふと、其動機は簡単である。わたくしは史料を調べて見て、其中に窺はれる「自然」を尊重する念を発した。そしてそれを猥に変更するのが厭になつた。これが一つである。わたくしは又現存の人が自家の生活をありの儘に書くのを見て、現在がありの儘に書いて好いなら、過去も書いて好い筈だと思つた。これが二つ

である。(3)》

それにしても、〈史料を調べて見て、其中に窺はれる「自然」を尊重する念〉というとき、その〈「自然」〉とは一体なにを意味しているのか。

このことに関し、稲垣達郎氏はたとえば「堺事件」と『実紀』を対照し、〈『実紀』が事件の発生から終局までの経過を、時間の流れにしたがって、逐次叙述しているとおりに、『堺事件』もまた日次にしたがって筆を運び、描写技術上にありがちな、日次の転倒や変更などは、いささかもみられない〉とし、〈この、事象経過の描写が日次式ないし年代記風であることは、周知のように、鷗外の歴史ものにおける一大特徴でもある〉といっている。(4)

さらに氏は、「大塩平八郎」「安井夫人」に言及しながら、それらもまた〈編年体、年代記風に組織されている〉という（「大塩平八郎」に至っては、天保八年二月十九日前後数日間が、まさに時刻表的に追われているのである）。のみならず「興津弥五右衛門の遺書」や「阿部一族」等、いずれも〈鷗外の歴史小説は、年代記風の基礎に立っていることは、すでに周知の構成上の特色〉といい、次のように纏めている。

《鷗外のいくつかの歴史小説にあっては、その年代記風の平板な構成が、いちじるしい特色をなしているが、これはひとつには、歴史の自然への契機ないし条件としての史料が、時に年代記風になっており、鷗外が、けっしてそれに逆らおうとしないところに、そのような構成上の風が生れてくるのであろう。》

要するに〈史料を調べて見て、其中に窺はれる「自然」を尊重する念〉とは、単に〈史料〉にそのまま追従し、密着しようとすることではない。そこに採られている〈編年体、年代記風〉な叙法、つまり〈時間の流れ〉、とは時間の順序にこそ追従し、密着しようとすることなのである。

しかもそれこそは、人間の〈精神〉〈観念〉そのもののもつ本然の習性なのだ。

だが、翻って鷗外は、〈わたくしは歴史の「自然」を変更することを嫌つて、知らず識らず歴史に縛られた。わたくしは此縛《いましめ》の下に喘ぎ苦んだ。そしてこれを脱せようと思つた〉と続ける。

この「歴史其儘と歴史離れ」が、もともと同月「中央公論」に発表された「山椒大夫」の自解であることは周知のことだが、鷗外は語を継いで、さらに次のようにいう。〈山椒大夫のやうな伝説は、書いていく途中で、想像が道草を食つて迷子にならぬ位の程度に筋が立つてゐると云ふだけで、わたくしの辿つて行く糸には人を縛る強さはない。わたくしは伝説其物をも、余り精しく探らずに、夢のやうな物語を夢のやうに思ひ浮べて見た〉。が、〈歴史上の人物を扱ふ癖の附いたわたくしは、まるで時代と云ふものを顧みずに書くことが出来ない〉と鷗外は続ける。それで〈時代を蔑にしたくない所から、わたくしは物語の年立をした〉。つまり鷗外はここでもなお、〈時代〉〈年立〉〈年齢〉、とはあの〈時間の流れ〉、時間の順序にこだわらざるをえないのである。

鷗外は最後、〈兎に角わたくしは歴史離れがしたさに山椒大夫を書いたのだが、さて書き上げた所を見れば、なんだか歴史離れがし足りないやうである。これがわたくしの正直な告白である〉と結ぶ。以上、鷗外の〈正直な告白〉を辿ってみたが、一体鷗外はここで、なにを語ろうとしているのか。

ところで、これまで度々言ってきたように(5)、人はつねに今、今、今の今現在の瞬間、その〈知覚〉と〈行動〉の中を生きている。いわば自分が今現在を生きているさなかの充溢と躍動。しかし人がそうした自分を振り返る時、人はまたつねに〈……した〉〈……だった〉と、〈過去形の言葉〉の中に生きなければならない(6)。たとえそれが一瞬のことであっても、その一瞬の後、一瞬前のことを、人は〈過去形の経験〉として〈想起〉する。とすれば〈過去〉とは〈……した〉〈……だった〉という〈過去の想起〉〈過去の言語経験〉、つまりは〈過去物語〉なのだ。

しかも〈物語〉とは、〈過去〉の事象を〈時間の流れ〉、あの時間の順列に整序することに他ならない。つまり〈この原因ゆえに、そのあと、この結果が生じた〉という因果律、その必然の中に定位することではないか。そしてそれが、〈精神〉〈観念〉そのもののもつ本然の習性であることは繰り返すまでもない。が、そうだとすれば人はつねにすでに、あの今現在を生きているさなかの充溢と躍動からは少しずつ遅れ、だからいま生きていることの生き生きとした実感から逸れて、とは今現にそこにいながらそこにいない状態、鷗外の言葉でいえば、まさに〈酔生夢死〉（「妄想」）の中に生きているといわなければならない。

しかもそうだとすれば、鷗外には〈夢のやうな物語を夢のやうに思ひ浮べ〉る自由は、所詮許されていないのではあるまいか。たしかに夢は醒めなければならない。いや醒めてこそ人は夢を見たと知る。とはつまりすべては後の祭り。だから人はなべて、有ったがように有った、それ以外に有りようがなかったと、その有った〈事実〉を、まさに臍を噬む思いで振り返るしかないのだ。

鷗外はこの後、大正四年四月「津下四郎左衛門」（「中央公論」）、同九月「ぢいさんばあさん」（「新小説」）、大正五年一月「高瀬舟」（「中央公論」）等の作品を書く。が、この間、あの「歴史其儘と歴史離れ」のアポリアに、鷗外はどう対処していたのか。

無論それは、これらの作品を一つ一つ分析しなければならないのだが、しかしそれはさておき、鷗外は「都甲太兵衛」（大正六年一月一日〜七日「大阪毎日新聞」「東京日々新聞」）において、都甲太兵衛と宮本武蔵の会見の年時を推測しながら、〈歴史家はこれを見てわたくしの放肆を責めるだらう。小説家はこれを見てわたくしの拘執を笑ふだらう。西洋の諺に二つの床の間に寝ると云ふことがある。わたくしは折々自ら顧みて、此諺の我上に適切なるを感ずる〉という。

つまり、この期に及んでも、依然鷗外は〈歴史家の拘執〉（〈歴史其儘〉）と〈小説家の放肆〉（〈歴史離れ〉）という二つの床の間で、輾転反側しているのだ。

――ただこの間、鷗外はひき続き、〈過去〉を、いわば焦点の瞬間を、〈……した〉〈……だった〉と茫々と振り返るしかない人間の姿を描き続けている。

すでに「山椒大夫」において、安寿らの母は〈余儀ない事をするやうな心持で舟に乗つた〉といい、〈自分の心がはつきりわかつてゐな〉かったという。そして「高瀬舟」の喜助は〈「どうしてあんな事が出来たかと、自分ながら不思議」〉といい、〈「全く夢中で」〉したのだという。遡れば「大塩平八郎」の〈枯寂の空〉、さらに遡れば「舞姫」の太田豊太郎は気附いた時はすでに遅く、〈「承り侍り」〉と答えてしまっていたのだ。(7)

ところで鷗外は、大正五年一月十三日から五月二十日まで、「大阪毎日新聞」「東京日々新聞」に「渋江抽斎」を連載。ついで同六月二十五日から翌六年九月五日まで、同じく二紙に「伊澤蘭軒」を連載する。鷗外はその「伊澤蘭軒」の最後に、自らの拠って立つ〈方法論〉を次のように述べている。

《わたくしは伊澤蘭軒の事蹟を叙して其子孫に及び、最後に今茲丁巳《こんじていし》に現存せる後裔を数へた。わたくしは前に蘭軒を叙し畢つた時、これに論賛を附せなかつた如くに、今叙述全く終つた後も、復総評のために辞《ことば》を費さぬであらう。是はわたくしの自《みづか》ら擇んだ所の伝記の体例が、然ることを期せずして自《おのづか》ら然らしむるのである。

わたくしは筆を行《や》るに当つて事実を伝ふることを専にし、努て叙事の想像に渉ることを避けた。客観の上に立脚することを欲して、復主観を縦まゝにすることを欲せなかつた。その或は体例に背きたるが如き迹あるものは、事実に欠陥あるが故に想像を藉りて補塡し、客観の及ばざる所あるが故に主観を倩《やと》つて充足したに過ぎない。若し今事の伝ふべきを伝へ畢つて、言《こと》讃評に亘ることを敢てしたならば、是は想像の馳騁、主観の放肆を免れざる事となるであらう。わたくしは断乎としてこれを斥ける》（その三百六十九）

一読、鷗外はすでに何かが吹っ切れたごとく、確乎として自らの〈伝記の体例〉を語る。まさしく一切の〈想像〉は避けられ、一切の〈主観〉は排せられて、有ったがように有った〈事実を伝ふることを専に〉する――。もとよりあの〈時間の流れ〉、時間の順序に沿って、〈編年体、年代記風〉、さらに鷗外の言葉でいえば〈荒涼なるジエネアロジツクな方向〉(「なかじきり」)、要するに〈自ら擇んだ所の伝記の体例〉に落着したわけなのである。が、問題がないとはいえない。〈事実に欠陥あるが故に〉? あるいは〈客観の及ばざる所あるが故に〉?

繰り返すまでもなく、〈過去〉とは〈想起〉においてはじめて経験される。従って(カントの〈物自体〉に倣っていえば)、〈想起〉以前に〈過去自体〉はない(8)。しかも〈過去自体〉がないとすれば、どうして〈事実に欠陥あるが故に〉といい、〈客観の及ばざる所あるが故に〉といえるのか。

しかも〈過去自体〉がないとすれば、〈想起〉にはなんの根拠もない(正誤を比べる根拠がないのだ)。ただ恣意に任せ、種々〈想起〉されるだけである(9)。

だが、鷗外がいま当面しているものは、〈過去自体〉ではない。一旦は〈想起〉されたもの、つまり、〈史料〉〈史実〉であって、だからすでに〈想起〉されたものを〈批評〉する余地は十分残されているということだろう(10)。

さらに鷗外は次のようにいう。

《蘭軒は何者であつたか。榛軒柏軒将何者であつたか。是は各人がわたくしの伝ふる所の事実の上に、随意に建設するところを得べき空中の楼閣である。善悪智愚醇醨功過、あらゆる美刺褒貶は人々の見る所に従つて自由に下すことを得る判断である。

わたくしは果して能く此の如き余地遊隙を保留して筆を行《や》ることを得たか。若し然りと云はゞ、わたくしは成功したのである。若し然らずして、わたくしが識らず知らずの間に、人に強ふるに自家の私見を以てし、束縛し、阻礙し、誘引し、懐柔したならば、わたくしは失敗したのである。》

要するに人が〈史料〉〈史実〉を〈批評〉するのは〈随意〉〈自由〉である。むしろ〈自家の私見〉において、その〈批評〉を封殺することは、確かめようのない〈事実自体〉を断言することに他ならない。おそらく〈史料〉〈史実〉はつねに〈批評〉に晒され、終わりなく揺れ動く。修訂され、変容してゆくのではないか。[11]

そして鷗外は続ける。

《史筆の選擇取舍せざること能はざるは勿論である。選擇取舍は批評に須つことがある。しかし此不可避の批評は事實の批評である。價値の判斷では無い。二者を限画することは、果して操觚者の能く為す所であらうか。将為すること能はざる所であらうか。わたくしはその為し得べきものなることを信ずる。》

然り、ここにいう〈批評〉とは単に〈価値の判断〉に留まらない。つまり〈あらゆる美刺褒貶〉をこえて、あくまで〈事実の批評〉が〈不可避〉であるという。では、そのいわゆる〈事実の批評〉とはなにか?

もとより〈あらゆる美刺褒貶〉は〈随意〉〈自由〉である。しかしそれが〈空中の楼閣〉のまま終わってはならないのだ。

たしかに〈史料〉〈史実〉はつねに〈批評〉を受けつつ修訂され変容する。が、その間にも〈批評〉は、つねに〈事実〉への遡及を無限遠に目指していなければならない。

無論、〈過去自体〉には決して届きはしないだろう。[12] しかし、だとしても、真実ある事実が過去に実在したであろうこと（〈過去の実在性〉、あるいは〈事実の実在性〉）を、他でもない、今まさしく〈想起〉することをもって追尋することは、〈操觚者の能く為す所であらうか〉、然り〈為し得べきものなることを信ずる〉と鷗外はいうのではないか。[13]

さて、鷗外は、さらに次のようにいう。

《わたくしは渋江抽斎、伊澤蘭軒の二人を伝して、極力客観上に立脚せむことを欲した。是がわたくしの敢て試みた叙法の一面である。

わたくしの叙法には猶一の稍人に殊なるものがあるとおもふ。是は何の誇尚すべき事でもない。否、全く無用の労であつたかも知れない。しかしわたくしは抽斎を伝ふるに当つて始て此に著力し、蘭軒を伝ふるに至つてわたくしの筆は此方面に向つて前に倍する発展を遂げた。

一人の事蹟を叙して其死に至つて足れりとせず、其人の裔孫のいかになりゆくかを追蹤して現今に及ぶことが即ち是である。

前人の伝記若くは墓誌は子を説き孫を説くを例としてゐる。しかしそれは名字存没等を附記するに過ぎない。わたくしはこれに反して前代の父祖の事蹟に、早く既に其子孫の事蹟の織り交ぜられてゐるのを見、其糸を断つことをなさずして、組織《そしよく》の全体を保存せむと欲し、叙事を継続して同世の状態に及ぶのである。》（その三百七十）

鷗外は再度自らの立伝の〈叙法〉が〈極力客観上に立脚〉していること、つまり有ったであろうことを、ただ有ったがままに記述するものであることを確認する。

が、鷗外は更に、もう一つの特筆すべき〈叙法〉に触れる。〈一人の事蹟を叙して其死に至つて足れりとせず、其人の裔孫のいかになりゆくかを追蹤して現今に及ぶことが即ち是である〉[14]と。

ただ、ここでも注意しなければならないことがある。鷗外は〈前代の父祖の事蹟に、早く既に其子孫の事蹟の織り交ぜられてゐる〉というが、無論これは、〈前代の父祖の事蹟に、早く既に其子孫の事蹟〉が胚胎ないし予兆されているということではない。そう見えるとしても、実はあくまで後代によってその都度、前代が〈想起〉されているということであり、また鷗外が現在只今から、そう〈想起〉しているということに他ならない。

鷗外はこうして〈前代の父祖の事蹟〉を追い、また〈其糸を断つことをなさずして〉、〈其子孫の事蹟〉に至る。

そうして、〈組織の全体を保存せむと欲し、叙事を継続して同世の状態に及ぶ〉というのである。鷗外の〈史伝〉の世界が、かくして現出するのだ。

ただ、いささかくどいが、〈想起〉とは繰り返すまでもなく恣意であり、〈……した〉〈……だった〉という〈過去形の言葉〉によって、その都度制作される〈過去物語〉にすぎない。たしかにそれはその都度整合的に生成され構成されたとしても、要するに夢物語、絵空事に紛う、ごくぼんやりとして取り留めもないものであることは、私達一人一人の〈想い出〉に徴してみても明らかではないか。

――人は〈想起〉以前に有るという〈過去〉をとらえることが出来ない。いま想い浮かべるぼんやりとして取り留めもないことこそが、いわゆる〈過去〉というものであり、〈過去の実在性〉（〈事実の実在性〉）に他ならない。しかも、いかに実証的に（?）〈史料〉〈史実〉を隈無く調べてみても、それはすでに誰かによって記憶され記録されたもの、つまり〈想起〉されたものであることに変わりはないのである。[15]

が、鷗外は孜々兀々として〈一人の事蹟を叙して其死に至つて足れりとせず、其人の裔孫のいかになりゆくかを追蹤〉する。おそらくそこには、よしそれがいかに曖昧模糊としたものであるとしても、〈父祖の事蹟〉が〈子孫の事蹟〉に繋がり、〈同世の状態に及ぶ〉――、つまりそこに、父祖から子孫へと継続し、持続し、そしてなによりも現在に接続して今眼前の象《かたち》となって息づく命の絆、それをしも夢物語、絵空事であるということは出来ないという、鷗外の強い思いがあったからではないか。

人が父母から生まれ、兄弟姉妹として育ち、婚姻し、子をなし、死ぬ、その無限の繰り返し。しかもその間、日毎顔を見合わせ、声を聞き合い、肌触れ合って生きてきた〈事実〉（まさに〈知覚〉と〈行動〉の経験）、そしてその結果として、いま眼前に連続して存在する命の〈事実〉に見《まみ》えることを、すべて〈幻想〉として葬りさることが出来るか？

さらにその都度、繰り返し追懐され、愛惜され、つまり〈想起〉を重ねられて、人々の共有の伝承（家伝、家乗、口碑、家譜）となり、二重に保証されて（その都度の〈想起〉と〈伝承〉という〈想起〉と）、それが〈現今に及〉んでいるのである。

しかも鷗外は〈語り部〉〈伝承者〉となって、他の〈家伝、家乗、口碑、家譜〉を組み入れ、整理しながら、そうして社会全体、歴史全体の真実在に迫らんとする――。いやそこまでは言わないとしても、少くとも一家一族の生まれ、子をなし、死ぬという〈事実〉とその無限の循環。人はそれを信ずることなくして、今日現在の我そのものを信ずることは出来ないといえよう。(16)

だが、そうだとしても、人の運命のなんと苛酷にも果敢無いものであろうか。人が生き死んだということを、どれだけの人が記憶しているか。たとえ記録したとしても、どれだけの時にわたろうか。やがてすべては掻き消えて、もはや跡形もなく消え失せるのだ。

鷗外は、〈わたくしの伝記が客観に立脚したと、家族を沿討したとの二方向は、必ずしも其成功不成功を問はず、又必ずしも其有用無用は問はない〉（その三百七十）と続ける。まさしく鷗外は、記憶と記録（つまり〈想起〉）においてしか〈過去〉は蘇りえないし、留めおくことも出来ないことを知りつつ、しかもその結果が〈成功不成功〉であるか、さらに〈有用無用〉であるかを問わないという。いや問うことは出来ないといっているのではないか。

鷗外は、「伊澤蘭軒」その三百六十八、次のようにその立伝の叙述を展開し、収束する（紙幅の関係上、その一部を略す）。

《わたくしは蘭軒歿後の事を叙して養孫棠軒の歿した明治乙亥の年に至つた。所謂伊澤分家は今の主人徳《あるじめぐむ》さんの世となつたのである。以下今に迨《いた》るまでの家族の婚嫁生歿を列記して以て此稿を畢らうとおもふ。

明治九年三月七日、徳の幼弟季男が生れて二歳にして夭した。（略）

十三年四月四日徳の姉良が所謂又分家の磐《いはほ》に嫁した。磐三十二、良二十五の時である。

十四年九月三十日磐の長子信一《のぶかず》が生れた。

十七年十二月二十日磐の長女曽能が生れた。（略）

二十二年徳の長女たかよが生れた。磐の第二女かつが十月に生れて十二月十三日に夭した。（略）

二十八年徳の長子精が三月二十日に生れ、二十六日に夭した。

三十年徳の第二女ちよが九月三十日に（略）、磐の三女ふみが一月二十九日に、第二子信治が十月三十日に生れた。

三十三年二月四日磐の第三子玄隆が生れて夭した。尋《つ》いで五月十一日に長子信一が二十歳にして世を早うした。

（略）

三十五年二月二十二日徳の第二子信匡《のぶたゞ》が生れた。磐の母春が十二月二十四日に七十八歳にして歿した。

三十八年十一月二十四日磐が五十七歳にして歿した。

四十年二月二十五日徳の第三子信道が生れた。

四十一年八月三十日徳の妻かねが四十一歳にして牛込区富久町の家に歿した。

四十三年八月二十三日徳の第三子信道が四歳にして夭した。

大正四年七月十三日信治の叔母、狩谷矩之《くし》の未亡人國が七十二歳にして歿した。是より先三十三年一月五日に矩之は歿したのである。

五年信治の叔母安が六十五歳にして歿した。（略）

此間明治十年に池田氏《うじ》で京水の三男生田玄俊、小字桓三郎が摂津国伊丹に歿し、十三年に小嶋氏で春澳瞻淇《しゅんいくせんき》が歿し、十四年に池田氏で初代全安が歿し、十八年に森氏で枳園が歿し、又石川氏で貞白が歿し、三十一年に小島氏で春沂《しゅんき》未亡人が歿し、三十三年に狩谷氏で既記の如く矩之が歿した。（以下略）》

さながら点鬼簿、いやあるいは数行、一行の文字の刻まれた墓碑や墓石の立ち並ぶ森閑とした墓域の一画に、足を踏み入れた時のような〈荒涼〉の気が漂う。鷗外は〈前人の伝記若くは墓誌は子を説き孫を説くを例としてゐる。しかしそれは名字存没等を附記するに過ぎない。わたくしはこれに反して〉云々といっていたが、ここに来て鷗外は、まさに〈名字存没等を附記するに過ぎない〉。

無論、伝の中心に位置する人々の記述は、断簡零墨に至るまでの厖大な資料に支えられて浩瀚である。しかしそれさえ、彼等が生きた全重量、その上にあったろう万感の思いに比べれば、記されたものは寥々たるものにすぎない。

が、要は記述の多寡の問題ではない。すべては過ぎ去ってゆく時間の中で、やがては人の記憶、記録からも消えて、最後は墓碑、墓石に刻まれた数行、一行の〈名字存没〉の文字に残るばかりではないか。（そういえば鷗外は、〈墓ハ森林太郎墓ノ外一字モホル可ラス〉と言い遺していた。）

しかもそれさえも、やがて雨に打たれ、苔むし、風化して土に還るのだ。

要するに追懐と愛惜による記憶、記録という人間の最後の存在の証も、ついに数行、一行の〈名字存没〉の文字に収斂し、やがては消え去ってゆく。とすれば「伊澤蘭軒」その三百六十八の文字は、そうした人間存在が一切滅び去ることの予示を意味しているのかもしれない。

鷗外は「なかじきり」（「斯論」大正六年九月）、折しも「蘭軒」連載の了らんとする時、

《歴史に於ては、初め手を下すことを予期せぬ境《さかひ》であつたのに、経歴と遭遇とが人の為に伝記を作らしむるに至つ

た。そして其体裁をして荒凉なるジエネアロジツクの方向を取らしめたのは、或は彼ゾラにルゴン、マカアルの血統を追尋させた自然科学の余勢でもあらうか。》

《わたくしは叙実の文を作る。新聞紙の為に古人の伝記を草するのも人の請ふがまゝに碑文を作るのも、此《こゝ》に属する。何故に現在の思量が伝記をしてジエネアロジツクの方向を取らしめてゐるかは、未だ全く自ら明にせざる所で、上《かみ》に云つた自然科学の影響の如きは、少くも動機の全部では無さそうである。[17]》

と述べ、さらに「観潮楼閑話」（「帝国文学」大正六年十月）、「蘭軒」連載のまさに了った時、〈わたくしは目下何事をも為てゐない。只新聞紙に人の伝記を書いてゐるだけである〉。〈何故に伝記を書くかと云ふに、別に廉立つた理由はない〉。〈わたくしは度々云つた如く、此等の伝記を書くことが有用であるか、無用であるかを論ずることを好まない。只書きたくつて書いてゐる〉といっている。

たしかに、一切は消え失せ、滅ぶのだ。とすれば、記憶し記録することに、一体なんの意味があるのか？　まさに〈無用〉であるとしかいえない。しかも人は、まさしくシジフォスのように、さらに一歩を踏み出さなければならない。（〈只書きたくつて書〉くものが現にある以上――。）

もとよりそれも〈無用〉でしかない。しかし、すでにそれを〈無用〉ということも〈無用〉ではないか。

鷗外はこれに先出ち（大正五年七月六日～七日「東京日々新聞」「大阪毎日新聞」に）、「空車」という一文を書いている。――〈わたくし〉は〈往々街上に〉、〈空車《むまぐるま》〉を見る。無論この車、いつも〈空虚〉であるわけではない。荷物を〈梱載〉している時もある。〈しかもさういふ時には此車はわたくしの目にとまらない〉。

《わたくしは此車が空車として行くに逢ふ毎に、目迎へてこれを送ることを禁じ得ない。車は既に大きい。そしてそれが空虚であるが故に、人をして一層その大きさを覚えしむる。この大きい車が大道狭しと行く。これを繋いである馬は骨格が逞しく、栄養が好い。それが車に繋がれたのを忘れたやうに、緩やかに行く。馬の口を取つてゐる男は背の直《すぐ》い大男である。それが肥えた馬、大きな車の霊でもあるやうに、大股に行く。此男は左顧右眄《さこいうへん》すること をなさない。物に遇つて一歩を緩くすることをもなさず、一歩を急にすることをもなさない。旁若無人と云ふ語は 此男のために作られたかと疑はれる。》

そして鷗外は、〈わたくしは此空車の行くに逢ふ毎に、目迎へてこれを送ることを禁じ得ない〉と繰り返す。〈わたくしは此空車が何物をか載せて行けば好いなどとは、かけても思はない。わたくしが此空車と或物を載せた車とを比較して、優劣を論ぜようと思はぬことも、亦言を須たない。縦ひその或物がいかに貴き物であるにもせよ〉。

鷗外の言わんとすることはすでに明らかであろう。鷗外はもはや、なべてのことに対し〈有用であるか、無用であるかを論ずることを好まない〉。ただその車が傍を過ぎ、そして鷗外は〈目迎へてこれを送る〉ばかりである。

注

（1）『森鷗外・歴史小説研究』（桜楓社、昭和五十六年十月）参照。

（2）ただし後にも触れるように、この渋柿園の発言は卓論であるといってよい。

（3）二つ目の理由は鷗外一流の厭味であろうが、しかし鷗外は語るに落ちているともいえる。後年正宗白鳥は、〈日本流の自然主義文学の「有りのまゝ」主義を標準として批評すれば、鷗外晩年の作品は多くはその標準にかなつてゐるのではあるまいか〉といっている（『文壇人物評論』中央公論社、昭和七年七月）。少なくとも白鳥には、かつて〈小説を作るもの若事実を得て満足せば、いづれの処にか天来の妙想を着けむ。事実は良材なり。されどこれを役することは、空想の力によりて倣し得べきのみ〉（「医学の説より出でたる小説論」—「読売新聞」明治二十二年一月三日）といった鷗外が、いま打って変わって、もっぱら〈事実〉そのものに付き従うものに見えていたのではないか。そしてこれをさらにいえば、鷗外が宇宙の〈没理想〉（逍遙）、もっといえばその巨大な虚無を前に、ただ佇立拱手するものと見えていたのかもしれない（以上、拙論『文壇人物評論』—批評の反照—」『鷗外と漱石—終りない言葉—』三弥井書店、昭和六十一年十一月所収参照）。

（4）『森鷗外の歴史小説』（岩波書店、昭和六十三年四月）参照。

（5）　拙著『獨歩と漱石―汎神論の地平―』（翰林書房、平成十七年十一月）等参照。なおそこでも注記したが、小論も大森荘蔵『時間と存在』（青土社、平成六年三月）等、氏のいわゆる〈過去想起説〉に多くを負っている。

（6）　二葉亭四迷は「私は懐疑派だ」（「文章世界」明治四十一年二月）の中で、〈此間盗賊に白刃を持て追掛けられて怖かつたと云ふ時にや、其人は真実《ほんと》に怖くはないのだ。怖いのは真実《ほんと》に追掛けられてゐる最中なので、追想して話す時にや既に怖さは余程失せてゐる〉と言っている。たしかに人は、〈過去〉を、いわば焦点の瞬間を、〈……した〉〈……だった〉とただ茫々と振り返るしかない。まさに夢物語、絵空事の中を辿るように。

（7）　柄谷行人「歴史と自然―鷗外の歴史小説―」（『意味という病』河出書房新社、昭和五十年二月所収）参照。

（8）　ニーチェは『権力への意志』で、〈現象に立ちどまって、「あるのはただ事実のみ」と主張する実証主義に反対して、私は言うであろう。否、まさしく事実なるものはなく、あるのはただ解釈のみと。私達はいかなる事実「自体」をも確かめることはできない〉という。なお注（11）の拙論参照。

（9）　渋柿園が〈歴史なるもの〉は〈一種の小説〉、〈一切作り物語〉というのは、この種々〈想起〉されるものの謂といえよう。

（10）　ただし〈事実〉ということに関し、鷗外の言葉使いには曖昧なところがある。それを言えば、〈事実〉とは一度〈想起〉された〈史料〉〈史実〉上の〈事実〉であり、先行的《アプリオリ》にある（しかしそんなものはない）〈事実自体〉ではないことを確認しておかなければならない。

（11）　拙論「『阿部一族』論」（『鷗外と漱石―終りない言葉―』前出所収、本書再録）参照。

（12）　だが、にもかかわらず自然科学（者）は本来的に、経験に先立つ〈事実自体〉を無限遠に想定し追究してやまないだろう。

（13）　漱石は「田山花袋君に答ふ」（「国民新聞」明治四十一年十一月七日）で、〈活きて居るとしか思へぬ人間や、自然としか思へぬ脚色〉を書くことを主張している。書いた〈人間が活きてゐるとしか思へなくつて〉、書いた〈脚色が自然としか思へぬならば〉、その〈作者は一種のクリエーターである〉（ただし漱石は花袋への対抗上、〈書く〉とはいわず〈拵へる〉といっている）。いま〈過去の実在性〉（あるいは〈事実の実在性〉）といったのは、この〈活きてゐるとしか思へなく〉、〈自然としか思へぬ〉ということであるといえよう。しかしそう〈としか思へぬ〉としても、一体誰がそれを保証しうるのかという問題が残る。

（14）　鷗外はこれと同じことを、すでに「渋江抽斎」（その六十五）で言っているが、いまは略す。

（15）　拙論「『お律と子等と』私論―『点鬼簿』へ―」（『芥川龍之介　文学空間』翰林書房、平成十五年九月所収）参照。（〈過去の《体験》があれば、語ることが可能なのではない。語ることによって、とは言葉と文脈によって、はじめて過去の《体験》は過去の《体験》として蘇る。過去とは、まさにそのように、薄弱としてはかない存在ではないか〉。

(16)〈歴史を貫く筋金は、僕等の愛惜の念〉といったのは小林秀雄だが、どんなに〈実証的な事実〉を積み上げても、それだけで〈歴史事実としての意味〉は生じない。いわば死児の齢を数える母親の哀しみや恨みこそが、〈歴史事実を現実化し、具体化し、客観化すると言わねばならぬ〉(「歴史と文学」『歴史と文学』創元社、昭和十六年九月)。が、だとしてもその子は、もはや生き返りはしない。

(17) いわば鷗外の〈生得の実証精神〉(三好行雄「解説」『近代文学注釈大系　森鷗外』有精堂、昭和四十一年一月)が、あの確かめようのない経験以前の〈事実自体〉を、無限遠に追い求めているのかもしれない。しかし同時に、鷗外のいわば永遠の文学精神が、その不可能であることを知りつつ、そのことに耐えているのではないか。

III

「抽斎私記」

岩波文庫（改版）『渋江抽斎』の解説で、中野三敏氏は〈『渋江抽斎』は抜群に面白いが『小嶋宝素』は面白くない。『伊澤蘭軒』はまあまあだが『北条霞亭』は勘弁してほしい〉と書いている。面白い言い回しでここに引用したが、私には『渋江抽斎』も〈まあまあ〉でしかなかった。何度読み掛けても、途中で挫折してしまうのである。

しかしある時、我慢して読み通し、またしばらくして読み返した時、面白さは依然〈まあまあ〉にしても、これは容易ならぬ作品であると思い始めた。どこがか。いやどこがかは判らぬが、おそらくそれはもう一度、あるいは二度、三度と読み直してみないと判らない底のものかも知れない（いや、それでも判らないだろうという予感しかないが）。それで以下〈その一〉から一々を、愚直に読み直してゆこう。そのうちには一つ判り、二つ判り、それこそ朧げながらも、なにかが判って来るかも知れない。

『渋江抽斎』は大正五（一九一六）年一月十三日から五月十七日まで「大阪毎日新聞」に、一月十三日から五月二十日まで「東京日日新聞」に、百十九回にわたって連載された。単行本としては刊行されず、大正十二年四月『鷗外全集』第七巻に収載された。

西尾実氏はかつて、この全篇の構成を次のように要約している。*

一　敬慕と親愛から生れた抽斎探求の進展（一―九）

二　抽斎の出自と環境（一〇―二四）

稲垣達郎氏も〈適切〉**というこの要約を道先案内とし、さらに岩波文庫（旧版）の解説で、斎藤茂吉が作製した目次を便りに、以下読み進めてゆこう。

（いささか引用が厖大となるが、原文の背後にある鷗外の〈こころ〉を、可能なかぎりとらえんとしたことを御了承いただければ幸甚である。さらに既読の方はもう一度、未読の方はこれを機に、さながら全篇を通読された心地になって下されば（？）これも幸甚である。）

＊「渋江抽斎」（「文学」昭和二十七年四月）、のち『鷗外の歴史小説』（古今書院、昭和二十八年十月）。
＊＊「『渋江抽斎』鑑賞」（『近代文学鑑賞講座（4）森鷗外』角川書店、昭和三十五年一月）。

1　敬慕と親愛から生れた抽斎探究の進展

〈その一　抽斎述志の詩〉

《三十七年如一瞬。学医伝業薄才伸。栄枯窮達任天命。安楽換銭不患貧。これは渋江抽斎の述志の詩である。想ふに天保十二年の暮に作つたものであらう。弘前の城主津軽順承《ゆきつぐ》の定府の医官で、当時近習詰になつてゐた。しかし隠居附にせられて、主に柳嶋にあつた信順《のぶゆき》の館へ出仕することになつてゐた。父允成《ただしげ》が致仕して、家督相続をしてから十九年、母岩田氏縫を喪つてから十二年、父を失つてから四年になつてゐる。三度目の妻岡西氏徳と長男恒善《つねよし》、長女純《いと》、二男優善《やすよし》とが家族で、五人暮しである。主人が三十七、妻が三十二、長男が十六、長女が十一、二男が七つである。邸は神田弁慶橋にあつた。知行は三百石である。しかし抽斎は心を潜めて古代の医書を読むことが好で、技《わざ》を售《う》らうと云ふ念がないから、知行より外の収入は殆ど無かつただらう。只津軽家の秘方一粒金丹と云ふものを製して売ることを許されてゐたので、若干《そこばく》の利益はあつた。

抽斎は自ら奉ずること極めて薄い人であつた。酒は全く飲まなかつたが、四年前に先代の藩主信順に扈随して弘前に往つて、翌年まで寒国にゐたので、晩酌をするやうになつた。煙草は終生喫まなかつた。遊山などもしない。時々採薬に小旅行をする位に過ぎない。只好劇家で劇場には屢《しば〳〵》出入したが、それも同好の人々と一しよに平土間を買つて行くことに極めてゐた。此連中を周茂叔連《しうもしゆくれん》と称へたのは、廉《れん》を愛すると云ふ意味であつたさうである。

抽斎は金を何に費やしたか。恐らくは書を購ふと客《かく》を養ふとの二つの外に出でなかつただらう。渋江家は代々学医であつたから、父祖の手沢を存じてゐる書籍が少くなかつただらうが、現に経籍訪古志に載つてゐる書目を見ても抽斎が書を買ふために貲《し》を惜まなかつたことは想ひ遣られる。

抽斎の家には食客が絶えなかつた。少いときは二三人、多いときは十余人だつたさうである。大抵諸生の中で、志《こゝろざし》があり才があつて自ら給せざるものを選んで、寄食を許してゐたのだらう。》

鷗外はまず、天保十二年暮の作にかかる「述志」の詩篇を引き、その時点における渋江氏一家一族の状況を語り、その生活の大要を紹介、さらに〈心を潜めて古代の医書を読むことが好で〉、〈自ら奉ずること極めて薄い人〉と、抽斎の廉潔な人となりに及ぶ。

次いで鷗外は「述志」の詩篇をめぐって言う。

《抽斎は詩に貧を説いてゐる。其貧がどんな程度のものであつたかと云ふことは、略《ほゞ》以上の事実から推測することが出来る。此詩を瞥見すれば、抽斎は其貧に安んじて、自家の材能を父祖伝来の医業の上に施してゐたかとも思はれよう。しかし私は抽斎の不平が二十八字の底に隠されてあるのを見ずにはゐられない。試みに看るが好い。一瞬の如くに過ぎ去つた四十年足らずの月日を顧みた第一の句は、第二の薄才伸を以て妥《おだやか》に承けられる筈がない。伸ると云ふのは反語でなくてはならない。老驥櫪《らうきれき》に伏すれども、志千里に在りと云ふ意が此中《うち》に蔵せられてゐる。第三も亦同じ事である。作者は天命に任せるとは云つてゐるが、意を栄達に絶つてゐるのではなささうである。さて第四に至つて、作者は其貧を患へずに、安楽を得てゐると云つてゐる。これも反語であらうか。いや。さうではない。久しく修養を積んで、内に恃《たの》む所のある作者は、身を困苦の中に屈してゐて、志は未だ伸びないでもそこに安楽を得てゐたのであらう。》

鷗外はそこに説かれている〈貧〉を取り上げ、しかし抽斎がその〈貧に安んじて〉、〈父祖伝来の医業〉に勤しむことに眼を注ぐ。

が、鷗外はその〈二十八字の底〉に、〈抽斎の不平〉の隠されているのを見ずにはいられないという。〈作者は天命に任せるとは云つてゐるが、意を栄達に絶つてゐるのではなささうである〉。が、にもかかわらず〈内に恃む所のある作者は、身を困苦の中に屈してゐて、志は伸びないでもそこに安楽を得てゐたのであらう〉と断案する。

この〈不平〉という〈反語〉には、あるいは唐木順三氏以来いわれているように、*鷗外自身の不本意な陸軍退職問題にからむ心境の揺れが投影しているのかも知れない。しかし私はむしろそこに、あの「妄想」における〈永遠なる不平〉に通ずるものがあると思わずにはいられない。〈日の要求に応じて能事畢るとするには足ることを知らなくてはならない〉、しかし〈未来の幻影を逐うて、現在の事実を蔑にする自分〉には、〈足ることを知るといふことが〉、〈出来ない〉。〈自分は永遠なる不平家である〉。

が、それに対し、抽斎はすでに〈日の要求を義務として、それを果して行く〉、〈そこに安楽を得てゐ〉るのではないか。

おそらく鷗外の抽斎へののめりこむような傾倒は、もっぱらここに発していたのではないか。（ただし、はたして抽斎がすでに、内に〈安楽を得てゐ〉たといえるかどうか、それはまた別のことである、といわなければならない。ただ鷗外が、自らの目指す憧憬の境位に向け、すでに遥か先を行く（と感じた）抽斎の姿を仰ぎ見て、早くそれに追い着かんとしていたことは確かであったように思われる。）

＊『鷗外の精神』（筑摩書房、昭和十八年九月）参照。

〈その二　経籍訪古志〉

《抽斎は此詩を作つてから三年の後、弘化元年に躋寿館の講師になつた。躋寿館は明和二年に多紀玉池が佐久間町の天文台址《あと》に立てた医学校で、寛政三年に幕府の管轄に移されたものである。抽斎が講師になつた時には、もう玉池が死に、子藍渓、孫桂山、曾孫柳沜《りうはん》も死に、玄孫暁湖の代になつてゐた。抽斎と親しかつた桂山の二男茝庭《さいてい》は、分家して館に勤めてゐたのである。今の制度と較べて見れば、抽斎は帝国大学医科大学の教職に任ぜられたやうなものである。これと同時に抽斎は式日に登城することになり、次いで嘉永二年に将軍家慶《いへよし》に謁見して、所謂目見《めみえ》以上の身分になつた。これは抽斎の四十五歳の時で、其才が伸びたと云ふことは、此時に至つて始て言ふことが出来たであらう。しかし貧窮は旧に依つてゐたらしい。幕府からは嘉永三年以後十五人扶持出ることになり、安政元年に又職務俸の如き性質の五人扶持が給せられ、年末ごとに賞銀五両が渡されたが、新しい身分のために生ずる費用は、これを以て償ふことは出来なかつた。謁見の年には当時の抽斎の妻《さい》山内氏五百《いほ》が、衣類や装飾品を売つて費用に充てたさうである。五百は徳が亡くなつた後に抽斎の納れた四人目の妻である。

抽斎の述志の詩は、今わたくしが中村不折さんに書いて貰つて、居間に懸けてゐる。わたくしは此頃抽斎を敬慕する余りに、此幅《ふく》を作らせたのである。》

抽斎への傾倒は、〈あの鷗外にしてすこぶるめずらしい「敬慕」の語を用いて憚らない〉＊ほどである。（後に〈畏敬すべき人〉（その六）、〈親愛することが出来る〉（同）、さらに〈敬愛〉（その二十三）ともいっている。）

《抽斎は現に広く世間に知られてゐる人物ではない。偶《たまく》少数の人が知つてゐるのは、それは経籍訪古志の著者の一人として知つてゐるのである。多方面であつた抽斎には、本業の医学に関するものを始として、哲学に関するもの、芸術に関するもの等、許多《あまた》の著述がある。しかし安政五年に抽斎が五十四歳で亡くなる迄に、脱稿しなかったものもある。又既に成った書も、当時は書籍を刊行すると云ふことが容易でなかつたので、世に公にせられなかつた。

抽斎の著した書で、存命中に印行せられたのは、只護痘要法《ごとうえうはふ》一部のみである。（略）これを除いては、こゝに数へ挙げるのも可笑《をか》しい程の四つの海と云ふ長唄《ながうた》の本があるに過ぎない。（略）これも抽斎が多方面であつたと云ふことを証するに足る作である。》

では、鷗外はどのようにして抽斎を知ったのか。

＊　稲垣氏前出書。

〈その三　武鑑〉

冒頭、鷗外は〈わたくしの抽斎を知つたのは奇縁である〉という。すなわち、〈或時ふと武鑑を集め始め〉（「観潮楼閑話」）ていると、〈弘前医官渋江氏蔵書記〉という朱印のある本にしばしば出逢い、やがてその渋江氏の何者であるかを知りたくなった、という。

〈その四　抽斎後裔の捜索〉

そこで〈わたくしは友人、就中東北地方から出た友人に逢ふ毎に、渋江を知らぬか、抽斎を知らぬかと問うた。

それから弘前の知人に書状を遣って問ひ合せ〉、心当りをあちらこちらと訪ね歩いた。そして長井金風さんから〈「弘前の渋江なら蔵書家で経籍訪古志を書いた人だ」〉と知り、さらに飯田巽さんから『経籍訪古誌』の著者〈渋江道純〉の名を聞く。

〈その五　抽斎後裔の捜索〉

さらに同じく飯田さんの夫人から〈「道純さんの娘さんが本所松井町の杵屋勝久さん」〉と識り、抽斎の娘杵屋勝久と、その甥の渋江終吉の現存を知って、〈直に終吉さんに手紙を出〉す。また外崎覚さんを訪い、〈抽斎と渋江とが若しや同人ではあるまいか〉と問う。

〈その六　抽斎後裔の捜索〉

《外崎さんの答は極めて明快であつた。「抽斎と云ふのは経籍訪古志を書いた渋江道純の号ですよ。」

わたくしは釈然とした。

抽斎渋江道純は経史子集や医籍を渉猟して考証の書を著したばかりでなく、古武鑑や古江戸図をも蒐集して、其考証の迹を手記して置いたのである。上野の図書館にある江戸鑑図目録は即ち古武鑑古江戸図の訪古志である。惟《たゞ》経史子集は世の重要視する所であるから、経籍訪古志は一の徐承祖を得て公刊せられ、古武鑑や古江戸図は、わたくし共の如き微力な好事家が偶《たまく》一顧するに過ぎないから、其目録は僅《わづか》に存して人が識らずにゐるのである。わたくし共はそれが帝国図書館の保護《はうご》を受けてゐるのを、せめてもの僥倖としなくてはならない。

わたくしは又かう云ふ事を思つた。抽斎は医者であつた。そして官吏であつた。そして経書や諸子のやうな哲学方面の書をも読み、歴史をも読み、詩文集のやうな文芸方面の書をも読んだ。其迹が頗るわたくしと相似てゐる。

只その相殊《あひこと》なる所は、古今時を異にして、生の相及ばざるのみである。いや。さうではない。今一つ大きい差別《しやべつ》がある。それは抽斎が哲学文芸に於いて、考証家として樹立することを得るだけの地位に達してゐたのに、わたくしは雑駁なるヂレツタンチスムの境界を脱することが出来ない。わたくしは抽斎に視て忸怩たらざることを得ない。

抽斎は曾てわたくしと同じ道を歩いた人である。しかし其健脚はわたくしの比《たぐひ》ではなかつた。迥《はるか》にわたくしに優つた済勝の具を有してゐた。抽斎はわたくしのためには畏敬すべき人である。

然るに奇とすべきは、其人が康衢通逵《かうくつうき》をばかり歩いてゐずに、往々径《こみち》に由つて行くことをもしたと云ふ事である。抽斎は宋槧《そうざん》の経子を討《もと》めたばかりでなく、古い武鑑や江戸図をも翫《もてあそ》んだ。若し抽斎がわたくしのコンタンポランであつたなら、二人の袖は横町の溝板《どぶいた》の上で摩れ合つた筈である。こゝに此人とわたくしとの間に暱《なじ》みが生ずる。わたくしは抽斎を親愛することが出来るのである。》

そしてさらに鷗外は、外崎さんから〈抽斎の嗣子〉、渋江保の存在を知るのである。

〈その七　抽斎の子二人と孫一人〉

鷗外は〈是より先、弘前から来た書状中〉、すでに保の名を知っていた。しかしその〈所在《ありか》〉を知らずにいた所、〈終吉さんの稍長い書状が来た〉。そこに〈祖父の墓の所在、現存してゐる親戚交互の関係、家督相続をした叔父の住所を報じてくれた。墓は谷中斎場の向ひの横町を西へ入つて、北側の感応寺にある〉。鷗外は早速感応寺に往く。

〈その八　渋江氏の墓域〉

《わたくしは谷中の感応寺に往つて、抽斎の墓を訪ねた。墓は容易《たやす》く見附けられた。南向の本堂の西側に、西に面して立つてゐる。「抽斎渋江君墓碣銘《ぼけつめい》」と云ふ篆額《てんがく》も墓誌銘も、皆小嶋成斎の書である。漁村の文は頗る長い。後に保さんに聞けば、これでも碑が余り大きくなるのを恐れて、割愛して刪除《さんぢよ》したものださうである。》《墓誌に三子ありとして、恒善《こうぜん》、優善《いうぜん》、成善《せいぜん》の名が挙げてあり、又「一女平野氏出」としてある。恒善はつねよし、優善はやすよし、成善はしげよしで、成善が保さんの事ださうである。又平野氏の生んだ女と云ふのは、比良野文蔵の女威能《ゐの》が、抽斎の二人目の妻になつて生んだ純《いと》である。勝久さんや終吉さんの亡父脩《をさむ》は此文に載せて無いのである。

抽斎の碑の西に渋江氏の墓が四基ある。其一には「性如院宗是日体信士、庚申元文五年七月十七日」と、向つて右の傍に彫《ゑ》つてある。抽斎の高祖父輔之《ほし》である。中央に「得寿院量遠日妙信士、天保八酉《とりのとし》年十月二十六日」と、彫つてある。抽斎の父允成《たゞしげ》である。其間と左とに高祖父と父との配偶、夭折した允成の女《むすめ》二人の法諡《ほふし》が彫つてある。「松峰院妙実日相信女、己丑《きちう》明和六年四月廿三日」とあるのは、輔之の妻、「源静院妙境信女、庚戌《かうじゆつ》寛政二年四月十三日」とあるのは、允成の初の妻田中氏、「寿松院妙遠日量信女、文政十二己丑《きちう》六月十四日」とあるのは、抽斎の生母岩田氏縫、「妙稟童女、父名允成、母川崎氏、寛政六年甲寅《かういん》三月七日、三歳而夭、俗名逸」とあるのも、「曇華水子、文化八年辛未閏《しんびじゆん》二月十四日」とあるのも、並《ならび》に皆允成の女である。其二には「至善院格誠日在、寛保二年壬戌《じんじゆつ》七月二日」と一行に彫り、それと並べて「終事院菊晩日栄、嘉永七年甲寅《かういん》三月十日」と彫つてある。至善院は抽斎の曾祖父為隣《ゐりん》で、終事院は抽斎が五十歳の時父に先《さきだ》つて死んだ長男恒善である。其三には五人の法諡が並べて刻してある。「医妙院道意日深信士、天明四甲辰《かうしん》二月廿九日」としてあるのは、抽斎の祖父本皓《ほんかう》である。「智照院妙道日修信女、寛政四壬子《じんし》八月二十八日」としてあるのは、本皓の妻登勢である。「性蓮院妙相日縁信女、父本皓、母渋江氏、安永六年丁酉《ていいう》五月三日死、享年十九、俗名千代、臨終作歌曰」云々としてあるのは、登勢の生んだ本皓の女《むすめ》である。抽斎の高祖父輔之は男子が無くて歿したので、十歳になる女登勢に壻《むこ》を取つたのが為隣である。為隣は登勢の人と成らぬうちに歿した。そこへ本皓が養子に来て、登勢の配偶になつて、千代を生ませたのである。

千代が十九歳で歿したので、渋江氏の血統は一たび絶えた。抽斎の父允成は本皓の養子である。次に某々孩子《がいし》と二行に刻してあるのは、並に皆保さんの子ださうである。其四には「渋江脩之墓」と刻してあつて、これは石が新しい。終吉さんの父である。》

〈わたくしは自己の敬愛してゐる抽斎と、其尊卑二属とに、香華を手向けて置いて感応寺を出た〉。――

この〈抽斎後裔の捜索〉から〈渋江氏の墓域〉の探訪にかけて、〈おのずから推理小説的サスペンスが伴っている〉と稲垣氏は言う。が、単にそればかりではない。稲垣氏が続けていうように、ここには同時に、〈宗教的情趣とでもよべるもの〉が漂っている。*

そしておそらくそれは、卑属の現在に及び、遡って尊属の過去に及ぶ、その間に流れたまさに悠久の時の流れへの感動ではないか。しかもおそらくそれは、この作品のもっとも根底的な感動として、すでにその中心にそこはかとなく漂い始めている気配である。

* 稲垣氏前出書。

〈その九　渋江保との対面〉

さてここに来て、いよいよ抽斎の嗣子保が鷗外の官衙を訪れる。

《気候は寒くても、まだ爐《ろ》を焚《た》く季節に入らぬので、火の気の無い官衙の一室で、卓を隔てゝ保さんとわたくしとは対坐した。そして抽斎の事を語つて倦《う》むことを知らなかつた。》

稲垣達郎氏は〈作品中でも最も美しく、わたくしの好きな文章である〉という。ただ稲垣氏は鷗外の日記に徴し、この日が大正四年十一月二日であること、すると〈抽斎の事を語つて倦むことを知らなかつた〉というのは、〈気持の上のことで、ほんとうは、倦むことを知らぬくらい語り得るほどの抽斎の知識は、まだなかったろうと思われる〉といっている。つまり鷗外の知識は、〈実地について確認し得た下谷感応寺にある抽斎墓誌銘を中心とする若干の伝記上の事実〉、また〈その一週間ほどまえの十月二十四日に届いたはず（日記には見えず）の保書簡の、「抽斎先生ノ面目髣髴トシテ心頭ニ現ジ来リ歓喜ニ不堪候」という内容に当るもの〉など、わずかなものにすぎなかったろうというのである。*

＊『森鷗外の歴史小説』（岩波書店、平成元年四月）、なお以下稲垣からの引用は、断らぬかぎりすべてこの書による。

《今残つてゐる勝久さんと保さんとの姉弟、それから終吉さんの父脩《をさむ》、此三人の子は一つ腹で、抽斎の四人目の妻、山内氏五百《いほ》の生んだのである。勝久さんは名を陸《くが》と云ふ。抽斎が四十三、五百が三十二になつた弘化四年に生れて、大正五年に七十歳になる。抽斎は嘉永四年に本所へ移つたのだから、勝久さんはまだ神田で生れたのである。

終吉さんの父脩は安政元年に本所で生れた。中三年置いて四年に、保さんは生れた。抽斎が五十三、五百が四十二の時の事で、勝久さんはもう十一、脩も四歳になつてゐたのである。

抽斎は安政五年に五十四歳で亡くなつたから、保さんは其時まだ二歳であつた。幸に母五百は明治十七年までながらへてゐて、保さんは二十八歳で恃《じ》を喪つたのだから、二十六年の久しい間、慈母の口から先考の平生を聞くことを得たのである。》

〈わたくしは保さんに、父の事を探り始めた因縁を話した。そして意外にも、僅に二歳であつた保さんが、父に武鑑を貰つて、翫《もてあそ》んだと云ふことを聞いた〉。〈わたくしは保さんに、父の事に関する記憶を、箇条書にして貰ふことを頼んだ。保さんは快諾して、同時にこれまで独立評論に追憶談を載せてゐるから、それを見せようと約した〉。

保に会見してから間もなく、鷗外は大正天皇の即位の大礼に参列するために京都へ立つ。しかし〈勤勉家の保さんは、まだわたくしが京都にゐるうちに、書きものの出来たことを報じた。わたくしは京都から帰つて、直に保さんを牛込に訪ねて、書きものを受け取り、又独立評論をも借りた。こゝにわたくしの説く所は主として保さんから獲た材料に拠るのである〉。

因みに鷗外は十一月四日付保宛書簡で念を押すように、〈小生ハ早速書キタキ事有之ソレハ古武鑑ト抽斎先生トノ事ニ候然ルニソレニツヾケテ先生学業ノ全体ヲ書クヿハ出来ズヤ其材料ヲ御供給被下ズヤ其辺御意見承度奉存候若シ御許諾被下候ハヾ第一ニ先生ノ年譜ノ如キモノヲ作リタシト相考候〉と記し、その結果、前記〈書きもの〉(原史料「抽斎年譜」「抽斎吟稿、衟語」「渋江家乗」)を得ている。

さらに翌大正五年一月二十四日付保宛書簡に、〈「抽斎ノ親戚並ニ門人」次ハ「抽斎ノ学説」ノ順序ニザツトニテモ御起草願上候〉、〈森枳園御完了御送被下正ニ入手イタシ候〉と記し、原史料「森枳園伝」、その後「抽斎親戚並に門人」を得ている。

加えて三月六日付保宛書簡に、〈材料色々難有奉存候「抽斎先生ノ好キナモノ嫌ナモノ」ト云一章ガ出来候〉、〈「五百様教育法」モ丁度書キ入レラレ候〉、〈コレヨリ「抽斎歿後ノ渋江家並親戚故旧」ト云部分ヲ書キカケ候ヘバ何ニテモ御思出シナサレ候事一ツ書キニナサレ御送被下度候〉といい、原史料「抽斎歿後の渋江家と保附五百」(「抽斎歿後」)を得ている。他に原史料としては渋江終吉より「渋江脩略伝・付句鈔」等、そして最後五月六日付保宛書簡に、原史料「陸様書付」の入手を伝えている。*

こうして見ると、鷗外も遠慮なく請求したものだが(さすがに初めは遠慮勝ちだが)、保も実に忠実にそれに応えている。しかも保はその抜群の記憶力と、〈ジャーナリスト的才能〉**によって、作品のほとんどすべてにわたる原史料を執筆、それを鷗外に提供している。さながら「渋江抽斎」の原作者と評しても過言ではないといえよう。

* 以上、山崎一穎「『渋江抽斎』論攷」(『森鷗外・史伝小説研究』桜楓社、昭和五十七年五月)参照。以下山崎氏からの引用、への言及はすべてこれによる。

** 磯貝英夫「『渋江抽斎』鑑賞」(『鑑賞日本現代文学(1)森鷗外』角川書店、昭和五十六年八月)。なお以下磯貝氏からの引用はすべてこの書による。

2　抽斎の出自と環境

〈その十　渋江氏の祖先〉

《渋江氏の祖先は下野《しもつけ》の大田原家の臣であつた。抽斎六世の祖を小左衛門辰勝《こざゑもんしんしよう》と云ふ。大田原政継、政増の二代に仕へて、正徳元年七月二日に歿した。辰勝の嫡子重光は家を継いで、大田原政増、清勝に仕《つか》へ、二男勝重は去つて肥前の大村家に仕へ、三男辰盛は奥州の津軽家に仕へ、四男勝郷は兵学者となつた。大村には勝重の往く前に、源頼朝時代から続いてゐる渋江公業の後裔がある。それと下野から往つた渋江氏との関係の有無は、猶講窮すべきである。辰盛が抽斎五世の祖である。

渋江氏の仕へた大田原家と云ふのは、恐らくは下野国那須郡大田原の城主たる宗家ではなく、其支封《しほう》であらう。宗家は渋江辰勝の仕へたと云ふ頃、清信、扶清《すけきよ》、友清などの世であつた筈である。大田原家は素《もと》一万二千四百石であつたのに、寛文五年に備前守政清が主膳高清に宗家を襲《つ》がせ、千石を割いて末家《ばつけ》を立てた。渋江氏は此支封の家に仕へたのであらう。今手許《てもと》に末家の系譜がないから撿することが出来ない。

辰盛は通称を他人《たひと》と云つて、後小三郎と改め、又喜六と改めた。道陸は剃髪してからの称である。医を今大路侍従道三玄淵に学び、元禄十七年三月十二日に江戸で津軽越中守信政に召し抱へられて、擬作金《ぎさくきん》三枚十人扶持を受けた。元禄十七年は宝永と改元せられた年である。師道三は故土佐守信義の五女を娶《めと》つて、信政の姉壻《あねむこ》になつてゐたのである。辰盛は宝永三年に信政に随つて津軽に往き、四年正月二十八日に知行二百石になり、宝永七年には二度目、正徳二年には三度目に入国して、正徳二年七月二十八日に禄を加増せられて三百石になり、外に十人扶持を給せられた。此時は信政が宝永七年に卒したので、津軽家は土佐守信寿《のぶしげ》の世になつてゐた。辰盛は享保十四年九月十九日に致仕して、十七年に歿した。出羽守信著《のぶあき》の家を嗣《つ》いだ翌年に歿したのである。辰盛の生年は寛文二年だから、年を享《う》くること七十一歳である。此人は二男で他家に仕へたのに、其父母は宗家から来て奉養を受けてゐたさうである。

辰盛は兄重光の二男輔之《ほし》を下野から迎へ、養子として玄瑳《げんさ》と称へさせ、これに医学を授けた。即ち抽斎の高祖父である。輔之は享保十四年九月十九日に家を継いで、直に三百石を食《は》み、信寿に仕ふること二年余の後、信著に仕へ、改称して二世道陸となり、元文五年閏《じゆん》七月十七日に歿した。元禄七年の生であるから、四十七歳で歿したのである。

輔之には登勢と云ふ女《むすめ》一人しか無かつた。そこで病革《やまひすみやか》なるとき、信濃の人某《それがし》の子を養つて嗣《し》となし、これに登勢を配した。登勢はまだ十歳であつたから、名のみの夫婦である。此女壻《ぢよせい》が為隣《ゐりん》で、抽斎の曾祖父である。為隣は寛保元年正月十一日に家を継いで、二月十三日に通称の玄春を二世玄瑳と改め、翌寛保二年七月二日に歿し、跡には登勢が十二歳の未亡人《びばうじん》として遺された。

寛保二年に十五歳で、此登勢に入贅《にふぜい》したのは、武蔵国忍《をし》の人竹内作左衛門の子で、抽斎の祖父本皓《ほんかう》が即ち此である。津軽家は越中守信寧《のぶやす》の世になつてゐた。宝暦九年に登勢が二十九歳で女《むすめ》千代を生んだ。千代は絶えなんとする渋江氏の血統を僅に繋ぐべき子で、剰《あまつさ》へ聡慧なので、父母はこれを一粒種と称して鍾愛してゐると、十九歳になつた安永六年の五月三日に、辞世の歌を詠んで死んだ。本皓が五十一歳、登勢が四十七歳の時である。本皓には庶子があつて、名を令図《れいと》と云つたが、渋江氏を続《つ》ぐには特に学芸に長じた人が欲しいと云ふので、本皓は令図を同藩の医小野道秀の許《もと》へ養子に遣つて、別に継嗣を求めた。

此時根津に茗荷屋《みやうがや》と云ふ旅店があつた。其主人稲垣清蔵は鳥羽稲垣家の重臣で、君を諫《いさ》めて旨に忤《さか》ひ、遁《のが》れて商人となつたのである。清蔵に明和元年五月十二日生れの嫡男専之助と云ふのがあつて、六歳にして詩賦を善くした。本皓がこれを聞いて養子に所望すると、清蔵は子を士籍に復せしむることを願つてゐたので、快く許諾した。そこで下野の宗家を仮親にして、大田原頼母《たのも》家来用人八十石渋江官左衛門次男と云ふ名義で引き取つた。専之助名は允《たゞ》成字《しげ》は子礼、定所と号し、居る所の室を容安と云つた。通称は初《はじめ》玄庵と云つたが、家督の年の十一月十五日に四世道陸と改めた。儒学は柴野栗山、医術は依田松純の門人で、著述には容安室文稿、定所詩集、定所雑録等がある。これが抽斎の父である。》

〈その十一　抽斎の父允成〉

《允成《たゞしげ》は才子で美丈夫であつた。安永七年三月朔《さく》に十五歳で渋江氏に養はれて、当時儲君《ちよくん》であつた、二つの年上の出羽守信明《のぶあきら》に愛せられた。養父本皓の五十八歳で亡くなつたのが、天明四年二月二十九日で、信明の襲封《しふほう》と同日である。信明はもう土佐守と称してゐた。主君が二十三歳、允成が二十一歳である。

寛政三年六月二十二日に信明は僅に三十歳で卒し、八月二十八日に和三郎寧親《やすちか》が支封から入つて宗家を継いだ。後に越中守と称した人である。寧親は時に二十七歳で、允成は一つ上の二十八歳である。允成は寧親にも親昵《しんぢつ》して、殆ど兄弟《けいてい》の如く遇せられた。平生着丈《きだけ》四尺の衣を著て、体重が二十貫目あつたと云ふから、その堂々たる相貌が思ひ遣られる。

当時津軽家に静江と云ふ女小姓が勤めてゐた。それが年老いての後に剃髪して妙了尼《めうれうに》と号した。妙了尼が渋江家に奇寓してゐた頃、可笑しい話をした。それは允成が公退した跡になると、女中達が争つて其茶碗の底の余瀝《よれき》を指に承けて舐《ねぶ》るので、自分も舐つたと云ふのである。

しかし允成は謹厳な人で、女色などは顧みなかつた。最初の妻田中氏は寛政元年八月二十二日に娶つたが、これには子が無くて、翌年四月十三日に亡くなつた。次に寛政三年六月四日に、寄合戸田政五郎家来納戸役《なんどやく》金七両十二人扶持川崎丈助の女《むすめ》を迎へたが、これは四年二月に逸と云ふ女を生んで、逸は三歳で夭折した翌年、七年二月十九日に離別せられた。最後に七年四月二十六日に允成の納れた室は、下総国《しもふさのくに》佐倉の城主堀田相模守正順《まさより》の臣、岩田忠次の妹縫《ぬひ》で、これが抽斎の母である。結婚した時允成が三十二歳、縫が二十一歳である。

縫は享和二年に始めて須磨《すま》と云ふ女《むすめ》を生んだ。これは後文政二年に十八歳で、留守居年寄佐野豊前守政親《まさちか》組《くみ》飯田四郎左衛門良清に嫁し、九年に二十五歳で死んだ。次いで文化二年十一月八日に生れたのが抽斎である。允成四十二歳、縫三十一歳の時の子である。これから後には文化八年閏二月十四日に女が生れたが、これは名を命ずるに及ばずして亡くなつた。感応寺の墓に曇華水子《どんげすゐし》と刻してあるのが此女の法諡《ほふし》である。

允成は寧親の侍医で、津軽藩邸に催される月並講釈の教官を兼ね、経学と医学とを藩の子弟に授けてゐた。三百石十人扶持の世禄《せいろく》の外に、寛政十二年から勤料《つとめれう》五人扶持を給せられ、文化四年に更に五人扶持を加へ、八年に又五人扶持を加へられて、とう〳〵三百石と二十五人扶持を受けることゝなつた。中二年置いて文化十一年に一粒金丹を調製することを許された。これは世に聞えた津軽家の秘方で、毎月百両以上の所得になつたのである。

允成は表向侍医たり教官たるのみであつたが、寧親の信任を蒙《かうむ》ることが厚かつたので、人の敢て言はざる事をも言ふやうになつてゐて、数《しば〳〵》諫めて数聴かれた。寧親は文化元年五月連年蝦夷地の防備に任じたと云ふ廉《かど》を以て、四万八千石から一躍して七万石にせられた。所謂津軽家の御乗出がこれである。》

〈允成は文政五年八月朔に、五十九歳で致仕した。抽斎が十八歳の時である〉。〈允成は天保八年十月二十六日に、七十四歳で歿した〉。〈允成の妻縫は、文政七年七月朔に剃髪して寿松と云ひ、十二年六月十四日に五十五歳で亡くなつた。夫に先つこと八年である〉。

〈なおここで注記を一つ。それは渋江家の経済的背景に関してである。〈その一〉において、〈知行より外の収入は殆ど無かつたらう。只津軽家の秘方一粒金丹と云ふものを製して売ることを許されてゐたので、若干《そこばく》の利益はあつた〉とあるが、それが〈毎月百両以上の所得になつた〉というこの章の記述とはあきらかに矛盾する。小泉浩一郎氏は〈若干の利益〉に、〈清貧のイメージにこめられている微妙な「歴史離れ」の志向がうかがえる〉といっているが、*ことはそればかりではない。〈毎月百両以上の所得〉が、いかに抽斎の行蔵を支えていたか（その生活はもとより、その蒐書なり交友への支援なり）を、以下私達は十分承知しておかなければならない。〉

＊『日本近代文学大系（12）森鷗外集Ⅱ』（角川書店、昭和四十九年四月）における「注釈」参照。なおこの「注釈」はまさに敬重すべき労作。詳細、浩翰、そして適確であり、以下多くの教示を得ている。

〈その十二　抽斎の生誕〉

《抽斎は文化二年十一月八日に、神田弁慶橋に生れたと保さんが云ふ。これは母五百の話を記憶してゐるのであらう。父允成は四十二歳、母縫は三十一歳の時である。その生れた家はどの辺であるか。弁慶橋と云ふのは橋の名では無くて町名である。当時の江戸分間大絵図と云ふものを閲《けみ》するに、和泉橋と新橋《あたらしばし》との間の柳原通の少し南に寄つて、西から東へ、お玉が池、松枝町、弁慶橋、元柳原町、佐久間町、四間町、大和町、豊島町と云ふ順序に、町名が注してある。そして和泉橋を南へ渡つて、少し東へ偏《かたよ》つて行く通が、東側は弁慶橋、西側は松枝町になつてゐる。此通の東隣の筋は、東側が元柳原町、西側が弁慶橋になつてゐる。わたくしが富士川游さんに借りた津軽家の医官の宿直日記によるに、允成は天明六年八月十九日に豊島町通横町鎌倉横町家主伊右衛門店《たな》を借りた。この鎌倉横町と云ふのは、前云つた図を見るに、元柳原町と佐久間町との間で、北の方河岸に寄つた所にある。允成が此店《たな》を借りたのは、其年正月二十二日に従来住んでゐた家が焼けたので、暫く多紀桂山の許《もと》に寄宿してゐて、八月に至つて移転したのである。その従来住んでゐた家も、余り隔たつてゐぬ和泉橋附近であつたことは、日記の文から推することが出来る。次は文政八年三月晦《みそか》に、抽斎の元柳原六丁目の家が過半類焼したと云ふことが、日記に見えてゐる。元柳原町は弁慶橋と同じ筋で、只東西両側《りやうそく》が名を異にしてゐるに過ぎない。想ふに渋江氏は久しく和泉橋附近に住んでゐて、天明に借りた鎌倉横町から、文政八年に至るまでの間に元柳原町に移つたのであらう。この元柳原町六丁目の家は、抽斎の生れた弁慶橋の家と同じであるかも知れぬが、或《あるひ》は抽斎の生れた文化二年に西側の弁慶橋にゐて、其後文政八年に至るまでの間に、向側の元柳原町に移つたものと考へられぬでも無い。

抽斎は小字《をさなゝ》を恒吉《つねきち》と云つた。故越中守信寧《のぶやす》の夫人真寿院が此子を愛して、当歳の時から五歳になつた頃まで、殆ど日毎に召し寄せて、傍《そば》で嬉戯《きゞ》するのを見て楽んださうである。美丈夫允成に肖《に》た可憐児であつたものと想はれる。

志摩の稲垣氏の家世は今詳《つまびらか》にすることが出来ない。しかし抽斎の祖父清蔵も恐らくは相貌の立派な人で、それが父允成を経由して抽斎に遺伝したものであらう。此身的遺伝と並行して、心的遺伝が存じてゐなくてはならない。わたくしはこゝに清蔵が主を諫《いさ》めて去つた人だと云ふ事実に注目する。次に後允成になつた神童専之助を出す清蔵の家庭が、尋常の家庭でないと云ふ推測を顧慮する。彼は意志の方面、此は智能の方面で、此両方面に於ける遺伝的系統を繹《たづ》ぬるに、抽斎の前途は有望であつたと云つても好からう。

さて其抽斎が生れて来た境界はどうであるか。允成の庭の訓《をしへ》が信頼するに足るものであつたことは、言を須《ま》たぬであらう。オロスコピイは人の生れた時の星象を観測する。わたくしは当時の社会にどう云ふ人物がゐたかと問うて、こゝに学問芸術界の列宿を数へて見たい。しかし観察が徒に汎《ひろ》きに失せぬために、わたくしは他年抽斎が直接に交通すべき人物に限つて観察することゝしたい。即ち抽斎の師となり、又年上の友となる人物である。抽斎から見ての大己《たいこ》である。》

そして以下、その列伝が記される。

（ただここでも注記を一つ。渋江家が二度の火災にあって、その都度転居していることが記されているが、「安井夫人」においてもそうであったように、江戸人士にとって〈火事と喧嘩は江戸の華〉、度重なる地震や火災によって、彼等がその都度転居を余儀なくされていたことは承知しておいてよい。）

〈その十三　抽斎の師、市野迷庵、狩谷棭斎〉

両人とも考証学者。抽斎の経学の師。棭斎は津軽家目見諸士の末席に連なる。

〈その十四　抽斎の師、伊澤蘭軒〉

抽斎の医学の師。備後国福山阿部家の臣。後本郷丸山同家中屋敷に住む。

後半は抽斎の痘科の師池田京水とその〈父〉独美の記述。

〈その十五　抽斎の師、池田京水〉

前章に続く。

〈その十六　池田京水の父祖〉

京水の身上に関する疑いを記す。

〈その十七　池田氏墳墓の探討〉

〈その十八　池田氏墳墓の探求〉

〈その十九　池田氏過去帳と行状〉

以上、抽斎の時と同じように、京水の墳墓捜索の過程まで具象し、その記述は〈不均衡なまでにふくらんで〉（稲垣氏）いる。因みに鷗外は「伊澤蘭軒」で、あらためてこの京水の出自、家系、生い立ちの謎を追尋し解明している。

〈その二十　抽斎の先輩、安積艮斎、小嶋成斎〉

前半は〈抽斎をして西学を忌む念を翻さしめた〉安積艮斎について、後半は〈掖斎の門下で善書を以て聞えた〉小嶋成斎について記す。

〈その二十一　抽斎の先輩　岡本况斎、海保漁村〉

初め儒者そして国学者の二人に触れる。次いで〈医者の年長者〉として多紀の本家桂山、その子柳沜《りうはん》、末家の茝《さい》庭。〈此中抽斎の最も親しくなつたのは茝庭である。それから師伊澤蘭軒の長男榛軒も略同じ親しさの友となつた〉。〈年上の友となるべき医者は、抽斎の生れた時十一歳であつた茝庭と、二歳であつた榛軒とであつた〉。

さらに〈芸術家及芸術批評家〉の師友として谷文晁、真志屋五郎作、そして石塚重兵衛の名が挙げられる。

〈その二十二　抽斎の先輩　長嶋寿阿弥〉

寿阿弥すなわち真志屋五郎作について記す。〈五郎作は劇神仙の号を宝田寿来に承けて、後にこれを抽斎に伝へた〉とあり、次いで初代劇神仙宝田寿来について記す。〈五郎作は奇行はあつたが、生得酒を嗜まず、常に養性に意を用ゐてゐた〉こと、しかしある時怪我をして名倉にかかったこと、そして〈わたくしは大正四年の十二月に、五郎作の長文の手紙が売に出たと聞いて、大晦日に築地の弘文堂へ買ひに往つた。手紙は罫紙十二枚に細字で書いたものである〉とある。言うまでもなく、のちの「寿阿弥の手紙」の原資となったものである。

〈その二十三　寿阿弥の手紙〉
《わたくしの獲た五郎作の手紙の中に、整骨家名倉弥次兵衛の流行を詠《よ》んだ狂歌がある。臂を傷めた時、親しく治療を受けて詠んだのである。「研ぎ上ぐる刄物ならねどうちし身の名倉のいしにかゝらぬぞなき。」わたくしは余り狂歌を喜ばぬから、解事者を以て自ら居るわけではないが、これを蜀山等の作に比するに、遜色あるを見ない。》
石川淳氏が、〈わたしはこれを読んで唖然とし、茫然とし、そして心愉しかつた〉、〈折角鷗外が推称に努めてゐるにも係らず、右の狂歌は一見して笑ふべき駄作でしかない〉。〈鷗外の眼が利かなかつたのか。またはここで眼に雲が懸つたのか。いや、さうとは思はれない〉、〈この時、鷗外の眼はただ愛情に濡れてゐたのであらう〉といったのは有名である。*

さらに鷗外は〈風流〉をめぐり〈トルストイの芸術論〉に及び、翻って〈わたくしの敬愛する所の抽斎は、角兵衛獅子を見ることを好んで、奈何なる用事をも擱《さしお》いて玄関へ見に出たさうである。これが風流である。詩的である〉と称している。鷗外の眼がますます〈愛情に濡れてゐた〉というべきか、〈親愛の余りから来る一種の盲目〉(唐木氏前出)となっていたというべきか。
他に〈八百屋お七のふくさ〉から、いわゆる振袖火事の件。鷗外はこの恋情に身を焦がすばかりか、江戸八百八町を紅蓮の炎と化した十六歳の少女の名を、五度までも記す。

＊『森鷗外』(三笠書房、昭和十六年十二月)。

なお〈御目見以上の格式で医学校躋寿館に講義する学医の身分にあって、平土間の観劇を欠かさず、洒落本を購い、祭りの雑踏を好み、角兵衛獅子の哀愁や卑俗に心ひかれる抽斎を、これが風流であり、これが詩的なのだ〉と、〈冷静な筈の鷗外が珍しく気色ばんで記した一節〉と中野三敏氏もいう（前出『岩波文庫』解説）が、しかし私はそれはそれとして、以下、鷗外の称するようには、抽斎の人柄から滲み出るような〈風流〉を感じえない。

〈その二十四　豊芥子、抽斎と森枳園との修交〉

初め豊芥子石塚重兵衛について記し、次いで、これまで列記して来た師、先輩、知友と抽斎との年齢の差が再確認される。そして、この「渋江抽斎」の登場人物として、なくてはならぬ人物、森枳園がことに及ぶ。

《抽斎が迷庵門人となつてから四年目、文化十四年に記念すべき事があつた。それは抽斎と森枳園《きゑん》とが交を訂した事である。枳園は後年これを弟子入と称してゐた。文化四年十一月生の枳園は十一歳になつてゐたから、十三歳の抽斎が十一歳の枳園を弟子に取つたことになる。

森枳園、名は立之《りつし》、字は立夫《りつふ》、初め伊織、中ごろ養真、後養竹と称した。維新後には立之を以て行はれてゐた。父名は恭忠《きようちゆう》、通称は同じく養竹であつた。恭忠は備後国福山の城主阿部伊勢守正倫《まさとも》、同備中守正精《まさきよ》の二代に仕へた。その男枳園を挙げたのは、北八町堀竹島町に住んでゐた時である。後経籍訪古志に連署すべき二人は、こゝに始て手を握つたのである。因《ちなみ》に云ふが、枳園は單独に弟子入をしたのではなくて、同じく十一歳であつた、弘前の医官小野道瑛《だうえい》の子道秀も袂《たもと》を聯《つら》ねて入門した。》

さて、こうして〈抽斎の出自と環境〉を辿って来たが、ここで早々に最初の〈なかじきり〉をしてみたい。

鷗外は「伊澤蘭軒」の末尾で、いわゆる〈史伝〉の〈叙法〉について次のようにいっている。

《わたくしは渋江抽斎、伊澤蘭軒の二人を伝して、極力客観上に立脚せむことを欲した。是がわたくしの敢て試みた叙法の一面である。

わたくしの叙法には猶一の稍人に殊なるものがあるとおもふ。是は何の誇尚《くわしやう》すべき事でもない。否、全く無用の労であつたかも知れない。しかしわたくしは抽斎を伝ふるに当つて始て此に著力し、蘭軒を伝ふるに至つてわたくしの筆は此方面に向つて前に倍する発展を遂げた。

一人の事蹟を叙して其死に至つて足れりとせず、其人の裔孫のいかになりゆくかを追蹤して現今に及ぶことが即ち是である。

前人の伝記若くは墓誌は子を説き孫を説くを例としてゐる。しかしそれは名字存没等を附記するに過ぎない。わたくしはこれに反して前代の父祖の事蹟に、早く既に其子孫の事蹟の織り交ぜられてゐるのを見、其糸を断つことをなさずして、組織《そしよく》の全体を保存せむと欲し、叙事を継続して同世の状態に及ぶのである。》（その三百七十）

「渋江抽斎」の場合、諸家もいうように、こうした〈叙法〉は、あるいはいわゆる〈抽斎歿後〉に至って確立出来たといえるかも知れない。だが、〈父祖の事蹟〉に始まり〈子孫の事蹟〉に及ぶ〈組織の全体〉、つまり家譜家系的叙述（いわゆる〈ジエネアロジツクの方向〉（「なかじきり」））ということでいえば、すでに「興津弥五右衛門の遺書」や「阿部一族」等、鷗外の歴史小説の最初から始まっていたものといえる。

しかもこの〈抽斎の出自と環境〉を辿った部分においても、すでに十分その家譜家系的叙述は繰り返されているといってよい。〈その十　渋江氏の祖先〉〈その十一　抽斎の父允成〉〈その十二　抽斎の生誕〉にもいえるし、以下の抽斎の師、先輩、知友をめぐる部分にもいえる。その人物がはじめて登場するその度ごとに、かならず当該人物とその尊卑二属の略伝が記されてゆく。が、それにしてもこのことは、一体どのようなことを語っているのか。

もとより、長い一家一族の歴史、——生まれ、家を継ぎ（嗣ぎ）、死ぬ（卒し、歿した）、その繰り返しが審にされているのだが、しかしその間に、（当然のことながら）なんと〈嫁して〉〈娶つて〉〈迎へ〉〈配し〉、そして〈生んだ〉〈生せた〉という言葉が頻出してくることか。

そして言うも愚かなことだが、そこにはまさしく男と女が睦みあい、肌触れあい、結ばれて子を生み、そして育てる。その間の彼等の胸のときめき、息遣い、さらにはその喜びや苦しみや悩みの声が聞こえてくると思うのは私だけであろうか（いや私だけであろう）。

無論、鷗外はそんなことは一行だに書いていないし、これからも書きはしまい。しかしもしそうした男女の交わりがなければ、子は生まれず、家は続かず、歴史も形作られない。

ただこのことは、単に彼等のいわゆる〈ヰタ・セクスアリス〉、その愛憐や嬉戯のことを言うのではない。いわば一回かぎりの生を、永遠の絆に繋げる男女の営み、その〈いのちの呼吸〉*について言うのである。

たしかに人の生は、生まれ子をなし死ぬ、ただそうして命を繋げることだけではない。生きている以上、人は志といわんか夢といわんか、思いといわんか、それぞれを胸に抱いて日を送る。が、それが叶えられるとはかぎらない。いや多くは叶えられず、人は中途で空しく死んでゆく。しかしだからこそ、あるいはにもかかわらず、その〈いのちの呼吸〉を内に秘めて、生れ子をなし死ぬ、ただそれだけの繰り返しこそが、空しくも確かに、これまで人の閲して来たことのすべてを伝えているのではないか。

＊　高橋義孝『森鷗外』（五月書房、昭和三十二年十一月）。

3　抽斎の生涯と業績および人間

〈その二十五　津軽家と南部家、抽斎初度の迎妻、迷庵の死〉

《抽斎の家督相続は文政五年八月朔《さく》を以て沙汰せられた。是より先き四年十月朔に、抽斎は月並出仕仰附《おほせつ》けられ、五年二月二十八日に、御番見習、表医者仰附けられ、即日見習の席に着き、三月朔に本番に入つた。家督相続の年には、抽斎が十八歳で、隠居した父允成が五十九歳であつた。抽斎は相続後直ちに一粒金丹製法の伝授を受けた。これは八月十五日の日附を以てせられた。》

そして同日、相馬大作が江戸小塚原で処刑されたことから、津軽藩と南部藩の確執が語られる。

《家督相続の翌年、文政六年十二月二十三日に、抽斎は十九歳で、始て妻を娶つた。妻は下総国佐倉の城主堀田相模守正愛《まさちか》家来大目附百石岩田十大夫女《むすめ》百合として願済になつたが、実は下野国《しもつけのくに》阿蘇郡《あそごほり》佐野の浪人尾嶋忠助女《むすめ》定である。此人は抽斎の父允成が、子婦《よめ》には貧家に成長して辛酸を嘗《な》めた女を迎へたいと云つて選んだものださうである。夫婦の齢《よはひ》は抽斎が十九歳、定が十七歳であつた。》

さらに、

《此年に森枳園は、これまで抽斎の弟子、即ち伊澤蘭軒の孫弟子であつたのに、去つて直ちに蘭軒に従学することになつた。当時西語に所謂シニツクで奇癖が多く、朝夕《てうせき》好んで俳優の身振声色を使ふ枳園の同窓に、今一人塩田楊《しほだやう》庵《あん》と云ふ奇人があつた。素《もと》越後新潟の人で、抽斎と伊澤蘭軒との世話で、宗対馬守義質《そうつしまのかみよしかた》の臣塩田氏の女壻《じよせい》となつた。塩田は散歩するに友を誘《いざな》はぬので、友が密《ひそか》に跡に附いて行つて見ると、竹の杖《つゑ》を指の腹に立てゝ、本郷追分の辺を徘徊してゐたさうである。伊澤の門下で枳園楊庵の二人は一双《さう》の奇癖家として遇せられてゐた。声色遣《こわいろつかひ》も軽業師も、共に十七歳の諸生であつた。》

また抽斎の母縫が〈文政七年七月朔に剃髪して寿松と称した〉こと、〈翌文政八年三月晦日には、当時抽斎の住んでゐた元柳原町六丁目の家が半焼《はんやけ》〉になったこと、同年〈津軽家には代替があ〉り、寧親が致仕し、信順《のぶゆき》が封を襲いだ〉こと、〈次の文政九年〉、〈先づ六月二十八日に姉須磨が二十五歳で亡くなつた〉こと、〈八月十四日に、師市野迷庵が六十二歳で歿した〉こと、〈最後に十二月五日に、嫡子恒善が生れた〉ことが記される。

〈その二十六　蘭軒の死、抽斎再度及三度の迎妻、抽斎の弘前行〉
《文政十二年も亦抽斎のために事多き年であつた。三月十七日には師伊澤蘭軒が五十三歳で歿した。二十八日には抽斎が近習医者介《きんじふいしやすけ》を仰附けられた。六月十四日には母寿松が五十五歳で亡くなつた。十一月十一日には妻定が離別せられた。十二月十五日には二人目の妻同藩留守居役百石比良野《ひらの》文蔵の女威能《むすめゐの》が二十四歳で来り嫁した。抽斎は此年二十五歳であつた。》

そして〈抽斎と伊澤氏との交は、蘭軒の歿した後も、少しも衰へなかつた〉として、抽斎と蘭軒の嫡子榛軒、その弟柏軒との兄弟のごとき交わりを記す。因みに〈柏軒、通称磐安は文化七年に生れ〉、〈怙を喪つた時、兄は二十六歳、弟は二十歳〉、〈柏軒は狩谷棭斎の女俊《むすめたか》を娶〉り、その長男が磐、次男が信平、後の「伊澤蘭軒」に登場してくる人々が、すでに顔を揃える。

さらに、
《抽齋の最初の妻定が離別せられたのは何故か詳《つまびらか》にすることが出来ない。しかし渋江の家で、貧家の女《むすめ》なら、かう云ふ性質を具へてゐるだらうと予期してゐた性質を、定は不幸にして具へてゐなかつたかも知れない。
定に代つて渋江の家に来た抽斎の二人目の妻威能は、世《よゝ》要職に居る比良野氏の当主文蔵を父に持つてゐた。貧家の女に懲りて迎へた子婦《よめ》であらう。そして此子婦は短命ではあつたが、夫の家では人々に悦ばれてゐたらしい。何故さう云ふかと云ふに、後威能が亡くなり、次の三人目の妻が又亡くなつて、四人目の妻が商家から迎へられる時、威能の父文蔵は喜んで仮親になつたからである。渋江氏と比良野氏との交誼が、後に至るまで此《かく》の如くに渝《かは》らずにゐたのを見ても、婦壻《よめむこ》の間にヂソナンスの無かつたことが思ひ遣られる。》
と続く。そして、
《比良野氏は武士気質の家であつた。文蔵の父、威能の祖父であつた助太郎貞彦《さだひこ》は文事と武備とを併せ有した豪傑の士である。外浜《ぐわいひん》又嶺雪と号し、安永五年に江戸藩邸の教授に挙げられた。画を善くして、外浜画巻《そとがはまぐわくわん》及善知鳥《うとう》画軸《ぐわぢく》がある。剣術は群を抜いてゐた。壮年の頃村正作の刀を佩《お》びて、本所割下水から大川端辺《あたり》までの間を彷徨して辻斬《つじぎり》をした。千人斬らうと思ひ立つたのださうである。抽斎は此事を聞くに及んで、歎息して已《や》まなかつた。そして自分は医薬を以て千人を救はうと云ふ願を発《おこ》した。》と、篇中もっとも無惨な数行が入り、この作品が市井の事を追いながら、あくまで江戸時代のそれであったことを知らされる。

次いで〈天保二年、抽斎が二十七歳の時、八月六日に長女純《いと》が生れ、十月二日に妻威能が歿した。年は二十六で、帰《とつ》いでから僅に三年目である。十二月四日に、備後国福山の城主阿部伊予守正寧《まさやす》の医官岡西栄玄の女徳《ぢよ》が抽斎に嫁した〉と、抽斎〈三度の迎妻〉が語られる。

そして〈天保四年四月六日に、抽斎は藩主信順に随つて江戸を発し、始めて弘前に往つた。江戸に還つたのは、翌五年十一月五日である〉と記され、次いで〈抽斎の友森枳園が佐々木氏勝を娶つて、始めて家庭を作つたのも天保四年で、抽斎が弘前に往つた時である。是より先枳園は文政四年に怙を喪つて、十五歳で形式的の家督相続をした。蘭軒に従学する前二年である〉とある。

〈その二十七　抜斎及京水の死、允成の死、枳園の失禄〉

天保元年閏《うるう》七月四日、狩谷掖斎死去、享年六十一。十一月五日、次男優善《やすよし》誕生、後に名を優《ゆたか》と改む。同年、森枳園の家でも嫡子養真誕生。天保七年三月二十一日、抽斎近習詰に進む、年三十二歳。十一月十四日、池田京水死去、享年五十一歳。長を瑞長といい、これが家業を襲ぐ。次を全安といい伊澤家の女壻となる。天保八年正月十五日長子恒善、始めて藩主信順に謁す。年十二歳。七月十二日、抽斎信順に随って弘前に往く。十月二十六日、父允

成七十四歳で歿す。次いで、

《初め抽斎は酒を飲まなかつた。然るに此年藩主が所謂詰越《つめこし》をすることになつた。例に依つて翌年江戸に帰らずに、二冬を弘前で過すことになつたのである。そこで冬になる前に、種々の防寒法を工夫して、豕《ぶた》の子を取寄せて飼養しなどした。そのうち冬が来て、江戸で父の病むのを聞いても、帰省することが出来ぬので、抽斎は酒を飲んで悶《もん》を遣《や》つた。抽斎が酒を飲み、獣肉を啖《くら》ふやうになつたのは此時が始である。

しかし抽斎は生涯煙草だけは喫まずにしまつた。允成の直系卑属は、今の保さんなどに至るまで、一人も煙草を喫まぬのださうである。但し抽斎の次男優善は破格であつた。》

という記述が続く。そして当初は酒も飲まず煙草は終生喫わなかったという抽斎の謹厳な人柄を示すべく、次のような逸話が披露される。

《抽斎のまだ江戸を発せぬ前の事である。徒士町《かちまち》の池田の家で、当主瑞長が父京水の例に倣《なら》つて、春の初に発会式と云ふことをした。京水は毎年これを催して、門人を集《つど》へたのであつた。然るに今年抽斎が往つて見ると、名は発会式と称しながら、趣は全く前日に異つてゐて、京水時代の静粛は痕《あと》だに留《とゞ》めなかつた。芸者が来て酌をしてゐる。森枳園が声色《こわいろ》を使つてゐる。抽斎は暫く黙して一座の光景を視てゐたが、遂に容《かたち》を改めて主客の非礼を責めた。瑞長は大いに羞ぢて、すぐに芸者に暇《いとま》を遣つたさうである。》

おそらく鷗外は、こういう人柄を、親愛すべく敬愛すべきものとして、好きであったに違いない。しかし〈抽斎の生涯〉をめぐり、ほとんど最初の、抽斎の人柄を語ったこの場面を読んで、苦笑を禁じえないのは私だけであろうか（いや私だけだろう）。

不幸にして、私はこういう場面でこういう言動に出る人間を好きになれない。なるほど〈内に恃む所〉（その一）あって、私のように大勢に流されてしまうのとは違うのだろうが、要するに周りの〈空気が読めない〉？　今の若者の言葉で評すればK・Yなのだ。

ただ今後とも、鷗外はこういう抽斎の側面に、多大の好意をもって言及するだろう。そして私はその度に苦笑するだろう。そしておそらく、私がこの作品を、何辺読んでも途中で放り出してしまったことの一因は、こんなところにあるのかもしれない。要するに抽斎は、私にとって〈つまらん坊〉なのである。

それに反し、続く枳園の消息は傑作というべく、作品はたちまち生彩を放ちはじめる（だからまた読みはじめる気が起きるのである）。

《引き続いて二月に、森枳園の家に奇怪な事件が生じた。枳園は阿部家を逐はれて、祖母、母、妻勝、生れて三歳の倅《せがれ》養真の四人を伴って夜逃をしたのである。後に枳園の自ら撰んだ寿蔵碑には「有故失禄」と書してあるが、その故《ゆゑ》は何かと云ふと、実に悲惨でもあり、又滑稽でもあつた。

枳園は好劇家であつた。單に好劇と云ふだけなら、抽斎も同じ事である。しかし抽斎は俳優の技を、観棚《くわんぼう》から望み見て楽むに過ぎない。枳園は自ら其科白《くわはく》を学んだ。科白を学んで足らず、遂に舞台に登つて梆子《つけ》を撃つた。後には所謂相中《あひちゆう》の間に混じて、並大名《ならびだいみやう》などに扮し、又注進などの役をも勤めた。

或日阿部家の女中が宿に下つて芝居を看に往くと、ふと登場してゐる俳優の一人が養竹さんに似てゐるのに気が附いた。さう思つて、と見かう見するうちに、女中はそれが養竹さんに相違ないと極めた。そして邸に帰つてから、これを傍輩に語つた。固より一の可笑しい事として語つたので、初より枳園に危害を及ぼさうとは思はなかつたのである。

さて此奇談が阿部邸の奥表に伝播《でんぱ》して見ると、上役はこれを棄て置かれぬ事と認めた。そこでいよ〳〵君侯に稟《まう》して禄を褫《うば》ふと云ふことになつてしまつた。》

〈その二十八　枳園の消息、抽斎の帰府〉

《枳園は俳優に伍して登場した罪によつて、阿部家の禄を失つて、永《なが》の暇《いとま》になつた。後に抽斎の四人目の妻となるべき山内氏五百の姉は、阿部家の奥に仕へて、名を金吾と呼ばれ、枳園をも識つてゐたが、事件の起る三四年前に暇を取つたので、当時の阿部家に於ける細かい事情を知らなかつた。

永の暇になるまでには、相応に評議もあつたことであらう。友人の中には、枳園を救はうとした人もあつたことであらう。しかし枳園は平生細節に拘《かゝは》らぬ人なので、諸方面に対して、世に謂ふ不義理が重なつてゐた。中にも一二件の筆紙に上すべからざるものもある。救はうとした人も、此等の障礙《しやうがい》のために、其志を遂げることが出来なかつたらしい。

枳園は江戸で暫く浪人生活をしてゐたが、とう〳〵負債のために、家族を引き連れて夜逃をした。恐らくはこの最後の策に出づることをば、抽斎にも打明けなかつただらう。それは面目が無かつたからである。絜矩《けつく》の道を紳に書してゐた抽斎をさへ、度々忍び難き目に逢はせてゐたからである。

枳園は相模国をさして逃げた。これは当時三十一歳であつた枳園には、もう幾人《いくたり》かの門人があつて、其中に相模の人がゐたのをたよつて逃げたのである。此落魄中《らくたくちゆう》の精しい経歴は、わたくしにはわからない。桂川詩集、遊相医話などと云ふ、当時の著述を見たらわかるかも知れぬが、わたくしはまだ見るに及ばない。寿蔵碑には、浦賀、大磯、大山、日向《ひなた》、津久井縣の地名が挙げてある。大山は今の大山町、日向は今の高部屋村で、どちらも大磯と同じ中郡《なかごほり》である。津久井県は今の津久井郡で相模川がこれを貫流してゐる。桂川は此川の上流である。

後に枳園の語つた所によると、江戸を立つ時、懐中には僅に八百文の銭があつたのださうである。此銭は箱根の湯本に着くと、もう遣ひ尽してゐた。そこで枳園はとりあへず按摩《あんま》をした。上下《かみしも》十六文の糈銭《しよせん》を獲《う》るも、猶已《や》むにまさつたのである。啻《たゞ》に按摩のみではない。枳園は手当り次第になんでもした。「無論内外二科、或為收生、或為整骨、至于牛馬鶏狗之疾、来乞治者、莫不施術」と、自記の文に云つてある。収生はとりあげである。整骨は骨つぎである。獣医の縄張内《なはばりない》にも立ち入つた。医者の歯を治療するのをだに拒まうとする今の人には、想像することも出来ぬ事である。

老いたる祖母は浦賀で困厄の間に歿した。それでも跡に母と妻と子とがある。自己を併せて四人の口を、此の如き手段で糊《のり》しなくてはならなかつた。しかし枳園の性格から推せば、此間に処して意気沮喪することもなく、猶幾分のボンヌ、ユミヨオルを保有してゐたであらう。

枳園はやう〳〵大磯に落ち着いた。門人が名主をしてゐて、枳園を江戸の大先生として吹聴し、こゝに開業の運《はこび》に至つたのである。幾ばくもなくして病家の数が殖えた。金帛《きんはく》を以て謝することの出来ぬものも、米穀菜蔬《さいそ》を輸《おく》つて庖厨《はうちゆう》を賑《にぎは》した。後には遠方から轎《かご》を以て迎へられることもある。馬を以て請《しやう》ぜられることもある。枳園は大磯を根拠地として、中、三浦両郡の間を往来し、こゝに足掛十二年の月日を過すこととなつた。》

枳園の窮境思いやるべし。ただ鷗外が〈悲惨でもあり、又滑稽でもあつた〉というこの一部始終、〈滑稽〉ではあるが〈悲惨〉ではない。あるいはそれは、〈此間に処して意気沮喪することもなく、猶幾分のボンヌ、ユミヨオルを保有〉する〈枳園〉の性格ゆえかもしれない。が、おそらくその本当の理由は単に、奇癖、奇人の奇行でもなく、脳天気の気楽な行状でもない。ではなにか？

ここでまったく私事になるが、私は以前、亡妻のことを書いて本にした。中に私が度々の在外研究へ妻と赴いたことを書いた。なに、私は一人では食事も出来ない男だからだが、するとそれを読んだ学生の一人が、レポートの端にこんなことを書きつけてくれた。

《パリへの移住や、史跡を訪れる際、その亭主の傍らにいる女の気持ちというものは、幸せ以外の何ものでもあるまい。その行動はともかく、心理や感情に関する描写はほとんどないのだが、夫の傍らに寄り添って歩いていると

いうだけで、その幸福に関し、あまりにも多くのことが語られているように思う。》

私は虚を突かれる思いでこれを読み、そして嬉しかった。そして事情はまったく違うものの、すぐにこの枳園のことを思い浮かべた。

自ら招いたものとはいえ、人生最大の危機に際し、枳園は祖母、母、妻の三代の女と子を引きつれ、相模の地をあちこちと流浪する。その姿はいかにも〈悲惨〉(?)でもあり〈滑稽〉でもあるが、しかしこれこそ男の優しさ、心意気ではないか。〈寄り添って歩〉く女達、そして妻の幸せというものを思わざるをえない。

私はここに、「渋江抽斎」という作品の馥郁たる香気を感じる。そしてその底に、追放を自由と風狂にかえて生きる枳園の気骨、自恃を思う。

さて、天保九年の春を抽斎は弘前で迎える。翌天保十年、抽斎は藩主信順《のぶゆき》に随って江戸に帰る。同年五月十五日、津軽家は代替で、信順は四十歳で致仕して柳嶋の下屋敷に遷り、同齢の順承《ゆきつぐ》が封を襲いだ。〈抽斎はこれから隠居信順附にせられて、平日は柳嶋の館に勤仕し、只折々上屋敷に伺候した〉。

〈その二十九　文晁の死、抽斎躋寿館講師拝命〉

天保十一年十二月十四日、谷文晁が歿した。天保十二年、あの冒頭の〈述志の詩〉が作られたのはこの年の暮のことである。

《天保十二年には、岡西氏徳が二女好《よし》を生んだが、好は早世した。閏《じゅん》正月二十六日に生れ、二月三日に死んだのである。翌十三年には、三男八三郎が生れたが、これも夭折《えうせつ》した。八月三日に生れ、十一月九日に死んだのである。抽斎が三十七歳から三十八歳になるまでの事である。》

また〈天保十四年六月十五日に、抽斎は近習に進められた。三十九歳の時である〉。

《弘化元年は抽斎のために、一大転機を齎《もたら》した。社会に於いては幕府の直参《ぢきさん》になり、家庭に於いては岡西氏徳のみまかつた跡へ、始て才色兼ね備はつた妻が迎へられたのである。

此一年間の出来事を順次に数へると、先づ二月二十一日に妻徳が亡くなつた。三月十二日に老中土井大炊頭《おほひのかみ》利位《としつら》を以て、抽斎に躋寿館講師を命ぜられた。四月二十九日に定期登城を命ぜられた。年始、八朔《はつさく》、五節句、月並の礼に江戸城に往くことになつたのである。十一月六日に神田紺屋町鉄物問屋《かなものどんや》山内忠兵衛妹五百が来り嫁した。表向は弘前藩目附役百石比良野助太郎妹翳《かざし》として届けられた。十二月十日に幕府から白銀五枚を賜はつた。これは以下恒例になつてゐるから必ずしも書かない。同月二十六日に長女純が幕臣馬場玄玖《げんきう》に嫁した。時に年十六である。》

ところで、この躋寿館講師となり幕府直参となったことは、（作品にはこれ以上は描かれていないが）抽斎にとってまさに人生の一大快事であったといわざるをえない。原史料「抽斎吟稿」の〈医学講師の命を蒙りし時〉という詞書のもとにある、〈思はさる道の誉にましてなほ君の恵の深きをそしる〉他数首に示された抽斎の欣喜雀躍ぶりを見逃すことはできない。前年の暮のこと、〈志は未だ伸びないでもそこに安楽を得てゐたのであらう〉（その一）といわれた抽斎も、やはり誉められることは嬉しいことと見える。

次いで以下、もう一つの快事、〈始めて才色兼ね備はつた妻〉五百入輿のことが記されるのだが、その前に先妻たちのことが、就中三人目の妻徳のことが記される。

《抽斎の岡西氏徳を娶つたのは、其兄玄亭が相貌も才学も人に優れてゐるのを見て、此人の妹ならと思つたからである。然るに伉儷《かうれい》をなしてから見ると、才貌共に予期したやうではなかつた。それだけならばまだ好かつたが、徳は兄には似ないで、却つて父栄玄の褊狭《へんけふ》な気質を受け継いでゐた。そしてこれが抽斎にアンチパチイを起させた。

最初の妻定は貧家の女《むすめ》の具へてゐさうな美徳を具へてゐなかつたらしく、抽斎の父允成が或時、己《おれ》の考が悪かつたと云つて歎息したこともあるさうだが、抽斎はそれ程厭とは思はなかつた。二人目の妻威能は怜悧で、人を使ふ才があつた。兎に角抽斎に始てアンチパチイを起させたのは、三人目の徳であつた。それのみでは無い。あらはに不快の色を見せもしなかつた。しかし結婚してから一年半ばかりの間、これに親近せずにゐた。そして弘前へ立つた。初度の旅行の時の事である。

〈その三十　抽斎と山内氏五百との婚姻〉

《克己を忘れたことのない抽斎は、徳を叱り懲らすことは無かつた。それのみでは無い。あらはに不快の色を見せもしなかつた。しかし結婚してから一年半ばかりの間、これに親近せずにゐた。そして弘前へ立つた。初度の旅行の時の事である。

さて抽斎が弘前にゐる間、江戸の便《たより》がある毎に、必ず長文の手紙が徳から来た。留守中の出来事を、殆ど日記のやうに悉《くはし》く書いたのである。抽斎は初め数行を読んで、直ちに此書信が徳の自力によつて成つたものでないことを知つた。文章の背面に父允成の気質が歴々として見えてゐたからである。

允成は抽斎の徳に親まぬのを見て、前途のために危んでゐたので、抽斎が旅に立つと、すぐに徳に日課を授けはじめた。手本を与へて手習をさせる。日記を附けさせる。そしてそれに本づいて文案を作つて、徳に筆を把《と》らせ、家内の事は細大となく夫に報ぜさせることにしたのである。

抽斎は江戸の手紙を得る毎に泣いた。妻のために泣いたのでは無い。父のために泣いたのである。》

さてこの部分、私の抽斎に対する慊焉たる思いが、再度募る場面といわざるをえない。〈克己を忘れたことのない抽斎は、徳を叱り懲らすことは無かつた。それのみでは無い。あらはに不快の色を見せもしなかつた。しかし結婚してから一年半ばかりの間、これに親近せずにゐた〉とは、なんと冷酷にして薄情な男ではないか。なにが〈アンチパチイを起させた〉のかは知らないが、まさに無視。女にとってこれほど残酷な仕打がまたとあろうか（〈克己を忘れたことのない抽斎〉などと称えているが、鷗外も同類、同罪といってよい）。

しかも徳からの手紙（たしかに父の差し金があったからとはいえ、徳の思いの丈でもあったのではないか）を受けとるごとに

〈泣いた〉。だが〈妻のために泣いたのでは無い。父のために泣いたのである。〉!?

鷗外はどういうつもりでこの一文を書いているのか。もとより抽斎の孝子である所以を称揚するためであったのかも知れない。しかし私は相も変わらぬこの男の無神経、K・Yぶりが気に障る。

無論、現在との時代の差異ということは承知している。しかし男女間の心の本質、その自然、さらにいえばその優しさとか冷たさに時代の差異などないだろう。

しかも〈二年近い旅から帰つて、抽斎は勉めて徳と親しんで、父の心を安ぜようとした〉という。そして〈それから二年立つて優善が生れた〉。さらに〈尋いで抽斎は再び弘前へ往つて、足掛三年淹留《えんりゅう》した。留守に父の亡くなつた旅である。それから江戸に帰つて、中一年置いて好《よし》が生れ、其翌年又八三郎が生れた〉と、立て続けに子を〈生せ〉ている。そして〈徳は八三郎を生んで一年半立つて亡くなつた〉のである。嗚呼!

因みに山崎一穎氏は〈抽斎の五十四年の生涯は克己の一語に尽きる。志を高く持ち、刻苦勉励〉といっている。その論賛を否定するつもりはないが、こと〈克己〉ということに関し、抽斎のそれはまさに〈刻苦勉励〉のための〈克己〉、いわば優等生、模範生のそれであって、いわゆる心の優しさを致すべく、己れを抑え他を恕す体のそれではない。

無論、抽斎は性温良の人であったろう(終始そう書かれている)。しかしそれは生まれながらのもの、賦性、稟質を出ないのではないか。

原史料「親戚並に門人」に、五百が保に語ったという抽斎の言葉がある。〈困つたのハお徳であつた、俺は玄亭の妹だから、よからふと思つたが、来てみると、大違ひで、玄亭にハ毫も似ず、アノ栄玄さんに似て偏狭なのにハ困まり果てた。初めハ口をきくのもいやであつたが、御父上が大へん心配なされて〉云々。しかしこれが仮りにも十二年を越えて連れ添い、三人も子をなして早く身罷った妻についていう言葉だろうか。しかも他ならぬその死後に迎えた新しい妻に対して？　私は抽斎という男の心の優しさというものに疑問を持つ。（あるいはこれらの言葉は新しい妻の意を迎えてのそれであったのか。とすれば、男の風上にも置けない。それとも新しい妻の、先妻に含むところあってのそれか。いわゆる〈女房の眼〉＊――。が、いずれにせよこれを記す鷗外の脳裏に、そのときすでにはやく、赤松登志子の面影が横過っていたやいなや？）

＊　竹盛天雄「『渋江抽斎』の構造―自然と造型―」（「文学」昭和五十年二月）。なお以下竹盛氏からの引用、への言及はすべてこの論による。

《そして徳の亡くなつた跡へ山内氏五百が来ることになつた。抽斎の身分は徳が往き、五百が来る間に変つて、幕府の直参になつた。交際は広くなる。費用は多くなる。五百は卒《にはか》に其中《そのうち》に身を投じて、難局に当らなくてはならなかつた。五百が恰《あたか》も好し其適材であつたのは、抽斎の幸《さいはひ》である。

五百の父山内忠兵衛は名を豊覚と云つた。神田紺屋町に鉄物問屋を出して、屋号を日野屋と云ひ、商標には井桁《ゐげた》の中に喜の字を用ゐた。忠兵衛は詩文書画を善くして、多く文人墨客に交り、財を捐《す》てゝこれが保護者となつた。

忠兵衛に三人の子があつた。長男栄次郎、長女安、二女五百である。忠兵衛は允成の友で、嫡子栄次郎の教育をば、久しく抽斎に託してゐた。文政七八年の頃、当時允成が日野屋をおとづれて、芝居の話をすると、九つか十であつた五百と、一つ年上の安とが面白がつて傍聴してゐたさうである。安は即ち後に阿部家に仕へた金吾である。

五百は文化十三年に生れた。兄栄次郎が五歳、姉安が二歳になつてゐた時である。忠兵衛は三人の子の次第に長ずるに至つて、嫡子には士人たるに足る教育を施し、二人の女《むすめ》にも尋常女子の学ぶことになつてゐる読み書き諸芸の外、武芸をしこんで、まだ小さい時から武家奉公に出した。中にも五百には、経学などをさへ、殆ど男子に授けると同じやうに授けたのである。

忠兵衛が此の如くに子を育てたには来歴がある。忠兵衛の祖先は山内但馬守盛豊《やまのうちたじまのかみもりとよ》の子、対馬守一豊の弟から出

たのださうで、江戸の商人になつてからも、三葉柏《みつばがしわ》の紋を附け、名のりに豊《とよ》の字を用ゐることになつてゐる。》

〈その三十一　五百の経歴〉

まず〈その三十一〉より〈その三十五〉まで〈五百の経歴〉が語られる。

〈五百は十一二歳の時、本丸に奉公したさうである〉に始まり、その時の五百の武勇伝。夕方、長局の廊下に鬼が出るという噂に、誰も寄りつかなくなった所、〈五百は稺くても胆力があり、武芸の稽古をもしたことがある〉ゆえ自ら進んで事にあたり、〈少年の悪作劇《いたづら》〉と気づいて、これを取り抑える。五百より二つ上の少年で、〈家斉の三十四人目の子で、十四男参河守斉民〉であったという。

さらに後、〈五百は藤堂家に奉公するまでには、二十幾家といふ大名の屋敷を目見をして廻つた〉。そのうちの一つ、山内家のこと。

〈その三十二　五百の経歴〉

藤堂家では〈五百は呼名を挿頭《かざし》と附けられた〉こと、〈後に抽斎に嫁することに極まつて、比良野の娘分にせられた時、翳《かざし》の名を以て届けられたのは、これを襲用したのである〉。〈暫く勤めてゐるうちに、武芸の嗜のあることを人に知られて、男之助といふ綽名が附いた〉ということ、この屋敷奉公のため、〈父忠兵衛は年に四百両を費した〉ということ、〈五百は藤堂家で信任せられ〉、〈勤仕いまだ一年に満たぬ〉、〈十六歳〉で、〈中﨟頭に進められた〉ということ。

なお、これら五百に関する逸事の記述は、渋江保の手稿等を抄録した「渋江家乗」等による（稲垣氏）。また五百に関しては、後に保より幾回となく送られて来た「抽斎歿後の渋江家と保附五百」の記述によって、ますます充実したものとなる（同上）。

〈その三十三　五百の経歴〉

〈五百は藤堂家に十年間奉公した。そして天保十年に二十四歳で、父忠兵衛の病気のために暇《いとま》を取つた〉。〈五百の藤堂家を辞した年は、父忠兵衛の歿した年である。しかし奉公を罷めた頃は、忠兵衛はまだ女《むすめ》を呼び寄せるほどの病気をしてはゐなかつた〉。

《五百の帰つた紺屋町の家には、父忠兵衛の外、当時五十歳の忠兵衛妾《せふ》牧、二十八歳の兄栄次郎がゐた。二十五歳の姉安は四年前に阿部家を辞して、横山町の塗物問屋長尾宗右衛門に嫁してゐた。宗右衛門は安がためには、只一つ年上の夫であつた。

忠兵衛の子がまだ皆幼《いとけな》く、栄次郎六歳、安三歳、五百二歳の時、麹町の紙問屋山一の女で松平摂津守義建の屋敷に奉公したことのある忠兵衛の妻は亡くなつたので、跡には享和三年に十四歳で日野屋へ奉公に来た牧が、妾になつてゐたのである。

忠兵衛は晩年に、気が弱くなつてゐた。牧は人の上に立つて指図をするやうな女ではなかつた。然るに五百が藤堂家から帰つた時、日野屋では困難な問題が生じて全家が頭《かうべ》を悩ませてゐた。それは五百の兄栄次郎の身の上である。

栄次郎は初め抽斎に学んでゐたが、尋いで昌平黌に通ふことになつた。安の夫になつた宗右衛門は、同じ学校の諸生仲間で、しかも此二人だけが許多《あまた》の士人の間に介《はさ》まつてゐた商家の子であつた。譬へて云つて見れば、今の人が華族でなくて学習院に入つてゐるやうなものである。

五百が藤堂家に仕へてゐた間に、栄次郎は学校生活に平《たひらか》ならずして、吉原通をしはじめ、相方は山口巴《やまぐちどもゑ》の司《つかさ》と云ふ女であつた。五百が屋敷から下る二年前に、栄次郎は深入をして、とう〳〵司の身受をすると云ふことになつたことがある。忠兵衛はこれを聞き知つて、勘当しようとした。しかし救解のために五百が屋敷から来たので、沙汰罷《さたやみ》になつた。

然るに五百が藤堂家を辞して帰つた時、此問題が再燃してゐた。栄次郎は妹の力に憑《よ》つて勘当を免れ、暫く謹慎して大門を潜らずにゐた。其隙《ひま》に司を田舎大尽《ゐなかだいじん》が受け出した。栄次郎は鬱症になつた。忠兵衛は心弱くも、人に栄次郎を吉原へ連れて往かせた。此時司の禿《かぶろ》であつた娘が、浜照と云ふ名で、来月突出《つきだし》になることになつてゐた。栄次郎は浜照の客になつて、前よりも盛な遊をしはじめた。忠兵衛は又勘当すると言ひ出したが、これと同時に病気になつた。栄次郎も流石《さすが》に驚いて、暫く吉原へ往かずにゐた。これが五百の帰つた時の現状である。

此時に当つて、将に覆《くつがへ》らんとする日野屋の世帯を支持して行かうと云ふものが、新に屋敷奉公を棄てゝ帰つた五百の外に無かつたことは、想像するに難くはあるまい。姉安は柔和に過ぎて決断なく、其夫宗右衛門は早世した兄の家業を襲いでから、酒を飲んで遊んでゐて、自分の産を治することをさへ忘れてゐたのである。》

〈その三十四　五百の経歴〉

《五百は父忠兵衛をいたはり慰め、兄栄次郎を諫め励まして、風浪に弄《もてあそ》ばれてゐる日野屋と云ふ船の柁《かぢ》を取つた。そして忠兵衛の異母兄で十人衆を勤めた大孫某を証人に立てて、兄をして廃嫡を免れしめた。忠兵衛は十二月七日に歿した。日野屋の財産は一旦忠兵衛の意志に依つて五百の名に書き更へられたが、五百は直ちにこれを兄に返した。

五百は男子と同じやうな教育を受けてゐた。藤堂家で武芸のために男之助と呼ばれた反面には、世間で文学のために新少《しんせう》納言《なごん》と呼ばれたと云ふ一面がある。同じ頃狩谷棭齋の女俊《たか》に少納言の称があつたので、五百はこれに対《むか》へてかく呼ばれたのである。》

以下、五百の師承関係が記される。佐藤一斎（経学）、生方鼎斎（筆礼）、谷文晁（絵画）、前田夏蔭（和歌）等。また彼等の小伝と、彼等と五百との対照年立が記される。

なお〈鼎斎は書家福田半香の村松町の家へ年始の礼に往つて酒に酔ひ、水戸の剣客某と口論をし出して、某の門人に斬られた〉という一節を拾っておく。

《五百は藤堂家を下つてから五年目に渋江氏に嫁した。穉《をさな》い時から親しい人を夫にするのではあるが、五百の身に取つては、自分が抽斎に嫁し得ると云ふポツシビリテエの生じたのは、三月に岡西氏徳が亡くなつてから後の事である。常に往来してゐた渋江の家であるから、五百は徳の亡くなつた三月から、自分の嫁して来る十一月までの間にも、抽斎を訪うたことがある。未婚男女の交際とか自由結婚とか云ふ問題は、当時の人の夢にだに知らなかつた。立派な教育のある二人が、男は四十歳、女は二十九歳で、多く年を閲した友人関係を棄てゝ、遽《にはか》に夫婦関係に入つたのである。当時に於いては、醒覚せる二人の間に、此の如く婚約が整つたと云ふことは、絶て無くして僅に有るものと謂つて好からう。》

因みに鷗外はこの段階では、まだ五百の肖像を描くべき十分の資料を手にしていず、従ってそれは〈まだまだ片影でしかない〉（稲垣氏）が、しかし稲垣氏は五百について、もうすでに抽齋の人間像と拮抗すべき、〈世の常でない女性の面影を浮べるのには十分〉などにも描かれているといっている。

しかし、率直にいって私には、五百も抽斎と同じように、その美化、理想化が際立っているように思われる（このことはまた後にいう）。

そして私には、五百のことよりも、むしろその兄栄次郎のことに心引かれる。

「渋江抽斎」には度々吉原のことが出てくるが、私は下町生まれで、幼い時から近くの明治座で歌舞伎を見、人形町末広で落語を、喜仙亭で浪曲を聴いていた。さすがに明治座は時々しか行けなかったが、末広や喜仙亭には土日ごとに通い、わからぬながら（?）廓噺に耳傾けていたものである。「明烏」、「紺屋高尾」等々――。
それで栄次郎、浜照の話は、なにかことのほか懐しい思いがするのである。

〈その三十五　五百の経歴〉

《五百は抽斎に嫁するに当つて、比良野文蔵の養女になつた。文蔵の子で目附役になつてゐた貞固《さだかた》は文化九年生で、五百の兄栄次郎と同年であつたから、五百は其妹になつたのである。然るに貞固は姉威能の跡に直る五百だからと云ふので、五百を姉と呼ぶことにした。貞固の通称は祖父と同じ助太郎である。

文蔵は仮親になるからは、真《まこと》の親と余り違はぬ情誼がありたいと云つて、渋江氏へ往く三箇月許《ばかり》前に、五百を我家に引き取つた。そして自分の身辺に居らせて、煙草を塡《つ》めさせ、茶を立てさせ、酒の酌をさせなどした。

助太郎は武張つた男で、髪を糸鬢《いとびん》に結ひ、黒紬《くろつむぎ》の紋附を着てゐた。そしてもう藍原氏《あゐばらうぢ》かなと云ふ嫁があつた。初め助太郎とかなとは、まだかなが藍原右衛門の女であつた時、穴隙《けつげき》を鑽《き》つて相見《あひまみ》えたために、二人は親々の勘当を受けて、裏店《うらだな》の世帯を持つた。しかしどちらも可哀い子であつたので、間もなくわびが愜《かな》つて助太郎は表立つてかなを妻に迎へたのである。

五百が抽斎に帰《とつ》いだ時の支度は立派であつた。日野屋の資産は兄栄次郎の遊蕩によつて傾き掛かつてはゐたが、先代忠兵衛が五百に武家奉公をさせるために為向《しむ》けて置いた首飾《しゆしよく》、衣服、調度だけでも、人の目を驚かすに足るものがあつた。今の世の人も奉公上りには支度があると云ふ。しかしそれは賜物《たまはりもの》を謂ふのである。当時の女子《をなご》はこれに反して、主に親の為向けた物を持つてゐたのである。五年の後に夫が将軍に謁した時、五百は此支度の一部を沾《う》つて、夫の急を救ふことを得た。又これに先つこと一年に、森枳園が江戸に帰つた時も、五百は此支度の他の一部を贈つて、枳園の妻をして面目を保たしめた。枳園の妻は後々までも、衣服を欲するごとに五百に謂ふので、お勝さんはわたしの支度を無尽蔵だと思つてゐるらしいと云つて、五百が歎息したことがある。
五百の来り嫁した時、抽斎の家族は主人夫婦、長男恒善、長女純、次男優善の五人であつたが、間もなく純は出でゝ馬場氏の婦となつた。》

ここに来て、以後「渋江抽斎」において重要な役割を荷う比良野貞固が登場する。しかもこの〈武張つた男〉、のちに抽斎より〈「比良野は実に立派な侍だ」〉（その四十）と称えられた男が、かなという娘と通じ、親の勘当を受けて裏店に世帯を持ち、赦されて夫婦《みようと》となる。これまた落語に出て来るような（丁度「ヰタ・セクスアリス」にある「宮戸川」の序のような）下世話の逸事が披露されていて面白い。

鷗外は前章〈その三十四〉で、〈未婚男女の交際とか自由結婚とか云ふ問題は、当時の人の夢にだに知らなかつた〉ことと注しているが、所詮は男女のこと、まだ舌の根も乾かぬうちに、助太郎かなの〈穴隙を鑽つて相見えた〉次第を記している。やはり大分差し引いて聞いておく必要があるというものである。

因みに原史料「抽斎親戚、並門人」に、〈抽斎の親戚ハ少なからざれど、第一に指を屈すべきは、比良野貞固、通称助太郎である。何となれバ、泰平の御代に於ける封建武士の典型に稍々近き人であつたゆゑ〉という記述がある。なお山崎一穎氏の、〈原史料が作品に形象される過程において、抽斎、五百、比良野貞固にその理想化の方向が著しい〉という注記を添えておく。

さて、この章の後半、

《弘化二年から嘉永元年までの間、抽斎が四十一歳から四十四歳までの間には、渋江氏の家庭に特筆すべき事が少かつた。五百の生んだ子には、弘化二年十一月二十六日生の三女棠《たう》、同三年十月十九日生れの四男幻香、同四年十月八日生れの四女陸《くが》がある。四男は死んで生れたので、幻香水子は其法諡《ほふし》である。陸は今の杵屋勝久さんである。嘉永元年十二月二十八日には、長男恒善が二十三歳で月並出仕を命ぜられた。》

と、子の生没や消息が手短に記され、転じて、

《五百の里方では、先代忠兵衛が歿してから三年程、栄次郎の忠兵衛は勤慎してゐたが、天保十三年に三十一歳になつた頃から、又吉原へ通ひはじめた。相方は前の浜照《はまてる》であった。そして忠兵衛は遂に浜照を落籍させて妻《さい》にした。尋《つ》いで弘化三年十一月二十二日に至つて、忠兵衛は隠居して、日野屋の家督を僅に二歳になつた抽斎の三女棠に相続させ、自分は金座の役人の株を買つて、広瀬栄次郎と名告《なの》つた。》

とあり、話題は再び栄次郎と浜照のことに移る。栄次郎は浜照を落籍させ、日野屋の家督を退く。それ相当の覚悟をしていたというべきだろう。またそれほどに、栄次郎は浜照を一図に愛していたというべきか。

《五百の姉安を娶つた長尾宗右衛門は、兄の歿した跡を襲いでから、終日手杯を釈《お》かず、塗物問屋の帳場は番頭に任せて顧みなかつた。それを温和に過ぐる性質の安は諫めようともしないので、五百は姉を訪うて此様子を見る度にもどかしく思つたが為方《しかた》がなかつた。さう云ふ時宗右衛門は五百を相手にして、資治通鑑《しちつがん》の中の人物を評しなどして、容易に帰ることを許さない。五百が強ひて帰らうとすると、宗右衛門は安の生んだお敬お銈《せん》の二人の女に、をばさんを留めいと云ふ。二人の女は泣いて留める。これはをばの帰つた跡で家が寂しくなるのと、父が不機嫌になるのとを憂へて泣くのである。そこで五百はとう〳〵帰る機会を失ふのである。五百が此有様を夫に話すと、抽斎は栄次郎の同窓で、妻の姉壻たる宗右衛門の身の上を気遣《きづか》つて、わざ〳〵横山町へ諭《さと》しに往つた。宗右衛門は大いに慙《は》ぢて、稍《やゝ》産業に意を用ゐるやうになつた。》

五百の姉安とその夫長尾宗右衛門夫婦も、また五百の苦労の種である。しかしおそらくこれはもとより二人の心弱さに発しているのであろうが、しかしあるいは五百という、いわば出来過ぎた妹を頼り、心底スポイルされた結

果であつたかも知れない。序にいえば、抽斎は、よくよく説教好きの男である（その五十八、その五十九）。

〈その三十六　枳園の帰参〉

《森枳園は大磯で医業が流行するやうになつて、生活に余裕も出来たので、時々江戸へ出た。そして其度毎に一週間位は渋江の家に舎《やど》ることになつてゐた。枳園の形装《ぎやうさう》は決して曾て夜逃をした土地へ、忍びやかに立ち入る人とは見えなかつた。保さんの記憶してゐる五百の話によるに、枳園はお召縮緬《めしちりめん》の衣《きもの》を着て、海老鞘《えびざや》の脇指《わきざし》を差し、歩くに褄《つま》を取つて、剝身絞《むきみしぼり》の褌《ふんどし》を見せてゐた。若し人がその七代目団十郎を贔屓にするのを知つてゐて、成田屋と声を掛けると、枳園は立ち止まつて見えをしたさうである。そして当時の枳園はもう四十男であつた。尤《もつと》もお召縮緬を着たのは、強《あなが》ち奢侈と見るべきではあるまい。一反二分一朱か二分二朱であつたと云ふから、着ようと思へば着られたのであらうと、保さんが云ふ。

枳園の来て舎る頃に、抽斎の許にろくと云ふ女中がゐた。ろくは五百が藤堂家にゐた時から使つたもので、抽斎に嫁するに及んで、それを連れて来たのである。枳園は来り舎る毎に、此女を追ひ廻してゐたが、とう〳〵或日逃げる女を捉《とら》へようとして大行燈《おほあんどう》を覆《くつがへ》し、畳を油だらけにした。五百は戯《たはむれ》に絶交の詩を作つて枳園に贈つた。当時ろくを揶揄《からか》ふものは枳園のみでなく、豊芥子も訪ねて来る毎にこれに戯れた。しかしろくは間もなく渋江氏の世話で人に嫁した。

枳園は又当時纔《わづか》に二十歳を踰《こ》えた抽斎の長男恒善の、所謂おとなし過ぎるのを見て、度々吉原へ連れて往かうとした。しかし恒善は聴かなかつた。枳園は意を五百に明かし、母の黙許と云ふを以て恒善を動さうとした。しかし五百は夫が吉原に往くことを罪悪としてゐるのを知つてゐて、恒善を放ち遣ることが出来ない。そこで五百は幾たびか枳園と論争したさうである。》

枳園が登場してくると、話はたちまち佳境に入る。この場面、〈まあまあ〉の「渋江抽斎」の中で、思わず失笑してしまう場面である。

さらに再び吉原の話である。枳園が〈抽斎の長男恒善の、所謂おとなし過ぎるのを見て、度々吉原へ連れて往かうとした〉など、まさに八代目文楽の「明烏」が想い出される。町内の悪《わる》が真面目一方の若旦那時次郎を誘い出す。この場面、五百はなにか心動かしているようだが、〈吉原へ往くことを罪悪としてゐる〉抽斎を憚って出さない。つとめての朝、〈女郎買い振られた奴が起こし番〉、時次郎と浦里の部屋を覗く源兵衛と多助が、まだ床の中にいる二人にいう科白、〈「どうです若旦那、おいらんて可愛いでしょう」〉——。話を前に戻すが、おそらく栄次郎は浜照が可愛くて可愛くて仕方なかったのだろう。ただし、抽斎には思いも寄らないことかも知れないが。

因みに「伊澤蘭軒」（その二百七十五）に恒善について、〈性謹厚にして、人の嬉笑するを見ては顰蹙して避けた〉とある。枳園が心配したのも無理はない。

さて後半、

《枳園が此の如くにして屢《しば〳〵》江戸に出たのは、遊びに出たのではなかつた。故主の許に帰参しようとも思ひ、又才学を負うた人であるから、首尾好くは幕府の直参にでもならうと思つて、機会を窺《うかゞ》つてゐたのである。そして渋江の家は其策源地であつた。

卒《にはか》に見れば、枳園が阿部家の古巣に帰るのは易《やす》く、新に幕府に登庸せられるのは難いやうである。しかし実況にはこれに反するものがあつた。枳園は既に学術を以て名を世間に馳せてゐた。就中《なかんづく》本草に精しいと云ふことは人が皆認めてゐた。阿部伊勢守正弘はこれを知らぬではない。しかしその才学のある枳園の軽佻《けいてう》を忌む心が頗る牢《かた》かつた。多紀一家殊《こと》に茝庭《さいてい》は稍《やゝ》これと趣を殊にしてゐて、略《ほゞ》此人の短を護して、其長を用ゐようとする抽斎の意に賛同してゐた。

枳園を帰参させようとして、最も尽力したのは伊澤榛軒、柏軒の兄弟であるが、抽斎も亦《また》福山の公用人服部九十郎、勘定奉行小此木《をこのぎ》伴七《はんしち》、大田、宇川等に内談し、又小嶋成斎等をして説かしむること数度であつた。しかしいつも藩主の反感に阻《さまた》げられて事が行はれなかつた。そこで伊澤兄弟と抽斎とは先づ茝庭の同情に愬《うつた》へて幕府の用を勤めさせ、それを規模にして阿部家を説き動さうと決心した。そして終《つひ》に此手段を以て成功した。

此期間の末の一年、嘉永元年に至つて枳園は躋寿館の一事業たる千金方校刻を手伝ふべき内命を贏《か》ち得た。そして五月には阿部正弘が枳園の帰藩を許した。》

〈その三十七　帰参時の枳園、抽斎の将軍謁見〉

《阿部家への帰参が愜《かな》つて、枳園が家族を纏《まと》めて江戸へ来ることになつたので、抽斎はお玉が池の住宅の近所に貸家のあつたのを借りて、敷金を出し家賃を払ひ、応急の器什《きじふ》を買ひ集めてこれを迎へた。枳園だけは病家へ往かなくてはならぬ職業なので、衣類も一通持つてゐたが、家族は身に着けたものしか持つてゐなかつた。枳園の妻勝の事を、五百があれでは素裸と云つても好いと云つた位である。五百は髪飾から足袋下駄《たびげた》まで、一切揃《そろ》へて贈つた。それでも当分のうちは、何か無いものがあると、蔵から物を出すやうに、勝は五百の所へ貰ひに来た。或日これで白縮緬《しろちりめん》の湯具《ゆぐ》を六本遣ることになると、五百が云つたことがある。五百がどの位恬然《てんぜん》として世話をさせたかと云ふことが、これによつて想像することが出来る。又枳園に幾多の悪性癖があるに拘らず、抽斎がどの位、其才学を尊重してゐたかと云ふことも、これによつて想像することが出来る。

枳園が医書彫刻取扱手伝と云ふ名義を以て、躋寿館に召し出されたのは、嘉永元年十月十六日である。》

たしかに、〈枳園とその家族を、抽斎や五百がどれほど物心両面で世話をしたか筆舌に尽くし難い〉（山崎氏）。ただそれと同じく、あるいはそれ以上に、伊澤榛軒、柏軒兄弟の優情を見逃すことは出来ない。「伊澤蘭軒」その二百四十五に、枳園が祖母を浦賀に失った時の、その祖母の遺骨に関する〈一条の奇談〉が記せられている。

《枳園は相模国に逃れた後、時々微行して江戸に入り、伊澤氏若くは渋江氏に舍《やど》つた。祖母の死んだ時は、遺骨を奉じて江戸に来り、榛軒を訪うて由を告げた。榛軒は金を貽《おく》つて殮葬《れんさう》の資となした。枳園は急需あるがために其金を費し、又遺骨を奉じて浦賀に帰つた。

月を踰《こ》えて枳園は再び遺骨を奉じて入府し、又榛軒の金を受け、又これを他の費途に充《あ》て、又遺骨を奉じて浦賀に帰つた。

此の如くすること三たびに及んだので、榛軒一策を定め、自ら金を懐にして家を出で、枳園をして遺骨を奉じて随ひ行かしめた。そして遺骨を目白の寺に葬つたさうである。》

この他にも「伊澤蘭軒」には、榛軒の豪邁かつ繊細な人となりを伝える逸話が数多く載せられている。療治にあたっても、〈富貴の家は努めて避け、貧賤の家には好んで近づ〉（その二百七十）き、困窮したものに大金を与え、しかも自らは寡欲恬淡、人を愛し友を救う。さぞかし枳園も度々助けられたことであろう。さてこそ榛軒歿後、枳園が躋寿館講師に任ぜられた時、〈枳園の妻勝は夫の受けた沙汰書を持つて丸山の伊澤氏を訪ひ、これを榛軒の位牌の前に置いて泣いた。夫の今日あるは亡き榛軒の賜《たまもの》だとおもつたからである〉（その二百八十七）という。

無論（「渋江抽斎」に帰って）、私は抽斎にしろ五百にしろ、その博愛の気象を称賛するに吝かでない。しかし、これほどまでに人の世話、好意に与れる枳園その人の、愛嬌というか人愛というか、を思わざるをえない。

永井荷風はこれら枳園をめぐる逸事（加うるに後出の抽斎二子優善をめぐる逸事）を評しつつ、*〈此の如き二人の逸事は恰演劇の時代狂言につゞく二番目物の如き体裁をなし謹厳なる抽斎の伝記に却つて幾多の色彩を添へ又よく江戸時代の人情風俗を窺ひ知らしむ所以となれり、若し此れなくんば、抽斎の伝記は著者が円熟の筆を以てするも或は枯淡に傾く嫌ありしや知るべからず〉といっている。

さらに中野三敏氏も、〈主人公を取り捲く諸群像ともいうべき脇役の登場人物〉、枳園であり寿阿弥であり豊芥子であり、優善であり良三（塩田）であり、〈皆少しずつまともではない〉、〈どこか片寄っており、一癖あり、一言でいえば畸人である〉。が、しかも彼等の方に、〈より心ひかれるものがあるのも事実である〉といっている。なるほど、彼等の持って生まれた美質を認めよう。しかし、世の常識や良識に従って生きるものにとって、彼等が依然迷惑至極な存在であることに変わりはないはずである。が、にもかかわらず、彼等が人々の寛仁に守られて、むしろ生き生きと生きている、そしてそのことを許す〈江戸時代の人情風俗〉の気品というものに、私は瞠目せざるをえない。

＊「隠居のこゞと」（『荷風全集』第十五巻、岩波書店、昭和三十八年十一月）。

それにしても榛軒、柏軒兄弟の事蹟を語る「伊澤蘭軒」後半の叙述は秀抜である。兄に劣らず豪邁かつ繊細な柏軒、さらにその二人の主、備前福山藩主、老中阿部伊勢守正弘の凛乎たる風貌には心魅かれる。しかもこの日本の安危を一身に背負った人物が、若くして病（癌？）に陥り、その重篤の床を侍医柏軒が〈死を決して単独にこれが治療に任〉（その三百二）ずる件は、思わず襟を正して読まざるをえない。

さて、再び私事だが、私の高祖父、蘭斎佐々木信濃守顕發は、幕臣の身から阿部正弘に抜擢され、同じく正弘から抜擢された川路聖謨（「伊澤蘭軒」にもその名が出てくる）の後を襲い、奈良奉行、大阪東町奉行を歴任、のち江戸に帰って勘定奉行となるが、安政四年の正弘の死後、大老井伊掃部頭直弼と議合わず、閉門謹慎を命ぜられ（この辺のところは、徳富蘇峰『近世日本国民史』（講談社学術文庫）、渋沢栄一『徳川慶喜公伝』（東洋文庫）に詳しい）、桜田門外の変による直弼の死によって再び幕政に参じ、江戸南北町奉行を歴任（落語にある佐々木政談（「桶屋奉行」）はこの高祖父のことである）、のち外国奉行をもって致仕する。いわばこの縁によって、嘉永、安政から幕末への時代相にわたる「伊澤蘭軒」は、私にとってことのほか興味深いものなのである。（実は我が家に伝わる、飯田平吉なる人の写本『蘭陰余香』は、この高祖父とその息（つまり私の曽祖父）支陰佐々木循輔の伝で、私は幼い時から、これを繰り返し読んだものなのである。）

さて、再び「渋江抽斎」に帰って、以下〈枳園が医書彫刻取扱手伝と云ふ名義を以て、躋寿館に召し出されたのは、嘉永元年十月十六日である〉とあり、その校刻に従事した人々とその書名が記される。また〈是年八月二十九日、真志屋五郎作が八十歳で歿した。抽斎は此時三世劇神仙になつたわけである〉と続く。

そして〈嘉永二年三月七日、抽斎は召されて登城した。躑躅の間に於て、老中牧野備前守忠雅の口達があつた。年末学業出精に付、序の節目見仰附けらると云ふのである。此月十五日に謁見は済んだ。始て武鑑に載せられる身分になつたのである〉とある。〈導入部の武鑑のモチーフは一つの照応を遂げたと言つてよい〉（竹盛氏）。

〈その三十八　目見の格式〉

《抽斎の将軍家慶《いへよし》に謁見したのは、世の異数となす所であつた。素《もと》より躋寿館に勤仕する医者には、当時奥医師になつてゐた建部《たけべ》内匠頭政醇《たくみのかみまさあつ》家来辻元《つじもと》崧庵《しゆうあん》の如く目見の栄に浴する前例はあつたが、抽斎に先つて伊澤榛軒が目見をした時には、藩主阿部正弘が老中になつてゐるので、薦達《せんたつ》の早きを致したのだとさへ言はれた。抽斎と同日に目見をした人には、五年前に共に講師に任ぜられた町医坂上玄丈があつた。しかし抽斎は玄丈よりも広く世に知られてゐたので、人が其殊遇を美《ほ》めて三年前に目見をした松浦壱岐守《いきのかみ》慮《はかる》の臣朝川善庵と並称した。善庵は抽斎の謁見に先《さきだ》つこと一月、嘉永二年二月七日に、六十九歳で歿したが、抽斎とも親しく交つて、渋江の家の発会には必ず来る老人株の一人であつた。》

が、〈弘前藩では必ずしも士人を幕府に出すことを喜ばなかつた。抽斎が目見をした時も、同僚にして来り賀するものは一人も無かつた〉。

《しかし当時世間一般には目見以上と云ふことが、頗る重きをなしてゐたのである。伊澤榛軒は少しく抽斎に先んじて目見をしたが、阿部家のこれに対する処置には榛軒自己をして喫驚せしむるものがあつた。榛軒は目見の日に本郷丸山の中屋敷から登城した。さて目見を畢《をは》つて帰つて、常の如く通用門を入らんとすると、門番が忽ち本門の側《かたはら》に下座した。榛軒は誰を迎へるのかと疑つて、四辺を顧たが、別に人影は見えなかつた。そこで始て自分に礼を行ふのだと知つた。次いで常の如く中の口から進まうとすると、玄関の左右に詰衆が平伏してゐるのに気が附いた。榛軒は又驚いた。間もなく阿部家では、榛軒を大目附格に進ましめた。》

この時抽斎が、直参となり躋寿館講師となった時と同じように、再び欣喜雀躍したであろうことは想像に難くない（繰り返すまでもなく、優等生、模範生は、とかく誉められるのを喜ぶものである）。しかし、〈弘前藩では必ずしも士人を幕府に出すことを喜ばなかつた〉。おそらく幕府と藩、都市と地方、在府党と郷国党の対立は、一応の調和、小康が保たれていたとはいえ、徳川幕藩体制発足以来の、体制の宿痾であったのである。

しかし抽斎はこのことに、さまで心を労してもいず痛めてもいないごとくである。〈目見〉の栄誉を浴することを喜び、むしろ〈繁文褥礼化〉（竹盛氏）した格式をも進んで受けんとしているごとくである。《目見は此の如く世の人に重視せられる習であつたから、此栄を荷《にな》ふものは多くの費用を弁ぜなくてはならなかつた。津軽家では一箇年間に返済すべしと云ふ条件を附して、金三両を貸したが、抽斎は主家の好意を喜びつゝも、殆どこれを何の費《つひえ》に充《あ》てようかと思ひ惑つた。

目見をしたものは、先づ盛宴を開くのが例になつてゐた。そしてこれに招くべき賓客の数も略定《ほゞ》まつてゐた。然るに抽斎の居宅には多く客を延《ひ》くべき広間が無いので、新築しなくてはならなかつた。五百の兄忠兵衛が来て、三十両の見積を以て建築に着手した。抽斎は銭穀《せんこく》の事に疎《うと》いことを自知してゐたので、商人たる忠兵衛の言ふがまゝに、これに経営を一任した。しかし忠兵衛は大家の若檀那《わかだんな》上《あが》りで、金を擲《なげう》つことにこそ長じてゐたが、斬《をし》んでこれを使ふことを解せなかつた。工事未だ半ならざるに、費す所は既に百数十両に及んだ。

平生金銭に無頓着であつた抽斎も、これには頗る当惑して、鋸《のこぎり》の音槌《つち》の響のする中で、顔色は次第に蒼《あを》くなるばかりであつた。五百は初から兄の指図を危みつゝ見てゐたが、此時夫に向つて云つた。

「わたくしがかう申すと、ひどく出過ぎた口をきくやうではございますが、御一代に幾度と云ふおめでたい事のある中で、金銭の事位で御心配なさるのを、黙つて見てゐることは出来ませぬ。どうぞ費用の事はわたくしにお任せなすつて下さいまし。」

抽斎は目を睜《みは》つた。「お前そんな事を言ふが、何百両と云ふ金を容易に調達せられるものでは無い。お前は何か当があつてさう云ふのか。」

五百はにつこり笑つた。「はい。幾らわたくしが癡《おろか》でも、当なしには申しませぬ。」》

〈その三十九　五百の金子調達、比良野貞固〉

〈五百は女中に書状を持たせて、程近い質屋へ遣つた。即ち市野迷庵の跡の家である〉。〈跡を襲いだのは松太郎光寿で、それが三右衛門の称をも継承した〉。〈五百が書状を遣つた市野屋は当時弁慶橋にあつて、早くも光寿の子光徳の代になつてゐた〉。

《程なく光徳の店の手代が来た。五百は簞笥長持から二百数十枚の衣類寝具を出して見せて、金を借らんことを求めた。手代は一枚一両の平均を以て貸さうと云つた。しかし五百は抗争した末に、遂に三百両を借ることが出来た。

三百両は建築の費《つひえ》を弁ずるには余ある金であつた。しかし目見に伴ふ飲《いん》醼《えん》贈《ぞう》遺《ゐ》一切の費は莫大であつたので、五百は終《つひ》に豊《ほう》芥《かい》子《し》に託して、主なる首飾類を売つてこれに充てた。其状当《まさ》に行ふべき所を行ふ如くであつたので、抽斎は兎角の意見を其間に挾《さしはさ》むことを得なかつた。しかし中心には深くこれを徳とした。》

以上、夫抽斎の窮地を救う妻五百の、勝れた才智と度胸が描かれている。

ところでこの場面、原史料「抽斎歿後」では、〈殆んと途方に暮れ〉ている抽斎を見兼ねて、五百が〈「御心配なさるな、ドーデモなります」〉と言うと、〈父ハニコリとして〉、〈「ドウニカなるかの」といつたが、それから頗る血色もよくなり、元気も付いた。併し母ハ、元来只た気休めをいつたのみであるゆゑ、他に詮術がなかつた。ソコデ〉云々とあり、金子が調達されて、〈父が涙を溢して貞烈を称した〉とある。出典では〈只だ気休めをいつたのみ〉の五百の言葉が、作品では成算ある余裕綽々の言葉に変じていることに、五百の決然たる態度が示されていると同時に、著しい〈理想化〉が行われていると小泉氏もいう。

なお竹盛氏は、〈幕府の将軍謁見というような栄誉が、繁文褥礼化して来ており、その形式を実質的に維持するにあたって、町人階級の経済力をかりねばならなくなっている状況が、町人階級出身の妻女の美談の形で活写されていると言ってよい〉と論評し、いわばこの〈美談〉の裏を鋭く突いている。

《抽斎の目見をした年の閏《うるふ》四月十五日に、長男恒善は二十四歳で始て勤仕した。八月二十八日に五女癸巳《きし》が生れた。当時の家族は主人四十五歳、妻五百三十四歳、長男恒善二十四歳、次男優善十五歳、四女陸三歳、五女癸巳一歳の六人であつた。長女純は馬場氏に嫁し、三女棠は山内氏を襲ぎ、次女よし、三男八三郎、四男幻香は亡くなつてゐたのである。

嘉永三年には、抽斎が三月十一日に幕府から十五人扶持を受くることゝなつた。藩禄等は凡て旧に依るのである。八月晦《くわい》に、馬場氏に嫁してゐた純が二十歳で歿した。此年抽斎は四十六歳になつた。》

続いて、〈五百の仮親比良野文蔵の歿したのも、同じ年の四月二十二日である。次いで嗣子貞固が目付から留守居に進んだ〉とある。

《衣類を黒紋附に限つてゐた糸鬢奴《いとびんやつこ》の貞固は、素《もと》より読書の人ではなかつた。しかし書巻を尊崇して、提挈《ていけつ》を其中に求めてゐたことを思へば、留守居中稀有の人物であつたのを知ることが出来る。貞固は留守居に任ぜられた日に、家に帰るとすぐに、折簡して抽斎を請《しやう》じた。そして容《かたち》を改めて云つた。

「わたくしは今日父の跡を襲いで、留守居役を仰付けられました。今までとは違つた心掛がなくてはならぬ役目と存ぜられます。実はそれに用立つお講釈が承はりたさに、御足労を願ひました。あの四方に使して君命を辱《はづかし》めずと云ふことがございましたね。あれを一つお講じ下さいますまいか。」

「先づ何よりもおよろこびを言はんではなるまい。さて講釈の事だが、これは又至極のお思附だ。委細承知しました」と抽斎は快く諾した。》

〈その四十　比良野貞固〉

《抽斎は有合せの道春点の論語を取り出させて、巻《まきの》三を開いた。そして「子《し》貢《こう》問《とひて》曰《いはく》、何如《いかなれば》斯《これ》可謂之《これを》士矣《しといふべき》」と云ふ所から講じ始めた。固より朱註をば顧みない。都《すべ》て古義に従つて縦説横説した。抽斎は師迷庵の校刻した六朝本《りくてうほん》の如きは、何時でも毎葉毎行の文字の配置に至るまで、空に憑《よ》つて思ひ浮べることが出来たのである。

貞固は謹んで聴いてゐた。そして抽斎が「子曰《いはく》、噫《あゝ》斗《と》筲《さう》之《の》人《ひと》、何足算也《なんぞかぞふるにたらんや》」に説き到つたとき、貞固の目はかゞやいた。

講じ畢つた後、貞固は暫く瞑目沈思してゐたが、除《しづか》に起つて仏壇の前に往つて、祖先の位牌の前にぬかづいた。そしてはつきりした声で云つた。「わたくしは今日から一命を賭して職務のために尽します。」貞固の目には涙が湛へられてゐた。

抽斎は此日に比良野の家から帰つて、五百に「比良野は実に立派な侍だ」と云つたさうである。其声は震《ふるひ》を帯びてゐたと、後に五百が話した。》

比良野貞固も、抽斎や五百と同じように、著しい美化、理想化がされているといえる。原史料「抽斎親戚、並門人」には、〈青年時代ハ、随分乱暴で阿つたことと見える。聞く、曾て吉原類焼し、本所松井町へ仮宅の出来た時、助太郎ハ毎夜仮宅へ遊興に出掛けたが、随分持て余し者で阿つたといふ。茲に一例挙れバ、或る時ハ妓楼仮宅の二階で台の物など、酒肴を沢山取寄せ置き、密とそれを梯子の処へ運びて、忽ち蹴飛し、飲食器皿の一時に階下へ瓦楽々々と転がり落つるのを見て、拍手快哉を叫んだ、或る時ハ、楼上の縁側から肩摩轂撃の市街へ放尿して楽んだとぞ。助太郎の少時ハ此の如く乱暴に、其の未来ハ又彼か如く武張つて居た〉とある。

山崎一穎氏は、鷗外はこれら〈理想化の方向にそぐわない原史料は当然削除〉する、あるいは〈一切を捨象して顧みない〉、そうして着々と〈自分好み〉の人物、そして世界を仕立てあげてゆくといっている。

《留守居になつてからの貞固は、毎朝日の出ると共に起きた。そして先づ廐《うまや》を見廻つた。そこには愛馬浜風が繋いであった。友達がなぜそんなに馬を気に掛けるかと云ふと、馬は生死を共にするものだからと、貞固は答へた。廐から帰ると、盥漱《くわんそう》して仏壇の前に坐した。そして木魚を敲《たゝ》いて誦経《じゆきやう》した。此間は家人を戒めて何の用事をも取次がしめなかつた。来客もそのまゝ待たせられることになつてゐた。誦経が畢つて、髪を結はせた。それから朝餉《あさげ》の饌《ぜん》に向つた。饌には必ず酒を設けさせた。朝と雖《いへど》も省かない。殽《さかな》には選嫌《えりぎらひ》をしなかつたが、のだ平《へい》の蒲鉾を嗜《たし》んで、闕《か》かさずに出させた。これは贅沢品で、鰻の丼《どんぶり》が二百文、天麩羅蕎麦が三十二文、盛掛《もりかけ》が十六文するとき、一板《ひといた》二分二朱であつた。

朝餉の畢る比《ころ》には、藩邸で巳《み》の刻《こく》の大鼓《たいこ》が鳴る。名高い津軽屋敷の櫓大鼓《やぐらだいこ》である。嘗《かつ》て江戸町奉行がこれを撃つことを禁ぜようとしたが、津軽家が聴ずに、とう〱上屋敷を隅田川の東に徙《うつ》されたのだと、巷説に言ひ伝へられてゐる。》

〈留守居には集会日と云ふものがある。其日には城から会場へ往く。八百善、平清、川長、青柳等の料理屋である。又吉原に会することもある。集会には煩瑣な作法があつた〉。

《津軽家では留守居の年俸を三百石とし、別に一箇月の交際費十八両を給した。比良野は百石取ゆゑ、これに二百石を補足せられたのである。五百の覚書に拠るに、三百石十人扶持の渋江の月割が五両一分、二百石八人扶持の矢嶋の月割が三両三分であつた。矢嶋とは後に抽斎の二子優善が養子に往つた家の名である。これに由つて観れば、貞固の月収は五両一分に十八両を加へた二十三両一分と見て大いなる差違は無からう。然るに貞固は少くも月に交際費百両を要した。しかもそれは平常の費《つひえ》である。吉原に火災があると、貞固は妓楼佐野槌《さのづち》へ、百両に熨斗《のし》を附けて持たせて遣らなくてはならなかつた。又相方黛《あひかたまゆずみ》のむしんをも、折々は聴いて遣らなくてはならなかつた。或年の暮に、貞固が五百に私語したことがある。「姉えさん、察して下さい。正月が来るのに、わたしは実は褌《ふんどし》一本買ふ銭も無い。」》

〈その四十一　平井東堂〉

《均《ひと》しく是れ津軽家の藩士で、柳嶋附の目附から、少しく貞固に遅れて留守居に転じたものがある。平井氏、名は俊章、字は伯民、小字《をさなゝ》は清太郎、通称は修理で、東堂と号した。文化十一年生で貞固よりは二つの年下である。平井の家は世禄《せいろく》二百石八人扶持なので、留守居になつてから百石の補足を受けた。

貞固は好丈夫で威貌があつた。東堂も亦風丰《ふうぼう》人に優れて、而《しか》も温容親むべきものがあつた。そこで世の人は津軽家の留守居は双璧だと称したさうである。》

そして平井氏が〈善書の家〉であるとし、その尊卑が語られる。ただ下役藤田徳太郎に対する東堂と貞固の処遇にふれ、〈東堂は外《ほか》柔にして内《うち》険、貞固は外猛にして内寛であつた〉と記される。また〈わたくしは前に貞固が要職の体面をいたはるがために窮乏して、古褌を着けて年を迎へたことを記した。この窮乏は東堂と雖もこれを免る丶ことを得なかつたらしい〉として、東堂が〈愛惜〉の品を質入れしたという逸話が続く。

〈その四十二　平井東堂〉

《貞固と東堂とは、共に留守居の物頭《ものがしら》を兼ねてゐた。物頭は詳しくは初手足軽頭と云つて、藩の諸兵の首領である。留守居も物頭も独礼の格式である。平時は中下屋敷附近に火災の起る毎に、火事装束を着けて馬に騎り、足軽数十人を随へて臨検した。貞固は其帰途には、殆ど必ず渋江の家に立ち寄つた。実に威風堂々たるものであつたさうである。》

そして、

《嘉永四年には、二月四日に抽斎の三女で山内氏を冒してゐた棠子《たうこ》が、痘を病んで死んだ。尋いで十五日に、五女癸巳《きし》が感染して死んだ。彼は七歳、此は三歳である。重症で曼公の遺法も功を奏せなかつたと見える。三月二十八日に、長子恒善が二十六歳で、柳嶋に隠居してゐた信順の近習にせられた。六月十二日に、二子優善が十七歳で、二百石八人扶持の矢嶋玄碩《げんせき》の末期《まつご》養子になつた。是年渋江氏は本所台所町に移つて、神田の家を別邸とした。抽斎が四十七歳、五百が三十六歳の時である。

優善は渋江一族の例を破つて、少《わか》うして烟草《たばこ》を喫み、好んで紛華奢靡《ふんくわしやび》の地に足を容れ、兎角市井のいきな事、しやれた事に傾《かたぶ》き易く、当時早く既に前途のために憂ふべきものがあつた。

本所で渋江氏のゐた台所町は今の小泉町で、屋敷は当時の切絵図に載せてある。》

と、はじめて二子優善のことが少しく触れられている。

〈その四十三　伊澤榛軒の死〉

《嘉永五年には四月二十九日に、抽斎の長子恒善が二十七歳で、二の丸火の番六十俵田口儀三郎の養女糸を娶つた。五月十八日に、恒善に勤料三人扶持を給せられた。抽斎が四十八歳、五百が三十七歳の時である。》

そして、

《伊澤氏では此年十一月十七日に、榛軒が四十九歳で歿した。榛軒は抽斎より一つの年上で、二人の交は頗る親しかつた。楷書に片仮名を交ぜた榛軒の尺牘《せきどく》には、宛名が抽斎賢弟としてあつた。しかし抽斎は小嶋成斎に於けるが如く心を傾けてはゐなかつたらしい。

榛軒は本郷丸山の阿部家の中屋敷に住んでゐた。父蘭軒の時からの居宅で、頗る広大な構であつた。庭には吉野桜八株を栽《う》ゑ、花の頃には親戚知友を招いてこれを賞した。其日には榛軒の妻飯田氏しほと女かえとが許多《あまた》の女子《をなご》を役《えき》して、客に田楽豆腐などを供せしめた。パアル、アンチシパシヨンに園遊会を催したのである。歳の初の発会式も、他家に較ぶれば華やかであつた。しほの母は素《もと》京都諏訪《すは》神社の称宜《ねぎ》飯田氏の女で、典薬頭《てんやくのかみ》某の家に仕へてゐるうちに、其嗣子と私《わたくし》してしほを生んだ。しほは落魄《らくたく》して江戸に来て、木挽町《こびきちやう》の芸者になり、些《ちと》の財を得て業を罷《や》め、新堀に住んでゐたさうである。榛軒が娶つたのは此時の事である。しほは識らぬ父の記念《かたみ》の印籠《いんろう》一つを、母から承け伝へて持つてゐた。榛軒がしほに生ませた女かえは、一時池田京水の次男全安を迎へて夫としてゐたが、全安が広く内科を究めずに、痘科と唖科《あくわ》とに偏すると云ふを以て、榛軒が全安を京水の許に還したさうである。

榛軒は辺幅を脩《をさ》めなかつた。渋江の家を訪ふに、踊りつゝ玄関から入つて、居間の戸の外から声を掛けた。自ら鰻を誂《あつら》へて置いて来て、粥《かゆ》を所望することもあつた。そして抽斎に、「どうぞ己《おれ》に構つてくれるな、己には御新造が合口《あひくち》だ」と云つて、書斎に退かしめ、五百と語りつゝ飲食《のみくひ》するを例としたさうである。》

榛軒の豪邁かつ繊細、さらに鋭敏かつ洒脱な人柄は、すでに「伊澤蘭軒」の記実によって前述した。ここでも、目見にもかかわらず木挽町の芸者を妻とし（この志保については「伊澤蘭軒」に詳しく記されている）、辺幅を脩めず、渋江家に踊りながら入ってくる（「伊澤蘭軒」その三百二十五には、弟柏軒も、〈絶て辺幅を修め〉ず、〈五百を訪ふ時、跳躍して玄関より上り、案内を迄ふことなしに奥に通つた〉とある）という奇抜な一面が記される。

なお後半の記述、榛軒はつまらん坊の抽斎が、己れにそれほど〈心を傾けてゐなかつた〉ことを敏感に感じとり、そして上手に抽斎を敬遠して、〈合口〉の五百との飲食を楽しんでいたのではないか（「伊澤蘭軒」その二百八十に、〈此の如き時、榛軒は抽斎の読書を碍《さまた》ぐることを欲せなかつたので、五百をして傍《かたはら》にあらしめ、抽斎をして書斎に退かしめた〉とあるが）。

《榛軒が歿してから一月の後、十二月十六日に弟柏軒が躋寿館の講師にせられた。森枳園等と共に千金方校刻の命を受けてから四年の後で、柏軒は四十三歳になつてゐた。

是年に五百の姉壻長尾宗右衛門が商業の革新を謀つて、横山町の家を漆器店のみとし、別に本町二丁目に居宅を置くことにした。此計畫のために、抽斎は二階の四室を明けて、宗右衛門夫妻、敬、銓《せん》の二女、女中一人、丁稚《でつち》一人を棲《す》まはせた。》

さて、

《嘉永六年正月十九日に、抽斎の六女水木《みき》が生れた。家族は主人夫婦、恒善夫婦、陸、水木の六人で、優善は矢嶋氏の主人になつてゐた。抽斎四十九歳、五百三十八歳の時である。

此年二月二十六日に、堀川舟庵が躋寿館の講師にせられて、千金方校刻の事に任じた三人の中森枳園が一人残された。

安政元年は稍《やゝ》事多き年であつた。二月十四日に五男専六が生れた。後に脩《をさむ》と名告つた人である。三月十日に長子恒善が病んで歿した。抽斎は子婦糸の父田口儀三郎の窮を憫《あはれ》んで、百両余の金を餽《おく》り、糸をば有馬宗智と云ふものに再嫁せしめた。十二月二十六日に、抽斎は躋寿館の講師たる故を以て、年に五人扶持を給せられることになつた。

今の勤務加俸の如きものである。二十九日に更に躋寿館医書彫刻手伝を仰附けられた。今度校刻すべき書は、円融天皇の天元五年に、丹波康頼《たんばのやすより》が撰んだと云ふ医心方である。》

ところで鷗外の作物を読んでいて、いまもって（これまでも、そしてこれからも）馴染めない、というより、まさに衝撃的なことは、人の死についての記述である。

この場合、人の死だとしても、かりにも自らがもっとも愛していたであろう愛し子の死が、〈三月十日に長子恒善が病んで歿した〉という唐突の一行で擦過されるのである（そういえば〈その三十八〉、長女純が死んだ折も〈八月晦、馬場氏に嫁してゐた純が二十歳で歿した〉という一行で終わる。他の早世していった子供等も然りである）。子等の突然の死に際し、親としてのたうち苦しむことはなかったのか？

一体、抽斎という人間、いや鷗外という人間は、どういう心を持っていたのであろうか？　そのことは数字ですませ、ただちに抽斎が、〈子婦糸の父田口儀三郎の窮を憫んで、百両余の金を餽《おく》り、糸をば有馬宗智と云ふものに再嫁せしめた〉という、抽斎ならではの美談に移る。いや、あるいはこれは恒善の霊に対する抽斎の、親としてのせめてもの手向けであったのかも知れない。しかし鷗外はこの場合、そういう風には書いていないように思われる――。そして話柄は以後、もっぱら「医心方」のことに移るのである。

〈その四十四　医心方の出現〉

古医書「医心方」の出現。躋寿館における〈校刻〉、〈校正〉には伊澤柏軒、森枳園、堀川舟庵、渋江抽斎等が加わる。

〈その四十五　医心方の校刻、学問生活と時務の要求〉

前章の続き。なお〈是年正月二十五日に、森枳園が躋寿館講師に任ぜられて、二月二日から登館した。医心方校刻の事の起つたのは、枳園が教職に就いてから十箇月の後である〉という。

《抽斎の家族は此年主人五十歳、五百《いほ》三十九歳、陸八歳、水木二歳、専六生れて一歳の五人であつた。矢嶋氏を冒した優善は二十歳になつてゐた。二年前から寄寓してゐた長尾氏の家族は、本町二丁目の新宅に移つた。

安政二年が来た。抽斎の家の記録は先づ小さき、徒《あだ》なる喜を誌《しる》さなくてはならなかつた。それは三月十九日に、六男翠暫《すゐざん》が生れたことである。後十一歳にして夭札《えうさつ》した子である。》

と珍らしく(?)、子の誕生と早世へのやや情にわたつた記述が入り、そして〈此年は人の皆知る地震の年である。しかし当時抽斎を揺り撼《うごか》して起たしめたものは、独地震のみではなかつた〉と、地震のことはひとまず措いて、抽斎における〈学問生活と時務の要求〉をめぐる論究が挿まれるのである。

《学問はこれを身に体し、これを事に措《お》いて、始て用をなすものである。否《しからざ》るものは死学問である。これは世間普通の見解である。しかし学芸を研鑽して造詣《ざうけい》の深きを致さんとするものは、必ずしも直ちにこれを身に体せようとはしない。必ずしも径《たゞ》ちにこれを事に措かうとはしない。その矻々《こつ〳〵》として閲《けみ》する間には、心頭姑《しばら》く用と無用とを度外に置いてゐる。大いなる功績は此の如くにして始て贏《か》ち得らるゝものである。

この用無用を問はざる期間は、啻《たゞ》に年を閲するのみでは無い。或は生を終るに至るかも知れない。或は世を累《かさ》ぬるに至るかも知れない。そして此期間に於ては、学問の生活と時務の要求とが截然《せつぜん》として二をなしてゐる。若し時務の要求が漸く増長し来つて、強ひて学者の身に薄《せま》つたなら、学者が其学問生活を抛《なげう》つて起つこともあらう。しかし其背面には学問のための損失がある。研鑽はこゝに停止してしまふからである。

わたくしは安政二年に抽斎が喙《かい》を時事に容るゝに至つたのを見て、是《かく》の如き観をなすのである。》

この一節は(すぐ後に、その〈時事〉について触れるとしても)、いささか唐突な一節といえる。

鷗外はいう。学問の探求はすべからく〈用と無用とを度外に置〉かなければならない。その〈用無用を問はざる期間は、啻に年を閲するのみでは無い。或は生を終るに至るかも知れない。或は世を累《かさ》ぬるに至るかも知れない〉と。

とは要するに、学問の探求は一生をこえ一世をこえて、だから永遠に〈用か無用〉の決着がつくものではない、またつかないとしても、矻々としてそれに耐え、孜々としてその〈研鑽〉をとめてはならない。

まさに学者は、性急に結果を求めず、永遠にその途中に、途中の彷徨に耐えなければならない——。

稲垣達郎氏はこの一節を、〈抽斎が、「喙を時事に容るゝに至つた」（あるいは至らざるを得なかった）のを惜しんで、鷗外は、「主観」をはたらかせて、ひとくさりの《学問論》を挿入し〉たといっている。また小泉浩一郎氏は、〈抽斎の政治的発言を抽斎本来のあり方から逸脱したものとする鷗外の捉え方を端的に示した表現〉、あるいは〈抽斎の政治的行動をその学者としての本分に対置し、相対化する表現〉といっている。

だが、たしかにその通りだとしても、この一節、単に〈学問論〉、〈学者としての本分〉を語るにとどまらないものがあるのではないか。〈学者は性急に結果を求めず、永遠にその途中に、途中の彷徨に耐えなければならない〉——。いや学者ばかりではない。なべて〈人は性急に結果を求めず、永遠にその途中に、途中の彷徨に耐えなければならない〉*。そしておそらくこれは、鷗外が一生をかけて求めつづけた、だから結論ならぬ結論、しかも鷗外はそれをいささか〈性急〉に、ここに吐露しているといえよう**。

* 拙論「『坑夫』論—彷徨の意味—」（『鷗外と漱石—終りない言葉—』三弥井書店、昭和六十一年十一月）参照。

** 拙論「『歴史其儘と歴史離れ』」（「国文学研究」百五十九集、平成二十一年十月、本書所収）参照。

〈その四十六　抽斎の藩政進言〉

《米艦が浦賀に入つたのは、二年前の嘉永六年六月三日である。翌安政元年には正月に艦《ふね》が再び浦賀に来て、六月に下田を去るまで、江戸の騒擾《さうぜう》は名状すべからざるものがあつた。幕府は五月九日を以て、万石以下の士に甲冑の準備を令した。動員の備の無い軍隊の腑甲斐なさが覗はれる。新将軍家定の下にあつて、此難局に当つたのは、柏軒、枳園等の主侯阿部正弘である。》

冒頭、これも珍らしく、この折の世の大状況が要約される。そして抽斎が、その〈喙を時事に容るゝに至つた〉経緯が記される。

《今年《こんねん》に入つてから、幕府は講武所を設立することを令した。次いで京都から、寺院の梵鐘《ぼんしよう》を以て大砲小銃を鋳造すべしと云ふ詔《みことのり》が発せられた。多年古書を校勘して寝食を忘れてゐた抽斎も、こゝに至つて寖《やゝ》風潮の化誘する所となつた。それには当時産蓐にゐた女丈夫五百の啓沃も与《あづか》つて力があつたであらう。抽斎は遂に進んで津軽士人のために画策するに至つた。

津軽順承《ゆきつぐ》は一の進言に接した。これを上《たてまつ》つたものは用人加藤清兵衛、側用人《そばようにん》兼松伴大夫、目附兼松三郎である。幕府は甲冑を準備することを令した。然るに藩の士人の能くこれを遵行《じゆんかう》するものは少い。概ね皆衣食だに給せざるを以て、これに及ぶに遑《いとま》あらざるのである。宜《よろし》く現に甲冑を有せざるものには、金十八両を貸与してこれが貲《し》に充てしめ、年賦に依つて還納せしむべきである。且今より後毎年一度甲冑改《あらため》を行ひ、手入を怠らしめざるやうにせられたいと云ふのである。順承はこれを可とした。

此進言が抽斎の意より出で、兼松三郎がこれを承けて案を具し、両用人の賛同を得て呈せられたと云ふことは、闔藩《かふはん》皆これを知つてゐた。三郎は石居と号した。その隆準なるを以ての故に、抽斎は天狗《てんぐ》と呼んでゐた。佐藤一斎、古賀侗庵の門人で、学殖儕輩を超え、嘗て昌平黌の舎長となつたこともある。当時弘前吏胥《りしよ》中の識者として聞えてゐた。》

しかしそれにしても、〈多年古書を校勘して寝食を忘れてゐた抽斎も、こゝに至つて漸《やゝ》風潮の化誘する所となつた。それには当時産蓐にゐた女丈夫五百の啓沃も与つて力があつたであらう〉という一文は、なんとも理解に苦しむものといわなければならない。要するに〈雌鳥勧めて雄鳥時を作る〉ということか？

そして鷗外は、

《抽斎は天下多事の日に際会して、言《こと》偶《たま〱》政事に及び、武備に及んだが、此の如きは固《もと》より其本色では無かつた。抽斎の旦暮力を用ゐる所は、古書を構窮し、古義を闡明するにあつた。彼は弘前藩士たる抽斎が、外来の事物に応じて動作した一時のレアクションである。此は学者たる抽斎が、終生従事してゐた不朽の労作である。》

といつて、抽斎の〈本色〉たるの記述に帰る。

《抽斎の校勘の業は此頃着々進陟してゐたらしい。森枳園が明治十八年に書いた経籍訪古志の跋に、緑汀会《りよくていくわい》の事を記して、三十年前だと云つてある。緑汀とは多紀茝庭が本所緑町の別荘である。茝庭は毎月一二次、抽斎、枳園、柏軒、舟庵、海保漁村等を此《こゝ》に集《つど》へた。諸子は環坐して古本を披閲し、これが論定をなした。会の後には宴を開いた。さて二州橋上酔に乗じて月を踏み、詩を詠じて帰つたと云ふのである。同じ書に、茝庭が此年安政二年より一年の後に書いた跋があつて、諸子裒録《ほうろく》惟れ勤め、各部頓《とみ》に成ると云つてあるのを見れば、論定に継ぐに編述を以てしたのも、亦当時の事であつたと見える。》

おそらくこの一節は、抽斎の学者としての〈本色〉を、もっともあざやかに描いた一節といえる。

「伊澤蘭軒」にもこれと同じような一節が、塩田良三の言として記載されている。すなわち、〈榛軒柏軒の兄弟は、渋江抽斎、小島抱沖、森枳園の三人と共に、狩谷掖斎の家に集つて古書を校読した。其書は多分茝庭を介して紅葉山文庫より借り来つたものである〉（その三百二十三）。

山崎一穎氏はこれ等を評し、〈鷗外史伝中の渋江抽斎・伊澤蘭軒・榛軒・柏軒らは、日常生活の上での起伏はあるが、時代の加護に包まれていたと言える。彼等は己れの人生観や価値観が対社会と抵触することなく、しかも刻苦勉励が報われた至福な時代に生を終わったのである。紅葉山文庫から多紀茝庭が借り出した書物を棭斎の家に集い、榛軒・柏軒・抽斎・抱沖・枳園らが校読し、影写し得たと云うことは、幕藩体制の保護の下に、学問体系を究めることが可能であった秩序や規範が存在していたのである〉といっている。* 傾聴すべき意見である。たしかに彼等はおのがじし、〈日常生活の上での起伏〉を抱えながらも、ただ一筋に学問の探求に挺身し邁進して飽くことがない。しかもそれが可能であったのも、〈時代の加護〉、徳川幕藩体制下二百有余年の平安の余沢と、それが培った江戸という都市の文化の高さ、そこに集った同志達の友愛の深さのあったことを忘れてはならない。

＊「史伝小説論」（『森鷗外・史伝小説研究』前出）参照。

が、ここで話は急に変わり、あたかも抽斎一個の〈日常生活の上での起伏〉を語るごとく、おそらくは抽斎の心労の最たるものであったろう、二子優善のことが語られる。

《わたくしは此年の地震の事を語るに先《さきだ》つて、台所町の渋江の家に座敷牢があつたと云ふことに説き及ぼすのを悲む。これは二階の一室を繞《めぐら》すに四目格子《よつめがうし》を以てしたもので、地震の日には工事既に竣《をは》つて、其中は猶《なほ》空虚であつた。若し人が其中にゐたならば、渋江の家は死者を出《いだ》さざることを得なかつたであらう。

座敷牢は抽斎が忍び難きを忍んで、次男優善《やすよし》がために設けたものであつた。》

〈その四十七　優善の行状、安政の大震〉

《抽斎が岡西氏徳に生せた三人の子の中、只一人生き残つた次男優善は、少時放恣《はうし》佚楽のために、頗る渋江一家を困《くるし》めたものである。優善には塩田良三《りやうさん》と云ふ遊蕩夥伴《いうたうなかま》があつた。良三はかの蘭軒門下で、指の腹に杖を立てゝ歩いたと云ふ楊庵が、家附の女《むすめ》に生せた嫡子である。

わたくしは前に優善が父兄と嗜《たしみ》を異にして、煙草を喫んだと云ふことを言つた。しかし酒は此人の好む所でなかつた。優善も良三も、共に涓滴《けんてき》の量なくして、あらゆる遊戯に耽《ふけ》つたのである。

抽斎が座敷牢を造つた時、天保六年生《うまれ》の優善は二十一歳になつてゐた。そしてその密友たる良三は天保八年生で、十八歳になつてゐた。二人は影の形に従ふ如く、須臾も相離るゝことが無かつた。

或時優善は松川飛蝶《ひてふ》と名告つて、寄席に看板を懸けたことがある。良三は松川酔蝶《すゐてふ》と名告つて、共に高座に登つた。鳴物入で俳優の身振声色《こわいろ》を使つたのである。しかも優善は所謂心打《しんうち》で、良三は其前席を勤めたさうである。又夏になると、二人は舟を藉《か》りて墨田川を上下《じやうか》して、影芝居を興行した。一人は津軽家の医官矢嶋氏の当主、一人は宗家の医官塩田氏の若檀那《わかだんな》である。中にも良三の父は神田松枝町に開業して、市人に頓才のある、見立の上手な医者と称せられ、その肥胖《ひはん》のために瞽者《こしや》と看錯《みあやま》らるゝ面《おもて》をば汎《ひろ》く識られて、家は富み栄えてゐた。それでゐて二人共に、高座に顔を曬《さら》すことを憚《はゞか》らなかつたのである。

二人は酒量なきに拘らず、町々の料理屋に出入し、又屢《しば〳〵》吉原に遊んだ。そして借財が出来ると、親戚故旧をして償《つぐの》はしめ、度重つて償ふ道が塞《ふさ》がると、跡を晦《くら》ましてしまふ。抽斎が優善のために座敷牢を作らせたのは、さう云ふ失踪の間の事で、その早晩還《かへ》り来《きた》るを候《うかゞ》つて此中に投ぜようとしたのである。》

まさしく「梁塵秘抄」の、〈遊びをせんとや生れけむ、戯れせんとや生れけん〉の一節を想い起こす二人の行状である。

そして叙述はようやく〈地震〉に及ぶ。

《十月二日は地震の日である。空は陰《くも》つて雨が降つたり歇《や》んだりしてゐた。抽斎は此日観劇に往つた。周茂叔連《しうもしゆくれん》にも逐次に人の交迭《かうてつ》があつて、豊芥子や抽斎が今は最年長者として推されてゐたことであらう。抽斎は早く帰つて、晩酌をして寝た。地震は亥《ゐ》の刻に起つた。今の午後十時である。二つの強い衝突を以て始まつて、震動が漸く勢を増した。寝間にどてらを著て臥してゐた抽斎は、撥ね起きて枕元の兩刀を把《と》つた。そして表座敷へ出ようとした。寝間と表座敷との途中に講義室があつて、壁に沿うて本箱が堆《うづたか》く積み上げてあつた。抽斎がそこへ来掛かると、本箱が崩れ墜ちた。抽斎は其間に介《はさ》まつて動くことが出来なくなつた。

五百は起きて夫の後に続かうとしたが、これはまだ講義室に足を投ぜぬうちに倒れた。暫くして若党仲間が来て、夫婦を扶《たす》け出した。抽斎は衣服の腰から下が裂け破れたが、手は兩刀を放たなかつた。》

〈手は両刀を放たなかった〉と鷗外好みの記述が続き、

《抽斎は衣服を取り繕ふ暇もなく、馳せて隠居信順《のぶゆき》を柳嶋の下屋敷に慰問し、次いで本所二つ目の上屋敷に往つた。信順は柳嶋の第宅《ていたく》が破損したので、後に浜町の中屋敷に移つた。当主順承《ゆきつぐ》は弘前にゐて、上屋敷には家族のみが残つてゐたのである。

抽斎は留守居比良野貞固に会つて、救恤《きうじゆつ》の事を議した。貞固は君侯在国の故を以て、旨を承くるに遑《いとま》あらず、直ちに廩米《りんまい》二万五千俵を発して、本所の窮民を賑《にぎは》すことを令した。》

さだめしこれは、留守居比良野貞固一個の決断であったろうか。

〈その四十八　安政の大震、五百が父の妾牧の寄寓〉

《抽斎が本所二つ目の津軽家上屋敷から、台所町に引き返して見ると、住宅は悉く傾き倒れてゐた。二階の座敷牢は粉韲《ふんさい》せられて迹《あと》だに留《とど》めなかつた。対門の小姓組番頭土屋佐渡守邦直の屋敷は火を失してゐた。

地震は其夜歇《や》んでは起り、起つては歇んだ。町筋毎に損害の程度は相殊《あひことな》つてゐたが、江戸の全市に家屋土蔵の無瑕《むきず》なものは少かつた。上野の大仏は首が砕け、谷中天王寺の塔は九輪が落ち、浅草寺の塔は九輪が傾いた。数十

箇所から起つた火は、三日の朝辰《たつ》の刻に至つて始て消された。公に届けられた変死者四千三百人であつた。》

余震が続き、幕府は各所に〈救小屋〉を設けた。

《是年抽斎は五十一歳、五百は四十歳になつて、子供には陸《くが》、水木《みき》、専六、翠暫《すゐざん》の四人がゐた。矢嶋優善《やすよし》の事は前に言つた。五百の兄広瀬栄次郎が此年四月十八日に病死して、其父の妾《せふ》牧は抽斎の許《もと》に寄寓した。

牧は寛政二年生で、初《はじめ》五百の祖母が小間使に雇つた女である。それが享和三年に十四歳で五百の父忠兵衛の妾になつた。忠兵衛が文化七年に紙問屋山一の女くみを娶つた時、牧は二十一歳になつてゐた。そこへ十八歳ばかりのくみは来たのである。くみは富豪の懐子《ふところご》で、性質が温和であつた。後に五百と安を生んでから、気象の勝つた五百よりは、内気な安の方が、母の性質を受け継いでゐると人に言はれたのに徴しても、くみがどんな女であつたかと言ふことは想ひ遣られる。牧は特に悍《かん》と称すべき女でもなかつたらしいが、兎に角三つの年上であつて、世故《せいこ》にさへ通じてゐたから、くみが啻《たゞ》にこれを制することが難かつたばかりでなく、動《やゝ》もすればこれに制せられようとしたのも、固《もと》より怪むに足らない。

既にしてくみは栄次郎を生み、安を生み、五百を生んで、次で文化十四年に次男某を生むに当つて病に罹り、生れた子と倶《とも》に世を去つた。この最後の産の前後の事である。くみは血行の変動のためであつたか、重聴になつた。其時牧がくみの事を度々聾者《つんぼ》と呼んだのを、六歳になつた栄次郎が聞き咎《とが》めて、後まで忘れずにゐた。

五百は六七歳になつてから、兄栄次郎に此事を聞いて、ひどく憤つた。そして兄に謂つた。「さうして見ると、わたし達には親の敵《かたき》がありますね。いつか兄いさんと一しよに敵を討たうではありませんか」と云つた。其後五百は折々箒《はうき》に塵払《ちりはらひ》を結び付けて、双手《さうしゆ》の如くにし、これに衣服を纏つて壁に立て掛け、さてこれを斫《き》る勢をなして、「おのれ、母の敵、思ひ知つたか」などゝ叫ぶことがあつた。父忠兵衛も牧も、少女の意の斥《さ》す所を暁《さと》つてゐたが、父は憚つて肯《あへ》て制せず、牧は慴《おそ》れて咎《とが》めることが出来なかつた。

牧は奈何《いか》にもして五百の感情を和《やわら》げようと思つて、甘言を以てこれを誘はうとしたが、五百は応ぜなかつた。牧は又忠兵衛に請うて、五百に己《おのれ》を母と呼ばせようとしたが、これは忠兵衛が禁じた。忠兵衛は五百の気象を知つていて、此の如き手段の却つて其反抗心を激成するに至らむことを恐れたのである。

五百が早く本丸に入り、又藤堂家に投じて、始終家に遠《とほざ》かつてゐるやうになつたのは、父の希望があり母の遺志があつて出来た事ではあるが、一面には五百自身が牧と倶《とも》に起臥《おきふし》することを快からず思つて、余所《よそ》へ出て行くことを喜んだためもある。》

たかが〈六七歳〉の少女を慮る忠兵衛や牧の心遣いが痛々しい。〈気象の勝つた五百〉、〈五百の気象〉。しかしそれにしても、すでに妻を失った父忠兵衛が老いに向かい、牧をたよりに生きてゆかなければならない心細さに、五百はいつごろ気づいたのであろうか（〈忠兵衛は晩年に、気が弱くなつてゐた〉その三十三）。

《かう云ふ関係のある牧が、今寄辺《よるべ》を失つて、五百の前に首《かうべ》を屈し、渋江氏の世話を受けることになつたのである。五百は怨に報ゆるに恩を以てして、牧の老《おい》を養ふことを許した。》

あるいはこれは、遅蒔きながら五百の、父に対する罪滅しであったのかも知れない（ただ小泉氏は、牧はもっと早い時期に渋江家に帰寓していたという。しかし鷗外はこれを顧みていない。あるいは五百の、厳しい〈気象〉を描くに急であったためか）。

〈その四十九　抽斎再度の藩政進言〉

《安政三年になつて、抽斎は再び藩の政事に喙《くちばし》を容れた。抽斎の議の大要はかうである。弘前藩は須《すべから》く当主順承と要路の有力者数人とを江戸に留《とゞ》め、隠居信順以下の家族及家臣の大半を挙げて帰国せしむべしと云ふのである。其理由の第一は、時勢既に変じて多人数の江戸詰は其必要を認めないからである。何故《なにゆゑ》と云ふに、原《もと》諸侯の参勤、及これに伴ふ家族の江戸に於ける居住は、徳川家に人質を提供したものである。今将軍は外交の難局に当つて、旧慣を棄て、冗費を節することを謀つてゐる。諸侯に土木の手伝を命ずることを罷《や》め、府内を行くに家に窓蓋《まどぶた》を設《まうく》ることを止《とゞ》めたのを見ても、其意向を窺ふに足る。縦令《たとひ》諸侯が家族を引き上げたからと云つて、幕府は最早これを抑留することは無かろう。理由の第二は、今の多事の時に方《あた》つて、二三の有力者に託するに藩の大事を以てし、これに掣肘を加ふること無く、当主を補佐して臨機の処置に出でしむるを有利とするからである。由来弘前藩には悪習慣がある。それは事ある毎に、藩論が在府党と在国党とに岐《わか》れて、荏苒《じんぜん》決せざることである。甚だしきに至つては、在府党は郷国の士を罵《のゝし》つて国猿《くにざる》と云ひ、その主張する所は利害を問はずして排斥する。此の如きは今の多事の時に処する所以の道でないと云ふのである。》

〈抽斎は再び藩の政事に嘴を容れた〉というとき、そこに鷗外はどのような思いを託していたのか。基本的には〈その四十五〉にあったごとく、抽斎の〈政治的発言〉なり〈政治的行動〉なりを、学者の〈本分〉から〈逸脱〉するものとして惜しんでいるのか。それは〈学問のための損失〉（その四十五）、〈研鑽はこゝに停止してしまふ〉（同）――。

ただ今回の〈政事〉への容嘴（〈国勝手の議〉）は、前回の時（〈武備に関する進言〉）とは異なり、藩、そして抽斎自身に、容易ならぬ混乱や反動を惹起したことは確かである。

《此議は同時に二三主張するものがあつて、是非の論が盛に起つた。しかし後にはこれに左袒するものも多くなつて、順承が聴納《ていなふ》しようとした。浜町の隠居信順がこれを見て大いに怒つた。信順は平素国猿を憎悪することの尤《もつと》も甚しい一人であつた。

此議に反対したものは、独浜町の隠居のみではなかつた。当時江戸にゐた藩士の殆ど全体は弘前に往くことを喜ばなかつた。中にも抽斎と親善であつた比良野貞固は、抽斎の此議を唱ふるを聞いて、馳せ来つて論難した。議善からざるにあらずと雖も、江戸に生れ江戸に長じたる士人と其家族とをさへ、悉く窮北の地に還さうとするは、忍べるの甚しきだと云ふのである。抽斎は貞固の説を以て、情に偏し義に失するものとなして聴かなかつた。貞固はこれがために一時抽斎と交を絶つに至つた。》

〈国勝手の議〉は竹盛氏もいうように、〈藩単位に考える場合、これが良策、もしくは理想策であるとしても、多年江戸の在府生活がつづいている者にとって、「忍べるの甚しきだ」という反撥があったのも当然であろう〉。それはひとり信順、貞固の反撥にとどまるものではない。〈当時江戸にゐた藩士の殆ど全体〉に及ぶ反撥を引き起こしたのだ。

竹盛氏が続けていうように、〈抽斎が単なる江戸定府の文化人でなく、津軽の士人として処そうとした面目をあらわしている。そういう点で、自由人的な枳園とは別の気魄が対照的に描き出されている〉ということは分かる（しかし枳園もまた備後福山（阿部）十一万石の家臣である。ただし代々老中職を勤める譜代の阿部の家臣と、北辺の津軽津島家の家臣とでは、おのずから幕府に対する思いは違っていたろうが）。

ただ抽斎がこれまで、〈津軽の士人として処そうとし〉ていたとしても、つねにすでに、〈江戸定府の文化人〉として生きてきたことは、紛れもない事実ではないか。彼はまさに天下の江戸において、幕府の庇護のもとに、幕臣としての処遇を受け、そしていわば天下に遍くべき普遍的な価値を追求する学問の徒として、日を送ってきたはずではないか。

あの〈緑汀〉に集い、諸子と〈環座して古本を披閲し、これが論定をなし〉、〈会の後には宴を開〉き、〈さて二州橋上酔に乗じて月を踏み、詩を詠じて帰つた〉という至福の時を持ちえたのも、すべては江戸幕府下二百数十年の平安の余風に与りえたからこそではないか。

もとより抽斎が、そうした幕府の重なる恩故を忘れ、またそうした学者としての無二の好条件を捨てて、一人雪深い鄙に赴かんとすること、そこに〈津軽の士人として処そうとした面目〉、〈気魄〉を肯ってもよい。ただ彼はそのことが、従来の自らの生き方とまったく矛盾し、ばかりか、已れをまったく否定しかねまじきものであることに気づいていたのだろうか。

さらにその上、多くの人々、〈江戸にゐた藩士の殆ど全体〉に及ぶ反対にもかかわらず、それをすべて〈情に偏し義に失するもの〉と却ける。その、あくまで〈義〉の一語を振りまわしてやまぬ抽斎の面貌は、おそらく懐疑を知らず葛藤をしらず、まさに〈仁義八行の化物〉、〈論語読みの論語知らず〉の、面目躍如と言わざるをえない。（因みに原史料「独立評論」所収の保談話「維新前後」に、貞固の言として、〈江戸に生まれて江戸に育った者を無理矢理に国に還すのは残酷な話で、土台人情と云ふものを解せない処置〉とある。）

あの〈その二十七〉、池田瑞長家における発会式を、途中で解散させた時の話とは訳がちがう。しかし鷗外は、ここでもなんの批判もしていない。鷗外は知っててしないのか。いや鷗外の目は依然、抽斎への親愛や敬慕、さらに畏敬と敬愛に、いとど濡れていたのであろうか？

《此頃国勝手《くにがつて》の議に同意してゐた人々の中、津軽家の継嗣問題のために罪を獲たものがあつて、彼《かの》議を唱へた抽斎等は肩身の狭い念《おもひ》をした。継嗣問題とは当主順承が肥後国熊本の城主細川越中守斎護《なりもり》の子寛五郎《のぶごらう》承照《つぐてる》を養はうとするに起つた。順承は女《むすめ》玉姫を愛して、これに壻を取つて家を譲らうとしてゐると、津軽家下屋敷の一つなる本所大川端邸が細川邸と隣接してゐるために、斎護と親しくなり、遂に寛五郎を養子に貰ひ受けようとするに至つた。罪を獲た数人は、血統を重んずる説を持して、此養子を迎ふることを拒まうとし、順承はこれを迎ふるに決したからである。即ち御用人加藤清兵衛、用人兼松伴大夫は帰国の上隠居謹慎、兼松三郎は帰国の上永の蟄居《ちつきよ》を命ぜられた。

石居即ち兼松三郎は後に夢醒《むせい》と題して七古を作つた。中に「又憶《またおもふ》世子《せいし》即世後《そくせいののち》、継嗣《けいし》未定《いまださだまらず》物議伝《ぶつぎつたふ》、不顧身《みぶんをかへりみ》分有所建《ずけんずるところあり》、因冒譴責坐北遷《よりてけんせきをかうむりほくせんにざす》」の句がある。その咎《とがめ》を受けて江戸を発する時、抽斎は四言十二句を書して贈

つた。中に「菅公遇讒《くわんこうたま〱そしられ》、屈原独清《くつげんはひとりきよし》」と云ふ語があつた。》

因みに「独立評論」の渋江保「大名の生活・下」に、〈蟄居隠居といふと、終身閉門で、外出は勿論、人と交際することも出来ねば、髭を剃ることも出来ず、天窓《あまど》は残らず締切つて蟄伏して居なければならないのだ。随分酷い目に遭つたものである。私の父は、幸い徳川将軍に拝謁して、所謂、公儀の御目見得以上であつたから、幕府を憚つて何の咎めもなかつた〉とある。幕臣であることの特権ないし恩恵において、一人咎を免れたことに、抽斎はどれほど心を痛め、あるいは自らを責めたか、鷗外はそれとして、定かに描いていない。

《此年抽斎の次男矢嶋優善は、遂に素行修まらざるがために、表医者を貶《へん》して小普請《こぶしん》医者とせられ、抽斎も亦これに連繋して閉門三日に処せられた。》

〈その五十　塩田良三と抽斎、岡西栄玄の死、山崎美成の死〉

《優善の夥伴《なかま》になつてゐた塩田良三は、父の勘当を蒙《かうむ》つて、抽斎の家の食客となつた。我子の乱行のために譴《せめ》を受けた抽斎が、其乱行を助長した良三の身の上を引き受けて、家に居らせたのは、余りに寛大に過ぎるやうであるが、これは才を愛する情が深いからの事であつたらしい。抽斎は人の寸長をも見逭《みのが》さずに、これに保護を加へて、殆《ほとん》ど其瑕疵《かし》を忘れたるが如くであつた。年来森枳園を扶掖《ふえき》してゐるのもこれがためである。今良三を家に置くに至つたのも、良三に幾分の才気のあるのを認めたからであらう。固《もと》より抽斎の許には、常に数人の諸生が養はれてゐたのだから、良三は只《たゞ》此群に新に来り加はつたに過ぎない。

数月の後に、抽斎は良三を安積艮斎《あさかごんさい》の塾に住み込ませた。是より先艮斎は天保十三年に故郷に帰つて、二本松にある藩学の教授になつたが、弘化元年に再び江戸に来て、嘉永二年以来昌平黌の教授になつてゐた。抽斎は彼の終始濂渓《れんけい》の学を奉じてゐた艮斎とは深く交らなかつたのに、これに良三を託したのは、良三の吏材たるべきを知つて、

これを培養することを謀つたのであらう。》

たしかに抽斎の、人の〈才を愛〉し、これを〈扶掖〉することは無類といってよい。そこに抽斎という人の、もっとも良質なもののあることを否定しえない。

ただ、他人の子良三には〈寛大〉な抽斎が、我が子優善にはそれ程でないところが気になる。いわゆる外面《そとづら》はいいが、内面《うちづら》はそれほどでもない？

《抽斎の先妻徳の里方岡西氏では、此年七月二日に徳の父栄玄が歿し、次いで十一月十一日に徳の兄玄亭が歿した。栄玄は医を以て阿部家に仕へた。長子玄亭が蘭軒門下の俊才であつたので、抽斎はこれと交を訂し、遂に其妹徳を娶るに至つたのである。徳の亡くなつた後も、次男優善が其出であるので、抽斎一家は岡西氏と常に往来してゐた。》

そして〈栄玄は樸直な人であつたが、往々性癖のために言行の規矩を踰ゆるを見た〉として、その偏狭な人柄を語る逸話が挟まれる。中に、栄玄が庶子苫を虐待するので、抽斎夫妻がこれを貰い受け、のち下総の農家に嫁せしめたという美談が書かれている。

そして以下、例の〈国勝手の議〉の総括が行われる。

《是年抽斎は五十二歳、五百は四十一歳であつた。抽斎が平成の学術上研鑽の外に最も多く思を労したのは何事かと問うたなら、恐らくはその五十二歳にして提起した国勝手の議だと云はなくてはなるまい。此議の応《まさ》に及ぼすべき影響の大きさと、此議の打ち克たなくてはならぬ抗抵の強さとは、抽斎の十分に意識してゐた所であらう。抽斎は又自己が其位にあらずして言ふことの不利なるをも知らなかつたのではあるまい。然るに抽斎のこれを敢てしたのは、必ず内に已《や》むことを得ざるものがあつて敢てしたのであらう。憾《うら》むらくは要路に取つてこれを用ゐる手腕のある人が無かつたために、弘前は遂に東北諸藩の間に於て一頭地を抜いて起つことが出来なかつた。又遂に勤王の

旗幟を明《あきらか》にする時期の早きを致すことが出来なかつた。》

たしかに〈人は性急に結果を求めず、その途中に、途中の彷徨に耐えなければならない〉。だが人は、〈必ず内に已むことを得ざるものがあつて敢て〉することもあるのだ。

が、その時人は、その自らの決断や予断の責任を負わなければならない。たとえ抽斎の建議は葬られ、抽斎の手から離れたとしても、そしてその後ふたたび〈藩中の有力者に依つて唱へられるようになつた〉（「維新前後」）という経緯があったとしても、抽斎がいわば御先棒をかついだ建策が、結果として人々に劇甚な艱難を、江戸と津軽の〈無益な往反〉（その八十七）を強いたことへの責任、あるいは悔恨と呵責。だからことは〈要路に取つてこれを用ゐる手腕のある人〉の有無に関る問題でもなく、〈勤王の旗幟を明にする時期〉の遅速に関る問題でもあるまい。すべては抽斎一個の内面の問題ではないか。

しかしその自らの責任を問われるべく、抽斎はすでに死んでいたのだ。嗚呼!?

〈その五十一　成善の生誕、良三の行状、小野富穀〉

《安政四年には抽斎の七男成善《しげよし》が七月二十六日を以て生れた。小字《おさなゝ》は三吉、通称は道陸である。即ち今の保さんで、父は五十三歳、母は四十二歳の時の子である。

成善の生れた時、岡西玄庵が胞衣《えな》を乞《こ》ひに来た。玄庵は父玄亭に似て夙慧《しゆくけい》であつたが、嘉永三四年の頃癲癇《てんかん》を病んで、低能の人と化してゐた。》

〈胞衣を乞ふのは、癲癇の薬方として用ゐんがためで〉、〈抽斎夫妻は喜んでこれに応じた〉。しかし〈年久しく渋江の家に寄寓してゐた老尼妙了〉は、〈これを惜んで一夜を泣き明した〉。

《此年前《さき》に貶黜《へんちつ》せられた抽斎の次男矢嶋優善《やすよし》は、纔《わずか》に表医者介《おもていしやすけ》を命ぜられて、半《なかば》其位地を回復した。優善の友塩田良三は安積艮斎の塾に入れられてゐたが、或日師の金百両を懐にして長崎に奔《はし》つた。父楊庵は金を安積氏に還し、人を九州に遣つて子を連れ戻した。良三はまだ残の金を持つてゐたので、迎へに来た男を随へて東上するのに、駅々で人に傲《おご》ること貴公子の如くであつた。此時肥後国熊本の城主細川越中守斎護《なりもり》の四子寛五郎《のぶごらう》は、津軽順承《ゆきつぐ》の女《ぢよ》壻《せい》にせられて東上するので、途中良三と旅宿を同じうすることがあつた。斎護は子をして下情に通ぜしめんことを欲し、特に微行を命じたので、寛五郎と従者とは始終質素を旨としてゐた。驕子《けうし》良三は往々五十四万石の細川家から、十万石の津軽家に壻入りする若殿を凌《しの》いで、旅中下風に立つてゐる少年の誰なるかを知らずにゐた。寛五郎は今の津軽伯で、当時裁《わずか》に十七歳であつた。》
という滑稽譚が付け加えられている。
《小野氏では此年令図《れいと》が致仕して、子富穀《ふこく》が家督した。令図は小字を慶次郎と云ふ。抽斎の祖父本皓《ほんかう》の庶子で、母を横田氏よのと云ふ。よのは武蔵国川越の人某の女《むすめ》である。令図は出でゝ同藩の医官二百石小野道秀の末期養子となり、有尚《いうしやう》と称し、後又道瑛《だうえい》と称し、累進して近習医者に至つた。天明三年十一月二十六日生で、致仕の時七十五歳になつてゐた。令図に一男一女があつて、男を富穀と云ひ、女を秀と云つた。

富穀、通称は祖父と同じく道秀と云つた。文化四年の生である。十一歳にして、森枳園と共に抽斎の弟子《ていし》となつた。家督の時は表医者であつた。令図、富穀の父子は共に貨殖に長じて、弘前藩定府中の富人であつた。妹秀は長谷川町の外科医鴨池道碩《かもいけだうせき》に嫁した。

多紀氏では此年二月十四日に、矢の倉の末家の茝庭《さいてい》が六十三歳で歿し、十一月に向柳原の本家の暁湖が五十二歳で歿した。》

なお、小野氏令図については、一部〈その十〉にある。

〈その五十二　茝庭の死、抽斎の述懐〉

《茝庭、名は元堅、字は亦柔《えきじう》、一に三松と号す。通称は安叔、後楽真院又楽春院と云ふ。寛政七年に桂山の次男に生れた。幼時犬を闘はしむることを好んで、学業を事としなかつたが、人が父兄に若《し》かずと云ふを以て責めると、「今に見ろ、立派な医者になつて見せるから」と云つてゐた。幾《いくばく》もなくして節を折つて書を読み、精力衆に踰え、識見人を驚かした。分家した初は本石町《ほんこくちやう》に住してゐたが、後に矢の倉に移つた。侍医に任じ、法眼《はうげん》に叙せられ、次で法印に進んだ。秩禄《ちつろく》は宗家と同じく二百俵三十人扶持である。

茝庭は治を請ふものがあるときは、貧家と雖も必ず応じた。そして単に薬餌を給するのみでなく、夏は蚊幮《かや》を貽《おく》り、冬は布団を遺つた。又三両から五両までの金を、貧窶《ひんく》の度に従つて与へたこともある。

茝庭は抽斎の最も親しい友の一人で、二家の往来は頻繁《ひんぱん》であつた。しかし当時法印の位は太《はなは》だ貴いもので、茝庭が渋江の家に来ると、茶は台のあり蓋のある茶碗に注ぎ、菓子は高坏《たかつき》に盛つて出した。此器は大名と多紀法印とに茶菓を呈する時に限つて用ゐたさうである。茝庭の後は安琢が嗣いだ。》

以下、暁湖のこと、その養子、実は弟の元佶のこと。

《安政五年には二月二十八日に、抽斎の七男成善《しげよし》が藩主津軽順承《ゆきつぐ》に謁した。年甫《はじめ》て二歳、今の齢《よはひ》を算する法に従へば、生れて七箇月であるから、人に懐《いだ》かれて謁した。しかし謁見は八歳以上と定められてゐたので、此日だけは八歳と披露したのださうである。

五月十七日には、七女幸《さき》が生れた。幸は越えて七月六日に早世した。

此年には七月から九月に至るまで虎列拉《これら》が流行した。徳川家定は八月二日に、「少々御勝《おんすぐれ》不被遊《あそばされず》」と云ふことであつたが、八日には忽ち薨去《こうきよ》の公報が発せられ、家斎の孫紀伊宰相慶福《よしとみ》が十三歳で嗣立した。家定の病は虎列拉であつたさうである。

此頃抽斎は五百にかう云ふ話をした。「己《おれ》は公儀へ召されることになるさうだ。それが近い事で公方《くぼう》様の喪が済み次第仰付けられるだらうと云ふことだ。しかしそれをお請をするには、どうしても津軽家の方を辞せんではゐられない。己は元禄以来重恩の主家を棄てゝ栄達を謀る気にはなられぬから、公儀の方を辞する積だ。それには病気を申立てる。さうすると、津軽家の方で勤めてゐることも出来ない。己は隠居することに極めた。父は五十九歳で隠居して七十四歳で亡くなつたから、己も兼て五十九歳になつたら隠居しようと思つてゐた。それが只少しばかり早くなつたのだ。若し父と同じやうに、七十四歳まで生きてゐられるものとすると、これから先まだ二十年程の月日がある。これからが己の世の中だ。己は著述をする。先づ老子の註を始として、迷庵掖斎に誓つた為事《しごと》を果して、それから自分の為事に掛かるのだ」と云つた。公儀へ召されると云つたのは、奥医師などに召し出されることで、抽斎は其内命を受けてゐたのであらう。》

〈然るに運命は抽斎をして此ヂレンマの前に立たしむるに至らなかつた。又抽斎をして力を述作に肆《ほしいまま》にせしむるに至らなかつた〉。すなわち、その死である。

〈その五十三　抽斎の死〉

《八月二十二日抽斎は常の如く晩餐の饌《ぜん》に向つた。しかし五百が酒を侑《すゝ》めた時、抽斎は下物《げぶつ》の魚膾《さしみ》に箸を下さなかつた。「なぜ上らないのです」と問ふと、「少し腹工合が悪いからよさう」と云つた。翌二十三日は浜町中屋敷の当直の日であつたのを、所労を以て辞した。此日に始て嘔吐《おうど》があつた。それから二十七日に至るまで、諸証は次第に険悪になるばかりであつた。

多紀安琢《あんたく》、同《おなじく》　元佶、伊澤柏軒、山田椿庭《ちんてい》等が、病牀《びやうしやう》に侍して治療の手段を尽したが、功を奏せなかつた。椿庭、名は業広、通称は昌栄である。抽斎の父允成の門人で、允成の没後抽斎に従学した。上野国《かうづけのくに》高崎の城主右京亮《うきやうのすけ》

輝聡《てるとし》の家来で、本郷弓町に住んでゐた。》

（なお、「伊沢蘭軒」その三百六に、〈柏軒は抽斎の病み臥してより牀の傍を離れなかつた。後抽斎の未亡人五百は、当時柏軒が「目を泣き腫らし、顔に青筋を出してゐた」状を記憶していて、屢《しばしば》人に語つたさうである〉とある。）

《抽斎は時々《じゞ》譫語《せんご》した。これを聞くに、夢寐《むび》の間に医心方を校合《きやうがふ》してゐるものゝ如くであつた。

抽斎の病況は二十八日に小康を得た。遺言の中に、兼て嗣子と定めてあつた成善を教育する方法があつた。経書を海保漁村に、筆札を小嶋成斎に、素問を多紀安琢に受けしめ、機を看て蘭語を学ばしめるやうにと云ふのである。二十八日の夜丑《うし》の刻に、抽斎は遂に絶息した。即ち二十九日午前二時である。年は五十四歳であつた。遺骸は谷中感応寺に葬られた。》

なんとも呆気ない抽斎の死であり、なんとも素気ない鷗外の筆致である。あの自ら〈親愛〉し〈敬慕〉し〈畏怖〉し〈敬愛〉してやまぬ抽斎の死――。（しかし、これが鷗外なのであろうか。）

《抽斎の歿した跡には、四十三歳の未亡人五百を始として、岡西氏の出《しゆつ》次男矢嶋優善《やすよし》二十四歳、四女陸《くが》十二歳、六女水木《みき》六歳、五男専六五歳、六男翠暫《すゐざん》四歳、七男成善《しげよし》二歳の四子二女が残つた。優善を除く外は皆山内氏五百の出である。

抽斎の子にして父に先つて死んだものは、尾嶋氏出長男恒善《つねよし》、比良野氏の出馬場玄玖《ばばげんきう》妻長女純《いと》、岡西氏出二女好《よし》、三男八三郎、山内氏の出三女山内棠《たう》、四男幻香、五女癸巳《きし》、七女幸《さき》の三子五女である。》

が、抽斎の死を記した後のこの数行の記述も、また〈これが鷗外〉といわざるをえない。これまでも、そしてこれからも、鷗外は人の死をほとんど一行で、素気なく語り、そしてその尊属卑属の消息を、これまた数行で刻んできたし、行くだろう。おそらくこの抽斎の死と、残された子供達の記述も、またその繰り返しの一つにすぎない。

しかしそれにしても、抽斎は五十四年の日々を閲し、ここに、いわば道半ばで斃れた。なんとも無常、無念の思いがあったにちがいない。

　が、思えばこの男、その無常、無念の思いにもかかわらず、なんと三人の女に十四人の子供を〈生せ〉たのだ。不幸その過半は早世していった。しかし残された子はやがてまた子を生み、そうしてこの地上に生を繋げてゆくだろう。その意味で、以て瞑すべしではないか。

　あるいは人の命とはその一旅程、〈淀みに浮ぶうたかたは、かつ消えかつ結びて、久しくとどまりたる例なし〉（「方丈記」）。が、その〈うたかた〉の浮沈をつつみこんで〈行く川の流れは絶え〉ることなく、人の歴史が、つまりは生命の自然が、無窮の生成を続けてきたし、続けてゆくのではないか。*

　私は渋江抽斎の呆気ない死、またその素気ない死の記述にそんなことを思う。そしてその死と再生をともに寂然として凝視する眼こそ、〈これぞ鷗外〉と思わざるをえない。

＊　相良亨「『おのずから』としての自然」（『相良亨著作集』第六巻、ぺりかん社、平成七年五月所収）参照。

《矢嶋優善は此年二月二十八日に津軽家の表医者にせられた。初の地位に復したのである。

五百の姉壻《あねむこ》長尾宗右衛門は、抽斎の先つこと一月、七月二十日に同じ病を得て歿した。次で十一月十五日の火災に、横山町の店も本町の宅も皆焼けたので、塗物問屋の業はこゝに廃絶した。跡に遺つたのは未亡人安四十四歳、長女敬二十一歳、次女銈《せん》十九歳の三人である。五百は台所町の邸の空地に小さい家を建てゝこれを迎へ入れた。五百は敬に壻を取つて長尾氏の祀《まつり》を奉ぜしめようとして、安に説き勧めたが、安は猶予して決することが出来なかつた。

　比良野貞固は抽斎の歿した直後から、連《しきり》に五百に説いて、渋江氏の家を挙げて比良野邸に寄寓せしめようとした。貞固はかう云つた。自分は一年前に抽斎と藩政上の意見を異にして、一時絶好の姿になつてゐた。しかし抽斎との情誼を忘るることなく、早晩疇昔《ちうせき》の親みを回復しようと思つてゐるうちに、図らずも抽斎に死なれた。自分はどうにかして旧恩に報いなくてはならない。自分の邸宅には空室が多い。どうぞそこへ移つて来て、我家に住む如くに住んで貰ひたい。自分は貧しいが、日々の生計には余裕がある。決して衣食の価《あたひ》は申し受けない。さうすれば渋江一家は寡婦《くわふ》孤児として受くべき侮《あなどり》を防ぎ、無用の費《つひえ》を節し、安じて子女の成長するのを待つことが出来ようと云つたのである。》

〈その五十四　抽斎の著書〉

《比良野貞固は抽斎の遺族を自邸へ迎へようとして、五百に説いた。しかしそれは五百を識《し》らぬのであつた。五百は人の廡下《ぶか》に倚《よ》ることを甘んずる女では無かつた。渋江一家の生計は縮小しなくてはならぬこと勿論である。夫の存命してゐた時のやうに、多くの奴婢《ぬひ》を使ひ、食客を居くことは出来ない。しかし譜代の若党や老婢にして放ち遣るに忍びざるものもある。寄食者の中には去らしめようにも往いて投ずべき家の無いものもある。長尾氏の遺族の如きも、若し独立せしめようとしたら、定めて心細く思ふことであらう。五百は己が人に倚らんよりは、人をして己に倚らしめなくてはならなかつた。そして内に恃《たの》む所があつて、敢て自ら此衝に当らうとした。貞固の勧誘の功を奏せなかつた所以《ゆゑん》である。》

以下、〈森枳園は此年十二月五日に徳川家茂に謁した〉こと。そして、

《此年の虎列拉《これら》は江戸市中に於て二万八千人の犠牲を求めたのださうである。当時の聞人でこれに死したものには、岩瀬京山、安藤広重、抱一《ほういつ》門の鈴木必庵等がある。市河米庵も八十八歳の高齢ではあつたが、同じ病であつたかも知れない。渋江氏と其姻戚《いんせき》とは抽斎、宗右衛門の二人を喪《うしな》つて、安、五百の姉妹が同時に未亡人となつたのである。》

とある。

次いで、抽斎の著書について記される。

《抽斎の著《あらわ》す所の書には、先ず経籍訪古志と留真譜とがあつて、相踵《あひつ》いで支那人の手に由つて刊行せられた。これは抽斎と其師、其友との講窮し得たる果実で、森枳園が記述に与つたことは既に云へるが如くである。抽斎の考証学の一面は此二書が代表してゐる。徐承租が訪古志に序して、「大抵《たいてい》論《は》繕写刊刻之工《ぜんしやかんこくのこうをろんじ》、拙於考証《こうしやうにつたなく》、不甚留意《はなはだしくりういせず》」と云つてゐるのは、我国に於て初て手を校讐《かうしう》の事に下した抽斎等に対して、備はるを求むることの太《はなは》だ過ぎたるものではなからうか。》

と、これを擁護している。

以下、〈我国に於ける考証学の系統〉をたずね、海保漁村の言に従い、〈吉田篁墩が首唱し、狩谷棭斎がこれを継いで起り、以て抽斎と枳園とに及んだものである〉という。そして篁墩の傍系には多紀桂山、掖斎の傍系には市野迷庵、多紀茝庭、伊澤蘭軒、小嶋宝素、抽斎と枳園の傍系は多紀暁湖、伊澤柏軒、小嶋抱沖、堀川舟庵、海保漁村、そして宝素、抱沖についての数行の伝が付せられ、〈要するに此等の諸家が新に考証学の領域を開拓して、抽斎が枳園と共に、方《まさ》に纔《わずか》に全著を成就するに至つた〉とし、さらに〈訪古志と留真譜との二書は、今少し重く評価して可なるものであらうと思ふ〉と論じている。

〈その五十五　抽斎の著書〉

〈抽斎の医学上の著述には、素問識小、素問校異、霊枢講義がある〉とし、〈抽斎の説には発明極て多〉しという。

また〈抽斎遺す所の手沢本には、往々欄外書のあるものを見る。此の如き本には老子がある。難経がある〉、〈抽斎の詩は其余事に過ぎぬが、猶抽斎吟稿一巻が存してゐる。以上は漢文である〉とある。

さらに〈護痘要法は抽斎が池田京水の説を筆受したもので、抽斎の著述中江戸時代に刊行せられた唯一の書である〉。〈雑著には晏子春秋筆録、劇神仙話、高尾考がある。劇神仙話は長嶋五郎作の言《こと》を録したものである。高尾考は惜むらくは完書をなしてゐない〉。

〈德語は抽斎が国文を以て学問の法程を記して、及門の子弟に示す小冊子に命じた名であらう〉とあり、〈現存してゐる一巻〉は〈徳富蘇峰さんの蔵本になつてゐるのを、わたくしは借覧した〉という。

〈抽斎随筆、雑録、日記、備忘録の諸冊中には、今已に佚亡したものもある。就中日記は文政五年から安政五年に至るまでの四十二年間に亘る記載であつて、裒然《ほうぜん》たる大冊数十巻をなしてゐた〉とあるが、不幸にして〈悉くこれを失つてしまつた〉という。

他に〈直舎伝記抄八冊〉のこと、そして〈四つの海は抽斎の作つた謡物の長唄である。これは書と称すべきものではないが、前に挙げた護痘要法と倶に、江戸時代に刊行せられた二三葉の綴文《とぢぶみ》である〉、〈仮面の由来、これも亦片々たる小冊子である〉と続く。

〈その五十六　抽斎の修養〉

〈呂后千夫《りよこうせんふ》は抽斎の作つた小説である〉。〈此小説は五百が来り嫁した頃には、まだ渋江の家にあつて、五百は数遍読過したさうである〉。〈或時それを筑山左衛門と云ふものが借りて往つた〉が、〈遂に還さずにしまつた〉という。なお〈以上は国文で書いたもの〉。

そして〈抽斎の著述は概ね是の如きに過ぎない。致仕した後に、力を述作に肆《ほしいまゝ》にしようと期してゐたのに、不幸にして疫癘のため命を隕《おと》し、曾て内に畜ふる所のものが、遂に外に顕るゝに及ばずして已《や》んだのである〉とある。

次いで以下、〈抽斎の修養〉が記される。

《わたくしは此《こゝ》に抽斎の修養に就いて、少しく記述して置きたい。考証家の立脚地から観れば、経籍は批評の対象である。在来の文を取つて渾侖《こんろん》に承認すべきものでは無い。是《ここ》に於て考証家の末輩には、破壊を以て校勘の目的となし、毫《がう》もピエテエの迹《あと》を存せざるに至るものもある。支那に於ける考証学亡国論の如きは、固《もと》より人文進化の道を蔽塞《へいそく》すべき陋見《ろうけん》であるが、考証学者中に往々修養の無い人物を出だしたと云ふ暗黒面は、其存在を否定すべきものではあるまい。

しかし真の学者は考証のために修養を廃するやうな事はしない。只修養の全からんことを欲するには、考証を闕《か》くことは出来ぬと信じてゐる。何故と云ふに、修養には六経《りくけい》を窮めなくてはならない。これを窮むるには必ず考証に須《ま》つことがあると云ふのである。

抽斎は其衞語中にかう云つてゐる。「凡《おほよ》そ学問の道は、六経を治《おさ》め聖人の道を身に行ふを主とする事は勿論なり。扨《さて》其六経を読み明めむとするには必ず其一言一句をも審《つまびらか》に研究せざるべからず。一言一句を研究するには、文字の音義を詳《つまびらか》にすること肝要なり。文字の音義を詳にするには、先づ善本を多く求めて、異同を比讐《ひしう》し、謬誤《びうご》を校正し、其字句を定めて後に、小学に熟練して、義理始て明了なることを得。譬《たと》へば高きに登るに、卑《ひく》きよりし、遠きに至るに近きよりするが如く、小学を治め字句を校讐するは、細砕の末業に似たれども、必ずこれをなさざれば、聖人の大道微意を明むること能はず。(中略。)故に百家の書読まざるべきものなく、さすれば人間一生の内になし得がたき大業に似たれども、其内主とする所の書を専ら読むを緊務とす。それはいづれにも師とする所の人に随ひて教を受くべき所なり。さて斯《かく》の如く小学に熟練して後に、六経を窮めたらむには、聖人の大道微意に通達すること必ず成就《じやうじゆ》すべし」と云つてゐる。

これは抽斎の本領を道破したもので、考証なしには六経に通ずることが出来ず、六経に通ずることが出来なくては、何に縁《よ》つて修養して好いか分からぬことになると云ふのである。さて抽斎の此の如き見解は、全く師市野迷庵の教に本づいてゐる。》

〈その五十七　抽斎の修養〉

《迷庵の考証学が奈何《いか》なるものかと云ふことは、読書指南に就いて見るべきである。しかし其要旨は自序一篇に尽されてゐる。迷庵はかう云つた。「孔子は堯舜《げうしゆん》三代の道を述べて、其流儀を立て給へり。堯舜より以下を取れるは、其事の明に伝はれる所なればなり。されども春秋の比《ころ》にいたりて、世変り時遷りて、其道一向に用ゐられず。孔子も遣つては見給へども、遂に行かず。終《つひ》に魯《ろ》に還り、六経を修めて後世に伝へらる。これその堯舜三代の道を認めたまふゆゑなり。儒者は孔子をまもりて其経を修むるものなり。故に儒者の道を学ばむと思はゞ、先づ文字を精出して覚ゆるがよし。次に九経をよく読むべし。漢儒の注解はみな古《いにしへ》より伝受あり。自分の臆説をまじへず。故に伝来を守るが儒者第一の仕事なり。（中略。）宋の時程頤《ていい》、朱熹《しゆき》等己《おの》が学を建てしより、近来伊藤源佐、荻生《をぎふ》総右衛門などと云ふやから、みな己《おのれ》の学を学とし、是非を争ひてやまず。世の儒者みな真闇《まつくら》になりてわからず。余も亦少《わか》かりしより此事を学びしが、迷ひてわからざりし。ふと解する所あり。学令の旨にしたがひて、それ〴〵の古書をよむがよしと思へり」と云つた。

要するに迷庵も抽斎も、道に至るには考証に由つて至るより外無いと信じたのである。固よりこれは捷径《せふけい》では無い。迷庵が精出して文字を覚えると云ひ、抽斎が小学に熟練すると云つてゐる此事業は、これがために一人の生涯を費すかも知れない。幾多のジエネラシヨンの此間に生じ来り滅し去ることを要するかも知れない。しかし外に手段の由るべきものが無いとすると、学者は此《こゝ》に従事せずにはゐられぬのである。

然らば学者は考証中に没頭して、修養に遑《いとま》が無くなりはせぬか。いや、さうでは無い。考証は考証である。修養は修養である。学者は考証の長途を歩みつゝ、不断の修養をなすことが出来る。》

では、一体その〈修養〉とはなにか？

《抽斎はそれをかう考へてゐる。百家の書に読まないで好いものは無い。十三経と云ひ、九経と云ひ、六経と云ふ。列べ方はどうでも好いが、秦火に焚《や》かれた楽経《がくけい》は除くとして、これだけは読破しなくてはならない。しかしこれを読破した上は、大いに功を省くことが出来る。「聖人の道と事々しく云へども、前に云へる如く、六経を読破したる上にては、論語、老子の二書にて事足るなり。其中にも過猶不及《すぎたるはなほおよばざるがごとし》を身行の要とし、無為不言を心術の掟《おきて》となす。此二書をさへ能く守ればすむ事なり」と云ふのである。

抽斎は百尺竿頭《せきかんとう》更に一歩を進めてかう云つてゐる。「但論語の内には取捨すべき所あり。王充書の問孔篇及迷庵師の論語数条を論じたる書あり。皆参考すべし」と云つてある。王充の所謂「夫聖賢下筆造文《それせいけんのふでをくだしぶんをつくるや》、用意詳《いをもちゐてくはしく》審《つまびらかにし》、尚未可謂尽得実《なほいまだじつをえつくすといふべからず》、況倉卒吐言《いはんやさうそつのとげん》、安能皆是《いづくんぞよくみなぜならんや》」と云ふ見識である。

抽斎が老子を以て論語と併称するのも、師迷庵の説に本づいてゐる。「天は蒼々《さうさう》として上《かみ》にあり、人は両間に生れて性皆相近し。習《ならひ》相遠きなり。世の始より性なきの人なし。習なきの俗なし。世界万国皆其国々の習ありて同じからず。其習は本性の如く人にしみ附きて離れず。老子は自然と説く。其れ是歟《これか》。孔子曰《こうしいはく》。述而不作《のべてつくらず》。信而好古《しんじていにしへをこのむ》。竊比我於老彭《ひそかにわれをろうはうにひす》。かく宣給《のたま》ふときは、孔子の意も亦自然に相近し」と云つたのが即ち是である。》

では、その〈自然〉とは一体なにか？

〈その五十八　抽斎の修養〉

《抽斎は老子を尊崇せむがために、先づこれをヂスクレヂイに陥いれた仙術を、道教の畛域《しんゐき》外に逐ふことを謀つた。これは早く清の方維甸《はうゐでん》が嘉慶板の抱朴子《はうはくし》に序して弁じた所である。さて此洗冤《せんゑん》を行つた後にかう云つてゐる。「老子の道は孔子と異なるに似たれども、その帰する所は一意なり。不患人不己知《ひとのおのれをしらざるをうれへず》及曾子の有若無実若虚《あれどもなきがごとくじつなれどもきよなるがごとし》などと云へる、皆老子の意に近し。且自然と云ふこと、万事にわたりて然らざることを得ず。（中略。）又仏家に漠然《まくねん》に帰すると云ふことあり。是れ空に体する大乗の教なり。自然と云ふより一層あとなき言《こと》なり。その小乗の教は一切の事皆式に依りて行へとなり。孔子の道も孝悌仁義より初めて諸礼法は仏家の小乗なり。その一以貫之《いつもってこれをつらぬく》は此教を一にして執中に至り初て仏家大乗の一場に至る。執中以上を語れば、孔子釈子同じ事なり」と云つてゐる。抽斎は終《つひ》に儒、道、釈の三教の帰一に到着した。若し此人が旧新約書を読んだなら、或は其中にも契合点を見出だして、彼の安井息軒の弁妄《べんもう》などと全く趣を殊《こと》にした書を著《あらは》したかも知れない。》

要するに抽斎は、いわば三教を堂々巡りして、つまりは〈自然〉の一語へと帰着する。いわゆる〈おのずからな〉、そして〈おのずからに〉——。

《以上は抽斎の手記した文に就いて、其心術身行の由つて来る所を求めたものである。此外、わたくしの手元には一種の語録がある。これは五百が抽斎に聞き、保さんが五百に聞いた所を、頃日《このごろ》保さんがわたくしのために筆に上せたのである。わたくしは今漫《みだり》に潤削を施すことなしに、これを此《こゝ》に収めようと思ふ。

抽斎は日常宋儒の所謂虞廷《ぐてい》の十六字を口にしてゐた。彼の「人心惟危《じんしんこれあやふく》、道心惟微《どうしんこれびなり》、惟精惟一《これせいこれいつ》、允執厥中《まことにそのちゆうをとる》」の文である。上の三教帰一の教は即ち是である。抽斎は古文尚書の伝来を信じた人では無いから、此を以て堯《げう》の舜《しゆん》に告げた言となしたのでないことは勿論である。そのこれを尊重したのは、古言古義として尊重したのであらう。そして惟精惟一の解釈は王陽明に従ふべきだと云つてゐたさうである。

抽斎は礼の「清明在躬《せいめいみにあれば》、志気如神《しきしんのごとし》」の句と、素問の上古天真論の「恬惔虚無《てんたんとしてきよむならば》、真気従之《しんきこれにしたがふ》、精神内守《せいしんうちにまもれば》、病安従来《やまひいずくんぞしたがひきたらん》」の句とを誦して、修養して心身の康寧を致すことが出来るものと信じてゐた。抽斎は眼疾を知らない。歯痛を知らない。腹痛は幼い時にあつたが、壮年に及んでからは絶て無かつた。しかし虎列拉《これら》の如き細菌の伝染をば奈何《いかん》ともすることを得なかつた。》

笑ってはいけない。要するにこれを言うは易く、これを行うは難いのである。

再三言って来たが、人は自らの理想を遠くに望む。まさに〈老驥櫪に伏すれども、志千里に在り〉（その一）なのだ。しかしだからこそ人はその手前の長い道のりを歩まねばならぬ。時に道草を食い、あるいは道を失い、そして所詮道半ばで斃れるのである。

〈これがために一人の生涯を費すかも知れない。幾多のジェネラシヨンの此間に生じ来り滅し去ることを要するかも知れない〉。しかも〈人は性急に結果を求めず、永遠にその途中に、途中の彷徨に耐えなければならない〉。あるいは鷗外は、〈抽斎の修養〉をめぐってこう整理しつつ、自らの半生を顧みてはいなかったか。あの「妄想」にいう、〈生れてから今日まで、自分は何をしてゐるか。始終何物かに策うたれ駆られてゐるやうに学問といふことに齷齪してゐる。これは自分に或る働きが出来るやうに、自分を為上げるのだと思つてゐる〉。しかし〈自分〉は相も変わらず〈未来の幻影を逐うて、現在の事実を蔑にする〉。つねに〈まだ〉目的の地から遠く隔たり、だからつねに〈心の空虚〉を抱え、その意味で〈自分は永遠の不平家〉といわざるをえない。

だが、人はその手前、その途中を歩むことの〈用無用〉を問うべきでない（その四十五）。いや所詮〈無用〉でしかないとしても、人はその途中の終わりない彷徨に耐えなければならない。

私はかつて、芥川龍之介の「地獄変」の絵師良秀を論じて、次ように書いた。*

《〈その後何十年〉、良秀の墓標の石さえが、〈雨風《あめかぜ》に曝《さら》されて、とうの昔誰の墓とも知れないやうに、苔蒸《こけむ》してゐる〉とすれば、屏風の画面が、いつ色褪せ、消え失せないともかぎらない。所詮一切は滅ぶのである。

だがもし滅びぬものがあるとすれば、昔、良秀という男がいて、いや誰でもあれ人々は、昔から、己れに課せられた絶対の運命を超えんとする夢を見つづけてきたのだ。もとより決して叶えられず、決して形とはならぬ夢を抱いて――。だからその意味で、人々が知るそのたとえようもない空しさだけは、滅びぬままに、永遠に受けつがれてきたし、受けつがれてゆくのである、といえよう。》

たしかに一切は消え失せ、滅ぶのだ。しかしその空しさだけは、人々は永遠に受けついで生きてゆく。永遠に——。

いま抽斎の死を送るにあたり、私の中でこの数行がしきりに去来する。

もう一つ、私はかつて、「吾輩は猫である」を論じた時、次のような妻鏡子に宛てた漱石の手紙（明治三十五年四月十七日付）を引いた**。

《日本の留学生にて茨木、岡倉といふ二氏来る二十三日頃当地へ到着の筈なり帰るものくるもの世は様々に候かくすつたのもんだのと騒いで世涯《ママ》を暮すものに候これが済めば筆の所謂のゝ様に成る義に候訳もへちまも何も無之只面目からぬ中に時々面白き事のある世界と思ひ居らるべし》

暗い文面である。しかし人はこうしていわば紙一重のところで、生きて来たし、生きてゆくだろう。しかも、まさしく永遠に！

* 「『地獄変』幻想—芸術の欺瞞—」（『芥川龍之介　文学空間』翰林書房、平成十五年九月）。
** 「『吾輩は猫である』—言葉の戯れ—」（『鷗外と漱石—終りない言葉—』前出）。

〈その五十九　抽斎の修養〉

《抽斎は屢《しば〱》地雷復の初九爻《しよきうかう》を引いて人を諭した。「不 遠 復 无 祇 悔《とほからずしてかへるくひにいたることなし》」の爻《かう》である。過《あやまち》を知つて能く改むる義で、顔淵《がんえん》の亜聖たる所以《ゆゑん》は此に存すると云ふのである。抽斎はいつも其跡で言ひ足した。しかし顔淵の好処は啻《たゞ》に此のみでは無い。「回之《くわいの》為人也《ひとなりや》、択乎中庸《ちゆうようをえらび》、得一善《いちぜんをうれば》、則 拳拳 服 膺《すなはちけんけんふくようして》、而弗失之矣《これをうしなはず》」と云ふのが是である。孔子が子貢に謂つた語に、顔淵を賞して、「吾与汝《われなんぢと》、弗如也《しかざるなり》」と云つたのも、これがためであると云つた。

抽斎は嘗《かつ》て云つた。「為 政 以 徳《まつりごとをなすにとくをもつてすれば》、譬 如北辰《たとへばほくしんの》、居 其 所《そのところにゐて》、而 衆 星 共 之《しゆうせいのこれにむかふがごとし》」と云ふのは、独《ひとり》君道を然りとなすのみでは無い。人は皆奈何《いかに》したら衆星が己《おのれ》に共《むか》ふだらうかと工夫しなくてはならない。能くこれを致すものは即ち「絜矩之道《けつくのみち》」である。韓退之《かんたいし》は「其責己也重以周《そのおのれをせむるやおもくしてもつてあまねく》、其待人也軽以約《そのひとにまつやかるくしてもつてやくす》」と云つた。人と交るには、其長を取つて、其短を咎めぬが好い。「無求備於一人《そなはるをいちにんにもとむることなかれ》」と云ひ、「及其使人也器之《そのひとをつかふにおよびてやこれをきす》」と云ふは即ち是である。これを推し広めて言へば、老子の「治大国《たいこくをさむるは》、若烹小鮮《せうせんをにるがごとし》」と云ふ意に帰著する。「大道廃有仁義《だいだうすたれてじんぎあり》」と云ひ、「聖人不死《せいじんはしせず》、大盗不止《だいたうはやまず》」と云ふのも、其反面を指《ゆびさ》して言つたのである。己も往事を顧れば、動《やゝ》もすれば絜矩《けつく》の道に於て闕くる所があつた。妻岡西氏徳を疎《うと》んじたなどもこれがためである。幸に父に匡救《きやうきう》せられて悔い改むることを得た。平井東堂は学あり識ある傑物である。然るに其父は用人たることを得て、己は用人たることを得ない。己はその何故なるを知らぬが、修養の足らざるのも亦一因をなしてゐるだらう。比良野助太郎は才に短であるが、人は却つてこれに服する。賦性（一八）が自ら絜矩《けつく》の道に愜《かな》つてゐるのであると云つた。

抽斎は又云つた。孟子の好処は尽心の章にある。「君子有三楽《くんしにさんらくあり》、而王天下《しかもてんかにわうたるは》、不与存焉《あづかりそんぜず》、父母倶存《ふぼともにそんし》、兄弟無故《けいていことなきは》、一楽也、仰不愧於天《あふぎててんにはぢず》、俯不怍於人《ふしてひとにはぢざるは》、二楽也、得天下英才《てんかのえいさいをえて》、而教育之《これをけういくするは》、三楽也」と云ふのが是である。韓非子《かんぴし》は主道、揚権、解老、喩老《ゆらう》の諸篇が好いと云つた。

此等の言《こと》を聞いた後に、抽斎の生涯を回顧すれば、誰人《たれひと》もその言行一致を認めずにはゐられまい。抽斎は内徳義を蓄へ、外誘惑を卻《しりぞ》け、恒《つね》に己の地位に安んじて、時の到るを待つてゐた。我等は抽斎の一たび徴《め》されて起つたのを見た。その躋寿館の講師となつた時である。我等は抽斎の将《まさ》に再び徴されて辞せむとするのを見た。恐らくはその応《まさ》に奥医師たるべき時であつただらう。進むべくして進み、辞すべくして辞する、その事に処するに、綽々《しやく〳〵》として余裕があつた。抽斎の咸《かん》の九四を説いたのは虚言では無い。

抽斎の森枳園に於ける、塩田良三に於ける、妻岡西氏に於ける、その人を待つこと寛宏なるを見るに足る。抽斎は絜矩の道に於て得る所があつたのである。》

ただ、私はこれら鷗外の言に承服することは出来ない（無論抽斎が、〈「絜矩之道」〉を理想としていたことを否定はしない）。なぜなら、〈その躋寿館の講師となつた時〉（その二十九）はまだしも、目見の時（その三十八）は金子調達のことで、赤くなったり青くなったり、要するにジタバタしていたのを辛うじて五百に助けられたいきさつを忘れられないからである。また〈応に奥医師たるべき時〉、抽斎は進むべきか辞すべきかを決める為に、もう死んでしまっていたのだ。従って〈進むべくして進み、辞すべくして辞する、その事に処するに、綽々として余裕があつた〉などとは到底いえまい（もし〈隠居〉することを考えていたとしても、それはまだ予定でしかない）。

さらに抽斎が、たしかに枳園や良三における、〈その人を待つこと寛宏なるを見るに足る〉としても、〈妻岡西氏に於ける〉とまでは到底いえない。なるほど抽斎自身、〈妻岡西氏徳を疎んじた〉ことを認めてもいるが、〈幸に父に匡救せられて悔い改むることを得た〉というのでは、少々見当が違う。まさしく〈其責己也軽〉といわざるをえない。

そしてこれに続き、

《抽斎の性行とその由つて来る所とは、略《ほゞ》上述の如くである。しかしこゝに只一つ剰《あま》す所の問題がある。嘉永安政の時代は天下の士人をして悉く岐路に立たしめた。勤王に之《ゆ》かむか、佐幕に之かむか。時代は其中間に於て鼠いろの生を偸《ぬす》むことを容《ゆる》さなかつた。抽斎はいかにこれに処したか。》

と問う。しかし〈此問題は抽斎をして思慮を費さしむることを要せなかつた。何故と云ふに、渋江氏の勤王は既に久しく定まつていたからである〉という。

〈その六十　抽斎の勤王〉

《渋江氏の勤王は其源委を詳《つまびらか》にしない。しかし抽斎の父允成《たゞしげ》に至つて、師柴野栗山に啓発せられたことは疑を容れない。允成が栗山に従学した年月は明でないが、栗山が五十三歳で幕府の召に応じて江戸に入った天明六年には、允成が丁度二十三歳になつてゐた。家督してから二年の後である。允成が栗山の門に入つたのは、恐らくは其後久しきを経ざる間の事であつただらう。これは栗山が文化四年十二月朔に七十二歳で歿したとして推算したものである。

允成の友にして抽斎の師たりし市野迷庵が勤王家であつたことは、其詠史の諸作に徴して知ることが出来る。此詩は維新後森枳園が刊行した。抽斎は啻《たゞ》に家庭に於て王室を尊崇する心を養成せられたのみでなく、又迷庵の説を聞いて感奮したらしい。》

ところで、私はここで鷗外の言説に、いささか逆らってみたい誘惑を禁じえない。

〈勤王に之《ゆ》かむか、佐幕に之《ゆ》かむか。時代は其中間に於て鼠いろの生を偸むことを容《ゆる》さなかつた〉。しかし鷗外は、〈此問題は抽斎をして思慮を費さしむることを要せなかつた〉。〈何故と云ふに、渋江氏の勤王は既に久しく定まつてゐたからである〉という。

しかしこれでは、抽斎はこの問題において、〈岐路に立〉ち、自ら悩み苦しむこと一切なかったごとくではないか。つまり、ただ渋江家の既定方針にそのまま従っただけではないか。

これこそ私事で恐れ入るが、家が近いということもあって（といって都電を一回乗り換えたが）、父は私を度々後楽園に連れていってくれた。父は根っからのジャイアンツ・ファン。それでいつもジャイアンツの試合を見にゆくうちに、私もジャイアンツの大ファンになってしまった。いまでも時々東京ドームに行くし、テレビでジャイアンツの試合があるともう落着かず、テレビの前に釘づけになる。我ながら時間の無駄といいたく反省しているが、これがなかなか止められない。

そして、これは理屈で片のつく問題ではない。父も好き、また私に色々影響を与えた兄も好き。だから私のジャイアンツ贔屓は、〈既に久しく定まつてゐた〉運命というしかないのだ。

抽斎の勤王と私のジャイアンツ贔屓とを一緒にするなど、鷗外ファンには大分顰蹙を買うだろうが、ジャイアンツかタイガースかと〈岐路に立〉って苦しみ悩むこともなく、自然にそうなったということでは同じではないか。そして私はそれ以上の思想的、倫理的意味を、抽斎の勤王という問題に見出すことは出来ない。少くともいわゆる精神の省エネの量においては、私とそんなに大差はないのではないか。（閑話休題。）

ただここで、その抽斎の〈耿々〉たる尊王の精神を説き、なおかつ「渋江抽斎」における〈最も小説的精彩のあるくだり〉*としてすこぶる著名な次の一節が記される。

《抽斎の王室に於ける、常に耿々《かう〱》の心を懐いてゐた。そして曾て一たびこれがために身命を危くしたことがある。保さんはこれを母五百に聞いたが、憾《うら》むらくは其月日を詳にしない。しかし本所に於ての出来事で、多分安政三年の頃であつたらしいと云ふことである。

或日手嶋良助と云ふものが抽斎に一の秘事を語つた。それは江戸にある某貴人の窮迫の事であつた。貴人は八百両の金が無いために、将に苦境に陥らんとしてをられる。手嶋はこれを調達せむと欲して奔走してゐるが、これを獲《う》る道が無いと云ふのであつた。抽斎はこれを聞いて慨然として献金を思ひ立つた。抽斎は自家の窮乏を口実として、八百両を先取することの出来る無尽講を催した。そして親戚故旧を会して金を醵出《きよしゆつ》せしめた。

無尽講の夜、客が已に散じた後、五百は沐浴してゐた。明朝金を貴人の許に齎《もたら》さむがためである。此金を上《たてまつ》る日は予め手嶋をして貴人に稟《まう》さしめて置いたのである。

抽斎は忽ち剝啄《はくたく》の声を聞いた。仲間が誰何《すゐか》すると、某貴人の使だと云つた。抽斎は引見した。来たのは三人の侍である。内密に旨を伝へたいから、人払をして貰ひたいと云ふ。抽斎は三人を奥の四畳半に延《ひ》いた。三人の言ふ所によれば、貴人は明朝を待たずして金を獲ようとして、此使を発したと云ふことである。

抽斎は応ぜなかつた。此秘事に与つてゐる手嶋は、貴人の許にあつて職を奉じてゐる。金は手嶋を介して上ることを約してある。面《おもて》を識らざる三人に交付することは出来ぬと云ふのである。三人は手嶋の来ぬ事故を語つた。抽斎は信ぜないと云つた。

三人は互に目語して身を起し、刀の欛《つか》に手を掛けて抽斎を囲んだ。そして云つた。我等の言《こと》を信ぜぬと云ふは無礼である。且重要の御使を承はつてこれを果さずに還つては面目が立たない。主人はどうしても金をわたさぬか。すぐに返事をせよと云つた。

抽斎は坐したまゝで暫《しばら》く口を噤《つぐ》んでゐた。三人が偽の使だと云ふことは既に明である。しかしこれと格闘することは、自分の欲せざる所で、又能はざる所である。家には若党がをり諸生がをる。抽斎はこれを呼ぼうか、呼ぶまいかと思つて、三人の気色を覗つてゐた。

此時廊下に足音がせずに、障子がすうつと開いた。主客は斉《ひと》しく愕《おどろ》き眙《み》た。》

＊　長谷川泉『森鷗外論考』（明治書院、昭和三十七年十一月）。

〈その六十一　抽斎の勤王〉

《刀の欛《つか》に手を掛けて立ち上つた三人の客を前に控へて、四畳半の端近くに坐してゐた抽斎は、客から目を放さずに、障子の開《あ》いた口を斜に見遣つた。そして妻五百の異様な姿に驚いた。

五百は僅に腰巻一つ身に著けたばかりの裸体であつた。口には懐剣を銜《くは》へてゐた。そして閾際《しきゐぎは》に身を屈めて、縁側に置いた小桶《こをけ》二つを両手に取り上げるところであつた。小桶からは湯気が立ち升《のぼ》つてゐる。縁側を戸口まで忍び寄つて障子を開く時、持つて来た小桶を下に置いたのであらう。

五百は小桶を持つたまゝ、つと一間に進み入つて、夫を背にして立つた。そして沸《わ》き返るあがり湯を盛つた小桶を、左右の二人の客に投げ附け、銜《くは》へてゐた懐剣を把《と》つて鞘《さや》を払つた。そして床の間を背にして立つた一人の客を睨んで、「どろばう」と一声叫んだ。

熱湯を浴びた二人が先に、欛《つか》に手を掛けた刀をも抜かずに、座敷から縁側へ、縁側から庭へ逃げた。跡の一人も続いて逃げた。

五百は仲間や諸生の名を呼んで、「どろばう〳〵」と云ふ声を其間に挟んだ。しかし家に居合わせた男等の馳せ集るまでには、三人の客は皆逃げてしまつた。此時の事は後々まで渋江の家の一つ話になつてゐたが、五百は人の其功を称する毎に、慙《は》じて席を遁《のが》れたさうである。五百は幼くて武家奉公をしはじめた時から、匕首《ひしゅ》一口だけは身を放さずに持つてゐたので、湯殿に脱ぎ棄てた衣類の傍《そば》から、それを取り上げることは出来たが、衣類を身に纏《まと》ふ遑《いとま》は無かつたのである。

翌朝五百は金を貴人の許に持つて往つた。手嶋の言《こと》によれば、これは献金としては受けられぬ、唯借上になるのであるから、十箇年賦で返済すると云ふことであつた。しかし手嶋が渋江氏を訪うて、お手元不如意のために、今年は返金せられぬと云ふことが数度あつて、維新の年に至るまでに、還された金は些許《すこしばかり》であつた。保さんが金を受け取りに往つたこともあるさうである。

此一条は保つさんもこれを語ることを躊躇《ちうちよ》し、わたくしもこれを書くことを躊躇した。しかし抽斎の誠心《まごころ》をも、五百の勇気をも、かくまで明に見ることの出来る事実を堙滅《いんめつ》せしむるには忍びない。ましてや貴人は今は世に亡き御方《おんかた》である。あからさまに其人を斥《さ》さずに、略《ほゞ》其事を記すのは、或は、妨《さまたげ》が無からうか。わたくしはこう思惟《しゆゐ》して、抽斎の勤王を説くに当つて、遂に此事に言ひ及んだ。》

たしかにこれを読んで、私も〈抽斎の誠意《まごころ》をも、五百の勇気をも〉、認めるに吝かではない。しかし私は以前から、この逸話になんとなく胡乱なものを感じざるをえなかった。なるほど話は、保の直筆（「抽斎歿後」）に出ているのだから、ほぼ事実というしかない。がそれにしてはまず第一、〈耿々〉たる尊王の精神によるとはいえ、八百両という大金を、なんの面識もない〈某貴人〉に融通することが、常識や良識に鑑みて、ありえたことだろうかということである。多分人の分を守り、不相応の振舞いを避けることは、抽斎のモットーとしたところであっただろう。

無尽講とはいえ、急場を凌ぐ借金であることに変わりはない。ただ出典には〈夫婦協議の上〉とあるという。さすれば両人とも、八百両の借金は、さほど負担にも苦痛にもならないと踏んでのことだったのだろうか。〈その四十〉によれば、渋江氏は〈月割が五両一分〉。ただ〈その十一〉、津軽家の秘方〈一粒金丹〉で〈毎月百両以上の所得になつた〉という。とすると渋江家には、逆にかなりの余裕があったということか。さればこそ多くの食客を抱え、度々人に恩を施す余裕があったということか？

第二は、この〈秘事〉、どこからその秘密が漏れたのかということである。あるいは無尽講を開くため、あらかじめ〈某貴人〉への献金ということを、講仲間に知らせたのか（まさかそんな不用意なことはしないだろう）。あるいは秘密は〈某貴人〉側から漏れたのか（どうもその線が濃いようである）。

第三、〈その三十一〉の本丸での鬼退治、下って〈その七十四〉の武勇談等々、五百はかなり〈武芸〉に自信があったようだが、相手も二本差しの男達、難を逃れたのはむしろ僥倖といってよい（それにしても、いつも五百の剣幕に度肝を抜かれる男達の、なんと腑抜けぞろいであることか。この場合も〈某貴人の使〉を名乗って日昼堂々――出典では（翌日）、〈無尽講の夜〉は鷗外のフィクションという――押し入ったにしては意気地のない限りである）。

さらに第四、手嶋は〈十箇年賦で返済する〉と約束しておきながら、〈お手元不如意のために、今年は返金せられぬということが数度あつて、維新の年に至るまでに、還された金は些許《すこしばかり》であつた〉という（出典では〈維新の頃まで前後十三年と為りたれども、返便ハその十五分の一にも及ばなんだ〉）。一体この詐欺紛いの手口といい、手嶋という男の正体が判然としないのも胡散臭い（あるいは秘密の漏れたのもこの男と関りがあるのではないか。出典にも〈其の金の集まりたる夜、予め之を先方へ御通知申上、翌日母ハ之を携へ伺候せんとて、先つ浴室に入り、身を清めて居た〉とあるという。手嶋は〈金の集まりたる〉ことを〈予め〉知っていたのだ)。

そして第五、しかも結局この話全体を、肝心の〈某貴人〉はおそらくなんにも知らず、〈今は世に亡き御方〉(出典にはない叙述という)というのだ。

繰り返すまでもなく、私は〈抽斎の誠意《まごころ》をも、五百の勇気をも〉認めるに吝かではない。しかし抽斎夫妻はともかく、鷗外はこの話一分始終の疑わしさに気づかなかったのだろうか。いや、さもあらばあれ、鷗外は〈勤王〉への赤誠ということになると、たちまちコロリと参ってしまうのではないか?

ところで、稲垣氏もいうように、鷗外が、この逸事を知ったのは、おそらく〈その三十一〉から〈その三十五〉、〈五百の経歴〉等を書き終えた後に属するといえよう。そして鷗外はこの後から知った逸事を、抽斎の〈勤王〉への赤誠を語る部分に好便に当て嵌め、〈五百の強い個性〉(稲垣氏)を印象付けつつ、〈作品中での圧巻だと一般的にいわれる〉(同)までに仕上げた――。

しかし私はこの部分の詮議にあまり興味がない。やれ出典では〈全裸〉だったのを〈僅に腰巻一つ身に著けたばかりの裸体〉にしたの、やれそこに女性的な品位を添えたの――。しかし要するに五百の女だてら(?)の大立回り。御見物衆には拍手喝采だろうが、これが〈「渋江抽斎」における最も小説的精彩のあるくだり〉だとすると、〈小説的精彩〉とはそんなものかと思わず首を傾げたくなる。

《抽斎は勤王家ではあつたが、攘夷家ではなかつた。初め抽斎は西洋嫌で、攘夷に耳を傾けかねぬ人であつたが、前に云つたとほりに、安積艮斎の書を読んで悟る所があつた。そして竊《ひそか》に漢訳の博物窮理の書を閲《けみ》し、ます〳〵洋学の廃すべからざることを知つた。当時の洋学は主《おも》に蘭学であつた。嗣子の保さんに蘭語を学ばせることを遺言したのはこれがためである。

抽斎は漢法医で、丁度蘭法医の幕府に公認せられると同時に世を去つたのである。此公認を贏《か》ち得るまでには、蘭法医は社会に於いて奮闘した。そして彼等の攻撃の衝に当つたものは漢法医である。其応戦の跡は漢蘭酒話、一夕医話等の如き書に徴して知ることが出来る。抽斎は敢て言を其間に挟《さしはさ》まなかつたが、心中これがために憂え悶えたことは、想像するに難からぬのである。》

〈その六十二　抽斎の嗜好〉

《わたくしは幕府が蘭法医を公認すると同時に抽斎が歿したと云つた。此公認は安政五年七月初の事で、抽斎は翌八月の末に歿した。

是より先幕府は安政三年二月に、蕃書調所《ばんしょてうしょ》を九段坂下元小姓組番頭格《ばんがしらかく》竹本主水正《もんどのしやう》正懋《せいぼう》の屋敷跡に創設したが、これは今の外務省の一部に外国語学校を兼たやうなもので、医術の事には関せなかつた。越えて安政五年に至つて、七月三日に、松平薩摩守《さつまのかみ》斎彬《なりあきら》家来戸塚静海、松平肥前守《ひぜんのかみ》斎正《なりまさ》家来伊東玄朴、松平三河守慶倫《よしとも》家来遠田澄庵、松平駿河守勝道家来青木春岱《しゅんたい》に奥医師を命じ、二百俵三人扶持を給した。これが幕府が蘭法医を任用した権輿《けんよ》で、抽斎の歿した八月二十八日に先つこと、僅に五十四日である。次いで同じ月の六日に、幕府は御医師即ち官医中有志のものは「阿蘭《おらんだ》医術兼学致候とも不苦候《くるしからず》」と令した。翌日又有馬左兵衛佐《さひようゑのすけ》道純《みちずみ》家来竹内玄同、徳川賢吉家来伊東貫斎が奥医師を命ぜられた。此二人も亦蘭法医である。

抽斎が若《も》し生きながらへてゐて、幕府の聘《へい》を受けることを肯《がへん》じたら、此等の蘭法医と肩を比べて仕へなくてはならなかつたであらう。さうなつたら旧思想を代表すべき抽斎は、新思想を齎《もたら》し来つた蘭法医との間に、厭ふべき葛藤を生ずることを免れなかつたかも知れぬが、或は又彼の多紀茝庭《さいてい》の手に出でたと云ふ無名氏の漢蘭酒話、平野革《かく》谿《けい》の一夕医話等と趣を殊にした、真面目《しんめんぼく》な漢蘭医法比較研究の端緒が此《こゝ》に開かれたかも知れない。》

しかし、すでに伊澤榛軒は、蘭医方の〈解剖〉、〈薬方の酷烈〉、〈種痘〉を痛烈に非難していた。（たとえば榛軒は、罪人の屍体を平然と解剖することを〈不仁の悪習〉という。そして鷗外もこれを、〈藹《あい》然たる仁人の言《こと》である。決して目するに固陋を以てすべきでない〉といっている。）また阿部正弘もその禁令に〈風土も違候事に付（中略）蘭方相用候儀御制禁仰出され候〉と云う。またさればこそ柏軒が正弘の病に単独あたり、〈身命を賭して其責を竭《つく》した〉のも、漢方の牙城を死守せんという思いに発していたのである。

またそれほどに蘭方の侵撃は日に急であったのだ。ちなみに漢方と蘭方の角遂がようやく後者に軍配の傾きかけた秋、柏軒が京都で急死したことを柏軒門人の松田道夫は〈「先生は玉砕すべき運命を有してゐた人」〉、京都で客死したのも、〈「先生は死所を得たものだ」〉と評している。

つまりそれほどにも漢方と蘭方の攻防は激烈を極めていた。が、〈抽斎は敢て言を其間に挟《さしはさ》まなかつたが、心中これがために憂へ悶えたことは、想像するに難からぬのである〉としても、この現下の状況に際し、抽斎の態度は少々生温い感じがしないでもない。

ちなみに、〈或日柏軒、抽斎、枳園等が榛軒の所に集まって治療の経験談に晷《ひかげ》の移るを忘れたことがある。此時終始緘黙してゐたのは抽斎一人であつた。それが穉い柏《かえ》の注意を惹いた。客散ずる後に、柏は母に問うた。「渋江さんはなぜあんなに黙つてお出なさるのでせう。」母は答へた。「そうさね。あの方は静な方なのだよ。それに今日はお医者の話ばかし出たのに、あの方はどつちかと云ふと儒者の方でお出なさるからね」〉。

やはり人一人の命を預る医者と、人間全体のことを煩う儒者の違いか。無論、私は抽斎を非難しているのではない。（以上、「伊澤蘭軒」その二百七十二、その二百九十七〜その三百二十四より。）

そして話柄は〈抽斎の嗜行〉に転ずる。

〈抽斎の日常生活に人に殊なる所のあつたことは、前にも折に触れて言つたが、今遺れるを拾つて二三の事を挙げようと思ふ。抽斎は病を以て防ぎ得べきものとした人で、常に摂生に心を用ゐた。飯は朝午《あさひる》各《おの〱》三椀《わん》、夕二椀半と極めてゐた。しかも其椀の大きさとこれに飯を盛る量とが厳重に定めてあつた。殊に晩年になつては、嘉永二年に津軽信順が抽斎の此習慣を聞き知つて、長尾宗右衛門に命じて造らせて賜はつた椀のみを用ゐた。其形は常の椀より稍《やゝ》大きかつた。そしてこれに飯を盛るに、婢《ひ》をして盛らしむるときは、過不及を免れぬと云つて、飯を小さい櫃《ひつ》に取り分けさせ、櫃から椀に盛ることを、五百の役目にしてゐた。朝の未醤汁《みそしる》も必ず二椀に限つてゐた。菜蔬《さいそ》は最も萊菔《だいこん》を好んだ。生で食ふときは大根おろしにし、烹《に》て食ふときはふろふきにした。大根おろしは汁を棄てず、醤油などを掛けなかつた。

浜名納豆は絶やさずに蓄へて置いて食べた。魚類では方頭魚《あまだひ》の未醤漬《みそづけ》を嗜んだ。畳鰯《たゝみいわし》も喜んで食べた。鰻《うなぎ》は時々食べた。間食は殆ど全く禁じてゐた。しかし稀《まれ》に飴《あめ》と上等の煎餅《せんべい》とを食べることがあつた。

抽斎が少壮時代に毫《がう》も酒も飲まなかつたのに、天保八年に三十三歳で弘前に往つてから、防寒のために飲みはじめたことは、前に云つたとほりである。さて一時は晩酌の量が稍多かつた。其後安政元年に五十歳になつてから、猪口《ちよく》に三つを踰《こ》えぬことにした。猪口は山内忠兵衛の贈つた品で、宴に赴くにはそれを懐にして家を出た。抽斎は決して冷酒を飲まなかつた。然るに安政二年に地震に逢つて、ふと冷酒を飲んだ。其後は偶《たま〱》飲むことがあつたが、これも三杯の量を過さなかつた。》

〈その六十三　抽斎の嗜好〉

《鰻を嗜《たし》んだ抽斎は、酒を飲むやうになつてから、屢《しば〱》鰻酒と云ふことをした。茶碗に鰻の蒲焼《かばやき》を入れ、些《すこ》しのたれを注ぎ、熱酒を湛《たゝ》へて蓋を覆《おほ》つて置き、少選《しばらく》してから飲むのである。抽斎は五百を娶つてから、五百が少しの酒に堪へるので、勤めてこれを飲ませた。五百はこれを旨《うま》がつて、兄栄次郎と妹壻長尾宗右衛門とに侑《すゝ》め、又比良野貞固に飲ませた。此等の人々は後に皆鰻酒を飲むことになつた。

飲食を除いて、抽斎の好む所は何かと問へば、読書と云はなくてはならない。古刊本、古抄本を講窮することは抽斎終生の事業であるから、こゝに算せない。医書中で素問を愛して、身辺を離さなかつたことも亦同じである。次は説文《せつもん》である。晩年には毎月説文会を催して、小嶋成斎、森枳園、平井東堂、海保竹逕《ちくけい》、喜多村栲窓《かうさう》、栗本鋤雲《じよううん》等を集《つど》へた。》

そして栲窓、鋤雲等、初出の人の履歴が簡単に紹介されている。

《抽斎の好んで読んだ小説は、赤本《あかほん》、蒟蒻本《こんにやくぼん》、黄表紙の類であつた。想ふにその自ら作つた呂后千夫《りよこうせんふ》は黄表紙の体に倣《なら》つたものであつただらう。

抽斎がいかに劇を好んだかは、劇神仙の号を襲いだと云ふを以て、想見することが出来る。父允成が屢戯場に出入したさうであるから、殆ど遺伝と云つても好からう。然るに嘉永二年に将軍に謁見した時、要路の人が抽斎に忠告した。それは目見《めみえ》以上の身分になつたからは、今より後市中の湯屋に往くことゝ、芝居小屋に立ち入ることとは遠慮するが宜しいと云ふのであつた。渋江の家には浴室の設《まうけ》があつたから、湯屋に往くことは禁ぜられても差支が無かつた。しかし観劇を停《とゞ》められるのは、抽斎の苦痛とする所であつた。抽斎は隠忍して姑《しばら》く忠告に従つてゐた。安政二年の地震の日に観劇したのは、足掛七年振であつたと云ふことである。

抽斎は森枳園と同じく、七代目市川団十郎を贔屓《ひいき》にしてゐた。》

〈次に贔屓にしたのは五代目沢村宗十郎である〉。

〈その六十四　抽斎の嗜好〉

〈劇を好む抽斎は又照葉狂言をも好んださうである〉。そして〈此演戯の起原沿革〉のこと。

〈能楽は抽斎の楽み看る所で、少《わか》い頃謡曲を学んだこともある〉。〈技の妙が人の意表に出たさうである〉。

〈俗曲は少しく長唄を学んでゐたが、これは謡曲の妙に及ばざること遠かつた〉。

〈抽斎は鑑賞家として古画を翫《もてあそ》んだが、多く買ひ集むることをばしなかつた。谷文晁の教を受けて、実用の図を作る外に、往々自ら人物山水をも画いた〉。

〈古武鑑、古江戸図、古銭は抽斎の聚珍家として蒐集した所である。わたくしが初め古武鑑に媒介せられて抽斎を識つたことは、前に云つたとほりである〉。

〈抽斎は碁を善くした。しかし局に対することが少《まれ》であつた。これは自ら儆《いまし》めて耽らざらむことを欲したのである〉。

〈抽斎は大名の行列を観ることを喜んだ、そして家々の鹵簿《ろぼ》を記憶して忘れなかつた。新武鑑を買つて、其図に着色して自ら娯《たのし》んだのも、これがためである〉。

〈角兵衛獅子が門に至れば、抽斎は必ず出て看たことは、既に言つた。〉

〈庭園は抽斎の愛する所で、自ら剪刀《はさみ》を把《と》つて植木の苅込をした。木の中では御柳《ぎよりう》を好んだ〉。

《抽斎は晩年に最も雷を嫌つた。これは二度まで落雷に遭つたからであらう。一度は新に娶つた五百と道を行く時の事であつた。陰《くも》つた日の空が二人の頭上に於て裂け、そこから一道の火が地上に降《くだ》つたと思ふと、忽ち耳を貫く音がして、二人は地に僵《たふ》れた。一度は躋寿館の講師の詰所に休んでゐる時の事であつた。詰所に近い厠《かはや》の前の庭へ落雷した。此時厠に立つて小便をしてゐた伊澤柏軒は、前へ倒れて、門歯《もんし》二枚を朝顔に打ち附けて折つた。此の如くに反覆して雷火に脅《おびやか》されたので、抽斎は雷声を悪《にく》むに至つたのであらう。雷が鳴り出すと、蚊幮《かや》の中《うち》に坐して酒を呼ぶことにしてゐたさうである。

抽斎の此弱点は偶《たま〳〵》森枳園がこれを同じうしてゐた。枳園の寿蔵碑の後に門人青山道醇《だうじゆん》等の書した文に、「夏月畏雷震、発声之前必先知之」と云つてある。枳園には今一つ厭《いや》なものがあつた。それは蛞蝓《なめくぢ》であつた。夜行くのに、道に蛞蝓がゐると、闇中に於てこれを知つた。門人の随ひ行くものが、燈火《ともしび》を以て照し見て驚くことがあつたさうである。これも同じ文に見えてゐる。》

4　抽斎歿後の遺族

〈その六十五　抽斎の名号、抽斎の歿後の渋江氏〉

《抽斎は平姓で、小字《をさなゝ》を恒吉《つねきち》と云つた。人と成つた後の名は全善《かねよし》、字は道純、又子良である。そして道純を以て通称とした。其号抽斎の抽字は、本籀《もとちう》に作つた。籀、楅《ちう》、抽の三字は皆相通ずるのである。抽斎の手沢本には籀斎校正の篆印《てんいん》が殆ど必ず捺《お》してある。

別号には観柳書屋、柳原書屋、三亦堂《さんえきだう》、目耕肘書斎《もくかうちうしよさい》、今未是翁《こんみぜをう》、不求甚解翁《ふきうじんかいをう》等がある。その三世劇神仙と称したことは、既に云つたとほりである。

抽斎は嘗て自ら法諡《ほふし》を撰んだ。容安院不求甚解居士と云ふのである。此字面は妙ならずとは云ひ難いが、余りに抽象的である。これに反して抽斎が妻五百のために選んだ法諡は妙極まつてゐる。半千院出藍終葛大姉《しゆつらんしゆうかつだいし》と云ふのである。半千は五百、出藍は紺屋町に生れたこと、終葛は葛飾郡で死ぬることである。しかし世事の転変は逆覩《げきと》すべからざるもので、五百は本所で死ぬることを得なかつた。

この二つの法諡は孰《いづ》れも石に彫られなかつた。抽斎の墓には海保漁村の文を刻した碑が立てられ、又五百の遺骸は抽斎の墓穴に合葬せられたからである。》

抽斎は死んだ。作品はここで、いわば〈なかじきり〉を迎えたごとく、〈抽斎の名号〉を連ね、さて以後作品は、抽斎を離れ、その〈子孫、親戚、師友等のなりゆき〉の追尋へ向かう

《大抵伝記は其人の死を以て終るを例とする。しかし古人を景仰《けいかう》するものは、其苗裔《べうえい》がどうなつたかと云ふことを問はずにはゐられない。そこでわたくしは既に抽斎の生涯を記《しる》し畢《をは》つたが、猶《なほ》筆を投ずるに忍びない。わたくしは抽斎の子孫、親戚、師友等のなりゆきを、これより下《しも》に書き付けて置かうと思ふ。

わたくしは此記事を作るに許多《あまた》の障礙《しやうがい》のあることを自覚する。それは現存の人に言ひ及ぼすことが漸く多くなるに従つて、忌諱《きき》すべき事に撞着《たうちやく》することも亦漸く頻《しきり》なることを免れぬからである。此障礙は上に抽斎の経歴を叙して、その安政中の末路に近づいた時、早く既に頭《かうべ》を擡《もた》げて来た。これから後は、これが弥《いよ〳〵》筆端に纏繞《てんぜう》して、厭ふべき拘束を加へようとするであらう。しかしわたくしは縦《よ》しや多少の困難があるにしても、書かんと欲する事だけは書いて、此稿を完うする積である。》

なぜにその〈苗裔〉の〈なりゆき〉を追跡するのか。このことの意味はすでに度々触れたので、あらためて繰り返さない。一人一人の生涯にとどまらず、先祖から子孫へと、生れ、子をなし、死ぬ、その死と再生の無限の反復、その数十年、いや数百年の時の流、そしてその間（すでに引いたごとく）、〈淀みに浮ぶうたかたは、かつ消えかつ結び〉つつ、無窮に続く人の命、そのまさに〈おのずからに〉、〈おのずからな〉人の命の〈なりゆき〉全体を、そっくりそのまま描出することこそ、人の命の永遠の営みを、自らもまた生きることに他ならず、それこそがまた鷗外の〈史伝〉、とは〈自ら撰んだ所の伝記の体例〉（「伊澤蘭軒」その三百六十九）に他ならない。

＊「『歴史基儘と歴史離れ』」（「国文学研究」百五十九集、平成二十一年一月、本書所収）参照。

《渋江の家には抽斎の歿後に、既に云ふやうに、未亡人五百、陸《くが》、水木《みき》、専六、翠暫《すゐざん》、嗣子成善《しげよし》と矢嶋氏を冒《をか》した優善《やすよし》とが遺つてゐた。十月朔に才《わづか》に二歳で家督相続をした成善と、他の五人の子との世話をして、一家の生計を立

てて行かなくてはならぬのは、四十三歳の五百であつた。

遺子六人の中で差当り問題になつてゐたのは、矢嶋優善の身の上である。優善は不行跡のために、二年前に表医者から小普請《こぶしん》医者に貶《へん》せられ、一年前に表医者介に復し、父を喪ふ年の二月に纔《わづか》に故《もと》の表医者に復することが出来たのである。

しかし当時の優善の態度には、まだ真に改悛《かいしゆん》したものとは看做《みな》しにくい所があつた。そこで五百は旦暮周密に其挙動を監視しなくてはならなかつた。

残る五人の子の中《うち》で、十二歳の陸、六歳の水木、五歳の専六はもう読書、習字を始めてゐた。陸や水木には、五百が自ら句読を授け、手跡は手を把《と》つて書かせた。専六は近隣の杉四郎と云ふ学究の許へ通つてゐたが、これも五百が復習させることに骨を折つた。又専六の手本は平井東堂が書いたが、これも五百が臨書だけは手を把つて書かせた。午餐後日の暮れかゝるまでは、五百は子供の背後《うしろ》に立つて手習の世話をしたのである。》

〈その六十六　五百と長屋氏〉

《邸内に棲《すま》はせてある長尾の一家にも、折々多少の風波が起る。さうすると必ず五百が調停に往かなくてはならなかつた。其争は五百が商業を再興させようとして勧めるのに、安が躊躇して決せないために起るのである。宗右衛門の長女敬はもう廿一歳になつてゐて、生得稍《やゝ》勝気なので、母をして五百の言《こと》に従はしめようとする。母はこれを拒みはせぬが、さればとて実行の方へは、一歩も踏み出さうとはしない。こゝに争は生ずるのであつた。

さてこれが鎮撫に当るものが五百でなくてはならぬのは、長尾の家でまだ宗右衛門が生きてゐた時からの習慣である。五百の言には宗右衛門が服してゐたので、其妻や子もこれに抗することをば敢てせぬのである。

宗右衛門が妻の妹の五百を、啻《たゞ》抽斎の配偶として尊敬するのみでなく、かくまでに信任したには、別に来歴がある。それは或時宗右衛門が家庭のチランとして大いに安を虐待して、五百の厳《きびし》い忠告を受け、涙を流して罪を謝したことがあつて、それから後は五百の前に項《うなじ》を屈したのである。

宗右衛門は性質亮直《りやうちよく》に過ぐるとも云ふべき人であつたが、癇癪持であつた。今から十二年前の事である。宗右衛門はまだ七歳の銓《せん》に読書を授け、此子が大きくなつたら士《さむらひ》の女房にすると云つてゐた。詮は記性があつて、書を善く読んだ。かう云ふ時に、宗右衛門が酒気を帯びてゐると、銓を側《そば》に引き附けて置いて、忍耐を教へると云つて、戯のやうに煙管《きせる》で頭を打つことがある。銓は初め忍んで黙つてゐるが、後には「お父つさん、厭だ」と云つて、手を挙げて打つ真似をする。宗右衛門は怒つて「親に手向をするか」と云ひつゝ、銓を拳《こぶし》で乱打する。或日かう云ふ場合に、安が停めようとすると、宗右衛門はこれをも髪を攫《つか》んで拉《ひ》き倒して乱打し、「出て往け」と叫んだ。

安は本宗右衛門の恋女房である。天保五年三月に、当時阿部家に仕えて金吾と呼ばれてゐた、まだ二十歳の安が、宿に下つて堺町《さかひちやう》の中村座へ芝居を看に往つた。此時宗右衛門は安を見初《みそ》めて、芝居がはねてから追尾して行つて、紺屋町の日野屋に入るのを見極めた。同窓の山内栄次郎の家である。さては栄次郎の妹であつたかと云ふので、直ちに人を遣つて縁談を申し込んだのである。

かうしたわけで貰はれた安も、拳の下に崩れた丸髷を整へる遑《いとま》もなく、山内へ逃げ帰る。栄次郎の忠兵衛は広瀬を名告る前の頃で、会津屋へ調停に往くことを面倒がる。妻はおいらん浜照がなれの果で何の用にも立たない。そこで偶《たま〳〵》渋江の家から来合せてゐた五百に、「どうかして遣つてくれ」と云ふ。五百は姉を宥《なだ》め賺《すか》して、横山町へ連れて往つた。》

〈恋女房〉でも〈おいらん〉の〈なれの果〉でも、男と女は、やがて〈互いの相剋〉に終るのか＊？　そして〈かくすつたのもんだのと騒いで〉、〈筆の所謂のゝ様に成る〉のか？

〈会津屋に往つて見れば、敬はうろ〳〵立ち廻つてゐる。銓はまだ泣いてゐる。妻の出た跡で、更に酒を呼んだ宗右衛門は、気味の悪い笑顔をして五百を迎へる。五百は徐《しずか》に詫言を言ふ。主人はなか〳〵聴かない〉。そのうち二人は故事を引いて、打々発止の論陣を張るが、最後〈宗右衛門は屈服して、「なぜあなたは男に生れなかったのです」と云つた〉。

＊　拙論「『家』―〈人間の掟〉と〈神々の掟〉―」（『島崎藤村―『春』前後―』審美社、平成九年五月）参照。

〈その六十七　渋江氏と矢川氏〉

《抽斎の歿した翌年安政六年には、十一月二十八日に矢嶋優善が浜町中屋敷詰の奥通にせられた。表医者の名を以て信順の側《かたはら》に侍することになつたのである。今尚信頼し難い優善が、責任ある職に就いたのは、五百のために心労を増す種であつた。

抽斎の姉須磨の生んだ長女延《のぶ》の亡くなつたのは、多分此年の事であつたらう。允成の実父稲垣清蔵の養子が大矢清兵衛で、清兵衛の子が飯田良清で、良清の女《むすめ》が此延である。容貌の美しい女で、小舟町の鰹節問屋《かつをぶしどひや》新井屋半七と云ふものに嫁してゐた。良清の長男直之助は早世して、跡には養子孫三郎と、延の妹路とが残つた。孫三郎の事は後に見えてゐる。

抽斎歿後の第二年は万延元年である。成善はまだ四歳であつたが、夙《はや》くも浜町中屋敷の津軽信順に近習として仕へることになつた。勿論時々機嫌を覗ひに出るに止《とゞ》まつてゐたであらう。此時新に中小姓になつて中屋敷に勤める矢川文一郎と云ふものがあつて、穉《をさな》い成善の世話をしてくれた。

矢川には本末両家がある。本家は長足流の馬術を伝へてゐて、世《よゝ》文内と称した。先代文内の嫡男与四郎は、当時順承の側用人になつて、父の称を襲いでゐた。妻児玉氏は越前国敦賀の城主酒井右京亮《うきやうのすけ》忠毗《たゞやす》の家来某の女であつた。二百石八人扶持の家である。与四郎の文内に弟があり、妹があつて、彼を宗兵衛と云ひ、此を岡野と云つた。

宗兵衛は分家して、近習小姓倉田小十郎の女みつを娶つた。岡野は順承附の中﨟《ちゆうろふ》になつた。実は妾《せふ》である。

文一郎は此宗兵衛の長子である。其母の姉妹には林有的の妻、佐竹永海の妻などがある。佐竹は初め山内氏五百を娶らんとして成らず、遂に矢川氏を納れた。某《それ》の年の元日に佐竹は山内へ廻礼に来て、庭に立つてゐた五百の手を摻《と》らうとすると、五百は其手を強く引いて放した。佐竹は庭の池に墜ちた。山内では佐竹に栄次郎の衣服を着せて帰した。五百は後に抽斎に嫁してから、両国中村楼の書画会に往つて、佐竹と邂逅《かいこう》した。そして佐竹の数人の芸妓に囲まれてゐるのを見て、「佐竹さん、相変らず英雄色を好むとやらですね」と云つた。佐竹は頭を掻いて苦笑したさうである。

文一郎の父は早く世を去つて、母みつは再嫁した。そこで文一郎は津軽家に縁故のある浅草常福寺にあづけられた。これは嘉永四年の事で、天保二年生の文一郎は十一歳になつてゐた。

文一郎は寺で人と成つて、渋江家で抽斎の亡くなつた頃、本家の文内の許に引き取られた。そして成善が近習小姓を仰附けられる少し前に、二十歳で信順の中小姓になつたのである。

文一郎は頗る姿貌《しばう》があつて、心自らこれを恃《たの》んでゐた。当時吉原の狎妓《かふぎ》の許に足繁く通つて、遂に夫婦の誓をした。或夜文一郎はふと醒めて、傍《かたはら》に臥してゐる女を見ると、一眼を大きく睜開《みひら》いて眠つてゐる。常に美しいとばかり思つてゐた面貌の異様に変じたのに驚いて、肌に粟を生じたが、忽又魘夢《えんむ》に脅されてゐるのではないかと疑つて、急に身を起した。女が醒めてどうしたのかと問うた。文一郎が答は未だ半《なかば》ならざるに、女は満臉《まんけん》に紅を潮して、偏盲のために義眼を装つていることを告げた。そして涙を流しつゝ、旧盟を破らずにゐてくれと頼んだ。文一郎は陽にこれを諾して帰つて、それ切此女と絶つたさうである。》

〈その六十八　成善の入門〉

《わたくしは少時の文一郎を伝ふるに、辞《ことば》を費すこと稍多きに至つた。これは単に文一郎が穉い成善を扶掖《ふえき》したからでは無い。文一郎と渋江氏との関係は、後に漸く緊密になつたからである。文一郎は成善の姉壻になつたからである。文一郎さんは赤坂台町に現存している人ではあるが、恐くは自ら往事を談ずることを喜ばぬであらう。其少時の事蹟には二つの活きた典拠がある。一つは矢川文内の二女お鶴《つる》さんの話で、一つは保さんの話である。文内には三子二女があつた。長男俊平は宗家を嗣いで、其子蕃平《しげへい》さんが今浅草向柳原町に住して居るさうである。俊平の弟は鈕平《ちうへい》、録平《ろくへい》である。女子は長を鉞《ゑつ》と云ひ、次を鑑と云ふ。鑑は後に名を鶴と更めた。中村勇左衛門即ち今弘前桶屋町にゐる範一さんの妻で、其子の範《すゝむ》さんとわたくしとは書信の交通をしてゐるのである。》

鷗外の驥尾に付して、私も文一郎のことを長く引いたが、もとより後に文一郎が〈成善の姉壻になつたから〉だけではない。それは説明するまでもなく、ここにも一人の人間をめぐり、そしてこえて、その父祖や裔孫、いわば一族の男女の結びつきや交わりの姿――たとえ末は〈互いの相剋〉に終ろうが、その仲らいにおいて、子が生まれ孫が生まれてゆく経緯が追尋されていて、またされればこそ〈組織の全体を保存せむと欲〉(「伊澤蘭軒」その三百七十)する鷗外の意図が確認されると思ったからである。

つまり鷗外はここでも、「渋江抽斎」という作品全体の辿るべき人の世の様を、こうして、その一断片において記述しているのだ。

〈成善は此月十月朔に海保漁村と小嶋成斎との門に入つた。海保の塾は下谷練塀小路にあつた。所謂伝経廬である〉。

《小嶋成斎は藩主阿部正寧《まさやす》の世には、辰の口の老中屋敷にゐて、安政四年に家督相続をした賢之助正教《まさのり》の世になつてから、昌平橋内の上屋敷にゐた。今の神田淡路町である。手習に来る児童の数は頗る多く、二階の三室に机を並べて習ふのであつた。成善が相識の兄弟子には、嘉永二年生で十二歳になる伊澤鉄三郎がゐた。柏軒の子で、後に徳安と称し、維新後に磐《いはほ》と更めた人である。成斎は手に鞭《むち》を執つて、正面に坐してゐて、筆法を誤ると、鞭の尖《さき》で指《ゆびさ》し示した。そして児童を倦ましめざらむがためであらうか、諧謔を交へた話をした。其相手は多く鉄三郎であつた。成善はまだ幼いので、海保へ往くにも、小嶋へ往くにも若党に連れられて行つた。鉄三郎にも若党が附いて来たが、これは父が奥詰医師になつてゐるので、従者らしく附いて来たのである。

抽斎の墓碑が立てられたのも此年である。海保漁村の墓誌は其文が頗る長かつたのを、豊碑《ほうひ》を築き起して世に傲《おご》るが如き状をなすは、主家に対して憚《はゞかり》があると云つて、文字を識る四五人の故旧が来て、胥議《あひぎ》して斧鉞《ふえつ》を加へた。其文の事を伝へて完からず、又間《まゝ》実に悖《もと》るものさへあるのは、此筆削のためである。

建碑の事が畢つてから、渋江氏は台所町の邸を引き払つて亀沢町に移つた。》

〈これまで渋江の家に同居していた矢嶋優善が、新に本所緑町に一戸を構へて分立したのは、亀沢町の家に渋江氏の移るのと同時であつた。〉

〈その六十九　優善の自立〉

《矢嶋優善をして別に一家をなして自立せしめようと云ふことは、前年即ち安政六年の末から、中丸昌庵《しやうあん》が主として勧説した所である。昌庵は抽斎の門人で、多才能弁を以て儕輩《せいはい》に推されてゐた。文政元年生であるから、当時四十三歳になつて、食録二百石八人扶持、近習医者の首位に居つた。昌庵はかう云つた。「優善さんは一時の心得違から貶黜《へんちつ》を受けた。しかし幸《さいはひ》に過《あやまち》を改めたので、一昨年故《もと》の地位に復り、昨年は奥通をさへ許された。今は抽斎先生が亡くなられてから、もう二年立つて、優善さんは二十六歳になつてゐる。わたくしは去年からさう思つてゐるが、優善さんの奮つて自ら新《あらた》にすべき時は今である。それには一家を構へて、責《せめ》を負つて事に当らなくてはならない」と云つた。既にして二三のこれに同意を表するものも出来たので、五百は危みつつ此議を納れたのである。

比良野貞固は初め昌庵に反対してゐたが、五百が意を決したので、復《また》争はなくなつた。

　優善の移つた緑町の家は、渾名《あだな》を鳩《はと》医者と呼ばれた町医佐久間某の故宅である。優善は妻鉄を家に迎へ取り、下女一人を雇つて三人暮しになつた。

　鉄は優善の養父矢嶋玄碩《げんせき》の二女である。玄碩、名を優繇《やすしげ》と云つた。本抽斎の優善に命じた名は允善《たゞよし》であつたのを、矢嶋氏を冒すに及んで、養父の優字を襲用したのである。玄碩の初《はじめ》の妻某氏には子が無かつた。後妻寿美は亀高村喜左衛門と云ふものゝ妹で、仮親は上総国一宮の城主加納遠江守久徴《とほたふみのかみひさあきら》の医官原芸庵《うんあん》である。寿美が二女を生んだ。長を環と云ひ、次を鉄と云ふ。嘉永四年正月二十三日に寿美が死し、五月二十四日に九歳の環が死し、六月十六日に玄碩が死し、跡には僅に六歳の鉄が遺つた。

　優善は此時矢嶋氏に入つて末期養子となつたのである。そして其媒介者は中丸昌庵であつた。中丸は当時其師抽斎に説くに、頗る多言を費し、矢嶋氏の祀《まつり》を絶つに忍びぬと云ふを以て、抽斎の情誼に愬《うつた》へた。なぜと云ふに、抽斎が次男優善をして矢嶋氏の女壻たらしむるのは大いなる犠牲であつたからである。玄碩の遺した女《むすめ》鉄は重い痘瘡を患《うれ》へて、瘢痕《はんこん》満面、人の見るを厭《いと》ふ醜貌であつた。

　抽斎は中丸の言に動されて、美貌の子優善を鉄に与へた。五百は情として忍び難くはあつたが、事が夫の義気に出でゝゐるので、強ひて争ふことも出来なかつた。》

　ところで、私の抽斎への慊焉たる思い、いや反感は、ここに来て最高潮（?）に達する。なにが〈義気〉か!? さすがに五百は〈情として忍び難くはあつた〉というが、抽斎はまるで意に介さぬごとく、〈美貌の子優善を鉄に与へた〉――。

　これが武士的、封建的家父長制度下の父親の常なのか。しかし私は違うと思う。まさに抽斎の八方美人的な、が、肝心なこととなると鈍感で勝手なK・Yぶりが然らしめたことではないか。むしろ優善が、よく暴発しなかったものである。

そして問題なのは、鷗外もまたこのことに、なんらの評釈も加えていないことである。あるいは鷗外は、こうして〈武士的な生活の精神〉を、〈簡潔な叙述〉で伝えようとしているのか。* いやそれも違う。抽斎の父允成が、息子夫婦の仲を憂えて、しきりに心を配っていたように（その三十）。あるいは山内忠兵衛が、相方を田舎大尽に受け出され〈鬱症になつた〉息子を心配し、人に頼んで吉原に〈連れて往かせた〉という例もある（その三十三）。そしてそれが人の親というものではないか。

＊　伊藤整「小説の形式について」（『文芸と生活　感動の再建』四海書房、昭和十七年十月）参照。なお以下伊藤氏からの引用、への言及はすべてこの論による。

さてここで、私は今まで言わんとして言う機会を逃してきた抽斎の二子優善のために、いささか弁護の言を連ねたい。（あるいはいささか唐突の憾はあるが、「渋江抽斎」の後半、いわゆる〈抽斎歿後〉における優善は、前半の枳園にも劣らぬ位置や役割を担うこと、以下に辿る通りでもあるからである。）

まず優善の記述は、〈允成の直系卑属は、今の保さんなどに至るまで、一人も煙草を喫まぬのだそうである。但し抽斎の次男優善は破格であつた〉（その二十七）に始まり、続いて、〈優善は渋江一族の例を破つて、少《わか》うして煙草を喫み、好んで紛華奢靡の地に足を容れ、兎角市井のいきな事、しやれた事に傾き易く、当時早く既に前途のために憂ふべきものがあつた〉（その四十二）とある（ちなみにこれは優善十七歳の折の肖像である）。さらに例の座敷牢の件、〈座敷牢は抽斎が忍び難きを忍んで、次男優善のために設けたもの〉（その四十六）、次いで〈抽斎が岡西氏徳に生せた三人の子の中、只一人生き残つた次男優善は、少時放恣佚楽のために、頗る渋江一家を困《くるし》めたものである〉（その四十七）とあり、二十一歳の優善の不行跡が記される。

〈或時は遊里に流連し博奕に耽り、或時は寄席の高座に上りて身振声色をつかひ或時は舟を大川に浮べて影芝居をなす。父の病中悪友と謀り蔵書を運び去りし事其の数を知らず〉（荷風「隠居のこゞと」）。まさにその放蕩無頼ぶりは、抽斎最大の心配事であり。鷗外もまたそれを批難してやまない。

たしかに鷗外は、優善を渋江家の〈鬼子〉（山崎氏）として描く。しかし私は優善のために弁明したい。優善にも三分の理があったのだ。

抽斎は優善の母徳に終始〈アンチパチイ〉（二十九）を抱いていたという。父允成の気持に動かされて徳に近づき、優善を〈生せた〉。その後も次々に子を〈生せた〉が、それらは不幸にして早世し、そして優善十二歳の折、徳も抽斎に嫁して十二年少々、逝ってしまったのである。

おそらく夫から一度も集注した愛を受けることもなく、そしてこの母の悲しみと不幸を、その一人子優善が幼いながら、いや幼いだけ敏感に感じとってはいなかったか。しかも母が亡くなって数カ月、新しい母が来た。抽斎にとって、まさに最愛の妻となる五百である（しかも抽斎はこの新妻に、お徳には〈困つた〉、〈困まり果てた〉と語ったということはすでに触れた）。

そしておそらくは抽斎と五百の愛の結晶（?）であろうか、五百はその翌年から十三年間、たて続けに九人の子を生んでゆく。ほとんど毎年。おそらくその毎年繰り返された出産とその子等の育児に追われ、いかに勝れた女である五百にしても、優善に愛を向ける暇はなかったにちがいない。

こうして母徳が、夫の愛を一度も集注して受けることのなかったように、優善は、父からも、また新しい母からも、一度たりとも集注した愛を受けることはなかったのではないか。

その優善の孤独と悲しみ。そしてそれはやがて哀れな自己顕示、〈少うして煙草を喫み、好んで紛華奢靡の地に足を容れ、兎角市井のいきな事、しやれた事に傾き易く〉ということとなったのではないか。（あるいはそれは、夫の冷たい仕打に息つまらせていた徳の怨念が、死んだ後に優善を通して息ふきかえし、抽斎にはるかな復讐を遂げている図なのかもしれない。）

こうして私は優善に対し、同情の涙を禁じえない。〈「ほんに優善は可哀さう」〉（その七十）。しかしこの間、肝心の抽斎はおそらくなにも気付かず、徳に対してと同じように優善に対しても、一言の優しい言葉も心遣いもかけてやった気配はない。いや実の父として心を痛めていたことに間違いはないとしても、おそらく抽斎は優善の不行跡を憂うるのみで、自身の愛情不足、その結果の優善の遊蕩ということについて、露おもってもみなかったのではないか。しかも困りはてたとはいえ、優善を改悛せしむべき一心から、優善を取り込むべき〈座敷牢〉まで設えるというに及んでは――。

そして問題なのは、鷗外の筆もそのように、優善に対して冷淡であるということである。多分優等生、孝子鷗外は本質的に優善のような〈始末におえない不良〉（山崎氏）を好まなかったに違いない。ただ優善のために一言つけ加えておけば、優善は根はすこぶる優しい少年、そして青年であったに違いない。それがやがて成人となって、自らを救ってゆく経緯、そしてやがて鷗外もそのことに気づいてゆく経緯は、後段に譲ろう。（なおその意味で、「渋江抽斎」に登場してくる人物達への鷗外の〈美刺褒貶〉（「伊澤蘭軒」その三百六十九）は、揺れ動いているといわなければならない。しかもその意味で、「渋江抽斎」における立伝の叙法は、いまだ〈普請中〉といってよい。）

《此事のあつた年、五百は二月四日に七歳の棠《たう》を失ひ、十五日に三歳の癸巳《きし》を失つてゐた。当時五歳の陸《くが》は、小柳町の大工の棟梁《とうりやう》新八が許に里に遣られてゐたので、それを喚び帰さうと思つてゐると、そこへ鉄が来て抱かれて寝ることになり、陸は翌年まで里親の許に置かれた。

棠は美しい子で、抽斎の女の中では純《いと》と棠との容姿が最も人に褒められてゐた。五百の兄栄次郎は棠の踊を看る度に、「食ひ附きたいやうな子だ」と云つた。五百も余り棠の美しさを云々《うんぬん》するので、陸は「お母あ様の姉えさんを褒めるのを聞いてゐると、わたしなんぞはお化のやうな顔をしてゐるとしか思はれない」と云ひ、又棠の死んだ

時、「大方お母あ様はわたしを代に死なせたかつたのだらう」とさへ云つた。》

因みにこの部分、原史料（「抽斎歿後」）には、〈初め陸の生れた時にハ愛児棠子が母の傍に居たので陸ハ大工棟梁新八なるものゝ方へ里に遣られ六歳の時始めて渋江へ帰つた色の白い、愛らしい少女で阿つたさうだが、母は棠子に比べた故か「お陸ハばさけた顔」とか「化物のやうな顔」などといつたさうだ今でも本人が「お母さんハお陸ハ化物のやうだと仰つた棠嬢が生きて居てお陸が死ねバよかつたとおツしやつたが、其の棠嬢ハ疾に死んで了つてお陸ハこんなお婆さんになつてもまだ生きて居る」などと笑ひながら言ふマサカ母ハそんな口ハきかなかつたに相違ないが本人が滑稽家だけにそんな事を面白可笑しくいふので阿る〉とある。いわゆる良妻賢母の誉れ高い五百だが、我が子の面前で冗談とはいえ、言うべきでないことを時に言う女であったこと、つまりは普通の母、普通の女であったことが判る。

これも因みに「伊澤蘭軒」その二百十六に、伊澤柏軒が娶った狩谷棭斎の二女たか、後の名俊、才女の誉れ高く、はやくから〈今少納言〉と称せられ、〈後に山内氏五百が才名を馳せた時、人が五百を新少納言と呼んだ。たかの少納言に対《むか》へて呼んだのある〉という記述があるが、五百はこの先輩に初めて会った後、〈「思つた程美しくはなかつた」〉と言ったという。

〈気象の勝つた五百〉（その四十八）、〈五百の気象〉（同）。しかし五百はそれとともに、かなり好悪感の激しい一面もあったようである。

〈その七十　抽斎蔵書の散佚　艮斎の死〉

《女棠が死んでから半年の間、五百は少しく精神の均衡を失して、夕暮になると、窓を開けて庭の闇を凝視してゐることが屢有つた。これは何故ともなしに、闇の裏《うち》に棠の姿が見えはせぬかと待たれたのださうである。抽斎は気遣つて、「五百、お前にも似ないぢやないか、少ししつかりしないか」と飭《いまし》めた。

そこへ矢嶋玄碩の二女、優善の未来の妻たる鉄が来て、五百に抱かれて寝ることになつた、蜾蠃《かわら》の母は情を矯《た》めて、昵《なじみ》の無い人の子を賺《すか》しはぐくまなくてはならなかつたのである。さて眠つてゐるうちに、五百はいつか懐にゐる子が常だと思つて、夢現《ゆめうつゝ》の境に其体を撫でてゐた。忽ち一種の恐怖に襲はれて目を開《あ》くと、痘痕のまだ新しい、赤く引き弔《つ》つた鉄の顔が、触れ合ふ程近い所にある。五百は覚えず咽《むせ》び泣いた。そして意識の明になると共に、

「ほんに優善は可哀さうだ」とつぶやくのであつた。

緑町の家へ、優善が此鉄を連れてはいつた時は、鉄はもう十五歳になつてゐた。しかし世馴れた優善は鉄を子供扱にして、詞《ことば》をやさしくして宥《なだ》めてゐたので、二人の間には何の衝突も起らずにゐた。

これに反して五百の監視の下を離れた優善は、門を出でゝは昔の放恣なる生活に立ち帰つた。長崎から帰つた塩田良三との間にも、定めて連絡が附いてゐたことであらう。此人達は啻《たゞ》に酒家妓楼に出入するのみではなく、常に無頼の徒と会して袁耽《あんたん》の技を闘はした。良三の如きは頭を一つ竃《べつつひ》にしてどてらを被て街上を闊歩したことがあるさうである。優善の背後には、もうネメシスの神が逼《せま》り近づいてゐた。》

そして〈渋江氏が亀沢町に来る時、五百は又長尾一族のために、本《もと》の小家を新しい邸に徙して、そこへ一族を棲はせた〉とあり、次いで長尾氏の二女の婚嫁が語られる。さらに、

《抽斎の蔵書は兼て三万五千部あると云われてゐたが、此年亀沢町に徙《うつ》つて撿すると、既に一万部に満たなかつた。矢嶋優善が台所町の土蔵から書籍を搬出するのを、当時まだ生きてゐた兄恒善が見附けて、奪ひ還したことがある。しかし人目に触れずに、どれだけ出して売つたかわからない。或時は二階から本を索《なは》に繋いで卸すと、街上に友人が待ち受けてゐて持ち去つたさうである。安政三年以後、抽斎の時々《じゝ》病臥することがあつて、其間には書籍の散佚《さんいつ》することが殊に多かつた。又人に貸して失つた書も少くない。就中《なかんづく》森枳園と其子養真とに貸した書は多く還らな

かつた。成善が海保の塾に入つた後には、海保竹逕が数《しば〳〵》渋江氏に警告して、「大分御蔵書印のある本が市中に見えるやうでございますから、ご注意なさいまし」と云つた。》

〈父の病中悪友と謀り蔵書を運び去りし事其の数を知らず〉（荷風前出文）。しかし私は優善の父への抵抗が、この程度のものにとどまったことに安堵し、優善のために慶賀したい。

〈抽斎の心に懸けて死んだ躋寿館校刻の医心方は、此年完成して、森枳園等は白銀若干を賞賜せられた〉。〈抽斎に洋学の必要を悟らせた安積艮積は、此年十一月二十二日に七十一歳で歿した〉。〈抽斎は艮斎のワシントンの論讃を読んで、喜んで反復したさうである。恐くは洋外紀略の「嗚呼話聖東、雖生於戎羯、其為人、有足多者」云々の一節があつただらう〉。

〈その七十一　優善の行状と隠居〉

《抽斎歿後第三年は文久元年である。年の初に五百は大きい本箱三つを成善の部屋に運ばせて、戸棚の中に入れた。そしてかう云つた。

「これは日本に僅三部しか無い善《い》い版の十三経《けい》註疏《ちゆうそ》だが、お父う様がお前のだと仰《おつしや》つた。今年はもう三回忌の来る年だから、今からお前の傍《そば》に置くよ」と云つた。

数日の後に矢嶋優善が、活花の友達を集めて会をしたいが、緑町の家には丁度好い座敷が無いから、成善の部屋を借りたいと云つた。成善は部屋を明け渡した。

さて友達と云ふ数人が来て、汁粉などを食つて帰つた跡で、戸棚の本箱を見ると、其中は空虚であつた。

三月六日に優善は「身持《みもち》不行跡《ふぎやうせき》不埒《ふらち》」の廉《かど》を以て隠居を命ぜられ、同時に「御憐憫を以て名跡《みやうせき》御立《おんたて》被下置《くだしおかる》」と云ふことになつて、養子を入れることを許された。

優善の応に養ふべき子を選ぶことをば、中丸昌庵が引き受けた。然るに中丸の歓心を得てゐる近習詰百五十石六人扶持の医者に、上原元永と云ふものがあつて、此上原が町医伊達周禎《しうてい》を推薦した。

周禎は同じ年の八月四日を以て家督相続をして、矢嶋氏の禄二百石八人扶持を受けることになつた。養父優善は二十七歳、養子周禎は文化十四年生で四十六歳になつてゐた。

周禎の妻を高《たか》と云つて、已《すで》に四子を生んでゐた。長男周碩《しうせき》、次男周策、三男三蔵、四男玄四郎が即ち是である。周禎が矢嶋氏を冒した時、長男周碩は生得不調法にして仕宦《しくわん》に適せぬと称して廃嫡を請ひ、小田原に往つて町医となつた。そこで弘化二年生の次男周策が嗣子に定まつた。当時十七歳である。

是より先優善が隠居の沙汰を蒙つた時、これがために最も憂へたものは五百で、最も憤つたものは比良野貞固である。貞固は優善を面責して、いかにして此辱《はづかしめ》を雪《すゝ》ぐかと問うた。優善は山田昌栄の塾に入つて勉学したいと答へた。

貞固は先づ優善が改悛の状を見届けて、然る後に入塾せしめると云つて、優善と妻鉄とを自邸に引き取り、二階に住はせた。

さて十月になつてから、貞固は五百を招いて、倶《とも》に優善を山田の塾に連れて往つた。塾は本郷弓町にあつた。此塾の月俸は三分二朱であつた。貞固の謂ふには、これは聊《いさゝか》の金ではあるが、矢嶋氏の禄を受ける周禎が当然支出すべきもので、又優善の修行中其妻鉄をも周禎があづかるが好いと云つた。そして此二件を周禎に交渉した。周禎はひどく迷惑らしい答をしたが、後に渋りながらも承諾した。想ふに上原は周禎を矢嶋氏の嗣となすに当つて、株の売渡のような形式を用ゐたのであらう。上原は渋江氏に対して余り同情を有せぬ人で、優善には屁《へ》の糟《かす》と云ふ渾名《あだな》をさへ附けてゐたさうである。

山田の塾には当時門人十九人が寄宿していたが、未だ幾《いくばく》もあらぬに梅林松弥と云ふものと優善が塾頭にせられ

た。》
《比良野氏では此年同藩の物頭《ものがしら》二百石稲葉丹下の次男房之助を迎へて養子とした。これは貞固が既に五十歳になつたのに、妻かなが子を生まぬからであつた。房之助は嘉永四年八月二日生で、当時十一歳になつてゐて、学問よりは武芸が好であつた。》

〈その七十二　豊芥子の死、枳園と富穀との口論〉

《矢川氏では此年文一郎が二十一歳で、本所二つ目の鉄物問屋平野屋の女柳を娶つた。

石塚重兵衛の豊芥子《ほうかいし》は、此年十二月十五日に六十三歳で歿した。豊芥子が渋江氏の扶助を仰ぐことは、殆ど恒例の如くになつてゐた。五百は石塚氏にわたす金を記す帳簿を持つてゐたさうである。しかし抽斎は此人の文字を識つて、広く市井の事に通じ、又劇の沿革を審《つまびらか》にしてゐるのを愛して、来り訪ふ毎に歓び迎へた。今抽斎に遅るゝこと三年で世を去つたのである。

人の死を説いて、直ちに其非を挙げむは、後言《しりうごと》めく嫌《きらひ》はあるが、抽斎の蔵書をして散佚《さんいつ》せしめた顚末を尋ぬるときは、豊芥子も亦幾分の責を分たなくてはならない。その持ち去つたのは主に歌舞音曲の書、随筆小説の類である。》

その他〈書画骨董〉、例として〈丸山応挙の画百枚〉、抽斎が〈「三坊には雛人形を遣らぬ代にこれを遣る」〉と保に遺していった〈本彫の人形〉等々。しかし後五百が、若党清助をして度々催促させたが〈豊芥子は言を左右にして、遂にこれを還さなかつた〉。

《森枳園が小野富穀と口論をしたと云ふ話があつて、其年月を詳にせぬが、わたくしは多分此年の頃であらうと思ふ。場所は山城河岸の津藤の家であつた。例の如く文人、画師、力士、俳優、幇間《ほうかん》、芸妓等の大一座で、酒酣《たけなは》なる比《ころ》になつた。其中に枳園、富穀、矢嶋優善、伊澤徳安などが居合せた。初め枳園と富穀とは何事をか論じてゐたが、万事を茶にして世を渡る枳園が、どうしたわけか大いに怒つて、七代目賽《もどき》のたんかを切り、胖大漢《はんだいかん》の富穀をして色を失つて席を遁《のが》れしめたさうである。富穀も亦滑稽趣味に於ては枳園に劣らぬ人物で、臍で煙草を喫むと云ふ隠芸《かくしげい》を有してゐた。枳園と此人とがかくまで激烈に衝突しようとは、誰も思ひ掛けぬので、優善、徳安の二人は永く此喧嘩を忘れずにゐた。想ふに貨殖に長じた富穀と、人の物と我物との別に重きを置かぬ、無頓着《とんちやく》な枳園とは、其性格に相容れざる所があつたであらう。津藤即ち摂津国屋《つのくにや》藤次郎は、名は鱗《りん》、字は冷和、香以、鯉角《りかく》、梅阿弥《ばいあみ》等と号した。その豪遊を肆《ほしいまゝ》にして家産を蕩尽したのは、世の知る所である。文政五年生で、当時四十歳である。

此年の抽斎が忌日の頃であつた。小嶋成斎は五百に勧めて、猶存してゐる蔵書の大半を、中橋埋地の柏軒が家にあづけた。柏軒は翌年お玉が池に第宅《ていたく》を移す時も、家財と共にこれを新居に搬び入れて、一年間位鄭重に保護《ほうご》してゐた。》

〈その七十三　成斎の死、五百の逸事一件〉

〈抽斎歿後の第四年は文久二年である〉。

《成善は二年前から海保竹逕に学んで、此年十二月二十八日に、六歳にして藩主順承から奨学金二百匹を受けた。主《おも》なる経史の素読を畢つたためである。母五百は子女に読書習字を授けて半日を費すを常としてゐたが、毫《がう》も成善の学業に干渉しなかつた。そして「あれは書物が御飯より好だから、構はなくても好い」と云つた。成善は又善く母に事《つか》ふると云ふを以て、賞を受くること両度に及んだ。

此年十月十八日に成善が筆礼の師小嶋成斎が六十七歳で歿した。成斎は朝生徒に習字を教へて、次で阿部家の館《やかた》に出仕し、午時公退して酒を飲み劇を談ずることを例としてゐた。阿部家では抽斎の歿するに先だつこと一年、安政四年六月十七日に老中の職に居つた伊勢守正弘が世を去つて、越えて八月に伊予守正教が家督相続をした。成善が従学してからは、成斎は始終正教に侍してゐたのである。後に至つて成善は朝の課業の喧擾《けんぜう》を避け、午後に訪うて単独に教を受けた。そこで成斎の観劇談を聴くこと屢《しば〳〵》であつた。成斎は卒中で死んだ。正弘の老中たりし時、成斎は用人格に擢《ぬきん》でられ、公用人服部九十郎と名を斉《ひと》しうしてゐたが、二人皆同病によつて命を隕《おと》した。成斎には二子三女があつて、長男生輒《せいせふ》は早世し、次男信之が家を継いだ。通称は俊治である。俊治の子は鎰之助《いつのすけ》、鎰之助の養嗣子は、今本郷区駒込動坂町にゐる昌吉さんである。》

《成善が此頃母五百と倶に浅草永住町の覚音寺に詣でたことがある。覚音寺は五百の里方山内氏の菩提所《ぼだいしよ》である。帰途二人は蔵前通を歩いて桃太郎団子の店の前に来ると、五百の相識の女に邂逅《かいこう》した。これは五百と同じく藤堂家に仕へて、中老になつてゐた人である。五百は久しく消息の絶えてゐた此女と話がしたいと云つて、程近い横町にある料理屋誰袖《たがそで》に案内した。成善も跡に附いて往つた。誰袖は当時川長、青柳、大七などと併称せられた家である。

三人の通つた座敷の隣に大一座の客があるらしかつた。しかし声高く語り合ふこともなく、矧《まし》てや絃歌の響などは起らなかつた。暫くあつて其座敷が遽《にはか》に騒がしく、多人数の足音がして、跡は又ひつそりとした。

給仕に来た女中に五百が問ふと、女中は云つた。「あれは札差の檀那衆《だんなしゆ》が悪作劇《いたづら》をしてお出《いで》なすつたところへ、お辰さんが飛び込んでお出なすつたのでございます。蒔き散らしてあつたお金を其儘にして置いて、旦那衆がお逃なさると、お辰さんはそれを持つてお帰なさいました」と云つた。お辰と云ふのは、後盗をして捕へられた旗本青木弥太郎の妾である。

女中の語り畢る時、両刀を帯びた異様の男が五百等の座敷に闖入して「手前達も博奕《ばくち》の仲間だらう、金を持つてゐるなら、そこへ出してしまへ」と云いつゝ、刀を抜いて威嚇した。

「なに、此騙《かた》り奴が」と五百は叫んで、懐剣を抜いて起つた。男は初の勢にも似ず、身を翻《ひるがへ》して逃げ去つた。此年五百はもう四十七歳になつてゐた。》

　またしても、〈懐剣〉を翳した五百の武勇談。

〈その七十四　優善の不行跡と其処置〉

《矢嶋優善は山田の塾に入つて、塾頭に推されてから、稍自重するものゝ如く、病家にも信頼せられて、旗下の家庭にして、特に矢嶋の名を斥《さ》して招請するものさへあつた。五百も比良野貞固もこれがために頗る心を安んじた。

既にして此年二月の初午《はつうま》の日となつた。渋江氏では亀沢稲荷《かめざはいなり》の祭を行ふと云つて、親戚古旧を集《つど》へた。優善も来て宴に列し、清元を語つたり茶番を演じたりした。五百はこれを見て苦々しくは思つたが、酒を飲まぬ優善であるから、縦《よし》や少しく興に乗じたからと云つて、後に累《わづらひ》を貽《のこ》すやうな事はあるまいと気に掛けずにゐた。

優善が渋江の家に来て、其夕方に帰つてから、二三日立つた頃の事である。師山田椿庭《ちんてい》が本郷弓町から尋ねて来て、「矢嶋さんはこちらですか、余り久しく御滞留になりますから、どうなされたかと存じて伺ひました」と云つた。

「優善は初午の日にまゐりました切で、あの日には晩の四つ頃（五）に帰りましたが」と、五百は訝《いぶ》かしげに答へた。

「はてな。あれから塾へは帰られませんが。」椿庭はかう云つて眉を蹙《しか》めた。

五百は即時に人を諸方に馳せて捜索せしめた。優善の所在はすぐに知れた。初午の夜に無銭で吉原に往き、翌日から田町の引手茶屋に潜伏してゐたのである。》

　またしても、優善の不行跡。が、その処置は？

《五百は金を償つて優善を帰らせた。さて比良野貞固、小野富穀の二人を呼んで、いかにこれに処すべきかを議した。幼い成善も、戸主だと云ふので、其席に列つた。

貞固は暫く黙してゐたが、容《かたち》を改めてかう云つた。「此度の処分は只一つしか無いとわたくしは思ふ。玄碩さんはわたくしの宅で詰腹を切らせます。小野さんも、お姉《あね》えさんも、三坊も御苦労ながらお立会下さい。」言い畢つて貞固は緊《きび》しく口を結んで一座を見廻した。優善は矢嶋氏を冒してから、養父の称を襲《つ》いで玄碩と云つてゐた。三坊は成善の小字《おさなな》三吉である。

富穀は面色土の如くになつて、一語を発することも得なかつた。

五百は貞固の詞《ことば》を予期してゐたやうに、徐《しづか》に答へた。「比良野様の御意見は御尤と存じます。度々の不始末で、もう此上何と申し聞けやうもございません。いづれ篤と考へました上で、改めてこちらから申し上げませう」と云つた。

これで相談は果てた。貞固は何事も無いやうな顔をして、席を起つて帰つた。富穀は跡に残つて、どうか比良野を勘弁させるやうに話をしてくれと、繰り返して五百に頼んで置いて、すご〳〵帰つた。五百は優善を呼んで厳《おごそか》に会議の始末を言ひ渡した。成善はどうなる事かと胸を痛めてゐた。》

貞固は自身の若き日の失態狼藉を忘れたごとく、厳に優善に〈「詰腹を切らせ」〉よと主張する。この〈武張つた男〉（その三十五）、リゴリストの言い出しそうなことである。そのいささか時代錯誤的な申し出に、〈町人階級出身〉（竹盛氏）の五百、リアリストは少々困却しただろう。さなきだに生《な》さぬ仲の優善を、継母が〈詰腹を切らせ〉たとあらば、五百の名が廃れるというものである。

《翌朝五百は貞固を訪うて懇談した。大要はかうである。昨日の仰は尤至極《もつともしごく》である。自分は同意せずにはゐられない。これまでの行掛りを思へば、優善に此上どうして罪を贖《あがな》はせようと云ふ道は無い。自分も一死が其分であるとは信じてゐる。しかし晴がましく死なせることは、家門のためにも、君侯のためにも望ましくない。それゆゑ切腹に代へて、金毘羅《こんぴら》に起請文《きしやうもん》を納めさせたい。悔い改める望の無い男であるから、必ず冥々《めい〱》の裏《うち》に神罰を蒙るであらうと云ふのである。
貞固はつく〴〵聞いて答へた。それは好いお思附である。此度の事に就いては、命乞《いのちごひ》の仲裁なら決して聴くまいと決心してゐたが、晴がましい死様《しにざま》をさせるには及ばぬと云ふお考は道理至極である。然らば其起請文を書いて金毘羅に納めることは、姉上にお任せすると云つた。》

それにしてもこの収拾策、五百の怜悧な気質を語って余すところない。さすがに貞固も、膝を打って五百の言葉に従う。ただこの団円、あらかじめ仕組まれた〈茶番〉のごとき観がしないでもない。もとより優善が自ずと仕組んだ脚本。が、それに応じて、五百ばかりか、貞固も富穀も大真面目で、しかし生々とそれぞれの役を演じる？無論これは冗談だが、なにか優善という人間をめぐる騒擾が、かえってつねに、周囲の人々の美質や本質を惹き出していることは確かではないか。そしてその意味でも、たしかに優善という男はユニークな存在といえる。〈若し此れなくんば抽斎の伝記は著者が円熟の筆を以てするも或は枯淡に傾く嫌ありしや知るべからず〉（荷風）。

因みに「伊澤蘭軒」その二百八十三〜二百八十六に、柏軒が首唱し、優善、良三（塩田）二人が計画し、小野令図の家の祝のために催された〈甲寅〉の〈茶番〉のことが、良三の談話から書き写されている。歌舞伎の演目に則り、本職から小道具、衣裳を借り出し、稽古を重ねて演じられる〈擬劇〉。鷗外はその詳細を叙して、〈茶番が此の如く当時の士人の家で行はれたのは、文明史上の事実である〉といっている。しかもそこで、優善や良三が、なんと生々と立ち振舞っていることか。

さて、優善の不行跡に対する〈処置〉の一件、私はその際における五百の機転を、その〈怜悧な気質を語って余すところない〉と称した。（因みに原史料〈抽斎親戚、並門人〉に、〈兄は後年当時の母の処置を聞知りて深く之を感じ、屢々感嘆の語を発したり〉とある。）

ところで、私はこれまで、とかく五百に対し、辛い評価しか与えてこなかった。もとより五百は鷗外好みの女性、それがともすると〈著しい理想化〉（山崎氏）に走ってしまうことを、狭量にして黙認できなかったからである。鷗外ばかりでない。評家も五百というと、やれ〈献身的〉とか、それとは逆に、やれ〈自我を持った女性〉とか、あるいはその矛盾をあわせ持った完璧な女性、稀有な女性とかいって称讃するが、しかしその都度の記述を冷静に読めば、たしかに、いささか人に勝れた一面もあるとはいえ、弱点も欠点もある、もっと普通の女と評してよいのではないか。少なくとも私一個の印象として、私はことあるごとに懐剣を振り翳すような女性に魅力を感じない。なるほど男勝りの気象の強さ、激しさを認めるとしても、それが女の美徳とは思えない。女というもの、もっと〈可愛〉くなければいけません？

ただいまさら言うまでもなく、「渋江抽斎」の素材が、ほとんど保から出ているとすれば（そしてそれを鷗外が忠実に引き写しているとすれば）、五百の姿は、やはり酷愛された末子の見た母の姿であり、母なるものの魅力に、五百がいとど輝いているのは当然といえよう。〈母の姿が持つ力〉、〈その輝き〉、〈その幻惑的な魅力〉*。

なお稲垣達郎氏は「渋江抽斎」の後半、いわゆる〈抽斎歿後〉が、ひときわ生彩を放っているという。それは鷗外の〈五百の発見〉――〈次第に入手しえた五百の全貌を知るにつけ〉、彼女への親愛が次第に募り、それが〈《抽斎歿後》の追求のエネルギー源ないしは核となって〉いるからという。

しかしこれまでも度々論じて来たように、「渋江抽斎」の魅力は、決して一人の力、個性に還元出来るものではない。生れ、子をなし、死ぬ。その凡百の人の生命《いのち》の連なり、無窮の連なりの描出こそが、この作品の〈容易ならぬ魅力〉の根源ではなかったのか。**

＊　M・ブランショ『文学空間』（粟津則雄、出口裕弘訳、現代思潮社、昭和四十七年七月）参照。

＊＊　拙論「『安井夫人』論―稲垣論文に拠りつつ―」（本所所収）参照。

〈その七十五　伊澤柏軒奥医師拝命〉

《五百は矢嶋優善に起請文を書かせた。そしてそれを持つて虎の門の金毘羅へ納めに往つた。しかし起請文は納めずに、優善が行末の事を祈念して帰つた。

小野氏では此年十二月十二日に、隠居令図が八十歳で歿した。五年前に致仕して富穀に家を継がせてゐたのである。小野氏の財産は令図の貯へたのが一万両を超えてゐたさうである。》

《伊澤柏軒は此年三月に二百俵三十人扶持の奥医師にせられて、中橋埋地からお玉が池に居を移した。此時新宅の祝宴に招かれた保さんが種々の事を記憶してゐる。柏軒の四女やすは保さんの姉水木《みき》と長唄の老松《おいまつ》を歌つた。柴田常庵と云ふ肥え太つた医者は、越中褌《ゑつちゆうふんどし》一つを身に着けたばかりで、棚《たな》の達磨《だるま》を踊つた。そして宴が散じて帰る途中で、保さんは陣幕久五郎(五)が小柳平助に負けた話を聞いた。

やすは柏軒の庶出の女《むすめ》である。柏軒の正妻狩谷氏俊《たか》の生んだ子は、幼くて死した長男棠助《たうすけ》、十八九歳になつて麻疹で亡くなつた長女洲、狩谷棭斎の養孫、懐之《くわいし》の養子三右衛門に嫁した次女国の三人だけで、其他の子は皆妾春の腹である。其順序を言へば、長男棠助、長女洲、次女国、三女北、次男磐《いはほ》、四女やす、五女こと、三男信平、四男孫助である。おやすさんは人と成つて後田舎《ゐなか》に嫁したが、今は麻布鳥居坂町の信平さんの許にゐるさうである》

《陣幕久五郎の負は当時人の意料の外に出た出来事である。抽斎は角觝《かくてい》を好まなかつた。然るに保さんは穉《をさな》い時からこれを看ることを喜んで、此年の春場所をも、初日から五日目まで一日も闕《か》かさずに見舞つた。さて其六日目が伊澤の祝宴であつた。子《ね》の刻を過ぎてから、保さんは母と姉とに連れられて伊澤の家を出て帰り掛かつた。途中で若党清助が迎へて、保さんに「陣幕が負けました」と耳語した。

「虚言《うそ》を衝け」と、保さんは叱《しつ》した。取組は前から知つてゐて、小柳が陣幕の敵でないことを固く信じてゐたのである。

「い丶え、本当です」と、清助は云つた。清助の言《こと》は事実であつた。陣幕は小柳に負けた。そして小柳は此勝の故を以て人に殺された。その殺されたのが九つ半頃であつたと云ふから、丁度保さんと清助とが此応答をしてゐた時である。

　陣幕の事を言つたから、因《ちなみ》に小錦《こにしき》の事をも言つて置かう。伊澤のおかえさんに附けられてゐた松と云ふ少女があつた。松は魚屋与助の女で、菊、京の二人の妹があつた。此京が岩木川の種を宿して生んだのが小錦八十吉《やそきち》である。》

　この最後の小錦についての話柄、しかしこんなささやかな小伝の記述も、つまりは例によって男と女の交わり、子が生まれ、人となったということなのだ。そして人の来歴、履歴とは、まさにこのことだけ、このことに尽きるのではないか。

〈その七十六　小嶋成斎の教場、塙次郎の横死〉

　ここで小嶋成斎が、神田の阿部家の屋敷を教場にして、〈弟子に手習をさせた頃〉の場景が写される。

前節の最後、〈保さんは今一つ、柏軒の奥医師になつた時の事を記憶してゐる。それは手習の師小嶋成斎が、此時柏軒の子鉄三郎に対する待遇を一変した事である。福山侯の家来成斎が、いかに幕府の奥医師の子を尊敬しなくてはならなかつたかと云ふ、当年の階級制度の画図が、明に穉い成善の目前に展開せられた〉とあったが、柏軒が奥医師となった途端、それまで〈「鉄砲々々」〉とからかっていた鉄三郎に対し、成斎が〈「徳安さん、其点はかうお打ちなさいまし」〉と即日言を改めたことに、保がほとんど驚きの目を見張った様が語られている。

《此年の九月に柏軒はあづかつてゐた抽斎の蔵書を還した。それは九月の九日に将軍家茂《いへもち》が明年二月を以て上洛《じやうらく》すると云ふ令を発して、柏軒はこれに随行する準備をしたからである。渋江氏は比良野貞固に諮《はか》つて、伊澤氏から還された書籍の主なるものを津軽家の倉庫にあづけた。そして毎年二度づゝ虫干をすることに定めた。当時作つた目録によれば、其部数は三千五百余に過ぎなかつた。

書籍が伊澤氏から還されて、まだ津軽家にあづけられぬ程の事であつた。森枳園が来て論語と史記とを借りて帰つた。論語は乎古止点《をことてん》を施した古写本で、松永久秀の印記があつた。史記は朝鮮板であつた。後明治二十三年に保さんは島田篁村を訪うて、再び此論語を見た。篁村はこれを細川十洲さんに借りて閲してゐたのである。

津軽家では此年十月十四日に、信順が浜町中屋敷に於て、六十三歳で卒した。保さんの成善は枕辺《まくらべ》に侍してゐた。

此年十二月二十一日の夜、塙《はなは》次郎が三番町で刺客《せきかく》の刃《やいば》に命を隕《おと》した。》

〈その七十七　柏軒及び漁村の死〉

《抽斎歿後の第五年は文久三年である。成善は七歳で、始て矢の倉の多紀安琢《あんたく》の許に通つて、素問の講義を聞いた。

伊澤柏軒は此年五十四歳で歿した。徳川家茂に随つて京都に上り、病を得て客死したのである。嗣子鉄三郎の徳安がお玉が池の伊澤氏の主人となつた。》

柏軒は徳川十四代将軍家茂の上洛に扈随し、京都で客死した。まさにそれは〈「玉砕」〉であり、しかも〈「死所を得たもの」〉であったことは、「伊沢蘭軒」の記述を引いてすでに語った。

さて、ここでまたまた私事で恐れ入るが、私の曽祖父、支陰佐々木循輔は家茂の小姓で、のち進んで監察（目付）となり、この旅にも供奉した。詩を善くし、東海道の各駅、沿道ごとの景を賦して、家茂の覧に供したという。

ということで、その間、柏軒やその供をした塩田良三達と、あるいは顔を合わせていたかも知れないと思うと面白い。

前出『蘭陰余香』には、大阪に至った時、名古屋城へ赴くべき上使を命ぜられ、〈飛轎ニ駕リ轎夫ヲ督シテ昼夜兼行、名古屋ニ至リ能ク其使命ヲ果〉したとあるが、その急使の趣は定かでない。

維新後、教育界に転じ、東京府庁に出仕して罷んだ。

また書を善くし、『蘭陰余香』に〈東京市内ノ橋梁中欄干前後ノ石柱ヲ剳リテ其橋名ヲ刻シタル者ニシテ先生ノ筆跡ニ成ル者一二ニ止マラス就中万世橋ノ如キハ最モ好評アル者ナリシカ改造等ニ因リ就レモ其跡ヲ絶チ今存スル者ハ唯京橋ノ一アルノミ〉とある。現在は京橋もなくなり、代りに頭上に高速道路の橋梁がかかっているが、その下にひっそりと、古びた石柱と石碑が立っている。近づいてみると、

《京橋は古来より其名著はる創架の年ハ慶長年間なるが如し明暦以降屢々架換へらる大正十一年末現橋に改築せらる此の橋柱は明治八年石造に架換へられたる時の擬宝珠欄干の親柱にして橋名の書ハ明治の詩人佐々木支陰の揮毫に係るものなり　昭和十二年五月》

とある。

さて、

《此年七月二十日に山崎美成が歿した。抽斎は美成と甚だ親しかつたのではあるまい。しかし二家書庫の蔵する所は、互に出だし借すことを吝《をし》まなかつたらしい。》

〈美成、字は久卿、北峰、好問堂等の号がある。通称は新兵衛、後久作と改めた。下谷二長町に薬店を開いてゐて、屋号を長崎屋と云った。晩年には飯田町の鍋嶋と云ふものゝ邸内にゐたさうである〉。

《抽斎歿後の第六年は元治元年である。森枳園が躋寿館の講師たるを以て、幕府の月俸を受けることになつた。第七年は慶応元年である。渋江氏では六年二十日に翠暫《すゐざん》が十一歳で夭札《えうさつ》した。

比良野貞固は此年四月二十七日に妻かなの喪に遭《あ》つた。かなは文化十四年の生で四十九歳になつてゐた。内に倹

素を忍んで、外に声望を張らうとする貞固が留守居の生活は、かなの内助を待つて始て保続せられたのである。かなの死後に、親戚僚属は頻《しきり》に再び娶らむことを勧めたが、貞固は「五十を踰《こ》えた花壻になりたくない」と云つて、久しくこれに応ぜずにゐた。

第八年は慶応二年である。海保漁村が九年前に病に罹り、此年八月其再発に逢ひ、九月十八日に六十九歳で歿したので、十歳の成善は改めて其子竹逕の門人になつた。》

〈漁村の書を講ずる声は咳嗄れてゐるのに、竹逕は音吐清朗で、しかも能弁であつた〉。〈竹逕の養父に代つて講説することは、啻に伝経廬に於けるのみではなかつた。竹逕は弊衣を著て塾を出で、漁村に代つて躋寿館に往き、間部家に往き、南部家に往いた。勢此の如くであつたので、漁村歿後に至つても、練塀小路の伝経廬は旧に依つて繁栄した〉。

〈多年渋江氏に寄食してゐた山内豊覚の妾牧は、此年七十七歳を以て、五百の介抱を受けて死んだ〉。

それにしても、まことここに至って、「渋江抽斎」の世界は『三国志』末段の様相を呈してくる。もとより関羽、張飛、劉備はすでになく、また幾多の宿将も次々と消えて、超雲枳園もはや老い、五百孔明一人世路の経略にかかわる。

まさに落日秋風蕭々の五条原。中で一人意気軒昂たるは蜀の若き旗手、姜維優善か。いやまだ貞固が残っている。その貞固の時ならぬ再婚話が次に続く。

〈その七十八　貞固の再婚〉

《抽斎の姉須磨が飯田良清に嫁して生んだ女《むすめ》二人の中で、長女延《のぶ》は小舟町の新井屋半七が妻となつて死に、次女路《みち》が残つてゐた。路は痘瘡のために貌《かたち》を傷《やぶ》られてゐたのを、多分此年の頃であつただらう、三百石の旗本で戸田某と云ふ老人が後妻に迎へた。戸田氏は旗本中に頗る多いので、今考へることが出来にくい。良清の家は、須磨の生んだ長男直之助が夭折した跡へ、孫三郎と云ふ養子が来て継いでから、もう久しうなつてゐた。飯田孫三郎は十年前の安政三年から、武鑑の徒目附《かちめつけ》の部に載せられてゐる。住所は初め湯島天沢寺前としてあつて、後には湯島天神裏門前としてある。保さんの記憶してゐる家は麟祥院前《りんしやうゐんまへ》の猿飴《さるあめ》の横町であつたさうである。孫三郎は維新後静岡県の官吏になつて、良政と称し、後又東京に入つて、下谷車坂町で終つたさうである。》

《比良野貞固は妻かなが歿した後、稲葉氏から来た養子房之助と二人で、鰥暮《やもをぐら》しをしてゐたが、無妻で留守居を勤めることは出来ぬと説くものが多いので、貞固の心が稍《やゝ》動いた。此年の頃になつて、媒人《なかうど》が表坊主大須《おほす》と云ふものの女照を娶れと勧めた。武鑑を検するに、慶応二年に勤めてゐた此氏の表坊主父子がある。父は玄喜、子は玄悦で、麹町三軒家の同じ家に住んでゐた。照は玄喜の女で、玄悦の妹ではあるまいか。

貞固は津軽家の留守居役所で使つてゐる下役杉浦喜左衛門を遣つて、照を見させた。杉浦は老実な人物で、貞固が信任してゐたからである。照に逢つて来た杉浦は、盛んに照の美を賞して、其言語《げんぎよ》其挙止さへいかにもしとやかだと云つた。

結納は取換された。婚礼の当日に、五百は比良野の家に往つて新婦を待ち受けることになつた。貞固と五百とが窓の下《もと》に対座してゐると、新婦の轎《かご》は門内に舁《か》き入れられた。五百は轎を出る女を見て驚いた、身の丈《たけ》極て小さく、色は黒く鼻は低い。その上口が尖《とが》つて歯が出てゐる。五百は貞固を顧みた。貞固は苦笑《にがわらひ》をして、「お姉《あね》えさん、あれが花よめ御ですぜ」と云つた。

新婦が来てから杯をするまでには時が立つた。五百は杉浦の居らぬのを怪んで問ふと、よめの来たのを迎へてすぐに、比良野の馬を借りて、どこかへ乗つて往つたと云ふことであつた。

暫らくして杉浦は五百と貞固との前へ出て、額《ひたひ》の汗を拭《ぬぐ》ひつゝ云つた。「実に分疏《まうしわけ》がございません。わたくしはお照殿にお近づきになりたいと、先方へ申し込んで、先方からも委細承知したと云ふ返事があつて参つたのでございます。其席へ立派にお化粧をして茶を運んで出て、暫時《ざんじ》わたくしの前にすわつてゐて、時候の挨拶をいたしたのは、兼て申し上げたとほりの美しい女でございました。今日参つたよめ御は、其日に菓子鉢か何か持て出て、閾《しきゐ》の内までちよつとはいつた切で、すぐに引き取りました。わたくしはよもやあれがお照殿であらうとは存じませなんだ。余りの間違でございますので、お馬を借用して、大須家へ駆け付けて尋ねましたところが、御挨拶をさせた女は照のお引合せをいたさせた倅《せがれ》のよめでございますと云ふ返答でございます。全くわたくしの粗忽《そこつ》で」と云つて、杉浦は又額の汗を拭つた。》

〈その七十九、渋江氏の弘前移転〉

《五百は杉浦喜左衛門の話を聞いて色を変じた。そして貞固に「どうなさいますか」と問うた。

杉浦は傍から云つた。「御破談になさるより外ございますまい。わたくしがあの日に、あなたがお照様でございますねと、一言念を押して置けば宜《よろ》しかつたのでございます。全くわたくしの粗忽で」と云ふ、目には涙を浮べてゐた。

貞固は叉《こまぬ》いてゐた手をほどいて云つた。「お姉えさん御心配をなさいますな。杉浦も悔《くや》まぬが好い。わたしは此婚礼をすることに決心しました。お坊主を恐れるのではないが、喧嘩を始めるのは面白くない。それにわたしはもう五十を越してゐる。器量好みをする年でもない」と云つた。

貞固は遂に照と杯をした。照は天保六年生で、嫁した時三十二歳になつてゐた。醜いので縁遠かつたのであらう。貞固は妻の里方と交るに、多く形式の外に出でなかつたが、照と結婚した後間もなく其弟玄琢《げんたく》を愛するやうになつた。大須玄琢は学才があるのに、父兄はこれに助力《じよりき》せぬので、貞固は書籍を買つて与へた。中には八尾板《やをばん》の史記な

どのような大部のものがあつた。》

しかしこの、まるで二番目物を地で行く話、粋な結末が待っている。翌年、〈比良野貞固の家では〉、〈後妻照が柳と云ふ女《むすめ》を生んだ〉——。

なんとも愉快至極な話ではないか。まさに世の中のことは男と女。そしてそこには、当然子が生まれてくるのだ。なにやら正宗白鳥の、〈銀座漫歩の人々にも、ラツシユアワーの群衆にも、日常生活の雑多紛々の表面的事件を除いて、核心をのぞいて見たら、そこには何等かの形で、女人礼拝の面影が存してゐるのに気づくであらう。日本の男子は今なほスパルタ的道念を尊んでゐるため、女人礼拝を斥けてゐるらしい顔をしてゐるが、実際は女人を中心に、産めよ殖えよ愛せよの生存律の下に活動し、そのためにさま〴〵な社会生活苦を嘗めてゐるのだ〉という嘲笑の声、いや祝福の声が聞こえてきそうである＊（それにしても、あまり品のいい文章ではないが）。

＊『文壇人物評論』（中央公論社、昭和七年七月）。

さて、ここに来て突然、いわゆる時代と社会の大状況が記されて、前述の〈国勝手の議〉により、人々が〈江戸定府を引き上げ、郷国に帰〉る次第が叙述される。

《此年弘前藩では江戸定府を引き上げて、郷国に帰らしむることに決した。抽斎等の国勝手の議が、此時に及んで纔《わづか》に行はれたのである。しかし渋江氏と其親戚とは先づ江戸を発する群には入らなかつた。

抽斎歿後の第九年は慶応三年である。矢嶋優善は本所緑町の家を引き払つて、武蔵国北足立郡川口に移り住んだ。知人《しるひと》があつて、此土地で医業を営むのが有望だと勧めたからである。しかし優善が川口にゐて医を業としたのは、僅の間である。「どうも独身で田舎《いなか》にゐて見ると、土臭い女がたかつて来て、うるさくてならない」と云つて、亀沢町の渋江の家に帰つて同居した。当時優善は三十三歳であつた。》

《第十年は明治元年である。伏見、鳥羽の戦を以て始まり、東北地方に押し詰められた佐幕の余力が、春より秋に至る間に漸く衰滅に帰した年である。最後の将軍徳川慶喜《よしのぶ》が上野寛永寺に入つた後に、江戸を引き上げた弘前藩の定府の幾組かがあつた。そして其中に渋江氏がゐた。

渋江氏では三千坪の亀沢町の地所と邸宅とを四十五両に売つた。畳一枚の価は二十四文であつた。庭に定所、抽斎父子の遺愛の木たる檉柳《ていりう》がある。神田の火に逢つて、幹の二大枝に岐《わか》れてゐるその一つが枯れてゐる。神田から台所町へ、台所町から亀沢町へ徙《うつ》されて、幸に凋《しを》れなかつた木である。又山内豊覚が遺言して五百に贈つた石燈籠がある。五百も成善も、此等の物を棄てゝ去るに忍びなかつたが、さればとて木石を百八十二里の遠きに致さんことは、王侯富豪も難んずる所である。ましてや一身の安きをだに期し難い乱世の旅である。母子はこれを奈何《いかん》ともすることが出来なかつた。

食客は江戸若くは其界隈に寄るべき親族を求めて去つた。奴婢は、弘前に随ひ行くべき若党二人を除く外、悉く暇《いとま》を取つた。かう云ふ時に、年老いたる男女の往《ゆ》いて投ずべき家の無いものは、愍《あはれ》むべきである。山内氏から来た牧は二年前に死んだが、跡にまだ妙了尼がゐた。

妙了尼の親戚は江戸に多かつたが、此時になつて誰一人引き取らうと云ふものが無かつた。五百は一時当惑した。》

〈その八十　渋江氏の弘前移転〉

《渋江氏が本所亀沢町の家を立ち退かうとして、最も処置に困《くるし》んだのは妙了尼の身の上であつた。此老尼は天明元年に生れて、已《すで》に八十八歳になつてゐる。津軽家に奉公したことはあつても、生れてから江戸の土地を離れたことの無い女である。それを弘前へ伴ふことは、五百がためにも望ましくない。又老いさらぼひたる本人のためにも、長途の旅をして知人《しるひと》の無い遠国に往くのはつらいのである。

本妙了は特に渋江氏に縁故のある女ではない。神田豊島町の古着屋の女《むすめ》に生れて、真寿院の女小姓を勤めた。さて暇《いとま》を取つてから人に嫁し、夫を喪つて剃髪した。夫の弟が家を嗣ぐに及んで、初め恋愛してゐたために今憎悪する戸主に虐遇せられ、それを耐へ忍んで年を経た。亡夫の弟の子の代になつて、虐遇は前に倍し、剰《あまつさ》へ眼病を憂へた。これが弘化二年で、妙了が六十三歳になつた時である。

妙了は眼病の治療を請ひに抽斎の許へ来た。前年に来り嫁した五百が、老尼の物語を聞いて気の毒がつて、遂に食客にした。それからは渋江の家にゐて子供の世話をし、中にも棠と成善とを愛した。

妙了の最も近い親戚は、本所相生町に石灰屋《しつくいや》をしてゐる弟である。しかし弟は渋江氏の江戸を去るに当つて、姉を引き取ることを拒んだ。其外今川橋の飴屋《あめや》、石原の釘屋《くぎや》、箱崎の呉服屋、豊島町の足袋屋《たびや》なども、皆縁類でありながら、一人として老尼の世話をしようと云ふものは無かつた。

幸に妙了の女姪《めひ》が一人富田十兵衛と云ふものゝ妻《さい》になつてゐて、夫に小母の事を話すと、十兵衛は快く妙了を引き取ることを諾した。十兵衛は伊豆国韮山の某寺に寺男をしてゐるので、妙了は韮山へ往つた。

四月朔に渋江氏は亀沢町の邸宅を立ち退いて、本所横川の津軽家の中屋敷に徙《うつ》つた。次で十一日に江戸を発した。此日は官軍が江戸城を収めた日である。

一行は戸主成善十二歳、母五百五十三歳、陸《くが》二十二歳、水木《みき》十六歳、専六十五歳、矢嶋優善三十四歳の六人と若党二人とである。若党の一人は岩崎駒五郎と云ふ弘前のもので、今一人は中条勝次郎と云ふ常陸国《ひたちのくに》土浦のものである。

同行者は矢川文一郎と浅越一家とである。文一郎は七年前の文久元年に二十一歳で、本所二つ目の鉄物問屋平野屋の女柳を娶つて、男子を一人まうけてゐたが、弘前行の事が極まると、柳は江戸を離れることを欲せぬので、子を連れて里方へ帰つた。文一郎は江戸を立つた時二十八歳である。

浅越一家は主人夫婦と女とで、若党一人を連れてゐた。主人は通称を玄隆と云つて、百八十石六人扶持の表医者である。玄隆は少《わか》い時不行迹のために父永寿に勘当せられてゐたが、永寿の歿するに及んで末期養子として後を承け、次で抽斎の門人となり、又抽斎に紹介せられて海保漁村の塾に入つた。天保九年の生れで、抽斎に従学した安政四年には二十歳であつた。其後渋江氏と親んでゐて、共に江戸を立つた時は三十一歳である。玄隆の妻よしは二十四歳、女ふくは当歳である。

こゝに此一行に加はろうとして許されなかつたものがある。わたくしはこれを記するに当つて、当時の社会が今と殊なることの甚だしきを感ずる。奉公人が臣僕の関係になつてゐたことは勿論であるが、出入の職人商人《あきうど》も亦情誼が頗る厚かつた。渋江の家に出入する中で、職人には飾屋長八と云ふものがあり、商人には鮓屋《すしや》久次郎と云ふものがあつた。長八は渋江氏の江戸を去る時墓木《ぼぼく》拱《きよう》してゐたが、久次郎は六十六歳の翁《おきな》になつて生存《ながら》へてゐたのである。》

〈その八十一　渋江氏の弘前移転〉

二百数十年の齢を保った徳川幕藩体制も、音を立てて崩壊した。そしてその間に未曽有の混乱と民族（?）大移動、出エジプト記。——しばらくは鷗外の記述を辿ってゆこう。

《飾屋長八は単に渋江氏の出入だと云ふのみではなかつた。天保十年に抽斎が弘前から帰つた時、長八は病んで治療を請うた。其時抽斎は長八が病のために業を罷《や》めて、妻と三人の子とを養ふことの出来ぬのを見て、長屋に住はせて衣食を給した。それゆゑ長八は病が癒えて業に就いた後、長く渋江氏の恩を忘れなかつた。安政五年に抽斎の歿した時、長八は葬式の世話をして家に帰り、例に依つて晩酌の一合を傾けた。そして「あの檀那様《だんなさま》がお亡くなりなすつて見れば、己《おれ》もお供をしても好いな」と云つた。それから二階に上がつて寝たが、翌朝起きて来ぬので女房が往つて見ると、長八は死んでゐたさうである。

鮓屋久次郎は本《もと》ぼて振《ふり》の肴屋《さかなや》であつたのを、五百の兄栄次郎が贔屓《ひいき》にして資本を与へて料理店を出させた。幸に鮓久の庖丁《はうちやう》は評判が好かつたので、十ばかり年の少《わか》い妻を迎へて、天保六年に倅《せがれ》豊吉をまうけた。享和三年生の久次郎は当時三十三歳であつた。後九年にして五百が抽斎に嫁したので、久次郎は渋江氏にも出入することになつて、次第に親しくなつてゐた。

渋江氏が弘前に徙《うつ》る時、久次郎は切に供をして往くことを願つた。三十四歳になつた豊吉に、母の世話をさせることにして置いて、自分は単身渋江氏の供に立たうとしたのである。此望を起すには、弘前で料理店を出さうと云ふ企業心も少し手伝つてゐたらしいが、六十六歳の翁《おきな》が二百里足らずの遠路を供に立つて行かうとしたのは、主に五百を尊崇する念から出たのである。渋江氏では故なく久次郎の願を卻《しりぞ》けることが出来ぬので、藩の当事者に伺がつたが、当事者はこれを許すことを好まなかつた。五百は用人河野六郎の内意を承けて、久次郎の随行を謝絶した。久次郎はひどく落胆したが、翌年病に罹つて死んだ。》

人生さまざま、いつの時代にも、情誼に薄い人間もいれば、厚い人間もいるということだろう。

《渋江氏の一行は本所二つ目橋の畔《ほとり》から高瀬舟に乗つて、竪川《たてかは》を漕がせ、中川より利根川に出で、流山、柴又等を経て小山に著いた。江戸を距《さ》ること僅に二十一里の路に五日を費した。

近衛家に縁故のある津軽家は、西館《にしだて》孤清《こせい》の斡旋《あつせん》に依つて、既に官軍に加はつてゐたので、路の行手の東北地方は、秋田の一藩を除く外、悉く敵地である。一行の渋江、矢川、浅越の三氏の中では、渋江氏は人数も多く、老人があり少年少女がある。そこで最も身軽な矢川文一郎と、乳飲子を抱いた妻と云ふ累《わづらひ》を有するに過ぎぬ浅越玄隆とをば先に立たせて、渋江一家が跡に残つた。

五百等の乗つた五挺の駕籠《かご》を矢嶋優善が宰領して、若党二人を連れて、石橋駅に掛かると、仙台藩の哨兵線《せうへいせん》に出合つた。銃を擬した兵卒が左右二十人づつ轎《かご》を挟《さしはさ》んで、一つ一つ戸を開けさせて誰何《すゐか》する。女の轎は仔細なく通過させたが、成善の轎に至つて、審問に時を費した。此晩に宿に著いて、五百は成善に女装させた。

出羽の山形は江戸から九十里で、弘前に至る行程の半である。常の旅には此《こゝ》に来ると祝ふ習であつたが、五百等はわざと旅店を避けて鰻屋《うなぎや》に宿を求めた。》

〈その八十二　弘前に於ける成善の修学〉

《山形から弘前に往く順路は、小坂峠を踰《こ》えて仙台に入るのである。五百等の一行は仙台を避けて、板谷峠を踰えて米沢に入ることになつた。しかし此道筋も安全では無かつた。上山《かみのやま》まで往くと、形勢が甚だ不穏なので、数日間淹留《えんりう》した。

五百等は路用の金が竭《つ》きた。江戸を発する時、多く金を携へて行くのは危険だと云つて、金銭を長持五十荷《か》余りの底に布《し》かせて舟廻《ふなまは》しにしたからである。五百等は上山で、やう〳〵陸を運んで来た些《ちと》の荷物の過半を売つた。これは金を得ようとしたばかりではない。間道を進むことに決したので、嵩高《かさだか》になる荷は持つてゐられぬからである。荷を売つた銭は固《もと》より路用の不足を補ふ額には上らなかつた。幸に弘前藩の会計方に落ち合つて、五百等は少しの金を借ることが出来た。

上山を発してからは人烟稀なる山谷の間を過ぎた。縄梯子《なはばしご》に縋《すが》つて断崖を上下《しやうか》したこともある。夜の宿は旅人に餅を売つて茶を供する休息所の類《たぐひ》が多かつた。宿で物を盗まれることも数度に及んだ。

院内峠を踰えて秋田領に入つた時、五百等は少しく心を安んずることを得た。領主佐竹右京大夫義堯《よしたか》は、弘前の津軽承昭《つぐてる》と共に官軍方になつてゐたからである。秋田領は無事に過ぎた。

さて矢立峠を踰え、四十八川を渡つて、弘前へは往くのである。矢立峠の分水線が佐竹、津軽両家の領地界《ざかひ》である。そこを少し下ると、碇関《いかりがせき》と云ふ関があつて番人が置いてある。番人は鑑札を検してから、始て慇懃《いんぎん》な詞《ことば》を使ふのである。人が雲表に聳《そび》ゆる岩木山を指《ゆびさ》して、あれが津軽富士で、あの麓《ふもと》が弘前の城下だと教へた時、五百等は覚えず涙を翻《こぼ》して喜んださうである。》

まさに〈津軽落ち〉の旅は、こうして終わった。

《弘前に入つてから、五百等は土手町の古着商伊勢屋の家に、藩から一人一日金一分の為向《しむけ》を受けて、下宿することになり、そこに半年余りゐた。船廻しにした荷物は、程経て後に着いた。下宿屋から街《ちまた》に出づれば、土地の人が江戸子江戸子と呼びつゝ跡に附いて来る。当時髻《もとゞり》を麻糸で結び、地織木綿の衣服を著た弘前の人々の中へ、江戸育の五百等が交つたのだから、物珍らしく思はれたのも怪むに足りない。殊に成善が江戸でもまだ少かつた蝙蝠傘《かはほりがさ》を差して出ると、看るものが堵《と》の如くであつた。成善は蝙蝠傘と懐中時計とを持つてゐた。時計は識らぬ人さへ紹介を求めて見に来るので、数日のうちに弄《いじ》り毀《こは》されてしまつた。

成善は近習小姓の職があるので、毎日登城することになつた。宿直は二箇月に三度位であつた。

成善は経史を兼松石居に学んだ。》

〈戦争は既に所々に起つて、飛脚が日ごとに情報を齎した〉。〈矢川文一郎は、二十八歳で従軍して北海道に向ふことになつた。又浅越玄隆は南部方面に派遣せられた。此時浅越の下に附属せられたのが、新に町医者から五人扶持の小普請医者に抱へられ蘭法医小山内元洋である〉。そしてその子小山内薫と岡田八千代のことが付記される。

〈矢嶋優善は弘前に留《とど》まつて、戦地から後送せられて来る負傷者を治療した〉。

〈その八十三　渋江氏の周囲と五男専六の就学問題〉

《渋江氏の若党の一人中条勝次郎は、弘前に来てから思ひも掛けぬ事に遭遇《さうぐう》した。

一行が土手町に下宿した後二三月《げつ》にして暴風雨があつた。弘前の人は暴風雨を岩木山の神が祟《たゝり》を作《な》すのだと信じてゐる。神は他郷の人が来て土着するのを悪《にく》んで、暴風雨を起すと云ふのである。此故に弘前の人は他郷の人を排斥する。就中《なかんづく》丹後の人と南部の人とを嫌ふ。なぜ丹後の人を嫌ふかと云ふに、岩木山の神は古伝説の安寿姫で、己《おのれ》を虐使した山椒大夫《さんせうたいふ》の郷人を嫌うのださうである。又南部の人を嫌ふのは、神も津軽人のパルチキユラリスムに感化せられてゐるのかも知れない。

暴風雨の後数日にして、新に江戸から徙《うつ》つた家々に沙汰があつた。若し丹後、南部等の生《うまれ》のものが紛れ入つてゐるなら、厳重に取り糺《たゞ》して国境の外に逐へと云ふのである。渋江氏の一行では中条が他郷のものとして目指された。中条は常陸生《ひたちうまれ》だと云つて申し解いたが、役人は生国不明と認めて、それに立退を諭《さと》した。五百は已《や》むことを得ず、中条に路用の金を与へて江戸へ還らせた。》

しかし無事国元に着いたとはいえ、人々の好奇の眼に晒され、あるいは因襲の枷に囚われ、さらには知行は減らされ、まさに踏んだり蹴ったり。もし抽斎が生きていたら、これをなんと評したろうか？　〈世事の転変は逆覩すべからざるもの〉（その六十五）と嘆いたろうか。それとも〈内に恃む所〉（その一）ある抽斎のこと、依然胸を張って〈「自分の建策は正しかった」〉と言うだろうか。

いや、いまは抽斎のことなどどうでもいい。人々はいま現在を、ほとんど無我夢中で生きなければならない。

《冬になつてから渋江氏は富田新町の家に遷ることになつた。そして知行は当分の内六分引を以て給すると云ふ達しがあつて、実は宿料食料の外何の給与もなかつた。これが後二年にして秩禄《ちつろく》に大削減を加へられる発端であつた。

二年前から逐次に江戸を引き上げて来た定府の人達は、富田新町、新寺町新割町、上白銀町《かみしろかねちやう》、下白銀町、塩分町、茶畑町の六箇所に分れ住んだ。富田新町には江戸子町、新寺町新割町には大矢場、上白銀町には新屋敷の異名がある。富田新町には渋江氏の外、矢川文一郎、浅越玄隆等が居り、新寺町新割町には比良野貞固、中村勇左衛門等が

居り、下白銀町には矢川文内等が居り、塩分町には平井東堂等が居つた。》
しかし、さすがに母、五百はそんな中でも、子供たちの生い立ちを思い煩う。
《此頃五百は専六が就学問題のために思を労した。専六の性質は成善とは違ふ。成善は書を読むに人の催促を須《ま》たない。そしてその読む所の書は自ら択ぶに任せることが出来る。それゆゑ五百は彼が兼松石居に従つて経史を攻《をさ》めるのを見て、毫も容喙《ようかい》せずにゐた。成善が儒となるも亦可、医となるも亦不可なる無しとおもつたのである。これに反して専六は多く書を読むことを好まない。書に対すれば、先ず有用無用の詮議をする。五百は此子には儒となるべき素質が無いと信じた。そこで意を決して剃髪せしめた。
五百は弘前の城下に就いて、専六が師となすべき医家を物色した。そして親方町に住んでゐる近習医者小野元秀を獲た。》

〈その八十四　小野元秀と山澄吉蔵〉

《小野元秀は弘前藩士対馬幾次郎の次男で、小字《をさなな》を常吉と云つた。十六七歳の時、父幾次郎が急に病を発した。常吉は半夜馳《は》せて医師某の許に往つた。某は家にゐたのに、来り診することを肯《がへん》ぜなかつた。常吉は此時父のために憂へ、某のために惜んで、心にこれを牢記《らうき》してゐた。後に医となつてから、人の病あるを聞くごとに、家の貧富を問はず、地の遠近を論ぜず、食ふときには箸を投じ、臥したるときには被《ひ》を蹴《け》て起ち、径《ただ》ちに往いて診したのは、少時の苦き経験を忘れなかつたためださうである。元秀は二十六歳にして同藩の小野秀徳の養子となり、其長女そのに配せられた。

元秀は忠誠にして廉潔であつた。近習医に任ぜられてからは、詰所に出入するに、朝《あした》には人に先んじて往き、夕《ゆふべ》には人に後れて反つた。そして公退後には士庶の病人に接して、絶て倦《う》む色が無かつた。》

おそらく、こんな草深い田舎にも、こんな〈温潤良玉の如き人〉（同）がいたという所にも、当時の日本の文化の高さが窺われるというものである。あに江戸の伊澤榛軒、そして渋江抽斎ばかりではないのだ。

《専六は元秀の如き良師を得たが、憾《うら》むらくは心、医となることを欲せなかつた。弘前の人は毎《つね》に、円頂の専六が筒袖《つゝそで》の衣を著、短袴《たんこ》を穿き、赤毛布を纏《まと》つて銃を負ひ、山野を跋渉《ばつせふ》するのを見た。これは当時の兵士の服装である。

専六は兵士の間に交を求めた。兵士等は呼ぶに医者銃隊の名を以てして、頗るこれを愛好した。

時に弘前に徙《うつ》つた定府中に、山澄吉蔵と云ふものがあつた。名を直清と云つて、津軽藩が文久三年に江戸に遣つた海軍修行生徒七人の中で、中小姓を勤めてゐた。築地海軍操練所で算数の学を修め、次で塾の教員の列に加はつた。弘前に徙つて間もなく、山澄は熕隊《こうたい》司令官にせられた。兵士中身を立てむと欲するものは、多く此山澄を師として洋算を学んだ。専六も亦藤田潜《ひそむ》、柏原櫟蔵《れきざう》等と共に山澄の門に入つて、洋算簿記を学ぶことゝなり、いつとなく元秀の講筵《こうえん》には臨まなくなつた。後山澄は海軍大尉を以て終り、柏原は海軍少将を以て終つた。藤田さんは今攻玉舎長をしてゐる。》

どこか兄優善に似て、専六もまた縄縛に捕われのを嫌う性格と見える。しかしだとしても、こうして専六もまた、確実に自らの人生を切り拓いてゆく。加うるに、四女陸が矢川文一郎に嫁し（その八十五）、五女水木も村田広太郎に嫁す（その八十九）。たとえそれぞれ直に別れたとしても——。

要するにこの間も、抽斎の子等は、おのがじし自らの道を歩み出すのだ。まさに親はなくとも子は育つ。

〈その八十五　明治元年渋江氏周囲の動静、四女陸の幼時〉

《小野富穀と其子道悦とが江戸を引き上げたのは、此年二月二十三日で、道中に二十五日を費し、三月十八日に弘前に著いた。渋江氏の弘前に入るに先つこと二箇月足らずである。

矢嶋優善が隠居させられた時、跡を襲いだ周禎の一家も、此年に弘前へ徙つたが、その江戸を発する時、三男三蔵は江戸に留まつた。》

《抽斎の姉須磨の夫飯田良清の養子孫三郎は、此年江戸が東京と改称した後、静岡藩に赴いて官吏になつた。

森枳園は此年七月に東京から福山に遷つた。当時の藩主は文久元年に伊予守正教の後を承けた阿部主計頭正方《かぞへのかみまさかた》であつた。

優善の友塩田良三は此年浦和県の官吏になつた。是より先良三は、優善が山田椿庭の塾に入つたのと殆ど同時に、伊澤柏軒の塾に入つて、柏軒に其才の雋鋭《しゆんえい》なるを認められ、節を折つて書を読んだ。文久三年に柏軒が歿してからは家に帰つてゐて、今仕宦したのである。

此年箱館に拠つてゐる榎本武揚を攻めむがために、官軍が発向する中に、福山藩の兵が参加してゐた。伊澤榛軒の嗣子棠軒はこれに従つて北に赴いた。そして渋江氏を富田新町に訪うた。棠軒は福山藩から一粒金丹を買ふことを託せられてゐたので、此任を果たす旁《かたわら》、故旧の安否を問うたのである。棠軒、名は信淳《しんじゆん》、通称は春安、池田全安が離別せられた後に、榛軒の女かえの壻となつたのである。かえは後に名をそのと更めた。おそのさんは現存者で、市谷富久町の伊澤徳《めぐむ》さんの許《もと》にゐる。徳さんは棠軒の嫡子である。》

《抽斎歿後の第十一年は明治二年である。抽斎の四女陸が矢川文一郎に嫁したのは、此年九月十五日である。

陸が生れた弘化四年には、三女棠がまだ三歳で、母の懐を離れなかつたので、陸は生れ降ちるとすぐに、小柳町の大工の棟梁《とうりやう》新八と云ふものゝ家へ里子に遣られた。さて嘉永四年に棠が七歳で亡くなつたので、母五百が五歳の陸を呼び返そうとすると、偶《たま〳〵》矢嶋氏鉄が来たのを抱いて寝なくてはならなくなつて、陸を還すことを見あはせた。翌五年にやう〳〵帰つた陸は、色の白い、愛らしい六歳の少女であつた。しかし五百の胸をば棠を惜む情が全く占めてゐたので、陸は十分に母の愛に浴することが出来ずに、母に対しては頗る自ら抑遜《よくそん》してゐなくてはならな

かつた。》
あるいは五百生来の激しい好悪感が、陸の心に刻したトラウマであつたかも知れない。（なおこのことはすでに〈その六十九〉〈その七十〉にある。また五百が鉄に添い寝し、醒めると痘瘡のために傷《やぶ》れた鉄の顔《かたち》を間近に見て、〈五百は覚えず咽び泣き、〈「ほんに優善は可哀さう」〉と呟いたことも〈その七十〉にある。）

《これに反して抽斎は陸を愛撫して、身辺に居らせて使役しつゝ、或時五百にかう云つた。「己《おれ》はこんなに丈夫だから、どうもお前よりは長く生きてゐさうだ。それだから今の内に、かうして陸を為込《しこ》んで置いて、お前に先へ死なれた時、此子を女房代りにする積だ。」

陸は又兄矢嶋優善にも愛せられた。塩田良三も亦陸を愛する一人で、陸が手習をする時、手を把《と》つて書かせなどした。抽斎が或日陸の清書を見て、「良三さんのお清書が旨く出来たな」と云つて揶揄《からか》つたことがある。

陸は小さい時から長唄が好で、寒夜に裏庭の築山の上に登つて、独り寒声《かんごゑ》の修行をした。》

〈その八十六　陸の婚嫁　優善の失踪〉

《抽斎の四女陸は此家庭に生長して、当時尚其境遇に甘んじ、毫《がう》も婚嫁を急ぐ念が無かつた。それゆゑ嘗て一たび飯田寅《とら》之丞《のじよう》に嫁せむことを勧めたがものもあつたが、事が調《とゝの》はなかつた。寅之丞は当時近習小姓であつた。天保十三年壬寅《じんいん》に生れたからの名である。即ち今の飯田巽《たつみ》さんで、巽の字は明治二年己巳《きし》に二十八になつたと云ふ意味で選んだのださうである。陸との縁談は媒《なかうど》が先方に告げずに渋江氏に勧めたのではなからうが、余り古い事なので巽さんは已《すで》に忘れてゐるらしい。然るに此度は陸が遂に文一郎の聘《へい》を卻《しりぞ》くることが出来なくなつた。

文一郎は最初の妻柳が江戸を去ることを欲せぬので、一人の子を附けて里方へ還して置いて弘前へ立つた。弘前に来た直後に、文一郎は二度目の妻を娶つたが、未だ幾《いくばく》ならぬにこれを去つた。此女は西村与三郎の女《むすめ》作であつた。次で箱館から帰つた頃からであらう。陸を娶らうと思ひ立つて、人を遣《つかは》して請ふこと数度に及んだ。しかし渋江氏では輒《すなは》ち動かなかつた。陸には旧に依つて婚嫁を急ぐ念が無い。五百は文一郎の好人物なることを熟知してゐたが、これを壻にすることをば望まなかつた。かう云ふ事情の下に、両家の間には稍《やや》久しく緊張した関係が続いてゐた。

文一郎は壮年の時パツシヨンの強い性質を有してゐた。その陸に対する要望はこれがために頗る熱烈であつた。渋江氏では、若し其請を納れなかつたら、或は両家の間に事端を生じはすまいかと慮《おもんぱか》つた。陸が遂に文一郎に嫁したのは、此疑懼《ぎく》の犠牲になつたやうなものである。

此結婚は、名義から云へば、陸が矢川氏に嫁したのであるが、形迹から見れば、文一郎が壻入をしたやうであつた。式を行つた翌日から、夫婦は終日渋江の家にゐて、夜更けて矢川の家へ寝に帰つた。この時文一郎は新に馬廻《うままはり》になつた年で二十九歳、陸は二十三歳であつた。

矢嶋優善《やすよし》は、陸が文一郎の妻になつた翌月、即ち十月に、土手町に家を持つて、周禎《しゆうてい》の許にゐた鉄を迎え入れた。これは行懸りの上から当然の事で、五百は傍《はた》から世話を焼いたのである。しかし二十三歳になつた鉄は、もう昔日の如く夫の甘言に賺《すか》されては居らぬので、此土手町の住ひは優善が身上のクリジスを起す場所となつた。

優善と鉄との間に、夫婦の愛情の生ぜぬことは、固《もと》より予期すべきであつた。しかし啻《たゞ》に愛情が生ぜざるのみではなく、二人は忽ち讐敵《しうてき》となつた。そしてその争ふには、鉄がいつも攻勢を取り、物質上の利害問題を提《ひつさ》げて夫に当るのであつた。「あなたがいくぢが無いばかりに、あの周禎のやうな男に矢嶋の家を取られたのです。」此句が幾度となく反復せられる鉄が論難の主眼であつた。優善がこれに答へると、鉄は冷笑する、舌打をする。

此争は週を累《かさ》ね月を累ねて歇《や》まなかつた。五百等は百方調停を試みたが何の功をも奏せなかつた。五百は已むことを得ぬので、周禎に交渉して再び鉄を引き取つて貰はうとした。しかし周禎は容易に応ぜなかつた。渋江氏と周禎が方との間に、幾度となく交換せられた要求と拒絶とは、押問答の姿になつた。此往反《わうへん》の最中に忽ち優善が失踪した。十二月二十八日に土手町の家を出て、それ切帰つて来ぬのである。渋江氏では、優善が悶を排せむがために酒色の境に遁れたのだらうと思つて、手分をして料理屋と妓楼とを捜索させた。しかし優善のありかはどうしても知れなかつた。》

外は回天動乱の非常時、しかし人々は常に変わらず、男と女の、求め合い背き合う、いわば愛執の劇を繰り返す。そしてそのどさくさに紛れ、優善がまたしても失踪する。

が、もうこれを、優善のまたしてもの放埒と人はいうまい。ぎりぎりまで耐えていた秩序と規矩の柵、いや、というよりそれは、父抽斎の〈羈伴〉（竹盛氏）からの、いわば命がけの自己解放ではなかったか。

〈世事の転変〉（その六十五）を、新しい時代と社会へのいち早い飛翔の機会に変えて、優善は勇躍自立への旅に出発する。目指す場所はすでに、人々が憂えたように、〈悶を排せむがため〉の〈酒色の境〉などではない。新しい都〈東京〉（明治元年七月改称、〈その八十五〉を目指し、優善はかくして雪中に消えてゆくのだ。

〈その八十七　貞固の弘前移転、秩禄の削減と医者の降等〉

《比良野貞固は江戸を引き上げる定府の最後の一組三十戸ばかりの家族と共に、前年五六月の交安済丸と云ふ新造帆船に乗つた。然るに安済丸は海に泛《うか》んで間もなく、柁機《だき》を損じて進退の自由を失つた。乗組員は某地より上陸して、許多《あまた》の辛苦を嘗《な》め、此年五月にやう〳〵東京に帰つた。

さて更に米艦スルタン号に乗つて、此度は無事に青森に著した。佐藤弥六さんは当時の同乗者の一人ださうである。》

ただ〈一年余の間無益な往反をして、貞固の盤纏《はんてん》は僅に一分銀一つを剰〉（同）すばかり。貞固は渋江氏に〈金を持つて迎えに来てくれ〉という手紙を送る。

《弘前に来てから現金の給与を受けたことの無い渋江氏では、此書を得て途方に暮れたが、船廻しにした荷の中に、刀剣のあつたのを卅五振質に入れて、金二十五両を借り、それを持つて往つて貞固を弘前へ案内した。

貞固の養子房之助は此年に手廻《てまはり》を命ぜられたが、藩制が改まつたので、久しく此職に居ることが出来なかつた。》

さて、〈抽斎歿後の第十二年は明治三年である。六月十八日に弘前藩士の秩禄は大削減を加へられ、更に医者の降等が令せられた〉。

〈渋江氏は原禄三百石である〉が、〈小禄の家に比ぶれば、受くる所の損失〉は〈頗る大き〉かった。〈それでも渋江氏はこれを得て満足する積でゐた〉。

《然るに医者の降等の令が出て、それが渋江氏に適用せられることになつた。本成善は医者の子として近習小姓に任ぜられてゐるには違無い。しかし未だ曾て医として仕へたことはない。しかのみならず令の出づるに先だつて、十四歳を持つて藩学の助教にせられ、生徒に経書を授けてゐる。これは師たる兼松石居が已《すで》に屛居《へいきよ》を免されて藩の督学を拝したので、その門人も亦挙用せられたのである。且先例を按ずるに、歯科医佐藤春益の子は、単に幼くして家督したために、平士にせられてゐる。況《いはん》や成善は分明に儒職にさへ就いてゐるのである。成善が此令を己に適用せられようと思はなかつたのも無理は無い。

しかし成善は念のために大参事西館孤清、小参事兼大隊長加藤武彦の二人を見て意見を叩《たゝ》いた。二人皆成善は医として視るべきものでないと云つた。武彦は前《さき》の御用人兼用人清兵衛の子である。何ぞ料《はか》らむ、成善は医者と看做されて降等に逢ひ、三十俵の禄を受くることゝなり、剰《あまつさ》へ士籍の外にありなどゝさへ云はれたのである。成善は抗告を試みたが、何の功をも奏せなかつた。》

〈その八十八　優善の江戸出奔と其後〉

《矢嶋優善は前年の暮に失踪して、渋江氏では疑懼《ぎく》の間に年を送つた。此年一月二日の午後に、石川駅の人が二通の手紙を持つて来た。優善が家を出た日に書いたもので、一は五百に宛て、一は成善に宛てゝある。並に訣別の書で、所々涙痕《るゐこん》を印してゐる。石川は弘前を距《さ》ること一里半を過ぎぬ駅であるが、使のものは命ぜられたとほりに、優善が駅を去つた後に手紙を届けたのである。

五百と成善とは、優善が雪中に行き悩みはせぬか、病み臥しはせぬかと気遣つて、再び人を傭つて捜索させた。成善は自ら雪を冒して、石川、大鰐《おほわに》、倉立《くらだて》、碇《いかりがせき》関等を隈《くま》なく尋ねた。しかし蹤跡《しようせき》は絶て知れなかつた。

優善は東京をさして石川駅を発し、此年一月二十一日に吉原の引手茶屋湊屋《みなとや》に著いた。湊屋の上さんは大分年を取つた女で、常に優善を「蝶さん」と呼んで親んでゐた。優善は此女をたよつて往つたのである。

湊屋に皆と云ふ娘がゐた。此みいちやんは美しいので、茶屋の呼物になつてゐた。みいちやんは津藤に縁故があるとか云ふ河野某を檀那《だんな》に取つてゐたが、河野は遂にみいちやんを娶つて、優善が東京に著いた時には、今戸橋の畔《ほとり》に芸者屋を出してゐた。屋号は同じ湊屋である。

優善は吉原の湊屋の世話で、山谷堀の箱屋になり、主に今戸橋の湊屋で抱へてゐる芸者等の供をした。

四箇月半ばかりの後、或人の世話で、優善は本所緑町の安田と云ふ骨董店に入贅《にふぜい》した。安田の家では主人礼助が死んで、未亡人政《まさ》が寡居《くわきよ》してゐたのである。しかし優善の骨董商時代は箱屋時代より短かつた。それは政が優善の妻になつて間もなくみまかつたからである。

此頃前《さき》に浦和県の官吏となつた塩田良三が、権大属《ごんだいぞく》に陞《のぼ》つて聴訟係《ていしようがゝり》をしてゐたが、優善を県令に薦めた。優善は八月十八日を以て浦和県出仕を命ぜられ、典獄になつた。時に年三十六であつた。》

優善の行路は、またしても落語さながらである。〈吉原の引手茶屋〉のお上の世話で、まずは〈山谷堀の箱屋〉

になり、その後さぞかし〈「水割りましょう、薪汲みましょう」〉（「大工調べ」）といって後家に取り入り、〈骨董店に入贅〉する。そしてついに悪友塩田良三の引きで、〈官吏〉へと〈出世〉（！）するのだ。

〈その八十九　専六山田氏の養子となる〉

《専六は兵士との交が漸く深くなつて、此年五月にはとう〳〵「於軍務局楽手稽《けい》古《こ》被仰付《おほせつけらる》」と云ふ沙汰書を受けた。さて楽手の修行をしてゐるうちに、十二月二十九日に山田源吾の養子になつた。源吾は天保中津軽信順が未だ致仕せざる時、側用人を勤めてゐたが、旨に忤《さか》つて永の暇《いとま》になつた。しかし他家に仕へようと云ふ念もなく、商估《しやうこ》の業《わざ》をも好まぬので、家の菩提所なる本所中《なか》の郷《がう》の普賢寺の一房に僦居《しうきよ》し、日ごとに街に出でゝ謡《うたひ》を歌つて銭を乞うた。

この純然たる浪人生活が三十年ばかり続いたのに、源吾は刀剣、紋付の衣類、上下《かみしも》等を葛籠《つゞら》一つに収めて持つてゐた。

承照《つぐてる》は此年源吾を召し還して、二十俵を給し、目見《めみえ》以下の士に列せしめ、本所横川邸の番人を命じた。然るに源吾は年老い身病んで久しく職に居り難いのを慮《おもんぱか》つて、養子を求めた。

此時源吾の親戚に戸澤惟清《ゐせい》と云ふものがあつて、専六を其養子に世話をした。戸澤は五百に説くに、山田の家世の本卑くなかつたのと、東京勤の身を立つるに便なるとを以てし、又かう云つた。「それに専六さんが東京にゐると、後に弟御さんが上京することになつても御都合が宜しいでせう」と云つた。成善は等を降され禄を減ぜられた後、東京に住つて恥を雪《すゝ》がうと思つてゐたからである。

戸澤がかう云つて勧めた時、五百は容易にこれに耳を傾けた。五百は戸澤の人《ひと》と為《な》りを喜んでゐたからである。戸澤惟清、通称は八十吉、信順《のぶゆき》在世の日の側役《そばやく》であつた。才幹あり気概《きがい》ある人で、恭謙《きようけん》にして抑損し、些《ちと》の学問さへあつた。然るに酒を被《かうぶ》るときは剛愎《がうふく》にして人を凌いだ。信順は平素命じて酒を絶たしめ、用帑《ようど》匱《とぼ》しきに至るごとに、これに酒を飲ましめ、命を当局に伝へさせた。戸澤は当局の一諾を得ないでは帰らなかつたさうである。》

《戸澤の勧誘には、此年弘前に著した比良野貞固も同意したので、五百は遂にこれに従つて、専六が山田氏に養はるゝことを諾した。其事の決したのが十二月二十九日で、専六が船の青森を発したのが翌三十日である。此年専六は十七歳になつてゐた。然るに東京にある養父源吾は、専六が尚舟中にある間に病没した。》

かくして五男専六の前途も、ようやく目鼻がついたという次第である。

《矢川文一郎に嫁した陸《くが》は、此年長男万吉を生んだが、万吉は夭折して弘前新寺町の報恩寺なる文内が母の墓の傍に葬られた。

抽斎の六女水木は此年馬役村田小吉の子広太郎に嫁した。時に年十八であつた。既にして矢嶋周禎が琴瑟《きんしつ》調はざることを五百に告げた。五百は已むを得ずして水木を取り戻した。

小野氏では此年富穀が六十四歳で致仕し、子道悦が家督相続をした。道悦は天保七年生で、三十五歳になつてゐた。

中丸昌庵は此年六月二十八日に歿した。文政元年生の人だから、五十三歳を以て終つたのである。

弘前の城は此年五月二十六日に藩庁となつたので、知事津軽承昭は三之内に遷つた。》

〈その九十　成善の上京〉

《抽斎歿後の第十三年は明治四年である。成善《しげよし》は母を弘前に遺して、単身東京に往くことに決心した。その東京に往かうとするのは、一には降等に遭つて不平に堪へなかつたからである。二には減禄の後は旧に依つて生計を立て往くことが出来ぬからである。その母を弘前に遺すのは、脱藩の疑を避けむがためである。》

さて、最後に遺された成善。彼は孝行恩愛の情厚き嫡子、逆境の渋江家の雪冤と再興への使命を一身に背負い、自らの前途を切り開いてゆかねばならない。さながら〈我名を成さむも、我家を興さむも、今ぞ〉（「舞姫」）と奮い起つ太田豊太郎のように——。彼はひそかに、〈東京に往つて恥を雪がうと思つてゐた〉（その八十九）。

《弘前藩は必ずしも官費を以て小壮者を東京に遣ることを嫌はなかつた。これに反して私費を以て東京に往かうとするものがあると、藩は已《すで》に其人の脱藩を疑つた。況《いはん》や家族をさへ伴はうとすると、此疑は益《ます〳〵》深くなるのであつた。

成善が東京に往かうと思つてゐるのは久しい事で、屢《しば〳〵》これを師兼松石居に謀つた。石居は機を見て成善を官費生たらしめようと誓つた。しかし成善は今は徐《しづか》にこれを待つことが出来なくなつたのである。

さて成善は私費を以て往くことを敢《あへ》てするのであるが、猶母だけは遺して置くことにした。これは已むことを得ぬからである。何故と云ふに、若し成善が母と倶に往かうと云つたなら、藩は放ち遣ることを聴《ゆる》さなかつたであらう。

成善は母に約するに、他日東京に迎へ取るべきことを以てした。しかし藩の必ずこれを阻格《そかく》すべきことは、母子皆これを知つてゐた。約《つゞ》めて言へば、弘前を去る成善には母を質《ち》とするに似た恨があつた。》

時代と社会はまさに激流のように動いていた。明治維新——大政奉還（慶応三年）から王政復古（同）、版籍奉還、藩知事の任命（同二年）から廃藩置県（同四年）。かかる時、旧来のものはすべて桎梏でしかない。成善はその桎梏を掻い潜り、母を残して上京する。

《当時藩職に居つて、津軽家をして士を失はざらしめむと欲し、極力脱籍を防いだのは、大参事西館孤清である。成善は西館を訪うて、東京に往くことを告げた。西館はおほよそかう云つた。東京に往くは好い。学業成就して弘前に帰るなら、我等はこれを任用することを吝《をし》まぬであらう。しかし半途にして母を迎へ取らむとするが如きことがあつたなら、それは郷土のために謀つて忠ならざることを証するものである。我藩はこれを許さぬであらうと云つた。成善は悲痛の情を抑へて西館の許を辞した。

成善は家禄を割いて、其五人扶持を東京に送致して貰ふことを、当路の人に請うて允《ゆる》された。それから長持一棹《さを》の錦絵を書画兼骨董商《こつとうしやう》近竹《きんたけ》に売つた。これは浅草蔵前の兎桂《とけい》等で、二十枚百文位で買つた絵であるが、当時三枚二百文乃至一枚百文で売ることが出来た。成善は此金を得て、半《なかば》は留めて母に餽《おく》り、半はこれを旅費と学資とに充てた。

成善が弘前で暇乞《いとまごひ》に廻つた家々の中で、最も別を惜んだのは兼松石居と平井東堂とであつた。東堂は左腭下《さがくか》に瘤《こぶ》を生じたので、自ら瘤翁《りうをう》と号してゐたが、別に臨んで、もう再会は覚束ないと云つて落涙した。成善の去つた翌年、明治五年九月十六日に東堂は塩分町の家に歿した。年五十九である。四女乙女《おとめ》が家を継いだ。今東京神田裏神保町に住んで、琴の師匠をしてゐる平井松野さんが此乙女である。》

〈その九十一　東京に於ける成善と其修学〉

《成善は藩学の職を辞して、此年三月二十一日に、母五百と水杯を酌《く》み交《かは》して別れ、駕籠に乗つて家を出た。水杯を酌んだのは、当時の状況より推して、再会の期し難きを思つたからである。成善は十五歳、五百は五十六歳になつてゐた。抽斎の歿した時は、成善はまだ少年であつたので、此時始て親子の別の悲しさを知つて、轎中《けうちゆう》で声を発して泣きたくなるのを、やう〳〵堪へ忍んださうである。

同行者は松本甲子蔵《きねぞう》であつた。》

〈成善は四月七日に東京に着いた。行李を卸したのは本所二つ目の藩邸である。是より先成善の兄専六は、山田源吾の養子になつて、東京に来て、まだ父子の対面をせぬ間に死んだ源吾の家に住んでゐた。源吾は津軽承昭の本所横川に設けた邸をあづかつてゐて、住宅は本所割下水にあつたのである〉。
〈其外東京には五百の姉安が両国薬研堀に住んでゐた〉。その他安の女二人のこと。〈又専六と成善との兄優善は、程遠からぬ浦和にゐた〉。
〈成善の旧師には多紀安琢が矢の倉に居り、海保竹逕がお玉が池にゐた。〉
《成善は四月二十二日に再び竹逕の門に入つたが、竹逕は前年に会陰《ゑいん》に膿瘍《のうやう》を発したために、稍衰弱してゐた。成善は久し振りにその易や毛詩を講ずるのを聴いた。多紀安琢は維新後困窮して、竹逕の扶養を蒙つてゐた。成善は屢《しばく》其安否を問うたが、再び素問を学ばうとはしなかつた。》
渋江家の家学である儒学は、すでに時代から置き忘れられつつあったのである。
《成善は英語を学ばんがために、五月十一日に本所相生町の共立学舎に通ひはじめた。父抽斎は遺言して蘭学を学ばしめようとしたのに、時代の変遷は学ぶべき外国語を易《か》ふるに至らしめたのである。共立学舎は尺振八《せきしんぱち》の経営する所である。》
こうして成善は、新らしい時代に向けて出発してゆくのである。

〈その九十二　県吏としての優善〉

《成善は四月に海保の伝経廬に入り、五月に尺《せき》の共立学舎に入つたが、六月から更に大学南校にも籍を置き、日課を分割して三校に往来し、猶放課後にはフルベツクの許を訪うて教を受けた。フルベツクは本和蘭人《おらんだじん》で亜米利加《あめりか》合衆国に民籍を有してゐた。日本の教育界を開拓した一人である。

学資は弘前藩から送つて来る五人扶持の中三人扶持を売つて弁ずることが出来た。当時の相場で一箇月金二両三分二朱と四百六十七文であつた。書籍は英文のものは初より新に買ふことを期してゐたが、漢書は弘前から抽斎の手沢本《しゆたくぼん》を送つて貰ふことにした。然るに此書籍を積んだ舟が、航海中七月九日に暴風に遭つて覆つて、抽斎の曾て蒐集した古刊本等の大部分が海若《かいじやく》の有に帰した。》

時代の暴威のみか、自然の暴威もまた、抽斎の、あるいは渋江氏の伝うべき夢や志や思いを、〈海若の有に記した〉というべきか。

〈八月二十八日に弘前県の幹督が成善に命ずるに神社調掛を以てし、金三両二分二朱と二匁二分五厘の手当をした〉。〈是より先七月十四日の詔《みことのり》を以て廃藩置県の制が布かれたので、弘前県が成立してゐたのである〉。

一方、〈優善は浦和県の典獄になつてゐて、此年一月七日に唐津藩士大澤正の女蝶を娶つた。嘉永二年生で二十三歳である。是より先前妻鉄は幾多の葛藤を経た後に離別せられてゐた〉。

《優善は七月十七日に庶務局詰に転じ十月十七日に判任史生にせられた。次で十一月十三日に浦和県が廃せられて、其事務は埼玉県に移管せられたので、優善は十二月四日を以て更に埼玉県十四等出仕を命ぜられた。

成善と倶に東京に来た松本甲子蔵は、優善に薦められて、同時に十五等出仕を命ぜられたが、後兵事課長に進み、明治三十二年三月二十八日に歿した。弘化二年生であるから、五十五歳になつたのである。

当時県吏の権勢は盛なものであつた。成善が東京に入つた直後に、まだ浦和県出仕の典獄であつた優善を訪ふと、優善は等外一等出仕宮本半蔵に駕籠一挺を宰領させて成善を県の界《さかひ》に迎へた。成善がその駕籠に乗つて、戸田の渡しに掛かると、渡船場の役人が土下座をした。

優善が庶務局詰になつた頃の事である。或日優善は宴会を催して、前年に自分が供をした今戸橋の湊屋の抱芸者を始とし、山谷堀で顔を識つた芸者を漏なく招いた。そして酒闌《たけなは》なる時「己《おれ》はお前方の供をして、大ぶ世話になつたことがあるが、今日は己もお客だぞ」と云つた。大丈夫志を得たと云ふ概があつたさうである。

県吏の間には当時飲宴が屢行はれた。浦和県知事間嶋冬道の催した懇親会では、塩田良三が野呂松《のろま》狂言を演じ、優善が幕大小《めりやす》の襦袢袴下《じゆばんはかました》を著て夜這《よばひ》の真似をしたことがある。間嶋は通称万次郎、尾張の藩士である。明治二年四月九日に刑法官判事から大宮県知事に転じた。大宮県が浦和県と改称せられたのは、其年九月二十九日の事である。》

良三も優善も、〈大丈夫志を得たと云ふ概があつた〉にしては、相も変わらずで、お里が知れる。

《此年の暮、優善が埼玉県出仕になつてからの事である。某村の戸長は野菜一車を優善に献じたいと云つて持つて来た。優善は「己は賄賂《わいろ》は取らぬぞ」と云つて卻《しりぞ》けた。

戸長は当惑顔をして云つた。「どうも此野菜を此儘《このまゝ》持つて帰つては、村の人民共に対して、わたくしの面目が立ちませぬ。」

「そんなら買つて遣らう」と、優善が云つた。

戸長はやう〳〵天保銭一枚を受け取つて、野菜を車から卸させて帰つた。

優善は廉《やす》い野菜を買つたからと云つて、県令以下の職員に分配した。

県令は野村盛秀であつたが、野菜を貰ふと同時に此顛末を聞いて、「矢嶋さんの流儀は面白い」と云つて褒めたさうである。野村は初め宗七と称した。薩摩の士で、浦和県が埼玉県となつた時、日田県知事から転じて埼玉県知事に任ぜられた。間嶋冬道は去つて名古屋県に赴いて、参事の職に就いたが、後明治二十三年九月三十日に御歌所寄人《よりうど》を以て終つた。又野村は後明治六年五月二十一日に此職にゐて歿したので、長門《ながと》の士参事白根多助が一時県務を摂行《せつかう》した。》

あるいは、優善の生れながらか、あるいは後から身についたか、融通無碍な〈流儀〉が、おのずから新らしい時代に受け入れられていたのか。たしかに時代も社会も、激しく変わっていたのだ。

〈その九十三　成善と優善との改名、斬髪〉

《山田源吾の養子になつた専六は、まだ面会もせぬ養父を喪つて、其遺跡を守つてゐたが、五月一日に至つて藩知事津軽承昭《つぐてる》の命を拝した。「親源吾給禄二十俵無相違《さうゐなく》被遣《つかはさる》」と云ふのである。さて源吾は謁見を許されぬ職を以て終つたが、六月二十日に専六は承昭に謁することを得た。これは成善が内意を承けて願書を呈したためである。専六は成善に紹介せられて、先ず海保の伝経廬に入り、次で八月九日に共立学舎に入り、十二月三日に梅浦精一に従学した。

此年六月七日に成善は名を保《たもつ》と改めた。これは母を懐ふが故に改めたので、母は五百の字面の雅ならざるがために、常に伊保と署してゐたのださうである。矢嶋優善の名を優《ゆたか》と改めたのも此年である。山田専六の名を脩《をさむ》と改めたのは、別に記載の徴すべきものは無いが、稍後の事であつたらしい。》

〈此年十二月三日に保と脩とが同時に斬髪した。優は何時斬髪したか知らぬが、多分同じ頃であつただらう〉。〈紫の紐《ひも》を以て髻《もとどり》を結ふのが、当時の官吏の頭飾で、優が何時まで其髻を愛惜《あいじやく》したかわからない〉。

《此年十二月二十二日に、本所二つ目の弘前藩邸が廃せられたために、保は兄山田脩が本所割下水の家に同居した。

海保竹逕の妻、漁村の女が此年十月二十五日に歿した。

抽斎歿後の第十四年は明治五年である。一月に保が山田脩の家から本所横網町の鈴木きよ方の二階へ徙《うつ》つた。鈴木は初め船宿であつたが、主人が死んでから、未亡人きよが席貸をすることになつた。きよは天保元年生で、此年四十三歳になつてゐた。当時善く保を遇したので、保は後年に至るまで音信《いんしん》を断たなかつた。是より先保は弘前にある母を呼び迎へようとして、藩の当路者に諮《はか》ること数次であつた。しかし津軽承昭の知事たる間は、西館等が前説を固守して許さなかつた。前年廃藩の詔《みことのり》が出て、承昭は東京に居ることになり、県政も亦頗る革《あらた》まつたので、保は又当路者に諮《はか》つた。当路者は復五百の東京に入ることを阻止しようとはしなかつた。唯保が一諸生を以て母を養はむとするのが怪むべきだと云つた。それゆゑ保は矢嶋優に願書を作らせて呈した。県庁はこれを可とした。五百はやう〳〵弘前から東京に来ることになつた。》

旧体制とその論理は、もはや束縛以外のなにものでもない。しかも新体制の吏胥の一言で、ことはどうともなる。

《五百が弘前を去る時、村田広太郎の許から帰つた水木を伴はなくてはならぬことは勿論であつた。其外陸《くが》も亦夫矢川文一郎と倶に五百に附いて東京へ往くことになつた。

文一郎は弘前を発する前に、津軽家の用達《ようたし》商人工藤忠五郎蕃寛《はんくわん》の次男蕃徳を養子にして弘前に遺した。蕃寛は二子二女があつた。長男可次《よしつぐ》は森甚平の士籍、又次男蕃徳は文一郎の士籍を譲り受けた。長女お連さんは蕃寛の後を継いで、現に弘前の下白銀町《しもしろかねちやう》に矢川写真館を開いてゐる。次女おみきさんは岩川氏友弥さんを壻に取つて、本町一丁目角にエム矢川写真所を開いてゐる。蕃徳は郵便技手になつて、明治三十七年十月二十八日に歿し、養子文平さんが其後を襲いだ。》

まさに人さまざま。しかも人はそうして子と生まれ、養嗣子となり、親を継ぎ、自らも親となり、子を生み、養嗣子を取り、いまに命を繋いでいる。その無限の繰り返し――。

〈その九十四　五百の上京と東京に於ける渋江氏〉

《五百は五月二十日に東京に着いた。そして矢川文一郎、陸の夫妻並に村田氏から帰つた水木の三人と倶に、本所横網町の鈴木方に行李を卸した。》

《五百と保は十六箇月を隔てゝ再会した。母は五十七歳、子は十六歳である。脩は割下水から、優は浦和から母に逢ひに来た。》

かくして一族は再会した。それにしても、長い離散、そして艱難の月日であった。

ところで、以上いわゆる〈抽斎歿後〉の記述をめぐって伊藤整氏は、〈この小説は抽斎の死後、その妻五百や子供たちの生活の変転を述べて、幕末、明治から大正にまで及んでゐて、そこにかへつて、渋江家の人々の運命の展開が、新しくうかがはれる。この作品の本質は、むしろ主人公抽斎の死後にあるかと思はれる〉といい、また〈明治維新の藩の崩壊から、抽斎の遺族たちの生活の変転を述べるところに来て、大きな波の轟くやうな大作品としての力を現はしはじめる〉といっている。

また渋川驍氏も〈抽斎歿後〉、〈抽斎を中心にしていた生活の単純さとは似もつか〉ず、〈急に複雑な様相を呈してくる〉といい、〈一人の人の中心の話を展開してゆくのではなく、各人物が絶えず入り乱れ、交互に出現してきて〉、しかもそうした〈群像の展開によって、幕末から明治にかけての歴史、特に維新の歴史が、生々と再現されている〉といっている。*

だが、かならずしも否定するものではないが、また肯定するものでもない。こう〈抽斎歿後〉を特化してしまうと、この〈容易ならぬ作品〉の一面を捉えても、その本質を捉えることを逸してしまうのではないか？

そしてその意味で、荷風の（「渋江抽斎」の「渋江抽斎」たる所以は）〈伝中の人物を中心として江戸時代より明治大正の今日に至る時運変動の迹を窺ひ知らしめ読後自づから愁然として世味の甚辛酸に、運命の転黠然たるを思はしむる処にあり〉（「隠居のこゞと」前出）という言葉に、おのずからなる共感を覚える。

荷風はそこで、〈《抽斎歿後》そのものの問題なり意味なりについて、特に指摘してはいない〉（稲垣氏）。むしろ、より長大なる歴史の流れ——〈時の推移とそれに対応する人間の運命とからおのずから滲じみ出ているあわれ——宗教的情趣〉（同上、傍点同氏）にこそ言及しているのだ。

すでに冒頭から度々言ってきたように、この作品、渋江家一家一族の六代二百年の歴史が辿られ、抽斎の代に及ぶ。その間渋江氏ばかりか、他の多くの一家一族の歴史が糾合され、その中から、人の生まれ、子をなし、死ぬ、その無限の繰り返し、あるいは生まれ、そして命を繋いでゆくことの歓び、あるいは老いて、空しく死んでゆくことの哀しみや苦しみ、それら無数の喜怒哀楽を巻き込んで奔流となり激流となって下る生命《いのち》の持続。そしておそらくそれこそが、この〈容易ならぬ作品〉の感銘の根源ではないか。

〈生々流相、命々転相、象《かたち》をなしては亡び、亡びては象をむすぶ〉。そしてそれはわずか数百年、数千年のことではない。〈数万年来変りなき大生命のすがた〉ではないか。＊＊

　そしておそらく鷗外の心は、このことをこそ冷徹に見つめ、描いているといえよう。

だから、すでにここに来て、鷗外は単に抽斎一個への敬慕、親愛、敬愛、畏敬をこえ、さらに五百や貞固へのそれをもこえ、またさらに〈抽斎歿後〉をもこえて、いわば一視同仁、〈自ら撰んだ所の伝記の体例〉（「伊澤蘭軒」その三百六十九）、つまりあの〈史伝〉を生成してゆく。要するに、抽斎や五百や貞固、それら個々の人間やその行蔵、閲歴や功罪、そしてそれへの鷗外〈わたくし〉の好悪や〈美刺褒貶〉など、もはやどうでもよいのだ。それら誰彼をこえ、まさに生きとし生けるものすべてへの挽歌をこそ、鷗外は紡ぎはじめ、奏ではじめているのだ。

　あるいは〈抽斎歿後何年〉という言葉は、もはや抽斎一個への連綿たる思いを伝える言葉ではない。むしろそれは抽斎の存在が一の通過点、そして一人の中継者として次第に歴史の潮流の中に消え去ってゆく、その歳月を伝える言葉ではないか。

　たしかに一切は、あの奔流、激流に巻き込まれ滅びてゆくのだ。が、にもかかわらず、あるいはだからこそ、小舟に棹さし、なべて滅びてゆくものの手前で、それを記憶し記録することは、人が生まれ、子をなし死ぬことと等しく、人の命を繋げてゆく悠久の営みではないか。＊

＊　『森鷗外—作家と作品—』（筑摩書房　昭和三十九年八月）。
＊＊　吉川英治『三国志』。なおこの趙雲子龍のいう言葉は、岩波文庫『三国志』（羅貫中『三国演義』小川環樹、金田純一郎訳）に

はない。

＊＊ 拙論「『歴史其儘と歴史離れ』」（「国文学研究」百五十九集、平成二十一年十月、本所所収）参照。

《三人の子の中で、最も生計に余裕があつたのは優である。優は此年四月十二日に権少属《ごんせうさくわん》になつて、月給僅に二十五円である。これに当時の潤沢なる巡回旅費を加へても、尚七十円許《ばかり》に過ぎない。しかし其意気は今の勅任官に匹敵してゐた。優の家には二人の食客があつた。一人は妻蝶の弟大澤正である。今一人は生母徳の兄岡西玄亭の次男養玄である。玄亭の長男玄庵は曾て保の胞衣《えな》を服用したと云ふ癲癇病者で、維新後間もなく世を去つた。次男が此養玄で、当時氏名を更《あらた》めて岡寛斎と云つてゐた。優が登庁すると、その使役する給仕は故旧中田某の子敬三郎である。優が推薦した所の県吏には、十五等出仕松本甲子蔵がある。又敬三郎の父中田某、脩の親戚山田健三、曾て渋江氏の若党たりし中条勝次郎、川口に開業してゐた時の相識宮本半蔵がある。中田以下は皆月給十円の等外一等出仕である。其他今の清浦子が県下の小学教員となり、県庁の学務課員となるにも、優の推薦が与つて力があつたとかで、「矢嶋先生奎吾」と書した尺牘《せきどく》数通が遺つてゐる。一時優の救援に藉《よ》つて衣食するもの数十人の衆《おほ》きに至つたさうである。

保は下宿屋住ひの諸生、脩は廃藩と同時に横川邸の番人を罷《や》められて、これも一戸を構へてゐると云ふだけで矢張諸生であるのに、独り優が官吏であつて、しかも此の如く応分の権勢をさへ有してゐる。そこで優は母に勧めて、浦和の家に迎へようとした。「保が卒業して渋江の家を立てるまで、せめて四五年の間、わたくしの所に来てゐて下さい」と云つたのである。

しかし五百は応ぜなかつた。「わたしも年は寄つたが、幸に無病だから、浦和に往つて楽をしなくても好い、それよりは学校に通ふ保の留守居でもしませう」と云つたのである。

優は猶勧めて已まなかつた。そこへ一粒金丹の稍大きい注文が来た。福山、久留米の二箇所から来たのである。

金丹を調製することは、始終五百が自らこれに任じてゐたので、此度も又直に調合に着手した。優は一旦浦和へ帰つた。
八月十九日に優は再び浦和から出て来た。そして母に言ふには、必ずしも浦和へ移らなくても好いから、兎《と》に角《かく》見物がてら泊りに来て貰ひたいと云ふのであつた。そこで二十日に五百は水木と保を連れて浦和へ往つた。
是より先保は高等師範学校に入ることを願つて置いたが、其採用試験が二十一日から始まるので、独り先に東京に帰つた。》
優は錦を着た自らの姿を継母に見せるべく、しきりに〈浦和の家に迎へよう〉とする。もとより五百は、我が腹をいためた寵愛の子保の傍を離れない。それを思うと、身から出た報いとはいえ、〈「ほんに優善は可哀そう」〉（その七十）？

〈その九十五　保の師範学校入学と級友〉

《保が師範学校に入ることを願つたのは、大学の業を卒《を》ふるに至るまでの資金を有せぬがためであつた。師範学校は此年始て設けられて、文部省は上等生に十円、下等生に八円を給した。保は此給費を仰がむと欲したのである。

然るに此に一つの障礙があつた。それは師範学校の生徒は二十歳以上に限られてゐるのに、保はまだ十六歳だからである。そこで保は森枳園に相談した。

枳園は此年二月に福山を去つて諸国を漫遊し、五月に東京に来て湯島切通しの借家に住み、同じ月の二十七日に文部省十等出仕になつた。時に年六十六である。

枳園は余程保を愛してゐたものと見え、東京に入つた第三日に横網町の下宿を訪うて、切通しの家へ来いと云つた。保が二三日往かずにゐると、枳園は又来て、なぜ来ぬかと問うた。保が尋ねて行つて見ると、切通しの家は店《みせ》造《づくり》で、店と次の間と台所があるのみで、枳園は其店先に机を据ゑて書を読んでゐた。保が覚えず、「売卜者《ばいぼくしや》のやうぢやありませんか」と云ふと、枳園は面白げに笑つた。それからは湯島と本所との間に、往来《ゆきき》が絶えなかつた。枳園は屢保を山下の雁鍋《がんなべ》、駒形《こまかた》の川桝《かはます》などに連れて往つて、酒を被《かうむ》つて世を罵《のゝし》つた。

文部省は当時頗る多く名流を羅致《らち》してゐた。岡本况斎《きやうさい》、榊原《さかきばら》琴洲、前田元温等の諸家が皆九等乃至十等出仕を拝して月に四五十円を給せられてゐたのである。

保が枳園を訪うて、師範生徒の年齢の事を言ふと、枳園は笑つて、「なに年の足りない位の事は、己がどうにか話を附けて遣る」と云つた。保は枳園に託して願書を呈した。》

久方振りに枳園の登場となる。しかし枳園は〈前年辛未（明治四年）の夏実子約之を失ひ、冬妻勝を失〉（「伊澤蘭軒」その三百五十六）って、その身に寂莫の影が濃く漂う。

《師範学校の採用試験は八月二十二日に始まつて、三十日に終つた。保は合格して九月五日に入学することになつた。五百は入学の期日に先だつて、浦和から帰つて来た。》

以下、保の同級加治義方（花笠文京）、古渡資秀のことなど。

《此頃矢嶋優は暇を得る毎に、浦和から母の安否を問ひに出て来た。そして土曜日には母を連れて浦和へ帰り、日曜日に車で送り還した。土曜日に自身で来られぬときは、迎の車をおこすのであつた。

鈴木の女主人《をんなあるじ》は次第に優に親んで、立派な、気さくな檀那だと云つて褒めた。当時の優は黒い鬚髯《しゆぜん》を蓄へてゐた。嘗て黒田伯清隆《きよたか》に謁した時、座に少女があつて、良久《やゝ》しく優の顔を見てゐたが、「あの小父さんの顔は倒に附いてゐます」と云つたさうである。鬢毛《びんまう》が薄くて髯《ひげ》が濃いので、少女は顎《あご》を頭と視たのである。優は此容貌で洋服を著け、時計の金鎖を胸前に垂れてゐた。女主人が立派だと云つた筈である。

或土曜日に優が夕食頃に来たので、女主人が「浦和の檀那、御飯を差し上げませうか」と云つた。「いや。難有いがもう済まして来ましたよ。今浅草見附の所を遣つて来ると、旨さうな茶飯餡掛《あんかけ》を食べさせる店が出来てゐました。そこに腰を掛けて、茶飯を二杯、餡掛を二杯食べました。どつちも五十文づつで、丁度二百文でした。廉《やす》いぢやありませんか」と、優は云つた。女主人が気さくだと称するのは、此調子を斥《さ》して言つたのである。》

〈その九十六　貞固の上京、海保竹逕の死〉

《此年には弘前から東京に出て来るものが多かつた。比良野貞固も其一人で、或日突然保が横網町の下宿に来て、「今著いた」と云つた。貞固は妻照と六歳になる女柳とを連れて来て、百本杙《ぐひ》の側《そば》に繫がせた舟の中に遺して置いて、独り上陸したのである。さて差当り保と同居する積りだと云つた。

保は即座に承引して、「御遠慮なく奥さんやお嬢さんをお連下さい、追附《おつつけ》母も弘前から参る筈になつてゐますから」と云つた。しかし保は竊《ひそか》に心を苦めた。なぜと云ふに、保は鈴木の女主人《おんなあるじ》に月二両の下宿代を払ふ約束をしてゐながら、学資の方が足らぬ勝なので、まだ一度も払はずにゐた。そこへ遽《にはか》に三人の客を迎へなくてはならなくなつた。それが余の人ならば、宿料を取ることも出来よう。貞固は己《おのれ》が主人となつては、人に銭を使はせたことがないのである。保はどうしても四人前の費用を弁ぜなくてはならない。これが苦労の一つである。又此界隈《かいわい》ではまだ糸鬢奴《いとびんやつこ》のお留守居を見識つてゐる人が多い。それを横網町の下宿に舎《やど》らせるのが気の毒でならない。これが保の苦労の二つである。

保はこれを忍んで数箇月間三人を歓待《くわんたい》した。そして殆ど日々貞固を横山町の尾張屋に連れて往つて馳走した。貞固は養子房之助の弘前から来るまで、保の下宿にゐて、房之助が著いた時、一しよに本所緑町に家を借りて移つた。丁度保が母親を故郷から迎へる頃の事である。

矢川文内も此年に東京に来た。浅越玄隆も来た。矢川は質店を開いたが成功しなかつた。浅越は名を隆と更めて、或は東京府の吏となり、或は本所区役所の書記となり、或は本所銀行の事務員となりなどした。浅越の子は三人あつた。江戸生の長女ふくは中澤彦吉の弟彦七の妻になり、男子二人の中、兄は洋画家となり、弟は電信技手となつた。

五百と一しよに東京に来た陸《くが》が、夫矢川文一郎の名を以て、本所緑町に砂糖店を開いたのも此年の事である。長尾の女敬の夫三河屋力蔵の開いてゐた猿若町の引手茶屋は、此年十月に新富町に徙《うつ》つた。守田勘弥の守田座が二月に府庁の許可を得て、十月に開演することになつたからである。

此年六月に海保竹逕が歿した。文政七年生であるから、四十九歳を以て終つたのである。前年来復《また》弁之助と称せずして、名の元起を以て行はれてゐた。竹逕の歿した時、家に遺つたのは養父漁村の妾某氏と竹逕の子女各《おの》〳〵一人とである。嗣子繁松は文久二年生で、家を継いだ時七歳になつてゐた。竹逕が歿してからは、保は島田篁村を漢学の師と仰いだ。天保九年に生れた篁村は三十五歳になつてゐたのである。

抽斎歿後の第十五年は明治六年である。二月十日に渋江氏は当時の第六大区六小区本所相生町四丁目に僦居《しうきよ》した。五百が五十八歳、保が十七歳の時である。家族は初め母子の外に水木がゐたばかりであるが、後には山田脩が来て同居した。脩は此頃喘息《ぜんそく》に悩んでゐたので、割下水の家を畳んで、母の世話になりに来たのである。

五百は東京に来てから早く一戸を構へたいと思つてゐたが、現金の貯は殆ど尽きてゐたので、奈何《いかん》ともすることが出来なかつた。既にして保が師範学校から月額十円の支給を受けることになり、五百は世話をするものがあつて、不本意ながらも芸者屋のために裁縫をして、多少の賃銀を得ることになつた。相生町《あひおひちやう》の家は此に至つて始て借りられたのである。》

〈その九十七　師範学校生徒としての保〉

《保は前年来本所相生町の家から師範学校に通つてゐたが、此年五月九日に学校長が生徒一同に寄宿を命じた。これは工事中であつた寄宿舎が落成したためである。しかも此命令には期限が附してあつて、来六月六日に必ず舎内に徙《うつ》れと云ふことであつた。》

《保は師範学校の授くる所の学術が、自己の攻《をさ》めむと欲する所のものと相反してゐるのを見て、窃《ひそか》に退学を企てゝゐた。それゆゑ舎外生から舎内生に転じて、学校と自己との関係の一段の緊密を加ふることを嫌ふのであつた。》

〈保はどうにかして退学したいと思つた〉。退学して〈相識のフルベツクに請うて食客にして貰つても好い。又誰かのボオイになつて海外へ連れて行つて貰つても好い〉。〈こんな夢を保つは見てゐた〉。

《保は此《かく》の如くに思惟して、校長、教師に敬意を表せず、校則、課業を遵奉《じゆんぽう》することをも怠り、早晩退学処分の我頭上に落ち来らんことを期してゐた。校長諸葛信澄《もろくずのぶずみ》の家に刺を通ぜない。其家が何町にあるかをだに知らずにゐる。教師に遅れて教場に入る。数学を除く外、一切の科目を温習せずに、只英文のみを読んでゐる。

入舎の命令をば此状況の下に接受した。そして保はかう思つた。若し入舎せずにゐたら、必ず退学処分が降《くだ》るだらう。さうなつたら、再び頂天立地の自由の身となつて、随意に英学を研究しよう。勿論折角贏《か》ち得た官費は絶えてしまふ。しかし書肆《しよし》万巻楼の主人が相識で、翻訳書を出してくれようと云つてゐる。早速翻訳に着手しようと云ふのである。万巻楼の主人は大伝馬町の袋屋亀次郎で、是より先保の初て訳したカツケンボスの小米国史を引き受けて、前年これを発行したことがある。

保は此計画を母に語つて同意を得た。しかし矢嶋優と此良野貞固とが反対した。その主なる理由は、若し退学処分を受けて、氏名を文部省雑誌に載せられたら、拭ふべからざる汚点を履歴の上に印するだらうと云ふにあつた。

十月十九日に保は隠忍して師範学校の寄宿舎に入つた。》

保に、焦燥の気配が漂う。丁度〈始終何物かに策うたれ駆られてゐるやうに学問といふことに齷齪してゐる〉

（「妄想」）鷗外自身の、青春の姿が彷彿するかのように――。

〈その九十八　優工部省少属に転ず、陸長唄師匠となる〉

《矢嶋優は此年八月二十七日に少屬《せうさくわん》に陞《のぼ》つたが、次で十二月二十七日には同官等を以て工部省に転じ、鉱山に関する事務を取り扱ふことになり、芝琴平町に来り住した。優の家にゐた岡寛斎も、優に推挙せられて工部省の雇員になつた。寛斎は後明治十七年十月十九日に歿した。天保十年生であるから、四十六歳を以て終つたのである。寛斎は生れて姿貌があつたが、痘を病んで容《かたち》を毀《やぶ》られた。医学館に学び、又抽斎、枳園の門下に居つた。》

《寛斎は初め伊澤氏かえの生んだ池田全安の女梅を娶つたが、後これを離別して、陸奥国磐城平《いはきだひら》の城主安藤家の臣後藤氏の女いつを後妻に納れた。いつは二子を生んだ。長男俊太郎さんは、今本郷西片町に住んで、陸軍省人事局補佐課に奉職してゐる。次男篤次郎さんは風間氏を冒《をか》して、小石川宮下町に住んでゐる。篤次郎さんは海軍機関大佐である。

陸は此年矢川文一郎と分離して、砂糖店を閉ぢた。生計意の如くならざるがためであつただらう。文一郎が三十三歳、陸が二十七歳の時である。

次で陸は本所亀沢町に看板を懸けて杵屋勝久と称し、長唄の師匠をすることになつた。

矢嶋周禎の一族も亦此年に東京に遷つた。周禎は霊岸島に住んで医を業とし、優の前妻鉄は本所相生町二つ目橋通に玩具店《おもちやみせ》を開いた。周禎は素《もと》眼科なので、五百は目の治療を此人に頼んだ。》

〈或日周禎は嗣子周策を連れて渋江氏を訪ひ、束脩を納めて周策を保の門人とせむことを請うた。周策は已に二十九歳、保は僅に十七歳である〉。〈周策をして師範学校に入らしむる準備をなさむがためであつた〉。〈保は喜び諾し〉た。

《緑町の比良野氏では房之助が、実父稲葉一夢斎と共に骨董店を開いた。一夢斎は丹下が老後の名である。貞固は月に数度浅草黒船町正覚寺の先塋《せんえい》に詣でて、帰途には必ず渋江氏を訪ひ、五百と昔を談じた。

抽斎歿後の第十六年は明治七年である。五百の眼病が荏苒《じんぜん》として治せぬので、矢嶋周禎の外に安藤某を延《ひ》いて療せしめ、数月にして治することを得た。

水木は此年深川佐賀町の洋品商兵庫屋藤次郎に再嫁した。二十二歳の時である。

妙了尼は此年九十四歳を以て韮山《にらやま》に歿した。

渋江氏は此年感応寺に於て抽斎の為に法要を営んだ。五百、保、矢嶋優、陸、水木、比良野貞固、飯田良政等が来会した。

渋江氏の秩禄《ちつろく》公債証書は此年に交付せられたが、削減を経た禄を一石九十五銭の割を以て換算した金高は、固《もと》より言ふに足らぬ小額であつた。

抽斎歿後の第十七年は明治八年である。一月二十九日に保は十九歳で師範学校の業を卒《を》へ、二月六日に文部省の命を受けて浜松県に赴《おもむ》くことゝなり、母を奉じて東京を発した。

五百、保の母子が立つた後、山田脩は亀沢町の陸の許に移つた。水木は猶深川佐賀町にゐた。矢嶋優は此頃家を畳んで三池に出張してゐた。》

〈その九十九　保の浜松赴任、優の辞官と新聞記者生活、渋江氏周囲の動静〉

《保は母五百を奉じて浜松に著いて、初め暫くの程は旅店にゐた。次で母子の下宿料月額六円を払つて、下垂《しもたれ》町《ちやう》の郷宿《がうやど》山田屋和三郎方にゐることになつた。郷宿とは藩政時代に訴訟などのために村民が城下に出た時舎《やど》る家を謂ふものである。又諸国を遊歴する書画家等の滞留するものも、大抵此郷宿にゐた。山田屋は大きい家で、庭に肉桂《にくけい》の大木がある。今も猶儼存してゐるさうである。

山田屋の向ひに山喜《やまき》と云ふ居酒屋がある。保は山田屋に移つた初に、山喜の店に大皿に蒲焼《かばやき》の盛つてあるのを見て、五百に「あれを買つて見ませうか」と云つた。

「贅沢《ぜいたく》をお言ひでない。鰻《うなぎ》は此土地でも高からう」と云つて、五百は止めようとした。

「まあ、聞いて見ませう」と云つて、保は出て行つた。価を問へば、一銭に五串《くし》であつた。当時浜松辺で暮しの立ち易かつたことは、此に由つて想見することが出来る。

保は初め文部省の辞令を持つて県庁に往つた。浜松県の官吏は過半旧幕人で、薩長政府の文部省に対する反感があつて、学務課長大江孝文の如きも、頗る保を冷遇した。しかし良久《やゝ》しく話してゐるうちに、保が津軽人だと聞いて、少しく面《おもて》を和《やはら》げた。大江の母は津軽家の用心栂野求馬《とがのもとめ》の妹であつた。後大江は県令林厚徳に稟《まう》して、師範学校を設けることにして、保を教頭に任用した。学校の落成したのは六月である。

数月の後、保は高町の坂下、紺野町西端の雑貨商江州屋《ごうしうや》速水平吉の離座敷を借りて遷つた。此江州屋も今猶存してゐるさうである。

矢嶋優は此年十月十八日に工部少屬《せうさくわん》を罷めて、新聞記者になり、魁《さきがけ》新聞、眞砂《まさご》新聞等のために、主として演劇欄に筆を執つた。魁新聞には山田脩が倶に入社し、真砂新聞には森枳園が共に加盟した。枳園は文部省の官吏として、医学校、工学寮等に通勤しつゝ、旁《かたは》ら新聞社に寄稿したのである。

抽斎歿後の第十八年は明治九年である。十月十日に浜松師範学校が静岡師範学校浜松支部と改称せられた。是より先八月二十一日に浜松県を廃して静岡県に併せられたのである。しかし保の職は故《もと》の如くであつた。

此年四月に保は五百の還暦の賀筵《がえん》を催して県令以下の祝を受けた。

五百の姉長尾氏安は此年新富座附の茶屋三河屋で歿した。年は六十二であつた。此茶屋の株は後敬の夫力蔵が死ぬるに及んで、他人の手に渡つた。

比良野貞固も亦此年本所緑町の家で歿した。文化九年生であるから、六十五歳を以て終つたのである。其後を襲いだ房之助さんは現に緑町一丁目に住んでゐる。

小野富穀も亦此年七月十七日に歿した。年は七十であつた。子道悦が家督相続をした。

多紀安琢も亦此年一月四日に五十三歳で歿した。名は元琰《げんえん》、号は雲従であつた。其後を襲いだのが上総国《かづさのくに》夷隅《いすみ》郡《ごほり》総元村《そうもとむら》に現存してゐる次男晴之助さんである。

喜多村栲窓も亦此年十一月九日に歿した。栲窓は抽斎の歿した頃奥医師を罷めて大塚村に住んでゐたが、明治七年二月に卒中し、右半身不随になり、此《こゝ》に迨《いた》つて終つた。享年七十三歳である。

抽斎歿後の第十九年は明治十年である。保は浜松表早馬町四十番地に一戸を構へ、後又幾《いくばく》ならずして元城内五十七番地に移つた。浜松城は本《もと》井上河内守正直の城である。明治元年に徳川家が新に此地に封ぜられたので、正直は翌年上総国市原郡鶴舞に徙《うつ》つた。城内の家屋は皆井上家時代の重心の第宅で、大手の左右に列つてゐた。保は其一つに母を居らせることが出来たのである。》

《此年七月四日に保の奉職してゐる静岡師範学校浜松支部は変則中学校と改称せられた。

兼松石居は此年十二月十二日に歿した。年六十八である。絶筆の五絶と和歌とがある。「今日吾知免《こんにちわれめんをしる》。亦将騎《またつるにのりて》鶴遊《あそばむとす》。上帝賚殊命《じやうていしゆめいをたまふ》。使爾永相休《なんぢをしてながくあひやすましめんと》。」「年浪のたち騒ぎつる世をうみの岸を離れて舟漕ぎ出でむ。」石居は酒井石見守忠方《いはみのかみたゞみち》の家来屋代某の女を娶つて、三子二女を生ませた。長子艮《こん》、字《あざな》は止所《ししよ》が家を嗣いだ。号は厚朴軒《こうぼくけん》である。艮の子成器は陸軍砲兵大尉である。成器さんは下総国市川町に住んでゐて、厚朴軒さんも其家にゐる。》

まさしく、こうして〈抽斎の子孫、親戚、師友等のなりゆき〉が追尋される。が、それに加えて、なんと多くの人の訃が告げられることか。

単に〈親戚、師友等〉といわれる人ばかりではない。気が附いてみると、こんなにも多数の人達が、登場していたのかと思われるばかり。それが役を終えて、舞台の裾にしばし佇み、そして消えてゆく。するといつの間にか、その縁に連なる新らしい人達が、舞台に現れている。そんな按配である。

〈その百　況斎の死、保の辞職と慶応義塾入学〉

〈抽斎歿後の第二十年は明治十一年である〉。

《保の奉職してゐる浜松変則中学校は此年二月二十三日に中学校と改称せられた。

山田脩は此年九月二日に、母五百に招致せられて浜松に来た。是より先五百は脩の喘息を気遣つてゐたが、脩が矢嶋優と共に魁《さきがけ》新聞の記者となるに及んで、その保に寄する書に卯飲《ばういん》の語あるを見て、大いにその健康を害せんを惧れ、急に命じて浜松に来らしめた。しかし五百は独り脩の身体のためにのみ憂へたのでは無い。その新聞記者の悪徳に化せられむことをも慮《おもんぱか》つたのである。

此年四月に岡本況斎《きやうさい》が八十二歳で歿した。

抽斎歿後の第二十一年は明治十二年である。十月十五日保は学問修行のため職を辞し、二十八日に聴許《ていきよ》せられた。これは慶応義塾に入つて英語を学ばむがためである。

是より先保は深く英語を窮めむと欲して、未だ其志を遂げずにゐた。師範学校に入つたのも、其業を卒へて教員となつたのも、皆学資給せざるがために、已《や》むことを得ずして為したのである。既にして保は慶応義塾の学風を仄《そく》聞《ぶん》し、頗る福澤諭吉に傾倒した。》

以下明治九年、保が福澤のために一文を草し、〈此より福澤に識られて、これに適従せんと欲する念が愈《いよ》〱切になつた〉という次第が記される。

《保は職を辞する前に、山田脩をして居宅を索《もと》めしめた。脩は九月二十八日に先づ浜松を発して東京に至り、芝区松本町十二番地の家を借りて、母と弟を迎へた。

五百、保の母子は十月三十一日に浜松を発し、十一月二日に松本町の家に著いた。此時保と脩とは再び東京に在つて母の膝下《しつか》に侍することを得たが、独り矢嶋優のみは母の到着するを待つことが出来ずに北海道へ旅立つた。十月八日に開拓使御用掛を拝命して、札幌《さつぽろ》に在勤することゝなつたからである。

陸は母と保との浜松へ往つた後も、亀沢町の家で長唄の師匠をしてゐた。此家には兵庫屋から帰つた水木が同居してゐた。勝久は水木の夫であつた畑中藤次郎を頼もしくないと見定めて、まだ脩が浜松に往かぬ先に相談して、水木を手元へ連れ戻したのである。

保等は浜松から東京に来た時、二人の同行者があつた。一人は山田要蔵、一人は中西常武である。》

〈その百一　枳園の大蔵省印刷局編修就任、保の慶応義塾卒業と愛知県赴任〉

〈保は東京に着いた翌日、十一月四日に慶応義塾に往つて、本科第三等に編入せられた〉。

〈保は慶応義塾の生徒となつてから三日目に、万来舎に於て福澤諭吉を見た。万来舎は義塾に附属したクラブ様のもので、福澤は毎日午後に来て文明論を講じてゐた。保が名を告げた時、福澤は昔年の事を語り出してこれを善遇した〉。

《森枳園は此年十二月一日に大蔵省印刷局の編修になつた。身分は准判任御用掛で、月給四十圓であつた。局長得能良介は初め八十円を給せようと云つたが、枳園は辞して云つた。多く給せられて早く罷められむよりは、少く給せられて久しく勤めたい。四十円で十分だと云つた。局長はこれに従つて、特に耆宿《きしゆく》として枳園を優遇し、土蔵の内に畳を敷いて事務を執らせた。此土蔵の鍵は枳園が自ら保管してゐて、自由にこれに出入した。寿蔵碑に

「日々入局《にちにちにきよくにいり》、不知老之将至《おいのまさにいたらむとするをしらず》、殆為金馬門之想《ほとんどきんばもんのおもひをなす》云《といふ》」と記してある。》

〈抽斎歿後の第二十二年は明治十三年である。保は四月に第二等に進み、七月に破格を以て第一等に進み、遂に十二月に全科の業を終へた〉。

《山田脩は此年電信学校に入つて、松本町の家から通つた。陸の勝久が長唄を人に教ふる旁《かたはら》、音楽取調所の生徒となつたのも亦此年である。音楽取調所は当時創立せられたもので、後の東京音楽学校の萌芽《ほうが》である。此頃水木は勝久の許を去つて母の家に来た。

此年又藤村義苗《よしたね》さんが浜松から来て渋江氏に寓した。》

《松本町の家には五百、保、水木の三人がゐて、諸生には山田要蔵と此藤村とが置いてあつたのである。

抽斎歿後の第二十三年は明治十四年である。当時慶応義塾の卒業生は世人の争つて聘《へい》せむと欲する所で、其世話をする人は主《おも》に小幡《をばた》篤次郎であつた。保は猶進んで英語を窮めたい志を有してゐたが、浜松にあつた日に衣食を節して貯へた金が又罄《つ》きたので、遂に給を俸銭に仰がざることを得なくなつた。

此年も亦卒業生の決口《はけくち》は頗る多かつた。》

保は愛知中学校長となり、〈八月三日に母と水木を伴つて東京を発した〉。

〈その百二　愛知中学校長としての保〉

〈保は三河国宝飯《ほい》郡国府町《こふまち》に著いて、長泉寺の隠居所を借りて住んだ。そして九月三十日に愛知県中学校長に任ずと云ふ辞令を受けた〉。

〈長泉寺の隠居所は次第に賑しくなつた。初め保は母と水木との二人の家族があつたので、寂しい家庭をなしてゐたが、寄寓を請ふ諸生を、一人容れ、二人容れて、幾《いくばく》もあらぬに六人の多きに達した〉。以下、その人々の小伝。

《当時保は一人の友を得た。武田氏名は準平で、保が国府《こふ》の学校に聘《へい》せられた時、中に立つて斡旋《あつせん》した阿部泰蔵の兄である。準平は国府に住んで医を業としてゐたが、医家を以て著《あらは》れずに、却《かへ》つて政客を以て聞えてゐた。

準平は是より先愛知県会の議長となつたことがある。某年に県会が畢《をは》つて、県吏と議員とが懇親の宴を開いた。準平は平素県令国貞廉平の施設に慊《あきたら》なかつたが、宴闌《たけなは》なる時、国貞の前に進んで杯を献じ、さて「お殺《さかな》は」と呼びつゝ、国貞に背《そむ》いて立ち、衣を搴《かゝ》げて尻《しり》を露《あらは》したさうである。

保は国府に来てから、此準平と相識になつた。既にして準平が兄弟にならうと勧めた。保は謙《へりくだ》つて父子になる方が適当であらうと云つた。遂に父子と称して杯を交した。準平は四十四歳、保は二十五歳の時である。

此時東京には政党が争ひ起つた。改進党が成り、自由党が成り、又帝政党が成つて、新聞紙は早晩此等の結党式の挙行せらるべきことを伝へた。準平と保とは国府にあつてかう云つた。「東京の政界は華々《はなぐ》しい。我等田舎に住んでゐるものは、淵《ふち》に臨んで魚を羨《うらや》むの情に堪へない。しかし大なるものは成るに難く、小なるものは成るに易い。我等も甲らに似せて穴を掘り、一の小政社を結んで、東京の諸先輩に先んじて式を挙げようではないか」と云つた。此政社の雛形《ひながた》は進取社と名づけられて、保は社長、準平は副社長であつた。》

〈その百三　保の京浜毎日新聞寄稿〉

《抽斎歿後の第二十四年は明治十五年である。一月二日に保の友武田準平が刺客《せきかく》に殺された。準平の家には母と妻と女一人とがゐた。女の壻秀三は東京帝国大学医科大学の別科生になつてゐて、家にゐなかつた。常は諸生が居り、僕が居つたが、皆新年に暇《いとま》を乞うて帰つた。此日家人が寝に就いた後、浴室から火が起つた。唯《たゞ》一人暇を取らずにゐた女中が驚き醒めて、煙《けぶり》の厨《くりや》を罩《こ》むるを見、引窓を開きつゝ人を呼んだ。浴室は庖厨《ほうちゆう》の外に接してゐたのである。準平は女中の声を聞いて、「なんだ、なんだ」と云ひつゝ、手に行燈《あんどう》を提げて厨《くりや》に出て来た。此時一人の引廻《ひきまはし》がつぱを被《き》た男が暗中より起《た》つて、準平に近づいた。準平は行燈を措いて奥に入つた。引廻の男は尾《つ》いて入つた。準平は奥の廊下から、雨戸を蹴脱《けはづ》して庭に出た。引廻の男は又尾いて出た。準平は身に十四箇所の創《きず》を負つて、庭の檜《ひのき》の下に殪《たふ》れた。檜は老木であつたが、前年の暮、十二月二十八日の夜、風の無いに折れた。準平はそれを見て、新年を過してから薪《たきゞ》に挽《ひ》かせようと云つてゐたのである。家人は檜が讖《しん》をなしたなどと云つた。引廻の男は誰であつたか、又何故に準平を殺したか、終に知ることが出来なかつた。

保は報を得て、馳せて武田の家に往つた。警察署長佐藤某がゐる。郡長竹本元僕《げんぼく》がゐる。巡査数人がゐる。佐藤はかう云ふのである。「武田さんは進取社のために殺されなすつたかと思はれます。渋江さんも御用心なさるが好い。当分の内巡査を二人だけ附けて上げませう」と云ふのである。

保は彼《か》の小結社の故を以て、刺客が手を動かしたものとは信ぜなかつた。しかし暫くは人の勧に従つて巡査の護衛を受けてゐた。五百は例の懐剣を放さずに持つてゐて、保にも弾《たま》を填《こ》めた拳銃を備へさせた。進取社は準平が死んでから、何の活動をもなさずに分散した。》

ところで、稲垣達郎氏はこの〈その百二〉〈その百三〉の記述をめぐり、これと原史料（「抽斎歿後」）を比較している。中に、〈鷗外は保の筆録の幾箇所かを変更し、あるいは省略している〉といい、単に〈懐剣〉とある所を〈例の懐剣〉にしたり等々、言及しているが、さらに原史料に〈開拓使官有物払下事件〉云々とある所を省略し、単に〈此時東京には政党が争ひ起つた。改進党が成り、自由党が成り、又帝政党が成つて、新聞紙は早晩此等の結党式の挙行せらるべきことを伝へた〉云々と要約したことをめぐり、次のように論及している。

《この要約の過程のなかで注意されるのは、「政党が争ひ起」ることに直接かかわりをもつ「開拓使官有物払下事件」をテコにした反政府運動と体制側の対応が、具象からはずれて行っていることである。ここにふれられているいわゆる〈明治十四年の改変〉は、政治上、社会上、日本の方向がきめられようとしていたきわめて重要なポイントであった。（略）この政府をめぐっての、日本を動かしたエネルギーに内在する契機が、この要約の為方のなかに潜んでしまった。そして、末端の「田舎」におけるひとつの状況が、渋江保との交渉の存在のゆえに、限定されたその平面で、〈解釈〉さえ加えられながらえがかれている。歴史のエネルギーに深く関係する大きなうねりの場所からではなく、その波動のゆれる地表でとらえられているのである。渋江家の動向と直接かかわりのない諸条件は、ほとんど、少し強くいえば、一切、組入れられない。だから、ここの大きなポイントも、先に引用した「此時東京には政党が争ひ起つた」云々のかたちで手際よく処理されることになった。簡潔な、みごとな状況説明でいながら、その余白に、歴史の空隙が感じられないだろうか。》（傍点稲垣氏、以下同じ）

そして、

《〈明治十四年の政変〉は、自由民権運動の展開上のいちじるしいトピックである。かりに、一八七四年（明治7）の板垣らの民撰議員設立建白をひとつの起点とすれば、いろいろの曲折と高揚があって、この年に及んでいるわけだ。が、『抽斎』では、進取社の一件において、はじめて視野に入って来る。それまでは、この思想上、政治上、社会上の脈動はなく、終始休止している。そこへの目くばりには、あくまで無関心——ことによると、休止させる方向への関心がつづけられる。》

とし、さらに、

《これと同質の事情が、抽斎歿後第十九年の明治十年（一八七七）の叙述においてもみられる。ここでは、この年のいわゆる〈西南の役〉には一言も費やさない。》

と言い、これでは〈この年、日本はまったく平穏だったことになってしまっている〉と言う。

《この内乱の制圧が、体制側を鞏固にし、その方向を決定してゆく回り角の地点だったとみられている。それが、やがて〈明治十四年の政変〉へもつながってゆくわけなのだ（ちなみに、私見では、もう二年前の、讒謗律、新聞紙条例の発令も、回り角的重要性をもつと考えられるのだが、『抽斎』では、このこともみえない。）この歴史の契機に、おそらくは意識して目をつむったとみるほかはないような気がする。》

〈「抽斎」が、抽斎歿後にまで筆を及ぼし、特に《明治維新》をかかえ込むことで、いちだんと魅力の多いものになっている〉だろうと稲垣氏は続ける。〈しかし、それを書く過程で、鷗外は、いわゆる維新の志士や、のちにいうところの明治の元勲とされる人々、そのほかの政治上の英雄たちを、学芸の士を吸収する反面において、つとめて無視しようとしたのではないかと思われる〉。

《慶応四年（一八六八）四月十一日、渋江氏は、江戸を発して弘前へ向った。そのことをしるして、鷗外は「此日は官軍が江戸城を収めた日である」と附け加えている（その八十）。この官軍江戸入城の前提に、勝海舟、西郷隆盛が登場するはずだし、また、この日、前将軍徳川慶喜も水戸へ退去した（慶喜の上野寛永寺入りは、その七十九に、ちょっと出ているが）。さかのぼると、抽斎歿後の第四年の文久二年（一八六二）に、力士陣幕を倒した小柳が、怨をうけて殺された挿話はしるされているが（その七十五）、その前、抽斎歿後の第二年の万延元年（一八六〇）の大老井伊直弼の暗殺はしるされず、かれの名はどこにも出ない。幕府要路の大官では、阿部伊勢守正弘が、抽斎の師伊澤蘭軒一族や友人森枳園やの主君である関係のゆえにしばしば顔を出すばかりである。》

そして〈その四十六〉の米艦の浦賀入港、〈その七十九〉の伏見、鳥羽の戦の状況を数行に要約した部分を、〈なかなかみごとな状況の要約〉としながらも、稲垣氏は、

《こういうところを読むと、渋江氏の動向を、ふと、時代の状況の広場へひきもどす照射の印象を感じはするのだが、さてかえりみると、この広場は、なお狭隘な感じなのだ。学芸の徒とそれにつながる庶民に比重が置かれた。反面、政治上の英雄たちは黙殺された。この作品の光彩は、そのしぼりから来ていることもたしかではあろう。》

と言う。そして、〈政治上の英雄たちの登場はいらないかもしれない。けれども、かれらを派生させずにはおかな

かった歴史の契機は見据えられなければならないだろう。それが見据えられる過程で、時代の広場が構築され、この広場における人間関係こそが歴史を具象してゆくのではないか〉と続けるのだ。

《「客観」を重んじ、「事実」を重んじることは正しかったのだが、「事実」は、個々の「事実」であり過ぎたのである。ひとつの「事実」を尊重するあまりに、他の「事実」は沈む。何よりも尊重されなければならなかったのは、個々の「事実」を越えた、「事実」と「事実」との関係であったろう。それが「客観」の根拠であり、時代の跫音の根源でもあるだろう。この作品からは、時代の足音がたしかにきこえて来る。これほどきこえてくる作品は、そんなに多くはない。しかし、どこからひびいて来るのだろうか。それをとらえるのは、なかなかむずかしい。鷗外の「事実」尊重には、必ずしも歴史に直結しない何かがあるらしい。》

たしかにこれは、〈なかなかむずかしい〉問題である。そして無論いまの私に、この問題を真面《まとも》に答えることは不可能である。しかしこうした問題に出会う度に、いつも思い出される一文がある。夏目漱石「こゝろ」――「両親と私」（十六）の次の一節である。

《父は時々讛言《うはこと》を云ふ様になつた。

「乃木大将に済まない。実に面目次第がない。いへ私もすぐ御後から」

斯んな言葉をひよいひよい出した。母は気味を悪がつた。成るべくみんなを枕元へ集めて置きたがつた。気のたしかな時は頻りに淋しがる病人にもそれが希望らしく見えた。ことに室の中を見廻して母の影が見えないと、父は必ず「御光は」と聞いた。聞かないでも、眼がそれを物語つてゐた。私はよく起つて母を呼びに行つた。「何か御用ですか」と、母が仕掛た用を其儘にして置いて病室へ来ると、父はたゞ母の顔を見詰める丈で何も云はない事があつた。》

人は自らの〈讛言〉を決して知ることは出来ない。幸い再び正気に戻った時、他の人に言われて判るのだ。

そのように人には、現に向かい合いつつ、そして〈言葉〉にもしながら、ついにそれとは判らないものがあるのだ。ただ時がたち、それが過ぎ去った時、はじめて人はそれをそれと判る（こともある）のだ。そしてそれが過去、つまり歴史というものではないか。

その意味で、人はいま現在をほとんど無我夢中（鷗外の言葉でいえば〈酔生夢死〉）に生きているのだろう。が、そうだとしても人はその間、自らの身近に、自らを囲む人達——伴侶といい家族といい肉親という、そのもっとも親しい人達の顔を見つめ、その声を聞く。もとよりなにと名指しえぬ、だから向かい合いながら〈何も云はない〉、そのもっとも直接的、具体的な瞬間の中で生きているのではないか。

たしかに父親は〈譫言〉の中で、当代の〈英雄〉、おそらく見たことも会ったこともない人間の名を呼ぶだろう。しかし〈気のたしかな時〉、父親は妻の姿を無言で追う。そしてここには、人間と現実の関りに対する、漱石の痛切な思いがあるのではないか。*

そして鷗外もまた、祖父母から父母、子から孫へと繋がる一家一族という最も身近な人々の一挙一動を、それを互いに見つめ合い声を掛け合うその一瞬一瞬の〈事実〉において描き出す。おそらく鷗外は、どんな社会や時代の動向よりも、あるいはその時代や社会への所思にもまして、その〈個々の「事実」〉をこそ、人の生きる実際、さらにいえば歴史そのものと考えていたのではないか。

＊　拙著『漱石の「こゝろ」を読む』（翰林書房、平成二十一年四月）参照。

《保は京浜毎日新聞の寄書家になつた。毎日は嶋田三郎さんが主筆で、東京日々新聞の福地桜癡《ふくちあうち》と論争してゐたので、保は嶋田を助けて戦つた。主なる論題は主権論、普通選挙論等であつた。

普通選挙論では外山《とやま》正一が福地に応援して、「毎日記者は盲目蛇《めくらへび》におぢざるものだ」と云つた。これは嶋田のベンサムを普通選挙論者となしたるは無学のためで、ベンサムは実に制限選挙論者だと云ふのであつた。そこで保はベンサムの憲法論に就いて、普通選挙を可とする章句を鈔出し、「外山先生は盲目蛇におぢざるものだ」と云ふ鸚鵡返《あうむがへし》の報復をした。

此等の論戦の後、保は嶋田三郎、沼間《ぬま》守一、肥塚龍《こえづかりゆう》等に識られた。後に京浜毎日社員になつたのは、此縁故があつたからである。

保は十二月九日学校の休暇を以て東京に入つた。実は国府を去らむとする意があつたのである。

此年矢嶋優は札幌にあつて、九月十五日に渋江氏に復籍した。十月二十三日に其妻蝶が歿した。年三十四であつた。

山田脩は此年一月工部技手に任ぜられ、日本橋電信局、東京府庁電信局等に勤務した。》

〈その百四　保攻玉舎及慶応義塾の教師となる、保の新聞寄稿と五百の病臥〉

《抽斎歿後の第二十五年は明治十六年である。保は前年の暮に東京に入つて、仮に芝田町一丁目十二番地に住んだ。そして一面愛知県庁に辞表を呈し、一面府下に職業を求めた。保は先づ職業を得て、次で免罷《めんひ》の報に接した。一月十一日には攻玉舎の教師となり、二十五日には慶応義塾の教師となつて、午前に慶応義塾に往き、午後に攻玉舎に往くことにした。》

以下、攻玉舎のこと。〈愛知県中学校長を免ずる辞令は二月十四日を以て発せられた。保は芝烏森一番地に家を借りて、四月五日に国府から還つた母と水木とを迎へた〉。

《勝久は相生町の家で長唄を教へてゐて、山田脩は其家から府庁電信局に通勤してゐた。そこへ優が開拓使の職を辞して札幌から帰つたのが八月十日である。優は無妻になつてゐるので、勝久に説いて師匠を罷めさせ、専ら家政を掌《つかさど》らせた。

八月中の事であつた。保は客を避けて京浜毎日新聞に寄する文を草せむがために、一週日程の間柳嶋の帆足《ほあし》謙三といふものの家に起臥してゐた。烏森町の家には水木を遺して母に侍せしめ、且優、脩、勝久の三人をして交《かは》る〴〵其安否を問はしめた。然るに或夜水木が帆足の家に来て、母が病氣と見えて何も食はなくなつたと告げた。保が家に帰つて見ると、五百は床を敷かせて寝てゐた。

「只今帰りました」と、保は云つた。

「お帰かえ」と云つて、五百は微笑した。

「おつ母様、あなたは何も上らないさうですね。わたくしは暑くてたまりませんから、氷を食べます。」

「そんなら序《ついで》にわたしのも取つておくれ。」五百は氷を食べた。

翌朝保が「わたくしは今朝は生卵にします」と云つた。

「さうかい。そんならわたしも食べて見よう。」五百は生卵を食べた。

午になつて保は云つた。「けふは久し振で、洗ひに水貝を取つて、少し酒を飲んで、それから飯にします。」

「そんならわたしも少し飲まう。」五百は洗ひで酒を飲んだ。其時はもう平日の如く起きて坐つてゐた。

晩になつて保は云つた。「どうも夕方になつてこんなに風がちつとも無くては凌《しの》ぎ切れません。これから汐湯《しほゆ》に這入つて、湖月に寄つて涼んで来ます。」

「そんならわたしも往くよ。」五百は遂に汐湯に入つて、湖月で飲食《のみくひ》した。

五百は保が久しく帰らぬがために物を食はなくなつたのである。五百は女子中では棠を愛し、男子中では保を愛した。曩《さき》に弘前に留守をしてゐて、保を東京に遣つたのは、意を決した上の事である。それゆゑ能く年余の久しきに堪へた。これに反して帰るべくして帰らざる保を日毎に待つことは、五百の難んずる所であつた。此時五百は六十八歳、保は二十七歳であつた。》

〈気象の勝つた五百〉（その四十八）、〈五百の気象〉（同）も寄る年波、心ようやく衰えて、〈ひたすら子の保の愛情をもつて自分の生きる甲斐としてゐた〉（伊藤整氏）といえよう。あの気丈な五百も、つまりは老いて頑是なく子に従う普通の母、が、それだけに幸せな女となったというべきか。

〈その百五　優の死、五百の発病〉

《此年十二月二日に優《ゆたか》が本所相生町の家に歿した。優は職を罷める時から心臓に故障があつて、東京に還つて清川玄道の治療を受けてゐたが、屋内に静坐してゐれば別に苦悩も無かつた。歿する日には朝から物を書いてゐて、午《ひる》頃《ごろ》「あゝ草臥《くたび》れた」と云つて仰臥《ぎやうぐわ》したが、それ切り起たなかつた。岡西氏徳の生んだ、抽斎の次男は此の如くにして世を去つたのである。優は四十九歳になつてゐた。子は無い。遺骸は感応寺に葬られた。

優は蕩子《たうし》であつた。しかし後に身を吏籍に置いてからは、微官に居つたにも拘らず、頗る材能《さいのう》を見《あらは》した。優は情誼に厚かつた。親戚朋友《しんせきほういう》の其恩恵を被つたことは甚だ多い。優は筆札を善くした。其書には小嶋成斎の風があつた。其他演劇の事は此人の最も精通する所であつた。新聞紙の劇評の如きは、森枳園と優とを開拓者の中《うち》に算すべきであらう。大正五年に珍書刊行会で公にした劇界珍話は飛蝶《ひてふ》の名が署してあるが、優の未定稿である。》

優（優善）が死んだ。これまた呆気ない死である。ただ鷗外はここに来て、優のために、まさに公正なる誄を読む。山崎一穎氏はこのことに寄せて、〈優善その人が曲折を経て、己れの道を発見し得たその事に鷗外の視点が定まっている。優善がかつて放蕩無頼から身を立て、官吏としてその職責を全うしたのみであったら、さほど鷗外も心を引かれなかったであろう。（略）優善が遊興にあって、なお風雅を忘れず、その精神を生かし得た所に鷗外の目はある。すなわち、一旦その中に耽溺し、その真髄を劇評という芸術活動にまで昇華させた優善の精神活動を評価せずにはいられなかったのである〉と評している。けだし首肯すべき評言である。

（鷗外は大正五年五月二十三日附の渋江保宛書簡に、〈珍書刊行会ノ配本到来中に『劇界珍活』ト云書収メアリ著作者ハ《飛蝶》トノミアリ優君ノ作ナルヿ疑ナシト存候会ニテハ知リ居ルヤ否不明ニ候へ共実ニ快事ニ候〉と記している。）

が、いずれにしても鷗外は、あれほどにも終始〈蕩子〉として疎んじていた優善（優）を、これほどにも諒とする。おそらく鷗外の筆はここに来て、抽斎や五百、貞固をのみ美化、理想化することをこえ、とは〈自家の私見を以てし、束縛し、阻礙し、誘引し、懐柔〉（「伊澤蘭軒」その三百六十九）することをこえ、さらに〈あらゆる美刺褒貶〉（同）をこえて、いわばすべてを一視同仁する高みへと近づきつつあったのかも知れない。

あの〈極力客観上に立脚せむ〉（同）とする史伝の〈叙法〉、「伊澤蘭軒」の、そして〈儒林に入るとしても、文苑に入るとしても、あまり高い位置をば占め得ぬ人であらう〉（「霞亭生涯の末一年」その一）人物の生涯を、にもかかわらず最後まで描き切った「北条霞亭」の高みへと――。

が、それにしても、〈屁の糟〉（その七十一）と蔑まれながら、維新の回天をかい潜り、魏の曹操とはいかないまでも、なにか乱世の奸雄のように作中を賑やかした優善（優）の、いささか早い死は〈哀れ深い〉（竹盛氏）。しかし悲しむなかれ。〈年々歳々花相似たり、歳々年々人同じからず〉。が、それは単に、人の世の無常と無念の思いを語っているのではない。ではその心は――？

（おそろしく独断的ではあるが）、人は〈歳々年々〉、生きかわり死にかわり、同じではない。しかし人は〈年々歳々〉、おのがじし自らの命と向きあい、そして命の花と向き合っているのではないか？

生きかわり死にかわり――、然り〈生きかはり死にかはりして打つ田かな〉（村上鬼城）。その田を打つ人々の、悠遠に途絶えることのない〈いのちの呼吸〉（高橋義孝氏）、そのざわめき。

優善（優）は、眠るように逝ったという。その優善（優）の末期に、あるいはその悠遠に途絶えることのない〈いのちの呼吸〉、そのざわめきが、静かに聞こえていたかも知れない。

《抽斎歿後の第二十六年は明治十七年である。二月十四日に五百が鳥森の家に歿した。年六十九であつた。

五百は平生病むことが少かつた。抽斎歿後に一たび眼病に罹り、時々疝痛《せんつう》を患《うれ》へた位のものである。特に明治九年還暦の後は、殆ど無病の人となつてゐた。然るに前年の八月中、保が家に帰らぬを患へて絶食した頃から、稍心身違和の徴があつた。保等はこれがために憂慮した。さて新年に入つて見ると、五百の健康状態は好くなつた。保は二月九日の夜母が天麩羅蕎麦《てんぷらそば》を食べて炬燵《こたつ》に当り、史を談じて更の闌《たけなは》なるに至つたことを記憶してゐる。又翌十日にも午食に蕎麦を食べたことを記憶してゐる。午後三時頃五百は煙草を買ひに出た。二三年前からは子等の諫《いさめ》を納れて、単身戸外に出ぬことにしてゐたが、当時の家から煙草店へ往く道は、鳥森神社の境内であつて車も通らぬゆゑ、煙草を買ひにだけは単身で往つた。保は自分の部屋で書を読んで、これを知らずにゐた。暫くして五百は煙草を買つて帰つて、保の背後《うしろ》に立つて話をし出した。保は且読み且答へた。初てドイツ語を学ぶ頃で、読んでゐる書はシエツフエルの文典であつた。保は母の氣息の促迫してゐるのに気が附いて、「おつ母様《か》、大そうせか〳〵しますね」と云つた。

「あゝ年のせいだらう、少し歩くと息が切れるのだよ。」五百はかう云つたが、矢張話を罷めずにゐた。少し立つて五百は突然黙つた。

「おつ母様、どうかなすつたのですか。」保はかう云つて背後《うしろ》を顧みた。

五百は火鉢の前に坐つて、稍首を傾けてゐたが、保は其姿勢の常に異なるのに気が附いて、急に起つて傍《かたはら》に往き顔を覗いた。

五百の眼は直視し、口角からは涎《よだれ》が流れてゐた。

保は「おつ母様、おつ母様」と呼んだ。

五百は「あゝ」と一声答へたが、人事を省《せい》せざるものゝ如くであつた。

保は床を敷いて母を寝させ、自ら医師の許へ走つた。》

《渋江氏の住んでゐた烏森の家からは、存生堂と云ふ松山棟庵《とうあん》の出張所が最も近かつた。出張所には片倉某と云ふ医師が住んでゐた。保は存生堂に駆け附けて、片倉を連れて家に帰つた。存生堂からは松山の出張をも請ひに遣つた。

片倉が一応の手当をした所へ、松山が来た。松山は一診して云つた。「これは脳卒中で右半身不随になつてゐます。出血の部位が重要部で、其血量も多いから、回復の望はありません」と云つた。

しかし保は其言《そのこと》を信じたくなかつた。一時空を視てゐた母が今は人の面《おもて》に注目する。人が去れば目送する。枕辺《ちんぺん》に置いてあるハンカチイフを左手に把《と》つて畳む。保が傍《そば》に寄る毎に、左手で保の胸を撫《な》でさへした。

保は更に印東玄得をも呼んで見せた。しかし所見は松山と同じで、此上手当のしやうは無いと云つた。

五百は遂に十四日の午前七時に絶息した。》

〈その百六　五百の死〉

優善（優）が死んで三月も立たず五百が逝った。享年六十九歳。

《五百の晩年の生活は日々印刷したやうに同じであつた。祁寒《きかん》の時を除く外は、朝五時に起きて掃除をし、手水《てうづ》を使ひ、仏檀を拝し、六時に朝食をする。次で新聞を読み、暫く読書する。それから午餐《ごさん》の支度をして、正午に午餐する。午後には裁縫し、四時に至つて女中を連れて家を出る。散歩がてら買物をするのである。魚菜をも大抵此時買ふ。夕餉《ゆふげ》は七時である。これを終れば、日記を附ける。次で又読書する。倦《う》めば保を呼んで棊《ご》を囲みなどすることもある。寝に就くのは十時である。

隔日に入浴し、毎月曜日に髪を洗つた。寺には毎月一度詣で、親と夫との忌日には別に詣でた。会計は抽斎の世にあつた時から自らこれに当つてゐて、死に迨《いた》るまで廃せなかつた。そして其節倹の用意には驚くべきものがあつた。

五百の晩年に読んだ書には、新刊の歴史地理の類が多かつた。兵要日本地理小志は其文が簡潔で好いと云つて、傍に置いてゐた。

奇とすべきは、五百が六十歳を踰《こ》えてから英文を読みはじめた事である。五百は頗る早く西洋の学術に注意した。其時期を考ふるに、抽斎が安積艮斎の書を読んで西洋の事を知つたよりも早かつた。五百はまだ里方にゐた時、或日兄栄次郎が酢久《すしきう》に奇な事を言ふのを聞いた。「人間は夜逆さになつてゐる」云々と云つたのである。五百は怪んで、酢久が去つた後に兄に問うて、始て地動説の講釈を聞いた。其後兄の机の上に気海《きかい》観瀾《くわんらん》と地理全志とのあるのを見て、取つて読んだ。

抽斎に嫁した後、或日抽斎が「どうも天井に蠅《はへ》が糞《ふん》をして困る」と云つた。五百はこれを聞いて云つた。「でも人間も夜は蠅が天井に止まつたやうになつてゐるのだと申しますね」と云つた。抽斎は妻《さい》が地動説を知つてゐるのに驚いたさうである。

五百は漢訳和訳の洋説を読んで、慊《あきたら》ぬので、とう〳〵保にスペリングを教へて貰ひ、程なくヰルソンの読本に移り、一年ばかり立つうちに、パアレエの万国史、カツケンボスの米国史、ホオセツト夫人の経済論等をぽつ〳〵読むやうになつた。

五百の抽斎に嫁した時、婚を求めたのは抽斎であるが、此間に或秘密が包蔵せられてゐたさうである。それは抽斎をして婚を求むるに至らしめたのは、阿部家の医師石川貞白が勧めたので、石川貞白をして勧めしめたのは、五百自己であつたと云ふのである。》

〈その百七　五百婚嫁時の逸事〉

《石川貞白は初の名を磯野勝五郎と云つた。何時の事であつたか、阿部家の武具係を勤めてゐた勝五郎の父は、同僚が主家の具足を質に入れたために、永の暇になつた。その時勝五郎は兼て医術を伊澤榛軒に学んでゐたので、直に氏名を改めて剃髪し、医業を以て身を立てた。

貞白は渋江氏にも山内氏にも往来して、抽斎を識り五百を識つてゐた。弘化元年には五百の兄栄次郎が吉原の娼《しやう》妓《ぎ》浜照の許に通つて、遂にこれを娶るに至つた。其時貞白は浜照が見受の相談相手となり、其仮親となることをさへ諾したのである。当時兄の措置を喜ばなかつた五百が、平生青眼を以て貞白を見なかつたことは、想像するに余がある。

或日五百は使を遣つて貞白を招いた。貞白はおそる〳〵日野屋の閾《しきゐ》を跨《また》いだ。兄の非行を幇《たす》けてゐるので、妹に譴《せ》められはせぬかと懼《おそ》れたのである。

然るに貞白を迎へた五百にはいつもの元氣が無かつた。「貞白さん、けふはお願申したい事があつて、あなたをお招いたしました」と云ふ、態度が例になく慇懃《いんぎん》であつた。

何事かと問へば、渋江さんの奥さんの亡くなつた跡へ、自分を世話をしてはくれまいかと云ふ。貞白は事の意表に出でたのに驚いた。

是より先日野屋では五百に壻を取らうと云ふ議があつて、貞白はこれを与《あづか》り知つてゐた。壻に擬せられてゐたのは、上野広小路の呉服店伊藤松坂屋の通《かよひ》番頭で、年は三十二三であつた。栄次郎は妹が自分達夫婦に慊《あきたら》ぬのを見て、妹に壻を取つて日野屋の店を譲り、自分は浜照を連れて隠居しようとしたのである。

壻に擬せられてゐる番頭某と五百とならば、旁《はた》から見ても好配偶である。五百は二十九歳であるが、打見《うちみ》には二十四五にしか見えなかつた。それに抽斎はもう四十歳に満ちてゐる。貞白は五百の意の在る所を解するに苦んだ。

そこで五百に問ひ質《たゞ》すと、五百は只学問のある夫が持ちたいと答へた。其詞《ことば》には道理がある。しかし貞白はまだ五百の意中を読み尽すことが出来なかつた。

五百は貞白の気色を見て、かう言ひ足した。「わたくしは壻を取つて是世帯を譲つて貰ひたくはありません。それよりか渋江さんの所へ往つて、あの方に日野屋の後見《うしろみ》をして戴きたいと思ひます。」

貞白は膝《ひざ》を拍《う》つた。「なる程〳〵。さう云ふお考へですか。宜しい。一切わたくしが引き受けませう。」

貞白は実に五百の深慮遠謀に驚いた。五百の兄栄次郎も、姉安の夫宗右衛門も、聖堂に学んだ男である。若し五百が尋常の商人を夫としたら、五百の意志は山内氏にも長尾氏にも軽んぜられるであらう。これに反して五百が抽斎の妻となると、栄次郎も宗右衛門も五百の前に項《うなじ》を屈せなくてはならない。五百は里方のために謀《はか》つて、労少くして功多きことを得るであらう。且兄の当然持つて居るべき身代を、妹として譲り受けると云ふことは望ましい事では無い。さうして置いては、兄の隠居が何事をしようと、これに喙《くちばし》を容《い》れることが出来ぬであらう。永久に兄を徳として、その為《な》すが儘《まゝ》に任せてゐなくてはなるまい。五百は此の如き地位に身を置くことを欲せぬのである。五百は潔《いさぎよ》く此家を去つて渋江氏に適《ゆ》き、しかも其渋江氏の力を藉りて、此家の上に監督を加へようとするのである。

貞白は直《すぐ》に抽斎を訪うて五百の願を告げ、自分も詞《ことば》を添へて抽斎を説き動かした。五百の婚嫁は此の如くにして成就したのである。》

さて、五百立伝の掉尾を飾るこの〈逸事〉、本来なら〈抽斎と山内氏五百との婚姻〉（その三十）、ないし〈五百の経歴〉（その三十一〜その三十五）の所に早く組入れられるべき性質のものだが、原史料（「抽斎歿後」）の入手が遅れたことで、ここに挿入されたという（小泉氏＊）。

が、それにしても五百が、貞白を通して抽斎の妻になりたいとその周旋を依頼する次第、鷗外が五百に〈新しき女〉を見ているという評家の意見もあるが（「伊澤蘭軒」その二百十六、十七に、狩谷掖斎の二女たか、後の名俊が、柏軒に自らを推薦する件があり、鷗外自身、〈これを読むものは、たかの性行中より、彷彿として所謂新しき女の面影を認むるだらう。後に抽斎に嫁した山内氏五百も亦同じである。此二人は皆自ら夫を択んだ女である。わたくしは所謂新しき女は明治大正に至つて始て出たのではなく、昔より有つたと謂《おも》ふ〉といっている)、しかし私は五百に〈新しき女〉を認めることは出来ない。

もし〈新しき女〉が、夫となるべき男に純粋な愛情を抱き、結婚を願うものだとすれば(しかし、そんなことはいつの時代にもありえないだろうが)、五百の抽斎の妻になりたいという理由には、いささか不純な要素が混じるといわざるをえない。

とかく女が、自らの心情、自立を第一に考えるよりは、つねに生家、実家、つまり〈里〉の威信、繁栄を気にかけているように、**五百の意識も終始、山内家の存亡とその経営にあったといえよう。そのための〈深慮遠謀〉?無論自らの恋情に身を焦がし、江戸八百八町を紅蓮の炎と化した八百屋お七(その二十三)は極端にしても、少なくとも五百の結婚願望は、理に勝ちすぎて小賢しい。さすがに〈商人階層の子女〉(竹盛氏)、算盤上手といえばいいすぎか。まあ、それだけ〈新しい女〉なのかも知れない。しかし人生いろいろ、人間いろいろ。私は五百を批難しているのではない。ただ特段に美化、理想化したくないだけである。

* 『森鷗外論 実証と批評』(明治書院、昭和五十三年九月)参照。
** 拙著『島崎藤村―「春」前後―』(審美社、平成九年五月)参照。

5 抽斎の妻五百歿後の遺族

〈その百八 保の京浜毎日新聞就職、枳園の死〉

《保は此年六月に京浜毎日新聞の編輯員になつた。これまでは其社と只寄稿者としての連繫のみを有してゐたのであつた。当時の社長は沼間《ぬま》守一、主筆は嶋田三郎、会計係は波多野伝三郎と云ふ顔触で、編輯員には肥塚龍《こえづかりゆう》、青木匡《たゞす》、丸山名政、荒井泰治の人々がゐた。又矢野次郎、角田真平、高梨《たかなし》哲四郎、大岡育造の人々は社友であつた。次で八月に保は攻玉社の教員を罷めた。九月一日には家を芝桜川町十八番地に移した。

脩は此年十二月に工部技手を罷めた。

水木は此年山内氏を冒して芝新銭座町に一戸を構へた。

抽斎歿後の第二十七年は明治十八年である。保は新聞社の種々の用務を弁ずるために、屢《しば〳〵》旅行した。十月十日に旅から帰つて見ると、森枳園の五日に寄せた書が机上にあつた。面談したい事があるが、何時往つたら逢はれようかと云ふのである。保は十一日の朝枳園を訪うた。枳園は当時京橋区水谷町九番地に住んでゐて、家族は子婦《よめ》大槻氏えふ、孫女《まごむすめ》くわうの二人であつた。嗣子養真は父に先《さきだ》つて歿し、くわうの妹りうは既に人に嫁してゐたのである。

枳園は京浜毎日新聞の演劇欄を担任しようと思つて、保に紹介を求めた。是より先狩谷棭斎の倭名鈔箋註《わみやうせうせんちゆう》が印刷局に於て刻せられ、又経籍訪古志が清国使館に於て刻せられて、此等の事業は枳園がこれに当つてゐたから、其家は昔の如く貧しくはなかつた。しかし此年一月に大蔵省の職を罷めて、今は月給を受けぬことになつてゐるので、再び記者たらむと欲するのであつた。

保は枳園の求に応じて、新聞社に紹介し、二三篇の文章を社に交付して置いて、十二日に又社用を帯びて遠江国浜松に往つた。然るに用事は一箇所に於て果すことが出来なかつたので、犬居《いぬゐ》に往き、掛塚から汽船豊川丸に乗つて帰京の途に就いた。そして航海中に暴風に遭つて、下田に淹留《えんりう》し、十二月十六日にやう〳〵家に帰つた。

机上には又森氏の書信があつた。しかしこれは枳園の手書ではなくて、其訃音であつた。

枳園は十二月六日に水谷町の家に歿した。年は七十九であつた。枳園の終焉に当つて、伊澤徳《めぐむ》さんは枕辺に侍してゐたさうである。印刷局は前年の功労を忘れず、葬送の途次柩《ひつぎ》を官衙の前に駐《とゞ》めしめ、局員皆出でゝ礼拝した。枳園は音羽洞雲寺の先塋《せんえい》に葬られたが、此寺は大正二年八月に巣鴨村池袋丸山千六百五番地に徙《うつ》された。池袋停車場の西十町許《ばかり》で、府立師範学校の西北、祥雲寺の隣である。わたくしは洞雲寺の移転地を尋ねて得ず、これを大槻文彦さんに問うて始て知つた。此寺には枳園六世の祖からの墓が並んでゐる。わたくしの参詣した時には、おくわうさんと大槻文彦さんとの名を記した新しい卒塔婆が立てゝあつた。

枳園の後は其子養真の長女おくわうさんが襲いだ。おくわうさんは女流画家で、浅草永住町の上田政次郎と云ふ人の許に現存してゐる。おくわうさんの妹おりうさんは嘗《かつ》て剞劂氏《きけつし》某に嫁し、後未亡人となつて、浅草聖天横町《しやうでんよこちやう》の基督《クリスト》教会堂のコンシエルジユになつてゐた。基督教徒である。

保は枳園の訃《ふ》を得た後、病のために新聞記者の業を罷め、遠江国周智郡犬居村百四十九番地に転籍した。保は病のために時々卒倒することがあつたので、松山棟庵が勧めて都会の地を去らしめたのである。》

枳園が死んだ。明治十八年乙酉十二月六日、享年七十九。

たしかに、枳園の晩年は淋しいものといわなければならない。

すでに早く（明治四年）、嫡子養真、妻勝を失い、あるいは新しい時代に容れられぬ不平からか、〈酒を被つて世を罵〉（その九十五）り、あるいは酒席で、〈万事を茶にして世を渡る枳園が、どうしたわけか大いに怒つて、七代目賽《もどき》のたんかを切り、胖大漢《はんだいかん》の富穀をして色を失つて席を遁《のが》れしめた〉（その七十二）り、あるいは良三や優善を評して、〈官員様大出来也〉と揶揄したり（「伊澤蘭軒」その三百六十七、なお原史料「森枳園伝」に、〈「塩田良三でさへ権大丞に為つて居るのだもの、実に乞食芝居だ」〉と言ったとある）、あるいは優善（優）の葬式に際し、〈枳園ハ弔ミに来たれど、諧謔ばかり言つてゐて〉、五百をして〈「ドウも森さんは冷淡でいかんとい」〉わしめたり（同「森枳園伝」）、まさしく枳園老いたり。が、枳園はただ淋しくて淋しくて仕方なかったのかも知れない。

あの逆境を、自由と風狂によって凌いだこの一代の奇傑にも、迫り来る老いと死をどうすることも出来なかったのであろうか。

（加うるに竹盛氏は、枳園もその記述に与った『経籍訪古志』に対し、清国公使徐承祖の〈大抵論繕写刊刻之工、拙於考註、不甚留意〉という評言（その五十四）を〈生きながらにおいて甘受しなければならなかった〉無念にも言及している。）

たしかに、人老いぬれば悔い多く、恥多し。しかし老枳園の追憶の走馬燈には、形も鮮やかに、無数の影絵が巡っていたことだろう。あるいはそれは、草木を求めて相模の山野を跋渉している我が身の姿であったろうか（因みに「伊澤蘭軒」その三百三十に、その故であろうか、躋寿館における枳園の本草に関する講義は秀逸であったことが、柏軒門下の志村良愷の言として記されている）、あるいは祖母の遺骨を胸に抱いて、浦賀と江戸を二度三度と往反した自らの落託の姿であったろうか、あるいは大の七代目市川団十郎の贔屓で、〈お召縮緬の衣を着て、海老鞘の脇指を差し、歩くに褄を取つて、剃身絞の褌を見せ〉、もし人が〈成田屋と声を掛けると〉、〈立ち止まつて見えを〉する自らの姿であったろうか（その三十六）、あるいは抽斎や柏軒等と緑汀に集い、〈環坐して古本を披閲し、これが論定をなし〉、〈会の後には宴を開〉き、〈二州橋上酔に乗じて月を踏み、詩を詠じて帰つ〉てゆく己れの姿であったろうか（その四十六）、それとも愛妻勝の面差しか。それとも愛子養真の笑顔か（〈その九十五〉に、〈枳園は余程保を愛してゐたものと見え〉とあるが、もしかすると枳園は、亡くなった養真と保の面影を重ねていたのかもしれない）――。しかしそれもこれも、いまはすべてかき消えて、闇と化したのだ。

と、これ以上、私は枳園の魂魄に手向ける言葉を知らない。ただ最後、あの兼松石居の〈絶筆の五絶〉（その九十九）を再引して止めよう。――〈「今日吾知免。亦将騎鶴遊。上帝賚殊命。使爾永相休」〉。

〈その百九　保の静岡移居と結婚　暁鐘新報及中江兆民と保〉

《抽斎歿後の第二十八年は明治十九年である。保は静岡安西一丁目南裏町十五番地に移り住んだ。私立静岡英学校の教頭になつたからである。校主は藤波甚助《ふぢなみじんすけ》と云ふ人で、雇外国人にはカツシデエ夫妻、カツキング夫人等がゐた。当時の生徒で、今名を知られてゐるものは山路愛山さんである。通称は弥吉、浅草堀田原、後には鳥越に住んだ幕府の天文方山路氏の裔《えい》で、元和元年に生れた。此年二十三歳であつた。

十月十五日には保は旧幕臣静岡県士族佐野常三郎の女松を娶つた。戸籍名は一《いち》である。保は三十歳、松は明治二年正月十六日生であるから十八歳であつた。

小野富穀の子道悦が、此年八月に虎列拉《コレラ》を病んで歿した。》

《尺振八《せき》も亦此年十一月二十八日に歿した。年は四十八であつた。

抽斎歿後の第二十九年は明治二十年である。保は一月二十七日に静岡で発行してゐる東海暁鐘《げうしよう》新報の主筆になつた。英学校の職は故《もと》の如くである。》

〈次で保は七月一日に静岡高等英華学校に聘《へい》せられ、九月十五日に又静岡文武館の嘱託《ぞくたく》を受けて、英語を生徒に授けた〉。

《抽斎歿後の第三十年は明治二十一年である。一月に東海暁鐘新報は改題して東海の二字を除いた。同じ月に中江兆民が静岡を過ぎて保を訪うた。兆民は前年の暮に保安条例に依つて東京を逐はれ、大阪東雲《しのゝめ》新聞社の聘に応じて西下する途次、静岡には来たのである。六月三十日に保の長男三吉が生れた。八月十日に私立渋江塾《しぶえじゆく》を鷹匠町《たかじやうまち》二丁目に設くることを認可せられた。

脩は七月に東京から保の家に来て、静岡警察署内巡査講習所の英語教師を嘱託せられ、次で保と共に渋江塾を創設した。是より先脩は渋江氏に復籍してゐた。

脩は渋江塾の設けられた時妻さだを娶つた。静岡の人福嶋竹次郎の長女で、県下駿河国安倍郡豊田村曲金《まがりがね》の素

封家海野寿作の娘分である。脩は三十五歳、さだは明治二年八月生であるから二十歳であつた。》

〈此年九月十五日に、保の許に匿名の書が届いた。日を期して決闘を求むる書である〉。〈其日になると、早朝に前田五門が保の家に来て助力をしようと申し込んだ〉。〈保は五門と倶に終日匿名の敵を待つたが、敵は遂に来なかつた〉。

〈その百十　保の上京と渋江氏の動静〉

《抽斎歿後の第三十一年は明治二十二年である。一月八日に保は東京博文館の求に応じて履歴書、写真並に文稿を寄示《きし》した。これが保の此書肆のために書を著すに至つた端緒である。交渉は漸く歩を進めて、保は次第に暁鐘新報社に遠《とほざ》かり、博文館に近《ちかづ》いた。そして十二月二十七日に新報社に告ぐるに、年末を待つて主筆を辞することを以てした。然るに新報社は保に退社後猶社説を草せむことを請うた。

脩の嫡男終吉が此年十二月一日に鷹匠町二丁目の渋江塾に生れた。即ち今の図案家の渋江終吉さんである。

抽斎歿後の第三十二年は明治二十三年である。保は三月三日に静岡から入京して、麹町有楽町二丁目二番地竹《たけ》の舎《や》に寄寓した。静岡を去るに臨んで、渋江塾を閉ぢ、英学校、英華学校、文武館三校の教職を辞した。只暁鐘新報の社説は東京に於て草することを約した。入京後三月二十六日から博文館のためにする著作翻訳の稿を起した。七月十八日に保は神田仲猿楽町五番地豊田春賀の許に転寓した。

保の家には長女福が一月三十日に生れ、二月十七日に夭《えう》した。又七月十一日に長男三吉が三歳にして歿した。感応寺の墓に刻してある智運童子は此三吉である。

脩は此年五月二十九日に単身入京して、六月に飯田町補習学会及神田猿楽町有終学校の英語教師となつた。妻子は七月に至つて入京した。十二月に脩は鉄道庁第二部傭員となつて、遠江国磐田郡袋井駅に勤務することとなり、又家を挙げて京を去つた。

明治二十四年には保は新居を神田仲猿楽町五番地に卜《ぼく》して、七月十七日に起工し、十月一日にこれを落した。脩は駿河国駿東郡佐野駅の駅長助役に転じた。抽斎歿後の第三十三年である。

二十五年には保の次男繁次が二月十八日に生れ、九月二十三日に夭した。感応寺の墓に示教童子と刻してある。脩は七月に鉄道庁に解傭《かいよう》を請うて入京し、芝愛宕下町《あたごしたちやう》に住んで、京橋西紺屋町秀英舎の漢字校正係になつた。脩の次男行晴が生れた。此年は抽斎歿後の第三十四年である。

二十六年には保の次女冬が十二月二十一日に生れた。脩が此年から俳句を作ることを始めた。「皮足袋の四十に足を踏込みぬ」の句がある。二十七年には脩の次男行晴が四月十三日に三歳にして歿した。陸が十二月に本所松井町三丁目四番地福嶋某の地所に新築した。即ち今の居宅である。長唄の師匠としての此人の経歴は、一たび優のために頓挫したが、其後は継続して今日に至つてゐる。猶下方に詳記するであらう。二十八年には保の三男純吉が七月十三日に生れた。二十九年には脩が一月に秀英舎市が谷工場の欧文校正係に転じて、牛込二十騎町に移つた。此月十二日に脩の三男忠三さんが生れた。三十年には保が九月に根本羽嶽《うがく》の門に入つて易を問ふことを始めた。長井金風さんの言《こと》に拠るに、羽嶽の師は野上陳令、陳令の師は山本北山だささうである。栗本鋤雲が三月六日に七十六歳で歿した。海保漁村の妾《せふ》が歿した。三十一年には保が八月三十日に羽嶽の義道館の講師になり、十二月十七日に其評議員になつた。脩の長女花が十二月に生れた。嶋田篁村が八月二十七日に六十一歳で歿した。抽斎歿後の第三十五年乃至第四十年である。

〈その百十一　脩の死〉

《わたくしは此《こゝ》に前記を続いで抽斎歿後第四十一年以下の事を挙げる。明治三十三年には五月二日に保の三女乙女さんが生れた。三十四年には脩が吟月と号した。俳諧の師二世桂《かつら》の本琴糸女《もときんしぢよ》の授くる所の号である。山内水木が一月二十六日に歿した。年四十九であつた。福澤諭吉が二月三日に六十八歳で歿した。博文館主大橋佐平が十一月三日に六十七歳で歿した。三十五年には脩が十月に秀英舎を退いて京橋宗十郎町の国文社に入り、校正係になつた。脩の四男末男さんが十二月五日に生れた。三十六年には脩が九月に静岡に往つて安西一丁目南裏に渋江塾を再興した。県立静岡中学校長川田正澂《せいちよう》の勧に従つて、中学生のために温習の便宜を謀つたのである。脩の長女花が三月十五日に七（六）歳で歿した。三十七年には保が五月十五日に神田三崎町一番地に移つた。三十八年には保が七月十三日に荏原郡《えばらごほり》品川町南品川百五十九番地に移つた。脩が十二月に静岡の渋江塾を閉ぢた。川田が宮城県第一中学校長に転じて、静岡中学校の規則が変更せられ、渋江塾は存立の必要なきに至つたのである。伊澤柏軒の嗣子磐《いはほ》が十一月二十四日に歿した。鉄三郎が徳安と改め、維新後に又磐と改めたのである。磐の嗣子信治さんは今赤坂氷川町《ひかわちやう》の姉壻清水夏雲さんの許にゐる。三十九年には脩が入京して小石川久堅町博文館印刷所の校正係になつた。根本羽嶽が十月三日に八十五歳で歿した。四十年には保の四女紅葉《もみぢ》が十月二十二日に生れて、二十八日に夭した。これが抽斎歿後の第四十八年に至るまでの事略である。

抽斎歿後の第四十九年は明治四十一年である。四月十二日午後十時に脩が歿した。脩は此月四日降雪の日に感冒した。しかし五日までは博文館印刷所の業を廃せなかつた。六日に至つて咳嗽《がいそう》甚しく、発熱して就蓐《じゆじよく》し、終《つひ》に加《カ》答《タ》児《ル》性肺炎のために命を隕《おと》した。嗣子終吉さんは今の下渋谷の家に移つた。》

以下脩の句稿の鈔出。

《山畑や霞《かすみ》の上の鍬《くわ》づかひ
塵塚《ちりづか》に菜の花咲ける弥生哉《やよひかな》
海苔《のり》の香や麦藁《むぎわら》染むる縁の先

切凧《きれだこ》のつひに流るゝ小川かな
陽炎《かげろふ》と共にちらつく小鮎《こあゆ》かな哉
いつ見ても初物らしき白魚《しらを》哉
牡丹《ぼたん》切《きつ》て心さびしき夕かな
大西瓜真つ二つにぞ切《きら》れける
山寺は星より高き燈籠《とうろ》かな
稲妻の跡に手ぬるき星の飛ぶ
秋は皆物の淡きに唐芥子《たうがらし》
手も出さで机に向ふ寒さ哉
物売の皆頭巾《づきん》着て出る夜哉
凩《こがらし》や土器《かはらけ》乾く石燈籠
雪の日や鶏《とり》の出て来く炭俵

明治四十四年には保の三男純吉が十七歳で八月十一日に死んだ。大正二年には保が七月十二日に麻布西町十五番地に、八月二十八日に同区本村町八番地に移つた。三年には九月九日に今の牛込船河原町の家に移つた。四年には保の次女冬が十月十三日に二十三歳で歿した。これが抽斎歿後の第五十二年から第五十六年に至る事略である。》

（なお、ここで注記を一つ。〈抽斎歿後の年次に鷗外の錯簡が認められる。抽斎歿後第四十年は明治三十一年に該当し、正しい。但し明治三十二年の記述が欠けているため、それ以降の抽斎歿後の年次は、一年加算したものが正確な年次である〉（山崎氏）。）

が、それはともかく、ここに来て、抽斎の知友は次々に死に、妻、そして子等も次々に死んでゆく。さらに子等の子等が次々に生まれ、次々に死んでゆく。まさしく人の生まれ、子をなし、死んでゆく記録（出生記録、死亡記録）

と化してゆく。

またその叙述は、ここに来て、ほとんど「伊澤蘭軒」末尾（その三百六十八等）に重なってくる。

〈その百十二　保の現在、杵屋勝久〉

《抽斎の後裔《こうえい》にして今に存じてゐるものは、上記の如く、先づ指を牛込の渋江氏に屈せなくてはならない。主人の保さんは抽斎の第七子で、継嗣となつたものである。経を漁村、竹逕の海保父子、嶋田篁村、兼松石居、根本羽嶽に、漢医方を多紀雲従に受け、師範学校に於て教育家として養成せられ、共立学舎、慶応義塾に於て英語を研究し、浜松、静岡にあつては、或は校長となり、或は教頭となり、旁《かたはら》新聞記者として政治を論じた。しかし最も大いに精力を費したものは、書肆《しよし》博文館のためにする著作翻訳で、その刊行する所の書が、通計約百五十部の多きに至つてゐる。其書は随時世人を啓発した功はあるにしても、概《おほむね》皆時尚を追ふ書估《しよこ》の誅求《ちゆうきう》に応じて筆を走らせたものである。保さんの精力は徒費せられたと謂はざることを得ない。そして保さんは自らこれを知つてゐる。畢竟《ひつきやう》文士と書估との関係はミユチアリスムであるべきのに、実はパラジチスムになつてゐる。保さんは生物学上の亭主役をしたのである。

保さんの作らむと欲する書は、今猶計画として保さんの意中にある。曰《いは》く日本私刑史、曰く支那刑法史、曰く経子一家言、曰く周易一家言、曰く読書五十年、この五部の書が即ち是れである。就中《なかんづく》読書五十年の如きは、啻《たゞ》に計画として存在するのみでは無い、其藁本《かうほん》が既に堆《たい》を成してゐる。これは一種のビブリオグラフイイで、保さんの博渉の一面を窺ふに足るものである。著者の志す所は厳君の経籍訪古志を廓大して、古《いにしへ》より今に及ぼし、東より西に及ぼすにあると謂つても、或は不可なることが無からう。保さんは果して能く其志を成すであらうか。世間は果して能く保さんをして其志を成さしむるであらうか。

保さんは今年大正五年に六十歳、妻佐野氏お松さんは四十八歳、女乙女さんは十七歳である。乙女さんは明治四十一年以降 鏑木《かぶらぎ》清方《きよかた》に就いて画を学び、又大正三年以還跡見女学校の生徒になつてゐる。》

鷗外はここで、あらためて渋江保の来歴を振り返る。志を抱き、学を好み、しかし貧に乏しいため師範学校に入って教職に就き、また英語を学んで、ついにジャーナリズムの世界に身を投ずる。おそらく鷗外はこの保に会い、その〈精力〉と〈博渉〉に感ずる所あったにちがいない。

しかし鷗外はその仕事について、〈概皆時尚を追ふ書估の誅求に応じて筆を走らせたのである。保さんの精力は徒費せられたと謂はざるを得ない〉という。

が、たしかに鷗外はそう感じたにしても、これはかなり〈冷酷な断言〉(磯貝氏)といわざるをえない。かりにもいま書いている「渋江抽斎」の原史料提供者、いやほとんど原作者ともいえる保に対し、いささか傲慢無礼な言辞であるといえよう。

と、少くとも最初にこの部分を読んだとき、私はそう思わざるをえなかった。しかし鷗外がそれに続けて、〈保さんは果して能く其志を成すであらうか。世間は果して能く保さんをして其志を成さしむるであらうか〉という言葉を、鷗外の〈おのれにも投げかけていることば〉(同上)と読めば、鷗外はたしかに、保の姿を己れの姿と二重写しにして見ていると知れるのではないか。

すでに引いたように、あの「妄想」に鷗外はいう。〈生れてから今日まで、自分は何をしてゐるか。始終何物かに策うたれ駆られてゐるやうに学問といふことに齷齪してゐる。これは自分に或る働きが出来るやうに、自分を為上げるのだと思つてゐる〉。しかし〈自分〉は相も変わらず〈未来の幻影を逐うて、現在の事実を蔑にする〉。つねに〈まだ〉目的の地から遠く隔たり、だからつねに〈心の空虚〉を抱え、その意味で〈自分は永遠なる不平家〉にとどまらざるをえないのか。

人は自らの理想を遠くに望む。しかしだからこそ人はその手前の長い道のりを歩まねばならぬ。〈これがために一人の生涯を費すかも知れない。幾多のジエネラシヨンの此間に生じ来り滅し去ることを要するかも知れない〉（その五十七）。が、人はその手前、その途中を歩むことの〈用無用〉を問うべきでない（その四十五）。いや所詮〈無用〉でしかないとしても、人はその途中に、途中の彷徨に耐えるべきだし、現に耐えている。

父抽斎と同じように、保もまた志を高く持ちながら、その途中に、途中の彷徨に耐えているのだ。そしてその姿は、まさに鷗外自身の姿に重なるのではないか。

かくして、抽斎への敬慕、親愛、敬愛、畏敬に出発した鷗外の、一家一族の〈志〉を追尋する旅は、〈保の現在〉に及び、自らの精神の自画像を確認する旅に至ったというべきだろう。

《第二には本所の渋江氏がある。女主人は抽斎の四女陸で、長唄の師匠杵屋勝久さんが是である。既に記したる如く、大正五年には七十歳になつた。

陸が始て長唄の手ほどきをして貰つた師匠は日本橋馬喰町の二世杵屋勝三郎で、馬場の鬼勝と称せられた名人である。これは嘉永三年陸が僅に四歳になつた時だと云ふから、まだ小柳町の大工の棟梁新八の家へ里子に遣られてゐて、そこから稽古に通つたことであらう。

母五百も声が好かつたが、陸はそれに似て美声だと云つて、勝三郎が褒めた。節も好く記《おぼ》えた。三味線は「宵は待ち」を弾く時、早く既に自ら調子を合わせることが出来、めりやす黒髪位に至ると、師匠に連れられて、所々の大浚《おほざらへ》に往つた。

勝三郎は陸を教へるに、特別に骨を折つた。月六斎と日を期して、勝三郎が喜代蔵、辰蔵二人の弟子を伴つて、お玉が池の渋江の邸に出向くと、其日には陸も里親の許から帰つて待ち受けてゐた。陸の浚《さらへ》が畢ると、二番位演奏があつて、其上で酒飯が出た。料理は必ず青柳から為出《しだ》した。嘉永四年に渋江氏が本所台所町に移つてからも、此

出稽古は継続せられた。》

さて、「渋江抽斎」はいよいよ最終段落を迎える。〈その百十三〉より掉尾〈その百十九〉まで、すべてはこの抽斎の四女陸、杵屋勝久のことである。

(なおこの部分、大正五年五月六日、渋江保宛書簡に、〈陸様書付到来陸様書付ハ至極面白ク候ニ付シッカリ書ク考ニ御座候〉とある、いわば陸の自叙伝に則ったもの。かく入手時期が遅れた(すでに連載百回を越えていた)ため、鷗外は〈その百十〉において、陸の〈新築〉を叙しながら〈猶下方に詳記するであらう〉と予告し、この最終部分に纏めて稿を終えたものといえよう。また鷗外はのち、この部分にわずかな加筆をし、「杵屋勝久」と題して、雑誌「邦楽」の第二巻第七号(大正五年十月)、第八号(十一月)、および第三巻第一号(大正六年一月)の三号にわたり転載しているという(稲垣氏)。)

〈その百十三 杵屋勝久〉

《澁江氏が一旦弘前に徙《うつ》つて、其後東京と改まつた江戸に再び還つた時、陸は本所緑町に砂糖店を開いた。これは初め商売を始めようと思つて土著したのではなく、唯《たゞ》稲葉と云ふ家の門の片隅に空地があつたので、そこへ小家を建てゝ住んだのであつた。さて此家に住んでから、稲葉氏と親しく交はることになり、其勧奨に由つて砂糖店をば開いたのである。又砂糖店を閉ぢた後に、長唄の師匠として自立するに至つたのも、同じ稲葉氏が援助したのである。

本所には三百石取以上の旗本で、稲葉氏を称したものが四軒ばかりあつたから、親しく其子孫に就いて質《たゞ》さなくては、どの家かわからぬが、陸を庇護した稲葉氏には、当時四十何歳の未亡人の下に、一旦人に嫁して帰つた家附の女《むすめ》で四十歳位のが一人、松さん、駒さんの兄弟があつた。此松さんは今千秋《せんしう》と号して書家になつてゐるさうである。

陸が小家に移つた当座、稲葉氏の母と娘とは、湯屋に往くにも陸をさそつて往き、母が背中を洗つて遣れば、娘が手を洗つて遣ると云ふやうにした。髪をも二人で毎日種々の髷《まげ》に結つて遣つた。

さて稲葉の未亡人の云ふには、若いものが坐食してゐては悪い、心安い砂糖問屋があるから、砂糖店を出したが好からう、医者の家に生れて、陸は秤目《はかりめ》を知つてゐるから丁度好いと云ふことであつた。砂糖店は開かれた。そして繁昌した。品も好く、秤も好いと評判せられて、客は遠方から来た。汁粉屋が買ひに来る。煮締屋《にしめや》が買ひに来る。小松川あたりからわざ〳〵来るものさへあつた。

或日貴婦人が女中大勢を連れて店に来た。そして氷砂糖、金米糖《こんぺいたう》などを買つて、陸に言つた。「士族の女で健氣《けなげ》にも商売を始めたものがあると云ふ噂を聞いて、わたしはわざ〳〵買ひに来ました。どうぞ中途で罷めないで、辛棒をし徹《とほ》して、人の手本になつて下さい」と云つた。後に聞けば、藤堂家の夫人ださうであつた。藤堂家の下屋敷は両国橋詰にあつて、当時の主人は高猷《たかゆき》、夫人は一族高嶷《たかたけ》の女であつた筈である。

或日又五百と保とが寄席《よせ》に往つた。心打《しんうち》は円朝であつたが、話の本題に入る前に、かう云ふ事を言つた。「此頃緑町では、御大家のお嬢様がお砂糖屋をお始になつて、殊《こと》の外《ほか》御繁昌だと申すことでございます。時節柄結構なお思ひ立で、誰もさうありたい事と存じます」と云つた。話の中に所謂《いはゆる》心学を説いた円朝の面目が窺はれる。五百は聴いて感慨に堪へなかつたさうである。

此砂糖店は幸か不幸か、繁昌の最中《もなか》に閉ぢられて、陸は世間の同情に酬《むく》いることを得なかつた。家族関係の上に除き難い障礙《しやうがい》が生じたためである。

商業を廃して閑暇《かんか》を得た陸の許へ、稲葉の未亡人は遊びに来て、談は偶《たま〳〵》長唄の事に及んだ。長唄は未亡人が曾て稽古したことがある。陸には飯よりも好な道である。一しよに浚《さら》つて見ようではないかと云ふことになつた。未だ一段を終らぬに、世話好の未亡人は驚歎しつゝかう云つた。

「あなたは素人《しろうと》ぢやないではありませんか。是非師匠におなりなさい。わたしが一番に弟子入をします。」》

《稲葉の未亡人の詞《ことば》を聞いて、陸の意は稍動いた。芸人になると云ふことを憚《はゞか》つてはゐるが、どうにかして生計を営むものとすると、自分の好む芸を以てしたいのであつた。陸は母五百の許に往つて相談した。五百は思の外容易《たやす》く許した。

陸は師匠杵屋勝三郎の勝の字を請ひ受けて勝久と称し、公に稟《まう》して鑑札を下付せられた。其時本所亀沢町左官庄兵衛の店《たな》に、似合はしい一戸が明いてゐたので、勝久はそれを借りて看板を懸けた。二十七歳になつた明治六年の事である。

〈その百十四　杵屋勝久〉

此亀沢町の家の隣には、吉野と云ふ象牙《ぞうげ》職の老夫婦が住んでゐた。主人は町内の若《わか》い衆頭《しゆがしら》で、世馴れた、俠気《けふき》のある人であつたから、女房と共に勝久の身の上を引き受けて世話をした。「まだ町住ひの事は御存じないのだから、失礼ながらわたし達夫婦でお指図をいたして上げます」と云つたのである。夫婦は朝表口の揚戸を上げてくれる。晩に又卸してくれる。何から何まで面倒を見てくれたのである。

吉野の家には二人の女《むすめ》があつて、姉をふくと云ひ、妹をかねと云つた。老夫婦は即時に此姉妹を入門させた。おかねさんは今日本橋大坂町十三番地に住む水野某の妻で、子供をも勝久の弟子にしてゐる。

吉野は勝久の事を町住ひに馴れぬと云つた。勝久は曾て砂糖店を出してゐたことはあつても、今所謂愛敬商売の師匠となつて見ると、自分の物馴れぬことの甚しさに気附かずにはゐられなかつた。これまで自分を「お陸さん」と呼んだ人が、忽ち「お師匠さん」と呼ぶ。それを聞く毎にぎくりとして、理性は呼ぶ人の詞《ことば》の妥当なるを認めながら、感情は其人を意地悪のやうに思ふ。砂糖屋でゐた頃も、八百屋、肴屋《さかなや》にお前と呼ぶことを遠慮したが、当時はまだ其辞《ことば》を紆曲《うきよく》にして直《たゞち》に相手を斥《さ》して呼ぶことを避けてゐた。今はあらゆる職業の人に交はつて、誰をも檀《だん》那《な》と云ひ、お上さんと云はなくてはならない。それがどうも出憎《でにく》いのであつた。或時吉野の主人が「好く気を附けて、人に高ぶるなんぞと云はれないやうになさいよ」と忠告すると、勝久は急所を刺されたやうに感じたさうである。

しかし勝久の業は予期したよりも繁昌した。未だ幾ばくもあらぬに、弟子の数は八十人を踰《こ》えた。それに上流の家々に招かれることが漸く多く、後には殆ど毎日のやうに、昼の稽古を終つてから、諸方の邸へ車を馳せることになつた。

最も数《しば〱》往つたのは程近い藤堂家である。此邸では家族の人々の誕生日、其外種々の祝日《いはひび》に、必ず勝久を呼ぶことになつてゐる。

藤堂家に次いでは、細川、津軽、稲葉、前田、伊達、牧野、小笠原、黒田、本多の諸家で、勝久は贔屓《ひいき》になつてゐる。》

〈その百十五　杵屋勝久〉

〈細川家に勝久の招かれたのは、相弟子勝秀が紹介したのである。

《細川家の当主は慶順《よしゆき》であつただらう。勝久が部屋へ下つてゐると、そこへ津軽候が来て、「渋江の女の陸がゐると云ふことだから逢ひに来たよ」と云つた。連の女等は皆驚いた。津軽承昭《つぐてる》は主人慶順の弟であるから、其日の客になつて、来てゐたのであらう。》

〈津軽家へは細川別邸で主公に謁見したのが縁となつて、渋江陸として屢召されることになつた〉。

〈稲葉家へは師匠勝三郎が存命中に初て連れて往つた〉。

〈前田家、伊達家、牧野家、小笠原家、黒田家、本多家へも次第に呼ばれることになつた〉。
《勝久は看板を懸けてから四年目、明治十年四月三日に、両国中村楼で名弘《なびろ》めの大浚《おほざらひ》を催した。浚場《さらひば》の間口の天幕は深川の五本松門弟中、後幕《うしろまく》は魚河岸問屋今和《いまわ》と緑町門弟中、水引は牧野家であつた。其外家元門弟中より紅白縮緬《ちりめん》の天幕、杵勝名取男女中より縹色《はないろ》絹の後幕、勝久門下名取女中より中形縮緬の大額、親密連女名取より茶緞《ちやどん》子《す》丸帯の掛地、木場贔屓《ひいき》中より白縮緬の水引が贈られた。役者はおもひ〳〵の意匠を凝《こら》したびらを寄せた。縁故のある華族の諸家は皆金品を遺《おく》つて、中には老女を遣《つかは》したものもあつた。勝久が三十一歳の時の事である。》

〈その百十六　杵屋勝久〉

《勝久が本所松井町福嶋某の地所に、今の居宅を構へた時に、師匠勝三郎は喜んで、歌を詠じて自ら書し、表装して貽《おく》つた。勝久は此歌に本づいて歌曲松の栄を作り、両国井生村楼《ゐぶむらろう》で新曲開きをした。勝三郎を始として、杵屋一派の名流が集まつた。曲は奉書摺《ずり》の本に為立《した》てゝ客に頒《わか》たれた。緒余《ちよよ》に四つの海を著《あらは》した抽斎が好尚の一面は、図らずも其女陸に藉《よ》つて此の如き発展を遂げたのである。これは明治二十七年十二月で、勝久が四十八歳の時であつた。》

しかるに勝三郎が明治二十九年二月五日に歿した。年七十七。そしてその歿後、長唄杵屋一派に確執が生じ、数年にわたり勝久はその調停に努めた。

〈その百十七　杵屋勝久〉

その派内の葛藤、そして和解に向けて尽瘁する勝久の様子を、鷗外は克明、詳細に跡付ける。結果、葛藤はまったく解けた。〈明治三十六年勝久が五十七歳の時の事で、勝久は終始病を力めて此調停の衝に当ったのである〉

（〈その百十八〉、以上、さながら自然主義、秋声（徳田）の世界に足を踏み入れた趣きである）。

〈その百十八　杵屋勝久〉

鷗外は、その後日のことを記して、さらに次のようにいう。

《二世勝三郎の花菱院《くわいりようゐん》が三年忌には、男女名取が梵鐘《ぼんしよう》一箇を西福寺に寄附した。七年忌には金百円、幕一張《はり》男女名取中、葡萄鼠縮緬幕《ぶだうねずみちりめんまく》女名取中、大額並《ならびに》黒《くろ》絽《ろ》夢想《むさう》袷羽織《あはせはおり》勝久門弟中、十三年忌が三世の七年忌を繰り上げて併せ修せられたときには、木魚一対、墓前花立並綫香立《せんかうたて》男女名取中、十七年忌には蓮華形皿《れんげがたさら》十三枚男女名取中の寄附があつた。又三世勝三郎の蓮生院が三年忌には経箱六箇経本入男女名取中、十三年忌には袈裟《けさ》一領家元、天蓋一箇男女名取中の寄附があつた。此等の文字は、人が或はわたくしの何故にこれを条記して煩を厭《いと》はざるかを怪むであらう。しかしわたくしは勝久の手記を閲《けみ》して、所謂芸人の師に事《つか》ふることの厚きに驚いた。そして此善行を埋没するに忍びなかつた。若《も》しわたくしが虚礼に瞞過《まんくわ》せられたと云ふ人があつたら、わたくしは敢て問ひたい。さう云ふ人は果して一切の善行の動機を看破することを得るだらうかと。》

〈此等の文字は、人が或はわたくしの何故にこれを条記して煩を厭はざるかを怪むであらう〉。たしかに鷗外は（このことを含め、しかし終始）いわば長々と、細々と、〈煩を厭は〉ず記して来た。が、鷗外にも言うべきことがないわけではないのだ。

（それにしても、〈敢て問ひたい〉、〈看破することを得るだらうか〉と、いささかの批判にも、牙をむき出して問いかえす、いわゆる〈鷗外の反噬〉。たしかに鷗外の心の底には、なにかに結ぼれて解きえぬ拘泥があったのかも知れない。が、それはともかく、）

鷗外は「伊澤蘭軒」の最後（その三百七十）に、〈此にわたくしの自ら省みて認めざることを得ざる失錯が胚胎してゐる。即ち異例の長文が人を倦ましめたことである〉といい、さらに〈わたくしの文が長きがために人の厭悪を招いたことは、争ふべからざる事実である〉といい、〈人はわたくしの文の長きに倦んだ〉という。しかし鷗外はこれに対し、〈わたくしは敢て嘲を解かうとはしない〉という。そして〈わたくしは今自家の文の有用無用を論ずることを忌避する〉といい、〈必ずしも其成功不成功を問はず、又必ずしも其有用無用を問はない〉という。

さらに鷗外は、「観潮楼閑話」（「帝国文学」大正六年十月）において、〈わたくしは度々云つた如く、此等の伝記を書くことが有用であるか、無用であるかを論ずることを好まない。只書きたくつて書いてゐる〉という。まさに〈只書きたくつて書いてゐる〉――。

あるいは鷗外に、あらゆる他の批判に揺るがぬ自負、覚悟が萌していたのかも知れない。

鷗外は「空車」（「東京日々新聞」「大阪毎日新聞」大正五年七月六日〜七日）において、大道狭しと行く〈空車〉を語る。〈馬の口を取つてゐる男は背の直《すぐ》い大男である。それが肥えた馬、大きな車の霊でもあるやうに、大股に行く。此男は左顧右眄《さこいうへん》することをなさない。物に遇つて一歩を緩くすることをもなさず、一歩を急にすることをもなさない。旁若無人と云ふ語は此男のために作られたかと疑はれる〉。そして鷗外は、〈わたくしは此空車の行くに逢ふ毎に、目迎へてこれを送ることを禁じ得ない〉と続ける。〈わたくしは此空車が何物をか載せて行けば好いなどとは、かけても思はない。わたくしが此空車と或物を載せた車とを比較して、優劣を論ぜようと思はぬことも、亦言を須たない。縦ひその或物がいかに貴き物であるにもせよ〉。

鷗外の言わんとすることはすでに明らかであろう。鷗外はもはや、すべてのことに対し〈有用であるか、無用であるかを論ずることを好まない〉。ただその車が傍を過ぎ、そして鷗外は〈目迎へてこれを送る〉ばかりなのだ。

〈その百十九　杵屋勝久〉

《勝久の人に長唄を教ふること、今に迨《いた》るまで四十四年である。此間に勝久は名取の弟子僅に七人を得てゐる。明治三十二年には倉田ふでが杵屋久羅《くら》となつた。三十四年には遠藤さとが杵屋勝久美《かつくみ》となつた。四十三年には福原さくが杵屋勝久女《かつくめ》となり、山口はるが杵屋勝久利《かつくり》となつた。大正二年には加藤たつが杵屋勝久満《かつくま》となつた。三年には細井のりが杵屋勝久代《かつくよ》となつた。五年には伊藤あいが杵屋勝久纓《かつくを》をなつた。此外に大正四年に名取になつた山田政次郎の杵屋勝丸もある。しかしこれは男の事ゆゑ、勝久の弟子ではあるが、名は家元から取らせた。今の教育は都《すべ》て官公私立の学校に於て行ふことになつてゐて、勢《いきほひ》集団教育の法に従はざることを得ない。そして其弊を拯《すく》ふには、只個人教育の法を参取する一途があるのみである。是《こゝ》に於て世には往々昔の儒者の家塾を夢みるものがある。然るに所謂芸人に名取の制があつて、今猶牢守《ろうしゆ》せられてゐることには想ひ及ぶものが鮮《すくな》い。尋常許取の濫は、芸人が或は人の誚《そしり》を辞することを得ざる所であらう。しかし夫《か》の名取に至つては、その肯《あへ》て軽々しく仮借せざる所であるらしい。若しさうでないものなら、四十四年の久しい間に、質《ち》を勝久に委《ゆだ》ねた幾百人の中で、能く名取の班に列するものが独り七八人のみではなかつたであらう。

勝久の陸は啻《たゞ》に長唄を稽古したばかりではなく、幼《いとけな》くして琴を山勢氏に学び、踊を藤間ふぢに学んだ。陸の踊に使ふ衣裳小道具は、渋江の家では十二分に取り揃へてあつたので、陸と共に踊る子が手廻り兼ねる家の子であると、渋江氏の方で其相手の子の支度をもして遣つて踊らせた。陸は善く踊つたが、其嗜好が長唄に傾いてゐたので、踊は中途で罷められた。

陸は遠江流の活花《いけばな》をも学んだ。碁象棋《ごしようぎ》をも母五百に学んだ。五百の碁は二段であつた。五百は曾て薙刀《なぎなた》をさへ陸に教へたことがある。

陸の読書筆札の事は既に記したが、稍長ずるに及んでは、五百が近衛予楽院の手本を授けて臨書せしめたさうである。

陸の裁縫は五百が教へた。陸が人と成つてから後は、渋江の家では重ねものから不断著まで殆ど外へ出して裁縫させたことがない。五百は常に、「為立《したて》は陸に限る、為立屋の為事《しごと》は悪い」と云つてゐた。張物も五百が尺《ものさし》を手にして指図し、布目《ぬのめ》の毫《がう》も歪《ゆが》まぬやうに陸に張らせた。「善く張つた切は新しい反物《たんもの》を裁つたやうでなくてはならない」とは、五百の恒《つね》の詞《ことば》であつた。

髪を剃り髪を結ふことにも、陸は早く熟練した。剃ることには、尼妙了が「お陸様が剃つて下さるなら、頭が罅《ひび》欠《かけ》だらけになつても好い」と云つて、頭を委せてゐたので馴れた。結ふことはお牧婆あやの髪を、前髪に張の無い、小さい祖母子《おばこ》に結つたのが手始で、後には母の髪、妹の髪、女中達の髪までも結ひ、我髪は固《もと》より自ら結つた。唯《たゞ》余所行の我髪だけ母の手を煩はした。弘前に徙《うつ》つた時、浅越玄隆、前田善二郎の妻、松本甲子蔵の妹などは菓子折を持つて来て、陸に髪を結つて貰つた。陸は礼物を卻《しりぞ》けて結つて遣り、流行《はやり》の飾をさへ贈つた。

陸は生得おとなしい子で、泣かず怒らず、饒舌《ぜうぜつ》することもなかつた。しかし言動が快活なので、剽軽者《へうきんもの》として家人にも他人にも喜ばれたさうである。その人と成つた後に、志操が堅固で、義務心に富んでゐることは、長唄の師匠としての経歴に徴して知ることが出来る。

牛込の保さんの家と、其保さんを、父抽斎の継嗣たる故を以て、始終「兄いさん」と呼んでゐる本所の勝久さんの家との外に、現に東京には第三の渋江氏がある。即ち下渋谷の渋江氏である。

下渋谷の家は脩の子終吉さんを当主としてゐる。終吉は図案家で、大正三年に津田青楓《せいふう》さんの門人になつた。大正五年に二十八歳である。終吉には二人の弟がある。前年に明治薬学校の業を終へた忠三さんが二十一歳、末男さんが十五歳である。此三人の生母福嶋氏おさださんは静岡にゐる。牛込のお松さんと同齢で、四十八歳である。》

大団円。もう私に語るべき言葉はなにもない。ただ保が、陸が、終吉が、そしてさらには鷗外が、それぞれの〈空車〉をひいて、私の傍を通り過ぎるのを見送るばかりである。

*

年譜

文久二年（一八六二）　**一歳**

一月十九日（旧暦）、石見国鹿足郡津和野町に、父吉次氏静泰（静男）、母森氏ミ子（峰子）の長男として生まれる。名は林太郎、諱《いみな》は高湛《たかやす（しず）》。鷗外漁史、千朶山房主人、観潮楼主人などと号す。家は代々藩主亀井家の典医。

慶應三年（一八六七）　**六歳**

九月五日、弟篤次郎（のち筆名三木竹二）生まれる。十一月、村田久兵衛に論語を学ぶ。

慶應四年・明治元年（一八六八）　**七歳**

三月、米原綱善に孟子を学ぶ。

明治二年（一八六九）　**八歳**

藩校養老館へ四書復読に通う。

明治三年（一八七〇）　**九歳**

養老館へ五経復読に通う。父にオランダ文典を学ぶ。十一月二十九日、妹キミ（喜美子、のち小金井氏）生まれる。

明治四年（一八七一）　**十歳**

養老館へ左国史漢復読に通う。夏、室良悦にオランダ文典を学ぶ。十一月、養老館廃校。

明治五年（一八七二）**十一歳**
六月二十六日、旧藩主に従って上京する父に伴われ出郷。八月、向島小梅村の亀井家下屋敷内に住む。ついで同所曳舟通りに移り、十月頃、神田小川町の西周邸に寄寓、本郷壱岐坂の進文学社へ通い、ドイツ語を学ぶ。

明治六年（一八七三）**十二歳**
六月、祖母清、母峰子、弟篤次郎、妹喜美子ら上京。

明治七年（一八七四）**十三歳**
一月、下谷の東京医学校予科に入学。規定年齢に達しないため、願書には万延元年（一八六〇）生まれとする。以後、公的にはこれを用いた。

明治八年（一八七五）**十四歳**
四月、父小梅村に家を買う。

明治九年（一八七六）**十五歳**
十二月、東京医学校、本郷元富士見へ移転。その寄宿舎に入り、官費生となる。この頃、依田学海に漢文を学ぶ。

明治十年（一八七七）**十六歳**
四月、東京医学校、東京開成学校と合併、東京大学医学部と改称、その本科生となる。同窓に、賀古鶴所、小池正直、中浜東一郎らがいる。

明治十二年（一八七九）　**十八歳**

四月十五日、弟潤三郎生まれる。父、千住に橘井《きっせい》堂医院を開く。

明治十三年（一八九〇）　**十九歳**

この年、寄宿舎を出て、本郷竜岡町下宿屋上条に転居。

明治十四年（一八九一）　**二十歳**

春、肋膜炎に罹る。三月、上条出火のため、ノート類を失う。七月、大学卒業。成績八位につき、文部省奨学生となる夢遠退く。父の家で医療を手伝う。両親の希望に沿い、十二月十六日、陸軍に入り、陸軍軍医副に任ぜられ、東京陸軍病院課僚を命ぜられる。

明治十五年（一八八二）　**二十一歳**

二月、陸軍軍医、かたわら私立東亜医学校で衛生学を講ず。五月、本部課僚となり、プロシァ陸軍衛生制度の調査に従う。従七位となる。

明治十六年（一八八三）　**二十二歳**

五月、軍医名称変更により、陸軍二等軍医となる。

明治十七年（一八八四）　**二十三歳**

六月、陸軍衛生制度調査および軍陣衛生学研究のためドイツ留学を命ぜられる。七月二十八日、天皇に拝謁、八月二十三日、東京出発、翌日、フランス船メンザレエ号にて横浜出航。十月七日、マルセイユ着、十一日、ベルリンに至る。十月二十二日、ライプチッヒに移り、ライプチッヒ大学ホフマン教授に師事する。

明治十八年（一八八五）**二十四歳**

「日本兵食論」「日本家屋論」（ともに独文）の著述に従う。五月、陸軍一等軍医に昇進。ドレスデンへ行き負傷兵運搬演習参観。八月二十七日から九月十二日へかけて、ドイツ第十二軍団秋季演習に参加。「文づかひ」の材料を得る。十月十一日、ドレスデンへ移り、ザクセン軍医監ロートの知遇を得、冬季軍医学講習会に出席する。

明治十九年（一八八六）**二十五歳**

正月、ドレスデン王宮の賀に列す。一月二十九日、地学協会にて講演。三月六日、地学協会年祭にてナウマンに論駁。同八日、ミュンヘンに移り、ミュンヘン大学ペッテンコオフェル教授に師事。十二月、ナウマンへの駁論発表。なお原田直次郎らを知る。

明治二十年（一八八六）**二十六歳**

四月十六日、ベルリンに移る。十八日、マリー街、五月十五日、クロステル街に転居。その間、ベルリン大学教授コッホの衛生試験所に入る。十一月、石黒忠悳軍医監を迎え、九月から十月にかけて石黒に従い、カルルスルウェおよびウィーンでの国際赤十字および衛生学の会合に出席、日本代表に代わって演説する。

明治二十一年（一八八八）**二十七歳**

三月十一日、プロシァ近衛軍団歩兵第二連隊第二大隊に隊付医官として入隊。四月、妹喜美子、東大医学部教授小金井良精に嫁す。七月五日、石黒軍医監に従ってベルリン出発、アムステルダムから、ロンドン、パリを経てマルセイユ、それよりフランス船アヴァ号にて、九月八日横浜入港。帰国後ただちに陸軍軍医学舎（のち学校と改称）教官に就任。同十二日、ドイツ女性エリーゼ・ヴィーゲルト、ドイツ船ゲネラル・ヴェルダー号にて来日、彼女は十月十七日、同じくゲネラル・ヴェルダー号にて帰国（小金井良精の日記による）。十一月、陸軍大学校教官兼任。十二月、『非日本食論将失其根拠』（橘井堂）を私費刊行。

明治二十二年（一八八九）　**二十八歳**

一月三日、「読売新聞」に「小説論」を載せる。また一月号より「東京医事新誌」の主筆として「緒論」欄を設け、戦闘的啓蒙に乗り出す。二月二十四日、西周の代理官内広の媒酌で海軍中将男爵赤松則良長女登志子と結婚。三月六日裁可。またこの月、衛生学啓蒙雑誌「衛生新誌」を刊行。五月末、下谷花園町赤松家持家に移居。七月、東京美術学校美術解剖学講師となる。八月、「国民之友」（夏期付録）へ新声社訳「於母影」を発表、その稿料で、十月、「しがらみ草紙」を創刊、「『しがらみ草紙』の本領を論ず」等を書く。十一月、「東京医事新誌」主筆の座を追われるも、間髪をおかず、十二月、「医事新論」を創刊、反攻に出る。

明治二十三年（一八九〇）　**二十九歳**

一月、「国民之友」に「舞姫」を発表。二月より五月にかけて、石橋忍月といわゆる「舞姫」論争を展開。八月、「しがらみ草紙」に「うたかたの記」を発表。またこの間「ふた夜」（ハックレンデル）「埋れ木」（シュビン）等翻訳、および評論「外山正一氏の画論を駁す」等評論多数。九月「衛生新誌」と「医事新論」を合併して「衛生療病志」とする。同十三日、長男於菟出生。十月、花園町の家を出て、本郷駒込千駄木町（千朶山房）に移り、登志子と離婚。

明治二十四年（一八九一）　**三十歳**

一月、『文づかひ』（新書百種）を吉岡書店より刊行。八月、医学博士となる。九月、「しがらみ草紙」に「山房論文」欄を設け、坪内逍遥とのいわゆる没理想論争に突入、二十五年六月に及ぶ。

明治二十五年（一八九二）　**三十一歳**

一月、本郷駒込千駄木町（千朶山房）に転居、父母、祖母らと同居。七月、『水沫集（美奈和集）』を春陽堂より刊行。八月、新たに観潮楼を建てる。九月、慶応義塾講師となり審美学を講じはじめる。十一月、「しがらみ草紙」に「即興詩人」の翻訳を始める。

明治二十六年（一八九三）　**三十二歳**

五月、「衛生療病志」に「傍観機関」を執筆しはじめる。十一月、陸軍一等軍医正に進み、陸軍軍医学校長となる。

明治二十七年（一八九四）　**三十三歳**

八月、日清戦争勃発にともない、二十七日、中路兵站軍医部長として朝鮮釜山に赴き、十月、第二軍兵站軍医部長となって広島で執務。同月十六日、宇品から出征、大連、旅順口などを転戦。ために「衛生療病志」「しがらみ草紙」を廃刊。

明治二十八年（一八九五）　**三十四歳**

年初以来、大連、金州などを移動、日清講和成立により、五月二十二日、宇品に帰還。同月二十四日、台湾の反乱鎮圧にともない、ふたたび宇品を発ち、六月十一日台北着、以後三ヶ月余台北にあり、十月四日、東京に凱旋。この間、陸軍軍医監に昇進、十月末日、陸軍軍医学校長に復職。

明治二十九年（一八九六）　**三十五歳**

一月、ふたたび陸軍大学校教官兼任。同月「めさまし草」創刊、以下、幸田露伴、斎藤緑雨と組んだ作品合評「三人冗語」、依田学海、饗庭篁村、森田思軒らを加えた作品合評「雲中語」を連載。四月四日、父静男死去。十二月、春陽堂より『都幾久斜《つきくさ》（月草）』を刊行。

明治三十年（一八九七）　**三十六歳**

一月、中浜東一郎、青山胤通らと「公衆医事」創刊。五月、春陽堂より喜美子との翻訳、評論集『かげ草』刊行。八月、小説「そめちがへ」（「新小説」）を発表。

明治三十一年（一八九八）　**三十七歳**

二月より、フォルケルト「審美新説」を「めさまし草」に連載。十月、近衛師団軍医部長兼陸軍軍医学校長となる。十一月、西家より『西周伝』を出す。

明治三十二年（一八九九）　**三十八歳**

六月、ハルトマン『美の哲学』の編訳『審美綱領』を春陽堂より刊行。同月、小倉第十二師団軍医部長を命ぜらる。十九日、小倉着。十二月、師団将校のため、クラウゼヴィッツ『戦論』の講述をはじめる。

明治三十三年（一九〇〇）　**三十九歳**

元旦、「鷗外漁史とは誰ぞ」を「福岡日日新聞」に書く。旧妻赤松登志子死去。二月、フォルケルト『審美新説』を春陽堂より刊行。弟篤次郎（三木竹二）「歌舞伎」を発刊。十二月より、小倉安国寺の玉水俊虠との間に、唯識論と西洋哲学入門との交換教授をはじめる。

明治三十四年（一九〇一）　**四十歳**

一月、「めさまし草」にひきつがれていた「即興詩人」の翻訳完成。

明治三十五年（一九〇二）　**四十一歳**

一月四日、東京で、大審院判事荒木博臣長女志げ（二十三歳、再婚）と結婚。二月、「めさまし草」廃刊。春陽堂よりリイプマン『審美極致論』を出版。三月、第一師団軍医部長に任命され、二十八日、東京に帰る。六月、上田敏らと「芸文」をはじめたが、やがて「万年艸」を創刊。九月、アンデルセン原作『即興詩人』を春陽堂より刊行。十二月、処女戯曲「玉篋両浦嶼」（「歌舞伎」号外）を発表。

明治三十六年（一九〇三）　**四十二歳**

一月七日、長女茉莉《まり》生まれる。二月、画報社より『芸用解剖学』（久米桂一郎共撰）、九月、国光社より長詩『長宗我部信親』を、十月、春陽堂よりゴビノオ『人種哲学梗概』を、十一月軍事教育会よりクラウゼヴィッツ『大戦学理』二巻（『戦論』改訂）をそれぞれ刊行。

明治三十七年（一九〇四）　**四十三歳**

二月、日露開戦。三月二十一日、第二軍軍医部長として東京を出発、広島に赴く。四月二十一日、宇品を出港、五月八日、猴児石に上陸、以後、各地に転戦。ために三月、「万年艸」を廃刊。またこの間、「第二軍の歌」を手はじめに、陣中詠「うた日記」の稿をおこす。五月、春陽堂よりヒンメルスチェルナ『黄禍論梗概』を出す。

明治三十八年（一九〇五）　**四十四歳**

九月、日露講和成る。十二月、満州各地を巡回。

明治三十九年（一九〇六）　**四十五歳**

一月十二日、東京に凱旋。五月、春陽堂より『水沫集』改訂版刊行。六月、賀古鶴所とともに、山県有朋をかこむ歌会常磐会を結成。七月十二日、祖母清子死去。八月、第一師団軍医部長に復し、陸軍軍医学校長事務取扱兼勤務を命ぜられる。十一月、春陽堂より、評伝『ゲルハルト、ハウプトマン』出版。

明治四十年（一九〇七）　**四十六歳**

三月、「明星」の与謝野寛、「馬酔木」の伊藤左千夫、「心の花」の佐佐木信綱らと観潮楼歌会を興す。六月、西園寺公望主催の雨声会に出席。七月、千葉県夷隅郡東海村字日在に別荘を建て、鷗荘と名づく。八月四日、二男不律出生。九月、春陽堂より『うた日記』を出版。同月、文部省美術展覧会美術審査委員（洋画部門）となり、以後、大正七年まで続ける。十一月十三日、小池正直のあとをついで陸軍省医務局長（陸軍軍医総監）に補せらる。

明治四十一年（一九〇八）　**四十七歳**

一月十日、弟篤次郎（三木竹二）、二月五日、二男不律死去。五月、文部省臨時仮名遣調査委員会委員となる。六月、同会にて「仮名遣意見」を述べ、文部省案に反対。コッホ夫妻来朝、歓迎の事にあたる。裳陰会より『能久親王事蹟』を出す。『仮名遣意見』を私費印刷して頒かつ。十一月、文部次官に美術院または文芸院設立の建議。この年、小説、戯曲の翻訳多数。

明治四十二年（一九〇九）　**四十八歳**

一月、「明星」廃刊のあとを受けて「スバル（昴、すばる）」創刊され、これを機に創作活動旺盛となる。一月、戯曲「プルムウラ」（「昴」）、三月、「半日」（同）、四月、戯曲「仮面」（同）、五月、「懇親会」（「芸術之日本」）、「追儺《ついな》」（「東亜之光」）。五月二十七日、二女杏奴出生。六月「魔睡」（「昴」）、「大発見」（「心の花」）。翻訳戯曲集『一幕物』を易風社から刊行。六月、臨時国語調査会会長となる。七月、「キタ・セクスアリス」（「昴」）、しかし発禁となる。また文学博士となる。七月～九月、イプセン「ジョン・ガブリエル・ボルクマン」（「国民新聞」）訳出。八月、「鶏」（「昴」）、九月、「金貨」（同）、対話「団子坂」（同）。九月～十月、ワイルド「サロメ」（「歌舞伎」）訳出。十月、「金毘羅」（「昴」）、リルケ「家常茶飯」（「太陽」）訳出。十一月、戯曲「静」（「昴」）、対話「影と形」（同）。『ジョン・ガブリエル・ボルクマン』を画報社ほり刊行。同二十七日～二十八日、有楽座において市川左団次、小山内薫「自由劇場」第一回公演にて上演される。

明治四十三年（一九一〇）**四十九歳**

一月、「独身」（「昴」）、「杯」（「中央公論」）、「牛鍋」（「心の花」）、「電車の窓」（「東亜之光」）、「木精《こだま》」（「朝日新聞」）。翻訳小説集『黄金杯』を春陽堂より、翻訳戯曲集『続一幕物』を易風社より刊行。二月、「里芋の芽と不動の目」（「昴」）。慶応義塾文学部刷新の事に当たり、顧問となり、永井荷風を教授に推挙。三月～四十四年八月、「青年」（「昴」）、四月、戯曲「生田川」（「中央公論」）、五月、「桟橋」（「三田文学」）。いわゆる大逆事件発覚。六月、「普請中」（同）、「ル・パルナス・アンビユラン」（「中央公論」）、七月、「花子」（「三田文学」）、八月、「あそび」（同）、ポオ「うづしほ」（「文芸倶楽部」）訳出。九月「フアスチエス」（同）。なおこの頃より、軍医の人事権をめぐり石本新六次官らと対立、翌年十月に及ぶ。十月、翻訳小説集『現代小品』を大倉書店より、創作集『涓滴』を新潮社より刊行。妻しげ、短篇小説集『あだ花』を好学館より出版。十一月、「沈黙の塔」（「三田文学」）、「身上話」（「新潮」）、十二月、「食堂」（「三田文学」）。

明治四十四年（一九一一）**五十歳**

一月、「蛇」（「中央公論」）、翻訳戯曲集『人の一生・飛行機』を春陽堂より刊行。二月、「カズイスチカ」（「三田文学」）、二月～四月、ハウプトマン「寂しき人々」（「読売新聞」）、創作集『烟塵』を春陽堂より刊行。二月十一日、三男類誕生。対話「さへづり」（「三越」）、三月～四月、「妄想」（「三田文学」）、五月、「藤鞆絵」（同）。文部省文芸委員会委員となる。七月、「流行」（「三越」）、ハウプトマン『寂しき人々』を金尾文淵堂より出版。八月、「心中」（「中央公論」）、美術委員審

査会第二部（洋画）主任となる。九月〜大正二年五月、「雁」（「昴」）。十月、「百物語」（「中央公論」）、十月〜大正元年十二月、「灰燼」（「三田文学」未完）。

明治四十五＝大正元年（一九一二）**五十一歳**

一月、「かのやうに」（「中央公論」）、「不思議な鏡」（「文章世界」）。四月、「鼠坂」（「中央公論」）、四月〜九月、シュニッツレル「恋愛三昧」（「歌舞伎」）、五月、「吃逆《しゃっくり》」（「中央公論」）。六月、「藤棚」（「太陽」）。七月三十日、明治天皇崩御。シュニッツレル『みれん』を籾山書店より刊行。八月、「羽鳥千尋」（「中央公論」）、創作戯曲集『我一幕物』を籾山書店より出版。九月、「田楽豆腐」（「三越」）。十三日、大葬の日、乃木希典、静子夫妻殉死。十月、殉死小説「興津弥五右衛門の遺書」（「中央公論」）、以後、歴史小説執筆に入る。

大正二年（一九一三）**五十二歳**

一月、「阿部一族」（「中央公論」）、「ながし」（「太陽」）。翻訳では、一、三月、『ファウスト』第一、第二部を冨山房より、二月、『恋愛三昧』を現代社より刊行。『青年』を籾山書店より出版。三月、翻訳戯曲集『新一幕物』を籾山書店より刊行。四月、「佐橋甚五郎」（「中央公論」）、五月、翻訳小説集『十人十話』を実業之日本より刊行。六月、第一歴史小説集『意地』を籾山書店より刊行。七月、短篇小説集『走馬燈　分身』を籾山書店より刊行。『マクベス』（坪内逍遥序文）を警醒社より出版。十月「護寺院原の敵討」（「ホト、ギス」）。十一月、『ギヨオテ伝』『ファウスト考』を冨山房より刊行。イプセン『ノラ』を警醒社より刊行。

大正三年（一九一四）**五十三歳**

一月、「大塩平八郎」（「中央公論」）、「大塩平八郎」（同附録）（「三田文学」）、二月、「堺事件」（「新小説」）、二月〜八月「ギヨツツ考」（「三田文学」）、三月、戯曲「曽我兄弟」（「新小説」）、随筆「サフラン」（「番紅花」）、四月、「安井夫人」

（「太陽」）、小説集『かのやうに』を籾山書店より刊行。五月、歴史小説集『天保物語』を鳳鳴社より出版。軍隊衛生視察のため、約二週間東北を巡回する。七月、ホフマンスタアル『謎』を現代社よ刊行。九月、「栗山大膳」（「太陽」）。十月、『堺事件』を鈴木三重吉編現代名作集第二篇として刊行。

大正四年（一九一五）　**五十四歳**

一月、「山椒大夫」（「中央公論」）、随筆「歴史其儘と歴史離れ」（「心の花」）、翻訳小説集『諸国物語』を国民文庫刊行会より出版。二月、評論随筆集『妄人妄語』を至誠堂書店より刊行。四月、「津下四郎左衛門」（「中央公論」）、「天寵」（「アルス」）。五月、中絶していた『雁』を完結し、籾山書店より刊行。六月、「二人の友」（「アルス」）、七月、「魚玄機」（「中央公論」）、八月、「余興」（「アルス」）、「本家分家」（未発表）。九月、「ぢいさんばあさん」（「新小説」）、詩歌集『沙羅の木』を阿蘭陀書房より刊行。十月、「最後の一句」（「中央公論」）、翻訳戯曲集『稲妻』を千乃山房叢書第一篇として出版。十一月、東京日日新聞社客員となる。同八日〜十八日まで、天皇即位の大礼に参列のため京都に赴く。大嶋次官に退官の意志を伝える。十二月、創作集『塵泥《ちりひぢ》』を千章館より出版。この年、さかんに武鑑の蒐集をする。澁江抽斎の遺族とめぐりあう。

大正五年（一九一六）　**五十五歳**

一月、「高瀬舟」（「中央公論」）、「寒山拾得」（「新小説」）、同月一日〜八日、「椙原品」を「東京日日新聞」「大阪毎日新聞」に連載。同十三日〜五月十七日、「渋江抽斎」を同紙に連載（ただし「日々」は五月二十日まで）。三月十三日、陸軍省医務局長を辞し、予備役に編入される。十八日、母峰子死去。五月六日〜七日、随筆「空車」を「東京日日新聞」「大阪毎日新聞」に掲載。五月十八日〜六月十四日、「寿阿弥の手紙」を同紙に連載（ただし「日日」は五月二十一日より）。ギョオテ『ギヨツツ』を三田文学会より刊行。六月二十五日〜六年九月四日、「伊澤蘭軒」を同紙に連載（ただし「日々」は六年九月五日まで）。

大正六年（一九一七）　**五十六歳**

一月一日〜七日、「都甲太兵衛」を「東京日日新聞」「大阪毎日新聞」に連載。九月、随筆「なかじきり」（「斯論」）。六日〜十八日、「鈴木藤吉郎」（同紙）、十九日〜十月十三日、「細木香以」（同、ただし「日々」は十一日まで）、十四日〜二十八日、「小嶋宝素」（同、ただし「大毎」は十六日より）。同二十九日〜十二月二十六日、「北条霞亭」（同、ただし「日々」は三十日より）。十二月二十五日、帝室博物館総長兼図書頭に任ぜられ、高等官一等となる。

大正七年（一九一八）　**五十七歳**

一月一日〜十日、随筆「礼儀小言」を「東京日日新聞」「大阪毎日新聞」に連載（ただし「大毎」は同月五日〜十四日）。二月〜九年一月、「北条霞亭」続編（「帝国文学」）。二月、創作集『高瀬舟』を春陽堂より出版。九月、美術審査委員会第三部（彫塑）主任となる。十一月、正倉院曝涼のため奈良に出張。十二月、病臥して在家十五日間にわたる。

大正八年（一九一九）　**五十八歳**

五月、翻訳小説集『蛙』を玄文社より出版。九月、帝国美術院長となる。十月、歴代天皇の謚号出典の考証「帝謚考《ていし》」の稿をおこす。十二月、史伝集『山房札記』を春陽堂より出版。

大正九年（一九二〇）　**五十九歳**

一月下旬より二月中旬、腎臓炎のため臥床。三月六日、警察官のため社会問題を講ず。十月〜十年十一月、「霞亭生涯の末一年」を「アララギ」に連載。常磐会解散。

大正十年（一九二一）　**六十歳**

三月、『帝謚考』を宮内省図書寮より刊行。四月、年号の出典考証「元号考」の稿をおこす。六月、臨時国語調査会会長となる。七月、ストリンドベルヒ『ペリカン』を善文社より出版。十月、森林太郎訳文集巻一『独逸新劇篇』を春陽堂より出版。十一月、第二期「明星」創刊され、「古い手帳から」の連載をはじめる。このころより、下肢に浮腫生ず。

大正十一年（一九二二）　**六十一歳**

四月三十日、英国皇太子正倉院参観のため奈良に赴き、五月八日、帰京。しかしこの間、多く病臥。病状進み、六月十五日より欠勤。二十九日、はじめて額田晉の診療を受く。病名萎縮腎、肺結核の進行も認められる。七月六日、遺言して賀古鶴所に筆受せしむ。九日、午前七時、歿。死の直前、従二位に叙せらる。十二日、谷中斎場にて葬儀。十三日、遺骨は向島弘福寺に埋葬されるが、のち三鷹市禅林寺に移される。墓表は遺言に従い、「森林太郎墓」とのみ中村不折の書にて彫られる。

〈付記〉本年譜作成に当たり先行年譜を参照したが、特に久保田芳太郎、竹盛天雄「年譜」（『日本現代文学全集（7）森鷗外集』講談社、昭和三十七年三月）、稲垣達郎「年譜」（『森鷗外必携』学燈社、昭和四十三年二月）、磯貝英夫「年譜」（『鑑賞日本現代文学（1）森鷗外』角川書店、昭和五十六年八月）に負うところ大きく、記して謝意にかえたい。

著書目録（抄）

水沫集（美奈和集）　創作、翻訳集　明治二十五年七月二日（春陽堂）
うたかたの記、舞姫、文づかひ、於母影（新声社訳）、その他

月草（都幾久斜）　評論集　明治二十九年十二月十八日（春陽堂）
柵草紙の山房論文、その他

かけ草（かけくさ）　翻訳小説、評論集　明治三十年五月二十八日（春陽堂）

西周伝　伝記　明治三十一年十一月二十一日（西紳六郎）

審美綱領（上、下二巻、大村西崖共編）　評論　明治三十二年六月二十九日（春陽堂）

審美新説　評論　明治三十三年二月二十三日（春陽堂）

大戦学理（巻一、巻二、クラウゼギッツ著）　翻訳戦術理論　明治三十六年十一月五日（軍事教育会）

即興詩人（上、下、アンデルセン原作）　翻訳小説　明治三十五年九月一日（春陽堂）

玉篋両浦嶼　戯曲　明治三十五年十二月二十九日（歌舞伎発行所）

ゲルハルト、ハウプトマン　評伝　明治三十九年十月二十日（春陽堂）

うた日記　詩歌集　明治四十年九月十五日（春陽堂）

涓滴　小説集　明治四十三年十月十六日（新潮社）
杯、花子、独身、桟橋、あそび、普請中、木精、大発見、電車の窓、追儺、懇親会、牛鍋、里芋の芽と不動の目、ル・パルナス・アンビユラン

烟塵　小説集　明治四十四年二月十五日（春陽堂）
鶏、身上話、フアスチエス（対話）、金貨、金毘羅、沈黙の塔、そめちがへ

我一幕物　戯曲集　大正元年八月十五日（籾山書店）
玉篋両浦嶼、生田川、静、日蓮聖人辻説法、仮面、なのりそ、団子坂（対話）、さへづり（対話）、影（煤烟の序に代ふる対話）、建築師（序に代ふる対話）、長宗我部信親（叙事詩）

ファウスト（第一部、第二部）　翻訳戯曲、一部―大正二年一月十五日、二部―大正二年三月二十二日（冨山房）

青年　小説　大正二年二月十日（籾山書店）

意地　小説集　大正二年六月十五日（籾山書店）
阿部一族、興津弥五右衛門の遺書、佐橋甚五郎

走馬燈　分身（二冊一ツ函）　小説集　大正二年七月五日（籾山書店）
走馬燈――藤鞆絵、蛇、心中、鼠坂、羽鳥千尋、百物語、ながし
分身――妄想、カズイスチカ、流行、不思議な鏡、食堂、田楽豆腐

マクベス　翻訳戯曲　大正二年七月二十三日（警醒社）

ノラ　翻訳戯曲　大正二年十一月十三日（警醒社）

ギヨオテ伝　伝記　大正二年十一月十七日（冨山房）

ファウスト考　研究　大正二年十一月十七日（冨山房）

かのやうに　小説集　大正三年四月五日（籾山書店）
かのやうに、吃逆、藤棚、鎚一下

天保物語　小説集　大正三年五月七日（鳳鳴社）
護持院原の敵討、大塩平八郎（附録あり）

堺事件　小説集　大正三年十月二十三日（鈴木三重吉）
堺事件、安井夫人

諸国物語　翻訳小説集　大正四年一月十五日（国民文庫刊行会）

妄人妄語　評論随筆集　大正四年二月二十二日（至誠堂）
妄人妄語、長谷川辰之助、サフラン、その他

雁　小説　大正四年五月十五日（籾山書店）

沙羅の木　訳詩、創作詩歌集、大正四年九月五日（阿蘭陀書房）
沙羅の木、我百首、その他

塵泥（ちりひぢ）　小説集　大正四年十二月二十三日（千章館）
うたかたの記、文づかひ、舞姫、そめちがへ

高瀬舟　小説集　大正七年二月十五日（春陽堂）
高瀬舟、ぢいさんばあさん、最後の一句、山椒大夫、寒山拾得、魚玄機、二人の友、天寵、余興、曽我兄弟（脚本）、女がた（同）

山房札記　史伝小説集　大正八年十二月十八日（春陽堂）

栗山大膳、椙原品、都甲太兵衛、寿阿弥の手紙、鈴木藤吉郎、細木香以、津下四郎左衛門

伊澤蘭軒（森林太郎創作集巻一）　史伝　大正十二年八月十三日（春陽堂）

鷗外全集（全十八巻）　大正十二年一月三十日～昭和二年十月二十一日（鷗外全集刊行会）

〈付記〉主として小説集、詩歌集、戯曲集、評論集等を挙げた。ただし初版本について記し、異版は省いた。翻訳小説集、翻訳戯曲集、医学、医事論等はおおむね省いた。作成にあたって、稲垣達郎篇『森鷗外必携』（学燈社、昭和四十三年二月）を参照した。

あとがき

早稲田に入学して以来、私はずっと稲垣達郎先生の教えを受けた。言うまでもなく、鷗外研究の泰斗である。大学院に進むと、同級に山崎一穎氏がいた。日本近代文学会に入り、同年の小泉浩一郎氏を知った。ほどなく竹盛天雄氏が早稲田の教壇に帰られ、のち私も早稲田の教壇に立った。

同じ研究室に清水茂氏がおられた。同人として加わった文学批評の会で久保田芳太郎氏を知った。こうして私は鷗外研究の碩学たち、あるいはやがて碩学となる人たちに囲まれて、〈門前の小僧習わぬ経読み〉、今日に至った。のみならず、大屋幸世氏、千葉俊二氏、宗像和重氏、さらに酒井敏氏、井上優氏等、錚々たる鷗外研究者と交わり、つねに刺激を受けて来た。本書はその間に、少しずつ書き綴ったものの集成である。

初出、原題等は次のごとくである。

Ⅰ

「舞姫」論―うたかたの賦―
「早稲田大学感性文化研究所紀要」第五号（平成二十一年四月）

「文づかひ」論―イイダの意地―
『講座　森鷗外　第二巻　鷗外の作品』（新曜社、平成九年五月）

「灰燼」論―挫折の構造―
「文学年誌」第二号（昭和五十一年十一月）、のち『鷗外と漱石―終りない言葉―』（三弥井書店、昭和六十一年十一月）に収録。

「阿部一族」論―剽窃の系譜―
一　先行論文への疑義
「文学年誌」第八号（昭和六十一年九月）、原題は「『阿部一族』論への前提―先行論文への疑義―」
二　原拠『阿部茶事談』増補過程の検討
「国文学研究」第八十八集（昭和六十一年三月）、原題は「『阿部一族』論への前提―原拠『阿部茶事談』増補過程の検討―」
三　『阿部茶事談』原本の性格
「比較文学年誌」第二十二号（昭和六十一年三月）、原題は「『阿部一族』論への前提―『阿部茶事談』原本の性格―」
四　『阿部茶事談』増補の趨向
「国文学研究」第九十集（昭和六十一年十月）、原題は「『阿部一族』論への前提―『阿部茶事談』増補の趨向―」
五　「阿部一族」―もう一つの異本―（未発表）
のち一括して『鷗外と漱石―終りない言葉―』に収録。なお今回、夏目漱石の『文学論』第五篇第五章の一節をプロローグ風に書き添えた。

「大塩平八郎」論―枯寂の空―
未発表。従来の講義ノートより今回成稿した（以下同じ）。
「安井夫人」論―稲垣論文に拠りつつ―
未発表。

II

鷗外記念館を訪ねて
「早稲田大学新聞」（平成四年五月二十八日）
「うたかたの記」
「日本近代文学」第十八集（昭和四十八年五月）
「灰燼」について考えていること
「日本近代文学館」第三十三号（昭和五十一年九月）
「大塩平八郎」
「解釈と鑑賞」（昭和四十六年十二月）

鷗外二題

「繡」第二十一号（平成二十一年三月）

「歴史其儘と歴史離れ」

「国文学研究」第百五十九集（平成二十一年十月）

III

抽斎私記

未発表。

このうち「『灰燼』論」と「『阿部一族』論」は、前著『鷗外と漱石—終りない言葉—』からの再録となる。この書を上梓した折、多くの人々より書評を寄せていただいた。たとえば三好行雄氏は「国文学研究」第九十四集（昭和六十三年三月）に。以下、後半の鷗外論に言及された部分を抜粋する。

《漱石論にややこだわり過ぎたようだが、これは鷗外論の二篇には、さしあたって批判の余地がないというに尽きる。「『灰燼』論—挫折の構造—」は方法的に漱石論の延長上にある論文だが、『灰燼』の執筆と挫折を、当時、鷗外の直面していた「人間の絶対的な危機」の感覚と重ねて論じようという意図は、小説の一行一行に分けいり、行間の声を聞くという執拗かつ丹念な分析と、意識家鷗外についての明晰な解析とによって、みごとな説得力をそなえている。著者の意図は「絶対の〈覚者〉山口節蔵」を創造した鷗外のモチーフのなかに、いわば『灰燼』を挫折にみちびいた逆説をさぐる試みとして要約できると思うが、その結論はつぎのような形で示される。

鷗外が絶対の〈覚者〉山口節蔵から永劫に隔絶されている以上、鷗外には、節蔵の、その絶対の〈覚者〉への〈跳躍〉を辿ることは、これまた永劫に不可能なのだ。

そしておそらくここに、「灰燼」中絶の真の原因があったといえよう。それは決して外部の力ではなく、〈文学〉の内部、つまり、〈書く〉ことのもつ、一種絶対的な矛盾構造に関っている。

書く主体と書く行為との往還に意識的な著者らしい結論だが、この一節だけを切りとっていえば、たとえばAがAであるゆえんを文学は語りえないのか、氏のいう「矛盾構造」は果して、文学一般にまで拡大できる総論なのかといった疑問を持ちだすことは可能であろう。しかし、氏の『灰燼』論がそうした些少の疑義を封殺するに足る論理的整合性を完成していることも、また確かである。まことにみごとな、論理と直観の力業なのである。

最後になったが、「『阿部一族』論―剽窃の系譜―」ははるかに安定した実証主義に立脚した論文で、立証の過程と論理の運びをあわせ、間然する余地がない。決して皮肉ではなく、集中の白眉である。昭和六十一年の三月から十月にかけて書きつがれた四篇の論文に、書きおろしの一篇を加えて集大成したものだが、テーマの持続力のみごとさもさることながら、尾形仂氏や藤本千鶴子・蒲生芳郎氏らの先行論文に緻密な検討を加えながら、原拠の『阿部茶事談』の改稿・増補の過程をみずから考証して、ほとんど「剽窃」か「翻訳」にちかい鷗外の創作方法の必然性を実証しようとした意欲的な力作である。『茶事談』の増補されてゆく経過に、歴史的時間の無意味につまずきながら、なお、人間存在の意味を問いつづけ、〈歴史〉をみずから編もうとした封建武士の意志を読む著者は、そのことを明晰に感じていた鷗外もまた、おなじ「〈歴史〉へと、ひたすら自らを併呑させて」いったと結論する。『阿部一族』の本文に即して、その具体を説く論証もてがたい。著者の方法は歴史小説と典拠との相関を解明するための方法論に、ひとつの規範を開いたものというべきである。》

私はこの書評が送られて来てすぐ、編集部から借り出して、ひとり薄暮の研究室で読んだ時の感激をいまに忘れられない。ただこの書評の御執筆は、すでに氏の病いも篤い時のことであったことを後から聞いた。あれを思い、これを思いながら、あらためて氏の御厚情に深く感謝したい。

また高橋敏夫氏は、「比較文学年誌」第二十四号（昭和六十三年三月）に「作品論の内在的超出の試み」と題して。中で氏は「『阿部一族』論―剽窃の系譜―」の一部――〈この『阿部茶事談』の全体、人から人へと常に人間存在の究極的、整合的な《意味》を目差して、しかし未完結なるままに変貌するその増補の趣向、その動いて止まぬ終わりない運動。――そして、まさにその人から人への終わりない運動の持続こそが、鷗外の見た《歴史》そのものの姿であったのだ〉、〈鷗外が「阿部一族」で試みたことは、この人から人への終わりない運動の持続を、自らもそっくりそのまま受容し継承することであったのだ。つまり原拠『阿部茶事談』に片言隻句も加えることなく、まるで《翻訳》か《剽窃》に見紛うごとく、ただその増補の趣向をそっくりそのまま、もう一度自らに繰り返してみただけだったのである〉、〈なぜ鷗外は、そのような一種極端な方法を用いたのか――。もはや言うまでもあるまい。人生の《意味》を求めながら、しかしつねに空しく《無意味》へと反復回帰しなければならぬ人々の嘆き、だがにもかかわらず、あるいはだからこそ、人々のまさに永劫回帰するその嘆きの中にだけ、他ならぬ《歴史》の姿、人間存在の永遠にして絶対の相があるのかもしれない。鷗外はそのことに気づきつつ、いまはただそれに素直に身を委ねんとしたまでだったのである〉等を引用、次のように論じられた。

《もはやことごとしく説明するまでもあるまい。これを方法からみれば、「作品論」の特権性を解体しつつ、作品を無限の関係のなかに開放した――すなわちここで作品はテクストとなる、と同時に、「〈書く〉という行為」もまたけっして作家主体の孤独な行為としてではなく「人々」の底を貫通する行為となる、とまとめることが可能だろう。そしてこれは、たとえば、J・クリステヴァの「間テクスト性《インターテクスチュアリティ》」概念とも交叉する、文学理論のもっとも現代的＝尖端的ありようにほかならない。》

私はこれらの論を拝読し、それまで自分が模索してきた研究方法が、決して一人よがりのものでないことを知らされ、大きな自信と勇気を得たのである。

そしてそれかあらぬか、私は後に島崎藤村の「家」や「新生」を、アイスキュロスの『オレスティア』三部曲やヘーゲルの『精神現象学』と重ねて論じた。またその「家」論――「『家』―〈人間の掟〉と〈神々の掟〉―」を収録した『島崎藤村―「春」前後―』（審美社、平成九年五月）をテキストにして、長らく授業で「家」を講じた。因みにその講義要項の一節に曰く、〈人間は家なくして生まれもせず、生きることもできない。まず両親のもとに息子、娘として生まれ、兄弟姉妹として育ち、そして結婚して夫婦となり、子をなし、父親、母親となって死ぬ〉。その永遠の繰り返し。だからこの間、人は特別な人生を生きるわけではなく、つまりは父や母と同じような人生を生きる。という意味で、人の生とは先人たちの生の〈剽窃〉、人はなべて〈剽窃者〉ではないか。

おそらく本書に新たに収録した「『安井夫人』論」や「抽斎私記」でも、私は繰り返しこのことを論じてきたように思う。

なお表題『鷗外白描』は、竹盛天雄氏の示唆による。鷗外百門、なにを語っても〈白描〉のようでしかないという意か。

引用本文は筑摩書房版『森鷗外全集』（全八巻、昭和三十四年三月～三十七年四月）、および岩波書店版『鷗外全集』（全三十八巻、昭和四十六年十一月～五十年六月）によった。原則として漢字は新字体を用い、ルビは一部を残して省略した。

本書の出版も、ひきつづき翰林書房にお願いした。様々の御配慮をいただいた社主今井肇、静江御夫妻に厚く御礼申上げる。

平成二十一年十二月十三日

佐々木雅發

【著者略歴】
佐々木雅發（ささき　まさのぶ）
昭和15年東京生まれ。早稲田大学文学部卒。同大学大学院博士課程修了。現在同大学文学部教授。博士（文学）。
著書に『鷗外と漱石—終りない言葉—』（三弥井書店）、『パリ紀行—藤村の「新生」の地を訪ねて—』（審美社）、『熟年夫婦パリに住む—マルシェの見える部屋から—』（TOTO出版）、『島崎藤村—「春」前後—』（審美社）、『画文集　パリ土産』（里山房）、『芥川龍之介　文学空間』『獨歩と漱石—汎神論の地平—』（翰林書房）、『静子との日々』（審美社）、『漱石の「こゝろ」を読む』（翰林書房）。

鷗外白描

発行日	2010年3月25日　初版第一刷
著　者	佐々木雅發
発行人	今井　肇
発行所	翰林書房
	〒101-0051 東京都千代田区神田神保町1-14
	電話　(03)3294-0588
	FAX　(03)3294-0278
	http://www.kanrin.co.jp/
	Eメール● Kanrin@nifty.com
印刷・製本	シナノ

落丁・乱丁本はお取替えいたします

ISBN978-4-87737-295-8